Zu diesem Buch

Mit diesem Epos umfaßt Heinrich Mann eine Episode französischer Geschichte, in der Mord und Gewalt, Lüge und Verrat herrschten: es war das Zeitalter der Glaubenskämpfe. Diese Zeit durchschritt und beendete jener Heinrich der Vierte, der jedem Franzosen sein Huhn in den Topf wünschte und dem Paris eine Messe wert war. Heinrich Mann setzt dieser außerordentlichen geschichtlichen Größe mehr als ein literarisches Denkmal; er bestimmt Heinrich als eine exemplarische Figur, die Güte und Macht, Freude am Leben und die Fähigkeit zu herrschen in sich vereinigt. Heinrich Mann schildert den König hier in seiner widerspruchsvollen Jugend auf dem Weg des Prinzen von Navarra zum «Guten König» der Franzosen.

Dieses Epos – «es ist weder verklärte Historie noch freundliche Fabel: nur wahres Gleichnis», sagte Heinrich Mann selbst – setzt den mächtigen Schlußstein in seinem dichterischen Werk. Es umfaßt zwanzig Romane, sechs Novellenbände, sieben Essaybände, zahlreiche Dramen und zeitkritische Aufsätze sowie das autobiographische Buch «Ein Zeitalter wird besichtigt». Heinrich Mann, als der ältere Bruder Thomas Manns am 27. März 1871 in Lübeck geboren, beginnt nach spätimpressionistischen Etuden als satirischer Zeitkritiker, der das deutsche Spießbürgertum der Wilhelminischen Ära geißelt. Das literarische Zeugnis dieses moralischen Engagements sind vor allem die durch ihre Verfilmung populär gewordenen Romane «Der Untertan» und «Professor Unrat» (rororo Nr. 35). Manns Werk ist von französischen Vorstellungen bestimmt und zumal durch Balzac, Zola und Flaubert beeinflußt. In den zwanziger Jahren galt er als einer der geistigen Repräsentanten der Weimarer Republik. Der militante Pazifist und Humanist, der unentwegt die deutsch-französische Annäherung verfocht, wendete sich in dieser Epoche neben seinem dichterischen Wirken zunehmend der Politik und Kulturkritik zu. Als leidenschaftlicher Demokrat und geschworener Feind aller Diktatur mußte er 1933 Deutschland verlassen. In der Emigration entstand in vierjähriger Arbeit der vorliegende Roman, der 1937 zuerst im Amsterdamer Verlag der Emigranten, dem Querido Verlag, erschien. Nach siebzehn Exiljahren, vor seiner erhofften Rückkehr nach Deutschland, starb Heinrich Mann am 12. März 1950 in Santa Monica/Kalifornien.

Von Heinrich Mann erschienen als rororo-Taschenbücher außerdem: «Die Vollendung des Königs Henri Quatre » (Nr. 692) und «Novellen» (Nr. 1312).

In der Reihe «rowohlts monographien» erschien als Band 125 eine Darstellung Heinrich Manns mit Selbstzeugnissen und Bilddokumenten von Klaus Schröter, die eine ausführliche Bibliographie enthält.

Heinrich Mann

Die Jugend des Königs Henri Quatre

Roman

rororo
Rowohlt

Umschlagentwurf Werner Rebhuhn
(Foto von Walter Schmitz aus der
gleichnamigen Fernsehverfilmung)

115.–120. Tausend April 1984

Veröffentlicht im Rowohlt Taschenbuch Verlag GmbH,
Reinbek bei Hamburg, November 1964,
mit freundlicher Genehmigung des Claassen Verlages, Hamburg

Gesetzt aus der engen Aldus-Antiqua
und der Palatino (D. Stempel AG)
Gesamtherstellung Clausen & Bosse, Leck
Printed in Germany
1080-ISBN 3 499 10689 2

Die Pyrenäen

Die Herkunft

Der Knabe war klein, die Berge waren ungeheuer. Von einem der schmalen Wege zum anderen kletterte er durch eine Wildnis von Farren, die besonnt dufteten oder im Schatten ihn abkühlten, wenn er sich hineinlegte. Der Fels sprang vor, und jenseits toste der Wasserfall, er stürzte herab aus Himmelshöhe. Die ganz bewaldeten Berge mit den Augen messen, scharfe Augen, sie fanden auf einem weit entfernten Stein zwischen den Bäumen die kleine graue Gemse! Den Blick verlieren in der Tiefe des blau schwebenden Himmels! Hinaufrufen mit heller Stimme aus Lebenslust! Laufen, auf bloßen Füßen immer in Bewegung! Atmen, den Körper baden innen und außen mit warmer, leichter Luft! Dies waren die ersten Mühen und Freuden des Knaben, er hieß Henri.

Er hatte kleine Freunde, die waren nicht nur barfuß und barhäuptig wie er, sondern auch zerlumpt oder halb nackt. Sie rochen nach Schweiß, Kräutern, Rauch, wie er selbst; und obwohl er nicht, gleich ihnen, in einer Hütte oder Höhle wohnte, roch er doch gern seinesgleichen. Sie lehrten ihn Vögel fangen und sie braten. Mit ihnen zusammen buk er zwischen heißen Steinen sein Brot und aß es, nachdem er es mit Knoblauch eingerieben hatte. Denn vom Knoblauch wurde man groß und blieb immer gesund. Das andere Mittel war der Wein, sie tranken ihn aus jedem Gefäß. Alle hatten ihn im Blut, die kleinen Bauern, ihre Eltern und das ganze Land. Seine Mutter hatte Henri einer Verwandten und einem Erzieher anvertraut, damit er aufwuchs wie das Volk, obwohl er auch hier oben in einem Schloß wohnte, es hieß Coarraze. Das Land hieß Béarn. Die Berge waren die Pyrenäen.

Hier herrschte eine volle Sprache, viele Vokale, und das R rollten sie im Munde. Als seine Mutter in die Wehen fiel, hatte sie nach dem Willen seines Großvaters ein Lied angestimmt um Hilfe von der Mutter Gottes. Adjudat me a d'aqueste hore. Das war die Landessprache und war so gut wie Latein. Daher wurde es dem Knaben nicht schwer, lateinisch sprechen zu lernen, nur sprechen. Sein Großvater verbot, daß er auch schreibe; übrigens hatte es damit Zeit, er war noch klein.

Der alte Henri d'Albret starb drunten in seinem Schloß in Pau, indes der junge Henri auf Coarraze lateinisch sprach, durch den Wald kletterte nach den kleinen Gemsen, isards genannt, die unerreichbar blieben; und das letzte Röcheln des Alten fiel vielleicht zusammen mit einem Freudenschrei des Jungen, während er badete mit Knaben und Mädchen, im Bach unterhalb des großen Wasserfalls, der herrlich sprühte.

Er war ungemein neugierig auf die Körper der Mädchen. Wie sie sich entkleideten und bewegten, ihre Art zu sprechen und zu blicken, alles machte sie zu völlig anderen Wesen als er selbst, besonders aber die Formen ihrer Beine, Hüften, Schultern. Eine von ihnen, deren Brust sich schon entwickelte, begeisterte ihn, er beschloß, um sie zu kämpfen. Dies war nötig, wie er bemerkte; von selbst wählte sie nicht ihn, ein größer gewachsener Junge mit einem hübschen, dummen Gesicht war ihr lieber. Nach den Gründen fragte Henri nicht, jene schönen Wesen hatten vielleicht keine, er aber wußte, was er wollte.

Daher forderte der kleine Knabe den größeren heraus, wer das Mädchen durch den Bach tragen könnte. Dieser war nicht tief, aber er enthielt Strudel und glatte Steine, die fortrollten, wenn man sie ungeschickt betrat. Der Mitbewerber glitt denn auch sofort aus, das Mädchen wäre mit hingefallen, hätte nicht Henri sie aufgefangen. Er kannte in diesem Wasser jeden Schritt, er trug sie hinüber mit all seiner Kraft, denn sie war schwerer als er, der nur ein kleiner, magerer Knabe war. Drüben küßte er sie auf den Mund, überrascht ließ sie es geschehen, und er sagte, indes er sich in die Brust warf: «Jetzt bist du durch den Bach getragen vom Prinzen von Béarn.»

Das Bauernmädchen sah in sein kleines, leidenschaftliches Gesicht, und dann lachte es, der Ton tat ihm weh bis ins Herz, entmutigte ihn aber nicht. Sie sprang schon ihrem verunglückten Verehrer entgegen, da rief Henri noch: «Aut vincere aut mori!» Es war einer der Sprüche, die sein Erzieher ihn lehrte; er hatte viel davon erhofft. Wieder eine Enttäuschung, die kleinen Bauern machten sich nichts weder aus dem Prinzen noch aus seinem Latein. Siegen und Sterben war ihnen beides gleich unbekannt. So blieb nur noch eins übrig. Er stieg zurück in den Bach und stürzte absichtlich noch etwas tölpelhafter als vorhin der andere. Auch das alberne Gesicht und das Hinken ahmte er dem Tölpel nach, fluchte dabei mit einer ganz ähnlichen Stimme, alles so vorzüglich, daß sie lachen mußten über den Spaßmacher. Sogar das reizende Mädchen hatte er zu lachen gezwungen!

Darauf ging er schnell fort. Er war nur ein vierjähriger Knabe, hatte aber schon Sinn für Wirkung. Obwohl diese jetzt erreicht war, stritten sich in seiner Brust die Gefühle. Die befriedigte Rache hob nicht die Erinnerung auf. Die bange Sehnsucht wich nicht – trotz dem zuversichtlichen Mut.

Seine Mutter ließ ihn nach Hause kommen, und die erste Zeit sprach er nur von dem Mädchen. Sein Großvater war inzwischen gestorben, er sollte ihn nie mehr wiedersehen. Aber ihm schien es schlimmer, daß sein Mädchen fern war und nicht kommen durfte.

«Laß sie doch holen, Mama, ich will sie heiraten. Sie ist größer, das macht nichts, ich werde wachsen.»

Erst die nächsten Eindrücke beseitigten ganz plötzlich alles, was er empfunden hatte. Es war ein junges Hoffräulein seiner Mutter.

Im Schloß zu Pau war eine kleine Hofhaltung, kaum mehr als eine erweiterte Familie. Der alte d'Albret war ein Landedelmann gewesen. Er hatte ein festes Schloß gehabt, und in neuester Zeit war es auch zierlich und schön geworden. Von dem Balkon übersah er ein tiefes Tal voll Wein, Öl, Wäldern, die das Auge erfrischten, dazwischen die blinkenden Windungen des Flusses, dahinter die Pyrenäen.

Das Gebirge bot sich dar als geschlossener Zug, wie sonst kein anderes, grün bewaldet bis in den Himmel, und das Auge, das darauf umherging, war glücklich, besonders das des Besitzers. Der alte Landedelmann besaß diese Seite der Pyrenäen samt den vorgelagerten Tälern und Hügeln mit allem, was dort wuchs, Früchte, Vieh und Menschen. Er besaß im Westen Frankreichs den südlichsten Winkel, Béarn, Albret, Bigorre, Navarra, Armagnac: die alte Gascogne. Er hieß König von Navarra und wäre wohl nur der Untergebene des Königs von Frankreich gewesen, wenn dieser seine ganze Macht gehabt hätte. Indessen war das Königreich gespalten durch Katholiken und Protestanten, und dies in allen seinen Teilen, schon seit längerer Zeit. Das ergab die beste Gelegenheit für solche Provinzfürsten wie Navarra, sich selbständig zu machen und dem Nachbarn mit bewaffneter Hand wegzunehmen, soviel sie konnten, selbst wenn es nur ein Weinhügel war.

Aber es wurde im ganzen Lande auch gebrandschatzt und getötet im Namen der beiden feindlichen Bekenntnisse. Der Unterschied der religiösen Bekenntnisse wurde tief ernst genommen, er machte aus Menschen, die sonst gar nichts trennte, die alleräußersten Feinde. Einige Worte, besonders das Wort Messe, wirkten so ungeheuer, daß ein Bruder für den anderen unverständlich und von fremdem Blut wurde. Es schien natürlich, Schweizer und Deutsche zu Hilfe zu rufen. Diese mußten nur dem richtigen Bekenntnis angehören und, je nachdem, zur Messe gehen oder nicht, dann waren sie dem andersgesinnten Landsmann vorzuziehen und bekamen das Recht, mit zu plündern und zu verwüsten.

Der energische Glaube der gesamten Bevölkerung nützte wenigstens den Führern. Ob sie ihn wirklich teilten oder nicht, jedenfalls konnten sie im Namen der Religion auf räuberische Art und Weise ihr Gebiet erweitern oder doch an der Spitze ihrer kleinen ungesetzlichen Heere ein kostenloses, nicht unangenehmes Leben führen. Der Bürgerkrieg war für einige Leute eine Laufbahn, wenn schon die meisten daran verloren. Indessen blieb diesen ihre Überzeugung.

Der alte d'Albret war ein guter Katholik gewesen, aber ohne Einseitigkeit. Er hatte immer den Sinn dafür behalten, daß auch seine protestantischen Untertanen wieder Kinder zeugten, und diese wurden nützliche Arbeiter, bebauten Felder, zahlten Abgaben, vermehrten den Reichtum des Landes und seines Herrn. Er ließ sie daher ruhig zur Predigt gehen, und seine Soldaten beschützten die Pastoren wie die Kapläne. Wahrscheinlich bedachte er auch, daß die wachsende Zahl dieser reformierten Protestanten, die sich Hugenotten nannten, seiner eigenen Selbständigkeit eher nützte als schadete, da der Hof in Paris entschieden zu katholisch war. Er selbst gehörte einfach unter die feudalen Herren, die von je das Ihre getan hatten, um den König von Frankreich nicht zu mächtig werden zu lassen. In neuester Zeit bedienten sie sich der Hugenotten, dieses frischen, jungen Glaubens, der den wahren Gott aus der Nähe kannte und dadurch nicht sanfter wurde.

Es waren Empörer gegen die weltliche so gut wie gegen die geistliche Macht. Auch im Lande Béarn hatten die Bauern schon verlangt, man sollte ihnen zeigen, wo in der Bibel etwas von Steuern stehe. Wenn nicht, dann zahlten sie keine! Nun, der Alte verstand mit ihnen umzugehn, sie waren seinesgleichen. Sie machten gern große Worte, behielten aber einen kühlen Kopf. Sie schlugen sich gut, ohne zu vergessen, was es schließlich einbrachte.

Er trug eine Baskenmütze wie sie alle, wenn er nicht grade in Helm und Panzer sein mußte, und er liebte sein Land wie sich selbst, nichts weiter als diesen Umkreis, den er erfassen konnte mit den Augen und allen anderen Sinnen. Als sein Enkel Henri zur Welt kam, hatte er dafür gesorgt, daß es im Schlosse zu Pau geschah, seine Tochter Jeanne mußte eigens eine Reise unterbrechen. Auch hatte er sich nicht damit begnügt, daß sie während ihrer Wehen das Lied in der Landessprache sang, adjudat me a d'aqueste hore, damit der Enkel kein Kopfhänger werde. Kaum war der Knabe geboren, ließ er ihn am Wein des Landes riechen, erkannte sein Fleisch und Blut daran, daß er mit dem Kopf wackelte, und bestrich ihm auch gleich die Lippen mit Knoblauch.

Weil nach zwei Knaben, die nicht leben sollten, dieser letzte doch noch erhalten blieb, hatte der Alte seinen ganzen Besitz und seinen Titel seiner Tochter vererbt. Jeanne war jetzt Königin von Navarra. Ihr Gatte, Antoine von Bourbon, führte Truppen des Königs von Frankreich, als sein entfernter Verwandter und sein General. Er war meistens im Feld. Jeanne hatte ihn sehr geliebt, bevor er anfing, andere Frauen zu suchen; aber ihre Hoffnungen setzte sie niemals auf ihn, er sollte auch bald sterben. Sie hatte viel größere Ansprüche, als er sich erlauben durfte; ihre Mutter war die eigene Schwester Franz' des Ersten gewesen – der König, der bei Pavia so unglücklich gekämpft hatte gegen Kaiser Karl den Fünften; aber der innere Besitz der Krone Frankreich war durch ihn großartig erweitert.

Jeanne d'Albret war daher eine außerordentlich große Dame, und von den Ländern Béarn, Albret, Navarra, die ein Königreich vorstellten, fühlte sie sich noch nicht befriedigt. Der zur Zeit regierende König von Frankreich aus dem Hause Valois hatte vier lebende Söhne, für die Nebenlinie der Bourbons bestand keine Wahrscheinlichkeit, so bald zur Herrschaft zu kommen. Dennoch vermaß Jeanne sich, ihrem Sohn Henri die ungeheuerste Zukunft vorauszusagen – woran später mit Staunen erinnert wurde, als hätte sie Sehergaben besessen. Sie war nur ehrgeizig. Diese Leidenschaft machte aus einer zarten Frau einen unbeugsamen Charakter, und ihr Vermächtnis wog später schwer im Schicksal ihres Sohnes.

Als sie ihren kleinen Sohn wieder bei sich hatte, unterrichtete sie ihn vor allem in der Geschichte ihres Hauses. Sie achtete nicht darauf, daß er sich so oft wie möglich an das hübsche Fräulein drängte oder barfuß, wie im Gebirge, zu den Kindern auf die Straße lief, voll Neugier nach den rätselhaften Mädchen. Jeanne war keine Beobachterin der Wirklichkeit, sie hatte den Kopf voller Träume, wie eine Frau mit schwacher Lunge. Henri, der lieber wie ein Böckchen umhergesprungen wäre, wurde von dem einen der mütterlichen Arme umschlungen, der andere legte sich um seine noch kleinere Schwester Catherine. Die Königin Jeanne neigte zärtlich ihren fahlblonden Kopf zwischen ihre beiden Kinder. Ihr Gesicht war schmal und feingeschnitten, es war blaß, die Brauen bewegten sich leidend über den dunklen Augen, schon zeigte die Stirn dünne Falten, und die Mundwinkel begannen herabzufallen.

«Wir werden bald nach Paris reisen», sagte sie. «Denn unser Land muß größer werden. Ich will den spanischen Teil von Navarra hinzuhaben.»

Der kleine Henri fragte: «Warum nimmst du ihn dir nicht?» Er verbesserte selbst: «Papa sollte ihn erobern.»

«Der König in Paris ist befreundet mit dem König von Spanien», erklärte ihm die Mutter. «Er läßt es sogar zu, daß die Spanier bei uns einfallen.»

«Ich nicht!» rief Henri sofort. «Spanien ist mein Feind und wird es bleiben! Weil ich dich liebe!» sagte er feurig und küßte Jeanne. Ihr fielen davon Tränen aus den Augen und in ihren halbentblößten Busen, den ihr kleiner Sohn liebkoste, als tröstete er sie. «Gehorcht mein Vater immer nur dem König von Frankreich? Das werde ich nicht tun», versicherte er schmeichlerisch, weil er fühlte, was sie gern hörte.

«Darf ich mitreisen?» bat die kleine Schwester.

«Auch das Fräulein soll mitkommen», verlangte Henri.

«Wird unser lieber Vater dort bei uns sein?» fragte Catherine.

«Vielleicht auch einmal bei uns», murmelte Jeanne, und sie erhob sich von ihrem graden Sessel, damit sie nicht weiter antworten mußte.

Die Reise

Etwas später trat die Königin Jeanne zum reformierten Bekenntnis über. Das war ein beträchtliches Ereignis – nicht nur für ihr kleines Land, das sie nach Kräften protestantisch machte. Es vermehrte den Mut und den Einfluß der neuen Religion überall. Sie hatte es aber getan, weil ihr Gatte Antoine bei Hof und im Felde immer noch mehr Geliebte nahm. Da er reformiert gewesen und aus Schwäche wieder katholisch geworden war, machte sie es umgekehrt. Ihr Glaubenswechsel geschah vielleicht aus Frömmigkeit, besonders aber um herauszufordern: ihren treulosen Mann, den Hof in Paris, alle, die sie kränkten oder ihr im Wege waren. Ihr Sohn sollte einmal groß werden, und das konnte er nur an der Spitze protestantischer Heere, der Ehrgeiz seiner Mutter erkannte es früh.

Als die Reise nach Paris endlich nahe bevorstand, umarmte Jeanne ihren

Sohn und sagte: «Wir reisen, aber du darfst nicht denken, daß es zum Vergnügen ist. Denn wir werden in eine Stadt kommen, wo fast alle gegen die Religion und gegen uns sind. Vergiß es niemals! Du bist jetzt sieben Jahre alt und hast Verstand. Weißt du noch, daß wir schon einmal zu Hofe gingen? Du warst ganz klein und erinnerst dich nicht. Vielleicht, daß dein Vater sich entsinnen würde, wenn er nicht so vieles, was einst war, vergessen und verloren hätte.»

Sie versank in schmerzliches Träumen. Er zog sie am Arm und fragte: «Was gab es denn damals bei Hofe?»

«Der selige König lebte noch. Er fragte dich, ob du sein Sohn sein wolltest. Du zeigtest auf deinen Vater und antwortetest, der sei dein Herr Vater. Darauf fragte der selige König dich, ob du dann sein Schwiegersohn werden wolltest. Du erwidertest ‹jawohl›, und seither geben sie dich bei Hofe als den Verlobten der königlichen Prinzessin aus; damit wollen sie uns fangen. Ich sage es dir, damit du nicht alles glaubst und ihnen nicht traust.»

«Fein!» rief Henri. «Ich habe eine Frau, wie heißt sie?»

«Margot. Sie ist ein Kind wie du, sie konnte die Religion noch nicht hassen und verfolgen. Dennoch glaube ich nicht, daß du Marguerite von Valois heiraten wirst. Ihre Mutter, die Königin, ist eine zu böse Frau.»

Henri sah das Gesicht Jeannes sich verändern bei der Erwähnung der Königin von Frankreich. Er erschrak, und seine Phantasie erhielt einen jähen Anstoß. Im Geist erblickte er eine furchtbar unmenschliche Fratze, eine Klaue, einen dicken Stock, und er fragte: «Ist sie eine Hexe? Kann sie zaubern?»

«Am liebsten möchte sie es», bestätigte Jeanne. «Aber das ist noch nicht das Schlimmste.»

«Speit sie Feuer? Frißt sie Kinder?»

«Beides; aber es gelingt ihr nicht immer. Denn die Bosheit hat Gott zu unserem Glück mit der Dummheit bestraft. Mein Sohn, von diesem allem darfst du keinem Menschen auch nur ein Wort verraten.»

«Ich werde alles für mich behalten, meine liebe Mama, und ich werde mich hüten, damit ich nicht gefressen werde.» Er war im Augenblick ganz erfüllt von seinen Vorstellungen und glaubte daher nicht, daß er sie und die Worte seiner Mutter je werde verlieren können.

«Halte vor allem fest an dem wahren Glauben, den ich dich gelehrt habe!» sagte Jeanne innig und auch drohend; er erschrak wieder und diesmal tiefer.

Dies war das erste, was Henri von seiner Mutter Jeanne d'Albret hörte über Katharina von Medici; und dann wurde wirklich gereist.

Voran fuhr ein großer alter Wagen aus Leder, er trug den Erzieher des Prinzen, mit Namen La Gaucherie, er trug zwei Pastoren und mehrere Lakaien. Dann folgten sechs bewaffnete Reiter, lauter protestantische Edelleute, dann der mit rotem Samt ausgeschlagene Wagen der Königin, darin saß Jeanne mit ihren beiden Kindern und drei Damen. Den Beschluß des Zuges machten wieder die berittenen Herren «von der Religion».

Am Anfang der Reise war alles wie zu Hause, die Sprache, die Gesichter, die Landschaft und das Essen. Henri und seine kleine Schwester Catherine unterhielten sich aus dem Fenster mit den Dorfkindern, die im Trab ein Stück mitliefen. Wegen der Wärme des Juli blieben die Wagen geschlossen. Mehrmals übernachtete man noch im eigenen Land, auch in Nérac, der zweiten Residenz; die ganze reformierte Bevölkerung versammelte sich dort am Abend, die Pastoren predigten, Psalmen wurden gesungen. Einige Zeit führte der Weg durch die Guyenne, früher Aquitania, deren Hauptstadt Bordeaux war, und als Vertreter des Königs von Frankreich galt hier Antoine von Bourbòn, der Gatte Jeannes. Dann aber begann die Fremde.

Länder eröffneten sich, von denen ein Kind der Pyrenäen nicht einmal im Traum jemals erfahren hatte. Wie die Leute gekleidet waren! Wie sie sich ausdrückten! Man verstand, aber konnte nicht antworten. Die Flüsse waren nicht mehr ausgetrocknet, wie sie im Sommer doch sein müßten. Kein Ölbaum mehr, sogar die kleinen Esel wurden selten. Am Abend blieb die Reisegesellschaft allein unter Unbekannten, und die Protestanten stellten Wachen vor die Türen, den Katholiken war hier nicht zu trauen. Gestern hatten die Pastoren versucht zu predigen, waren aber von der Überzahl der Feinde vertrieben aus dem kahlen Bethaus, das weit draußen vor der Stadt stand; auch die Königin von Navarra mit ihren Kindern war gezwungen worden, eilig zu flüchten. Um so größer war das Glück, an einem Ort eine Mehrheit von Glaubensgenossen zu finden. Dann wurde Jeanne empfangen wie die Abgesandte der Religion, sie war erwartet worden, ihr Ruf war ihr vorausgeeilt, alle wollten ihre Kinder sehen, sie mußte sie auf erhobenen Armen dem Volk zeigen. Die Pastoren predigten, Psalmen wurden gesungen, und ein festliches Gelage setzte ein.

Sie waren schon achtzehn Tage unterwegs, da überschritten sie bei Orléans die Loire. Sie vermieden die Stadt, die bewaffneten Hugenotten lenkten ihre Pferde so nahe wie möglich am königlichen Wagen, ihn gaben sie erst recht nicht frei, als die Boten der Königin von Frankreich erschienen. Es waren Hofleute, die Jeanne artig bewillkommneten, aber sie brachten eine Leibwache von Katholiken mit, und diese erhoben den Anspruch, näher am Wagen zu reiten als die Hugenotten. Die dachten an kein Nachgeben, und es kam zum Handgemenge. Der kleine Henri beugte sich aus dem Fenster und feuerte die Seinen an, in seiner und ihrer Sprache, die anderen verstanden sie nicht. Ein Regenguß trennte die Streitenden, notgedrungen lachten sie und wurden wieder artig. Dunkel hing der Himmel über den ungewohnten Pappeln, die im Winde rauschten. Kühl war es im August und nicht geheuer.

«Was sind das für schwarze Türme, Mama, und warum brennen sie?»

«Die Sonne versinkt hinter dem Schloß von Saint-Germain, wohin wir fahren, mein Kind. Dort wohnt die Königin von Frankreich. Du weißt doch noch alles, was ich dir sagte und was du mir versprochen hast.»

«Ich weiß es, liebe Mutter.»

So trat er zuerst denn auf wie ein kleiner Hahn, stolz und kampflustig. Allerdings bekam er anfangs nur Dienerschaft zu sehen, sie trennten ihn aber von seiner Mutter, nur seinen Erzieher behielt er bei sich im Zimmer, und dann wurde Fleisch aufgetragen, so viel Fleisch! Als es auch am nächsten Tage nichts anderes gab, verlangte er dringend nach den heimischen Melonen, dies war ihre Jahreszeit. Er weinte, aß nichts und wurde zu seinem Trost in den Garten geschickt. Der Regen hatte endlich aufgehört.

«Ich will zu meiner Mutter. Wo ist sie?»

Ihm wurde der Bescheid: «Bei Madame Catherine», und er erschrak, weil, ihm bekannt war, das sei die Königin. Er fragte nicht weiter.

Er trug seine beste Kleidung, hinter ihm gingen zwei Herren, sein Erzieher La Gaucherie und Larchant, ein Béarner Edelmann. Auf einer Wiese kamen ihm drei andere Knaben entgegen, auch sie mit Gefolge, aber es war zahlreicher. Henri bemerkte sogleich, daß sie sich nicht benahmen wie Jungen, die spielen wollten; der älteste besonders drehte sich in den Hüften und trug den Kopf hoch, als wäre er ein erwachsener Hofmann; auf seinem weißen Barett saßen Federn.

«Meine Herren», fragte Henri nach rückwärts, «wer ist der Vogel?»

«Achtung!» flüsterten sie. «Es ist der König von Frankreich.»

Jetzt hielten die beiden Gesellschaften voreinander an, der junge König stand gegenüber dem kleinen Prinzen von Navarra. Er bewegte sich nicht mehr, sondern wartete auf Henri. Der ließ sich Zeit, ihn zu betrachten. Karl der Neunte hatte nicht nur das weiße Barett, er war ganz und gar in Weiß. Seinen Hals umschloß eine weiße Krause, das Gesicht ruhte darauf, er hielt es halb abgewendet, sein Blick kam von der Seite. Schlau und traurig schien er zu sagen: ‹Dich kenne ich schon. Es ist schlimm genug, daß ich euch alle kennen muß.›

Henri fühlte sich lustig werden, zum erstenmal, seit er hier war. Er hätte laut aufgelacht, aber hinter ihm raunten sie nochmals: «Achtung!» Da warf der Siebenjährige sich vor dem Zwölfjährigen zuerst in die Brust, dann neigte er den Rumpf bis auf die Füße und streifte mit der rechten Hand im Halbkreis über den Boden. Er wiederholte diese Übung zu beiden Seiten des Königs und endlich sogar in seinem Rücken, mehrere der Herren lächelten darüber. Anders Larchant, der Edelmann aus dem Gefolge Jeannes; er ließ sich vor Karl auf ein Knie nieder und erklärte: «Sire! Der Prinz von Navarra hat noch keinen großen König gesehen.»

«Er selbst wird nie einer werden», sagte Karl, ließ die Worte vor sich hinfallen und schloß sogleich wieder fest den Mund unter seiner fleischigen Nase. Jetzt wurde Henri zornig; seine sanften und freundlichen Augen fingen zu blitzen an, er rief: «Das lassen Sie nicht meine Mutter hören, und auch Ihre nicht, die statt Ihrer regiert!»

Es waren etwas zu geringschätzige Worte, als daß ein König sie hätte hören dürfen; die Herren hinter Karl dem Neunten erschraken. Er selbst schloß nur die Augen; in diesem Augenblick merkte er sich etwas für immer.

Henri hatte sich sogleich beruhigt, unbefangen richtete er das Wort an die beiden anderen Knaben. «Na, und ihr?» fragte er ermunternd, denn sie erschienen ihm merkwürdig verlegen. Es kam daher, daß er noch keine vornehme Erziehung kannte.

«Ich werde Monsieur genannt», sagte der erste der beiden Kleinen, er stand im gleichen Alter wie Henri. «Es ist mein Titel, weil ich der älteste unter den Brüdern des Königs bin.»

«Ich heiße einfach Henri.»

«Ach! Ich auch», rief Monsieur lebhaft wie ein Kind, und beide musterten einander aufmerksam.

«Habt ihr keine Melonen?» fragte Henri, um gleich ans Ziel zu kommen. Der jüngste der königlichen Brüder lachte hierüber wie bei einem Witz. Man hätte erkennen müssen, daß die kleine Gestalt nur selten laut und glücklich war.

Hoch über den Kindern hing das Laub eines Baumes, darin schrie ein Vogel, alle drei wendeten die Gesichter hinauf. Dann stellten sie fest, daß der König seinen Weg fortsetzte, alle Herren hinter ihm. Die beiden Begleiter des Prinzen von Navarra befanden sich im Gespräch mit den Leuten vom Hofe Frankreichs, sie wurden abgelenkt. Henri flüsterte: «Man muß sich die Schuhe ausziehen.»

Er tat es schon und begann den Stamm zu erklettern. Unter der Krone angelangt, erklärte er den beiden anderen: «Ich werde gleich verschwunden sein. Ihr wagt das wohl nicht?»

Als dann der Wipfel ihn wirklich ganz verbarg, wollten sie doch nicht zurückstehen, auch sie stellten ihre Schuhe in das Gebüsch und folgten ihm auf den Baum. Henri erklärte ihnen:

«Hier können sie uns nicht finden. Sie werden uns überall suchen, inzwischen führt ihr mich, ich weiß schon wohin. Nein! Nehmt nicht das Nest aus. Seht ihr nicht, daß es Vögel mit gelben Schnäbeln sind? Solche nisten vor meinem Fenster, zu Hause in Pau.»

Mehrere Herren kehrten zurück, spähten umher, berieten sich und schlugen eine andere Richtung ein. Sofort stiegen die drei Knaben herab, und endlich gelangte Henri an den verabredeten Ort, es war der Gemüsegarten. Die ersehnten Früchte lagen auf der schwarzen Erde, er setzte sich hin, wühlte die Hände, die bloßen Füße hinein und jauchzte leise:

«Hier ist es schön!»

Denn Kräuter würzten die Luft, er schmeckte sie, genoß auf den Lippen alles, Zwiebel, Lattich, Lauch. «Na, und ihr?» fragte er.

Sie standen und sahen auf ihre halbvergrabenen Füße. «Erde ist Schmutz», meinten sie. Aber Henri hatte einen Gärtner entdeckt. Der gemeine Mann wollte sich in Sicherheit bringen, sobald er die Prinzen erkannte. Henri rief: «Komm her, oder es geht dir schlecht!» Da schlich der Tölpel gebückt herbei.

«Zieh dein Messer! Schneide die reifste Melone auf!» Erst nachdem er schon die Hälfte verschlungen hatte, erklärte er sie für wässerig und sauer. «Das ist das Beste, was ihr habt?»

Der Bursche entschuldigte sich damit, daß es zuviel geregnet habe. Henri sagte: «Ich verzeihe dir.»

Hierauf stellte er die Fragen über den Garten und über die Lebensverhältnisse des Gärtners, wobei er weiteraß. «Du kannst nach Navarra kommen», sagte er dann, «dort gebe ich dir Melonen zu essen! Sieh nicht so dumm aus! Kennst du Navarra nicht? Es ist ein Land, größer als Frankreich. Auch die Melonen sind größer.»

«Und dein Bauch!» bemerkte der zweite Henri, der Monsieur genannt wurde. Denn sein fremder Vetter hatte die Frucht ganz allein beendet. «Wenn ich aber noch eine anfange?» fragte er sogar.

«Vielfraß», äußerte Henri von Valois, aber es bekam ihm nicht gut. Henri von Bourbon rief:

«Du kriegst meinen Fuß in den Hintern», und er holte seinen Fuß auch schon aus der Erde. Bevor er aufrecht stand, lief der andere fort und sein kleiner Bruder weinend hinterher. Henri behauptete das Feld.

Ein Kaninchen sprang an ihm vorbei, er hinterher. Es verkroch sich, er störte es auf, aber fangen ließ es sich nicht. Er war schon atemlos von der Jagd. «Henri!» Da stand seine kleine Schwester und neben ihr ein anderes Mädchen. Es war größer als Catherine und ungefähr in seinem eigenen Alter. Er konnte sich denken, wer es war, sagte aber zuerst gar nichts vor Erstaunen. Seine kleine Schwester erklärte: «Wir sind gekommen. Margot war neugierig.»

«Sind Sie immer so schmutzig?» fragte Marguerite von Valois, die Schwester des Königs.

«Ich wollte Melonen essen», erwiderte er und fühlte sich beschämt. «Warten Sie, ich gebe Ihnen auch eine.»

«Danke, das geht nicht.»

«Ich verstehe. Ihr schönes Kleid könnte Flecken bekommen.»

Sie lächelte, weil sie dachte: ‹Und auch mein Gesicht. Ich bin geschminkt, das sieht dieser Bauer nicht.›

Was für ein Mädchen! Er hatte ihresgleichen nie erblickt. Seine kleine Catherine, die er so sehr liebte, erschien daneben wie eine Gänsemagd, trotz ihrem Sonntagsstaat. Marguerite hatte Farben wie Rosen und Nelken, und die hätten noch froh sein dürfen. Ihr weißes Kleid lag bis zu den Hüften eng an, dann begann es sich weit und steif zu entfalten, schimmernd von Goldstickerei und bunten Steinen. Auch ihre Schuhe waren weiß, etwas Erde hing daran. Henri folgte einer Eingebung; er kniete hin, und mit seinen Lippen entfernte er die Erde. Dann stand er auf und sagte:

«Meine Hände waren nicht sauber genug.»

Sein Ton wurde hierbei unfreundlich, weil das Mädchen überheblich lächelte. Daher nahm er seine Schwester beiseite und flüsterte ihr zu, aber die andere konnte es sicherlich hören:

«Jetzt hebe ich ihr den Rock auf, ich muß doch herausbekommen, ob sie Beine hat wie alle Mädchen.» Das Lächeln der kleinen Prinzessin wurde starr. Er bemerkte noch: «Ihre Nase ist zu lang. Kathrin, du kannst sie wieder mitnehmen.»

Da verzog sie das Gesicht zum Weinen. Sogleich wurde Henri sehr höflich. «Fräulein, ich bin nur ein dummer Junge vom Lande, und Sie sind ein feines Fräulein», sagte er bereitwilligst. Seine Schwester berichtete: «Sie kann Lateinisch.»

Er redete sie in der alten Sprache an und fragte, ob sie schon verlobt sei mit einem Prinzen. Sie antwortete: «Nein»; so erfuhr er, daß die Geschichte, die seine liebe Mutter ihm erzählt hatte, wohl nur ein Märchen war, und sie hatte es geträumt. Indessen dachte er: ‹Was nicht ist, kann noch werden.› Vorläufig stellte er fest:

«Ihre beiden Brüder sind vor mir davongelaufen.»

«Meine Brüder werden sich vor Ihrem Geruch gefürchtet haben. So riecht kein Prinz», sagte Marguerite von Valois und rümpfte die zu lange Nase. Henri von Bourbon fühlte sich gekränkt, er fragte heftig:

«Wissen Sie, was das heißt: Aut vincere aut mori?» Sie antwortete: «Nein. Aber ich werde meine Mutter fragen.»

Herausfordernd sahen die beiden Kinder einander an. Die kleine Catherine sagte ängstlich: «Achtung, da kommt jemand.»

Es war eine Dame, jedenfalls eine vom Hof, vielleicht sogar die Erzieherin der Prinzessin, denn sie äußerte ihre Mißbilligung.

«Was ist das für ein schmutziger Junge, mit dem Sie sprechen, Fräulein?»

«Es scheint, daß es der Prinz von Navarra ist», erwiderte Marguerite.

Sofort machte die Dame einen tiefen Knicks. «Ihr Vater ist angekommen, mein Herr, und will Sie sehen. Aber zuerst müssen Sie sich waschen.»

Die Feindinnen

Indessen dies geschah, hatte seine Mutter Jeanne d'Albret ihre Unterredung mit Katharina von Medici. Diese zeigte sich ungemein freundlich, bereit zur Verständigung und abgeneigt allen Streitfragen. Die Protestantin in ihrem Eifer bemerkte es gar nicht, oder sie hielt es für Tücke.

«Die Religion und ihre Feinde werden nie zusammenkommen!» behauptete sie hartnäckig. Sie verschwur sich: ‹Und hätte ich an der einen Hand mein Königreich und an der anderen meinen Sohn, lieber versenkte ich beide auf dem Meeresgrund, als daß ich nachgäbe.›

«Was ist Religion?» sagte die dicke schwarze Medici zu der magern blonden d'Albret. «Es wird Zeit, daß wir Vernunft annehmen. Durch unseren ewigen Bürgerkrieg verlieren wir Frankreich, denn ich muß die Spanier hereinlassen, um mit euch Protestanten fertig zu werden. Dabei hasse ich euch nicht, und wenn ich könnte, möchte ich euch eure Religion abkaufen.»

«Sie sind die würdige Tochter eines Florentiner Wechslers», erwiderte Jeanne mit Verachtung. Was sie selbst hatte hören müssen, erschien ihr noch viel beleidigender. Katharina ließ sich nicht beirren.

«Seien Sie froh, daß ich eine Italienerin bin! Keine französische Katholikin würde Ihnen so günstige Friedensbedingungen anbieten. Ihre Glaubensgenossen sollen alle Freiheiten haben, ihre Religion auszuüben, und auch sichere Zufluchtsorte, befestigte Städte, will ich ihnen geben. Sie müssen nur darauf verzichten, gegen die Katholiken zu hetzen und sie zu überfallen.»

«Ich bin ein zorniger Gott, spricht der Herr!»

Die von Grund auf erregte Jeanne konnte es in dem Stuhl nicht mehr aushalten. Katharina blieb ruhig sitzen, sie faltete ihre fleischigen Hände, die voller Ringe und Grübchen waren.

«Ihr seid zornig», sagte sie, «weil ihr arm seid. Der Krieg ist euer Geschäft. Ich biete euch Geld, dann braucht ihr ihn nicht mehr.»

Dieses Übermaß von Unverständnis und Mißachtung brachte Jeanne zum Äußersten. Sie hätte auf die Dicke mit Fäusten losgehen wollen. Sie stammelte: «Und wieviel Geld bekommen die Geliebten meines Gatten, damit sie ihn weiter verführen, gegen die Religion zu kämpfen?»

Katharina nickte nur – grade als ob sie dies und nichts anderes erwartet hätte. Endlich war es heraus. Eine eifersüchtige Frau, diese Glaubensheldin! Eine Antwort war nicht notwendig, die Blonde mit dem Ziegengesicht hätte doch nichts gehört, sie war aus Mangel an Selbstbeherrschung gegen die Wand getaumelt und wie ohnmächtig auf die große Truhe hingesunken. In diesem Augenblick öffnete sich eine Tür, die bemalt, vergoldet, aber mit Eisen beschlagen war. Die Wache stieß ihre Hellebarden auf den Boden, und den Saal betrat der König von Navarra, an der Hand seine beiden Kinder.

Antoine von Bourbon wiegte sich in den Hüften als der schöne begehrte Mann, der er war. Er tat es für alle Fälle, ohne bis jetzt zu erkennen, was hier vorging. Die Fenster lagen in tiefen Nischen, es herrschte Dunkelheit für jeden, der eintrat. An der entfernten Wand glaubte er eine Bewegung zu bemerkken, sofort griff er nach seinem Dolch. Da lachte die Königin Katharina von Herzen, wenn auch nur leise in sich hinein.

«Gehen Sie tapfer drauflos, Navarra! Sie sollen sehen, daß ich keinen Mörder versteckt halte – erst recht nicht für einen Mann wie Sie.»

Er hätte die freimütigste Geringschätzung heraushören sollen, aber dafür war er zu eitel. Deshalb verschmähte er es, sich um die verdächtige Wand noch länger zu bekümmern, sondern verneigte sich vor Katharina. Dann sagte er mit Anstand:

«Dies ist mein Sohn Henri, er bittet um Ihre Gunst, Madame.» Die kleine Schwester wurde nicht beachtet, aus Scham schlug sie die Augen nieder.

Henri betrachtete die Frau und vergaß zu grüßen. Hier saß mitten in einem großen Zimmer, an der Stelle, auf die das meiste Licht fiel, die schreckliche und böse Katharina von Medici, das war sie. Über seinen Reiseerlebnissen, den neuen Bekanntschaften im Garten und besonders wegen der Melonen hatte er sie so gut wie ganz vergessen; erst jetzt fiel ihm wieder ein, wie sie hätte aussehen müssen. Sie mußte Klauen, einen Buckel, eine Hexennase haben, und so war er auch bereit, sie wiederzuerkennen; leider machte sie es ihm schwer, sie war so gewöhnlich. An der hohen, graden Lehne ihres Sessels erschien sie klein, auch fett war sie, hatte schwammige weiße Wangen und Augen wie Kohlen, die nicht brannten. Sie enttäuschte Henri.

Daher machte sein munterer Blick die Runde durch den Saal, und was fand er? Oh! Er sah schärfer als sein Vater, außerdem liebte er mehr. Daher stürmte er dorthin, wo Jeanne lag oder kauerte.

«Mama! Mama!» rief er und dachte, noch laufend: ‹Also doch! Sie hat ihr etwas getan.›

«Was hat die böse Madame Catherine dir getan?» fragte er leise und dringend, während er seine Mutter küßte.

«Nichts. Mir war nur schlecht geworden. Jetzt stehen wir beide auf und sind ganz besonders artig.» Dann tat sie auch gleich, was sie beschlossen hatte.

Jeanne kam herbei, den Arm um ihren kleinen Sohn, sie lächelte ihrem Gatten entgegen und sagte: «Hier ist unser Sohn» – ließ Henri aber nicht aus ihrem Arm.

«Ich habe ihn dir mitgebracht, damit du ihn einmal wiedersiehst, mein lieber Mann, denn du kommst selten nach Haus. Besonders will ich ihn auch der Königin von Frankreich vorstellen als ihren kleinen Soldaten, der ihr ebenso dienen soll wie sein Vater.»

«Das ist recht», erwiderte Katharina gutmütig. «Wenn es aber nach mir geht, leben wir im ganzen Königreich friedlich wie eine Familie.»

«Dann müßte ich wohl meinen Acker bebauen?» fragte der Kriegsmann Antoine, wenig befriedigt.

«Sie sollten sich mehr um Ihre Frau kümmern. Sie liebt Sie und erleidet Schwächeanfälle, weil Sie ihr fehlen. Ich kann ihr zwar ein kleines Mittel eingeben.»

Jeanne erschauerte; sie wußte genug von den kleinen Mitteln dieser Giftmischerin! «Oh! das ist nicht nötig», versicherte sie schnell.

Sie hatte sich noch zusammennehmen müssen, während sie von der Truhe aufstand und herkam; jetzt aber ging die Verstellung schon von selbst, nicht schlechter als bei Katharina. Diese gab sich mütterlich.

«Ihrer Frau, Navarra, habe ich meine Freundschaft angeboten, und ich glaube auch, daß sie mir genauso wohlwill wie ich ihr.»

Jeanne dachte inständig und schnell: ‹Mein Sohn soll groß werden, ich werde mit euch noch fertig. Ich werde mit euch fertig, mein Sohn wird groß sein. Ich, die Nichte Franz' des Ersten – und diese Krämerstochter!›

Ihre entzückte und zarte Miene veränderte sich hierbei nicht im geringsten – blieb doch auch das Gesicht Katharinas bei allem, was sie denken mochte, mütterlich. Nur damit verriet die Medici sich, daß sie von den beiden Kindern so gut wie keine Kenntnis nahm, nicht einmal von dem ängstlichen kleinen Mädchen. Wenn eine Frau schon Mütterlichkeit spielt.

«Ich bin aus ganzem Herzen Ihre Freundin!» rief Jeanne, begeistert, weil sie die andere ertappt hatte.

Vergangene Liebe

Antoine von Bourbon freute sich aufrichtig über den Verlauf der Unterredung. Als sie in ihrem Zimmer allein waren, umarmte er zuerst seine Frau, dann seinen Sohn. Ihm zeigte er aus dem Fenster ein kleines Pferd, das vorübergeführt wurde. «Es ist deins. Du darfst es gleich reiten.» Schon sprang Henri fort. Die kleine Schwester folgte ihm, um ihn zu bewundern.

Jeanne bekam jetzt ein ganz anderes Gesicht als das entzückte, das sie der Medici gezeigt hatte. Ihr Gatte bemerkte es in seiner großen Zufriedenheit noch nicht. Indessen sah sie ihn an wie zerstreut und sagte:

«Wie heißt doch nur die Frau, mit der du jetzt meistens gesehen wirst? Die dich auf deinem Feldzug begleitet hat und wahrscheinlich auch hierher?»

«Dir wird so vieles zugetragen.» Er lächelte sogar noch selbstzufrieden, das ertrug sie nur mit Mühe.

«Hast du denn alles vergessen?» fragte sie plötzlich mit voller, tiefer Stimme. Jeanne überraschte in gewissen Augenblicken mit einer Stimme wie eine Orgel, zu groß, zu klingend für diese schwache Brust. Ihr Gatte hörte sie und war ergriffen, sogleich erinnerte er sich an alles, woran sie wollte, daß er gedenke. Es bedurfte keiner Worte mehr. Sie hatten einander viel und lange geliebt.

Er hatte sie bekommen, nachdem Jeanne ganz allein darum gekämpft hatte, keinem anderen zu gehören. Bevor sie ihn kannte, war sie mit Gewalt verheiratet worden, man trug sie in die Kirche, sie behauptete, nicht gehen zu können; ihr Kleid wog wirklich zu schwer vom vielen Edelgestein. Aber das größere Gewicht hatte ihr Wille, obwohl sie damals noch ein Kind war. Sie verheirateten sie mit Gewalt – gleichviel, der Tag erschien, wenn auch nach Jahren, und Jeanne wurde glücklich mit ihm, durch den sie es sein wollte. Die Reihe der blühenden Tage lief ab, auch kam das frühe Verblühn, ihr eigenes und das ihres Glücks. Jetzt war nichts übrig als nur ihr Sohn, aber das hieß mehr, als sie je vorher besessen hatte. Wollte Antoine dies nur begreifen! Sie hatten den Sohn!

Die Ergriffenheit des Mannes durch ihre Stimme konnte natürlich nicht lange vorhalten, und seine Erinnerungen an die Zeiten der Leidenschaft wurden von dem Anblick der Armen nicht unterstützt. Er lebte zu sehr von den heute drängenden Aufgaben, einer Belagerung, einem Ränkespiel, einer jungen Frau. Zwar wollte er Jeanne eine halbe Minute, nachdem sie gesagt hatte: «Hast du denn alles vergessen?» noch umarmen, aber es galt schon nicht mehr der Einigkeit ihrer alten Gefühle, es war nur höflich, daher wies sie ihn zurück.

Antoine bezeugte ihr dennoch, er wäre mit ihr ungewöhnlich zufrieden und freute sich über ihre Mäßigung. Jeanne erklärte ihm, vor allem hätte sie keine Lust, sich vergiften zu lassen. Sie dächte dabei weniger an sich selbst, als an das Interesse der Religion. «Du hast im Grunde recht getan, lieber Mann, daß du wieder katholisch wurdest und in den Dienst des Königs von Frankreich tratest.»

«Sie haben mir das spanische Navarra versprochen.»

«Das werden sie dir nicht geben, denn sie brauchen den König von Spanien gegen uns Protestanten. Deine kleinen Zwecke wirst du nicht erreichen, aber du handelst im Sinne viel Größerer, die du lieber gar nicht mit Namen nennst.» Sie sagte dies, weil es ihr widerstrebte, ihn mittelmäßig und ohne hohen Ehrgeiz zu wissen.

Er hörte betroffen zu. Er ersparte ihr seine Antwort aus Verlegenheit, aus Nachsicht; denn er hielt sie geistig nicht mehr für gesund. Jeanne fand ihn nicht mehr würdig, sie zu umarmen, aber Vertrauen sollte bestehen in den Angelegenheiten ihres Hauses. Sie sagte:

«Es kann gar nicht anders kommen, als daß einstmals über Frankreich ein protestantischer Fürst herrscht, wir sind die Entschlossensten, weil wir den wahren Glauben haben. Drüben haben sie nur eine alte Frau mit schlechtem bleichem Fleisch, die an nichts glaubt.»

«Außer an die Astrologie», bestätigte er, froh, in einem Punkt mit ihr übereinzustimmen. Er setzte hinzu: «Aber ihre drei Söhne!»

«Die hat sie spät bekommen, sie war lange unfruchtbar – und sieh dir die drei lebenden Jungen an!» behauptete Jeanne, unbeirrbar. «Der vierte ist schon tot, er starb mit sechzehn Jahren, König war er siebzehn Monate lang. Sein Bruder regiert seither ein paar Monate länger, aber er hat auch Augen wie hundert Jahre alt.»

«Nach ihm blieben immer noch zwei», bemerkte er.

«Ihre Mutter wird sie ebenso sterben lassen. Sie ist eine Frau, die nicht hinblickt, wenn ein Kind in die Tür tritt. Das Königreich besteht für sie nur so lange, wie sie selbst da ist. Hätte sie Religion, sie würde gewiß sein, daß die Hand des Herrn ihren Leib gesegnet hat nicht nur für heut und morgen, sondern auf ewig!»

Jeanne d'Albret sprach diese starken Worte mit sanfter, fester Stimme. Ihrem Gatten war nicht geheuer, und er bewunderte sie. Um nur wieder festen Boden zu erreichen, sagte er:

«Du solltest Madame Catherine daran erinnern, daß der selige König unseren Sohn mit seiner Tochter verlobt hatte.»

«Daran wird sie mich erinnern», antwortete Jeanne, «und ich werde bedenken, ob mein Sohn nicht zu gut ist für eine Prinzessin aus diesem niedergehenden Geschlecht.»

Antoine wurde endlich ungeduldig. «Du bist schwer zufriedenzustellen. Der selige König war kerngesund und ist in einem Turnier gefallen. Die Valois können nichts dafür, daß eine Medici ihre Kinder schlecht erzieht.»

«Sprich auch gleich von den schamlosen Sitten, die sie mitgebracht hat an diesen Hof!» verlangte Jeanne.

Obwohl der Mann einen Auftritt nahen fühlte, konnte er seine Miene nicht beherrschen. Sein ganzer Körper erinnerte sich mit einer unwiderstehlichen Beglückung an die genossene Gunst bei Frauen dieses Hofes; das stand in seinem Gesicht.

Jeanne, noch soeben fein und überlegt, verlor den Kopf, sie fing an zu wettern und zu predigen. Die katholischen Götzenverehrer liebten, ihr zufolge, nur das Fleisch. Rein und streng waren die von der Religion, und ihre Hände hatten Eisen und Feuer, um auszurotten das Verderbte.

O Gott, so zeige Dich doch nur!

Es konnte sein, daß sie im Vorzimmer zu hören gewesen war; jedenfalls wurde die Tür aufgerissen, einige protestantische Herren erschienen darin und verkündeten, der Admiral Coligny sei im Hause, er ersteige die Treppe, er nahe, er sei angelangt. Alle machten Platz, und der protestantische Feldherr trat ein, er legte als Gruß die Hand auf die Brust. Der König von Navarra sogar neigte den Kopf vor diesem alten Mann und damit auch vor der Partei, die er führte. Wenn andere sie nur benutzten ihres Vorteils wegen, dieser hatte die uneigennützige Strenge eines Märtyrers, das stand auf seiner heftigen und traurigen Stirn.

Jeanne d'Albret umarmte den Admiral. Seiner hatte sie grade noch bedurft, um in die Begeisterung auszuschweifen. Sie rief nach allen ihren Leuten, ihren beiden Pastoren, ihren Kindern. Sie brachte ihren Sohn dem Admiral, der auf den Kopf des Knaben die rechte Hand legte und sie nicht fortnahm, solange der erste der Pastoren redete. Er sprach in Worten, die niemand mißverstehen konnte, vom Reich Gottes, das nahe bevorsteht. Wir kommen dran! Alle hörten es, ob es nun gesagt wurde oder nicht. Sie stießen einander in dem überfüllten Zimmer, jeder wollte nach vorn, schon zugreifen, schon haben, die ganze Macht, den ganzen Reichtum, und dies auch noch zur Ehre Gottes!

Der zweite der Pastoren stimmte einen Choral an. «O Gott, so zeige Dich doch nur!» Alle sangen dringend und erwartungsvoll, todesmutig und schon ihres Sieges sicher. Denn wo sangen sie so laut, wo behaupteten sie dreist ihre Sache? Im eigenen Hause der Könige von Frankreich! Sie konnten es wagen, sie wagten es!

Coligny erhob mit beiden Armen den Prinzen von Navarra über alle Köpfe, er ließ ihn dort oben einatmen für sein Leben, was vorging, was diese alle waren. Ein großes Bekenntnis wurde abgelegt von lauter gläubigen Helden. Henri war einverstanden und ergriffen, denn er sah seine liebe Mutter weinen und weinte mit. Sein Vater dagegen hatte, aus Furcht vor den Folgen der schönen Feier, alle Fenster schließen lassen; das machte die Luft im Zimmer fast unerträglich.

Dies alles waren recht gefährliche Überschreitungen der erlaubten Grenzen; Jeanne sah es nachher von selbst ein, ihr Gatte brauchte sie nicht lange zu warnen. Sie beschloß, der Königin Katharina jede beliebige Genugtuung zu geben, denn es bestand wenig Hoffnung, daß Madame Catherine von dem Vorfall nicht in Kenntnis gesetzt wäre. Als aber die beiden guten Freundinnen einander wiedersahen, erwies sich, daß die eine von dem ungehörigen Verhalten der anderen nichts wußte oder vorzog, darüber hinwegzusehen. Anstatt Jeanne Mißtrauen zu zeigen, bat die Königinmutter sie um Hilfe gegen ihre Feinde.

Die schlimmste Gefahr für das Herrscherhaus waren die Guise, das lothringische Geschlecht, das Anspruch auf den Thron machte. Jeanne begriff, daß dagegen die kleine Familie Bourbon für unschädlich gehalten wurde. Die Guise gaben sich weitaus katholischer als die Königin, auch waren sie reich. Beides begünstigte ihre Absichten; sie hatten angefangen, sich dem Volk von Paris als die Retter des Königreichs zu empfehlen. Die armen Könige von Navarra waren hier unbekannt, und sie kamen aus einer entfernten Provinz, die ketzerisch und ein Herd des Aufstandes war. Madame Catherine schnurrte wohlig wie eine alte Katze, sooft sie Jeanne d'Albret erblickte, und Jeanne fühlte sich gedemütigt, aber sie zeigte es nicht.

Sie war klug und ging auf alles ein, sobald die alte Katze wollte. Diese bohrte ein Loch in die Wand ihres Arbeitszimmers, dadurch sah und hörte sie, was Antoine von Bourbon und der Kardinal von Lothringen vielleicht gegen sie vorhatten; und Jeanne mußte mit ihr spähen und horchen, obwohl einer der Beobachteten ihr eigener Mann war. Indessen handelte es sich nicht um ihn, er wurde kaum gefürchtet; gerade das war sehr demütigend, aber Jeanne machte gute Miene. Furcht hatte die alte Katze vor dem Haupt des Hauses Guise, dem reichen Kardinal, der alle ihre Diener bestechen konnte, auch den Navarra. Diesem brauchte er übrigens nur die spanischen Pyrenäen zu versprechen, um sie ihm niemals zu geben; das kostete nichts.

Katharina und mit ihr Jeanne kamen hinter viele Ränke, denn der Kardinal empfing im Zimmer Antoines, das ihm am unverdächtigsten schien, noch andere Herren. Jeanne staunte über den Leichtsinn ihres Mannes. Wahrscheinlich verstand er nicht einmal alles; durch das Loch in der Wand sah sie ihm an, daß er mit seinen Gedanken bei einer Geliebten weilte. Das war ein Grund mehr für sie, ihm keinen Wink zu geben und ihre Freundin Katharina nicht an ihn zu verraten. Sie nahm sich sogar vor, es mit seiner Geliebten niemals zu einem öffentlichen Auftritt kommen zu lassen. Solche stille Selbstbeherrschung übte Jeanne; denn der Vorteil ihres Sohnes und der Religion verlangte, daß sie mit der alten Katze befreundet wäre.

Dennoch trat der schreckliche Fall ein, daß die Dame, eine Marschallin, ihr begegnete und sogar wagte, sich ihr vorzustellen, ja, einen Kuß zur Begrüßung erwartete sie. Jeanne ertrug es nicht, so vernünftige Vorsätze sie auch gehegt hatte. In diesen Armen, an dieser entblößten Brust lag in den Stunden, deren jede sie selbst immer älter und kränker machte, der einzige Mann, um den sie je gekämpft hatte! Empört starrte Jeanne in das Gesicht, das reizend und sogar lieblich war. Der ganze Betrug des Lebens stieg ihr in den Hals. Wenn sie es auch nicht gewollt hätte, sie drehte der Dame den Rücken und ließ sie stehen.

Die Marschallin aber nahm die Behandlung nicht hin und wich keineswegs. Während die Königin von Navarra andere begrüßte, stand sie dabei, ihr Gesicht war nicht mehr lieblich, und sie sagte laut genug:

«Du kehrst mir den Hintern zu, und küssen willst du mich nicht? Beim heiligen Johann! Um so weniger Küsse beziehst du von deinem Mann; die krieg alle ich!»

Jeanne umgab sich dicht mit ihren Freundinnen, um auf gute Art fortzukommen. Die andere war ein großes, drohendes Weib, ein Zusammenstoß hätte schlimm enden können. Mehrere Herren, die aufmerksam wurden, beschützten Jeanne auf der Flucht.

Aber erst nachher sah es aus, als ob der Vorfall ihr gefährlich werden sollte. Nie hatte sie ihren Mann so zornig gesehn, er sprach davon, sie zu verstoßen, sie einzusperren, und sie wußte, daß nicht allein seine Geliebte ihn aufhetzte. Das Loch in der Wand hatte sie davon überzeugt, daß der Kardinal von Lothringen mit dem armen Antoine machte, was er wollte, und sein Ziel war die Beseitigung Jeannes; dann hatte das Haus Guise keine Mitbewerber mehr, und die Protestanten verloren ihre Königin.

Jeanne begriff vollkommen, daß sie nur bei Madame Catherine ihr Heil suchen konnte. Durch das Loch wurde ihnen beiden bekannt, was die Freunde Antoines ihm einredeten: er könnte die junge Maria Stuart heiraten. Diese war die Witwe des verstorbenen ältesten Sohnes der Medici, eines ihrer Söhne, die nacheinander König hießen, während sie selbst regierte. Katharina war derselben Meinung wie Jeanne, daß diese Verbindung verhindert werden müßte. Sie konnte einen Mann im Haus nicht brauchen, wäre es auch nur der gute Antoine. Hinsichtlich seiner verstanden die Frauen einander.

Katharina wurde hierdurch sogar veranlaßt, sich an einen anderen Plan zu erinnern, die Verlobung ihrer Tochter Margot mit dem kleinen Henri von Navarra. Sie sagte offen, dies wäre der wahre Nutzen des Königreichs, einen Prinzen von Geblüt und den nächsten Verwandten des Hauses darin aufzunehmen und daran zu fesseln. Einer ihrer Astrologen hatte ihr eröffnet, es würde eine ihrer glücklichsten Handlungen sein. Leider war es zu früh, wegen der Jugend der Kinder. Die Königinmutter bezeugte Jeanne ihre Aufrichtigkeit durch eine Umarmung; aber in den Armen der alten Katze begann Jeanne zu zittern. Ihr war ein gewisses Gerücht über ihre gute Freundin eingefallen. Madame Catherine sollte einen Würdenträger vergiftet haben, damit sie seine Einkünfte für einen anderen frei bekäme. Im gleichen Augenblick sagte Katharina und machte die Umarmung etwas enger:

«Für meine Freundin bin ich zu allem fähig.»

Vielleicht war es Zufall. Jedenfalls belehrte dies Wort die Mutter Henris nochmals, wie sehr geboten es war, die Freundschaft dieser Frau um keinen Preis zu verlieren. Aber in ihrem Innern war zuviel Auflehnung gegen die eigene Einsicht, sie konnte niemals lange klug bleiben. Wenn Jeanne ihre wahre Gesinnung noch so fest im Herzen verschlossen hatte, plötzlich befreite die Wahrheit sich und wurde laut. Der Ton der schmächtigen Jeanne bekam dann etwas Herrisches und Hohes, weil sie im Namen der Religion sprach. Noch im Laufe dieses selben Gesprächs forderte sie, und vergaß dabei alle schrecklichen Gerüchte über Madame Catherine:

«Margot muß protestantisch werden! Sonst darf mein Sohn sie nicht heiraten.»

Sie wußte durchaus nicht, wie die andere es aufnehmen würde; aber die blieb genauso freundlich, sie wurde sogar noch vertraulicher. Sie gestand, daß sie überlegte, ob nicht auch sie selbst mit allen ihren Kindern zu der neuen Religion übertreten sollte! Die Protestanten wären vielleicht doch die Stärkeren, und mit ihnen schlüge sie dann die Guise. Vom Glauben sprach sie gar nicht, und Jeanne warf es ihr vor; aber die Predigt, die sie ihr hielt, berührte die gute Freundin Katharina nicht. Sie erwiderte einfach, es wäre besser, das Spiel nicht aufzudecken, und ihre gute Freundin Jeanne sollte nur fortfahren, die Pastoren bei geschlossenen Fenstern predigen zu lassen.

Hierbei öffnete sie ein Fenster und bat Jeanne, hinauszusehen. Im Garten vergnügten sich Margot und Henri. Er schaukelte das kleine Mädchen, es trug heute kein Prachtgewand, nur ein leichtes Gewebe, und das flatterte um sie her bei jedem Schwung der Schaukel. Henri hockte sich auf den Boden, ließ sie über sich hinfliegen und rief: «Jetzt seh ich deine Beine!»

«Du siehst sie nicht», rief Margot hinunter.

«Wie die Sonne am Himmel», beteuerte er.

«Das ist nicht wahr.»

«Und sie sind dick!»

«Halte sofort die Schaukel an!»

Er tat es nicht, sondern ließ sie von selbst ausschwingen. Margot stieg ab, nahm zuerst seine Hilfe an, und dann schlug sie ihm mit aller Kraft ins Gesicht.

«Das habe ich verdient», sagte er und verzog vor Schmerz das Gesicht. Hierauf erfaßte er den Saum ihres Kleides und küßte ihn.

«Fang nicht wieder so an!» verlangte sie. «Du warst immer nur höflich und artig, das mag ich nicht. Heute zum erstenmal hast du richtig mit mir gesprochen.»

«Weil ich jetzt sicher weiß, daß du Beine hast wie die anderen Mädchen, aber schöner.»

«Nein, du weißt es noch nicht. Warte, bis wir beide größer sind!»

Hierauf schwieg sie, sah ihn nur an und bewegte dabei die rosige Spitze ihrer Zunge zwischen den Lippen. Ihr Gesicht hatte Farben wie ein auf Porzellan gemalter Pfirsich, nicht wie ein wirklicher. Der Junge unterschied niemals genau, ob sie ihn herausforderte oder abwies. Damit die Sache endlich klarwürde, fiel er über sie her und küßte sie gewalttätig. Margot verlor davon den Atem und lachte glücklich.

«Du kannst es besser als –»

«Wer?» fragte er und stampfte mit dem Fuß.

«Niemand», sagte sie beleidigt.

Droben schloß Madame Catherine das Fenster, sie verhinderte dadurch Jeanne, hinunterzurufen.

«Unsere Kinder verstehen einander», bemerkte die Dicke mit ihrer gutmütigen Ironie. Die Dünne war krankhaft erblaßt, aber noch immer beherrschte sie sich.

Die Folge war, daß sie ihren Sohn so eng an sich zog, als ob sie noch zu

Hause gewesen wäre. Er hatte lange keine guten Lehren gehört, seine Mutter bearbeitete ihn jetzt wieder täglich, er sollte das Gefühl nicht verlieren, mit ihr auf feindlichem Gebiet vorzugehen, gegen alle, für die Religion: ihre Verteidigung, das Werben für sie, die Verhöhnung der Messe, der Heiligenbilder, was alles noch! Henri glaubte an seine Mutter; was sie sprach, nahm vor seinen Augen feste Gestalt an. Über Margot hatte sie ihm kein Wort gesagt, wahrscheinlich schämte Jeanne sich des Vorganges, den sie aus dem Fenster mitangesehen hatte, und verübelte es Katharina, daß sie ihn ihr gezeigt hatte.

Er aber begriff; sein böses Gewissen verriet ihm, was seine liebe Mutter meinte, und plötzlich erklärte er der kleinen Marguerite mit einem Gesicht, vor dem sie erschrak: von ihren Beinen könnte nie mehr die Rede sein, die würden in der Hölle braten! Sie sagte, daß sie es nicht glaube, in Wirklichkeit aber fürchtete Marguerite sich und fragte ihre Mutter um Rat.

Die erste Trennung

Madame Catherine erfuhr noch auf andere Weise von den Umtrieben Jeannes. Es war nicht schwer, weil ihr kleiner Sohn so wenig zurückgehalten wurde. Wenn die Protestantin sich selbst noch Geduld und Heimlichkeit auferlegte, bei Henri versuchte sie es nicht, im Gegenteil. Sie verließ sich darauf, daß die Wahrheit unangreifbar ist, wenn sie aus dem Munde von Kindern kommt.

Henri war glücklich, seiner lieben Mutter gefällig zu sein, noch dazu in Dingen, die ihm so viel Spaß machten wie die Verhöhnung der Katholiken. Inzwischen war er der Anführer einer Bande von Jungen geworden, allen verstand er beizubringen, daß es nichts Lächerlicheres gäbe als Bischöfe und Mönche. Bei der Bande befand sich schon bald der ganze Nachwuchs des Hofes, selbst die Königinmutter kannte nicht den Umfang der Verschwörung, denn wer hätte ihr zu sagen gewagt, daß ihre eigenen Söhne dabei waren. Zuerst hatte Henri den jüngsten der drei Prinzen gewonnen für das neue Vergnügen, sich als geistliche Herren zu verkleiden und in diesem Aufzug das Schloß unsicher zu machen. Sie platzten so ungezogen wie möglich in ernste Beratungen und in Liebesszenen hinein und verlangten noch, daß man ihre Kreuze küßte. Es war für sie ein wirklich lustiger Karneval, trotz der unpassenden Jahreszeit im Herbst.

Der jüngste Prinz, d'Alençon genannt, war der unternehmendste, wenn er auch gleich fortlief. Es konnte aber nicht fehlen, daß auch der zweite, Henri, genannt Monsieur, Lust bekam, mitzutun, und zuletzt juckte es Karl den Neunten selbst, ihn, den christlichen König, das Oberhaupt aller Katholiken. Er zog sich wie ein Bischof an und prügelte die Herren und die Damen mit seinem Krummstab, was sie aus Ehrerbietung auch geschehen ließen. Lachen konnte dieser Knabe nicht, er wurde nur bleicher, sein Seitenblick nur mißtrauischer, und er erregte sich, bis ihm unwohl wurde. Wer stand dabei und freute sich aus unschuldigem Herzen dessen, was er angerichtet hatte? Henri Navarra.

Die «kleinen Lieblinge» nannte der Hof die Verschwörer und stellte sich, als wären sie nur leicht zu nehmen. Madame Catherine wurde so lange getäuscht, bis einmal vor ihrer Tür ein Lärm entstand, sie glaubte einen Augenblick, es sei um sie geschehn. Bei ihr weilte niemand außer einem italienischen Kardinal, und der sah sich schon um, wo er sich verkröche. Dann ging aber die Tür auf, und herein kam als erster ein Esel, darauf ritt Henri von Navarra, rot gekleidet und mit allen Abzeichen einer hohen kirchlichen Würde. Ihm folgten viele junge Herren mit spitzen Mützen, ausgestopften Bäuchen, Mönchskutten jeden Ordens; sie spornten ihre Grautiere an und sprengten um den Saal, unter Absingung von Litaneien. Die Unberittenen sprangen einander auf die Rücken und wollten sich tragen lassen, dabei stürzten viele, die Möbel mit ihnen, der getäfelte Saal hallte wider von Gesang, Wehgeschrei, Krachen des Holzes, Hufgeklapper und Gelächter.

Auch die Königinmutter lachte anfangs, schon weil es keine Mörder waren. Als sie aber am Ende ihrer eigenen Söhne ansichtig wurde, obwohl die Prinzen sich gerne ihrer Aufmerksamkeit entzogen hätten, da war im Grunde ihre Geduld vorbei, sie ließ es indes nicht sehen. Sie stellte sich, als wäre sie nur zum Schein erzürnt, mit mütterlicher Strenge ermahnte sie alle Knaben, zu achten, was heilig ist, und etwas anderes zu spielen. An die Prinzen wandte sie sich nicht besonders. Nur dem kleinen Navarra gab sie einen gutmütigen Backenstreich.

Dennoch war Katharina über die wahre Gesinnung ihrer guten Freundin Jeanne seitdem belehrt, und das geschah schon im Herbst, zur gleichen Zeit, als die beiden guten Freundinnen das Loch in die Wand bohrten. Jetzt kam es nur noch darauf an, wie gefährlich die Protestantin werden konnte, und das zeigte sich zuerst im Januar, als sie ganz offen nach Paris fuhr, um den Eifer ihrer Religionsgenossen zu beleben und sie aufzuwiegeln. Katharina hatte ihnen erlaubt, öffentlich zu predigen, und sofort mißbrauchte die Königin von Navarra die erlaubten Freiheiten. Katharina schwieg und behielt Jeanne als Vertraute; ihre Art war, die Dinge von selbst zum Ende treiben zu lassen. Auch als dieses ihr erreicht schien, trat sie nicht persönlich hervor; vielmehr übergab der arme Antoine ihre Befehle, wobei er glaubte, es seien seine eigenen. Jeanne sollte den Hof verlassen, und das Härteste war: ohne ihren Sohn.

Der Vater behielt Henri zurück, damit er dem Einfluß der Mutter entzogen und ein guter Katholik würde. Vor noch nicht zwei Jahren hatte derselbe Vater ihn zu einem guten Hugenotten machen wollen. Henri erinnerte sich dessen wohl; aber wenn er gewagt hätte, es auszusprechen, wäre er zu sehr erschrokken – über den Vater, über sich selbst. Er fühlte schon jetzt, daß es im Leben stärkere Beweggründe geben mußte als die einfache Aufrichtigkeit. Als seine Mutter Jeanne von ihm Abschied nahm, weinte er – ach, hätte sie gewußt, über was alles! Sie tat ihm leid, so sehr bedauerte er sich selbst nicht. Immer war sie sein höchster Glaube gewesen, zuerst Jeanne und erst dann die Religion.

Jetzt schluchzte sie, küßte ihn, hatte die Erlaubnis nur noch dies eine Mal, und dann mußte sie fort, wohin ihre Feinde sie schickten, er aber kam gegen ihren Willen in eine katholische Schule. Sie faßte sich zwar, um ihn streng und drohend zu ermahnen, daß er niemals zur Messe gehen dürfte, sonst würde sie ihn enterben. Er versprach es ihr auch, weinte aus dem Herzen und war zu allem Guten entschlossen – aber nicht, weil er es für das Sicherste hielt: das war schon hier vorbei. Seine liebe Mutter ging in die Verbannung für die wahre Religion. Sein Vater verleugnete die Religion, auch er tat gewiß, was er mußte. Seine Eltern liebten einander nicht mehr, sie waren Gegner, kämpften jeder um ihn, und das alles war nicht einfach, er fühlte es. Hätte Madame Catherine wirklich den Buckel und die Klauen gehabt, auch rote Augen und eine triefende Nase, dann wäre das Ganze noch zu verstehen gewesen. So aber stand ein kleiner Knabe allein vor der unsicheren, unerklärlichen Welt, und er selbst sollte nächstens den Fuß darauf setzen!

Er kam in das «Collegium Navarra», die vornehmste Schule von Paris, auch der Bruder des Königs, der Monsieur genannt wurde, und ein gleichalteriger Guise besuchten sie. Beide hießen mit Vornamen wie der Prinz von Navarra, zusammen waren sie «die drei Henris».

«Ich war wieder nicht in der Messe», sagte der Prinz von Navarra voll Stolz zu den beiden anderen, als sie allein einander trafen.

«Du hattest dich versteckt.»

«Erzählen sie das? Dann lügen sie. Ich habe ihnen laut meine Meinung gesagt, und sie haben sich vor mir gefürchtet.»

«Fein! Mach nur so weiter», rieten sie, und er in seinem Eifer merkte noch gar nicht, daß sie es mit ihm nicht ehrlich meinten. Er schlug vor: «Wir wollen uns wieder wie damals verkleiden, Bischofsmützen aufsetzen und auf Eseln reiten.»

Zum Schein gingen sie darauf ein, verrieten ihn aber den geistlichen Lehrern, und das nächste Mal bekam er Schläge, bis er sich in die Kapelle mitnehmen ließ. Hierbei blieb es vorerst, denn er wurde krank, weil er es sich gewünscht hatte und es sein wollte.

An seinem Bett saß während dieser Zeit ein Mann, der einzige, den seine Mutter bei ihm zurückgelassen hatte. Dieser Beauvois hatte es eilig, zu den Feinden seiner Herrin überzugehen, und Henri bemerkte, daß er die Peitschenhiebe, die er bekam, nicht nur seinen Freunden, den jungen Prinzen verdankte; auch der Spion verriet ihn.

«Gehen Sie fort, Beauvois, ich will Sie nicht sehen!»

«Wollen Sie auch einen Brief Ihrer Mutter, der Königin, nicht lesen?»

Da erfuhr der Knabe zu seinem großen Erstaunen, daß seine liebe Mutter den Verräter ihres Dankes und ihrer Zufriedenheit versicherte, weil er ihr alles berichtete, was hier geschah. «Bestärken Sie meinen Sohn in seinem Widerstand und erhalten Sie ihn bei der Religion! Sie tun recht, daß Sie ihn manchmal dem Rektor anzeigen, so daß er die Peitsche bekommt. Dies Opfer muß er bringen, nur dadurch können Sie in seiner Nähe bleiben, und ich kann durch Sie meinen lieben Sohn wissen lassen, was ich unternehme.»

Hierauf folgte noch vieles, aber Henri mußte sich zuerst den Mann neben seinem Bett ansehen; er meinte etwas Ähnlichem nie begegnet zu sein, dabei saß dort nur ein ziemlich beleibter Herr mit breitem Gesicht und eingedrückter Nase. Man erkannte auch, daß er viel trank; etwas Besonderes hätte Henri bei ihm nicht vermutet. Jetzt enthüllte er sich voll von Schlichen, ein krummes Wesen, obwohl so bieder anzusehen, und doch ein treuer Diener!

Der Herr von Beauvois las in der Miene des Prinzen von Navarra besser, als dieser in der seinen. Er sagte mit milder Stimme, während seine glanzlosen Augen sich belebten:

«Es ist nicht nötig, allen zu sagen, wer man ist.»

«Und das wissen Sie wohl selbst nicht», erwiderte ganz schnell der Achtjährige.

«Es kommt immer nur darauf an, sich zu halten, wo man sein will», sagte der alternde Mann.

«Das merke ich mir», begann Henri und dachte weiterzusprechen: ‹Aber Ihnen werde ich nie mehr trauen.› Dazu kam er indes nicht, Beauvois hatte ihm plötzlich den Brief seiner Mutter fortgenommen – ein unheimlich geschickter, unsichtbarer Griff; er ließ das Papier verschwinden. Schon sagte er ganz verändert:

«Morgen werden Sie aufstehn und freiwillig zur Messe gehn. Ich rate es Ihnen, denn Sie sind schwach und würden die Peitsche schlecht vertragen, aber was verdienen Sie anderes, wenn Sie nicht gehorchen.»

Er drückte sich so weitläufig aus, daß Henri endlich doch die schleichenden Schritte hörte, bei der Tür hinter seinem Bett. Er wandte den Kopf nicht, aber er tat, als ob er weinte; damit ließen sie die Zeit vergehen, bis der Aufseher fort war. Dann teilte der Vertraute ihm den übrigen Inhalt des Briefes mit, flüsternd und eilig, bevor wieder jemand dazwischen käme.

Jeanne d'Albret unternahm nicht mehr und nicht weniger als den offenen und allgemeinen Bürgerkrieg. Sie schonte ihren Gatten nicht länger und daher niemand mehr. Sie brauchte Leute und Geld für ihren Schwager Condé, einen großen Herrn, der seine eigene Macht mit der Religion verwechselte, aber das war ihr gleich, er sollte das protestantische Heer führen. In der Grafschaft Vendôme, wohin sie verbannt war, ließ sie Kirchen plündern. Sie empfing sogar Geld aus der Schändung von Gräbern, und es waren Gräber von Verwandten ihres Mannes! Nichts schreckte sie ab, nichts blieb bestehn, außer ihrem Willen.

Dies alles hörte ihr Sohn mit ihrer Stimme, an seinem Ohr sprach ihr Mund leidenschaftlich, obwohl es nur das überstürzte Geflüster eines fremden Menschen war. Henri sprang aus dem Bett und war gesund. Fortan ertrug er wieder alle Leiden, wenn sie ihn nur vor dem Gang zur Messe bewahrten. Oft vergaß er alles, wurde fröhlich, wie er von Natur war, und balgte sich lärmend mit den anderen Jungen, sah die hohen dunklen Mauern des Schulhofes nicht mehr, war frei und war der Sieger. Er glaubte im Ernst, bald würden seine Feinde ihn angehen und demütig bitten um Fürsprache bei seiner lieben Mutter, sie möchte ihnen verzeihn.

Es kam anders. Jeanne verlor und mußte flüchten, aber ihr Sohn wartete das

Ende nicht erst ab. Am ersten Juni gab er nach, seit März hatte er sich gehalten. Sein Vater selbst führte ihn zur Messe, ihm schwur Henri, rechtgläubig zu bleiben, und erwachsene Ordensritter küßten ihn als ihren Mitstreiter, darauf war er trotz allem stolz. Wenige Tage später brach seine liebe Mutter eilig auf; Beauvois berichtete es ihm vorwurfsvoll, obwohl er ihm selbst geraten hatte, noch vor dem Zusammenbruch des Unternehmens den rechten Glauben anzunehmen. Aus einer Gegend nördlich der Loire entwich sie ihren Feinden nach Süden bis in ihr Land, immer in Gefahr, gefangen zu werden von dem General Montluc, den Katharina ihr nachschickte.

Wie sehr in Angst begleitete das Herz ihres Sohnes sie auf ihrer Reise! Er war ihr ungehorsam geworden und hatte sie verraten, kam ihr ganzes Unglück nicht daher? Ihr wagte er nicht zu schreiben, einem ihrer Herren schickte er Briefe, die Schreie der Verwirrung und des Schmerzes waren: «Larchant, ich habe so große Furcht, daß der Königin, meiner Mutter, etwas Übles zustößt!»

Das war am Tag; aber in der Nacht schläft ein Kind und träumt vom Spiel. Sogar unter den Stunden des Tages waren doch immer mehrere, die ihn alles vergessen ließen, das Unglück und seine eigene geringe Bedeutung in der Welt. Dann tat er etwas, woran niemand und keine Verkettung ihn hinderten, er setzte einem im Spiel besiegten Jungen das Knie auf die Brust. Hierauf lachte er ihn aus und ließ ihn laufen. Das war falsch, die Bestraften sind weniger gehässig als die Verschonten; aber das sollte Henri niemals ganz begreifen.

Er war nicht grade beliebt bei seinesgleichen, obwohl er beides bei ihnen erreichte, Furcht und Lachen. Ihm lag an ihrer Achtung und daneben an der Wirkung seiner Späße, wobei er niemals bemerkte, daß sie ihn nicht mehr achteten, wenn sie lachten. Er machte ihnen einen Hund vor oder nach ihrem Belieben einen Schweizer oder Deutschen; denn der innere Krieg führte die fremden Landsknechte nach Paris, er hatte sie gesehn. Einst rief er aus: «Cäsar wurde ermordet!» Zu Henri Monsieur sagte er: «Sie sollen Cäsar sein.» Zu Henri Guise: «Und wir die Mörder.» Er kroch am Boden, um seinem Genossen zu zeigen, wie man sich an ein Opfer heranschleicht. Dieses wurde vom Entsetzen gepackt, es schrie und flüchtete, aber die beiden Verfolger waren schon über ihm.

«Was machst du denn?» fragte plötzlich der Sohn Jeannes. «Du tust ihm weh.»

«Wie soll ich ihn sonst ermorden?» erwiderte Guise. Indessen hatte der Augenblick der Unterbrechung genügt, um Cäsar nach oben zu bringen, er schlug unerbittlich, Navarra mußte jetzt ihn davon abhalten, den anderen umzubringen.

Er kehrte lieber zur Posse zurück. Jene begriffen nicht, daß man kämpfen und es leichtnehmen konnte. Sie wurden schwerfällig ernst und brüllten «Schlagt ihn tot!» – während er selbst sich am Spiel begeisterte.

Er war kleiner als die meisten Gleichalterigen, hatte eine braune Hautfarbe bei dunkelblonden Haaren, sein Gesicht und seine Augen waren beweglicher als die ihren, seine Einfälle kamen schneller. Manchmal standen alle um ihn her und bestaunten ihn als etwas Fremdes, einen Tanzbären oder Affen.

Bei aller Begeisterung, in die seine Phantasie ihn versetzte, konnte er plötzlich die Wahrheit erkennen; sie sahen einander fragend an, sie hatten nicht verstanden, was er redete, es war zu sehr gefärbt von seiner heimatlichen Sprache. Die beiden anderen Henris brachten heraus, daß er dem Wort Löffel einen falschen Artikel gab, aber sie sagten es ihm nicht, sondern machten den Fehler jetzt selbst, sooft er dabei war. Er fühlte wohl, daß sie irgend etwas gemein und vor ihm voraushatten. In dieser Zeit träumte er; wovon doch? Am Morgen war es vergessen. Erst als ihm klarwurde, daß er Heimweh, schreckliches und wildes Heimweh litt, da wußte er auch, was jeder Traum ihm zeigte: die Pyrenäen.

Als der Vater starb

Er sah sie grün bewaldet bis in den Himmel, seine Füße trugen den Schlafenden hinan wie der Wind, und oben war er so groß wie sie, so groß wie die Berge. Er konnte sich hinabneigen bis zu dem Schloß von Pau und seine liebe Mutter auf den Mund küssen. Vom Heimweh erkrankte er wieder, wie vorher wegen der Messe. Man hielt es zuerst für die Blattern, die waren es nicht. Sein Vater hatte ihn damals auf das Land gebracht, denn Antoine von Bourbon zog wieder einmal ins Feld, und sein kleiner Sohn sollte nicht allein in Paris bleiben. Henri fürchtete die Verlassenheit auf dem Lande nicht weniger, er erflehte vom Vater, daß er ihn mitnehmen möge in das Lager. Das tat Antoine schon darum nicht, weil er dort eine Geliebte hatte.

Als er fortritt, begleitete Henri ihn eine Strecke weit auf seinem Pferd. Er konnte sich nicht trennen, er liebte wie nie vorher diesen schönen Mann in Bart und Waffen, das war sein Vater, noch blieb er ihm, bis an den Kreuzweg noch, bis zu dem Bach! «Ich bin schneller als du, willst du wetten? Ich weiß eine Abkürzung, hinter dem Wald hast du mich auf einmal wieder neben dir!» Das trieb er, bis der Vater ihn im Zorn nach Hause schickte. Aber kaum sechs Wochen, und Antoine war tot. Das Laub der Bäume vertrocknete, und ein Bote kam zu seinem Sohn, der König von Navarra sei gefallen.

Der Prinz, sein Sohn, wollte aufschreien, plötzlich unterdrückte er alle Tränen und fragte:

«Ist es wahr?»

Denn er hielt es jetzt schon für die Regel, daß man log und ihm Fallen stellte.

«Erzähle mal, wie es zuging!»

Zweifelnd hörte er die Geschichte von dem Laufgraben, wohin der König sich sein Essen bringen ließ. Der Page, der ihm einschenkte, war schon von einem Geschoß verwundet worden. Einen Hauptmann gleich daneben traf ein anderes tödlich, der stand ungedeckt und verrichtete sein Bedürfnis. Stellt der König sich auf denselben Fleck! Wie sollte es anders kommen? Noch eine Kugel schlug dort ein, und das war, als der König pißte.

Hier ließ endlich Henri seine Tränen fließen. Er hatte die Wahrheit erkannt an dem unbesorgten Mut seines Vaters. Ihn brannte der Schmerz, daß er selbst hatte fern sein müssen, nicht hatte teilhaben dürfen an der Schlacht und der Gefahr, wie dieser Diener, den sein Vater geliebt hatte.

«Raphael!» schrie er ihn an. «Liebte der König mich?»

«Als er seiner Verwundung erlag, es war auf dem Schiff, das ihn nach Paris führen sollte –»

«Wer war bei ihm? Ich will es wissen!»

Der Diener antwortete nicht. Die Geliebte, in deren Armen Antoine gestorben war, verschwieg er.

«Ich war mit ihm allein», versicherte er. «Als mein Herr das Ende kommen fühlte, neun Uhr abends, faßte er mir in den Bart und sagte: Dien meinem Sohne gut, und mög er gut dem König dienen!»

Henri sah dies vor sich, daher hörte er auf zu weinen und griff selbst in den Bart des Mannes. Er fühlte, daß es nichts Schöneres geben könnte, als so brav wie sein Vater Antoine zu sterben für den König von Frankreich.

Das Andenken an seinen Vater bestimmte die beiden nächsten Jahre des Knaben. So lange sah er seine Mutter nicht wieder. Jeanne wurde die ganze Zeit schwer bedroht vom General Montluc; das war der Druck, unter dem Madame Catherine erreichte, daß sich mit ihr leben ließ. Darauf verstand sich Madame Catherine, denn sie kannte nicht die Leidenschaft zu hassen wie Jeanne d'Albret; sie handelte einfach nach den Umständen. Das Haus Guise blieb ihr stärkster Feind, während die Protestanten zeitweilig unterlegen waren. Um so eher konnte sie sich ihrer bedienen, vor allem ihrer geistigen Führerin. Alles wohl überlegt, entschied Madame Catherine wie folgt.

Der junge Prinz von Navarra wurde, wie sein Vater es gewesen war, Gouverneur der Provinz Guyenne, auch Admiral wurde er, und hundert Leibwächter bekam er, mußte aber bei Hof bleiben. Sein Stellvertreter dort im Süden, der hieß natürlich Montluc, kein anderer als der, über den Jeanne sich so heftig beschwerte. Dafür durfte sie ihren Henri erziehen, wie sie wollte, obwohl sie selbst nicht zugegen war. Sofort gab sie ihm als Lehrer seinen alten biederen La Gaucherie zurück, die oberste Leitung des Prinzen lag in den Händen des schlauen Beauvois, und zur Messe wurde nicht mehr gegangen. Henri war wieder Protestant, es regte ihn schon nicht mehr auf.

Er sagte sich: ‹Ich bin katholisch geboren, meine liebe Mutter hat mich zum Hugenotten gemacht, und das will ich auch bleiben, obwohl mein Vater mich schon wieder zur Messe geschickt hatte, oder eigentlich war es Madame Catherine, und die Ordensritter küßten mich. Wenn ich jetzt mit denen von der Religion im Felde stände, wie es mir zukäme› – und dem Knaben schlug das Herz –, ‹dann würden sie mich nicht mehr küssen. Vielmehr müßte ich sie darum bitten, denn sie könnten uns besiegen, und darauf wäre ich wieder katholisch. So ist die Welt.›

Noch höher sprang sein Herz. ‹Nein!› dachte er. ‹Siegen oder sterben!› Diesen Spruch, aut vincere aut mori, schrieb er auch auf einen Zettel, für eine Lotterie, und Madame Catherine fragte ihn, was das bedeutete. Da sagte er, den Sinn der Worte kenne er nicht.

Im elften Jahr war Henri, als er mitgenommen wurde auf die große Reise des Königs Karl des Neunten durch Frankreich. Die Königinmutter Katharina fand, daß das ganze Königreich ihren Sohn endlich zu sehen bekommen müßte, und auch der erste Prinz von Geblüt, der Henri von Navarra war, müßte in seinem Gefolge überall gezeigt werden, ein Protestant und doch nur ein Vasall. Wer durchkreuzte wieder einmal die Pläne der klugen Dicken? Oder glaubte wenigstens sie zu durchkreuzen? Jeanne d'Albret; plötzlich erschien sie. In eine Stadt, wo der Hof sich grade aufhielt, zog sie ein wie eine selbständige Fürstin, mit dreihundert Reitern und nicht weniger als acht Pastoren.

Sofort überfiel sie Madame Catherine mit lauter unbefriedigten und stürmischen Forderungen. Sie ließ sich nur die Zeit, mit ihrem Sohn zu beten. Ihren Sohn hatte sie ihrer guten Freundin überlassen als Pfand der Verständigung; statt dessen verbot Montluc in Béarn das Predigen, und etwas noch Schlimmeres sollte bevorstehen, eine Zusammenkunft Katharinas mit Philipp dem Zweiten von Spanien, dem Dämon des Südens und Erzfeind der Religion. Jeanne verlangte die Wahrheit, Jeanne forderte ihr Recht.

Niemand konnte Verträge gleichgültiger finden als Katharina, sobald sie keinen Nutzen mehr brachten. Sie lachte nach ihrer Art in sich hinein. ‹Meine gute Freundin, jetzt sind Sie hier und ich habe Sie, das hat mir am meisten am Herzen gelegen!›

So war es wirklich, denn Philipp hatte sie wissen lassen, bevor er seine Gesandten auf die andere Seite der Pyrenäen schickte, müßte die Königin von Navarra aus der Gegend verschwinden. Daher erreichte Jeanne nichts weiter als etwas Geld zum Leben für ihre Reiter und Pastoren, damit mußte sie sich wieder in die Grafschaft Vendôme zurückziehen, wie vor zwei Jahren. Die Reise des Hofes aber ging nach Süden.

Jeanne verzieh es sich nicht, daß sie in eine Falle geraten war. Ihr Sohn schlief eines Nachts zu ebener Erde im Gasthof eines Ortes, dessen Schloß zu klein gewesen war für die ganze Gesellschaft. Plötzlich sprang er auf. Glas hatte geklirrt, und jemand war auf den Fußboden gefallen. Henri stürzte sich mit aller Kraft auf den Mann, solange er noch lag, und rief dabei laut um Hilfe. Lichter und Leute erschienen, der Mann wurde übel zugerichtet. Als Henri ihn sehen konnte, erkannte er ihn und schwieg bestürzt. Auf einmal verstand er, wer ihn geschickt hatte, und wozu. Aber er hütete sich, irgend jemandem einzugestehen, daß seine liebe Mutter ihn hatte entführen lassen wollen. Auch sein Erzieher Beauvois verriet sich nie. Beide blickten einander manchmal traurig an, der Ältere schüttelte den Kopf, indessen der Knabe ihn senkte.

Ein Ort in der Provence heißt Salon, dort wohnte damals ein merkwürdiger Mann, und Henri von Navarra lernte ihn kennen. Es war früh am Morgen; der Elfjährige stand nackt im Zimmer, grade sollte der Diener ihm sein Hemd reichen, da trat Beauvois ein und mit ihm dieser Mann. ‹Was will Beauvois›, denkt Henri. ‹Ist das ein Arzt? Ich bin nicht krank.›

Indessen fragt der Mann: «Wo ist der Prinz?» Hält fünf Schritte vor ihm und sieht ihn nicht, obwohl er ganz nackt ist! Beauvois beantwortet die Frage nicht, sondern wartet aufmerksam – scheu, hätte man gesagt, wenn Beauvois scheu sein könnte. Der Diener seinerseits verzieht sich in eine Ecke und nimmt das Hemd mit. Der Knabe fühlt sich sonderbar allein, entkleidet, vollkommen sichtbar, auch die Fehler, auch das Schlechte. Er beginnt zu fürchten, das Ereignis werde darauf hinauslaufen, daß er die Peitsche bekommt. O alter Mann, so hager, eisengrau von Haaren und die Wangen hohl, so sieh mich endlich und dann geh wieder!

Längst hält der Mann ihn im Auge, durchforscht die Gestalt und das kleine Menschengesicht; das weiß nur niemand, sein eigener Blick ist verhängt und kommt von weiter her als aus fünf Schritten Abstand. Außerdem lenkt er ab, durch unbegründete Bewegungen, springt zurück, stößt Beauvois an, murmelt Entschuldigungen, hört überhaupt nicht auf zu murmeln, viel zu spät aber fällt ihm ein, sich zu verbeugen. Er schwenkt dabei seinen großen Hut, und aus Ungeschicklichkeit schleudert er ihn fort, dem Prinzen vor die Füße. Hier tut Henri etwas, das nicht seinem Rang entspricht. Er weiß nicht warum, er hebt den Hut auf und bringt ihn dem Mann, einem Mann, der höchstens ein Arzt, aber für einen Arzt zu ungeschickt ist.

Da stehen sie nahe voreinander, der Hagere sieht hinunter, der Kleine erhebt angestrengt das Gesicht – umsonst; der unfaßbare Blick dieser Erscheinung zieht einen Vorhang bis über seine Wangen und den Hals, übrig bleibt das Gerüst ohne Kopf, ein Schleier statt des Kopfes. Der Knabe fürchtet sich, und nicht mehr vor Prügeln.

Der Mann hat aufgehört zu murmeln, er denkt: ‹Was sage ich?› Er fühlt: ‹Dies ist ein Kind. Es ist das Unerfüllte, Grenzenlose, es hat, so schwach es ist, mehr Macht und Gewalt als alle, die schon gelebt haben. Es verspricht Leben und ist daher groß. Es ist das allein Große. Welch ein tapferes Gesicht!› sieht er, als Henri grade am meisten Furcht hat.

«Er ist es!» spricht er laut und wendet sich zu Beauvois, der geduldig wartet. «Wenn Gott Ihnen die Gnade erweist, so lange zu leben, werden Sie als Herrn einen König von Frankreich und Navarra haben.»

Das ist alles, was er laut spricht – versucht nicht noch einmal, sich zu verbeugen, geht schon aus der Tür. Der Herr von Beauvois öffnet sie ihm.

«Ich danke Ihnen», sagte er. «Auf Wiedersehen, Herr Nostradamus.»

Henri aber fühlt: Das ist keiner von denen, die man wiedersieht. Grade darum wird er die Erscheinung im Gedächtnis bewahren.

Außerdem aber drangen in jenen Tagen Gerüchte und Voransagen auf ihn ein; es war unmöglich, zu vergessen, was damals geschah. Wo der Prinz von Navarra immer hinkam mit seinen protestantischen Begleitern, begrüßten die von der Religion ihn mit ungewohnter Heimlichkeit und bestürzten Gesichtern.

«Reisen Sie nicht weiter, Herr. Bleiben Sie in unserer Mitte, wir werden eher alle sterben, als daß wir Sie unseren Feinden überlassen.» Ähnliches hörte er überall.

Ein weißhaariger Hugenotte, der sich von seinen Enkeln hatte herbeitragen lassen, erhob seine zitternde Hand zum Segen und sprach aus tiefer alter Brust:

«Ich lobe Gott, daß ich Sie gesehen habe. Nachdem wir alle ausgerottet sind, werden Sie, Herr, uns rächen und die Religion zum Siege führen.»

Dann folgten von allen Seiten die bekannten Beschwörungen, er möge sich der Weiterreise um des Himmels willen entziehen.

Nachher erwiderte Beauvois auf die Fragen Henris:

«Lassen Sie sich nicht erschrecken! Mögen diese Leute sich fürchten; das wird sie eifriger im Glauben machen. Sie sehen das Schlimmste voraus, weil die Königinmutter nächstens mit den Spaniern zusammenkommen soll. Wir aber kennen doch Madame Catherine. Die List liegt ihr näher als ein großes Gemetzel.»

«Wenn aber der Teufel aus Spanien es ihr befiehlt?» bemerkte Henri, ohne auch nur eine Antwort zu erwarten, so gewiß war er der habsburgischen Todfeindschaft und sollte es immer bleiben.

Beauvois versuchte dem Knaben zu erklären, daß Katharina vielleicht nichts weiter vorhabe, als sich vor der katholischen Weltmacht zu rechtfertigen, dafür, daß sie ihren eigenen Protestanten nicht immer nur Heere entgegenschickte, sondern sie manchmal durch Nachgiebigkeit zu fangen versuchte. Im schlimmsten Fall konnte sie Philipp um Hilfe bitten, weil ihre reformierten Untertanen nicht anders zu bändigen waren.

Umsonst, Erwägungen drangen nicht bis in das Innere Henris, seine Phantasie erfüllte es ganz mit Bildern. Sie wurde in ununterbrochener Bewegung erhalten durch das Geraune um ihn her, die Mienen der Sorge und die ahnungsvollen Stimmen, die seine Reise begleiteten. Am Ziel – mußte eintreten, wessen er voll war. Er wußte nicht was, aber das Unbekannte stand bevor, und kam es nicht wirklich, dann war er dennoch bereit, es zu sehen und zu hören.

So erreichte er, im Gefolge der Größeren, die Stadt Bayonne, ganz nahe dem Lande Béarn, seiner Heimat. Hier hatte er sich auf alles gefaßt zu machen, dies war der Ort, grade dieser, an dem er mit Vater und Mutter von klein auf zu Hause gewesen war. Sanft wie die von je bekannten Laute seines Namens zog hindurch der Fluß Adour, und was im dunkelblauen Himmel zerging vor lauter Licht, jene Gipfel waren seine Berge, die Pyrenäen. Henri, der nach ihnen Sehnsucht gelitten hatte, dachte jetzt nicht ein einziges Mal daran, in sie zu flüchten.

Als die Spanier endlich ankamen, war es eine junge Frau, Elisabeth von Frankreich, Königin von Spanien, die eigene Tochter Katharinas, und als der höchste ihrer Begleiter der Herzog von Alba. Mit ihm unter vier Augen führte Madame Catherine ihr wichtigstes Gespräch.

Der Saal war von außen bewacht. Als erste erschien die alte Königin, sie ging die Fensterseite ab und hob alle Vorhänge auf. Gegenüber hingen an der Wand nur Bilder. Dann setzte sie sich in einen hohen graden Sessel, mit dem Blick auf die Tür. Hinter ihr war der Kamin. Grüne Zweige füllten seine große Öffnung aus; es war Mitte Juni.

Der Herzog von Alba trat ein, den Kopf aufgereckt aus seiner steifen Krause. Er beugte ihn nicht und nahm den Hut nicht ab. Er bog beim Schreiten die Knie so wenig wie möglich; sein Gesicht war unjung, aber spurenlos. Kein Erleben hatte darin zurückbleiben können, es war zu hochmütig.

Er blieb stehen – nicht aus Ehrerbietung, sondern wie ein Ankläger, und ohne Vorbereitung eröffnete er der alten Frau, daß sein Herr, der große König Philipp, mit ihr unzufrieden sei. Sie nahm es ohne Erwiderung hin; der Herzog erwartete auch keine, sondern sprach im härtesten Ton von ihren versäumten Pflichten gegen die heilige Kirche und ihren weltlichen Arm, der das Schwert führte, das Haus Habsburg. Sie nahm alles hin, bis er fertig war.

Darauf fragte sie mit ihrer fetten Stimme, wieviel Geld der König von Spanien ihr anböte, damit sie ihr ganzes Königreich katholisch machte. Das wäre teuer, setzte sie hinzu.

Der Herzog sagte: «Gar nichts. Oder Sie nehmen auch unsere Truppen auf und anerkennen Don Philipp als den höchsten Herrn über das Königreich.»

Katharina sagte, und diesmal schwankte ihre Stimme, das könnte Gott nicht wollen, denn er hätte ihr das Königreich anvertraut und ihr Söhne geschenkt. Aber sie verspräche dem König Philipp, daß sie seinen Zorn durch Duldung der Ketzerei nicht länger herausfordern würde. Ihre Absichten wären immer die besten gewesen, nur hätte sie die unzulängliche Macht ersetzen müssen durch Klugheit.

«Wieviel kostet hierzulande ein Dolchstoß?» fragte Alba.

Katharina atmete mehrmals hörbar, sie versuchte wohl zu lächeln, ihr Ton wenigstens wurde spöttisch.

«Zehntausend Dolchstöße kosten ebensoviel wie Kanonen, verbrannte Städte und ein Bürgerkrieg.»

«Was denn, zehntausend», sagte Alba verächtlich. «Ich spreche von einem einzigen.» Zum erstenmal geruhte er, sein Gesicht mit dem scharfen, spitzen Bart näher heranzuführen gegen den hohen graden Sessel. Dabei versetzte er: «Zehntausend Frösche sind noch kein Lachs.»

Sie überlegte, obwohl sie ihn verstanden hatte. Um Zeit zu gewinnen, machte sie eine Bewegung nach der Tür und nach den hohen Fenstern. Den Kamin in ihrem Rücken vergaß sie. Ihre Stimme wurde leise, kaum daß Alba selbst noch jedes Wort unterschied. «Sie können mit dem Lachs mindestens zwei Personen meinen.»

Auch er flüsterte jetzt. Eine lange Weile dauerte das Geflüster der beiden. Dann trennten sich ihre Köpfe, der Herzog trat zurück, steif und erhaben wie zu Anfang. Die alte Königin erhob sich schwer, er reichte ihr die Fingerspitzen und führte sie zur Tür, er stelzte, sie watschelte.

Als beide schon längst fort waren, blieb es im Saal noch immer lautlos still. Draußen zog hörbar die Wache ab. Da erst bewegten sich die grünen Zweige in der großen Öffnung des Kamins, und heraus stieg eine kleine Gestalt. Sie machte die Runde um den Sessel, in dem es geschehen war. Sie sah die beiden Bösen, als ob sie noch dagewesen wären. Sie vernahm alles nochmals, was jene einander anzuvertrauen gehabt hatten, auch das Unhörbare samt den beiden Namen, die gefallen sein mußten. Nachträglich erkannte Henri sie, den Namen des Admirals Coligny, und das Blut schoß ihm zum Herzen, den Namen seiner Mutter, der Königin Jeanne.

Er ballte die Fäuste, die Augen gingen ihm über vor Zorn. Plötzlich schwang er sich auf einem Fuß herum, lachte hell und stieß einen munteren Fluch aus. Den hatte er von den Alten seiner Heimat, von seinem Großvater d'Albret, heilige Worte, die bis zur Unkenntlichkeit entstellt waren. Er rief, daß es hallte.

Moralité *

Ainsi le jeune Henri connut, avant l'heure, la méchanceté des hommes. Il s'en était un peu douté, après tant d'impressions troubles reçues en son bas âge, qui n'est qu'une suite d'imprévus obscurs. Mais en s'écriant allègrement *Ventre-Saint-Gris* au moment même où lui fut révélé tout le danger effroyable de la vie, il fit connaître au destin qu'il relevait le défi et qu'il gardait pour toujours et son courage premier et sa gaîté native.

C'est ce jour là qu'il sortit de l'enfance.

* Die Übersetzung der Moralités finden Sie als Beilage am Schluß des Buches.

Jeanne

Die Festung am Ozean

«Ich habe es deutlich gesehen und gehört», sagte Henri zu seiner lieben Mutter, als sie das erstemal ungestört sprechen konnten. Das war erst in Paris, obwohl Jeanne schon auf der Rückreise des Hofes sich ihm angeschlossen hatte.

«Weißt du, Mama, was ich glaube? Alba hat mich bemerkt. Das Laub im Kamin war nicht dicht genug, und ich stieß an die Zweige, sie bewegten sich.»

«Er kann angenommen haben, es sei der Wind. Würde er dich sonst nicht hervorgeholt haben?»

«Ein anderer hätte es getan, nicht dieser Spanier. Ich sah sein Gesicht, das war kein Mensch; und wäre es ihm der Mühe wert erschienen, dann hätte er einfach seine Klinge durch das grüne Zeug gestoßen, ohne erst zu fragen, wer dahinter stak. Aber dafür war er zu hochmütig, und außerdem war er sicher, nicht verstanden zu werden, so leise wie sie sprachen. Nein!» rief er, da Jeanne etwas einwenden wollte. «Nicht für mich zu leise. Ich bin dein Sohn, daher begriff ich, was sie mit dir vorhatten.»

Jeanne nahm seinen Kopf und legte seine Wange an ihre. Geradeaus ins Leere sagte sie:

«Die Menschen prahlen gern fälschlich, auch mit Schandtaten.»

«Die Menschen, aber nicht die Ungeheuer!» erwiderte er schnell und feurig. Plötzlich machte er sich von ihr los. «Komisch waren die beiden!» – und um es ihr zu zeigen, stelzte er zuerst wie der Herzog und watschelte dann wie Madame Catherine. Er war voll Begabung für die Posse, das sah seine Mutter; trotzdem lachte sie kaum. Daraus entnahm ihr Sohn, daß seine Erzählung ihr in Wahrheit zu denken gab.

Sie richtete es dann auch ein, daß sie mit ihm den Hof verlassen und das Weite suchen konnte. Sie handelte so vorsichtig, daß selbst Henri nichts vermutete; es begann mit einem Besuch eines ihrer Güter, von dem sie ganz harmlos zurückkehrte. Erst die zweite Reise, die Jeanne mit Henri unternahm auf seine Besitzungen in mehreren Provinzen, endete mit der Flucht nach Süden. Es war Februar, als sie in Pau anlangten, und der Prinz von Navarra war im vierzehnten Jahre seines Lebens, da bekam er seine ersten Unterweisungen im Regieren und im Kriegführen, was aber beides dasselbe war.

Jeanne behandelte ihre eigenen Untertanen wie Feinde, weil sie in der Abwesenheit der Königin sich gegen die Religion erhoben hatten. Die zarte Jeanne wurde für einige Zeit eine grausame Herrscherin. Ihren Sohn schickte sie mit einem großen Stab von Edelleuten samt Kanonen, um einen der Ihren zu rächen, und den Aufständischen erging es schlecht.

Gleich darauf versuchte ihr Verwandter Condé nicht mehr und nicht weniger als einen Überfall auf den König von Frankreich und seinen Hof. Die Königinmutter war der Meinung, das Zeichen für die neuen Unruhen im Norden wie im Süden habe die Flucht ihrer guten Freundin Jeanne gegeben; und wie immer, wenn es für sie nicht gut stand, wollte sie verhandeln. Sie schickte einen glatten Herrn mit einem schönen Namen; aber was er auch redete, Jeanne wußte, sie sollte nur wieder in die Gewalt des Hofes gelockt werden.

Daher forderte sie einfach für ihren Sohn die tatsächliche Statthalterschaft über die ganze Guyenne, die große Provinz mit der Hauptstadt Bordeaux; bisher hatte er nur den Titel. Da Katharina ihm mehr auch jetzt nicht zugestehen wollte, war alles klar. Sofort nahmen Coligny und Condé gemeinsam ihren Feldzug wieder auf. Jeanne ihrerseits hatte den Eindruck, jetzt werde man dazu übergehen, sich gewaltsam der Person des Prinzen Henri zu versichern. Den Kardinal von Lothringen besonders hielt sie für fähig zu allem. Er war gefährlicher als das Königshaus, das die Macht schon hatte. Der Guise begehrte sie erst, und Jeanne d'Albret wußte aus sich selbst, was das heißt.

Sie entschloß sich daher, aufzubrechen nach der Gegend der festesten protestantischen Stellungen, Saintonge genannt, nördlich von Bordeaux längs des Ozeans. Henri war in freudiger Erregung, anders als seine Mutter, die ihre Zweifel hatte.

«Warum weinst du, Mama?»

«Weil ich nicht weiß, was Recht und was Unrecht ist. Immer stellt Satan sich dem Guten entgegen, und wie ich auch handle, ich muß fürchten, daß er es ist, der mich antreibt.»

«Nein. Mir sagt Beauvois, daß ich groß genug bin, in den Krieg zu ziehen und zu kämpfen.»

«Und wer ist dein Beauvois? Hat Satan noch nie durch ihn gesprochen?»

«Diesmal bedient er sich des Mundes des Herrn de la Mothe-Fénelon.» Das war der Abgesandte Katharinas. «Ich erkenne die Stimme des Bösen genau!» rief Henri.

Darauf schwieg Jeanne. Sie war zu glücklich, daß wenigstens der Vierzehnjährige noch wußte, was recht ist. Blickte sie in sein kleines entschlossenes Gesicht, dann verachtete sie die Herren ihrer Umgebung, die ihr abrieten, mit dem Hof zu brechen, weil sie selbst nur Weltleute oder schwache Herzen waren. Dann fürchtete sie auch die Zuflüsterungen Satans nicht, und im eigenen Innern trug sie den Sieg davon. Ihr Sohn stand im Alter, die Waffen zu führen, das entschied!

Sie fragte nur noch, damit kein Zweifel übrigbliebe:

«Wofür, mein Sohn, wirst du streiten?»

«Wofür?» wiederholte er erstaunt, denn er hatte es ganz vergessen im Eifer und der Freude, sich endlich zu schlagen.

Jeanne ließ es gut sein, sie dachte: ‹Es wird ihm wieder einfallen. Die Tücke der Feinde, besonders aber die des Schicksals wird es ihn lehren. Er wird sich jedesmal daran aufrichten, daß er für die wahre Religion kämpft. Wohl wird auch sein Blut sprechen; denn er ist seinem Onkel Condé näher verwandt als jedem katholischen Fürsten. Außerdem verlangt das Königreich, befriedet zu werden durch unseren Sieg› – setzte Jeanne um der Ehre willen hinzu. ‹Aber die Hauptsache›, dachte sie sofort wieder, ‹bleibt der Dienst Gottes. Das ganze Leben meines lieben Sohnes wird aus einem Stück sein, und der Glaube fügt es zusammen.›

So sehr irrte sich die Königin Jeanne über ihren lustigen Kampfhahn. Sie wollte nichts wissen von den Beinen der Prinzessin Margot, mit denen sie ihn doch selbst beschäftigt gesehen hatte, als ihre gute Freundin Katharina es ihr am Fenster zeigte. Sie vergaß auch, daß er in der Klosterschule doch endlich seinen Glauben abgeschworen hatte und zur Messe gegangen war. Gewiß hatte er eine Zeitlang tapfer widerstanden, aber was kann ein Kind, dem alle hart zusetzen? Was vermag dagegen sogar ein Erwachsener, der Freunde haben, das Leben genießen und kein Märtyrer sein will. Die Königin Jeanne gehörte zu denen, die inmitten aller Prüfungen und des heftigsten Umtriebs doch immer ahnungslos und unerfahren bleiben. Dafür können sie selbst alternd noch lieben und noch glauben.

Henri kannte Jeanne besser, als sie ihn; deshalb bat er sie selten um Geld. Er spielte gern, tafelte viel und verschaffte sich die Mittel, indem er den Leuten unerbetene Schuldscheine ins Haus schickte. Entweder kehrte der Schein zurück oder das Geld kam; davon durfte seine Mutter nichts wissen. Nur der Krieg konnte seine Schulden bezahlen, wie der junge Mann erkannte. Er hatte nicht allein erhabene oder selbstlose Gründe, den Bürgerkrieg zu ersehnen. Er war damals wie andere hungrige Hugenotten. Das war auch gut für die Sache, der er diente, denn um so eifriger und überzeugter sprach und handelte er.

Jeanne brach mit ihm auf; aber als sie noch unterwegs waren nach der protestantischen Festung La Rochelle, ließen sie sich wieder einmal aufhalten von demselben Abgesandten des Königs von Frankreich. Er fragte den Prinzen von Navarra, warum er durchaus zu seinem Onkel Condé nach La Rochelle wollte. «Um Kleiderstoff zu sparen», antwortete Henri sofort. «Wir Prinzen von Geblüt sollen alle auf einmal sterben, dann braucht keiner in Trauer zu gehen wegen des anderen.»

Derselbe Herr hielt Henri für dumm, sonst hätte er nicht versucht, ihn gegen seine Mutter einzunehmen. Ohne daß er sie nannte, sprach er von Brandstiftern. «Ein Eimer Wasser», rief Henri sofort, «und der Brand ist aus!»

«Wieso?»

«Der Kardinal von Lothringen soll ihn saufen, daß er platzt!» Wenn der Herr dies nicht begriff, war er langsamer als der Fünfzehnjährige. Wer seine guten Antworten sich merkte, war Jeanne. Aus Freude über ihren Jungen ließ sie sich zu viel Zeit und wäre beinahe gefangen worden von Montluc, der ihr schon wieder auf die Fersen gesetzt war. Aber die beiden erreichten glücklich die feste Stadt am Ozean, und es war eine große, herrliche Freude, endlich nur Freunde um sich zu sehen. Davon glänzten ihnen die Augen, ob sie lachten, ob sie weinten. Coligny, Condé und alle, die schon dort waren und um sie Sorge gehabt hatten, feierten das Wiedersehen mit nicht weniger bewegtem Herzen.

Das ist viel, eine Stadt des Wohlwollens und der Sicherheit, wenn hinter uns ein ganzes Land des Hasses und der Verfolgungen liegt! Auf einmal fällt das Mißtrauen, die Vorsicht wird abgelegt, und dem entronnenen Menschen genügt fürs erste schon das allein, daß er frei ist und atmet. Alles sagen dürfen, was dich gequält und erbittert hatte, und andere sehn dich an und sprechen aus derselben Brust. Beisammen sein und nur Wesen um sich haben, die man nicht verachten muß. Erlöse uns von dem Übel! Führ durch alle Gefahren die herbei, die ich liebe! Und jetzt sind sie da.

Er stand am Rande des Meeres. Sogar im Dunkel der Nacht konnte er unbesorgt vor Überfällen zum Hafen und auf das Bollwerk gehen. Die Wellen rollten mit Macht, prallten an, schlugen über, und ihr Gebrüll war die Stimme einer Weite, die ihn nicht kannte, im Wind aber schmeckte er eine andere Welt. Seine liebe Mutter hätte gemeint, wenn ihr Herz zu hoch schlug, es sei Gott. Ihr Sohn Henri berauschte sich an dem Gedanken, daß dieses große Wasser nicht aufhörte zu rollen und zu brüllen, bis es drüben an die unbekannte Küste des neuen Weltteils Amerika schlug. Sie sollte wüst, einsam und frei sein: er meinte, frei vom Bösen, vom Haß, vom Zwang, dies oder jenes zu glauben und, je nachdem, dafür leiden zu müssen oder die Macht zu haben. Ja, in der Nacht, umgeben vom Meer und auf den Steinen, die troffen vom Gischt, wurde der junge Sohn ganz wie seine liebe Mutter, und was er Amerika nannte, war eigentlich das Reich Gottes. – Die Sterne funkelten für Augenblicke hervor aus den jagenden, unerkennbaren Wolken, und so läßt auch die wolkenhafte Seele eines Fünfzehnjährigen für Augenblicke ein Licht durch. Später wird sie es nicht mehr können; die Erde unter seinen Füßen wird immer wirklicher und dichter werden, an ihr wird er haften mit seinen Sinnen und seinen Gedanken.

Der Preis der Kämpfe

Der Prinz von Navarra drängte die Alten, doch endlich loszuschlagen. Er wollte weder Beratungen noch Ansprachen. Den Vertretern der Stadt hatte er auf ihre Begrüßung geantwortet:

«So gut reden kann ich nicht, aber ich werde etwas Besseres tun – etwas tun!»

Endlich den Feind sehen, sich endlich rächen und zur Geltung bringen, endlich genießen!

«Das schreit zum Himmel, liebe Mutter, der König von Frankreich nimmt dir alle deine Besitzungen fort, und seine Truppen unterwerfen unser Land. Ich will kämpfen! Fragst du noch für wen? Für dich!»

«Den Brief an das Gericht in Bordeaux hat meine gute Freundin Katharina sich ausgedacht; es soll mich aller meiner Besitzungen verlustig erklären. Ich werde hier gefangengehalten, behauptet sie – als ob sie selbst das nicht vorhätte mit mir! Nein, dies ist eine Zuflucht und kein Kerker, wenn ich auch die Stadt nicht verlassen kann und verzichten muß auf den Genuß aller meiner Güter. Das Opfer sei Gott gebracht! Ja! Geh und besiege seine Feinde! Für ihn kämpfe!»

Hierbei faßte sie sein Gesicht in ihre beiden abgezehrten Hände. Es hatte Formen und Züge gleich den ihren; seine hohen schmalen Brauen, sanften Augen, klare Stirn, die dunkelblonden Haare, der feste kleine Mund, diese ganze magere Jugendlichkeit ahmte, von der anderen Seite des Lebens her, ihren Verfall nach. Aber er war gesund und wohlgeformt, seine Schultern und die Brust entwickelten sich, obwohl er nicht zu hoch zu wachsen schien. Seine Nase war zu lang, vorläufig senkte sich die Spitze nur wenig.

«Ich lasse dich fröhlich ziehen», erklärte Jeanne mit der tiefen, klangreichen Stimme, die sie bekam, wenn sie über sich selbst hinausging. Erst als er fort, ganz fort war, erlaubte sie sich, heimlich zu weinen, in Tönen wie ein Kind.

Nicht viele weinten öffentlich in der Stadt La Rochelle, als das Heer der Hugenotten aus dem Tor zog. Sie freuten sich, weil die Stunde Gottes und seines Sieges nahe war. Die meisten Männer hatten ihre Lieben in der Ferne, waren ihnen entrissen und hofften fest, sie zurückzuerobern. Das ist eine Erlösung, in einen solchen Krieg zu ziehen.

Nun kam es aber, daß die von der Religion geschlagen wurden. Zwei schwere Niederlagen brachte das katholische Heer ihnen bei, und dies, obwohl sie an Zahl nicht schwächer waren; auf jeder Seite standen dreißigtausend. Die Protestanten bekamen Zuzug aus dem Norden wie aus dem Süden Frankreichs. Sie durften ferner hoffen auf die Prinzen von Orange und Nassau und auf den Herzog von Zweibrücken. Der Glaube kannte keine Grenzen von Land und Sprache, und wer für die Wahrheit ist, der ist mein Bruder und Freund. Trotzdem wurden sie zweimal schwer besiegt.

Es kam, weil Coligny zu langsam war. Er hätte viel stürmischer seinen fremden Verbündeten entgegenrücken müssen, um den Krieg ins Innere Frankreichs zu tragen. Statt dessen ließ er sich vom Feind schon überraschen, als er noch gar nicht weit gekommen war, rief Condé zu Hilfe und opferte den Prinzen von Geblüt, damit nur das Heer entkam. Bei Jarnac, durch einen Schuß aus dem Hinterhalt, fiel Condé. Die Freude war groß in der Armee des Herzogs von Anjou, der Leichnam wurde auf einer Eselin umhergeführt, damit alle Soldaten ihn sähen und die Ausrottung aller Protestanten für nahe hielten. Besser begriff Henri von Navarra, der Neffe des Toten, was Gott vorhatte. Jetzt kam er selbst dran, er wurde ein Führer.

Er hatte bisher zu Pferd gesessen, sonst nichts, aber es war viel. Dem Feind entgegenreiten, völlig schuldlos, rein und neu, während jener voller Sünden ist und bestraft werden soll. Das ist seine Sache, um so schlimmer für ihn, wir sind den ganzen Tag, fünfzehn Stunden, in Bewegung, ohne abzusitzen, herrlich, unermüdlich, und fühlen den Körper nicht. Der Wind nahm ihn auf, er flog, die Augen wurden immer heller und schärfer, er sah so weit wie nie vorher, weil er jetzt einen Feind hatte. Aber der war plötzlich nicht mehr nur im Wind und in der Ferne. Er kündete sich an, eine Kugel kam geflogen. Der Nachhall des Schusses ist schwach, die Kugel aber liegt wirklich am Boden, schwer und aus Stein.

Am Beginn jedes Gefechtes hatte Henri Furcht, er mußte sich damit abfinden. «Wenn wir keine Furcht kennten», sagte ihm ein Pastor, «könnten wir sie auch nicht überwinden zur Ehre Gottes.» Henri beherrschte seine Erregung und stellte sich auf denselben Platz, wo der erste gefallen war. Das hatte auch sein Vater Antoine getan und war getroffen worden. Ihn traf keine Kugel, seine Furcht war fort, und er ritt mit den Seinen, um die feindliche Artillerie zu umgehen. Wenn es gelang, das waren noch Streiche!

Jetzt war sein Onkel Condé nicht mehr da, dem unbesorgten Jungen wurde auf einmal Ernst und Verantwortung aufgeladen. Seine Mutter Jeanne eilte herbei, sie selbst stellte ihn den Truppen als Führer vor, der Kavallerie zuerst und dann der Infanterie. Henri schwor bei seiner Seele, seiner Ehre und seinem Leben, er werde die gute Sache nie verlassen, und ihm wurde zugejubelt. Dafür mußte er, anstatt nur durch den Wind zu reiten, auch im Rat sitzen. Das wäre ermüdend gewesen, wenn es nicht die guten Witze gegeben hätte. Ein Brief an den Herzog von Anjou machte ihm viel Vergnügen. So hieß jetzt der zweite noch lebende Sohn Katharinas, früher nur Monsieur genannt, auch ein Henri, einer der drei Henris aus der Schulzeit in Paris. Jetzt standen sie gegeneinander im Feld.

Dieser Henri hatte ihm hochmütig und belehrend geschrieben über seine Pflicht und Schuldigkeit gegen das Königreich. Das wäre noch hingegangen, aber der gesuchte Ton – entweder ein Sekretär, der ein Fremder sein muß, hat das mühselig stilisiert, oder Henri Monsieur, wenn er es selbst ist, weiß sich nicht mehr zu lassen vor lauter Geziertheit und Überzüchtung, wie seine Schwester Margot! Der Prinz von Navarra verhöhnte in seiner Antwort die ganze feine Familie. Der Schreiber hätte sich ausgedrückt wie ein Ausländer, die landläufige Sprache des gemeinen Mannes kenne er nicht. Na, und die gute Sache ist doch natürlich dort, wo man richtig Französisch spricht!

Henri berief sich auf die Sprache und den Stil. Damit verriet er etwas, das ihm nicht bewußt wurde: er selbst kam von anderswo, und seine ersten Laute waren nicht ganz diese gewesen. Inzwischen hatte er die Redeweise des Hofes, der Schule, endlich aber die der Soldaten und des Volkes erlernt, und das war seine liebste. «Das Französische ist die Sprache meiner Wahl», sollte er später ausrufen, als er schon wieder wußte, wie es um ihn stand. Jetzt wollte er vielmehr glauben, daß es seine erste und einzige gewesen wäre. Er schlief mit seinen Leuten im Heu, wenn es grade so kam, zog auch die Kleider nicht aus, wusch sich nicht viel öfter als sie, roch und fluchte wie sie. Einen gewissen Vokal bildete er noch immer anders als sie, aber das wollte er nicht merken, hatte auch vergessen, wie damals auf dem Schulhof die beiden anderen Henris sich anstießen und ihn belächelten, weil er dem Wort Löffel einen falschen Artikel beigab. Noch immer gebrauchte er den falschen.

Manchmal erkannte er klar die Fehler in der Kriegführung, die Coligny machte. Das war, wenn die Lust zu leben und zu reiten den Jungen nicht völlig hinriß. Gewöhnlich schien es ihm wichtiger, sich zu schlagen, als die Schlacht zu gewinnen, denn lang und fröhlich war das Leben. Vor dem Admiral, einem alten Mann, mußte man Ehrfurcht haben, denn er hatte den Krieg erlernt; und erst die Niederlagen, die Siege und die Jahre, alles zusammen ergibt das Wissen. Dem Kriegsgott in Person, mit der Maske eines tragischen Denkmals, vertraute Henri keine Zweifel an, besprach sie nur mit seinem Vetter Condé, dem Sohn des gefallenen Prinzen von Geblüt, den Coligny geopfert hatte.

Sie waren einig in dem Punkt, der allein die Jugend zusammenführt: der Alte hat seine Zeit gehabt. Ihm gelingt nichts mehr – und wenn wir es schon besprechen: was ist ihm im Grunde jemals zum Vorteil ausgeschlagen? Versündigen wir uns nicht! Er hat Frankreich, wie alle Alten sich erinnern, gerettet einst in Flandern – wie hieß die Stadt? Die Guise hatten den Krieg damals gewollt gegen Philipp von Spanien, unseren angestammten Feind. Es sind alte Geschichten, vor unserer Zeit geschehen, wer kennt sie noch genau? Der Herr Admiral hatte abgeraten von dem Feldzug, im letzten Augenblick verhütete er dann die Niederlage, persönlich schloß er sich in die unbefestigte Stadt ein; aber wer wird belohnt? Nicht er, sondern die Guise, die Schuldigen an dem Krieg. Das ist noch schlimmer, als wenn er jenen Platz – ah! Saint-Quentin hieß das Nest – lieber gleich den Spaniern übergeben hätte. Wer keinen Erfolg hat –

Was wahr ist, soll es bleiben: er nahm zu seiner Zeit Boulogne den Engländern fort. Das weiß man noch. Er hat eine französische Flotte befehligt, und als ich von den Steinen in La Rochelle hinüberblickte nach der Neuen Welt, mußte ich denken, daß als erster von allen Franzosen Herr Admiral Coligny es unternommen hatte, eine französische Kolonie zu gründen. Vierzehn Emigranten mit zwei Pastoren segelten nach Brasilien, und natürlich wurde nichts daraus. Es ging ihm wie mit dem meisten anderen: er tat das Beste und verlor Wer nun einmal erfolglos ist –

Er hat doch oft gesiegt – ja; aber es waren Siege gegen den König von Frankreich, den er immer nur versöhnen wollte mit seinen protestantischen Untertanen und nur befreien wollte aus den Händen der Guise. Daher mußte der Herr Admiral jedesmal faule Verträge schließen, und der Krieg fing von vorn an. Seine Mäßigung wollte beweisen, daß er zuletzt doch kein Aufrührer gegen den König sei – und doch hat er Karl den Neunten sogar gefangennehmen wollen, und der vergißt ihm nie, daß er hat fliehen müssen. Entweder ist man in Gottes Namen ein Aufrührer gegen den König oder man führt nicht erst Heere nach Paris – und läßt sich nicht an der Nase herumführen, anstatt die Hauptstadt des Königreiches einzunehmen, zu plündern und den ganzen Hof glatt niederzumachen! Statt dessen erscheint, sooft es für den Hof schlecht steht, ein königliches Edikt, das die Glaubensfreiheit den Protestanten zusichert, aber schon tags darauf wird es gebrochen. Und hielte man es selbst ein, wieviel ist für unsere Glaubensbrüder denn gewonnen? Zwanzig Meilen muß ein Hugenotte reiten oder laufen, wenn er zum Gottesdienst will: so wenig Bethäuser sind ihnen erlaubt. Ich mag das nicht, wenn einer vergebens siegt.

Natürlich ist er ein ausgezeichneter Feldherr und Glaubensheld. Wir von der Religion sind eine Minderheit, und fürchten sie uns dennoch, so fürchten sie den Herrn Admiral, und schicken sie uns Unterhändler, dann fragen uns diese: Wißt ihr wohl auch, daß ihr keine Bedeutung hättet für den Hof, außer durch den Herrn Admiral? Nun aber sieh ihn dir an, was ihm selbst an Gewinnen übrigbleibt nach einem Leben der wohlgemeinten Anstrengungen. Bis zu seinem alten Sieg von Saint-Quentin, der ihm so übel bekam, und seinen Feinden, den Guise, so gut, soll er ein mächtiger Günstling gewesen sein. Der verstorbene König lebte, er liebte Coligny, machte ihn reich, noch hatte Madame Catherine nichts zu sagen, und ihr Sohn Karl war ein Kind. Das waren seine Glanztage, wir waren nicht dabei. Jetzt sind auch wir dabei, was aber geschieht eben jetzt, da wir sprechen? Sie versteigern in Paris seine Möbel, die sie fortgeschafft haben aus seinem Schloß Châtillon, und das ist von ihnen angezündet. Sie haben ihn verurteilt, als Aufrührer und Verschwörer gegen den König und seinen Staat gehängt und erdrosselt zu werden auf dem Grèveplatz. Sein Besitz ist eingezogen, seine Kinder sind für gemein und ehrlos erklärt, und wer ihn ausliefert lebend oder tot, bekommt fünfzigtausend Taler. Wir Jungen müssen uns wirklich vor Augen halten: der Herr Admiral hat dies alles erwählt um des wahren Glaubens willen und hat sich erniedrigt zum Ruhm Gottes. Denn sonst wäre es unverzeihlich!

«Er hat den alten Herzog von Guise ermordet. Das wenigstens tat er für sich selbst, und eigentlich gefällt es mir von ihm am besten. Man soll sich rächen», meinte der junge Condé.

Sein Vetter Henri erwiderte darauf: «Mörder mag ich nicht leiden – und der Herr Admiral ist auch keiner. Er hat die Mörder nur nicht abgehalten.»

«Was sagt sein Gewissen dazu?»

«Daß es Unterschiede gibt», erwiderte darauf Vetter Henri. «Mord begehen ist abscheulich. Mörder schicken ist unerlaubt. Sie nicht abhalten, geht vielleicht – obwohl ich nicht genötigt sein möchte, mich so zu benehmen. Der Kardinal von Lothringen sollte trotzdem ein Faß voll Wasser schlucken müssen. Nur er und sein Haus sind die Urheber alles Unheils in Frankreich. Sie verraten das Königreich an Philipp von Spanien, damit er sie auf den Thron setzt. Sie ganz allein machen uns Protestanten verhaßt dem König und dem Volk. Auch wollten sie Coligny töten lassen, sie selbst haben angefangen, und er kam ihnen nur zuvor. Er sollte es vielleicht nicht abstreiten. Ich meinerseits glaube, daß Gott ihm recht gibt.»

Condé widersprach, weil er nicht nur an die Ermordung des Herzogs von Guise dachte, sondern auch an seinen Vater, gefallen bei Jarnac, geopfert von

Coligny. «Der Herr Admiral mochte meinen Vater nicht, der hatte ihm zu viele Liebschaften. Sonst hätte er nicht fallen müssen. Aber der Herr Admiral versteht sich mit seinem Gewissen zu einigen, und das lernst du wohl von ihm», sagte der Junge herausfordernd.

«Der Tod deines Vaters war nötig für den Sieg der Religion», erklärte Henri ihm mitleidig.

«Und für deinen! Seitdem bist du der Erste von uns Prinzen.»

«Das war ich schon vorher durch Geburt», sagte Henri schnell und plötzlich scharf. «Leider nützt das noch nichts, wenn man kein Geld und mächtige Feinde hat; wenn man kämpft wie ein Flüchtling, den sie fangen wollen. Was tun wir, um das alles zu ändern? Greifen wir an? Ja, ich! Am fünfundzwanzigsten Juni, den vergeß ich nicht, es war mein Tag und mein erster Sieg. Aber kann ich dem Alten meinen ersten Sieg vorhalten?»

«Überdies war das Gefecht so unbedeutend. Der Admiral würde dir antworten, daß du dich bei La Roche Abeille zwar gut unterhalten hast, wir mußten uns aber doch in feste Plätze verkriechen und die Deutschen erwarten. Als aber die Reiter endlich ankamen?»

Condé wurde laut und böse.

«Da haben wir uns beeilt, so viele Truppen wie möglich der Königin von Navarra zu schicken, um ihr Land vom Feind zu säubern. Das büßen wir jetzt.»

«Du büßt gar nichts. Du hast alle Tage ein anderes Mädchen.»

«Du auch.»

Beide Jungen ließen die Zügel ihrer Pferde los und traten vor, um einander anzusehen bis ins Weiße der Augen. Condé zeigte sogar eine geballte Faust. Henri übersah sie; vielmehr warf er plötzlich beide Arme um den Hals des Vetters und küßte ihn. Dabei dachte er: ‹Etwas neidisch, etwas schwach, aber doch mein Freund, und wenn nicht, muß er's werden!›

Auch Condé umarmte seinen Vetter. Als sie sich trennten, hatte er trockene Augen, Henri aber hatte feuchte.

Die Entsendung von Truppen nach Béarn lohnte sich, denn dort siegten sie. Das mußte den Herren in Paris zu denken geben, meinte der Sohn Jeannes – und auch der Dame Katharina mußte schwül werden in ihrem alten Fett. Wir stehen mit dem größten Teil des Heeres in Poitou, auf halbem Weg nach der Hauptstadt des Königreichs, wir wollen es uns holen, wo es ist! Gleich!

Beide verlangten vorgelassen zu werden, und Coligny empfing sie, obwohl es ihm schwer wurde, ihnen ein festes Gesicht und unbeirrbares Gottvertrauen zu zeigen: zu viele Schläge des Herrn trafen ihn eben jetzt. Aber der Protestant erwies sich stark im Unglück, der Prüfungen bewußt, die er bestehen sollte. Niemand ging es an, welches Elend ihn ergriff, wenn er allein blieb, in einigen Stunden der Nacht, da sogar der Höchste nicht mehr zu erkennen war. Besonnen hörte er die erregten Jungen an.

Der Vetter war wilder als Henri. Ohne Höflichkeit verlangte er von Coligny den Marsch auf Paris. Er nannte ihn zaghaft, weil er keine Entscheidung suchte, sondern vor der Stadt Poitiers lag und sie nicht nehmen konnte. Inzwischen sammelte der Feind seine Kräfte.

Der Admiral betrachtete die beiden, den, der so stürmisch auftrat, und den, der schwieg und wartete. Der erfahrene Mann wußte genau, wessen Wille und Gedanke hier eigentlich laut wurde; daher richtete er seine Antwort nicht an Condé, sondern an Navarra. Er erklärte ihm, der Feind verlegte ihm den Weg in zu starken Stellungen, er selbst könnte nichts weiter suchen, als die Verbindung mit seinen nach Süden entsandten Truppen, und – hier erhob er den Finger – er müßte dafür sorgen, daß die fremden Reiter ihren Sold bekämen. Sonst liefen die ihm weg. Er selbst hatte schon seinen Familienschmuck geopfert, bevor er zuließ, daß die Reiter sich selbst ihren Sold holten. Dies verschwieg er. Ein Christ rühmt sich des Opfers nicht, und auch ein stolzer Mann nicht. Daher ließ Coligny den jungen Prinzen Henri reden und ihm Unrecht tun.

«Sie erlauben, das Land zu plündern. Herr Admiral, ich bin noch jung, ich kenne den Krieg nicht so lange wie Sie. So habe ich ihn mir nicht gedacht, daß Fremde, anstatt mit uns Schlachten zu schlagen, unsere Dörfer anzünden und unsere Bauern foltern, bis sie ihr Letztes hergeben. Die Nachzügler ihres Heeres werden vom Landvolk niedergemacht wie schädliche Tiere, wir hingegen rächen uns jedesmal furchtbarer an den Menschen, die unsere Sprache sprechen.»

«Aber unseren Glauben bekennen sie nicht», erwiderte der Protestant mit der tragischen Stirn. Henri biß die Zähne zusammen, sie hätten sonst Worte herausgelassen – nur mit Schrecken hörte er sie in seinem Innern klingen, denn sie waren gegen die Religion.

«Das alles kann nicht Gottes Wille sein», sagte er.

Coligny entschied: «Was Gottes Wille war, mein Prinz, werden Sie am Ende des Feldzuges wissen. Jedenfalls hat der Herr mich noch für Taten aufgehoben: denn schon wieder fing die Wache einen Mörder, den die Guise mir geschickt hatten.»

Er selbst war seitdem gesonnen, diesen jungen Kritiker so fern wie möglich zu halten. Vor der Schlacht bei Moncontour, die er auch wieder verlieren sollte, entließ er beide Prinzen zu ihrer Sicherheit nach hinten, obwohl der eine tobte und der andere bittere Tränen vergoß. Nachher erschien wieder Jeanne d'Albret, und es wurde beraten. Das protestantische Heer war nach der neuen Niederlage um dreitausend Mann schwächer, ihm blieb nichts übrig, als nach Süden abzuziehen, anstatt daß sein kleinerer Teil zu ihm nach Norden gekommen wäre.

Jeanne brachte, wie immer, ihre Pastoren mit. Sie hatte geheime Unterredungen mit Coligny, darin wurde aus dem schon entmutigten Mann noch einmal der Siegreiche. Denn der Sieg, den wir in uns tragen, ist der erste, und der wirkliche Sieg folgte ihm auf dem Fuß; dessen vertraute Jeanne. Dann stimmten ihre Pastoren die Psalmen an, und das Heer wie sein Feldherr wußten sich fromm und stark.

Das nächste war ein Gewaltmarsch, der die beiden weitgetrennten Teile des Heeres tatsächlich vereinte. Hiernach aber durchmaßen die Protestanten das Land bis hinauf nach der Grafschaft Nevers. Von dem Augenblick an bedrohten sie Paris. Sogleich rührte sich der Hof. Indes das Heer noch vorrückte, verhandelten schon die Damen Katharina und Jeanne. Noch immer war das Heer in Bewegung, da wurde der Friede unterzeichnet, und das Heer stand still. Gewährt wurde durch diesen Vertrag die Gewissensfreiheit.

Henri freute sich mit seiner Mutter, weil er sie glücklich sah. Er war es sogar selbst, solange er nicht nachdachte. Er hatte aber während des Vormarsches krank in einer Stadt zurückbleiben müssen, damals hatte er Zeit gehabt, sich aller Greuel dieses Krieges zu erinnern, sie für immer zu befestigen in seinem Gedächtnis. Vielleicht war er auch nur erkrankt infolge der Greueltaten des protestantischen Heeres, so wie er früher einmal die Blattern zu bekommen schien, nur weil er hatte katholisch werden müssen.

Seinen inneren Widerspruch hielt er vor dem Admiral nicht zurück. Er sagte: «Herr Admiral, glauben Sie wirklich, daß Gewissensfreiheit einfach befohlen werden kann durch Verträge und Verordnungen? Sie sind ein großer Feldherr, sind dem Feind entgangen und haben den König von Frankreich in seiner Hauptstadt bedroht. Trotzdem wird das Volk der Provinzen, die wir unsicher gemacht haben, weiterhin sprechen von den Aufrührern, die Hugenotten heißen, und wird uns nirgends in Ruhe beten lassen, wo wir getötet und geraubt haben.»

Der Sieger Coligny erwiderte: «Prinz, Sie sind noch sehr jung, und überdies lagen Sie krank, während wir uns durchschlugen. Die Menschen vergessen alles schnell, und nur Gott wird noch wissen, was wir für seine Sache tun mußten.»

Henri glaubte es nicht – oder um so schlimmer, dachte er, wenn auch Gott, wie er selbst, solche Bilder vor Augen hatte, unglückliche Menschen, die man in die Luft hängte, bis sie ihr Geld verrieten, und unter ihren Füßen war Feuer angemacht! Um nicht zu viel zu sagen, verbeugte er sich und verließ den Sieger.

Familienszene

Jetzt folgte eine kurze Zeit, während deren Dauer es fast so aussah, als lebten Jeanne und Henri in einer friedlichen Welt ohne Arglist und ohne Haß. Sie verwaltete ihren kleinen Staat und er die große Provinz Guyenne. Sie brauchte nicht mehr zu strafen, denn ihre Untertanen waren wieder gute Protestanten. Er aber vertrat im besten Glauben den König von Frankreich. Er sah wahrhaftig nicht ein, warum er von Natur der Feind des Königshauses hätte sein sollen; so tief saßen die Lehren seiner Mutter bei ihm nicht. Ein junger Mann muß auch den Ehrgeiz vergessen können. Mit achtzehn Jahren, einige kurze Monate lang, sagte er: «Ich habe genug getan fürs Leben! Die Frauen sind so schön, und ihrer sich anzunehmen ist ergiebiger als der Krieg, der Glaube und der Weg zum Thron!»

Er meinte junge Frauen und den Zustand, in dem sie fast keine Menschenwesen, eher Göttinnen sind, so herrlich ist ihr Körper. Sooft er sie erkannte und sich überzeugte, daß sie Fleisch waren, sie blieben dennoch von einer anderen Welt, denn seine Einbildung und sein Verlangen verwandelten sie sofort wieder. Auch waren es immer andere, sie hatten damals gar nicht Zeit, ihn zu enttäuschen; er behielt sie nicht lange genug. Daher erfuhr er noch nicht, daß statt seiner eigenen Hochgefühle in ihren bewunderten Leibern zumeist Berechnung und Eifersucht wohnten. Während die eine ihn haßte, ritt er zehn Stunden lang, um sich bei einer anderen den Lohn seiner Mühen zu holen. Die erwartete ihn mit glänzenden Augen und dem Antlitz der ewigen Liebe. Er fiel ihr zu Füßen, irgendeiner, und küßte ihren Saum, angelangt am Ziel nach so langer und heftiger Bewegung. Die Augen gingen ihm über, und gesehen durch seine Tränen, wurde die Frau schöner.

Indes aber Henri für die jungen Frauen lebte, beschäftigten sich mehrere gereifte Damen mit ihm, ohne daß er es wußte. Die erste war Madame Catherine. Eines Morgens erhielt sie im Louvre, in ihrem Schlafzimmer, den königlichen Besuch ihres Sohnes, Karls des Neunten. Er war noch im Hemd, so eilig hatte der vierschrötige Mann sich herbemüht. Er rief, schon bevor er die Tür geschlossen hatte:

«Mama, es ist soweit!»

«Deine Schwester hat ihn eingelassen?»

«Margot schläft mit dem Guise», bestätigte Karl zornig.

«Was sagte ich dir? Sie ist eine Sau», äußerte Madame Catherine so deutlich, wie der Anlaß es verlangte.

«Das ist der Dank für ihre gute Erziehung», polterte Karl. «Kann Latein, ist so gelehrt, daß sie sogar beim Essen liest. Tanzt die Pavana, läßt sich von Dichtern besingen.» Ihm fiel immer mehr ein. «Die Pferde vor ihrer vergoldeten Kutsche tragen auf den Köpfen Federn, so dick wie mein Hinterer. Aber ich weiß, was sie macht, ich habe zugesehen. Schon mit elf Jahren fing das Weibsstück damit an.»

«Du hast den Leuchter gehalten», warf Madame Catherine dazwischen. Aber noch ließ er sich nicht stören. Er kannte alle Liebhaber seiner Schwester und zählte sie fluchend her. Dann war er seiner eigenen Wut plötzlich müde, sie erregte ihn zu sehr für seine körperliche Verfassung. Die Stirn dunkelrot, mit keuchendem Atem ließ er sich auf das Bett seiner Mutter fallen, daß die Kissen aufflogen; er murrte nur noch:

«Und was geht das mich an? Sie wird bleiben, was sie ist, und es weitertreiben mit dem Guise oder einem anderen. Ich pfeif drauf.»

Seine Mutter betrachtete ihn und dachte: ‹Noch vor wenigen Jahren sah er so edel aus wie ein Bild an der Wand. Jetzt fehlt nicht viel, und er könnte ein Fleischerknecht sein, anstatt ein König. Was hab ich da gemacht? Aber das bin nicht ich, das sind die Valois. Das Blut solcher barbarischer Ritter steigt immer wieder aus den Gräbern hervor und formt noch eine von den alten Gestalten!›

So dachte die Tochter der Medici, weil ihre wenigen bekannten Vorfahren in bequemen Zimmern gelebt hatten, anstatt in Ställen und Feldlagern.

Sie sagte mit ihrer gleichmäßigen Stimme: «Wie deine Schwester sich aufführt, wird mir bald nichts anderes übrigbleiben, als Henri Guise zum Schwiegersohn zu nehmen. Wer wird dann stärker sein, mein armer Junge, du oder er?»

«Ich!» brüllte Karl. «Ich bin der König!»

«Von Gottes Gnaden?» fragte sie. «Das eine hättest du wohl schon lernen können, daß jeder König der Gnade Gottes selbst nachhelfen muß, oder er bleibt es nicht. Heute bist du König, mein Sohn, weil auch ich, deine Mutter, noch da bin.»

Dies sprach sie in einem gewissen Ton, den er von jeher kannte, und bei dem er aufzustehen pflegte. Er verließ seinen Sitz auf dem Bett, er stand im Hemd, das seine Brust und sein Bauch wölbten, vor der kleinen alten Frau, bereit, ihren Willen anzuhören.

«Ich will», entschied sie, «daß Margot nicht den Guise heiratet, denn sein Haus ist mir zu mächtig. Nach meinem Willen bekommt sie einen einfachen jungen Mann, der uns dient.»

«Wer ist das?»

«Seine Familie muß gut, aber einflußlos und in Paris unbekannt sein. Vor allem will ich ihn unter der Hand haben. Wer erreichbar ist, wird unschädlich. Seine Feinde muß man sich im eigenen Hause halten.»

«Du meinst doch nicht –»

«Ich verhandle mit seiner Mutter, damit sie ihn mir schickt und ich ihn erst einmal in meine Gewalt bekomme.»

«Der ist ein Ketzer! Meine Schwester und ein Ketzer, diese Verbindung war doch niemals ernst gemeint!»

«Und wenn dein Bruder d'Anjou die Königin von England heiraten würde? Auch Elisabeth ist eine Ketzerin, und dabei eine große Königin, von eigenen Gnaden.»

«Sie bringt ihre Katholiken um», sagte Karl, mehr scheu als empört. Seine Mutter war ihm zu klug. Nicht einmal durch die Religion ließ ihr erfinderischer Geist sich aufhalten. Aber bei ihren ungeheuersten Worten blieb sie die Gelassenheit selbst.

«Die englischen Katholiken mögen sich allein helfen – und übrigens auch die französischen», setzte sie hinzu.

Karl sah zu Boden und knurrte, mehr wagte er nicht. «Der König von Spanien ist auch noch da», knurrte er.

«Meine Tochter, die Königin von Spanien, ist tot», erklärte Katharina ohne alle Trauer. «Seitdem habe ich von Don Philipp nur noch zu fürchten, daß er meine Verlegenheiten ausnützt. Ich brauche daher meine Protestanten.» In ihrem Kopf sagte sie noch: ‹Wenn ich sie aber nicht mehr nötig habe, werde ich genauso mit ihnen verfahren wie die Königin von England mit ihren Katholiken.›

Wozu hätte sie das ihrem unbegabten Sohn verraten sollen? Jetzt kam sie zu dem, was sie von ihm erwartete.

«Deine Schwester muß endlich zur Vernunft gebracht werden.»

«Das ist wahr! Das mit dem Guise –»

«Der dir die Krone wegnehmen wird», ergänzte sie schnell. Da brüllte er: «Her mit meiner Schwester! Ich will sie lehren, mich zu entthronen!»

Schon stürzte er davon, seine Mutter fing ihn grade noch beim Hemd.

«Daß du hierbleibst! Ihr Guise kann bei ihr sein, und er ist bewaffnet.»

Das hielt ihn sofort auf.

«Und wenn sie dich sieht, kommt sie bestimmt nicht her. Ich aber will, daß die Sache nirgends sonst vor sich geht, als nur bei mir.»

Sie klatschte in die Hände, und zu einer ihrer Frauen, die eintrat, sagte sie:

«Bitte die Prinzessin, meine Tochter, mich aufzusuchen, damit ich ihr eine sehr wichtige Nachricht mitteilen kann. Versichere ihr, daß es etwas Gutes ist.»

Hiernach warteten die beiden – Katharina ohne Regung, mit gefalteten Händen, aber ihr vierschrötiger Sohn rannte vor Ungeduld im Zimmer umher, sein Nachtgewand flatterte, und er keuchte schon im voraus, während er knurrte.

Endlich öffnete die Tür sich weit für eine Erscheinung, die jeder bewundert hätte, außer diesen beiden. Marguerite von Valois trug trotz der frühen Stunde schon ein weißes Seidenkleid mit viel glitzerndem Behang. Sie hatte rote Schuhe, und auch ihre Perücke war rötlich, dem Gesicht aber verlieh ihre große Erfahrung im Schminken genau den Ton, der für eine solche Blonde paßte.

Ihr Auftritt geschah ganz im Sinn ihrer gewählten Schönheit – hochmütig, obwohl leicht. So hätte sie auch einen Festsaal betreten können. Ein Blick aber auf ihre Mutter und einen auf ihren Bruder genügten ihr, um zu ahnen, was ihr zugedacht war. Ihre erlesene Miene wurde starr, das stolze Lächeln ging in Schrecken über, und sie machte einen überstürzten Schritt rückwärts. Zu spät, schon hatte Katharina gewinkt, und die Tür war von außen zugeschlagen worden.

«Was wollt ihr von mir?» fragte die Arme, ganz hoch oben, indes ihr der Atem stockte. Karl der Neunte sah seine Mutter an, und da sie es nicht bemerken wollte, war er sicher, daß ihm alles erlaubt war. Aufbrüllend fiel er über seine Schwester her. Mit dem ersten Griff riß er ihr die blonden Haare vom Kopf, die schwarzen fielen ihr ungeordnet in die Stirn; von jetzt ab hätte sie sich keine große Haltung mehr geben können, auch wenn sie noch Zeit gehabt hätte. Aber schon schlug ihr königlicher Bruder ihr ins Gesicht, links und rechts, hartnäckig, so sehr sie versuchte, ihm auszuweichen.

«Mit dem Guise schlafen!» brüllte er. «Mich entthronen!» keuchte er.

Ihre Schminke blieb an seinen Händen kleben, statt dessen trug sie auf den Wangen rote Streifen. Da sie sich krümmte und fortbog, trafen seine Fäuste ihre vollen Schultern.

«Dicke Margot!»

Hierbei lachte er wild und riß ihr das Kleid herunter. Bei der Berührung mit ihrem Körper kam ihm der heftige Wunsch, sie überall zu bearbeiten. Das Mädchen schrie endlich auf, das Entsetzen hatte sie stumm gemacht, und sie versuchte zu fliehen, sie lief in die Arme ihrer Mutter.

«Da bist du ja», sagte Madame Catherine, und sie hielt die Prinzessin fest, bis Karl der Neunte sie wieder gefaßt hatte.

«Leg sie doch übers Knie!» riet Madame Catherine, und er tat es, trotz allem Sträuben des Opfers. Sein Arm blieb eisern um sie befestigt, während seine andere Hand auf ihren entblößten, üppigen Körperteil einschlug. Madame Catherine hielt das nicht für genug, sie half selbst nach Kräften mit, nur leider, ihre fleischigen Händchen vermochten nicht viel. Daher beugte sie sich über den schönen Hintern und biß hinein.

Marguerite heulte auf wie ein Tier. Ihr Bruder, der erschöpft war, ließ sie los, ließ sie einfach hinfallen, während er dabeistand mit stierem Blick wie ein Betrunkener. Auch Madame Catherine war außer Atem, und in ihren stumpfen, schwarzen Augen glitzerte es. Indessen faltete sie schon wieder die Finger vor dem Magen und sagte ruhig wie immer:

«Steh auf, mein Kind, wie siehst du denn aus!»

Sie gab Karl einen Wink, damit er seiner Schwester die Hand reichte und ihr half. Dann ging sie selbst daran, die Kleidung ihrer Tochter zu ordnen. Als die Prinzessin Margot sah, daß die Gefahr vorbei war, bekam sie sofort ihr herrisches Gesicht zurück.

«Alles ist zerrissen. Du Dummkopf!» schrie sie ihren Bruder an. «Hol doch meine Kammerfrau!»

«Nein», entschied ihre Mutter. «Die Sache bleibt besser unter uns.»

Sie selbst nähte in dem weißen Seidenkleid die Löcher zu, glättete es und ließ sich auch nicht nehmen, die von Tränen und Backenstreichen entfernte Schminke neu aufzutragen. Karl holte auf Befehl Katharinas die Perücke, die er seiner Schwester vom Kopf gerissen hatte, zog sie unter dem Bett hervor, staubte sie ab und setzte sie ihr auf. Da war sie wieder die stolze und anmutige junge Dame, die vorhin das Zimmer betreten hatte!

«Geh nur und lies deine lateinischen Bücher», knurrte Karl der Neunte. Katharina von Medici setzte hinzu:

«Aber vergiß nicht, was ich dir soeben zu deiner Belehrung mitgeteilt habe!»

England

Eine zweite mächtige Frau bekümmerte sich um den jungen Henri, während er selbst hauptsächlich an sein Vergnügen dachte. Elisabeth von England empfing in ihrem Schloß zu London ihren Pariser Gesandten.

«Du kommst einen Tag zu spät, Walsington.»

«Die See war stürmisch. Eure Majestät hätte wahrscheinlich nur einen toten Gesandten zu sehen bekommen. Ich fürchte, der hätte nicht so viel berichtet, wie es zu berichten gibt.»

«Walsington, das wäre gut für dich gewesen. Der Tod in der See ist weniger peinlich als der auf dem Schafott. Du bist dem Block und dem Beil näher, als du denkst.»

«Für eine so große Majestät zu sterben ist immer das Höchste, was ein Mann sich wünschen kann, besonders, wenn er seine Pflicht getan hat.»

«Deine Pflicht? So, deine Pflicht. Und was ein Mann sich wünscht, du Schwein?» Sie hieb ihm in das Gesicht.

Er sah den Schlag kommen, hielt aber den Kopf hin, obwohl ihre schmale Hand sehr hart war, wie er wußte. Die Königin war groß, weißhäutig, von unbestimmtem Alter, sie hielt sich grade wie ein Panzer, und die rötlichen Haare, die Margot von Valois zu manchen Kleidern trug, Elisabeth hatte sie wirklich.

«Der Hof von Frankreich nähert sich alle Tage mehr dem König von Spanien, du aber sagst mir nichts. Ich komme in die größte Gefahr, durch dieses Bündnis mein Land und meinen Thron zu verlieren, und du siehst zu!»

«Es tut mir leid, mich noch mehr beschuldigen zu müssen. Ich selbst habe das Gerücht verbreitet, dafür ist es aber auch falsch.»

«Du verbreitest falsche Gerüchte zu meinem Nachteil?»

«Ich ließ in der spanischen Gesandtschaft einbrechen, und vorgeblich wurden dort die Briefe gefunden, die Beweise sind. Ist aber alles nicht wahr. Und das geschah zum Nutzen Eurer Majestät.»

«Du bist ein heimlicher Katholik, Walsington. Wache! Verhaftet den Mann! Auf dich habe ich schon längst ein Auge. Ich werde mit Vergnügen zusehen, wie dein Kopf fällt.»

«Er hätte Ihnen so gern noch eine lustige Geschichte erzählt», sagte der Gesandte zwischen den beiden Bewaffneten. «Ich habe nämlich die Hand Eurer Majestät vergeben, und zwar an einen Prinzen, den Sie gar nicht kennen.»

«Ich denke, es ist d'Anjou, der Sohn Katharinas.» Sie winkte den Bewaffneten, den Gesandten loszulassen. Heiratspläne – die mußte sie erst hören.

«Ich fürchte, d'Anjou wäre ein Fehler. Ich weiß doch, daß Sie mit Recht nicht viel halten von den Valois. Nein, da ist ein kleiner Protestant aus dem Süden, den wollen die Valois sich als Schwager zulegen, und das wäre nicht dumm. Der könnte sie heraushauen.»

«Aber dann fallen sie in Flandern ein! Die Heirat der Prinzessin von Valois mit einem protestantischen Prinzen – ich weiß natürlich, wer! –, das bedeutet Krieg Frankreichs mit Spanien und den Einfall in Flandern. Ein geeinigtes Frankreich, das will ich nicht. In Frankreich muß Bürgerkrieg bleiben. Und in Flandern seh ich tausendmal lieber die Spanier, die ohnedies immer mehr herunterkommen durch ihren Papismus, als ein Frankreich, das sich einigt unter einem Protestanten.»

Um sich selbst besser reden zu hören, durchmaß Elisabeth langbeinig und mit großen Schritten den Saal. Den Wächtern hatte sie ungeduldig abgewinkt, und Walsington zog sich nach der entgegengesetzten Seite zurück, um seiner Königin Raum zu geben. Plötzlich blieb sie vor ihm stehen.

«Und ich soll den jungen Navarra heiraten, sagst du. Wie sieht er aus?»

«Nicht schlecht. Wenn es nur daran läge. Er ist allerdings kleiner als Sie.»

«Ich habe nichts gegen kleine Männer.»

«Sie sind als Mann oft sogar tüchtiger.»

«Was du sagst, Walsington! Ich habe darin so gar keine Erfahrung. Und sein Gesicht?»

«Er hat eine Farbe bräunlich wie Oliven und ein volles Oval.»

«Oh!»

«Nur die Nase – sie ist zu lang.»

«Das ist praktisch ein Vorteil.»

«Ja, die Länge. Aber nicht die Form. Denn sie senkt sich. Sie wird sich weiter senken mit der Zeit, fürchte ich.»

«Schade. Nun, es ist gleich. Ich werde ja doch einen so armseligen jungen Tropf nicht zum Mann nehmen. Und er? Sehr jung, wie?» fragte die Frau unbestimmten Alters. «Du hast ihm Hoffnungen auf mich gemacht? Da war er natürlich begeistert.»

«Ihn begeistert die Schönheit. Das Bild Eurer großen Majestät hat er mit Küssen und mit Tränen bedeckt», log der Gesandte.

«Das glaube ich. Und die Verbindung mit den Valois hast du ihm verleidet?»

«Da ich weiß, daß sie Ihnen unerwünscht wäre.»

«Schließlich bist du doch vielleicht kein Dummkopf. Wenn du nur kein Verräter bist!»

Ihr Ton war scharf, aber gnädig. Der Gesandte begriff, daß die Gefahr, hingerichtet zu werden, zurücktrat, und er verbeugte sich tief.

«Herr Gesandter», begann Elisabeth und ließ sich endlich in ihren Sessel nieder, «ich warte noch immer darauf, daß Sie mir von den Verhandlungen zwischen den beiden Königinnen sprechen. Sehen Sie mich nur an! Ich meine die Königinnen Jeanne und Katharina. Ich weiß, daß die eine so gut mitbestimmt wie die andere, was aus Frankreich werden soll.»

«Meine Bewunderung Ihrer Geistesschärfe grenzt an Schrecken.»

«Das verstehe ich. Sie haben sich wohl nie gesagt, daß ich für meine Gesandten, die meine Spione sind, wieder andere Spione habe, und die beobachten sie selbst.»

Walsington nahm dies mit allen Zeichen des Erstaunens zur Kenntnis, so gut er es auch schon gewußt hatte.

«Ich gestehe», antwortete er schlicht, «daß ich zuerst nur von dem kleinen Prinzen Navarra, nicht aber von seiner Mutter gesprochen habe, weil meine Herrin eine schöne junge Königin ist. Hätte ich als Herrn einen alten König, dann unterhielte ich ihn ausschließlich von der Mutter des Prinzen. Denn die Gefährliche ist nur die Königin Jeanne.»

Er sah ihr an, daß er halb gewonnen hatte; daher blieb seine Stimme besonders ergeben und durchdrungen.

«Ich muß Eurer Majestät eine traurige Geschichte erzählen, daraus zu ersehen ist, daß die Menschen entsetzlich falsch und listig sind. Und so wurde die arme Königin Jeanne betrogen von einem Engländer.» Er schien selbst bestürzt und wehrte mit der Hand ab.

«Ich war es nicht. Denn wir sollen uns stets richtig verhalten. Es war nur einer meiner Beauftragten, und er selbst hatte den Einfall gehabt. Ich ließ ihn gewähren, und so begab er sich nach La Rochelle, wo alle Freunde der Königin Jeanne unfehlbar anzutreffen sind, auch Graf Ludwig von Nassau. Diesen Deutschen veranlaßte mein Agent, sich zu Bett zu legen und den Kranken zu spielen, so lange bis Jeanne ihn besuchte an seinem Schmerzenslager ...»

Der Gesandte fuhr fort in seiner Geschichte, die weiterging wie eine Posse von Shakespeare; um so ernster blieb er, und das erhöhte das Vergnügen seiner Königin. Als sie schon viel gelacht hatte, stellte sie fest:

«Wer naiv ist, wie Nassau, sollte nicht den Schlaukopf spielen. Redet Jeanne die französische Heirat aus, das einzige, was den deutschen Protestanten, wie den französischen, helfen könnte! Sie hat doch alles wirklich geglaubt? Daß ich ihren Sohn zum Mann nehme? Daß ihre Tochter Königin von Schottland wird?»

«Die allzu blendenden Aussichten werden immer für wahr genommen – gerade weil man nichts sieht», versicherte der Gesandte. Elisabeth sagte mit offener Anerkennung:

«So also war es, als Sie mich mit dem kleinen Navarra verlobten! Warum sind Sie damit nicht gleich anfangs herausgekommen? Muß ich Sie erst hinrichten lassen, Walsington, bevor ich von Ihnen etwas Erfreuliches höre?»

«Es hätte Ihnen noch nicht denselben Spaß gemacht wie jetzt, und ich denke nur daran, Eurer großen Majestät zu gefallen, selbst auf die Gefahr von Block und Beil.»

«Diesen guten Streich vergesse ich Ihnen nicht!»

«Er entstand ganz und gar im Kopf meines Agenten, eines gewissen Beel.»

«Das glaube ich Ihnen nicht. Sie versuchen, Ihr Verdienst durch Bescheidenheit zu vergrößern. Zahlen Sie immerhin Ihrem Beel eine Belohnung aus. Aber eine mäßige!» setzte Elisabeth, die rechnen konnte, sofort hinzu.

Stricke, Fallen und ein reiner Sinn

Jeanne, seine Mutter, war die dritte der gereiften Frauen, die an den Geschicken Henris arbeitete, und sie allein tat es um seinetwillen. Daher vertraute sie auch nur sich selbst, und durchaus nicht der Aufrichtigkeit der beiden anderen Königinnen. Sie ging allerdings zu dem Grafen von Nassau auf seinem Schmerzensbett, weil sie schon seit Tagen davon hörte, wie sehr ihr guter Freund stöhnen sollte. Sie fand ihn zwar hitzig und rot in seinen Kissen, aber eher vom Wein als vom Fieber, so schien es ihr. Dennoch ließ sie sich zuerst alles erzählen, was sein Kumpan, der Engländer Beel, ihm Schönes beigebracht hatte für sie: den Einbruch in der spanischen Gesandtschaft, die gefundenen Beweise, daß der Hof von Frankreich ein doppeltes Spiel trieb. Ihr bot man die Prinzessin als Schwiegertochter an, inzwischen aber versöhnte man sich mit Philipp von Spanien. Wie konnte Katharina dann noch die Bedingung Jeannes erfüllen und zusammen mit dem protestantischen Heer das spanische Flandern befreien!

Jeanne bedachte: ‹Von wem sollte er dies alles wissen, wenn nicht von den Engländern, die den Einbruch veranstaltet haben.› Inzwischen befühlte sie den dicken Ludovicus hinter den Ohren, auf der Stirn und fand, daß er kerngesund war. Infolgedessen ließ sie ihren Chirurgen eintreten und dem Patienten einige

Mittel reichen, er mußte sie schlucken, ob er wollte oder nicht. Es dauerte nicht lange, bis der Arme ganz ungeheuer schwitzte; noch andere Wirkungen traten ein, die es Jeanne erwünscht machten, eine Weile das Zimmer zu verlassen. Als sie zurückkehrte, war ihr Opfer schon mürber, es gestand ohne Umschweife, daß ihm all seine Weisheit nur von Herrn Beel kam, und dieser war allerdings ein Agent Walsingtons.

«Aber er ist mein Freund», sagte der vertrauensvolle Nassau, «und um meinetwillen dürfen Sie ihm alles glauben, Madame. Mich würde er nicht belügen.»

«Lieber Vetter, die Welt ist schlecht – außer Ihnen», bemerkte Jeanne mitleidig. Hierauf beschwor der protestantische Deutsche sie voll wirklich warmer Sorge, daß sie nur sich nicht auf die französische Heirat einlasse. Ihr Sohn würde durch diese Heirat dem Katholizismus verfallen, die Protestanten verlören ihren Führer, der Prinz dagegen gewänne nichts für sich selbst, obschon er die Religion verraten haben würde. Was wäre er denn als Gatte der Prinzessin von Valois? Noch längst nicht König von Frankreich. «Anderswo aber» – hier machte Nassau eine schwerwiegende Pause, «kann er König werden. Ein großer König. Seine Schwester, Ihre Tochter Catherine – Madame, sie wird gleichfalls Königin. Dies ist alles so sehr zum Vorteil der Religion, daß es schon darum wahr sein muß», setzte der Gute hinzu, «und ich glaube fest, daß der Auftrag, es Ihnen zu eröffnen, mir von Gott kommt.» Jeanne sah: seinen Beel hatte er vergessen.

Er hatte mit Inbrunst gesprochen, fiel in plötzlicher Schwäche auf sein Kissen, und die Königin Jeanne verließ ihn, nicht ohne ihn der Pflege ihres Arztes zu empfehlen. Ihr tat es leid, wie sie ihn hatte zurichten müssen, damit sie die Wahrheit erfuhr von diesem ehrlichen Menschen. Denn die Lüge bedient sich leider nicht nur der Unehrlichen.

Mit seinem letzten Atem vor der Ohnmacht hatte Ludwig von Nassau ihr noch ausdrücklich bestätigt, wer ihren beiden Kindern die Heirat und den Thron anbieten ließe: es waren Elisabeth von England und der König von Schottland – zu viel Glück auf einmal in den Augen jeder anderen Mutter. Jeanne d'Albret fand es ganz natürlich im Gedanken an ihre eigene große Herkunft, an die Erfolge des protestantischen Heeres und die hohe Würde der Religion. Der Verdacht kam ihr nicht, daß Elisabeth ihr auf unverbindlichen Umwegen ein trügerisches Angebot machen könnte, um sie von der Verbindung mit dem Hof von Frankreich abzuhalten. Die Königin Jeanne war zu stolz, um zu glauben, daß jemand sie benutzen wollte gegen Frankreich, damit es uneinig und schwach bliebe.

Am nächsten Tag sagte sie zu Coligny: «Ich habe die ganze Nacht von Gott zu erfahren getrachtet, was in Wahrheit sein Wille ist: ob mein Sohn in England oder in Frankreich soll König werden. Was denken Sie, Herr Admiral?»

«Daß wir es nicht wissen können», erwiderte er. «Sicher ist nur der Unwille der eifrigsten Hugenotten, Ihrer besten Anhänger, wenn der Prinz, Ihr Sohn, sich mit den geschworenen Feinden der Religion verbindet. Gott aber – von ihm behaupte ich nicht, daß er dagegen ist», schloß Coligny vorsichtig.

«Er ist nicht dagegen», erklärte Jeanne mit aller Entschiedenheit. «Er hat mich wissen lassen, daß ich diese Sache ganz weltlich behandeln soll, einzig gemäß der Ehre und dem Vorteil meines Hauses· diesen halte er auch für den seinen – ließ Gott mich wissen.»

Coligny gab sich den Anschein, als überzeugte sie ihn. In Wirklichkeit mißtraute er den englischen Absichten von selbst, denn er urteilte als Soldat. Die protestantische Engländerin hätte ihm helfen müssen, Flandern von den Spaniern zu befreien, grade das aber wollte sie nicht, indessen es ihm der katholische Hof von Frankreich bereitwillig versprach. Daher war er für die Heirat des Prinzen von Navarra mit Marguerite von Valois, und wenn er Einwände dagegen erhob, dann nur solche, die Jeanne noch bestärken mußten. Jeanne führte an, die Engländer seien von jeher die Feinde dieses Landes gewesen. Coligny wollte wissen, das habe aufgehört – als ob es nicht genügt hätte, daß ein Prinz, der nach England heiratete, grade dadurch alles verlor, seine Volkstümlichkeit und seine Ausichten auf den französischen Thron.

Jeanne sagte, Elisabeth wäre zu alt, sie würde keinen Sohn mehr bekommen, ihr Gatte aber dürfte persönlich keinen Anteil an den Geschäften der Krone erhoffen. Coligny machte geltend, dann bliebe noch seine Schwester, die Prinzessin Catherine, die ganz bestimmt Kinder haben würde vom König von Schottland. Dieser aber sei der gesetzliche Erbe des Thrones von England, falls Elisabeth ohne Nachkommen stürbe. Das war nun das Letzte, was er der Mutter Henris im Ernst hätte sagen dürfen; er sah es wohl an ihrem Zorn. Ihr Henri übergangen und geopfert, ihr fröhlicher Henri vergebens gelebt, wie ein trüber Gefangener, an der Seite einer alten Königin! Hier erst erkannte sie die ganzen Folgen, wenn sie von den beiden Entschlüssen den falschen gewählt hätte.

Die zarte Jeanne sprang heftig von ihrem Sitz auf, auch sie begann durch das Zimmer zu laufen, wie Elisabeth von England, als sie vor ihrem Gesandten in so große Erregung geriet wegen ihres Nutzens. Anders diese Königin: sie kam erst außer sich, weil das Glück ihres Sohnes sich entschied. So befahl sie dann auch mit ihrer selten gehörten Glockenstimme: «Kein Wort mehr, Coligny! Jetzt rufen Sie meinen Sohn!»

Er gab den Auftrag an der Tür weiter. Während sie aber warteten, beugte der alte Mann ein Knie vor der Frau und gestand: «Ich habe alles nur vorgebracht, damit Sie es widerlegten.»

«Stehen Sie auf», erwiderte Jeanne. «Sie haben sicher daran gedacht, daß die Königin Katharina Ihnen den Oberbefehl in Flandern verspricht. Wer aber bin ich, daß ich Ihnen Eigennutz vorwerfen dürfte. Wenn mein Sohn nach England ginge und meine Tochter nach Schottland, wäre ich nur eine Frau allein, könnte die Last der Geschäfte nicht tragen und hätte nicht Achtung noch Gehorsam zu erwarten vom Adel Frankreichs. War dies mein tiefster Grund, dann mag Gott mich richten.»

«Amen», sagte er, und beide blieben mit gesenkten Stirnen am Fleck stehen, bis der junge Henri im Zimmer war. Er trat sehr schnell ein, etwas atemlos, mit glitzernden Augen, wahrscheinlich war er einem Mädchen nachgelaufen. Jedenfalls fühlte er sich nicht gedrängt, die Taten und Gedanken seiner vergangenen Stunde vor Gott zu verantworten wie die beiden älteren Leute. Dennoch fand er sich sofort in ihre ernste Stimmung.

Die Königin Jeanne setzte sich, sie forderte auch den Prinzen und den Admiral dazu auf; noch immer suchte sie nach ihren ersten Worten. Coligny indes gab ihr ein Zeichen, teils ergeben und teils belehrend. Es hieß soviel, daß er den Anfang besser kannte. Da sie ihm zunickte, begann er wirklich.

Rat der Drei

«Prinz», sagte Coligny, «es handelt sich in diesem Rat um die Zukunft der Religion, was aber dasselbe ist wie die Zukunft des Königreiches. Hier und jetzt soll eine große Entscheidung fallen, und zwar durch Sie. Der Ratschluß Gottes wird sich durch Ihre Stimme äußern. Hören Sie darauf wohl, was er Ihnen eingibt. Ich meinesteils bin bereit, mich zu neigen.»

Jeanne wollte sprechen. Der Alte bedeutete ihr entschieden, wenn auch ehrfürchtig, daß er nicht fertig sei.

«Zwei mächtige Höfe bewerben sich um Sie, den Prinzen von Navarra, und viel, unabsehbar viel hängt für Zeit und Ewigkeit davon ab, welchen Sie wählen.» Die Pause, die Coligny hier machte, war nicht bestimmt, daß ein anderer etwas sagte; nein, sondern seinen beiden Zuhörern sollte der Atem vergehen. Jeanne war auch tief bestürzt. Henri sah wohl die angstvolle Veränderung ihres Gesichtes; davon füllten sich seine Augen sofort mit Tränen. Das Schluchzen entstand in der Mitte des Körpers, stieg schnell wie ein Gedanke bis in die Kehle, dort erstarb es, zurück blieben noch nachträglich die feuchten Augen.

Verschwimmenden Blickes, ein Bild der Rührung, dachte Henri indessen bei sich: ‹Alter Schwätzer! Kann er das nicht einfacher sagen? Ich weiß doch längst, daß ich entweder meine dicke Margot oder die alte Engländerin heiraten soll. Als ob mir Nassau nicht genug zugesetzt hätte! Aber was tue ich in England? Dagegen Margot – sie hat mir immer versprochen, ich würde ihre Beine kennenlernen.›

Coligny beugte sich über Jeanne, um zu raunen: «Lassen wir ihm Zeit! Er erwartet die Eingebung.» Jetzt wurde Henri der ganzen Spannung seiner lieben Mutter bewußt. Sein eigener Sinn erhob sich davon sofort. Mit einer Strenge, die ihn selbst heimlich in Erstaunen setzte, erklärte Henri:

«Ich will Frankreich dienen. Ich wähle die Religion und darum Frankreich.»

Als diese Worte gefallen waren, stand der Protestant Coligny von seinem Sitz auf. Er streckte die Arme hin, als empfänge er den Herrn selbst. Henri aber umarmte ihn. Dann küßte er seiner lieben Mutter die Tränen vom Gesicht.

Der Rat blieb keineswegs so feierlich. Die drei kamen überein, daß alle Vorteile für sie in Paris lägen, anstatt in London. Henri fragte sogar, ob das englische Angebot auch nur ernst gemeint wäre. Vielleicht diente es eher dazu, die französische Heirat zu hintertreiben. Jeanne mußte viel Selbstgefühl überwinden, bevor sie diesen Gedanken zuließ. Die Klugheit und Verständigkeit ihres jungen Sohnes waren Trost für ihren Stolz. Henri meinte, daß er die glänzende Stellung eines Gemahls der Königin von England von Herzen gern seinem Vetter d'Anjou überließe. «Einer weniger!» setzte er unvermittelt hinzu; aber sie verstanden ihn durchaus. Jeanne bestätigte, daß man Madame Catherine nicht herausfordern dürfte, da sie ihren zweiten Sohn ja nun einmal nach England zu verheiraten gedächte. Hierauf wiederholte sie: «Einer weniger!» Sie sprach geradeaus in das Zimmer: «Vier waren es. Zwei werden nach Karl übrig sein. Karl ist aus einem allzu vornehmen Knaben ein dicker, gemeiner Mann geworden, obwohl er König heißt. Zuweilen aber blutet er.»

Bei diesem Wort reckten sowohl ihr junger als auch ihr alter Zuhörer den Kopf vor. Jeanne sah sie indessen nicht an: sie nickte wie eine Frau, die weiß, was sie sagt, wenn es sich um den Körper und seine Tätigkeit handelt. «Sie bluten», sagte Jeanne. «Ihr Blut fließt nicht, sondern breitet sich langsam auf der Haut aus. Alle vier Söhne des alten Königs haben das, und der erste ist schon daran gestorben.»

«Müssen auch die anderen sterben?» fragte Henri, kalt angerührt.

Coligny antwortete hart: «Die Valois verfolgen die Religion. Das ist ihre Strafe.»

«Sie haben es nicht, weil sie Valois sind», sprach Jeanne. «Sie haben es durch ihre Mutter, denn die war lange unfruchtbar.»

Die beiden Männer zogen die vorgestreckten Köpfe zurück: dies verstanden sie nicht mehr. Jeanne hatte die Zusammenhänge nur entdeckt, weil sie selbst so viele Nächte wach lag mit Atemnot und jenem unheimlichen Kitzel unter der Schädeldecke, rings um den Kopf. Da kein Arzt ihr den Grund zu erklären wußte, hatte sie erraten müssen, daß die menschlichen Geschicke sich nach dem Willen Gottes in den Leibern vollziehen, bevor sie sichtbar auftreten. Jeanne sollte leiden und früh dahingehn, nachdem sie einen auserwählten Sohn geboren hatte. Ihre Feindin Katharina dagegen verdiente es, alt zu werden und alle ihre spät empfangenen Söhne hinabsteigen zu sehen. Jeanne rechnete hierauf mit dem besten Gewissen und ohne Mitleid.

«So werde ich diesmal ihrem Gesandten den Bescheid geben, daß ich mich der Verbindung mit ihrem Hause nicht widersetzen will, wenn sie mir gewisse Bedingungen erfüllt.»

«Strenge, unveräußerliche Bedingungen», verlangte Coligny. «Der Hof soll sich gegen Spanien erklären. Seine Truppen sollen in Flandern einrücken, und ich will sie führen.»

«Die Prinzessin von Valois soll protestantisch werden», entschied Jeanne, und hierüber erstaunte Henri so heftig, daß er aufschrie. Margot und die Religion! Die Religion und die verliebte Margot! Er wußte nicht, wohin mit sich und seiner überwältigenden Lachlust. Schließlich verschwand er in einer tiefen Fensternische, ließ den Vorhang über sich fallen und keuchte in seine Hände hinein. Seine Mutter sagte gehoben:

«Mein Sohn dankt Gott, weil seine künftige Frau gerettet werden soll.» Das empfand Coligny als eine zu starke Zumutung an Gott. Er war nahe daran, es auszusprechen: die Prinzessin führte einen verwerflichen Lebenswandel. Sie unterhielt wohlbekannte Beziehungen zum Herzog von Guise. Als Christ hätte er sprechen sollen, als Weltmann aber schwieg er, und so warteten beide, bis Henri sich wieder zu ihnen gesetzt hatte. Dann belehrte Jeanne ihn allerdings gründlicher als vorher über die Gefahren des Unternehmens.

«Vergiß niemals, daß sie sich vor allem deiner versichern wollen. Es ist immer der Grundsatz Madame Catherines gewesen, ihre Feinde im Hause zu haben; und nach ihren Söhnen, die so leicht bluten, hast du den nächsten Anspruch auf die Krone Frankreichs. Ich weiß wohl, daß sie sich mit deiner Hilfe auch des Guise entledigen will, denn seine Familie scheint ihr bedrohlicher als die unsere», sagte sie mit dem Ton der Verachtung. «Aber das Wichtigste ist der Königin, dich an ihren Hof zu locken. Das werde ich indes verhindern, ich selbst werde statt deiner hinreisen, dann wollen wir einmal sehen, ob sie mit mir fertig wird.»

Coligny nickte grimmig.

«Und ich folge Eurer Majestät auf dem Fuß. Alle unsere Forderungen müssen bewilligt werden, oder das protestantische Heer, mit dem Prinzen von Navarra an der Spitze, setzt sich gegen Paris in Bewegung. Darauf gibt es keine Gnade mehr!»

Dem jungen Henri schien es, als ob auch vorher nicht viel Gnade geübt worden wäre. Vor seinem Gesicht krümmten sich Bauern an Balken hängend, Feuer war angezündet unter ihren Füßen. Was ließ sich einwenden, wenn sogar seine geliebte Mutter aus Erfahrung wußte, daß dies das Gesetz der Welt war und daß der wahre Kampf um die Religion und das Königreich nicht anders aussah. Was verdienten auch Madame Catherine und ihre Katholiken, da sogar seine geliebte Mutter vor ihnen nicht sicher war?

«Mama!» rief er. «Du darfst nicht hinreisen! Sie werden dir etwas tun!» Er rief es wie ein ängstliches Kind. Jeanne zog ihn zu sich nieder, seinen Kopf bis in ihren Schoß, und so sprach sie – zu ihm, zu sich selbst und ihrem Herzen: ‹Eine Frau allein ist am sichersten. Gott muß ihr beistehen, da niemand es tut. Aber was bin ich vor Gott – jetzt noch? Einst: ungeheuer viel, das Gefäß. Es ist jetzt ausgeleert und darf zerbrechen.›

Sie glaubte es zu sprechen, hatte es in Wahrheit nur gedacht; aber mit diesen Worten war von Jeanne d'Albret das Opfer ihres Lebens gebracht.

Auch der Rat war zu Ende. Ihr Sohn und der Admiral verabschiedeten sich von ihr.

Eine Einzige ganz im Ernst

Draußen traf Henri seinen Vetter Condé und den jungen La Rochefoucauld, gleichfalls einer, vor dem er sich gehenließ. Ihnen sagte er:

«Nun also! Ich heirate die Schwester des Königs von Frankreich. Das ist auch der einzige Platz, der bei Hof noch frei ist. Sie haben schon einen Kanzler, Sekretär, Schatzmeister und Narren. Nur einen Hahnrei brauchen sie noch, der werd ich sein!»

Er lachte und sprang in die Luft, so hinreißend lustig, daß beide mittaten, trotz ihrer inneren Befremdung.

Jeanne kehrte nach ihrem Land Béarn zurück, es war Herbst, der Abgesandte Katharinas suchte sie nochmals heim, er hieß Biron, und sie sagte ihm nicht mehr nein; sie stellte nur Bedingungen, ihre ersten und vorläufigen. Mehreres, an Protestanten verübtes Unrecht war zu sühnen, im Süden eine Stadt zu räumen, in Paris ein lästerliches Kreuz zu entfernen. Sie erklärte gradeheraus, daß sie nicht betrogen werden wollte, wie so manche andere, die im guten Glauben zu Hof gereist wäre!

Herbst war es gewesen, wurde aber Winter, bevor sie sich recht in Bewegung setzte. Sie hatte Fieber bekommen, ihr Sohn war gestürzt; man konnte glauben, Jeanne würde durch diese Unfälle gewarnt, zu reisen. Dennoch kam es endlich dazu, daß Mutter und Sohn sich trennten: die Stadt hieß Agen, der Tag war der dreizehnte Januar, angebrochen war das Jahr zweiundsiebzig. Den blauen Lüften, dem besonnten Weg hätte niemand angesehen, daß dieser Abschied endgültig war. Die Pferde zogen an, schon rollte die lederne Kutsche, noch winkten und lächelten die bleiche Jeanne und ihre Tochter Kathrin. Der Sohn stand neben seinem Reittier, und sein Blick ging von einer zur anderen. Die Schatten unter den Augen der Mutter hatten sich ausgebreitet in letzter Zeit, so sah er, bis hinab über ihre Wangen. Ihr Lächeln wurde inzwischen starr, daraus erkannte er, daß sie sein Gesicht schon nicht mehr genau unterschied, wohl wegen der zunehmenden Entfernung und auch, weil Tränen in ihre Augen traten.

Die Geschwister mit ihren frischeren Augen verständigten sich noch eine Weile, Henri bedeutete seiner Schwester: «Denke immer daran!» Sie erwiderte: «Ich weiß.» Er sagte: «Bei dem ersten Anzeichen von Gefahr, sofort einen Eilboten!» Sie bat so inständig: «Wenn du doch schon wieder bei uns wärst!» Sein Blick rief noch schnell: Gib acht auf unsere liebe Mutter, gib acht! Da nahm der Wagen eine Biegung, und fort war alles. Vom letzten der berittenen Edelleute hing im Sonnenlicht noch der Staub, aber auch er verflog.

Sechs Monate lang bekam Henri Briefe von Jeanne, die teuersten seines Lebens; denn wie viele Frauen er anbeten, an wie viele er die Kraft seines Lebens noch wenden soll, im Grunde wird er immer fühlen, daß nur eine einzige ganz im Ernst für ihn gekämpft und nur um seinetwillen geatmet hat bis auf den Rest ihrer Lungen.

Zu Tours, im Februar, hätte sie sich gern entschlossen, umzukehren, nur ging es nicht mehr. Den Reden der Herren, die Katharina zu ihrem Empfang entsandt hatte, hörte sie es gleich an, daß sie wirklich betrogen werden sollte. Die alte Königin und ihr Sohn, der König, befanden sich in Blois, kamen ihr aber ein Stück entgegen. Da hütete sich Jeanne d'Albret, von ihrer kostbaren Lebenszeit noch etwas zu verlieren: sofort verlangte sie, daß die Braut ihres Sohnes zum Protestantismus überträte. Das Gefährliche war, daß die alte Königin nicht einfach nein sagte; sie tat, als glaubte sie gar nicht, daß es ernst gemeint wäre.

Ein Einfall im wolkigen Hirn einer Aufgeregten, die man beruhigen mußte durch fortwährende gute Laune, und daran ließ Katharina es nicht fehlen. Immer blieb diese schreckliche alte Frau zu Scherz und Spott aufgelegt, während des ganzen Winters und bis in den Mai: so lange verhandelten sie im Schloß zu Blois. Jeanne aber, die ihre Kräfte abnehmen fühlte, mußte haushalten mit ihnen, niemals durfte sie außer sich geraten, das hätte wieder Tage gekostet.

Die alte Königin scherzte: «Aber gute Freundin! Was macht es denn Ihrem tüchtigen Hahn aus, welchen Glauben meine hübsche Henne hat, wenn er sie ...» Laut und deutlich, sogar noch andere hörten es und brachen in Lachen aus. Wollte Jeanne auch zornig werden, das Gelächter hätte sie nicht überschreien können. Daher verzog sie selbst das Gesicht, daraus wurde ein geringschätziges Lächeln, etwas Abseitiges inmitten der vereinigten Fröhlichkeit der anderen. Aber Jeanne wahrte doch, so gut sie es konnte, die Überlegenheit des Gesunden. Nur keine Krankheit verraten! Dann hätten sie mit ihr gemacht, was sie wollten.

Katharina log im Scherz, dagegen war schwer aufzukommen. Sie behauptete einfach, der Erzieher des Prinzen von Navarra hätte gemeldet, daß der Prinz für seine Person ganz bereit wäre, sich katholisch trauen zu lassen – in Vertretung sogar, während er noch dort unten säße; es könnte ihm nicht schnell genug gehn.

Jeanne erwiderte trocken: «Wie sonderbar, daß ich die Wünsche meines Sohnes nicht kennen sollte, während Sie, Madame, darüber Bescheid wissen!»

«Ihnen wollte er es auch sagen, aber das hat er wohl vergessen über seinen galanten Abenteuern», scherzte Katharina und wiegte sich in ihren dicken Hüften, als ob sie jetzt gleich tanzen sollte auf ihren kurzen Beinen.

Nachher aber, als Jeanne sich erschöpft zurückgezogen hatte, erzählte die furchtbare Alte ihrem Hof alles umgekehrt. Jeanne selbst war es danach, die gebeten hatte, man möchte ihren Sohn auf alle Fälle nehmen, ob katholisch oder nicht, nur ohne Aufschub! Alle sprachen sie darauf an, die protestantischen Herren machten ihr heftige Vorwürfe, während die zahllosen Ehrenfräulein Katharinas ihr vorschwärmten von dem Wunderprinzen, auf den sie sich freuten wie die Kinder. Diese Ehrenfräulein hatten sämtlich keine Ehre mehr zu verschenken, sondern nur noch Vergnügen, und das taten sie auf jeden Wink ihrer ruchlosen Herrin. Sie befolgten wohl den Auftrag, die Sittenlosigkeit dieses Hofes der empfindsamen Jeanne unverhohlen vorzuführen, um sie eher abzunutzen. Am Abend, oder auch schon vorher, ging es hier zu wie in einem besonderen Haus. Abseits blieb nur Margot, die Braut.

Ein Florentiner Teppich

Die Mutter Henris konnte nicht leugnen, daß die Prinzessin von Valois sich wohlverhielt und daß sie von fehlerloser Gestalt, wenn auch zu sehr geschnürt war. Sie hatte ein völlig weißes Gesicht, gelassen heiter wie der Himmel, so kennzeichnete es ein Hofmann namens Brantôme; Jeanne aber durchschaute natürlich, was an all dem Geziertheit und was Schminke war. Sie legten hier so dick auf, wie sonst nur in Spanien. Diese Höflinge übertrieben auch, ganz wie Götzenanbeter. Jeanne beobachtete aus sicherer Entfernung eine der gottlosen Prozessionen, die Hauptperson darin war kein Pfaff und auch der Bischof nicht: Margot, in Perlen und Edelsteinen schimmernd, mit ihnen bestirnt bis über den Scheitel, war Gegenstand der gesamten Verehrung von Adel und Volk. Die Gemeinen knieten am Wege hin. Wer im Zuge ging, fühlte sich getragen. Gemurmel wie Gebete stieg aus dem Gedränge auf. Wahrscheinlich war es Lästerung.

Als Margot ins Schloß zurückgekehrt war, ließ Jeanne sie in ihr Zimmer bitten, und sie kam sogleich, noch trug sie ihr Staatskleid und allen Schmuck. Jeanne konnte sich der Beobachtung nicht erwehren, daß diese so erfolgreiche Schönheit dennoch Hängebacken hatte, oder wenigstens ließ sich voraussehen, die Wangen würden herabfallen, wenn das Mädchen nur noch wenig älter wäre, und langsam entstand dann wohl das Bild der alten Katharina.

«Liebe Tochter», sagte Jeanne, zärtlicher als sie gewollt hatte. «Du bist schön und gut. Mein einziger Wunsch ist, daß du so bleiben mögest. Dein Mann wird wahrhaft glücklich sein.»

«Ich kann nur hoffen, meine liebe Mutter, daß Sie mit meinem Aussehen recht haben. Hinsichtlich meiner moralischen Verdienste indessen will ich Ihnen gestehen, daß sie noch leichter wiegen als meine physischen. Ich habe keine Erziehung, oder nur eine sehr unregelmäßige, genossen.»

«Sie sprechen so gut», sagte Jeanne und hörte schon auf, ihre Schwiegertochter zu duzen. Inzwischen dachte die beredte Margot an die erzieherischen Prügel, die sie von Mutter und Bruder bekommen hatte, weil sie mit dem Guise schlief. Ach! Wann sollte sie diese Freude wiederhaben? Er war fortgeschickt worden von Madame Catherine, sobald die Schwiegermutter sich näherte. Er sollte heiraten, ihr Süßer ging verloren! Tränen drohten der Armen in die Augen zu treten. Noch rechtzeitig bedachte sie ihre bemalten Lider, von denen die Farbe wäre fortgeschwemmt worden, und ihr glattes Gesicht, das durch salzig rieselndes Wasser bald Falten bekommen hätte. Man darf nicht erst anfangen.

Jeanne sagte weiter: «Mein Sohn ist ein Junge vom Lande, und doch ein Königssohn. Er ist Soldat, daher hat er sowohl das Ehrgefühl als auch den unscheinbaren Edelmut, die beide dem echten Soldaten gehören.»

«Güte und Ehre sind ein und dasselbe. Ich habe im Plutarch gelesen –»

«Auch mein Sohn hat von mir den Plutarch zu lesen bekommen; er weiß sehr wohl seine Vorbilder aufzufinden unter den großen Männern. Er ist nicht geistlos, wenn ich auch sagte, daß er einfach ist. Sein Witz kommt aus einem lebendigen Herzen, nicht aus eitler Klügelei und getünchtem Grab!»

Margot setzte das Charakterbild unmittelbar fort: «Er hat königliches Blut, das aber ganz gesund ist, und sein Geist ist sich seiner Verfeinerung wenig bewußt.» Dies war das grade Gegenteil ihrer eigenen Lage, daher konnte sie es sich denken. Jeanne glaubte statt dessen irrtümlich, ihr inständig angepriesener Sohn habe jetzt an das Gefühl gerührt. Unachtsam setzte sie ihre Eröffnungen fort.

«Oh! Wie sehr wünschte ich, liebe Tochter, daß ihr beide euch nach eurer Verheiratung zurückzöget von diesem Hof. Denn hier ist nur Verderbnis. Sie geht so weit, daß hier die Frauen die Männer auffordern.»

«Haben Sie es auch bemerkt?» seufzte Margot. «Ja, es ist schlimm.»

«Lebt beide in Frieden und Einigkeit fern von hier! Ich habe Güter in Vendôme, dort wäret ihr die Herren, anstatt daß ihr am Hof von Frankreich einen leeren, nutzlosen Prunk entfalten müßt – wie heute bei der Prozession. Habe ich doch Herren gesehen: hunderttausend Taler reichen nicht für das Geschmeide, das einer an sich trug! Gott will aber anders geehrt werden, und er befiehlt, daß wir für ihn nicht prahlen, sondern kämpfen. Liebe Tochter! Wir alle sind fehlbar, aber die Protestanten hängen nicht allein an dem Reich von dieser Welt: das rechtfertigt uns, wir verstehen es, arm zu sein, bedroht zu leben und lange zu warten – um der Freiheit willen, und die ist in Gott.»

Die Königin Jeanne machte endlich eine Pause, sie hielt ihren drängenden Blick auf dem weißen Gesicht der Prinzessin Margot, worin die Augen sich ganz geschlossen hatten. Margot dachte: ‹Gefährlich! Meine Mutter hat nur zu recht, sie sind eine große Gefahr. Man wird gegen sie etwas Entscheidendes unternehmen müssen – was Mama auch vorhat, wenigstens vermute ich es stark. Sie schiebt es nur noch auf, bis sie auch meinen Henri in sicherer Obhut hat, den Jungen vom Lande, ehrlichen Soldaten, mit seinem lebendigen Herzen und noch einem anderen Gegenstand, an dem mir persönlich mehr gelegen ist.› Dies sann Margot, indessen Jeanne das eine ihrer Knie mit der Hand umspannte. Es war wie eine Besitzergreifung, hatte aber zugleich etwas Flehendes.

«Komm zu uns!» Das war ihre seltene Glockenstimme. «Nimm den wahren Glauben an! Du wirst glücklicher werden, als du je gedacht hättest. Dies Land wird die Einigkeit und den Frieden kennenlernen.»

«Auf wessen Kosten?» fragte die Schwester Karls des Neunten hinter ihren noch immer nicht geöffneten Augen. – ‹Das geht natürlich nicht›, entschied sie für sich. Gleichzeitig bemerkte sie allerdings, daß diese merkwürdige Frau im Begriff stand, sich unmöglich zu benehmen. ‹Ihre Hand, die um mein Knie liegt, macht eine Anstrengung: kein Zweifel, sie stützt sich, und ihr eigenes Bein fängt an zu gleiten. Wenn ich nicht sogar eingreife, wird sie mir zu Füßen fallen.› Schnell erfaßte sie Jeanne beim Handgelenk.

«Madame, Sie denken von mir zu hoch. Ich bin vielleicht nur, was Sie ein getünchtes Grab nennen. Jedenfalls aber ist mein Bruder der König von Frankreich. Mein Vater war dasselbe – beide katholisch, und dies ist auch mein Glaube. Wir können es nicht ändern, selbst wenn ich möchte. Ich, die Tochter all der katholischen Könige, sehe mich nicht bei eurer Predigt. Deshalb aber muß Ihr Sohn noch nicht zur Messe gehen: ich werde duldsam sein.»

«Du willst mit ihm an diesem sittenlosen Hof bleiben?» Jeanne sprach ernüchtert, kalt, und bei dem Du ließ sie es diesmal aus bloßer Geringschätzung. Den aufsteigenden Haß unterdrückte sie um ihrer höheren, unveräußerlichen

Zwecke willen. Wer war dies Mädchen, das so aufdringlich nach Moschus roch? Was konnte ihr böser Wille aufhalten oder ändern?

«Oh!» hauchte Margot, voll Nachsicht und sogar Mitleid für diese unglückliche Frau. «Ihr Sohn wird es gewiß bald lernen, sich am Hof zu bewegen. Ich bin ganz bereit, ihn zu beschützen. Zwar kann ich keine Protestantin werden, aber mit einem einfachen, rauhen Protestanten werde ich mich gut vertragen, das fühle ich.» Sie sprach noch weiter, denn die Prinzessin von Valois beherrschte die Rede. Jedes ihrer Worte war unglücklich und erbitterte die Mutter Henris gegen sie; das konnte sie nicht wissen. Dagegen fiel ihr, einmal im Zuge, sogar die kleine Schwester ihres Verlobten ein, das unbedeutende Kind, an das sie sonst niemals dachte. Allerdings entsann sie sich seiner auch deshalb, weil die Tür nach dem Nachbarzimmer, oder vielmehr der gewirkte Vorhang über der Tür, sich leise ein wenig bewegte. Mit erhobener Stimme sagte Margot:

«Wenn ich nicht Ihren Sohn für einen Freund und Herrn ansähe, Madame, dann würde doch sicher Ihre reizende Tochter mich für ihn einnehmen. Wir haben kein solches Mädchen hier, zum erstenmal begegne ich einem Wesen ihresgleichen, und verzeihen Sie mir die gelehrte Erinnerung, eine der königlichen Hirtinnen des Altertums erscheint vor meinen Augen in der zarten Gestalt Ihrer Catherine.»

Worauf Catherine denn pünktlich und in Wirklichkeit eintrat. Ihre Mutter Jeanne, die den Florentiner Teppich und sein Schwanken nicht beachtet hatte, erschrak, ja, einen Augenblick glaubte sie an wunderbare Fähigkeiten ihrer Schwiegertochter, besonders, weil Catherine barfüßig ging und ihre aufgelösten Haare über ein weißes Nachtgewand fielen. Blond wie sie war und unschuldig von Gesicht, konnten die durch Margot berufenen Hirtinnen nicht anders aussehen. Margot ihrerseits stellte sich überrascht, wenn auch mit Geschmack und ohne Übertreibung. Sie stand nur auf und öffnete zum Empfang ein wenig die Arme, weil dieses Kind so lieblich war.

Die Königin Jeanne erkannte ein getünchtes Grab und sah entrüstet fort, weil sie es fast hätte bis zur Täuschung kommen lassen – indes ihre Tochter sich der bewunderten Margot vertrauensvoll mitteilte. «Ich huste etwas, heute muß ich im Bett liegen und Eselinnenmilch trinken. Madame, wenn Sie meinen Milchbruder, den kleinen Esel sähen, wie lieb er ist!»

«Und erst du, meine Kleine!» rief Madame, umarmte ihre Schwägerin und gab ihr viele harmlose, für sie passende Worte. Vielleicht, daß Catherine sich freute. Jeanne jedenfalls hörte nicht mehr hin, sondern durchmaß mit ihren Blicken dies fremde gleichgültige Zimmer. Genau dies war überall! Dieselben bilderreichen Wandbekleidungen, geschnitzte Truhen, schwer herabdrückende Decken, und das mit Himmel und Vorhang verdunkelte Bett und die Fenster am Rande tiefer Nischen: alles geheim, voll von Verstecken, unter Prunk und Zierat unheildrohend, wenn man es ein einziges Mal recht ansah – und so die Menschen! So die Menschen, fühlte Jeanne, schaudernd, sie wußte nicht, warum.

Der Prinzessin Margot war mehr bekannt als ihr. Sie hatte manches erlauscht bei Hof und damit die Gesichter ihrer Mutter und ihres königlichen Bruders verglichen, wenn die beiden miteinander flüsterten. Während sie jetzt die unschuldige Catherine umarmt hielt, fühlte sie wunderbarerweise etwas sich regen, es konnte ihr Gewissen sein. Vielleicht war es im Gegenteil ein Stolz und Hochsinn, der nichts Tückisches kennen will. Catherine sang mit ihrem schwankenden Stimmchen, den hohen erschreckten Endsilben: «Sie sind so schön, Madame, heute müßte mein Bruder Sie sehen. Werden Sie ihm auch wohlgesinnt sein?»

«Ja, ja», erwiderte Margot, dachte aber dabei mit ansteigender Empörung: ‹Das darf nicht sein. Ich muß ihnen die Wahrheit sagen.›

«Wo haben Sie Ihren kleinen Hund, Madame? Es ist der hübscheste kleine Hund, den ich kenne.»

«Ich schenke ihn dir.» Margot ließ das Mädchen los. ‹Ich muß sie warnen!›

«Ich will Ihnen einen Rat geben.» Margot neigte sich vor, um Jeanne dringend ins Auge zu fassen. Zum erstenmal verließen sie, bei ihrem außerordentlichen Vorhaben, die Gewandtheit und Ruhe. Sie setzte vergebens an, ihr Atem wurde hörbar, die Nase sogar erschien länger. «Aber Sie dürfen keinem sagen, daß ich es war!»

Geheim und unheildrohend unter Zierat – fühlte Jeanne. Sie sprach: «Ich weiß schon, daß ich hingehalten werde und daß man mich betrügen möchte!»

«Wenn es das nur wäre! Reisen Sie ab, Madame!» rief Margot, schon kreischte sie, das war nicht Seelengröße mehr, wie sie gewollt hatte, nur noch nacktes Entsetzen. Plötzlich tonlos: «Hört uns auch niemand? Nehmen Sie dies süße Geschöpf, fliehen Sie nach Süden, wenn Sie es noch können! Um irgend etwas für sich zu erreichen, dürfen Sie nicht hier sein – und erst recht Ihr Sohn nicht!»

Eigensinn und Unglauben waren alles, was Margot in ihrem ehrlichsten Augenblick bei Jeanne fand. Jeanne hatte beschlossen, den Drohungen nicht zu glauben. Dies alte Gesicht konnte Margot nicht bewegen, daher tastete sie mit unsicheren Händen nach der andern Jungen, damit diese ihr helfe. Ihr Blick verließ Jeanne, er ging zu Catherine, blieb aber für Jeanne bestimmt. Die sollte sehen, wie Margot mit der Schwere ihrer schwarzen Augen in den hellen des Mädchens etwas hervorbrachte: es war Erkennen. Jetzt war es auch Erschrekken!

Indessen blieb Jeanne bei ihrer Ablehnung, und sie geriet vollends in Zorn, weil ihre Tochter erblaßt und auf den Füßen unsicher geworden war. «Genug!» befahl sie. «Kehr in dein Bett zurück, mein Kind!» Nachher erst, als die Tür sich hinter Catherine geschlossen hatte und der Florentiner Teppich nicht mehr schwankte, antwortete Jeanne auf den Rat und die Warnung der Prinzessin von Valois.

«Madame, ich habe alles verstanden. Sie sollen mich wankend und ängstlich machen, der Auftrag kommt von der Königin, Ihrer Mutter. Berichten Sie ihr, ob Sie mich niedergeschmettert gefunden haben! Meinerseits will ich Ihnen melden, daß der Herr Admiral beim König alles erreicht hat, was wir Protestanten wollten. Sie selbst brauchen hinsichtlich Ihres Glaubensbekenntnisses keine endgültigen Beschlüsse zu fassen, bevor Sie gesehen haben, daß dieser

Hof den Krieg an Spanien erklärt. Sie werden sehen! Mein Sohn jedenfalls, Ihr Verlobter, wird erst hier eintreffen, wenn unsere Partei ganz groß dasteht.»

«Gewiß, Madame», sagte Margot. Die arme Brust der Königin von Navarra bebte und rang bei ihren stolzen Worten; aber die Schwester Karls des Neunten, so kühl wie je, fand keinen Grund mehr, weder zu Gewissensregungen noch zum Edelsinn. Sie dachte, wie am Anfang dieser Unterredung: ‹Gefährlich! Sie sind eine große Gefahr; meine Mutter hat recht, etwas Entscheidendes muß gegen sie unternommen werden. Aber sie verderben sich selbst: hier ist Schicksal im antiken Sinn!› dachte die Gelehrte.

«Gewiß, Madame», sagte Margot. «Ich werde Ihre Worte bei mir erwägen.» Tiefer Knicks. «Und habe ich mich erst überzeugt, daß Sie die Klügere waren, dann wird wohl auch Ihre Religion die meine werden müssen. Hoffentlich bringt der Herr Admiral den Prinzen, meinen Verlobten, mit, damit hier alle vereint sind.» Tiefer Knicks – und der wehende Duft von Moschus, da war Madame Marguerite schon fort.

Jeanne ging zu ihrer Tochter, die ihr entgegensah mit aufgerissenen blauen Augen. Als Jeanne nahe genug beim Bette war, warf das Mädchen ihr beide Arme um den Nacken.

«Angst, Mama! Ich hab Angst!»

Die Briefe

Später schrieb jede der beiden nach Pau, an Henri. Die Briefe wurden gewöhnlich in verschiedenen Zimmern des Schlosses von Blois geschrieben, und Catherine steckte dem Boten, den Jeanne abschickte, den ihren heimlich zu. Jeanne schrieb einmal: «Gehe oft in die Predigt und täglich zum Gebet! Bürste Deine Haare nach oben, aber nicht wie man sie früher trug! Der Eindruck, den Du hier sofort machen mußt, ist: Anmut und Keckheit. Aber rühr Dich nicht fort aus Béarn, bis ich Dir wieder schreibe!»

Catherine meldete indessen ihrem Bruder: «Madame hat mir einen schönen kleinen Hund geschenkt, ich habe auch prächtig bei ihr gegessen. Sie hat mich gern. Wenn ich Dir jetzt sage, mein lieber Bruder, daß ich mich fürchte, dann weiß ich wohl, daß Du mich nicht verstehen kannst. Du hast mir aufgetragen: beim ersten Anzeichen von Gefahr einen Eilboten! Ich sehe kein Anzeichen, und schicke Dir dennoch den Eilboten. Gib acht! so hast Du mir bei meiner Abreise mit den Augen zugewinkt, gib acht auf unsere liebe Mutter! Unsere liebe Mutter reist jetzt bald mit dem ganzen Hof nach Paris, wo wir viele Feinde haben. Ich werde die Augen öffnen, aber wenn Du doch schon wieder bei uns wärest!»

Jeanne d'Albret schrieb folgendes an ihren Sohn Henri im Mai aus Paris, wo sie im Hause des Prinzen von Condé wohnte. Sie schrieb es am Abend beim geöffneten Fenster, ihre Lampe flackerte in der warmen Luft.

«Das Bild Madames habe ich Dir hier besorgt und schicke es Dir. Möge es

Dich erfreuen! Mir gefällt hier, außer der Erscheinung Madames, die wirklich schön ist, nur weniges. Die Königin von Frankreich traktiert mich mit der Mistgabel, und Deine Margot bleibt eine Papistin, alle meine Anstrengungen waren umsonst. Nur die eine Genugtuung hatte ich, daß ich an Elisabeth nach England berichten konnte, Deine Heirat sei jetzt unwiderruflich beschlossen. Mein Sohn, ich weiß nicht, ob ich immer da sein werde, um Dich zu behüten vor den Versuchungen dieses Hofes. Laß Dich nicht verführen, nicht im Leben, nicht im Glauben!»

In einem anderen Zimmer des Hauses kritzelte heimlich die Schwester: «Schnell ein Wort über etwas, das uns heute geschehen ist! Wir gehen hier in die Läden, wo Mama die Einkäufe macht für Deine Hochzeit. Heute waren wir bei dem Handwerker, der Bilder von Madame anfertigt, und wollten das hübscheste aussuchen, da sammelten sich draußen viele Leute an und murrten gegen uns. Sie wurden immer lauter und drohender, bis unsere Wache sie vertrieb. Mama sagte, es seien nur aufgeregte Gaffer, wie unvermeidlich in Paris: ich aber bin gewiß, daß sie Deine Heirat meinten. Dieses Volk will sie nicht, und überall sucht es Händel mit den Protestanten. Mehrere unserer Herren haben es mir gestanden, weil ich sie nötigte. Denn ich bin kein solches Kind, wie man meint. Die Ehrenfräulein der bösen alten Königin sind ein ganzes Regiment, sie haben viel Freunde überall und hetzen sie gegen uns, besonders aber gegen den Herrn Admiral. Er traf hier ein mit fünfzig Reitern. Madame Catherine ist wütend auf den Herrn Admiral, weil er mit Kraft unsere Sache vertritt. Ich darf nicht sagen: mit Unüberlegtheit, denn ich bin nur ein Mädchen. Dies alles mußte ich Dir ganz schnell aufschreiben, denn unter meinem Fenster im Hof wartet der reitende Bote, daß ich den Brief hinabwerfe, auch geht mein Licht aus, ich muß doch noch siegeln.»

Während Catherine das Wachs auf das Papier auftrug, flackerte aus dem Schnabel der Lampe das Licht noch einmal hervor; und dann erlosch es. Die Lampe Jeannes leuchtete weiter, sie schrieb: «Coligny ist entschlossener als je, das tröstet mich. Er fordert den Krieg in Flandern, und die Königin kann ihm nicht widerstehen, wenn sie auch fälschlich einwendet, daß niemand mit uns gehen werde, weder England noch die protestantischen deutschen Fürsten. Sie ist schließlich nichts als ein altes Weib; ihr Sohn, der König, aber fürchtet den Herrn Admiral und liebt ihn darum, er nennt ihn seinen Vater. Bei ihrem ersten Wiedersehen ist Coligny hingekniet, aber in seinen Gedanken und Vorhaben demütigte er sich vor Gott – und keineswegs vor Karl dem Neunten, der im Gegenteil ihm ganz zu Willen ist, ihn mit Ehren überhäuft und ohne ihn nichts mehr beschließt. Der König hat dem Herrn Admiral hunderttausend Pfund geschenkt, damit er sein verbranntes Schloß Châtillon wiederherstellen kann. Dort befindet sich der Herr Admiral. Der König aber ist in Blois zurückgeblieben wegen einer Geliebten. Der Herr Admiral hat recht: das gibt uns die Gelegenheit, Madame Catherine aus der Macht zu drängen. Jetzt, mein Sohn, mach Dich auf und reise!»

Dies schrieb Jeanne, und der Bote, ein Béarner Edelmann, brachte es in Sicherheit, um beim ersten Tagesgrauen damit abzureiten. Wenigstens glaubte er, die beiden Briefe, der Königin und ihrer Tochter, sicher auf seinem Leibe tragen zu können. Indessen war er noch nicht angelangt bei dem Haus, wo er mit Kameraden wohnte, da wurde er angerannt von Betrunkenen; trotz der Dunkelheit erkannte er, daß sie zur Leibwache der Königin von Frankreich gehörten. Er erwehrte sich ihrer, bekam aber einen Schlag, der ihn zu Fall brachte. Als er aufstehen konnte, waren seine Angreifer fort und mit ihnen die anvertrauten Briefe.

Sie kamen unverweilt in die Hände Katharinas von Medici und wurden von ihr geöffnet, ohne daß sie die Siegel brach. Allein in ihrem Schlafzimmer, las sie, was ihre Feindin und die andere ihr wohl oder übel verrieten, und Madame Catherine freute sich. Sie war erfreut, weil entlarvte Verschwörungen sie zu beleben pflegten. Jede Bosheit des Lebens und der Menschen bestätigte ihre eigene Natur und Geistesart und ermunterte sie zu einer entscheidenden Tätigkeit. Sie saß in ihrem graden hölzernen Sessel ohne Bequemlichkeit, sah über das Geschriebene hinweg, denn sie wußte es auswendig, und zwei der weißen Wachskerzen, von denen sechs in ihrem Zimmer gebrannt hatten, beleuchteten sie noch: die anderen waren von ihren Fingerchen ausgelöscht. Der Lichtschein umrandete die gelb herabhängenden Massen des Kinns und der Wangen, das obere Gesicht lag unter einem Schatten, worin aber die Augen, sonst stumpf schwarz, wie angezündete Kohlen glommen. Was diese Augen im Innern der alten Königin auch erblicken mochten, außen im Zimmer sahen sie, von dem Dunkel freigelassen, nur gewisse Einzelheiten der bemalten Täfelungen, einmal einen schreiend aufgerissenen Mund, ein geschwungenes Messer. Die Flamme der Kerze wurde aber von Zugluft nach der anderen Seite gelegt, da erschien das fleischliche Lächeln einer Nymphe und die Hand, die nach ihr griff.

Madame Catherine bedachte, daß sie nach den ausdrücklichen Worten ihrer Feindin sollte aus der Macht gedrängt werden. Schon bildete diese Unbesonnene sich ein, die Herrin zu sein, Madame Catherine aber wäre allein und verlassen und ihr Sohn, der König, nur noch das Werkzeug eines Aufrührers, den ihr Gericht verurteilt hatte, gehängt zu werden auf dem Grèveplatz! ‹Das Urteil ist nicht aufgehoben, meine gute Freundin! Wissen Sie denn, ob meinen Sohn Karl nicht manchmal die Reue packt? Und wäre es nicht seine bessere Besinnung, dann hat er doch Furcht vor seinem Bruder d'Anjou, der mein Liebling ist, weil er keine Frauen mag. Ich drohe dem älteren mit dem nächsten. Er weiß, wie schnell man bei uns stirbt. Nein, gute Freundin, was Sie sich auch einbilden mögen, ich werde nicht den König von Spanien erzürnen und werde den holländischen Geusen durchaus nicht gegen ihn beistehen. Sonst gäbe Philipp meinen Thron den Guise, und ich wäre wahrhaftig verloren. Mit den Guise, diesen Erzkatholiken, muß ich so gründlich fertig werden wie mit euch Ketzern. Kommt eins nach dem andern. Lassen Sie mir nur noch wenig Zeit, gute Freundin! Sie sollen große und seltene Neuigkeiten erleben. Sagte ich: erleben?›

Madame Catherine dachte, ohne auch nur wahrzunehmen, daß sie dachte. Ihr Geist lebte in diesem Zeitraum herrlich, weil er gespannt war über die Angst hinweg bis zum ruchlosen Wagemut. Man geht dann in Gedanken weiter, als die Tat voraussichtlich jemals führen soll: und sie führt dahin dennoch.

Sie war inzwischen keineswegs entrückt aus der Gegenwart, sondern nahm alles wohl wahr, was in ihrem Schloß zu dieser Stunde vor sich ging. Ihr Schloß Louvre wurde versperrt und verriegelt um elf Uhr, kurz vorher war ein großes Gelaufe von Höflingen, die rechtzeitig hinauswollten: sogleich mußte zum drittenmal gerufen werden, dann fielen die Tore zu. Noch marschierten schwer die Bogenschützen des Königs durch alle Gänge, um sie von Zurückbleibenden zu säubern. Waren sie aber vorüber, wurde dennoch an Türen, die nur anlehnten, heimlich verhandelt, und die Frauen ließen die Männer ein. Madame Catherine wußte es wohl und erlaubte es. Der Anführer der Leibwache des Königs trat bei ihr ein und fragte nach dem Losungswort für diese Nacht. «Amor», beschied ihn Madame Catherine.

Sie befahl diesem Hauptmann noch weiteres, aber dabei ließ sie ihn nahe zu ihrem Stuhl treten und sprach leise. Infolgedessen wurden in ihrem Vorzimmer die sechs Wachskerzen ausgelöscht, und auf die Treppen ergoß diese Nacht keine der großen Laternen aus Leinen ihren gesiebten Schein. Es hatte zwölf geschlagen, da stieg, von einem Fackelträger begleitet, eine vermummte Gestalt hinan zum Schlafzimmer der alten Königin, trat ein, schloß aber die Tür erst, als der Offizier sich entfernt hatte. Dann öffnete Karl der Neunte seinen Mantel. Seine Mutter saß am Fleck wie seit Stunden, sie wendete ihm das große alte Gesicht zu, das Licht flackerte schräg darüber hin, und ihr Sohn erschrak.

«Ich habe dich rechtzeitig gerufen, mein Sohn, auch war es nötig, daß du bei Nacht eintrafst. Es ist soweit, daß wir handeln müssen. Lies diese Briefe!» Sie schob sie ihm hin. Karl buchstabierte in ihnen, schon schlug er mit der Faust auf den Tisch. Sein Gesicht aber zeigte nicht nur Wut, sondern noch mehr Furcht. Der mißtrauische Blick kam, wie seit jeher, schräge. Katharina dachte: ‹Ein schlechterhaltener junger Mann. Wie gut, daß ich noch zwei Söhne habe! Der nächstfolgende liebt die Knaben: ich werde die einzige Frau sein, die ihn beherrscht. Der letzte ist ein Querkopf, auf ihn muß ich aufpassen, damit er nichts gegen mich tut.›

«Ich denke immer an dein Wohl, mein Sohn», sagte die alte Frau. «Du hast in Blois bei deiner Freundin zuviel des Guten getan: jetzt brauchst du sehr nötig die bewährte Kraft deiner Mutter, damit wir deinen Thron retten.»

«Schlag sie tot! Schlag sie tot!» keuchte Karl, dem die Adern unheilvoll anschwollen. Sein Gesicht war weniger fett als aufgetrieben, und es wurde bedeckt von einem gestutzten, undichten Bart. Über die Oberlippe hing dieser in rötlichen Strähnen, die Unterlippe aber, sonst aus Abneigung gegen die Welt fest angedrückt, fiel jetzt herab, weil der arme Mensch große Angst litt. Bei «Schlag sie tot!» stieß er unbeherrscht den Kopf aus der gestärkten Halskrause hervor, wobei in seinen großen Ohren die beiden dicken Perlen schaukelten und schimmerten.

Die alte Frau sagte: «Der Herr Admiral, den du deinen Vater nennst – Aber nenn ihn nur so, das täuscht ihn. Der Empörer bedroht mich ganz offen, und seine armselige Ziegenkönigin hat mir ins Gesicht gesagt, daß sie mich nicht fürchtet. ‹Ich weiß, daß Sie keine kleinen Kinder fressen›, so hat sie sich ausgedrückt. Aber ich versichere dir, daß die Pyrenäenziege es nicht im geringsten weiß. Zum Beispiel, sie selbst hat Kinder, und die denke ich allerdings zu verzehren. Das kleine Mädchen hat diesen rührenden Brief geschrieben, und der Junge soll ihn richtig bekommen. Um so sicherer wird sein ritterlicher Sinn und Mut ihn herführen, dann aber dient er mir als Lockvogel für alle die gefährlichen Hugenotten. Paris wimmelt schon jetzt von ihnen, aber im Gefolge ihres munteren Prinzen werden erst recht viele von ihnen hier einrücken.»

Sie hatte die Stimme vollends gesenkt, sie flüsterte nur noch. «Dann haben wir sie. Alle Gascogner Schreier werden zusammen nur noch einen Hals haben: der ist leicht abzuschneiden. Still!» herrschte sie ihn an, denn Karl wollte wieder loslegen: Schlag sie tot! Es war ihm anzusehen. Indessen, auch Madame Catherine war im Geist über einen Abgrund gespannt, unwissend, ob die Tat den Gedanken jemals nachfolgen sollte. Sie erinnerte sich, langsam und Wort für Wort:

«Der Herzog von Alba sagte mir einst: ‹Zehntausend Frösche sind noch kein Lachs›, und ich erwiderte ihm: ‹Sie können mit dem Lachs zwei Personen meinen.›»

Sie sah ihn lange und aufmerksam an, obwohl sie nur seinem Seitenblick begegnete. «Allerdings sind auch wir nur zwei», äußerte sie plötzlich, ließ auf einmal wieder ihre fette, behäbige Stimme hören. Darüber erschrak er dermaßen, daß er, in der Absicht, nach einem nicht vorhandenen Stuhl zu greifen, sich vor sie hin auf den Boden setzte. «Bleib ruhig sitzen!» sagte seine Mutter, und von jetzt an sprach sie ihm unmittelbar ins Ohr – so lange, daß der Maimorgen hinter den Vorhängen schon dämmerte, als der König fortging von Madame Catherine.

Um nicht mehr fahl auszusehen

Der Offizier mit der Fackel zeigte sich an der Ecke, er hatte dort hinten gewartet die ganze Nacht – wenn er nicht vielmehr an der Tür gehorcht hatte. Karl folgte ihm voll Haß und Furcht. Der Hauptmann brachte ihn in sein Schlafzimmer, die Wache im Vorzimmer weckte er mit scharfem Anruf, bis die Leute von den Bänken aufsprangen und ihre Hellebarden niederstießen. Karl prüfte aus den Augenwinkeln alle Mienen, eine nach der anderen, wie das Licht der Fackel sie bloßlegte. Dann ging er zu Bett.

Aber er konnte nicht einschlafen: Gesichte erschienen hinter seinen Lidern – Feinde, Feinde, und dazwischen die zuletzt erblickten, seine eigenen Leibwächter. Einmal glaubte er, die Tür sich öffnen zu sehen – peinigend langsam, bis er bemerkte, daß seine Augen geschlossen waren. Dann blinzelte er vorsichtig: nichts, als nur das schwache Flackern eines Dochtes, der im Öl schwamm. Karl ertrug nicht länger diese Nacht, er verließ sein Lager, mit scheuen Bewegungen drückte er sich durch einen Nebenausgang, gelangte auf Umwegen zu seinem eigenen Vorzimmer, er war im Nachtgewand. Seine Leibwächter schliefen ringsum auf den Bänken, in der Mitte aber stand aufrecht der Hauptmann mit verschränkten Armen, und der unerwartetet aufgetauchte Karl überraschte ihn bei einem viel zu tiefen Blick. Den haben nur Verschwörer! Der Mensch bekam auch sogleich eine ganz leere Miene, als er sich entdeckt sah; immer verdächtiger machte er sich seinem König. Dieser blieb halb draußen, und zuerst sah er sich um, als ob Hilfe nahe wäre. Dann flüsterte er durch die gerundeten Hände:

«Amaury, auf dich verlaß ich mich, du bist mein Freund. Als aber das Licht deiner Fackel deinen Leutnant traf, da erkannte ich einen Verräter. Mach Streit mit ihm, und daß ich ihn nie wiedersehe! Geh voran in den Hof! Ich schicke ihn dir.»

Der Hauptmann gehorchte; jetzt flüsterte Karl mit dem vom Schlaf erwachten Leutnant. Er empfahl ihm, den Raufhandel nicht erst abzuwarten. «Gleich zustoßen! Nachher aber schrei, als ob er dich angegriffen hätte!»

Hierauf schlich er zurück in sein Schlafzimmer und kam erst wieder hervor, als die Soldaten laut durcheinanderriefen. «Was geht hier vor! Platz für mich!» befahl er überaus herrisch, obwohl im Nachtgewand. Die Leute hinter ihm schwiegen, Karl beugte sich, vom Morgenwind und seinen Gefühlen fröstelnd, über die gewundene Treppe. In einem grauen Stück Tag lag tief dort unten ein Körper hingestreckt. Daneben fuchtelte jemand und schrie Mordio. Hinter Karl sagte die gelassene Stimme seiner Mutter: «Der Mensch soll still sein und heraufkommen.» Karl bemerkte erst jetzt, daß sie die Soldaten schon fortgeschickt hatte. Er gab dem Mörder dort unten ein Zeichen. Inzwischen erfuhr Madame Catherine durch mehrere kurze Fragen, was ihr schwerfälliger, aber ungebärdiger Sohn angestellt hatte.

«Ligneroles», redete sie den jungen Menschen an, als sein Kopf über der Treppe erschien, «Sie haben dem König einen guten Dienst erwiesen.»

«Es ist gern geschehen, Madame», leichtherzig sagte der junge Mann es. Er erwies sich alsbald als redselig. «Hauptmann Amaury war ein heimlicher Hugenott, wußten Sie es nicht, Madame? Ihre Pläne gegen seine Partei, er hatte sie erraten, er war sehr erregt vorhin, und durch ihn weiß auch ich, seit heute nacht, von dem, was bevorsteht. Ich bin dabei! Mit Freuden! Das soll mal eine fröhliche Schlächterei werden!»

Karl der Neunte, dies hören und schlottern in seinem Hemd. Er mußte sich anlehnen. Nur gut, daß der junge Ligneroles vor ihm stand und daß Madame Catherine sie beide sicher im Auge behielt. Sie sprach behäbig und fett: «Heute haben Sie sich bewährt und verdienen eine Stärkung, kommen Sie, junger Mensch!» Watschelnd führte sie ihn in ihr Schlafzimmer, öffnete einen niedrigen, breiten Schrank, der außen mit großen, eckigen Kegeln bewehrt war, und schenkte Wein ein.

«Jetzt aber gehen Sie schlafen», sagte sie, als Ligneroles sein Glas ausgetrunken hatte und auf einmal völlig erschöpft aussah. «Heute haben Sie dienstfrei», bemerkte sie freundlich, aber er verstand sie wohl nicht mehr, er taumelte hinaus. Sie blickte ihm nach bis zur Treppe, die er ganz plötzlich, steif und mit dem Kopf voran, hinunterfiel. Dann schloß Katharina von Medici befriedigt die Tür.

«Er hat sich den Hals gebrochen», erklärte sie behaglich. «Es war auch angezeigt, damit du wieder deine roten Wangen bekommst, mein Sohn. Das ist vorbei. Gewiß macht nur noch der graue Morgen, daß wir beide fahl aussehen.»

Dieselbe Morgenstunde

Dieselbe Morgenstunde war rosig mit Tönen von Orange in dem Garten zu Nérac, wo sie Henri Navarra überraschte, da er sich noch immer nicht trennen konnte von Fleurette, der siebzehnjährigen Tochter des Gärtners.

«Du mußt gehen, mein Liebling. Schon steht mein Vater auf: Wenn er dich hier sieht, was wird er denken?»

«Nichts Böses, mein Herz. Ein treuer Diener meiner Mutter kann nicht glauben, daß ich ihn kränken will.»

«Und du kränkst ihn auch nicht, wenn du mich liebhast. Du wirst nur mich sehr kränken durch deine Abreise.»

«Ein Prinz aber muß immer durch das Land reiten, einmal in die Schlacht und das andere Mal –»

«Wohin das andere Mal?»

«Das brauchst du nicht zu wissen, Fleurette. Es würde dich nicht glücklicher machen, und wir beide sollen zusammen glücklich sein, so lange, bis wir nicht mehr zusammen sein sollen.»

«Ist es wahr? Du bist glücklich bei mir?»

«So sehr war ich es noch nie! Hab ich denn schon einen solchen Tag aufgehen sehen? Er ist schön wie deine Wangen. Ich werd ihn nie vergessen. Keine einzige von all den Blumen hier kann mir je aus dem Gedächtnis entschwinden.»

«Der Morgen ist kurz, und bald verblühen auch die Blumen. Ich bleibe da und warte. Wie weit du reiten magst und was dir alles begegnet, erinnere dich meiner – und der kleinen Kammer, in die der Garten duftete, während wir uns liebten, und meines Mundes, den du –»

«Fleurette!»

«Jetzt geküßt hast das letztemal. Und geh, sonst werden sie dich fortholen von mir, aber ich will nicht, daß andere deinen Abschiedsblick sehen!»

«Dann versenken wir unseren letzten Blick in den Brunnen. Komm, Fleurette! Deinen Arm um meinen Hals! Meinen um deine Hüfte! Jetzt sehen wir gemeinsam hinunter in den Wasserspiegel, darin begegnen sich unsere Augen. Du bist siebzehn Jahre, Fleurette.»

«Du achtzehn, lieber Knabe.»

«Aber wenn wir ganz alt sein werden, dieser Brunnen weiß von uns auch dann noch, und selbst bis über unsern Tod.»

«Henri, ich kann dein Gesicht nicht mehr sehen.»

«Auch deines trübt sich dort unten, Fleurette.»

«Aber einen Tropfen hörte ich fallen. Das war eine Träne. Ob es wohl deine war oder meine?»

«Unsere Träne», sagte seine schon von ihr entfernte Stimme: noch trocknete sie ihr Gesicht. «Fleurette!» war sein letzter Ruf: da war er ganz verschwunden, und sie fühlte wohl, er hatte nicht mehr wirklich sie selbst gemeint; er schickte nur den Namen einer vergangenen Stunde in die kommende, die ihr unbekannt blieb und worin der schwache Name sich bald verlieren sollte.

Henri stieg zu Pferd. Der Maienwind kühlte angenehm seine große grade Stirn, die wenig eingesenkten Schläfen, und legte Wellen in seine dunkelblonden Locken. In der Kammer des Mädchens hatte er die Haare nicht an den Kopf kleben können, so formten sie sich nach ihrer Natur. Seine sanften Augen bewahrten noch hundert Meter weit die Spuren des Abschieds, dann hatte der Ritt sie aufgehellt. Seine Lippen umfaßten eine Blume: es war noch immer Fleurette. Als er zu seinen Begleitern stieß, entfiel ihm die Blume.

Fleurette dort hinten, Tochter eines Gärtners und siebzehnjährig, ging an ihre tägliche Arbeit. Sie tat es noch zwanzig Jahre lang, dann starb sie: da war ihr Geliebter ein großer König. Sie hatte ihn niemals wiedergesehen, oder nur als den hohen Herren, der einmal nach dunklen Schicksalen zurückgekehrt war in seine heimische Stadt Nérac, um hier wieder glücklich zu sein, aber diesmal mit anderen. Wie kam es, daß dennoch alle sagten, sie sei um seinetwillen gestorben? Mit der Zeit verlegten sie ihren Tod sogar zurück auf den Tag, als er sie verlassen hatte, und erzählten, damals habe sie sich in den Brunnen gestürzt: derselbe Brunnen, über den die beiden, siebzehn und achtzehn Jahre alt, einst geneigt gewesen waren. Woher die Rede? Es hatte doch keiner ihnen zugesehen.

Jesus

Noch ritt Henri durch das Land, wie ein Prinz es muß, den Schlachten entgegen, oder weil er heiraten soll. Henri von Navarra sollte Marguerite von Valois heiraten und mußte aus seiner Gascogne bis nach Paris reiten, aber er hatte harte Schenkel. Sie saßen vierzehn Stunden und länger im Sattel, wenn es ihnen darauf ankam, achteten auch auf die Gesundheit ihres Pferdes, da sie nicht immer Geld hatten für ein anderes: sie hätten es denn von einer Weide mitgenommen.

Vornweg, aber immer umgeben von anderen, ritt Henri, und dann folgten viele. Allein war er nie. Man war nie allein, man lebte im Getrappel und im Dunst der Tiere sowie im Geruch der eigenen Leiber, die erwärmtes Leder, feuchtes Tuch trugen. Nicht nur der Schimmel trabte mit ihm dahin, sondern der ganze geschlossene Haufe gleichgesinnter Abenteurer, fromm und verwegen, versetzte den Reiter schneller als anzunehmen, ja, wie ein verzaubertes Gefährt versetzte ihn der berittene Haufe von Dorf zu Dorf. Die Bäume blühten weiß und rot, vom blauen Himmel wehte weiche Luft, die jungen Abenteurer lachten, sangen, stritten. Manchmal saßen sie ab, verschlangen viel Brot, der rote Wein stürzte sich in ihre Kehlen, ihnen verwandt wie Luft und Erde. Die Mädchen mit der goldigen Haut kamen von selbst und setzten sich auf die Knie der Jungen mit braunen Wangen. Die Jungen brachten die Mädchen zum Kreischen oder Erröten, die einen mit einem schnellen Griff, die anderen durch selbstgemachte Verse, und die waren ebenso dreist. Unter sich, im Reiten, sprachen sie oft von der Religion.

Alle um Henri waren kurz vor oder nach dem zwanzigsten Jahr, alle aufsässig, voll Widerspruch gegen die Einrichtungen der Welt und gegen die Mächtigen. Diese hatten sich, ihnen zufolge, Gott entfremdet. Gott meinte alles anders als sie, er war gesonnen wie diese Zwanzigjährigen. Daher waren auch alle ihrer Sache ganz sicher und fürchteten selbst den Teufel nicht, um so weniger aber den Hof von Frankreich. Unterwegs, solange sie noch im Süden waren, traten alte Hugenotten ihnen in den Weg, erhoben beide Hände und beschworen den Prinzen von Navarra, sich vorzusehen. Er kannte es längst, sie waren mißtrauisch durch zahlreiche Erfahrungen. «Aber, liebe Freunde, das wird jetzt alles ganz anders. Ich heirate die Schwester des Königs. Ihr sollt die Glaubensfreiheit haben, mein Wort darauf!»

«Wir stellen die Freiheit her!» riefen die Reiter ringsum und hinten.

«Die Selbstherrlichkeit des Volkes!»

«Das Recht! Das Recht!»

«Ich sage: die Freiheit!»

Dies war das stärkste ihrer Worte. Damit versehen und gerüstet, ritten sie im Haufen nach Norden. Viele, vielleicht die Mehrzahl, verstanden es einfach so, daß sie in der Macht und den Genüssen ablösen wollten alle, die jetzt nach ihrer Meinung frei waren. Henri begriff sie durchaus, er erkannte diese Art Menschen in der Menge und liebte sie ziemlich, mit ihnen war leicht leben. Seine Freunde indessen waren nicht sie. Freunde sind schwierigere Wesen, der Verkehr mit ihnen ist sowohl gespannter als unsicherer, und er nötigt immer wieder dazu, sich zu verantworten.

«In summa», sagte Agrippa d'Aubigné, während sie im Haufen ritten: «Du bist weiter nichts, Prinz, als was das gute Volk aus dir gemacht hat. Deswegen kannst du dennoch höher sein, denn das Geschaffene ist manchmal höher als der Künstler, weh aber dir, wenn du ein Tyrann würdest! Gegen einen offenkundigen Tyrannen haben sogar die unteren Beamten alles Recht von Gott.»

«Agrippa», erwiderte Henri, «wenn du recht hast, bewerbe ich mich um eine untere Beamtenstelle. Nun sind dies aber Spitzfindigkeiten von Pastoren, und ein König bleibt ein König.»

«Sei froh, daß du nur der Prinz von Navarra bist!»

D'Aubigné war klein, er ragte nicht einmal so hoch über den Kopf des Pferdes wie Henri. Beim Reden gebrauchte er eifrig die Hand, die lange Finger und einen gekrümmten Daumen hatte. Sein Mund war groß und spöttisch, die Augen neugierig: ein weltliches Geschöpf, aber schon mit dreizehn Jahren hatte er standgehalten, als sie ihm seinen protestantischen Glauben nehmen wollten, mit fünfzehn gekämpft für die Religion unter Condé. Henri achtzehn, Agrippa zwanzig, und längst waren dies alte Kameraden, hatten sich hundertmal gestritten, sich hundertmal versöhnt.

Das war rechts von Henri. Links aber erhob sich eine klare und strenge Stimme:

«Ihr Könige, Knechte eures Wahnes,
Habt Felder oft mit Mord bedeckt,
Damit die Grenze eures Planes
Sich um ein Haarbreit weiter streckt.
Ihr Richter, die auf heiligen Plätzen
Das öffentliche Wohl verkauft,
Soll euer Sohn ein Erbe schätzen,
Um das ihr euch wie Diebe rauft?»

«Freund Du Bartas», sagte Henri, «wie kommt es nur, daß ein Hahn deiner Güte so bittere Worte findet. Die Mädchen werden dir davonlaufen!»

«Ich spreche sie auch nicht zu ihnen. Zu dir, lieber Prinz, spreche ich sie.»

«Und zu den Richtern. Du Bartas, vergiß die Richter nicht! Sonst bleiben dir nur noch deine bösen Könige.»

«Böse aus Blindheit seid ihr und sind wir Menschen alle. Man muß anfangen, sich zu bessern. Noch nicht die Mädchen, das kann ich noch nicht, aber die galanten Verse will ich mir völlig abgewöhnen. Ich mache in Zukunft nur geistliche.»

«Willst du denn schon sterben?» fragte der junge Henri.

«Ich will einst fallen in einer Schlacht für dich, Navarra, und für das Reich Gottes.»

Henri schwieg infolge dieser Worte. Ihretwegen behielt er auch das Gedicht im Kopf: «Ihr Könige, Knechte eures Wahnes», und in aller Stille beschloß er, niemals sollten Menschen tot auf Fluren liegen und ihm sein vergrößertes Gebiet bezahlen.

«Du Bartas», verlangte er plötzlich, «richte dich so hoch auf, wie du kannst!» Das tat der lange Edelmann, und sein Prinz blickte zu ihm hinan, ironisch, aber auch bewundernd.

«Siehst du von dort oben schon die liebe Madame Catherine mit ihrem großen Freudenhaus? Ihre schönen Ehrenfräulein erwarten euch.»

«Dich nicht?» fragte Agrippa d'Aubigné und blinzelte anzüglich. «Ach nein, du bist ein ehrsamer Bräutigam. Aber wie man dich kennt –» Hier lachten alle. Henri am meisten.

Von hinten rief einer: «Vorsicht, ihr Herren! Die Liebe am Hofe von Frankreich hat schon manchem etwas eingetragen, daß er's bis an sein selig Ende spürte.»

Das erzeugte noch mehr Gelächter. Jemand aber drängte sein Pferd zwischen die anderen und das Tier des Prinzen. Er beachtete es nicht, daß sie aufbegehrten, sofort bereit, Streit anzufangen. Dieser zeigte von allen das bewegteste

Gesicht, das aber klein erschien, die hohe Stirn drückte es zusammen. Die Augen hatten viel gelesen, sie waren schon traurig im vierundzwanzigsten Lebensjahr des Herrn Philipp Du Plessis-Mornay, und vierundsiebzig sollte er leben.

«Soeben habe ich Befehl von Gott erhalten!» kündigte er dem Prinzen an. «Eine Rede von mir wird Karl den Neunten bewegen, die Glaubensfreiheit zu errichten und die Sache der Niederlande gegen Spanien zu führen.»

«Gib deine Rede dem Herrn Admiral!» riet Henri ihm. «Er wird sich Gehör verschaffen. Uns fürchten sie noch nicht. Aber ich hoffe, wir bringen es bald dahin.»

Dies konnten sie vertraulich verhandeln, weil ihre ganze Umgebung vollauf beschäftigt war mit der Herzählung der Genüsse, die bei Hof auf sie warteten. Auch die Gefahren wurden laut ausgesprochen und Beispiele angeführt. Der Name der gefürchteten Krankheit fiel: da kam in Philipp Mornay ein jäher Aufruhr alles Wesens; er stieß hervor:

«Mag ich sie bekommen! Karl der Neunte aber soll Glaubensfreiheit geben!»

«Scheußlich wirst du aussehen!»

«Wir sind zuweilen scheußlich: was tut es angesichts der Ewigkeit. Ist nicht auch Jesus es, ein scheußlicher Mensch, gekreuzigter Gott, und an ihn glauben wir! Glauben an seine Jünger, den Auswurf der Menschheit, sogar der Juden! Was hat er denn hinterlassen als ein elendes Weib, verächtliches Andenken, und hieß ein Narr in seinem Stamm. Wenn die Kaiser gegen seine Lehre gekämpft haben mit dem Schwert und dem Gesetz, wie dann erst jedermann im eigenen Innern gegen sich selbst! Das Fleisch gegen den Geist! Dennoch haben die Völker sich unterworfen dem Wort weniger Männer, und die Reiche beten an: einen gekreuzigten Jesus. Jesus!» rief Mornay mit einer Macht, daß alle aufhorchten und sich umsahen, auf welcher Seite der Gerufene sichtbar würde. Denn keiner von ihnen zweifelte, daß er erscheinen und sich zu ihnen gesellen könnte, wann immer seine Stunde schlug.

Für sie alle waren seine Wunden frisch und bluteten noch, die Tränen der Marien rannen unversiegt. Golgatha – sie erblickten es von hier mit ihren leiblichen Augen, ein kahler, bleicher Hügel, dahinter schwärzliches Gewölk. Sie bewegten sich dahin zwischen seinen eigenen Öl- und Feigenbäumen, hatten übrigens mit auf der Hochzeit von Kana gesessen. Seine Geschichte floß zusammen mit ihrer Gegenwart, sie zuerst erlebten ihn wie sich selbst. Er war einer von ihnen, nur daß er sie übertraf an Heiligkeit und auch, wie Du Plessis-Mornay auszusprechen gewagt hatte, an Abscheulichkeit. Angenommen, der Menschensohn bog aus dem nächsten Prospekt von Felsen, um sich an ihre Spitze zu setzen, dann war sein Reittier kein lächerlicher Esel, sondern ein kriegstüchtiges Pferd, er selbst trug Koller und Harnisch, und sie hätten ihn umringt und ihm zugerufen: Sire! Das vorige Mal sind Sie Ihren Feinden unterlegen und mußten sich kreuzigen lassen. Diesmal, mit uns, werden Sie siegen. Schlagt sie tot! Schlagt sie tot!

So hätten die Gewöhnlichen und Einfachen unter diesen Hugenotten gerufen beim körperlichen Auftreten Jesu. An die Stelle der ehemaligen Juden oder

Kriegsknechte hätten sie ihre zeitgenössischen Papisten gesetzt und vor allem daran gedacht, sich auf deren Kosten zu bereichern. So leicht indessen war es dem Prinzen Henri nicht gemacht, und auch seinen nächsten Freunden nicht. Diese wurden bedrängt von Zweifeln für den Fall des Erscheinens des Herrn. Du Bartas fragte die anderen, ob man Jesus, wenn er wiederkehrte und seine Geschichte von vorn begänne, eigentlich raten dürfte, sich der Kreuzigung zu entziehen, da sie ihm doch bestimmt und das Heil der Welt wäre. Er krümmte seine lange Gestalt, denn von niemand bekam er Antwort. Du Plessis malte noch greller als zuvor aus, was er die Scheußlichkeit des Gekreuzigten nannte, und eben darin beständen seine Macht und sein Ruhm. Du Plessis-Mornay war ein Geist, der zum Äußersten neigte, trotz seinem sokratischen Antlitz, und sich dabei so wohl befand, daß er es bis zu vierundsiebzig Jahren brachte. Den armen Du Bartas kränkten die Blindheit und Schlechtigkeit der Menschen, sowie die Unmöglichkeit, etwas zu bessern, etwas auch nur zu wissen; und so sollte er früh dahingehen, wenn auch im Lärm einer Schlacht. Was Agrippa d'Aubigné betraf, hatte sich seiner eine überstürzte innere Tätigkeit bemächtigt, und dies in dem Augenblick, als Du Plessis so stark nach Jesus gerufen hatte. Seit der Minute dichtete Agrippa und war auch schon so gut wie fertig und bereit, Jesus, sobald er sichtbar wurde, in Versen zu begrüßen. Alles, was Agrippa verfertigte, war geboren aus der Stunde und aus der Leidenschaft. Es machte ihn von Grund auf glücklich, und dadurch gefiel er seinem Prinzen. Andererseits wurde Henri angezogen von Du Bartas und seinem treubekümmerten Sinn. Du Plessis mit seiner Neigung zum Äußersten riß ihn hin.

Bei sich selbst wußte Henri am genauesten von allen, daß an die wirkliche Gesellschaft des Herrn Jesu für ihn und die Seinen kaum zu denken war. Sie hatten nach seiner Meinung nicht mehr Aussicht auf eine solche Auszeichnung, als wenn sie katholisch gewesen wären. Ihm war nicht bewiesen, daß der Herr sie bevorzugte, obwohl sie ihn wahrscheinlich mehr liebten. Unabhängig von dieser Geistesart, die nur seine eigene war, beteiligte er sich an allen Gefühlen des berittenen Haufens. Seit der geschehenen Anrufung Jesu hatte Henri die Augen voll Tränen. Indessen war es nicht sicher, daß sie wirklich dem Herrn galten. Während sie die Brust hinanstiegen: wohl noch. Als sie in die Lider traten: nicht mehr. Da war das Bild Jesu verdrängt durch den Anblick der Königin Jeanne, und Henri weinte, weil seine Mutter seinem inneren Auge blaß erschien wie noch niemals. Seit langer Zeit war sie mit ihren Pastoren, die predigten, durch das Land gereist, ohne zu haben, wohin sie ihr Haupt legte, wie Jesus, war gehaßt und verachtet worden gleich ihm, hatte auf sich genommen Kampf, Wechsel des Kriegsglücks, Unruhe und Flucht: sie, eine Frau, seine liebe Mutter. Schwerer Weg, den sie für die Religion ging! Vielleicht hatte er sie jetzt auf Golgatha geführt. Denn alles in allem, sie befand sich in den Händen Katharinas, da der Herr Admiral das protestantische Heer nach Hause geschickt hatte und der alten Königin nur noch drohte. So lange, bis der nächste Feldzug sie nochmals in Gefahr brachte, befahl Katharina. Sogar die Reise zu seiner Hochzeit machte Henri im Grunde auf ihren Befehl: er täuschte sich darüber nicht. Dieser junge Mann hielt gewöhnlich an den Tatsachen fest, ihn lenkte weder der Glaube ab, wie Coligny, noch der hohe Eigensinn, wie seine Mutter, Jeanne.

Ihr neues Gesicht

Unter seinem Wams trug er die Briefe und wünschte sehr, sie alle wieder zu lesen, samt denen seiner kleinen Schwester. Aber er lebte völlig in diesem berittenen Haufen, unter der Sonne vergingen ihm die Tage, die Nächte unter den Sternen, und er war nie allein. Wochenlang ritten sie, die Landschaft war inzwischen nördlich verändert, daraus machte Henri sich jetzt nichts mehr. Unter den Hufen seines Pferdes bewegte sich sein Leben lang das ganze Königreich, denn es lag nicht still, während er ritt: es lebte, lief, nahm ihn mit. Er hatte das Gefühl einer Bewegung ohne Anfang und Ende, und nicht immer hielt er sie nur für seine eigene: das war der Ablauf des Königreichs, in dessen noch dunkle Geschicke er selbst eingehen sollte. So lagerte auch fernhin auf dem Wege die Nacht unter den Baumkronen und erwartete ihn.

«Agrippa, was erwartet uns eigentlich am Hof von Frankreich?»

«Eigentlich?» wiederholte d'Aubigné. «Nebenbei deine Hochzeit, die gewiß ein schönes Fest sein wird. Eigentlich aber, wenn du es denn wissen willst: alle Nöte der Heiligen.»

«Sagst du: alle, weil du nicht sagen könntest, welche?»

«So ist es, Henri. Auch du fühlst etwas, da in dieser Stunde um unsere Köpfe die Fledermäuse und die Leuchtkäfer fliegen. Bei Tageslicht ist es fort.»

Sie flüsterten dies, es war für sonst niemand bestimmt.

«Wir werden heute nacht in einem Dorf schlafen?»

«Chaunay, mein Prinz.»

«Chaunay in Poitou. Gut. Dort werde ich mich entscheiden.»

«Worüber?»

«Ob ich weiterreise. Ich muß mich in der Stille mit mir beraten und muß ungestört die Briefe meiner Mutter, der Königin, nochmals lesen. Sorge dafür, daß ich endlich ein Zimmer für mich allein habe, Agrippa!»

Als sie aber dann vor dem Wirtshaus zu Chaunay an langen Tischen zwei Stunden lang getafelt hatten, stand dem Prinzen von Navarra der Sinn nicht mehr nach Einsamkeit, vielmehr hatte er einem Mädchen mit ganz und gar verlockenden Gliedern ein Zeichen gegeben, ihm voran die Treppe hinaufzugehen, oder vielmehr war es eine Leiter. Auf dieser Leiter nun hörte er im Näherkommen ein großes Geschrei, verursacht wurde es hauptsächlich von der Baßstimme eines gedrungenen Weibes: es zerrte eine andere, die in hohen Tönen jammerte, aus der Kammer und herab. Jemand stand unten und leuchtete ihnen mit einem Kerzenstumpf, das war Agrippa d'Aubigné. Die Lage zeigte, daß er die Mutter des Mädchens gerufen und seinen Freund Henri verraten hatte; aber anstatt sich zu schämen, lachte er sogar. Henri zog sofort vom Leder. «Du auch!» verlangte er voll Wut.

Was tut der Dichter Agrippa? Er reißt aus der Leiter eine Sprosse, als sollte sie seine Waffe sein. Davon schwankt die Leiter mit den beiden Frauen, diese springen aufheulend in die Tiefe und fallen auf die beiden Männer, die den Boden decken. Hier verschwinden alle anderen Sorgen hinter der einen, aus dem Gewühl hervorzukommen. Dies erreicht, findet Henri sich verlassen in der tiefsten Dunkelheit. Was ist aus den anderen geworden, wohin ist sogar die Leiter geraten? Er mußte noch froh sein, sich nach dem Ausgang zu tasten. In einem Gebüsch, durch das die Sterne blitzten, schlief er ein.

Er erwachte, es war die Frühe eines Junitages, des dreizehnten, den er nie vergessen sollte. Grade schwang sich singend eine Lerche vom Feld in das noch blasse Himmelsblau. Zu seinen Häupten duftete Flieder, unfern murmelte ein Bach, und eine Reihe zitternder Pappeln verschleierte ihm das Dorf. Die Frische des beginnenden Morgens stimmte ihn sorglos, er ging mit schnellen, leichten Schritten die Pappeln entlang, zwei-, dreimal, nur um zu atmen und sich zu freuen. Dann erinnerte er sich allerdings der Briefe, die er hatte lesen und überdenken wollen. Er blieb stehen, zog sie hervor und ließ sie durch die Finger gleiten wie ein Spiel Karten. Wozu lesen? Alles kam darauf hinaus, daß er die dicke Margot heiraten sollte, «Madame», wie seine kleine Schwester sie betitelte. Darüber waren die beiden Damen Katharina und Jeanne einmal gleicher Meinung, und alles übrige mußte sich finden: ob der Herr Admiral mit der alten Giftmischerin fertig wird, ob meine Eheliebste eine Papistin bleibt und in die Hölle kommt. ‹Höchst zweifelhaft›, dachte er. ‹Ich selbst war mehrmals katholisch und schon reif für das Höllenfeuer. Es kann vorkommen, man weiß nie. Soviel ist gewiß: niemals würde meine strenge, hugenottische Mutter sich einen so angenehmen Hof halten, wo die Frauen die Männer auffordern. Das schreibt sie, den Satz weiß ich auswendig.›

Da grade geschah es: da sah er sie vor sich – ganz anders als sonst das innere Auge sieht, unvergleichlich genauer erblickte er das Gesicht der Königin Jeanne in einem Raum, der aber nicht die grauende Luft war. Viel heller, furchtbar grell entstand in seinem Innern ein Licht, bei dem er seine Mutter als eine schon Verewigte erkannte. Das waren nicht mehr die zuletzt im Leben festgehaltenen Züge, als der große lederne Wagen davonfuhr und der Sohn zurückblieb neben seinem Reitpferd. Verfallene Wangen – und Schatten, herzzerreißend wie die Sehnsucht nach allem Verlorenen, umwoben sie, durchsichtig, als bedeckten sie ein Nichts. O große Augen, nicht mehr stolz, reizbar oder liebend, was ihr alles einst gewesen! – Ihr kennt mich wohl gar nicht mehr? – obwohl ihr zu vieles wißt, was wir hier noch nicht wissen!

Der Sohn ließ sich auf einen Grashügel fallen, erst soeben leichtherzig, auf einmal zu Tode erschreckt: nicht nur durch dies neue Gesicht der Mutter, am meisten davon, daß es ihm auch im Traum schon erschienen war, wie er sich jetzt besann. Vier Nächte mußte es her sein; er zählte, sann angstvoll, saß auf dem Hügel und mischte die Briefe. Als er aber zufällig näher hinsah, bemerkte er, daß zwei von ihnen heimlich geöffnet worden waren, bevor er selbst das Siegel zerrissen hatte. Vier Nächte her? Der Schnitt um das Siegel war eine feine Arbeit, und nachher das daraufgetropfte Wachs, das den Schaden ausbesserte. – Warum vor vier Nächten – und wieder eben jetzt?

Der letzte Satz im letzten Brief seiner Mutter hieß: «Jetzt, mein Sohn, mach Dich auf und reise!» Er sah: Die Königin Jeanne wollte Madame Catherine aus der Macht verdrängen, diese aber hatte ihren Brief gelesen. ‹Meine liebe Mutter ist in Lebensgefahr!› begriff er, war schon auf den Füßen, sprang durch die Pappeln. «D'Armagnac!» rief er. Denn er entdeckte seinen Diener früher als dieser ihn. «D'Armagnac, sofort in den Sattel! Ich habe keine Zeit zu verlieren.»

«Aber mein Herr!» erlaubte sich der Diener zu erwidern. «Niemand ist bisher aus dem Heu, und das Brot wird erst gebacken.»

Greifbare Tatsachen hatten die Gabe, Henri alsbald zu beruhigen. Er gab zu: «Wir brauchen ohnehin bis Paris noch fünf Tage. Ich will im Bach baden. D'Armagnac, bring mir ein frisches Hemd!»

«Grade heute wollte ich sie waschen. Hier, dachte ich, würden wir rasten.» Der Edelmann als Diener blinzelte seinem Herrn zu. «Besonders wegen der umgefallenen Leiter. Wir sollten sie wieder aufrichten und das Versäumte nachholen.»

«Schurke!» rief Henri ehrlich entrüstet. «Ich wälz mich gerad genug im Stroh.» Schroff befahl er: «Der ganze Troß soll gesattelt haben, wenn ich vom Baden komme.» Damit lief er und riß schon die Kleider ab. Sie brachen nachher auch auf; aber kaum eine Viertelstunde, da sprengte ihnen ein Bote entgegen, warf sich vom Pferd, schwankte so sehr, daß jemand ihm den Rücken stützte, und brachte röchelnd hervor: «Von Paris – vier Tage geritten anstatt fünf.» Sein Gesicht war weiß und rot gesprenkelt, er ließ die Zunge hängen, und ein noch sonderbareres Zeichen, aus seinen offenen und verstörten Augen fielen große Tropfen. Hörbar schlugen sie auf sein Koller, so still war es um den Boten geworden.

Henri streckte vom Pferd herunter die Hand aus, er nahm den hingehaltenen Brief, dachte aber nicht daran, ihn zu öffnen, vielmehr ließ er den Arm sinken, auch den Kopf neigte er und sprach in der großen Stille des weiten Landes und des darin verlorenen Häufleins Menschen, sprach leise: «Meine liebe Mutter ist tot. Vier Tage.» Das war nur für ihn selbst, wie die anderen wohl fühlten. Sie wollten es nicht gehört haben, bis er es ihnen laut sagte: dieses Zartsinnes erinnerten sich auch die Rohen. Als der neue König von Navarra die Botschaft dann gelesen hatte, nahm er den Hut ab; sofort taten es alle; und er sagte ihnen: «Die Königin, meine Mutter, ist gestorben.»

Einige sahen einander an, mehr wagten sie noch nicht. Das Ereignis erschien ihnen nicht wie andere, die man hinnimmt; es veränderte Unabsehbares und machte aus ihnen selbst, sie wußten noch nicht, was. Jeanne d'Albret war zu viel gewesen, als daß sie hätte sterben dürfen. Sie hatte sie geführt und erhalten, sie hatte ihnen zu dem Brot verholfen, das auf den Äckern wächst, und zum Brot des ewigen Lebens. Unsere Freiheiten, Jeanne d'Albret hat sie für uns durchgesetzt! Unsere festen Plätze, La Rochelle am Meer, sie hat es uns errungen! Unsere Bethäuser am Rande der Städte, sie hat sie ertrotzt! Der Friede unserer Provinzen, unsere Frauen im Schutze Gottes das Feld bestellend, während wir reiten und uns schlagen für die Religion: das alles war Jeanne d'Albret, und was wird daraus jetzt!

Hier gingen ihre Gedanken in Entsetzen über, verwandelten sich in Empörung und griffen stürmisch nach dem Verdacht einer Schuld und eines Verbrechens. Denn ein so großes Unglück kann nicht von selbst eintreten. Diese Tote war den Mächtigen im Wege gewesen, kein Zweifel, wem. Der verlorene Haufe verstand sich wortlos, nur durch Gedanken und Gefühl. Die ungefügen Laute, die er ausstieß wie ein Träumender, wurden erst langsam stärker, sie mußten anschwellen zum Grollen und Drohen; da fuhr endlich das bewußte Wort aus der Scheide, als ob jemand es gemeldet hätte, ein zweiter Bote, unsichtbar dieser: «Die Königin ist vergiftet!»

Alle durcheinander wiederholten es, jeder einzeln sprach es dem unsichtbaren Boten nach: «Vergiftet! Die Königin ist vergiftet!» Der Sohn der Toten tat mit, wie sie; ihm war es gemeldet, wie allen.

Plötzlich geschah etwas Neues: sie reichten einander die Hände. Das war, ohne Verabredung, ein Schwur, Jeanne d'Albret zu rächen. Ihr Sohn ergriff die Hand seiner Freunde, Du Bartas, Mornay und d'Aubigné. Mit Agrippa verständigte er sich durch einen besonderen Druck der Finger, der hieß: gestern die umgestürzte Leiter, das Gewühl unter den Weibern, heute aber dies. Was gäbe es zwischen uns zu verübeln, zu bereuen. Das ist das Leben, und wir verbringen es Hand in Hand! Auch seinen Diener d'Armagnac, den er vorhin hart angefahren hatte, faßte Henri bei der Hand. Indes erhob sich eine Stimme:

«O Gott, so zeige Dich doch nur!»

So sang, zuerst ganz allein, Philipp Du Plessis-Mornay, denn er war vor ihnen am ehesten zum Äußersten geneigt: in ihm wohnte die unruhigste Tugend. Da er aber die erste Zeile wiederholte, schlossen mehrere andere Stimmen sich an, und bei der zweiten waren es alle. Sie waren von ihren Tieren abgesessen, hatten die Hände zusammengelegt und sangen, ein Haufe, den niemand ansah als vielleicht Gott, zu ihm hinauf: sangen, als ob sie Sturm läuteten, hinauf!

«O Gott, so zeige Dich doch nur,
Und plötzlich wird sich keine Spur
Vom Feind mehr blicken lassen.
Wenn er denn ab sein Lager bricht,
Vergehn vor Deinem Angesicht
Sie alle, die uns hassen.»

Ihr letzter Abgesandter

Sie sangen weiter bis ans Ende, hierauf aber erwarteten sie ein Wort ihres jungen Führers. Er war König von Navarra geworden hier auf der fremden Landstraße und sollte ihnen sagen: wohin, was tun. Du Bartas neigte sich zu Henri, er sprach gedämpft: «Ihre Mutter war nur die erste. Der zweite werden Sie selbst sein. Kehren Sie um!»

«Sammeln Sie die Ihren!» riet Mornay. «Die von der Religion werden aus dem ganzen Königreich herbeistürmen. Als eine unwiderstehliche Macht ziehen wir an diesen verbrecherischen Hof.»

D'Aubigné sagte viel ruhiger: «Sie haben gar nichts für sich zu fürchten, Herr, solange ein anderer noch lebt.» Die anderen sahen ihn an, er fuhr fort: «Der hat das Opfer seines Lebens gebracht, ich weiß es, ich habe gehört, was er des Nachts zu seiner Frau, der Admiralin, gesagt hat.» Und er begann zu weissagen, was Coligny und seine Frau gesprochen hatten.

Da Agrippa ein Dichter war, konnte er die nächtliche Unterredung der beiden Gatten berichten, als wäre er zugegen gewesen. Glaubst du, daß nichts dich wanken machen kann, so hatte der Admiral die Admiralin ermahnt, leg doch die Hand auf deine Brust und prüfe dich, ob du auch dann beständig bleiben wirst, wenn alle abfallen und du unter dem Schimpf, der immer die erfolglose Sache trifft, in die Verbannung fliehen mußt. Sieh! Auch der König von Navarra fällt ab und heiratet die eigene Tochter unserer Feindin.

Das war zuviel: Henri fuhr heftig auf. «Das hat er nicht gesagt! Agrippa, wenn du das gehört haben solltest, dann hast du eine Muse, die lügt. Ich halte fest zu der Religion – und jetzt reiten wir weiter!»

Grade dies hatte Agrippa gewollt, denn für ihn gab es keinen vorsichtigen Aufenthalt, und je mehr seine innere Anschauung ihm zeigte von den Gefahren des Lebens, um so unentwegter ritt dieser Dichter nach vorn.

Der Haufe bewegte sich wieder dahin unter den Wolken, nur daß es nicht lange dauerte, bis Menschen mit erhobenen Händen ihm in den Weg traten. Alle sagten dasselbe: «Die Königin Jeanne ist vergiftet», ohne daß sie erklären konnten, woher sie es hatten. Zuletzt fragte keiner sie mehr, wer sie wären und aus welchem Dorf. Genug, sie waren unterwegs, ungewiß wie lange, um den neuen König von Navarra zu sehen und ihm anzuvertrauen, was sie wußten. Von der Müdigkeit des Weges war manchem sein Zorn schon vergangen, er stammelte nur noch beschwörend und angstvoll.

Sogar ein Haufe unbekümmerter Abenteurer empfängt von solchen Begegnungen schließlich den Eindruck. Dann geschah noch eine letzte, entscheidende. An einer Waldecke, unversehens, stießen sie auf einen protestantischen Herrn, den alle kannten, La Rochefoucauld, einen Freund ihres Königs. Auch er war in einem Zustand wie jemand, der eine fünftägige Strecke in vier Tagen geritten ist. Er sprach zu dem jungen König nur einige Worte, aber der faßte sofort den Zügel fester und wendete sein Pferd. Da wendete der ganze Haufe, und ohne zu fragen, ohne Reden und Gespräche kehrten sie zurück nach Chaunay.

Vor allem suchte Henri mit Herrn von La Rochefoucauld einen abgelegenen, schattigen Platz, er fand ihn unter den Pappeln, und ließ den Abgesandten seiner Mutter alles genau wiederholen. Die sterbende Jeanne hatte ihrem Sohn die letzten irdischen Gedanken geschenkt, bevor ihr Geist aufging in Gott. Sie wollte nicht, daß er aus Furcht seine Reise aufgebe: davon war nie bei ihr die

Rede gewesen. Aber ihre Meinung blieb allerdings, daß er nach Paris sollte gar nicht, oder als der Stärkere kommen.

Dies empfahl sie ihm infolge ihrer eigenen Erfahrungen der letzten vier Monate, die schwer gewesen waren und bitter. Sie hatte gedacht und hatte, um es auszusprechen, noch einmal ihre seltene Glockenstimme gefunden, daß die Hochzeit ihres geliebten Sohnes der Anfang großer Ereignisse sein würde, aber groß nur entweder für ihn – oder für seine Feinde. Die letzten Gedanken waren tapfer auf alle Gefahren des Lebens und ihre Überwindung gerichtet gewesen. Sie hatte einst Zeiten gekannt, oder glaubte sie gekannt zu haben, da das Laster sich versteckte. Heute trüge es den Kopf hoch, ließ sie ihrem Henri noch sagen, und fühlte sich der Tugend überlegen. Hierauf hatte sie sterbend die Worte eines Psalms zu Gott geschickt. Welchen Psalmes?

«O Gott, so zeige Dich doch nur!»

Ihr Abgesandter zog ihr Testament hervor und überreichte es dem König, nachdem er es mit den Lippen berührt hatte. Darin indessen stand von ihren geheimsten Sorgen nichts, sie hatte zum Schluß auch dem Papier nicht mehr getraut. Nur eins: sie empfahl ihm seine arme kleine Schwester. Hier brach Henri in Tränen aus. Er hatte noch gar nicht geweint.

Ein über das andere Mal rief er: «Arme kleine Schwester! So hat unsere Mutter gesagt.» Und er empfand: ‹Sie sollte hier sein! Wen haben wir denn? Nichts und niemand haben Bruder und Schwester in dieser Welt, als nur einander. Das übrige ist Betrug der Augen und der Herzen. Alle die Frauen, und dieses Hochgefühl durch sie, und die Angst, nur keine zu versäumen! In Wahrheit versäum ich immer nur eine, aber die jedesmal. Bei ihr brauchte ich um Liebe noch nie zu bitten und Verständnis nicht erst zu suchen. Wir sind aus einem Leib und haben voreinander nichts geheim. Sie lacht wie ich, so sagt man. Zu dieser Stunde vergießt sie dieselben Tränen, aber nicht einmal diese, die sie um unsere Mutter weint, fallen auf meine Hände. Sie ist fern, wie sie immer von mir fern ist, und wir versäumen unseren besten Schmerz, sie meinen, ich ihren!›

Da erfuhr er von dem Abgesandten, daß seine Schwester Catherine gewünscht hatte, mitzureisen. Alles war vorbereitet gewesen, das Pferd im Hof, der Wagen vor der Stadt. Indessen war sie zurückgehalten worden, nicht mit Gewalt, nur unter glatten Vorwänden, bis La Rochefoucauld fort war, und auch ihn hatte man nicht freiwillig entlassen: es hatte starken Auftretens bedurft.

«Sie wird gefangengehalten?» fragte der Bruder, mit Augen, die trocken und böse waren, während sein Mund sich verzerrte. Aber so stand es nicht. Man war besorgt um sie, besonders Margot, die Braut, und auch die alte Katharina. Das Hochzeitsfest, auf das der Hof sich sichtlich freute, beschattet wie es schon war durch den Tod der Königin von Navarra, sollte nicht noch mehr Zufällen ausgesetzt werden. Es fehlte grade, daß auch der Schwester des Bräutigams etwas zustieße, einem zarten jungen Mädchen, vielleicht hatte es sogar etwas mitbekommen von der Schwäche der mütterlichen Lunge.

Henri neigte sich weit vor und fragte bebend: «War's nur die Lunge?»

Die Antwort ließ lange auf sich warten, und endlich bestand sie in Achselzucken.

«Wer glaubt an Gift?» fragte Henri. «Nur unsere Freunde?»

«Viel mehr noch die andern. Denn die wissen, wes sie fähig sind.»

Henri sagte: «Ich will es lieber nicht wissen. Denn ich müßte überaus hassen und verfolgen. Zuviel Haß aber macht ohnmächtig.»

Dies war sein natürliches Gefühl, daß leben wichtiger ist, als sich rächen, und daß der Handelnde vorausblickt, nicht rückwärts auf geliebte Tote. Indessen blieben bestehen seine Sohnespflichten, ihretwegen zügelte er sich noch tagelang an diesem Ort Chaunay, so gern er aufgebrochen wäre, und erwartete Zuzug. Seine reitenden Hugenotten fanden von allen Seiten hierher, oder er schickte ihnen Leute entgegen, sie auf den Weg zu bringen. Er wollte stark sein bei seiner Ankunft, wie die Königin Jeanne es verlangt hatte. Inzwischen gab er auch ihre letzten Verfügungen weiter an seinen Statthalter in seinem Königreich Béarn. Als der Brief beendet war, bemerkte Henri, daß er ihre geistlichen Aufträge durchaus nicht betont hatte, und das waren die seiner Mutter teuersten! Er wunderte sich, wie er ganz der Religion vergessen konnte, und verfaßte eine Nachschrift.

Der Bote, der ihm den Tod und das höchst verdächtige Sterben der Königin meldete, hatte viermal vierundzwanzig Stunden gebraucht, bis er ankam. Henri reiste von Chaunay in Poitou drei Wochen lang. Der Bote war, als er dem neuen König begegnete, zusammengebrochen. Henri machte halt, kehrte ein, empfing Zulauf, trank und lachte. Er lachte auch. Die ermatteten Reiter wunderten sich, wenn sie zu ihm stießen: er schwenkte zur Begrüßung die Arme und scherzte in ihrer südlichen Sprache. Zu der Stunde, als der Bote den Weg antrat mit seiner schlimmen Nachricht, hatte der Sohn im Schlaf die Mutter erblickt mit einem neuen Gesicht, dem der Ewigkeit – und hatte sich besonnen auf dies Gesicht, kurz bevor der Bote eintraf. Schon sah er es nicht mehr, es kehrte auch nie wieder. Statt dessen erinnerte er sich später der noch blühenden Frau, die mit ihrem Willen und Verstand seinen Knabenjahren vorgestanden hatte, und eigentlich mußte er auch dafür ein Bild von ihr zu Hilfe nehmen, da Bilder beständig sind.

Moralité

Voyez ce jeune prince déjà aux prises avec les dangers de la vie, qui sont d'être tué ou d'être trahi, mais qui se cachent aussi sous nos désirs et même parmi nos rêves généreux. C'est vrai qu'il traverse toutes ces menaces en s'en jouant, selon le privilège de son âge. Amoureux à tout bout de chemin il ne connaît pas encore que l'amour seul lui fera perdre une liberté qu'en vain la haine lui dispute. Car pour le protéger des complots des hommes et des pièges que lui tendait sa propre nature il y avait alors une personne qui l'aimait jusqu'à en mourir et c'est celle qu'il appelait *la reine ma mère.*

Der Louvre

Die leeren Straßen

Der Sohn der Toten auf dem Weg zu seiner Hochzeit blickte munter umher, in seiner Lust zu reiten. Der Wind brachte ihm schon eine Ahnung der Düfte vom Hof, das Essen, die parfümierten Menschen, die Frauen, die sich nicht bitten lassen, sondern umgekehrt, sie bitten uns. Er beschloß, bei ihnen Erfolge zu haben, dafür war er kühner als andere, und in beiderlei Hinsicht, geistig und körperlich, war er seiner sicher bei dem Geschlecht. Auch Margot sollte mit ihm zufrieden sein: die witzigsten Sachen fielen ihm für sie ein. Man konnte es den Freunden nicht wohl eingestehen, aber der schlechte Ruf der Braut hatte nichts Abstoßendes, im Gegenteil, sie versprach mehr. In diesem Zustand fand der junge Reisende die neugierigen Dorfmädchen meistens begehrenswert, saß mehrmals ihretwegen ab und küßte sie. Nachdem sie schon davongelaufen waren, wunderten sie sich noch, wie gut ein Hugenottenprinz küssen konnte.

In dem angewachsenen Haufen der Reiter wurde hinten anders gesprochen als vorn, und die Zuletztgekommenen waren noch ganz erfüllt vom Zorn über ihre ermordete Königin. Sie ritten zu keinem Fest, als nur zu der Lustbarkeit ihrer Rache: jeden am Hof wollten sie herausfordern. Ihre Gesinnung drang zuweilen nach vorn, auch Henri und seine Freunde wurden von ihr ergriffen. Mornay kündigte dann die alleräußersten Gefahren an, die bei Hof auf sie warten sollten. Du Bartas verfiel seiner Verzweiflung an der Menschennatur, und Agrippa d'Aubigné begriff die Absichten Gottes, wenn er uns Feinde gab. Henri erwiderte ihm darauf mit verkrümmtem Mund, die Augen verwirrt vom Entsetzen und der Wut:

«Um die alte Giftmischerin hab ich ihn nicht gebeten. Die schuldete Gott mir nicht!»

Ja, zuzeiten, da der Haß des ganzen Haufens in ihm selbst vereinigt war, mußte er plötzlich fragen: ‹Bin ich denn verrückt? Reite auf meine Hochzeit mit der Tochter der Mörderin, und noch steht vielleicht der Sarg meiner Mutter über der Erde! Wer aber wird das nächste Opfer sein? Ich treibe mein Pferd an und habe es eilig, nicht nur die Ehre preiszugeben, sondern sogar mein Leben. Das Gift im Leibe muß furchtbar sein›, dachte Henri und fühlte schon im voraus eine unbekannte Kälte und Lähmung.

Seine Furcht und sein Haß machten ihm Ohren für die Stimmen weiter hinten, die sich empörten gegen diese friedliche Fahrt. Der Friede wäre gebrochen! Das Heer müßte zusammengezogen, der Admiral zurückgeholt werden. Paris, das vor ihnen schon gezittert hatte, sollte sie diesmal kennenlernen, und nicht als liebe Gäste! Deswegen wurde haltgemacht, beraten und gezögert. Deswegen vergingen die Wochen. Kamen aber endlich alle, sogar Agrippa, ins Schwanken, dann grade befahl der König von Navarra: «Aufsitzen! Weiter!» – und unterwegs im Reiten sang er, wie das Kind, das durch den dunklen Wald muß.

So erreichte er einen Ort, wo es schon zu spät war, umzukehren, denn hier erwarteten ihn die ersten, die den Bräutigam der Prinzessin von Valois feierlich einholen sollten; darunter sein Onkel, der Kardinal von Bourbon. Von diesem Augenblick an war der ganze Haufe widerspenstiger Hugenotten der Gefangene eines Kardinals, der ritt im roten Mantel neben ihrem König. Tags darauf, den neunten Juli, erreichten sie die Vorstadt Saint-Jacques: dort brachen sie in Jubel aus, obwohl ein erbitterter Jubel, denn an der Spitze der protestantischen Herren, die ihren Henri erwarteten, hielt der einzige selbst, Coligny, Held ihrer Kriege. Sein altes Gesicht war aus ihren Glaubenskämpfen allein übrig nach dem Fortgang der Königin Jeanne. Durch diese beiden, Jeanne und den Herrn Admiral, waren sie keine verfolgten Bekenner mehr, sondern standen als Macht da, sollten einziehen! Auf einmal begeisterten sie sich wild, schwenkten die Hüte, auf ihren braunen Gesichtern zitterten die Kinnbärte, und sie riefen ihre hohen Lieblinge an, die sich umarmten. Sie lärmten: «Herr Admiral!» und tobten: «Unser Henri!» Noust Henric war ihr Laut, das ländliche Latein, das niemand hier kannte.

Merkwürdig war, daß sie trotz ihrer geräuschvollen Ankunft in den Straßen völlig allein blieben. Bevor es seiner Truppe auffiel, sah Henri selbst die abgeräumten Auslagen und geschlossenen Läden. Er hatte sich einige Hoffnung gemacht, am Tor der Stadt würden die Schöffen ihn empfangen, mehr oder weniger barhäuptig, und wenn nicht alle, dann ein paar. Nein, nichts von Ratsherren, und auch sonst keine Bürger. Eine Katze lief vor den Hufen der Pferde schnell noch über die Straße. Ein Unbehagen griff um sich in dem reitenden Haufen, und er wurde stiller.

Die Straßen waren eng, die meisten Häuser schmal. Sie hatten Giebel, hölzerne Balken stützten den Stein, häufig führten Treppen außen hinauf. Das Holz war farbig gestrichen, jedes Haus hatte seinen Heiligen, und nur dieser blickte vom Balken der Tore den Hugenotten nach. Mehrmals hörten sie «Briganten!» rufen und glaubten nahezu, der Heilige wäre es gewesen.

Einige Kirchen und Paläste traten hervor in neuartiger Pracht, ein Glanz, der nicht mehr Stein, sondern Zauber und Gedicht war: herbeigehoben aus anderen Welten. Mehreren der Reiter ging das Herz weit auf, und sie grüßten in ihren beglückten Herzen die heidnischen Götter an Dächern und Portalen, ja sogar die Märtyrergestalten dieser Tempel, denn solche Heiligen glichen nackten Griechinnen. Den meisten der rauhen Glaubenskämpfer blieb aber ihr Sinn fest verschlossen. Sie hätten nur den Wunsch gehabt, die Götzenbilder umzustürzen, das Blendwerk auszutilgen. Denn es vermaß sich, zu verdunkeln den Herrn.

Der junge König von Navarra, zwischen Kardinal und Admiral, achtete sorgfältig auf Paris, eine fremde Stadt, er hatte sie noch niemals recht angeblickt, als Kind war er gefangengehalten in einer Klosterschule. Ihm entgingen die feindlichen Rufe nicht, er ertappte auch die Leute, die in ihren undurchsichtigen Fenstern eine Klappe zu öffnen versuchten. Neugierige Mägde oder Dirnen, das war alles, was er auf diesem ersten Wege zu sehen bekam, und auch das nur im ungewissen Schatten. Zu zweien beugten sie sich aus ihren Verstecken vor, ein paar helle Augen blitzten auf, es flirrten rötliche Haare, und weißlich verschwammen die Flächen entblößter Haut. Sie schienen das Geheimnis dieser feindlichen Stadt selbst zu sein, und Henri lehnte sich hinüber nach ihnen, wie sie nach ihm. Weiß und rosenrot, komm hervor, komm hervor, du Fleisch und Blut, Glück versprechend, wärmer als die heidnischen Göttinnen, und getaucht in Farben leicht und dreist, die blühn nur hier! Die Reiter lenken unerwartet um die Ecke, da steht eine in voller Wirklichkeit und Sonne, ist überrascht, will fliehen, aber trifft in die Augen des Königs der Briganten – und bleibt da, auf ihren Fußspitzen, reglos, im Flug erstarrt. Sieht schlank aus und biegsam wie ein der Erde entsprossenes Reis, rückwärts gebogen sind die lang ausgestreckten Finger, der Hals ist hoch und schwank. Das sieht auch aus anmutig gespannt wie eine Frau, die sich fürchtet und sehnt, sogleich umarmt zu werden. Als Henri ihren Augen begegnet war, hatten sie spöttisch gelacht. Als er sie endlich loslassen mußte, waren es Augen der Hingabe, getrübt und blicklos. Auch er mußte sich erst wieder erinnern. ‹Die habe ich!› dachte er. ‹Die andern auch! Paris, ich hab dich!›

Damals war er achtzehn. Mit vierzig, schon ergrautem Bart, weise und schlau, sollte er es endlich erkämpft haben.

Die Schwester

In diesem Augenblick sagte sein Vetter Condé: «Wir sind angelangt.» Die Wache des fürstlichen Hauses umringte auch schon die Pferde und führte sie über den Vorhof. Henri mit seinem Vetter erstieg die breite Treppe, aber Condé ließ ihn vorausgehen, oder Henri lief ihm weg, denn droben wartete eine Gestalt. Du! Nur du! schlug sein Herz im Sturm, da konnte er nicht sprechen. Sie lagen einander in der Armen, und er küßte zweimal die Wangen seiner Schwester, die waren naß von Tränen wie seine eigenen. Die Geschwister schwiegen von ihrer lieben Mutter. Sooft einer das Gesicht des anderen ganz wiedergefunden hatte, küßte er dies Gesicht von ehemals und je. Sie blieben stumm, und von allen umliegenden Türen sahen bewaffnete Diener ihnen zu.

Aus einem der Zimmer trat die alte Prinzessin Condé, umarmte Henri und sprach ein Gebet. Hierauf bemerkte sie, er wäre bestaubt und müde, und ließ Wein bringen. Er wollte sich nicht aufhalten, er hatte es eilig, in den Louvre zu kommen und vor die Königin zu treten – erfuhr aber von seinem Vetter, daß der Kardinal, sein Onkel, und die anderen Herren, die ihn in der Vorstadt empfangen hatten, nicht mehr warteten. Sie hatten sich zerstreut mit ihrem Gefolge. Vorher hatten sie darauf bestanden, daß der starke Haufe der Hugenotten sich auflösen sollte. Fünfzig bewaffnete Edelleute waren dem König von Navarra erlaubt worden, statt dessen kam er mit achthundert. Condé sagte:

«Das war genug, um Paris zu besetzen. Sie haben aus Furcht ihre Häuser geschlossen. Einen Augenblick hat der Hof vor dir gezittert. Woran hast du gedacht?»

Henri erwiderte: «Daran nicht. Aber wenn es richtig gewesen wäre, das zu tun, wäre es mir auch eingefallen. Zu etwas anderem! Ich kann es nicht erwarten, die Königin von Frankreich zu sehen.»

Seine liebe Schwester bat leise und tapfer: «Nimm mich mit! Ich gehöre zu dir, und uns ist dasselbe bestimmt.»

«Natürlich!» rief er. Heiter und zuversichtlich zeigte er sich der unschuldigen Catherine. «Und das wird sein, daß wir beide heiraten. Dein Bruder Henri besorgt dir einen schönen Mann, kleine Schwester!» Umarmte sie und lief fort.

Das Königsschloß

Drunten füllten von seiner verringerten Truppe doch noch mehr als hundert den Hof und die Straße. Er ließ dreißig von ihnen zurück als Wache für seine Schwester. Mit dem Rest ritt er zum Schloß. Zuletzt eine Brücke über den Fluß, «Handwerkerbrücke», hier hat er noch den Anblick eines reichen, neuen Königsschlosses. Dann aber, am Ende der Straße, die «Österreich» heißt, verändert sich das Bild desselben Baues in einen nicht geheuren Ort, Festung oder Gefängnis, soviel sich auf einmal überblicken läßt von den schwarzen Mauern, gedrungenen Türmen, kegelförmigen Dächern, breiten, tiefen Gräben voll von Brackwasser, das stinkt. Dort hinein zu wollen macht Herzklopfen und kostet noch mehr Überwindung, wenn man aus weitem Land und hohem Himmel kommt. Aber er will es, und eigentlich, was auch daraus werden mag, erfreut ihn das Abenteuer. Ihm sagt sein freier Sinn, daß er fest ist gegen Zauber. Die alte Hexe, von der er schon als Kind geträumt hat, hockt noch immer in ihrem Spinnennetz. Seine arme Mutter hat sich darin verfangen. Um so weniger soll es ihm selbst geschehen!

Die Hufe schlagen auf die Zugangsbrücke. Henri hat grade genug Zeit, des zurückgelassenen Flusses zu gedenken, das war die letzte Fröhlichkeit der Welt, helle Wolken, das Wasser blinkt zwischen Kähnen mit Heu, am Strande werden von schweren Gespannen die Lasten geschleppt unter Geschrei und Gelächter des gemeinen Volkes, das nichts weiß. Meine Mutter aber ist hier ermordet worden: ermordet – hier! Er ist gewärtig, von Raserei befallen zu werden. Sie steigt in ihm auf, sie macht ihn blind. Jemand berührt seine Schulter, einer der Freunde wohl, er hört ihn sagen: «Sie haben hinter uns das Tor geschlossen.»

Sofort war er kühl und klar. Er stellte fest, daß wirklich die Leute des Louvre den Zugang zu der Brücke schnell verrammelt hatten, bevor seine bewaffnete Deckung hindurch war. Die Seinen lärmten draußen. Er gebot Ruhe, herrschte die Torwächter an und mußte natürlich Ausreden hinnehmen. Nicht genug Platz für so viele protestantische Herren. «Dann macht ihn!» «Keine Sorge, Herr König von Navarra! Platz wird sein im Louvre für alle Hugenotten, die sich einfinden wollen. Je mehr, desto besser!» Und die Bogenschützen oder Arkebusiere stellten sich breitbeinig auf die Ränder der Brücke, ihre Gewehre fest im Arm.

Henri musterte seine wenigen Genossen: dann setzte er sich an ihre Spitze und ritt weiter genau zwanzig Fuß weit, wie er berechnete; jetzt polterten die Hufe auf Holz, das war die Zugbrücke. Eine Tür – die Tür des Louvre, dunkel und massig zwischen zwei alten Türmen. Endlich ein Gewölbe, so niedrig, daß die Reiter absaßen und ihre Tiere führten. Die andere Hand legte sich von selbst um den Griff der Pistolen. Noch einmal zwanzig Fuß zählte Henri, ganz Spannung. Indessen gelangte er in einen Hof.

Dort war es zwar eng, aber offenbar friedlich, obwohl von Menschen überfüllt. Man sah nur Männer, mit und ohne Waffen, aus allen Ständen, bei verschiedenen Beschäftigungen. Höflinge würfelten oder stritten, Bürger gingen in Geschäften ein und aus bei den Ämtern, die im Erdgeschoß des ältesten Gebäudes lagen. Auch Köche und Bediente verließen ihre warme Arbeit, um sich an der Luft zu dehnen. Hier fröstelte jeden, sogar im Juli. Gegen die Mitte erkannte man noch die Grundmauer eines Turms: der dickste von allen, uralt hatte er hier gelastet und die Luft verdunkelt. Erst König Franz, der Großonkel Henris, hatte ihn abgerissen. Dennoch verirrte das Licht sich in diesen Hof nur wie auf den Grund eines Brunnens: er hieß auch der Brunnenschacht des Louvre.

Man blieb unbeachtet in dem bunten Gedränge. Henri und seine Begleiter fanden unter den Edelleuten zufällig keinen einzigen Bekannten. Dagegen wurden sie von Leibwächtern des Königs aufgehalten, als sie versuchten, hindurchzukommen mit ihren Pferden. «Zurück, ihr Herren! Allerdings! Umkehren und wieder über die Brücke müßt ihr, die Ställe sind draußen, und für Gascogner, die nicht einmal Knechte bei sich haben, wird bestimmt keine Ausnahme gemacht.»

So war der Empfang. Henri sagte nicht, wer er war, er verhinderte sogar die anderen daran und machte sich über den jungen Offizier der Leibwache nur lustig. Das dauerte, bis der Herr vom Leder zog: dann entwaffnete ihn der lange Du Bartas und rief etwas zu laut: «Dieser ist der König von Navarra!»

Infolgedessen entstand ein Auflauf, Geschrei für und wider, und den Leutnant mußten sie fortzerren, weil er seinen Gegner durchaus nicht aufgeben wollte. «Wenn er der König von Navarra ist, bin ich der König von Polen!» Zuletzt wurde aber ein Haufe gaffender Bedienter gewaltsam zerteilt, und Henri bemerkte, wer das tat: sein eigener d'Armagnac, den kannten sie schon. Der überzeugte sie von der Wahrheit, wenn auch nur mit seiner größten Suada. Die Versicherungen der gemeinen Leute beruhigten dann die Herren, und ein scheuer Abstand bildete sich um den künftigen Schwager des Königs von Frankreich. D'Armagnac geleitete ihn, während an seiner anderen Seite der junge Offizier blieb, aus Besorgnis wegen der Folgen. Am Fuß einer Treppe sagte er zur Rechtfertigung seines Eifers: «Keinen Monat ist es her, daß hier mein Hauptmann lag mit durchstochener Kehle. Mein Vorgänger aber, ein Herr von Ligneroles, fiel sich auf dieser Treppe zu Tode, niemand weiß, wieso.»

Um seine schweren Verstöße womöglich in Vergessenheit zu bringen, verriet er und flüsterte: «Grade darüber wohnt die Königin Madame Catherine.» Erschrocken über seine eigenen Worte, hielt er an und wagte sich keinen Schritt weiter.

D'Armagnac führte Henri auf sein Zimmer. Der Edelmann als Diener war seinem Herrn vorausgeeilt, schon hatte er alles hergerichtet, auch einen Bottich halb voll Wasser, so groß, daß ein König, der kein Riese war, darin sitzen konnte. Aber Anzüge lagen ausgebreitet, der junge Herr aus der Provinz hatte solche nie getragen. Seide mit blitzender Stickerei, der schönste ganz in Weiß, das war sein Hochzeitskleid. Er begriff, daß darüber noch die Augen seiner Mutter gewacht hatten, und sogleich füllten seine sich wieder mit Tränen.

Die Königin Jeanne hatte ihm kein Trauergewand machen lassen: dies bewies ihrem Sohn, daß sie ihren Tod nicht erwartet hatte, vielmehr jäh von ihm betroffen war. Es war nicht Krankheit gewesen, sondern Gift: die Gewißheit schien ihm endgültig, und in diesem Augenblick war sie ihm auch willkommen. Er sollte vor die Mörderin seiner Mutter treten!

Die böse Fee

Er hatte sich der alten Königin anmelden lassen, und als er bereit war, holten zwei Edelleute ihn ab. Er wanderte mit ihnen weit durch den Palast, ohne daß sie sprachen, und er begriff, daß sie aus Vorsicht schwiegen. Er, der ihnen sonst genug Fragen gestellt hätte, war verbissen in seinen einzigen Gedanken, und der hieß Haß. Zuletzt öffneten sie ihm das Empfangszimmer der Königin, verbeugten sich ehrerbietig und ließen ihn allein. Neben jeder der Türen wachten breitbeinig je zwei Schweizer, aber die beiden vor der inneren Tür hielten ihre Hellebarden gekreuzt. Alle vier konnten aus Stein sein, und ihre hellen Augen zielten ins Leere. Sie sahen den Fremden weder, noch verstanden sie ihn. Er hätte laut ausrufen können: Meine Mutter hat Gift bekommen!

Da er warten mußte, fiel es ihm ein, hinter einem Fenstervorhang zu verschwinden. Wenn die Giftmischerin eintrat, sollte sie nicht wissen, daß er da war, und er nahm sich vor, ihre Mienen zu überraschen. Nun lag aber im Fenster die Mittagssonne, und jenseits eines wohlgepflegten Gartens erschien ihm der helle Fluß mit allem, wovon er draußen schon Abschied genommen hatte, das unwissende laute Volk, hochschwankendes Heu, ächzende Karren und Kähne. Auch fiel ihm ins Auge die lange besonnte Front, die mit diesem Zimmer endete: sie war herrlich, und man mußte sagen, ein Wunder. Hergehoben aus ersehnten Welten durch Zauber schien dieses Bauwerk. Das ehrbare Paris enthielt an einigen Stellen etwas, das seinen Bürgern nicht ähnlich sah. Dies hier übertraf den Hof von Frankreich; es holte ihn hervor aus dem Brunnenschacht des

Louvre, wo der Rest eines Turmes vermodernd auf begrabenen Jahrhunderten stand. Genug, hier war die glänzende Vorderseite vor sehr finsteren Altertümern. Dies erblicken – und Henri von Navarra hatte begriffen, daß die Herrin des Palastes wohl die alte Giftmischerin, aber zugleich eine Fee war. Allerdings soll man sich hüten vor den Fallen des Bösen, und derartiges kann auch eine schöne Fassade sein. ‹Blendwerk der Sinne!› dachte der junge Protestant, oder eine Tote dachte es durch das lebende Gehirn ihres Sohnes. Die Königin Jeanne war bekannt gewesen mit diesem Zimmer, hier hatte sie verhandelt in den Geschäften der Religion und ihres Sohnes, hatte gekämpft, sich erschöpft und vielleicht war ihr hier ein Glas Wasser gereicht worden, in das die Hand der alten Fee etwas gemischt hatte.

Henri fuhr herum. Er hatte nichts gehört drinnen, inzwischen war Katharina von Medici hereingewatschelt bis in die Mitte. Nur ihren Umriß erkannte er, da er vom Licht geblendet war, sie dagegen hatte den jungen Mann gefunden und musterte ihn. Ihre Hände – versteckten sie sich in den Falten des Kleides? Sie war in Schwarz und begann mit ihrer abgenutzten Stimme zu ihm zu sprechen. ‹Sie aber lebt!› bedachte der erbitterte Sohn der Toten. Mit Haß hörte er sie ihren großen Schmerz um ihre gute Freundin Jeanne beteuern und daß sie sich freute, weil sie ihn endlich hier hatte. Das glaubte er ihr, nahm sich aber vor, es solle ihr schlecht bekommen. Inzwischen hatten seine Augen sich an das schwächere Licht gewöhnt. Wirklich, sie versteckte ihre Hände! Da geschah es ihr auch noch, daß sie die Hand Gottes in ihre Rede zog. Der Sohn der Toten hielt seine Zunge mit den Zähnen fest, er hätte sonst gefordert: Lassen Sie mal Ihre Hände sehen, Madame! Aber sie tat es! Holte die kleinen fetten Gliedmaßen, die er sehen wollte, aus ihrem Rock hervor und legte sie auf den Tisch, hinter den sie sich setzte.

Henri machte im Zorn ein paar Schritte, sie waren schnell und unüberlegt. Die alte Königin hatte vor sich den breiten und wuchtigen Tisch, hinter sich vier kräftige Schweizer mit langen Spießen. Sie konnte leicht ruhig bleiben, ihre Sprache behäbig.

«Wie Sie mir leid tun, Sie junger Mensch! Achtzehn Jahre, nicht wahr, und schon eine Doppelwaise. Sie sollen in mir eine zweite Mutter finden, die Ihre Schritte leitet, denn die Schritte der Jugend sind oft vorschnell. Ich weiß, daß Sie es mir danken werden, junger Mensch, Ihr Wesen ist lebhaft und natürlich. Wir beide verdienen, daß wir einander verstehn.»

Das war grausig. Auf dem Tisch ahnte man unsichtbar ein vergiftetes Glas, die Fingerchen der Alten schlichen zu ihm hin, während aus ihr der Abgrund redete. Es war ein Bann, man mußte ihn brechen! Gewisse Worte und Zeichen hätten wahrscheinlich bewirkt, daß das bleifarbene Gesicht mit den hängenden Wangen zerplatzte und in Luft zerging. Henri indessen fand in diesem auf die Spitze gestellten Augenblick etwas anderes als solche Kunststücke: er entdeckte in seinem Empfinden, daß die Mörderin seiner Mutter erbarmungswürdig war – wie im Brunnenschacht des Louvre der Turmrest, der auf den begrabenen Jahrhunderten übrig ist. Dennoch wird er bald fortgeräumt. Vielleicht tut sie es zuletzt selbst. Sie oder ihr Geschlecht mußten auch schon die schöne Front des Schlosses errichten in der Mittagssonne. Sie für ihre Person sitzt noch da als die böse und närrische Vergangenheit. Das schlechte, aber auch Überalterte ist endlich zum Lachen, mag es sogar fortfahren zu morden. Trotz seinen verspäteten Untaten erbarmt es uns seiner Ohnmacht, seines Verfalls!

Hell und zuversichtlich rief der junge Henri: «Wie wahr Sie gesprochen haben, Madame! Ich werde Ihnen einmal danken, das ist gewiß. Möchten meine Handlungen immer dieselbe Natürlichkeit zeigen wie die Ihren! Mein Bemühen wird sein, einer so großen Königin zu gefallen.»

Diese übertriebene Ironie mußte sie unbedingt bemerken: er ließ es darauf ankommen. Ihre glanzlosen schwarzen Augen suchten auch wirklich, spitz geworden, in seiner Miene, die nichts zeigte als Jugendmut. Henri sagte weiter unter ihren spähenden Blicken: «Von Ihnen, Madame, hoffe ich über das Ende der Königin, meiner armen Mutter, etwas mehr zu hören, als andere mir berichten können. Sie hatte das Glück, Ihnen nahezustehen, und in allen ihren Briefen war meine arme Mutter über Sie, Madame, des Ruhmes voll.»

«Ich glaube es», erwiderte Katharina. Sie dachte an den letzten der Briefe, in dem Jeanne d'Albret sich geschmeichelt hatte, sie selbst aus der Macht zu verdrängen, und den sie eigenhändig geöffnet und wieder verschlossen hatte. An denselben dachte auch Henri.

Die alte Katharina wurde noch einfacher und gradezu freundlich. «Mein Kind», sagte sie jetzt.

«Mein Kind, wir sind hier nicht zufällig allein beisammen. Es war gut und richtig, daß Sie zuerst mich aufsuchten, denn ich hätte Sie sonst gerufen in der vorgefaßten Absicht, Ihnen Aufklärungen zu geben über den Tod Ihrer Mutter, meiner guten Freundin. Wer nicht Bescheid weiß, macht aus natürlichen Geschehnissen leicht ein Geheimnis, das ihn erbittert.»

‹Gut gespielt›, dachte er und erwiderte: «Sehr wahr, Madame, ich selbst habe es festgestellt. Niemand, der die Königin, meine Mutter, unlängst gesehen hatte, wollte glauben, daß ihr Leben gefährdet war.»

«Und Sie, mein Kind?» fragte sie geradezu – und so mütterlich wie nur die rechtschaffenste alte Frau. Dies war der Augenblick! Er fühlte, daß er dieses Wortes wegen hier stand. Jetzt mußte er rufen: Mörderin! So hatte in seinem Geist die Abrechnung mit Madame Catherine ausgesehen, bevor der Augenblick da war. Statt dessen stockte er; seinem entschlossenen Haß begegnete ein Hindernis, das er noch nicht kannte. «Ich erwarte Ihre Aufklärungen», hörte er sich zu seinem Erstaunen sprechen.

Zwei Schwarzgekleidete

Sie nickte befriedigt. Dann bewegte sie die Schulter ein wenig nach den beiden Schweizern, die vor dem inneren Eingang wachten. Die Soldaten nahmen ihre Spieße auseinander, stießen die Türflügel auf: sogleich schritten herein zwei schwarzgekleidete Männer von ungleicher Größe, beide ohne Hut, unbewaffnet, aber mit Gesichtern, ausgezeichnet durch eine Art traurigen Selbstbewußtseins. Sie verbeugten sich ganz richtig, zuerst vor der Königin von Frankreich, dann vor dem König von Navarra, erwarteten das Zeichen, das die Königin ihnen geben sollte, und als diese die Hand gewährend gesenkt hatte, begannen die Männer auch schon, Henri zugewendet: «Ich bin Caillard, ehemals Leibarzt Ihrer Majestät der Königin von Navarra.» Dies sagte der Längere, und er nahm es gewiß so feierlich wie möglich.

«Ich heiße Desneux und bin Chirurg.» Das war eine andere Nummer, der hätte lieber seine amtliche Traurigkeit abgelegt.

«Auf Befehl Ihrer Majestät habe ich, Caillard, Mitglied der Fakultät, mich am vierten Juni, der ein Dienstag war, in des Haus des Herrn Prinzen von Condé verfügt, wo ich die Königin vom Fieber ergriffen und bettlägerig vorfand.»

‹Abgekartete Reden, und sie werden lange dauern›, dachte Henri; er setzte sich. «Was taten denn Sie dabei?» fragte er den zweiten Schwarzgekleideten. «Ein Klistier?»

«Das ist nicht meine Sache», sagte der Chirurg, «das macht dieser», wobei er den anderen mit dem Ellbogen in die Seite stieß.

Der Arzt erbleichte vor Zorn, mit Selbstbeherrschung fuhr er fort: «Ich, Caillard, Mitglied der Fakultät, habe sogleich durch Untersuchungen festgestellt, daß die Lunge der Königin auf der rechten Seite höchst angegriffen war. Auch bemerkte ich eine außerordentliche Verhärtung und vermutete ein Geschwür, das im Körper aufgehn und den Tod verursachen könnte. Demgemäß verzeichnete ich in meinem Buch: ‹Die Frau Königin von Navarra hat noch vier bis sechs Tage zu leben.› Das war am vierten, einem Dienstag. Aber Sonntag, den neunten, trat der Tod ein.» Und er überreichte das erwähnte Buch.

Henri warf einen Blick auf das Gekritzel. Die Miene des zweiten Schwarzgekleideten riet ihm ab, den Aussagen des ersten irgendeinen Wert beizumessen, als höchstens den der Komik. Der zweite hielt sich wohl für aufgefordert zu sprechen, denn er fing einfach an.

«Ich bin nur der Chirurg Desneux, ein unberühmter Mann, Eure Majestät hat noch nie meinen Namen gehört. Dagegen kennen Sie zweifellos den illustren Herrn Caillard, eine Zierde der Fakultät. Er hat der Wissenschaft am Busen gelegen, während ich nur ein armer Handwerker bleibe und mit der Säge arbeite. Er sagt den Leuten die genaue Stunde ihres Todes vorher, wenn nötig unter Befragung der Gestirne. Ich meinerseits schneide sie auf, nachdem sie gestorben sind, und dabei finde ich allerdings einiges, das sich sehen, greifen und nicht leugnen läßt. Immer hat es aber schon zum voraus in dem sibyllinischen Buch des großen Caillard gestanden, weshalb ich auch nichts weiter vorstelle als seinen niedrigen Gehilfen.» Er verbeugte sich vor dem Arzt.

Dieser nahm die Huldigung als verdient hin. «So ist es», versetzte er. «Als dann die Königin entschlafen war, habe ich ihren eigenen, bei Lebzeiten mir übermittelten Willen ausgeführt und habe den hier anwesenden Chirurgen Desneux dazu angehalten, ihren Körper zu öffnen.»

Der Sohn der Toten sprang auf. «Das habt ihr getan? Das habt ihr euch erlaubt!»

Caillard blieb traurig und selbstbewußt. «Nicht nur den Körper Ihrer Majestät habe ich auf ihren Befehl öffnen lassen: auch ihren Kopf. Denn die Königin litt im Kopf an heftigem Kitzel und befürchtete eine Krankheit, die sie ihren Kindern vererbt haben könnte. Sie beharrte dabei, obwohl ich ihr zu bedenken gab, daß ohne Gottes Willen keine Vererbung stattfände.»

«Beweise!» rief Henri und stampfte auf. «Sonst glaube ich von alldem kein Wort.»

Da zog der Mann wahrhaftig eine Rolle hervor, überreichte sie dem Sohn, und Henri las den Namen seiner Mutter, geschrieben von ihr selbst, er konnte nicht zweifeln. Darüber stand von anderer Hand ihre Verfügung, wie der Arzt sie berichtet hatte.

«Was habt ihr gefunden? Schnell, ich will es wissen!»

Diesmal sprach wieder der Chirurg. «Im Körper alles, was Herr Caillard vorausgesehen hatte. Die Verdickung in der angegriffenen Lunge und das Geschwür, das durch Zerplatzen zur Ursache des Todes geworden war. Im Kopf aber dies.»

Wie ein Taschenspieler, mit halbem Lächeln über sein gelungenes Kunststück, zeigte er auf den Tisch, wo ein großes, mit Linien bedecktes Blatt lag. Kurz vorher war dort die leere Platte gewesen. Henri sah näher hin und erschrak: auf dem Papier erschien ein Schädel, der Schädel seiner Mutter. Der Chirurg berichtete: «Nachdem ich den Kopf der Königin aufgesägt hatte –»

«In meiner Gegenwart», schob schnell der Arzt ein.

«Sonst wäre der Schädel auch nicht aufgegangen. Nachdem ich ihn denn geöffnet hatte, fand ich unter der Schädeldecke gewisse Blasen, gefüllt mit wässeriger Flüssigkeit, die sich, als die Besitzerin des Schädels noch lebte, über die innere Schwarte ergossen haben mußte.»

«Daher das sonst unerklärliche Kitzeln», bemerkte der Arzt. Der Chirurg stieß ihn in die Seite und quäkte: «Dieser hat es erklärt. Ich könnte das nicht. Nur die Zeichnung ist von mir. Sehen Sie, wo mein Finger liegt?»

Aber der feierliche Lange schob einfach den Finger des Untersetzten weg; der lief blau an vor Zorn.

Während hierauf der Arzt ausführlich und voll redlichster Überzeugung die Linien und Punkte deutete, folgte Henri ihm wohl, aber zugleich beobachtete er Madame Catherine. Auch sie war zuerst aufmerksam über das Blatt geneigt, obwohl sie es gewiß nicht zum erstenmal sah. Je anschaulicher indes die Krankheit ihrer guten Freundin wurde, um so weiter wich Madame Catherine zurück, bis sie wieder aufrecht saß in ihrem graden Sessel.

«Ein so seltener Fall», bemerkte der Arzt, «ja, von dermaßen verdächtiger Art, daß noch mein Lehrer und Vorgänger von Zauberei gesprochen haben würde. Ich halte mich an die Natur und den Willen Gottes.»

Hierzu nickte Madame Catherine und blickte den Sohn ihrer guten Freundin an: das ist das Gesicht einer gutmütigen, einfachen Frau, erfahren und gewitzt, wenn man will, aber hier versagt ihr Rat, und sie ist ehrlich besorgt über die dunkle Ungunst der Dinge. ‹Könnte ich nur hinabsteigen in diesen Blick›, denkt der Sohn der vergifteten Jeanne – die aber gar nicht vergiftet zu sein braucht. ‹Alles liegt viel zu natürlich. An der Aufrichtigkeit des Arztes läßt sich nicht zweifeln, fast ebensowenig allerdings an der Begrenztheit seines Wissen. Diese Wasserblasen unter der Schädeldecke meiner lieben Mutter, wie sind sie entstanden? Durch Gift? Oh, könnte ich hinabsteigen in diesen schwarzen Blick und mit Händen berühren, was drunter ist! Gewißheit!›

Fast siegt sie

Sein innerer Kampf blieb der klugen Alten schwerlich verborgen, sie nahm nur keine Kenntnis davon. Sie handelte, als müßte sie einzig den Schmerz des Sohnes schonen. Zuerst gab sie den beiden Männern der Praxis ein Zeichen, worauf sie sich verbeugten wie vorhin und abtraten mit demselben Ausdruck von traurigem Selbstbewußtsein wie beim Kommen. Darauf ließ sie ihm Zeit – etwas zu lange Zeit sogar: sein Haß, der schon in Unordnung geraten war, kehrte gesammelt zurück. Der Sohn erinnerte sich der beiden geöffneten Briefe: Nach ihrem Abgang war seine Mutter gestorben! Ohne es zu wissen, eilte er mit großen Schritten durch das Zimmer hin und her. Madame Catherine folgte ihm ruhig mit den Augen, was ihn wieder verwirrte, als er es bemerkte. Schroff hielt er an und stand vor ihr, die Arme verschränkt, eine unerlaubte Haltung. Das Wort «Mörderin» sollte dennoch fallen, es war noch nie so nahe gewesen. Sie kam dem Ausbruch zuvor. Sie sprach sehr langsam und friedlich.

«Liebes Kind, es beruhigt mich, daß Sie jetzt ebensoviel wissen wie ich selbst. Es tat mir wohl, mitanzusehen, wie Sie überzeugt wurden. Jetzt können wir unseren Schmerz verschließen und uns der Zukunft zuwenden.»

«Aber der Schädel!» sagte Henri drohend in ihr Gesicht, das schwer und grau wie Blei war. Dann suchte er auf dem Tisch: das Blatt mit der Zeichnung war fort, vor Überraschung fielen ihm die Arme herunter. Zum erstenmal verriet hier Madame Catherine ein Lächeln, es war allerdings kein schmeichelhaftes. Es hieß: ‹Nicht einmal darauf haben Sie aufgepaßt, liebes Kind.›

Merkwürdigerweise beruhigte ihn sein Mißerfolg, er stimmte Henri sofort sachlich. ‹Ich kann nichts machen. Sie ist im Vorteil. Verständigen wir uns!› Da legte er auch schon den Haß und das Mißtrauen ab, als ob er beide in die Tasche steckte. Seiner Natur machte das keine Mühe. Erleichtert setzte er sich der alten Frau gegenüber, und sie nickte dazu. «Ich habe mit Ihnen viel Gutes vor», sagte sie.

Henri wartete, und sie sprach weiter. «Jetzt sind wir Freunde, ich kann Ihnen offen sagen, warum ich Ihnen meine Tochter geben will. Ich tue es wegen des Herzogs von Guise, der meinem Haus gefährlich werden könnte. Er war Ihr

Schulfreund; wissen Sie wohl, daß Henri Guise inzwischen auf Beliebtheit bedacht gewesen ist bei dem Pariser Volk? Er gibt sich christlicher, als ich es bin, und ich verteidige doch wirklich die heilige Kirche!»

Hier funkelte es leise in ihren undurchdringlichen Augen: da vergaß Henri, daß er sie vergebens hatte ergründen wollen, und lachte stumm mit ihr, denn wenigstens ihren Unglauben bekannte sie, und das gefiel ihm. In der Verachtung des heuchlerischen Fanatismus begegnete er sich mit Katharina von Medici. Sie wurde übrigens gleich wieder ernst.

«Aber er hat damit erreicht, daß der Papst und Spanien ihm helfen. Dieser kleine Lothringer könnte mit ihrem Geld ein großes Heer gegen mich schicken. Noch mehr, wenn er lange so weitermacht, kann er Paris aufwiegeln. Noch mehr, er kann Mörder bezahlen. Was er zuletzt erreichen würde? Daß Frankreich eine spanische Provinz wird.»

Sie beachtete nicht, daß ein unbedeutender junger Mensch ihr zufällig zuhörte. Katharina war ihrer liebsten Wollust hingegeben, den Geist über einen Abgrund zu spannen.

«Auch ich», sagte sie leise, «könnte den König von Spanien zufriedenstellen. Er verdenkt es mir, daß ich meine Protestanten schone.» Langes Sinnen: ihr geschlossener Mund bewegte sich dabei. Dieser Anblick machte Henri aufmerksam, mehr als ihre Reden. Mörder bezahlen, hatte sie gesagt. Auch sie könnte es! Aber sie hatte es nicht nötig, da ihre eigene kleine und fette Hand so vorzüglich ein Getränk zu mischen verstand. Er beobachtete scharf, und nicht lange, so bemerkte sie es.

«Meine Protestanten stehen mir so nahe wie alle anderen Franzosen», äußerte sie, wieder ganz gelassen – und mit stillem Nachdruck: «Ich bin eine Königin von Frankreich!»

«Ihr Sohn ist der König», verbesserte er unbedacht und eigentlich nur darum, weil er sich der Erzählung seiner Mutter Jeanne erinnerte von dem König, der blutete. Auch die beiden noch lebenden Brüder Karls des Neunten waren bestimmt, dieselbe Krankheit zu bekommen, und der älteste war ihr schon erlegen. ‹Wer ist eigentlich›, denkt Henri, ‹diese einzelne alte Frau, der die Söhne fortsterben? Die anderen Franzosen bleiben ihr in Wirklichkeit so fern, wie wir Protestanten ihr sind.› Laut sagte er: «Madame, was für ein schönes Schloß ist doch der Louvre! Aber alles, was ihm Glanz verleiht, kommt aus Ihrer Heimat. Die Architektur ist italienisch» – wie das Giftmischen, hätte er gern hinzugesetzt. Sie hob die Schultern, denn von den beiden Künsten, die er meinte, war ihr die erste fremd. Auch liebte sie keineswegs ihr einstiges Florenz, denn in der Jugend hatte sie dort Unglück gehabt und war vertrieben worden. Madame Catherine stellte nichts vor als eben sich selbst, und das war ihre Kraft, solange sie aushielt.

Jetzt betrachtete sie den jungen Menschen mißtrauisch. «Sie sprechen vom König. Haben Sie ihn denn vor mir schon gesehen?»

Er verneinte lebhaft. Sie senkte noch mehr die Stimme: dies sollten nicht einmal die Schweizer Wachen hören, obwohl sie es nicht verstanden hätten.

«Der König ist manchmal nicht bei sich», flüsterte die abgründige Alte. «Ich sage es niemandem, aber er hat Wutanfälle, dann faselt er sogar vom Morden, von irgendeinem großen Morden. Es ist krankhaft», raunte sie dringlich.

Henri stellte nur fest, daß er in eine hübsche Familie einträte, aber das war nichts Neues. Die Mutter der blutenden Söhne beruhigte sich schon wieder. «Meine anderen beiden sind wohlgeraten, besonders d'Anjou. Seien Sie sein Freund, liebes Kind! Vor allem halten Sie es immer mit uns gegen die Lothringer! Sie sollen auch unser Heer führen, denn das können Sie, und Sie werden nicht weniger brauchbar sein, als Ihr Vater es war. Dafür bekommen Sie meine Tochter. Hüten Sie sich aber auch bei ihr vor dem Herzog von Guise: die Frauen finden ihn schön.»

Henri denkt: ‹Und sie schlafen mit ihm. Machen Sie keine Flausen, Madame! Wir kennen uns, und ich weiß, was für ein Mädchen ich zur Frau nehme. Nur meine liebe Mutter wußte es nicht!› So versicherte ihm sein zärtliches Herz.

Herausfordernd sagte er: «Darum haben Sie den Guise auch fortgeschickt, Madame, bevor ich hier ankam.»

Die Alte, um so gemächlicher: «Zu Ihrer Hochzeit wird er wieder da sein. Es ist manchmal wünschenswert, daß ein junges Mädchen einen allzu beliebten Mann nicht vor Augen hat. Eine alte Frau wie ich muß ihn dagegen ständig beaufsichtigen. Alle meine Feinde will ich im Louvre schön beisammenhalten.» Dazu gehörte er selbst, wie nicht zu verkennen war.

Ihre Deutlichkeit hätte ihn beleidigen können, trotz seiner eigenen frühzeitigen Zweifel an der Menschennatur. Bei ihr wurde das Leben denn doch zu nackt. Andererseits überwog das Gefühl des Vertrauens, das ihn langsam ergriffen hatte im Laufe ihrer Reden. Bringt man ihm ein so schmeichelhaftes Vertrauen entgegen, endlich einmal wird ein Achtzehnjähriger es nicht mehr fortweisen können. ‹Von dieser berühmten Hexe habe wenigstens ich selbst nichts zu fürchten, und auch meiner lieben Mutter hat sie es nicht im Wasser gegeben!› In diesem Augenblick würde er das Glas auf einen Zug geleert haben, wenn auf dem Tisch eins gestanden hätte.

Statt dessen gab Madame Catherine ein Zeichen, sogleich stießen die Wachen die äußere Tür auf, und auf die Schwelle traten die beiden Edelleute, die Henri hergebracht hatten. Leicht erstaunt nahm er Abschied und ließ sich zurückführen.

Ein schlechtes Gewissen

Diesmal sprach er mit seinen Begleitern. Einer war der Erste Edelmann des Königs, de Miossens, ein überaus vorsichtiger Mann, er verriet nicht einmal, daß er Protestant war. Henri sagte es ihm auf den Kopf zu, er hatte gewisse untrügliche Zeichen, an denen er die von der Religion erkannte. Er fragte lachend: «Fürchten Sie sich vor den Parisern? Das Volk mag uns hier wohl nicht?»

«Wenn es nur das Volk wäre», antwortete Herr de Miossens rätselhaft.

«Schämen Sie sich! Sie, ein Erster Edelmann des Königs, sollten stolzer sein.»

Damit ließ er die beiden Herren stehen und machte große Schritte, denn dort hinten in einem schöngepflegten Garten bemerkte er Karl den Neunten selbst, er war allein und belustigte sich mit einer Meute von Hunden, die kläfften. Von weitem rief Henri ihn an. Da er nicht gehört wurde, fiel ihm etwas anderes auf: er befand sich unterhalb des Zimmers, aus dem er kam. Dies war die besonnte Front in all ihrem unglaubwürdigen Zauber, eine Versuchung des Bösen, wenn man so wollte, aber ein Blendwerk der Sinne jedenfalls. Hierauf folgte unvermittelt die Erkenntnis, daß Madame Catherine ihn eigentlich gar zu sehr im rechten Augenblick entlassen hatte: als er endlich überzeugt war, sie hätte seine Mutter nicht vergiftet. Pünktlich, als er ihr glaubte, hatte sie ihn entlassen. Sie durchschaute ihn unheimlich, er aber hatte vergebens versucht, hinter ihre undurchsichtigen Augen zu gelangen. Da erschrak er: wieder lebendig wurde ihm sein eigener erster Zustand, als er droben das Zimmer betreten hatte – ein Richter und Rächer. «Mörderin!» Er hatte das Wort zurückgehalten, zweimal, und nicht nur aus Vorsicht wie ein Höfling, sondern weil die Alte ihn wirklich vertrauensvoll und dumm gemacht hatte. Jugend taugt nichts für solche Fälle, mich jedenfalls hat sie zur Ohnmacht verurteilt!

Hier suchte er schnell das bekannte Fenster. Doch, er hatte vorher recht gesehen. Das Gesicht war schon wieder ausgelöscht, bevor er es richtig erfassen konnte; dennoch fühlte er unzweifelhaft, daß er beobachtet worden war. Man behielt ihn im Auge, ob sein kindliches Vertrauen noch währte. ‹Nicht ganz, Madame Catherine! Ich weiß nicht alles, und nicht einmal wie die Königin, meine Mutter, gestorben ist, weiß ich gewiß. Aber ich will niemals wieder vergessen, daß Sie von den beiden Wissenschaften Ihrer Landsleute, Gift und schöne Bauten, nur die eine beherrschen. Böse Fee, wenn überhaupt Fee. Ich soll bei euch das Fürchten lernen, aber ich muß lachen. Von ihrem dicken Sohn hat sie mir gesagt, er wäre toll.›

Viel langsamer diesmal, näherte er sich Karl dem Neunten. Dieser sah ihn noch nicht. Vielmehr nahm er seinen schrägen Blick wieder zurück und stellte sich, als beschäftige ihn nur seine Meute. Zwei der Hunde hatten sich ineinander verbissen: er ermunterte sie durch Zurufe, damit sie nicht losließen. Plötzlich schrie er in das Gekläff:

«Ich mag die beiden nicht. Dann muß man sie sich gegenseitig totbeißen lassen.»

Infolge dieses Empfanges, den er noch alberner als unschicklich fand, machte Henri eine Wendung, um fortzugehen. Da trennte sich Karl von seiner Beschäftigung und folgte ihm. «Navarra! Was hat Ihnen die Königin, meine Mutter, gesagt?» Dies mit Seitenblick. Henri bekam den Eindruck: ‹Der hat hier unten in großer Unruhe auf mich gewartet!›

«Wir sprachen meistens von Schädeln, einmal auch, ich weiß nicht von welcher Mörderei. Es war lustig, und Madame Catherine gefällt mir, ich ihr übrigens auch.»

Karl indes fuhr auf, er zitterte und wankte.

«Um Gottes willen, Navarra, ich will von Morden nichts mehr wissen! Noch nicht lange her, haben aus meiner Leibwache zwei sich umgebracht, wie hier die bösen Hunde. Die Königin, meine Mutter, trägt immer den ganzen Kopf voll schrecklicher Dinge.»

«Dasselbe behauptet sie von Ihnen», warf Henri hin: sofort klappte dem König von Frankreich der Mund zu, ja seine Gestalt schrumpfte ein. Wenn er toll war, wie seine Mutter ihn nannte, seine Angst übertraf noch seine Wut. Er wurde gelblich bleich inmitten aller weißen Seide, mit der er bekleidet war. Erst bei diesem Anblick kamen dem Sohn der toten Jeanne Bedenken. Das Gewissen Karls war zu offenkundig schlecht. Er und seine Mutter, die sich gegenseitig für verrückt erklärten, den Verrat welcher Geheimnisse befürchtete jeder vom anderen? Worte seiner Freunde kehrten dem jungen Henri in den Sinn zurück: ‹Sie werden der zweite sein. Sammeln Sie die von der Religion! Natürlich wäre es geraten, diese Mördergrube hinter sich zu lassen, solange noch Zeit ist. Meine Schwester holen und fort inmitten des berittenen Haufens! Indessen, das tut man nicht, weil man im Gegenteil hergekommen ist, um das Fürchten zu lernen – und überdies nahen dort zwei Mädchen, geleitet von Pfauen mit funkelndem Gefieder, die ihnen vorausgehn, als würden sie an Zügeln gelenkt. Die eine ist Margot, leibliche Tochter der Giftmischerin›: dies das erste, was Henri durch den Kopf schießt. Aber sein anderer Gedanke holt den ersten sofort ein: ‹Margot ist schön geworden!›

Das Labyrinth

Seine ersten Schritte waren voll Freude: «Ah! Liebe Margot!» rief er laut. Karl der Neunte wendete sich verwundert um; dann schien er zu den Hunden zurückzukehren. Die Prinzessin von Valois sprach erst, als Henri schon vor ihr stand, da sagte sie: «Ich hoffe, daß Sie gut gereist sind.»

«Mit Ihrem Bild vor Augen», versicherte er sofort. «Aber es reicht nicht an die Wirklichkeit heran. Wer ist Ihre hübsche Freundin?»

«Madame de Sauves!» befahl Margot, anstatt ihm zu antworten. «Bringen Sie doch die Vögel zurück!» Die Ehrendame klatschte darauf in die Hände, und wirklich setzten sich die Pfauen vor ihr her in Bewegung. Sie hatte noch Zeit gehabt, den jungen Mann vom Lande zu beurteilen. Ein spöttischer Blick unter ihren hohen Augenbrauen genügte ihr. Der war für Frauen eine harmlose und leichte Beute! ‹In den Händen der Prinzessin wie in meinen›, dachte sie und ging dahin, sehr schlank und fein.

«Ihre Nase ist zu lang», sagte Henri, als sie fort war.

«Und meine?» erwiderte Margot abweisend, denn die Nase der anderen war nicht länger, nur grader war sie als ihre eigene. Er bemerkte, daß ihm die Zunge ausgerutscht war.

«Eins ist sicher», sagte er, «Mathilde hat dünne Lippen.»

«Charlotte.»

«Sehen Sie, jetzt haben Sie mir den Namen verraten.» Er war glücklich über seinen Sieg, denn deutlich fühlte er den Widerstand, den Margot ihm leistete. «Ich liebe einen weichen Mund, und die Zähne müssen größer und glänzender sein.» Dabei betrachtete er den ihren, sah ihr aber plötzlich in die Augen – nicht dreist, sie fand innerlich: nicht dreist genug. Sein Blick war sanft begehrlich, er machte den Versuch, sie vermittels des Blickes zu umarmen, aber in aller Höflichkeit und Verehrung, nicht wie eine reizende Dirne an einer Straßenecke. Eine etwas einschüchternde Dame war aus der Margot mit den dicken Beinen geworden! Daher eroberte er sie auch nicht im Sturm, und keineswegs bekam sie die Augen der Hingabe, getrübt und blicklos. ‹Die Tochter der Mörderin!› erinnerte er sich, eingeschüchtert. ‹Schön geworden während der Taten ihrer Mutter!›

Sie dachte: ‹Nach meinen Beinen schielt er doch!› Denn sie wußte, so gut wie er, aus Kinderzeiten, was sie ihm auf der Schaukel versprochen hatte, und damals hatte er es sich schon nehmen wollen. Was stand denn jetzt nur zwischen ihnen, daß er sich fürchtete? Inzwischen blieb ihr völlig weißes Gesicht gelassen wie der Himmel. Henri unterschied nicht wie seine liebe Mutter, was Geziertheit noch was Schminke war. Übrigens hatte Jeanne das Mädchen fehlerlos gefunden von Gestalt, derselben Meinung war ihr Sohn, und ihn störte nicht einmal, daß die Prinzessin Marguerite zu sehr geschnürt war. Ebensowenig erkannte der Sohn im voraus, daß ihre Wangen einst herabhängen würden. Obwohl sie längst nicht so sehr von Perlen und Edelsteinen schimmerte wie bei einer Prozession, war sie für ihn doch von größter Pracht und allen seinen Sinnen ein ungeheures Versprechen.

Er dachte: ‹Mach dein Prinzessinnengesicht! Bald liegen wir zusammen im Bett.›

Hinter ihrer hochmütigen Stirn dachte sie: ‹Werde ich noch wieder mit dem Guise schlafen? Ich glaube nicht, denn dieser gefällt mir. Ein Junge vom Lande, und doch ein Königssohn, hat seine Mutter gesagt.›

Er dachte: ‹Margot, Margot, mit dem Guise sollst du nicht mehr schlafen, denn ich werde dich reichlich beschäftigen.›

Inzwischen nun hatte sie längst angefangen, ihm ein kühles lateinisches Kompliment über seine Feldzüge und Kriegstaten zu machen. Er versicherte sie in derselben Sprache seiner Huldigung für ihre Gelehrsamkeit und Bildung, vereint mit hoheitsvollem Auftreten. Jeder bemühte sich, die vollkommensten Sätze zu bilden, aber beide dachten dabei an das andere.

Plötzlich änderte sie das Gespräch.

«Sie haben eine Beratung mit meiner Mutter gehabt.»

Er erschrak, wie ertappt, denn sein Gefühl, was er auch sonst sprach oder dachte, blieb eigentlich: ‹Tochter der Mörderin!›

«Unter vier Augen», sagte sie. «Über einen schmerzlichen Gegenstand, wie ich glaube. Ich bin voll Mitgefühl.» Ihre blaugemalten Lider klappten mehrmals, endlich blinkte eine Träne. Sofort griff er nach ihrer Hand, er flüsterte:

«Kommen Sie fort von hier!» Denn hinter ihnen ahnte er den Seitenblick ihres Bruders Karl. Zierlich führte er sie über den offenen Gartenweg, aber kaum hinter einer Hecke angelangt, fragte er stürmisch: «Haben Sie meine Mutter zuletzt noch gesehn? Woran ist sie gestorben? O sprechen Sie doch!» Denn natürlich schwieg sie.

«Aber Sie wissen, was erzählt wird?» Er drang in sie. «Gestehen Sie mir doch, was Sie davon halten! Sie wollen nicht? O Margot! Das ist schlimm.»

Anstatt zu antworten, betrat sie den Eingang zwischen den hohen Hecken, obwohl dies ein Labyrinth und sogar beim Schein der Sonne nicht hell war. Aber ihr Empfinden riet ihr, daß er sie jetzt nicht genau sehen sollte, und sie ihn nicht. Er blieb im Gehen an ihrer Schulter, berührte sie bei jedem Schritt, und seinen Atem spürte sie auf ihrem Hals.

«Ich bin in einer furchtbaren Not. Ich tappe im Dunkeln und finde den Ausgang nicht.» Grade so irrten sie hier durch die engen Windungen. «Ich habe immer, immer dein gedacht!» sagte er plötzlich mit einem so tiefen Beben, daß sie anhielt und ihn ansah: er hatte Tränen in den Augen. Diese waren zweifellos echt, aber ebenso sicher erwartete er, daß sie endlich gerührt wäre und mit der Wahrheit herauskäme.

«Ich kann doch selbst nichts behaupten», begann sie, atmete erregt und brach ab.

«Aber Sie haben Gründe zu vermuten? Einen Anhalt?»

«Nein! Nein!» Der Ton beschwor ihn, zu schweigen. Das half ihr nichts.

«Wir sollen uns heiraten. Begreifen Sie, warum ich Ihr schönes Gesicht nicht küsse und Ihnen den Rock nicht aufhebe? Sie haben vor mir ein Geheimnis, das ist stärker als alles.»

Das Mädchen stöhnte nur. Er ließ nicht ab.

«Meine Leidenschaft für Sie war nie vorher, was sie heute ist. Ich werde nur noch eine lieben können!» rief er und glaubte es. «Margot! Margot! Sie sind vielleicht die Tochter der Frau, die meine Mutter getötet hat.»

Stille und tiefes Erschrecken beim Nachklang dieser Worte. Zuletzt schluchzte das Mädchen auf. Sie hatte begriffen, welchen neuen, furchtbaren Wert sie für den Sohn der armen Königin Jeanne bekommen hatte. Sie war zu einer Gott weiß wie verhängnisvollen Gestalt geworden, die Ausgeburt der Tragödie, während sie doch vor sich selbst ein ziemlich gutmütiges Mädchen war. Konnte ihren Begierden nicht widerstehen, bekam wohl einmal Prügel dafür. Wußte es gar nicht anders, als daß Menschen getötet wurden an diesem Hof und daß jeder, der ihre Mutter störte, aus dem Wege mußte. Sie selbst lebte unbefangen dazwischen, und öfters verliebte sie sich, während nebenan Morde geschahen.

«Sie sind vielleicht die Tochter der Frau», wiederholte er, nur für sich, für das Grauen in seinem Innern, das ihn warnte vor dieser ausbrechenden Leidenschaft.

«Vielleicht», sagte sie darauf selbst, in einem möglichst unbestimmten Ton. In Wahrheit war sie, auch ohne Beweise, völlig überzeugt, daß diese Tat geschehen wäre so gut wie alle anderen. Seine Zweifel teilte sie nicht – und darum tat er ihr leid, noch mehr leid, als wenn er Sicherheit gehabt und ihr ins Gesicht seine Anklage geschleudert hätte. Er war wehrlos, er hatte sanfte Augen, seine Mutter war ihm getötet worden von ihrer eigenen, und er stand im Begriff, es ihretwegen zu vergessen. Dies alles, aber besonders seine Unschuld, griffen ihr ans Herz, es schlug heftig, und sie wartete, daß er endlich Ernst machte und sich über sie warf.

Er stand auch wirklich auf dem Sprung, die Arme halb erhoben. Im letzten Augenblick schrie er auf vor Schrecken, und sie schrie mit, nur weil sein Gefühl mittlerweile ganz das ihre war. Gesehen hatte sie noch längst nicht, was er sah. Sein Blick war zufällig abgeirrt in eins der gründämmernden Verstecke; daraus schien ihm eine Gestalt hervor und zwischen sie beide treten zu wollen. Der Achtzehnjährige verlor den Kopf und rief: «Mama!»

Er erfuhr nie, wie lange die Täuschung gewährt hatte. Aber auf einmal trug er Margot, ihre begehrte und hingegebene Last, auf seiner Brust, sie selbst hatte sich dagegen geworfen, und sie brachte hervor unter Schluchzen und Lachen: «Dort steht nur ein Spiegel, damit man sich noch mehr verirrt in diesen Gängen, und du hast niemand kommen gesehn als nur mich, deine Margot. Jetzt bin ich da, denn jetzt liebe ich dich!»

Sie dachte: ‹Zwei Tränen sind mir schon über das Gesicht gelaufen, wir werden ja sehen, ob die Schminke das aushält.›

Er dachte: ‹Sie wird den Guise nicht mehr brauchen›, und fing an, ihren weiten, aufgespannten Rock zu raffen. Denn während ihrer größten Regungen vergessen die Menschen ihre ganz gemeinen keineswegs.

Aber diese unheiligen Gedanken trieben nur wie hilflose Kähne auf dem gewaltigen Meer, und das war die Leidenschaft. Dunkles Leben, schweigende Taten allseits, nur sie beide waren hinausgelangt in einen berauschenden Sturm. In dies Meer wollen wir springen, und nie wird wieder von uns gehört werden! So verharrten sie aneinandergeklammert: die beste Zeit, die einzig unvergeßliche. Noch wenn sie, gealtert, einander gelegentlich begegneten, und hatte inzwischen jeder den anderen oftmals belächelt oder gehaßt: auf einmal wurde das wieder der Mann des Labyrinths und das Mädchen der dumpf und schwer riechenden Gänge.

Margot machte sich als erste los. Sie war einfach erschöpft. So viel Gefühl kannte sie nicht. Auch Henri wußte kaum, wie ihm geschah. Merkwürdigerweise empfand er das Geschehene im Augenblick als beschämend, er war nahe daran, sich über sie beide lustig zu machen. Auf die große Erhebung folgte die Verlegenheit, und so irrten sie weiter zusammen durch die engen Windungen, auch Margot fand den Ausgang nicht mehr. Als er dann zufällig vor ihnen lag, hielt sie Henri zurück und sprach: «Es geht leider nicht. Ich werde dich nicht heiraten.»

Das erstemal seit der Kindheit nannte sie ihn du – und nur, um nein zu sagen.

«Margot, wir sollen heiraten. So ist es», bestätigte er im vernünftigsten Ton. Sie dagegen: «Sahst du nicht eine, die zwischen uns treten wollte?»

«Meine Mutter hat unsere Heirat selbst betrieben», erwiderte er schnell, um jede weitere Untersuchung abzuschneiden. Sie in ihrer Erschöpfung atmete hörbar und meinte: «Das werden wir nicht aushalten.»

Es sollte aber heißen: Eine Leidenschaft mit so vielen Hintergründen, mit Schuld, Verdacht und Verstrickung, indessen diese Tote ihr armes Gesicht zwischen unsere Küsse schiebt! Margot hätte dies, wenn sie wollte, in lateinische Sätze bringen können: aber ihr Empfinden war ohne Eitelkeit, daher drückte sie es nicht aus. Sie demütigte sich, was sonst nicht vorkam bei der freidenkenden Prinzessin von Valois. Die Christenpflicht erwachte in ihr, zugleich mit der menschlichen Selbstachtung. In diesem Labyrinth geschah entschieden zuviel Besonderes mit Margot, unmöglich konnte es lange so weitergehen. Indessen äußerte sie dennoch: «Du solltest abreisen, teurer Schatz.»

«Mich so nennen hören von deinen Lippen, und dich verlassen?»

«Dies ist ein sittenloser Hof. Ich treibe Wissenschaften, um nichts sehen zu müssen. Meine Mutter glaubt nur an ihre Astrologen, und die haben ihr den Tod der Königin Jeanne vorhergesagt, wahrscheinlich hatten sie den Auftrag dazu von anderen bekommen. Was alles mögen sie ihr aber für künftig noch eingeflüstert haben?»

Margot hatte wohl Vermutungen über manches, das bevorstehen mochte. Lieber, als ihre Mutter zu verdächtigen, schob sie es auf die Astrologen. «Reise schnell ab!»

«Das wäre, als ob ich mich fürchtete!» Seine Entrüstung nahm zu. «Ich werde mir den Mantel bis über den Kopf ziehen, und Paris wird mich auspfeifen, während ich davonlaufe.»

«Sie zeigen einen recht albernen Hochmut, Herr.»

«Sie, meine Dame, haben etwas ganz anderes im Sinn, als Sie vorgeben. Sollte es nicht der Herzog von Guise sein?»

Dermaßen verkannt in ihrer reinsten Regung, blitzte die Prinzessin Marguerite aus ihren zornigen Augen den Unverschämten an und brachte enteilend, ehe er sich besinnen konnte, den Ausgang hinter sich.

Die getanzte Begrüßung

Draußen, vom hellen Tag zuerst noch behindert, erkannte Henri, daß sie nicht weit gekommen war. Ihr Bruder, der König, hatte sie eingefangen und hielt ihren Arm so fest, daß sie das Gesicht verzog. Dabei sprach er mit höchst bösartigem Schnauben auf sie ein: zu verstehen war es nicht. Dennoch war klar, daß er den letzten Streit mit angehört hatte. Was alles vorausgegangen war, davon konnte er nichts wissen. Der junge Henri erschrak in der Erinnerung; durch seine Brust stieg es auf, heiß wie ein Quell im tiefen Fels. Dies, genau dies fühlt auch sie! Umsonst will sie sich wehren!

In Wirklichkeit aber gelang es Margot, sich loszureißen. Stolz und wütend richtete sie sich vor ihrem Bruder auf.

»Sie werden mich nicht zwingen, Sire, einen Hugenotten zum Mann zu nehmen. Mit Ihren Intrigen war ich niemals einverstanden. Man wußte sehr wohl, welches meine Religion war, und dieselbe will ich behalten.»

Karl der Neunte war anfangs erstaunt über soviel Hartnäckigkeit bei seiner guten Schwester. «Intrigen» wagte sie die Pläne ihrer Mutter, Madame Catherine, zu nennen! Dann änderte er seine Haltung; übrigens hatte er inzwischen Henri bemerkt. Laut sagte er: «Deshalb fürchte nichts, meine dicke Margot! Katholisch wirst du bleiben bei deinem Hugenotten.» Leise setzte er etwas hinzu, das wahrscheinlich eine Drohung war, vielleicht der Name ihrer Mutter, denn der Blick der Prinzessin wich kurz und scheu ab, nach dem Fenster dort oben. Infolgedessen sah der Bruder ihren Widerstand als beendet an, nahm sie bei der Hand und führte sie gemessenen Schrittes dem ihr bestimmten Herrn und Meister zu.

«Da hast du meine dicke Margot», sagte Karl der Neunte zu Henri von Navarra.

Verlegenheit ließ er nicht erst aufkommen. «Navarra, wir haben uns nicht begrüßt, denn ich war mit den Hunden beschäftigt. Wir wollen es in angemessener Form nachholen.»

Sofort entfernte er sich zwanzig Schritte weit, klatschte in die Hände – und er mußte wohl seine Befehle vorher erteilt haben, auf gründliche Weise sogar: die beiden in ihrem Labyrinth hatten ihm die Zeit gelassen, deren er bedurfte. Eine andere hätte zwar alles von noch längerer Hand vorbereiten können.

Von zwei Seiten der schönen Gartenfront des Schlosses Louvre bewegten sich zwei Züge festlicher Herren, der eine in der Richtung des Königs von Frankreich, der andere bis hinter den König von Navarra. Das Haus entlang nahmen Soldaten ihre Stellungen ein, Schweizer Wache links und rechts französische Garde. Gemeinsam schlugen diese einen Trommelwirbel, bis alle Herren auf ihren Plätzen waren. Gleich nachher erscholl aus dem vordersten Saal die feierlich lieblichste Musik von Violinen und Flöten.

Die mittlere Tür hatte sich inzwischen geöffnet. Hervor schritten die Damen, viele schöne Fräulein, aber alle geleiteten nur, ganz wie die Perlen die großen Diamanten umgeben, die beiden kostbaren Prinzessinnen, die, ihrer Kostbarkeit bewußt, einander an zwei hochgehaltenen Rosenfingern führten und die Füße setzten, als könnten sie abbrechen. Das waren Marguerite von Valois und Catherine von Bourbon, und so einstudiert sie gingen, blieben ihre Bewegungen schnell und launisch. Im Takt der Musik gelangten sie zwischen den beiden Zügen der Herren hindurch. Die Sonne brachte die Prinzessinnen von oben bis unten zum Schillern und Glänzen, ihren Goldstoff, ihre bestirnten Frisuren, die feine und auserlesene Haut, als sie anhielten und sich umwendeten nach dem Haupt- und Staatsvorgang, der alsbald beginnen sollte. Hierbei waren sie selbst nichts weiter als Nebenpersonen und schmückendes Beiwerk, wie ihnen in ihrem spöttischen Sinn wohl bekannt war. Sowohl die anspruchsvolle Valois wie die kindliche Bourbon fühlten sich belustigt und teilten es durch einen leichten Druck ihrer Finger einander mit.

Auch begegneten die Geschwister Henri und Catherine sich mit den Blicken. Was sie sagten, hieß ungefähr: ‹Unser kleines Schloß in Pau, der Gemüsegarten und drüben das wilde Gebirg! Kann man so viele Umstände machen, wie diese hier! Aufgepaßt, es will gelernt sein. Woher hast du eigentlich dein schönes Kleid? Und du? Von wem denn sonst, als von unserer lieben Mutter!›

Dies stumme Gespräch hatte eben nur die Dauer eines Augenblicks. Karl der Neunte machte schon den Anfang mit seiner großen Zeremonie. Henri hörte hinter sich sagen, entweder von d'Aubigné oder von Condé, La Rochefoucauld, wenn es nicht der junge de Léran war: «Sire!» raunte einer. «Ahmen Sie dem König von Frankreich alles genau nach!»

«Das ist wirklich das erstemal», erwiderte er, indes er aber feststellte, daß Karl diese Sache von Grund auf innehatte. Karl tat in seiner weißen Seide, seinem Federbarett, den kurzen Pluderhosen und langen Strümpfen – einen einzigen Schritt nur tat er; es war das Zeichen für seine beiden Brüder d'Anjou und d'Alençon, sich ihm dicht hinter den Schultern zu halten; aber darin lag alles: Ich und mein Haus – soviel Stolz und Hoheit, daß der früh vergemeinerte Valois auf einmal wieder von überzüchteter Feinheit schien wie als Jüngling. Zugleich wurde die Musik verstärkt durch Holzbläser. Lieblich war ihr Schall gewesen, majestätisch wurde er – bis zu einem neuen Trommelwirbel.

Nun erstreckte sich oberhalb dieses Königs, seines feenhaften Palastes und in Glanz geworfenen Gefolges ein hoher, heller und leichter Himmel. Alle Töne wurden weithin getragen, besonders über das Wasser des Seineflusses, das von der Mauer des vornehmen Gartens nur getrennt war durch ein rauhes und vernachlässigtes Stück Ufer. Schon war dieses erklommen von einigem Fußvolk, die Kräftigsten versuchten auch die Mauer zu stürmen. Die Wache stieß sie ohne weiteres hinunter mit den Stangen ihrer Hellebarden; deswegen freuten sich doch alle, die etwas erhaschen konnten von dem Schauspiel der Großen, und sogar wer gar nichts sah, machte munteren Volkslärm.

Ein Fenster aber droben in der Gartenfront des Louvre klirrte leise, niemand hörte es, und durch den entstandenen Spalt schob sich, aus Falten hervor, ein bleifarbenes altes Gesicht. Das beobachtete mit Augen wie Kohle, was, von ihm selbst ausgedacht und eingegeben, dort unten vor sich ging: die feierliche Begrüßung des katholischen mit dem Hugenottenkönig, die Heranziehung der beiden königlichen Brüder, das Aufgebot so vieler stattlicher Edelmänner. ‹Das muß dem kleinen Béarner und seinen schlecht angezogenen Leuten den Eindruck machen, als wären sie selbst weiß was und muß sie sehr im Vertrauen bestärken!› Dies dachte das bleifarbene Gesicht und verzog die schweren Wangen.

Von ihrem Platz konnte nur Margot es sehen, und ohne daß sie den genauen Grund gekannt hätte, wurde ihr schwach. ‹Was tue ich! Das grade wollt ich nicht, und es wird auch nicht gut gehen. Mir ahnt Furchtbares, wenn ich es noch weiter kommen lasse. Jetzt grade müßte ich den Guise wiedernehmen, obwohl ich mit ihm fertig bin seit heute – damit es trotz allem nicht wirklich Hochzeit gibt mit meinem Henri, den ich doch liebe wie mein Leben!›

Ganz allein blieb Margot mit ihren Ahnungen, ihrem Gewissen. Alle, sogar ihr geliebter Henri, waren vollauf beschäftigt mit dem äußeren Vorgang. Übrigens nahm dieser alsbald auch Margot wieder in Anspruch und erwies sich, wie gewöhnlich der äußere Vorgang, stärker als ihre innere Stimme. Ihr Henri hatte seinerseits die Augen überall. Ausgenommen das Gesicht am Fenster, entging ihm nichts, weder die wahrhaft königliche Anordnung noch die Gesichter, und nicht einmal das Volk, wie es sich auf seine Art beteiligte an dem Ballett. So nannte er für sich die große Zeremonie, denn zwar fehlte es ihm an unbestimmter Ahnung: er behielt dafür seinen kritischen Witz, den schüchterte kein äußerer Vorgang ein. Daher sah er sich gegenüber lauter Gesichtern, die er als bestellt – bestellt, geliefert und bezahlt – erkannte.

Inzwischen ahmte er die einzelnen Bewegungen des Valois nach, setzte gleichfalls den Fuß an, ließ ihn ebenso in der Schwebe, nahm ihn zurück, damit der Weg länger und ausdrucksvoller wurde. Er hatte neben, vielmehr halb hinter sich seinen Vetter Condé: das war alles, was er vom Blut seines Hauses zur Hand hatte. Sooft drüben der König von Frankreich und seine Brüder eine geöffnete Hand einladend hinstreckten oder sie auf die Brust drückten oder den Hut aufhoben, beeiferten sich auch Henri und sein Vetter – beide übrigens im gebotenen Glanz der Kleidung, womit sie auf ihrer Seite fast die einzigen waren. Die beiden Gruppen rückten vor, zur Musik und einer Art geistlichen Tanzes, durchaus im Sinne der Erwähltheit und Heiligkeit des Königtums. Rückten einander näher und blieben dabei allerdings nicht mehr die gelungene Gesamtheit, sondern Einzelheiten fielen auf, und diese enttäuschten natürlich nach jedem gelungenen Ganzen. Besonders wurden immer fragwürdiger die Gesichter, die bestellten Gesichter.

‹De Nançay ist beileibe mein Freund nicht. Hüten wir uns! Er ist Hauptmann der Leibwache. Ich sehe voraus, daß ich sein Gesicht noch einmal kennenlernen könnte, wenn es nicht mehr auf Bestellung ehrfürchtig lächelt. Die Hauptsache bleibt, ihnen soviel Ehrfurcht beizubringen, daß sie kein Ballett mehr dazu brauchen. Das sind alles Gesichter, die uns nichts vergessen haben und wir ihnen nichts. Gehört das andere Lächeln nicht einem gewissen de Maurevert?›

«Vetter, heißt der da de Maurevert?»

‹Auch das wird noch Lächeln genannt; aber gewiß ist, daß er lieber töten möchte als tanzen! Den de Maurevert merke ich mir.›

Indessen können sogar die glaubwürdigsten Erkenntnissse ausgewischt werden und vorläufig in Vergessenheit geraten, wenn gerade zufällig ein persönliches Unbehagen dazwischenkommt, zum Beispiel das Gefühl der eigenen Lächerlichkeit. Dies aber trat ein, als Henri endlich aus geringem Abstand den Spott bemerkte auf Gesichtern, die sich dort hinten wohl geschützt meinten. Henri wußte sofort, was den Höflingen ihre Überlegenheit verschaffte: die Armseligkeit seines Gefolges. Diese Enthüllung hatte er heimlich die ganze Zeit befürchtet und deshalb um sich her die Bestgekleideten der Seinen versammelt. Es waren nicht viele, und nahe vor die andere Partei gelangt, konnten sie nicht länger verdecken, was dahinter kam: der Zug der abgetragenen Koller und bestaubten Schuhe. Die waren da, nicht anders, als sie nach langem Warten vor dem Tor der Zugangsbrücke endlich hatten eindringen dürfen in den verhaßten Louvre – natürlich nur der kleinste Teil von ihnen. Die machten keine bestellten Gesichter: ihre Gesichter waren verwittert zum Unterschied von den glatten, und gegenüber den höflichen blieben sie hart und fromm. Drüben eitel Glanz und Förmlichkeit, hier die unverstellte Armut, die gekommen ist, zu fordern. Diese führen Krieg, damit sie leben, manche aber um des höheren Lebens willen, sie nennen es einmal: die Religion, und einmal: Freiheit.

Henri fühlte sich lustig werden, zum erstenmal, seit er hier war. Er hätte laut aufgelacht, mit besserem Recht wahrscheinlich, als die Höflinge grinsten. Statt dessen warf er sich vor Karl dem Neunten zuerst an die Brust, dann neigte er den Rumpf bis auf die Füße und streifte mit der rechten Hand im Halbkreis über den Boden. Er wiederholte diese Übung zu beiden Seiten des Königs von Frankreich und würde sie sogar in seinem Rücken ausgeführt haben, indessen zog Karl den Spaßvogel in seine Arme und gab ihm den Bruderkuß auf beide Wangen, wobei er ihm heimlich die Faust in die Rippen stieß. Einer wußte so gut wie der andere, was gemeint war: dieselbe Parodie der Ehrfurcht, die einst der Siebenjährige aufgeführt hatte mit dem Zwölfjährigen.

«Du bleibst ein Narr», sagte Karl so, daß niemand außer Henri es hörte. Dann ging er zu der feierlichen Vorstellung seiner Brüder über, als hätte Henri nicht mit dem einen die Schulbank gedrückt und später ihm im Felde gegenübergestanden. Mit beiden aber hatte er dumme Streiche verübt. In der Front des Louvre klirrte währenddessen ein Fenster, das geschlossen wurde, weil der Zweck der Veranstaltung erfüllt und der Streich gespielt war. ‹Der junge Mann vom Lande mußte jetzt den Eindruck einer etwas eigentümlichen, sonst aber nicht üblen Familie gewonnen haben›: so dachte eine alte Frau, die auf ihre Art auch Humor hatte.

In dem Orchester traten jetzt alle anderen Instrumente zurück hinter den Harfen, es war das Zeichen für die Damen. Damit sie es nicht überhörten, winkte der Erste Edelmann de Miossens ihnen noch besonders. Sie setzten sich auch richtig in Bewegung, voraus die beiden Prinzessinnen mit hochgehaltenen Rosenfingern, die einander kaum berührten, und auch ihre Füße schwebten scheinbar nur. Vor den beiden Königen angelangt mit ihrem blütenhaften Gefolge junger Fräulein, sanken die kostbaren Prinzessinnen langsam in die Knie – oder doch fast in die Knie, denn alles wurde nur angedeutet, auch der Handkuß für den König von Frankreich, dessen edle Haltung hier ganz unnachahmlich schien. Er tat, als höbe er seine Schwester zu sich empor, und dann führte er sie ihrem Herrn, dem König von Navarra, zu. Keineswegs sagte er diesmal: Da hast du meine dicke Margot.

Karl selbst nahm an seine Seite die junge Catherine von Bourbon. Mit ihr eröffnete er den Zug, der im Takt gravitätischer Tanzmusik um den Garten zum Vogelhaus schritt. Hier war zu sehn das fremdartige Gefieder «von den

Inseln»; die Sonne brachte es zum Schillern und Glänzen, nicht anders als die Prinzessinnen selbst. Überaus seltsam war die Volière und mußte den Gästen gezeigt werden. Wirklich machte sie großen Eindruck. «Té!» rief ein Hugenott. «Den sprechenden Vogel möchte ich mitnehmen, aber nur, wenn er auch die Messe lesen kann.» Darüber lachten seine Gefährten schallend. Die anderen lachten nicht.

Diese Vögel «von den Inseln» hatten nicht nur die Gabe der Rede: verschiedene, besonders die kleinsten, buntesten, konnten so hart zwitschern, daß man nichts hörte außer ihnen, auch den munteren Volkslärm nicht. Die Mauer war allmählich doch von dem Flußvolk erstürmt worden, viele hockten oben und freuten sich laut an dem Schauspiel der Großen. Die Herren, Damen und Vögel aber befanden sich unweit der Mauer, daher wurde die Wache heftiger in ihrer Abwehr. Ein Junge, dem anzusehen war, daß er in den Garten springen wollte, wurde zurückgestoßen, diesmal nicht mit der Stange der Hellebarde, sondern mit ihrer scharfen Spitze. Unter schwachen Schmerzenslauten fiel er hintenüber und verschwand: das sahn und hörten wenige. Henri und Margot hatten es bemerkt.

«Das erste Blut!» sagte Henri zu Margot.

Sie war weißer geworden als ihre Schminke.

«Ein gutes Vorzeichen!» hauchte sie verstört.

Laut rief Henri: «All das Federvieh erinnert mich an gebratene Hühner und daran, daß manche von uns lange nichts gegessen haben!»

Dies fand den Beifall seines hungrigen Gefolges. Die Höflinge ihrerseits warteten ergeben, bis es ihrem König einfiel, aufzubrechen.

Dies geschah dermaßen, daß die Gesellschaft sich gleich unten trennte. Die Könige, die Prinzessinnen, Prinzen, darunter Condé, und das Ehrenfräulein Charlotte de Sauves benutzten eine kleine Treppe, die berühmte kleine Treppe der geheimen Besucher, der Gnaden und Verhaftungen. Das Gefolge stieg über die große allgemeine.

Die königliche Tafel

Getrennte Tafeln waren aufgestellt in den Sälen des oberen Geschosses, für die Könige eine im Paradesaal, und mehrere im Vorzimmer für ihre Herren. Die schönen Fräulein aus dem Gefolge der Prinzessinnen waren verschwunden; das wurde kaum beachtet, solange man noch nicht gegessen hatte. Erst später, als eine erhöhte Stimmung herrschte, sollten sie zahlreich wiederkommen.

Der König von Navarra goß ein Glas voll Wein in den Teller mit Suppe aus: es befremdete den König von Frankreich und die Prinzessin von Valois. Hierauf aß er schnell und viel, an Gesprächen lag ihm nichts während dieser Tätigkeit. Er hätte nur gewünscht, er könnte hören, was sie draußen redeten, seine eigenen Leute mit denen vom Hof. Die Musik spielte zu laut.

Ein Herr de Maurevert, draußen im anderen Saal, erwies ganz besondere

Ehrfurcht dem abgetragenen Koller seines Nachbarn, es war der lange Du Bartas. Achtungsvoll erkundigte sich der Hofmann, wie viele Feldzüge das aufgerauhte Kleidungsstück schon überstanden habe. Der Protestant, weder an Ironie noch an leere Höflichkeiten gewöhnt, benutzte den Anlaß sogleich, um tief und düster zu werden.

«Wir sind viel zu Pferd gesessen. Aber wenn der Mensch selbst um das Erdrund ritte, er reitet dem Tode entgegen. Wir beide reiten nicht zusammen, Maurevert, aber wir werden zusammen tot sein.» Hierauf trank er und nötigte auch den andern, auszutrinken.

Du Plessis-Mornay brauchte keinen Wein, damit seinem Gegenüber, de Nançay, der Kopf schwoll. «Wir hätten Paris erobern können», rief Mornay. «Wir sind aber so gut und heiraten es.»

Der Hauptmann de Nançay vergaß sich, er legte die Hand an den Degen, wurde aber aufgehalten von den Herren de Miossens und d'Aubigné.

«Und wenn Sie mich erstochen hätten», rief Mornay über den Tisch, «meine Religion ist die wahre!» Worauf er erst anfing, gründlich zu essen. Denn Mornay in seiner hitzigen Unerschrockenheit war dennoch der, dessen Opfer vom Herrn nicht angenommen wird. Er war die Tugend, die Glück hat; das sah ihm jeder an, wenn sein sokratisches Gesicht aufblühte und sich erschloß in dem Genuß der Tafelfreuden. Der Erste Edelmann de Miossens wies zu seiner eigenen Entschuldigung auf den tafelnden Glaubenshelden, als Agrippa d'Aubigné ihn zur Rede stellte für seine Lauheit und Doppelseitigkeit. «Über unseren Köpfen hängt schwer die Herrschaft der Ungerechten, und es richten uns die Feinde Gottes. Sie aber, einer der Unseren, dienen ihnen, Miossens. Kann man denn mit seinem Gewissen einen Vertrag schließen?» fragte der Dichter über den wütenden de Nançay hinweg, der nicht zuhörte. Der Erste Edelmann zuckte nur die Achseln. Er durfte vor unberufenen Ohren nicht aussprechen, wie ihm zumute war. Ein Protestant, aber Erster Edelmann des katholischen Königs, nützte er seinen Glaubensgenossen bei Hof, soviel er konnte. Er hatte es nicht anders erwartet, als daß sie ihn angreifen würden.

Agrippa drückte seine Meinung klar aus. «Es gibt einige, die verraten Gott und verkaufen uns. Wir verlieren Hab und Gut und sogar Gewissensfreiheit. Was uns bleibt, ist unsere vollkommene Einheit mit Christus und den Engeln. Das aber allein heißt Freude, Freiheit, das Leben und die Ehre!»

Dies war sogar für den beherrschten Hofmann zuviel. Was bewegte ihn mehr, die Beschuldigung des Verrates oder der himmlische Triumph, dessen Agrippa sich rühmte? De Miossens tauschte den Stuhl mit de Nançay und setzte sich neben Agrippa.

«Die Hugenotten können nichts weiter als predigen», schnob der wütende de Nançay gegen einen Herrn de Maurevert. Der erwiderte: «Sachte, sachte! Sie können auch bluten.» Er hatte eine Nase, die spitz in die Luft stand, und die Augen eng beieinander.

In dieser Ecke saßen nur noch Herren vom Hof. Die vermischten Reihen hatten sich im Laufe des Banketts von selbst neu geordnet zu zwei Lagern. Am unteren Ende des Tisches hielten die von der Religion zusammen. Ein leerer Raum war entstanden zwischen ihnen und den Katholiken. De Miossens sah sich auf einmal mitten unter seinen alten Freunden, aber getrennt von seinen neuen. Er erblaßte, dann siegte sein Ehrgefühl; er blieb und sprach: «Wer lange hier ist, wird wankend und zweifelt endlich, daß nur wir allein vor Gott gerecht sind. Seien Sie froh», sagte er schnell, damit Agrippa ihn nicht unterbrach, «Ihnen wird es nicht zustoßen, aber vielleicht Ihrem jungen König, der mir ganz so aussieht, als liebte er das Leben anders, denn als die Einheit mit Christus und den Engeln.»

«Wir sollen den Tod nicht fürchten.» Agrippa ließ sich dies Wort nicht nehmen. «Er ist unsere Zuflucht aus Stürmen – und kämen wir durch Flammen um, sie flögen uns voran zu dem ersehnten Thron des Ewigen!»

Das war schön – aber es kam keineswegs aus der Lust zu sterben, sondern vielmehr aus der tiefen Gewißheit Agrippas, noch sehr lange zu leben. Grade dessen war der stille Miossens nicht sicher. Er blickte Agrippa so lange ernst an, bis der andere merkte, daß dies kein Tischgespräch, auch kein erbauliches, mehr war.

«Was würden Sie sagen, d'Aubigné, wenn die Flammen, die uns voranfliegen sollen zur Ewigkeit, nicht in zwanzig Jahren ausbrächen, sondern morgen, und nicht an einem unbekannten Punkt der Erde, sondern im Schloß Louvre?»

Niemand unterbrach ihn mehr; er konnte still weitersprechen im Geschrei, im Lärmen der Zimbeln und Rasseln der Becher.

«Ich weiß zuviel. Tatsachen sind schwerer zu tragen als der Glaube. Hier ist man fast entschlossen, aber noch nicht ganz. Wozu? Das verrat ich nicht einmal meiner Seele. Auf jeden Fall muß zuerst die Hochzeit sein. Euer König und unsere Prinzessin sind so reizende junge Leute, der Anblick ihres Gefühls sollte auch Bösewichter zur Besinnung bringen. Sagt euren Leuten, sie dürfen niemand mehr herausfordern, weder den Hof noch das Volk. Es ist am Letzten, ist die letzte Stunde. Sonst fliegen bald einige von uns zu dem ersehnten Thron des Ewigen.»

Er stand auf und beendete in gebückter Haltung. «Ich hätte beinahe zuviel gesagt.»

Er war nur an den Schläfen angegraut; seine Schultern aber wölbten sich tiefer, als erlaubt schien bei seinen Jahren, während er jetzt zurückkehrte zu den Herren des Königs von Frankreich, dessen Erster Edelmann er war. Empfangen wurde er von einem Herrn de Maurevert, spitze Nase, eng beieinanderliegende Augen, der ihn bohrend ansah, bevor er äußerte: «Haben Sie nun doch, Miossens, zu den Hugenotten gefunden und haben auch schon zuviel gesagt!»

Hierbei standen die beiden Herren, ja, sie standen aufrecht im vollen Licht vor dem kleinen Gang, der das Vorzimmer verband mit dem Paradezimmer. Dort tafelte das Gefolge, hier die Könige, und Henri saß an der Stelle genau gegenüber dem kleinen Gang: so sah er die beiden. Er erblickte de Miossens halb seitwärts, das graue Haar und die gewölbten Schultern, den anderen aber mit ganzem Gesicht, und es stimmte ihn nachdenklich. Er brach sogar ab, mitten in dem Wort, das er an den König von Frankreich richtete. Infolgedessen folgte Karl dem Blick, und als er bemerkt hatte, wer gemeint war, zog er die Brauen zusammen.

«Vetter Henri», sagte er schnell, «Sie haben an Ihrer Seite etwas Schöneres, als Sie dort drüben sehen können.»

Das war die Wahrheit selbst, denn neben Henri saß Margot, und wäre auch nicht ihr reizender Anblick gewesen, sie bezauberte ihn mit einer dunklen, gleichmäßigen Stimme, die gelehrte, dabei aber anzügliche Dinge sprach. Sie und Henri waren einander gewachsen im einen wie im anderen, und was der Form na klassisch hingeredet wurde zwischen ihnen, eine Dame, stolz und gepflegt wie diese, hätte es ohne Selbstüberwindung kaum über ihre Rosenlippen bringen sollen: doch ging es ganz glatt. Es geschah sogar vernehmlich genug, daß manchmal ein Tischgenosse mitreden und den Sinn unterstreichen konnte. Viel Dreistigkeit und Anmut zeigte Madame Charlotte de Sauves, kekke Nase, witzige Augen unter gewölbten, schmalen Brauen, die Stirn zu hoch, die Glieder zerbrechlich: aber das letzte war nur Schein. Ihr Wesen verhieß, daß sie sehr viel aushielt in der Liebe, und hierüber hatten sie und Henri sich auch schon verständigt mit und ohne Worte.

Oh! Er liebte Marguerite von Valois. Beim Klang ihrer Stimme, die dunkel und, solange sie wollte, ein wenig langsam war, stieg aus der Mitte seines Körpers die Bewegung auf, ergriff die Brust, den Hals und näßte die Augen. Er sah den Gegenstand seines Gefühls oft nur durch einen Schleier, wie das Glück, das bis jetzt noch im Zustand der Verheißung ist. Mehrmals war er nahe daran, von seinem Sitz herunter und vor sie hin auf die Knie zu gleiten: es wäre eine große Erleichterung seines Gefühls gewesen. Ihn hinderte dennoch die Menschenscheu. Denn Karl der Neunte war betrunken und verfiel darauf, «den seiner dicken Margot» aufzuziehen, während seine Brüder d'Anjou und d'Alençon infolge des langen Tafelns miteinander in Streit gerieten. Henri fing an, dem König von Frankreich lebhafte Antworten zu geben. Sein Vetter Condé stieß ihn im Rücken an und warnte ihn. Übrigens artete jetzt die Meinungsverschiedenheit der beiden königlichen Prinzen in Tätlichkeiten aus: sie mußten getrennt werden.

D'Anjou blutete im Gesicht, er zog sich zurück auf die andere Seite des Tisches und sagte zum Vetter Navarra: «Du wenigstens warst ein ehrlicher Gegner in unseren Schlachten, und ich habe dich meistens besiegt.»

«Das kam nur von deinen Briefen, d'Anjou. Sie hatten eine Sprache, gestelzt, wie von einem Spanier. Ich bin vor deinem Stil ausgerissen. Vielmehr, Fieber bekam ich davon und konnte nicht kämpfen. Wenn du mich aber wirklich besiegt hättest, dann säße ich nicht hier – nicht neben deiner Schwester.»

Darauf wurde der andere gedämpfter und sogar ängstlich, obwohl noch immer der Wein aus ihm redete. «Navarra, sieh, meine Wangen bluten. Aber das ist nichts. Mein Bruder d'Alençon haßt mich nur wie jemand, der erst viel später darankommt. Schrecklicher ist es, wie mein königlicher Bruder mich, seinen nächsten Nachfolger, haßt. Unsere Mutter möchte mich auf dem Thron sehen, und Karl weiß, daß es gefährlich ist, ihr im Wege zu stehn. Die Furcht macht ihn rasend. Trink mit mir, Navarra! Wir haben ehrlich gegeneinander das Schwert geführt; dir vertraue ich Familiengeheimnisse an. Als ich gestern zu meinem königlichen Bruder ins Zimmer trete, rennt er darin umher wie ein wildes Tier und in der Hand den blanken Dolch. Er sieht mich schräg an, du weißt wie. Um mich ist es geschehn, alle Heiligen sind sich darüber klar. Kaum kehrte er mir wieder den Rücken, bin ich aus der Tür, leise wie eine Maus, und meine Verbeugung beim Abgang war weniger tief, als wie ich eintrat, das kannst du glauben.»

«Alles glaube ich», sagte Henri und schloß mit ein die Vergiftung seiner Mutter.

Er sagte noch: «Ihr seid eine Familie, vor deren Reizen man sich hüten muß. Ich habe es nicht gekonnt.» Hiermit wendete er sich um, das Herz schlug ihm plötzlich bis in den Hals, so sehr blendete ihn dies Gesicht – und gehörte doch der Tochter eines finsteren Hauses.

Übrigens hatte sie fortgefahren, sich anzüglich und gelehrt zu unterhalten, gleichviel mit wem. Ihm wurde heiß, schon wollte er Condé und d'Alençon zur Rede stellen: da bemerkte er auf ihrem Kleid die Farben seines Hauses. Mit ihrer Freundin hatte sie sich verabredet, an ihren Röcken, nicht sehr auffällig, Stickereien in den Farben seines Hauses zu tragen: blauweißrot. ‹Das Haus Bourbon, sie hat daran gedacht, hat mir schon längst entgegengesehn wie ich ihr, trägt meine Farben, und als sie sich weigerte, mich zu heiraten, war es in Wahrheit ein Kunstgriff, damit ich sie noch mehr lieben sollte. Denn mich liebt Margot!›

Diese Gewißheit brachte ihn außer sich, er verlangte: «Kommen Sie!» und wollte sie fortführen, um mit ihr allein zu sein. Sie stellte sich, als hätte sie nichts gehört. Seine Schwester Catherine aber beugte sich zu ihm und sagte: «Denke daran, daß wir im Louvre sind!»

Sofort bedachte er es auch – sah schnell um sich: ‹Das Paradezimmer, die geschnitzte Decke so reich an Gold, daß alle sich ausdrücken: das goldene Zimmer. Es hat Fenster auf zwei Seiten. Von Süden und der Flußlandschaft her greift schon die weite Dämmerung herein, violett und grau: so lange sitzen wir bei Tafel. Dagegen entsendet das westliche Fenster den Goldstrahl des gesenkten Tages in das goldene Zimmer, er sprüht und funkelt um einen betrunkenen König und um den verliebten, der ich bin. Achtung auf Kathrin! Meine Schwester zeigt mir ihr kleines vernünftiges Gesicht; von unserer lieben Mutter ist es nicht, aber doch spricht es zu mir, wie nur das ihre sprach. Hast recht, Schwester, dies ist das Schloß Louvre, darin haben wir keinen Freund und sind zu zweit allein.›

Marguerite von Valois beschenkte ihn aufs neue mit ihrer Stimme und hätte wieder sein Herz ergriffen, gleichgültig, ob ihre Rede züchtig war. Leider wurde es ihm auf einmal unmöglich, den Streit im Vorzimmer zu überhören. Sie schrien und drohten schon längst dort draußen, übertönten die Zimbeln und Pauken, und immer konnte die Schlacht beginnen. Henri erfaßte es auf einmal; Marguertie von Valois schloß ihn nicht mehr dagegen ab, weder ihre Stimme noch ihr blendendes Gesicht oder ihr starker Duft. Das alles empfing plötzlich den Sinn der Versuchung und des Scheins – indessen draußen die Wirklichkeit nach ihm rief, damit er seine Pflicht täte. Seine Mutter war vergiftet worden: o Gedanke, bei dem das Herz stillsteht! Aber hinter seinen Schultern und jenseits der Wand des goldenen Zimmers begannen bald die Gemächer ihrer Mörderin. In der Mitte zwischen der, die drinnen lauerte, und den Feinden draußen, die sogleich über die Seinen herfallen konnten, liebte er: liebte Marguerite von Valois, und die alte Königin sah durch ein Loch in der Wand.

‹Schwester, blick du nur klar und ernst! Bewahr ich mich doch selbst von Grund auf vernünftig, obwohl verwickelt in die Sache von Betrunkenen und Mördern. Es ist wahr: unsere Lage vermag gar nichts gegen meine Leidenschaft für Madame Marguerite, die edel anzusehen bleibt wie ihr Bild, und was sie innen sinnt, erfahr ich später in ihren Armen oder auch dann nicht! Weißt du, Schwester, daß ich diesen Hof nicht verlassen will? Um Margots willen lieb ich auch ihn, samt aller Kühnheit und Gefahr. Unsere Mutter nannte ihn verderbt, noch mehr als sie gedacht hätte, und sie wünschte, daß ich mit meiner Frau fern von hier und in ländlichem Frieden lebe. Das soll nicht sein, wie ich wohl fühle. Die Frauen fordern an diesem Hof die Männer auf, sagte die Königin Jeanne. Wirklich hat Charlotte de Sauves keine Zeit verloren, und warum sollte ich mich kalt stellen. Dennoch gäbe ich mein Leben nur für Madame Marguerite von Valois. Schwester! Willst du mich noch einmal an unsere Mutter erinnern? Mir steht das Herz still.›

Als hätte er dies ausgesprochen, beugte Catherine von Bourbon sich wahrhaftig zu ihrem Bruder und sagte: «Denk an unsere Mutter!»

Der Achtzehnjährige, den alle Stürme des Lebens auf einmal schüttelten, erwiderte trotzdem in tiefem Einverständnis: «Ich denke an sie.»

Indessen kehrte sein Vetter Condé aus dem Vorzimmer zurück: «Ich habe in deinem Namen die Unseren fortgeschickt», erklärte er. Henri sprang auf.

«Das darfst du nicht! Das Feld soll uns doch bleiben!»

«Dann befiehl ihnen, daß sie die Herren vom Hof erschlagen, ohne einen einzigen zu vergessen. Befiehl es sogleich, noch ist Zeit.»

Stampfende Schritte waren zu hören: die Abziehenden – aber sie drohten laut, kehrten um und pflanzten sich zuerst noch breitbeinig auf, wenn sie schon weichen sollten auf das Geheiß ihres Herrn.

Condé wurde von Wut erfaßt. «Mir soll's recht sein: ein Gemetzel, ich mach es mit! Nun? Du sprichst?»

Henri schwieg. Ihm war durchaus bewußt, was der andere in seinem Anfall vergaß: sie hätten damit anfangen müssen, Karl den Neunten und seine Brüder zu ermorden. Sie durften im Louvre keinen übriglassen, der sich nicht ergab, und dann kam Paris dran. Welch ein schauriger Wahnsinn: das goldene

Zimmer war es, das ihn ausbrütete, aber noch eher tat es die alte Mörderin hinter dem Loch in der Wand! Karl der Neunte sah stumpf drein wie ein Tier. Seine Brüder standen in der Tür und hetzten die Streitenden noch. Henri drängte zwischen ihnen hindurch, erschien im Vorzimmer und rief die Seinen an. Einen Augenblick schwankte die Stimmung, bis genug von ihnen sich besonnen hatten. Sie hielten ihr Wort auf, so heftig es heraus wollte, und zogen ab, drüben durch den großen Festsaal, worin es dunkelte: dort verstummten sie ganz.

Allerdings trafen auch schon Diener mit Fackeln ein und hinter ihnen schöne Fräulein: nicht mehr nur die wenigen, die vorher im Garten aufgetreten waren, nein, gleich ein Regiment. Selbst das umfaßte noch nicht die Gesamtheit der Ehrendamen, über die Madame Catherine verfügte wie über leichte Truppen. Schnell warfen diese sich auf jede bedrohte Stelle, und auch die wilden Hugenotten wollten sie wohl zähmen. Zündet Kerzen an, Diener! Vier Reihen von je fünf Kronleuchtern, denn die Mädchen sind grade für dieses Licht geschminkt. Die Banditen, die man Hugenotten nennt, werden ihnen alles verraten, was sie denken oder vorhaben, und pünktlich erfährt es Madame Catherine.

«Vorsicht!» sagte Henri scharf zu Agrippa d'Aubigné, der es weitergab.

«Gut Freund, meine Herren!» rief der König von Navarra, auf einmal ganz Leichtsinn und Heiterkeit, den Hofleuten zu, denn sie hielten das Vorzimmer besetzt, als erwarteten sie Angriffe. «In Gegenwart der Damen werden meine rauhen Koller so glatt wie Seide.» Dies betonte er, als ob er sich lustig machte über seine eigenen Getreuen – und damit gefiel er denen vom Hof so sehr, daß ein Herr de Maurevert ihm die Hand küßte. Henri zog sie keineswegs vorzeitig zurück, obwohl es ihn kalt überlief.

Als er zurückkehrte, wurde Karl der Neunte soeben fortgetragen von Dienern in sein Schlafzimmer, das vorderste der königlichen Wohngemächer. In dem letzten von ihnen hatte Henri mit der alten Katharina darüber verhandelt, ob seine Mutter von ihr vergiftet wäre. Dorthin war Madame Marguerite verschwunden: wen konnte es wundern, die Tochter Katharinas! Auch ihre Brüder und die Dame de Sauves hatten sich davongemacht. Neben der ziemlich verwüsteten Tafel und dem umgestürzten Stuhl des Königs warteten auf Henri nur noch seine Schwester und sein Vetter.

Sie sah den Bruder an, sie schwieg, bis die Tür geschlossen worden war. Auch dann flüsterte sie nur. Er dachte nach, sagte gar nichts, bewegte aber schnell die Augenlider. Darauf nahm sie den Arm des Vetters. Beide gingen vor Henri her, in das Vorzimmer, nach dem Winkel rechts und dann die verborgene kleine Treppe hinab in den Hof.

Das gemeine Wirtshaus

Dort wurden sie sogleich unsichtbar. Der «Brunnenschacht des Louvre» war angefüllt mit tiefer Dunkelheit. Hinter mehreren Fenstern in verschiedener Höhe der Mauern flackerte schwach ein rötlicher Lichtschein, daran erkannte man erst, wie eng die Finsternis dazwischen anstieg. Henri stand ohne Regung, bis er jemand wispern hörte: «Hierher!» Er folgte hinter einigen Vorsprüngen und durch einen unbeleuchteten Gang der Stimme, die wiederholte: «Hierher!» Endlich schlichen sie in ein Gelaß, der König von Navarra und sein Erster Kammerdiener d'Armagnac, wo bei einer einsamen Funzel sich Schatten über Schatten stürzten.

Der Edelmann als Diener verriegelte die schwere Tür und begann eine seiner Reden. «Die Mauern hier sind drei Fuß dick, das Fensterloch liegt zehn Fuß hoch. Das Volk, das in dieser Höhle haust, sitzt in der Kneipe, weshalb auch nicht der leiseste Zweifel besteht, daß wir unbelauscht sind!»

«Leuchte dennoch die Winkel ab!»

Sieh da! Man fand ein schönes Fräulein. Das tanzte nicht im Festsaal unter den zwanzig Kronleuchtern, besteckt mit Wachskerzen: es war dem König der Hugenotten nachgeschlichen, wollte wissen, auf was er heute abend ausging, und Bericht ablegen bei Madame Catherine, die dergleichen immer gnädig aufnahm. Was blieb übrig, als das schöne Fräulein hinauszuführen und es irgendwo im völligen Dunkel einzusperren.

«Ich laß es später frei», versprach d'Armagnac. «Jetzt handelt es sich darum, daß Eure Majestät unerkannt aus dem Schloß gelangen.»

«Das ist schon mißlungen, die alte Königin erfährt alles.»

«Zu spät für sie. Wer Sie, Sire, heute nacht zu fürchten hat, muß mit eignen Augen zusehn, wie ich Sie verkleide. Nachher bemerkt es keiner mehr.» Wobei er sich an die Arbeit machte. Sein Herr ähnelte zum Schluß dem Ärmsten seiner Leute, in seinem geschwärzten Gesicht hing ein falscher Bart.

«Ich habe Ihnen Falten gemacht», sagte der Erste Kammerdiener. Sogleich nahm Henri die Haltung eines älteren Mannes an. Auch einen Sack bekam er zu tragen. «Reisig. Warum Reisig?»

«Weil es die leichteste Last ist. Sie heißen Gilles und haben in Paris eine Schwester.»

«Reisig bring ich ihr?»

«Nein, sondern den Schinken, der drunter liegt. Untersucht man Sie am Tor des Louvre und findet den versteckten Schinken ...»

«Dann bin ich beglaubigt als Gilles. Dein guter Einfall! Sag mir das Losungswort?»

«Schinken.»

Hierüber lachten sie zusammen hinter den drei Fuß dicken Mauern, bis sie genug hatten. Dann machte Henri sich auf den Weg, kam richtig durch den Torbogen, in dem die Wache Karten spielte: er brauchte nur «Schinken» zu rufen. Auf der Brücke nahmen sie es genauer, ließen ihn den Sack ausräumen und behielten den Schinken.

«Jetzt pack dich, alter Ketzer, nach dem Wirtshaus, wo deine sogenannte Schwester als Magd dient!»

Draußen humpelte der junge Henri gebückt, als trüge er Ziegelsteine, und da ihm in der Straße Österreich durchaus niemand begegnen wollte, nahm er, immer humpelnd um der reinen Kunst willen, mehrere dunkle Ecken, bis in einer der unbeleuchteten Gassen ein schwach erhelltes Erdgeschoß erschien. Die menschlichen Schatten und der Gesang kündeten von weitem das Wirtshaus an. Sowohl das Haustor als die Tür des Gastzimmers standen halb auf, wegen des Rauches vom Kamin, worin ein Spieß mit Hühnern gedreht wurde. eins der Mädchen versah dies Amt, während die beiden anderen einschenkten oder den Gästen auf den Knien saßen und mit ihnen sangen. Der Wirt schlug Takt zu dem Lied. Er sah aus wie ein Bauer, in seinen Kleidern hing Stroh. Die Gäste waren bewaffnet, auch ein ganz kleiner, der krächzte. Es war ein munteres Liedchen von einer unvorsichtigen Magd, die einem Hugenotten nachgegeben hatte wegen seines hübschen Knebelbartes, aber was kam dabei heraus? Ein Kind, das nicht getauft werden konnte, denn es brachte einen Pferdefuß mit zur Welt, und nicht lange, so drehte es seiner eigenen Mutter den Kopf um, bis das Gesicht hinten saß!

Die brennenden Scheite dort unten waren die ganze Beleuchtung; der Lichtschein flackerte um die lärmenden Mäuler, aber quer über die Stirnen lag ein Balken Dunkelheit. Henri, der von draußen zusah, bekam durchaus den Eindruck von Tierfratzen und einer Höhle der Dummheit. Ihn überkam Widerwille an seiner Rolle als kleiner Mann. Andererseits war es reizvoll, allein und ohne Waffen unter diese wohlgezählten sechs Kerle zu treten. Da wurde er ohne Umstände beiseite geschoben von einer sehr langen Persönlichkeit, die auch gleich eintrat und laut guten Abend wünschte. Er erkannte die tiefe Stimme und noch mehr die Gestalt: dem braven Du Bartas half es nichts, daß er Henri den Rücken zuwendete. Er sagte: «Ich komme, um euer schönes Lied besser zu hören.»

Sie waren sechs, aber nur der Kleinste erwiderte etwas, hinter dem schweren Eichentisch hervor.

«Du bist grade lang genug, lang mir doch eine Wurst von der Decke!»

Du Bartas faßte wirklich hinauf. «Nur, wenn du ganz allein noch einmal das Lied von dem Hugenottenkind krächzest.»

Der Kleine hütete sich, aber eine der Mägde hängte sich an den Arm des großen Hugenotten und versicherte ihm: «Du bist in dem Lied nicht gemeint. Schließlich darf man singen, oder ist es verboten? Wenn du mir zufällig ein Kind machen würdest, ich fürchte nicht, daß es einen Klumpfuß hätte.» Und hierüber kreischten alle drei Weiber. Die Männer verhielten sich düster hinter dem Tisch, verzogen auch nicht die Miene bei dem, was der Wirt tat. Dieser Bauernlümmel schlich hinter dem Rücken Du Bartas' zum Feuer, ergriff einen angeglühten Knüppel und schätzte nur noch ab, wo er den Ketzer am sichersten träfe. Das war der Augenblick für Henri: schnell hervor, den Kerl beim Handgelenk gepackt und einige Reiser aus seinem Sack an das Scheit des verräterischen Wirtes gehalten, worauf er sie brennend umherschwenkte vor der bösen Fresse, so lange, bis der Geängstete sein Holz zurück ins Feuer warf. Dann ließ Henri die Reiser zu Boden fallen.

«Lauf, Kerl, bring dem Herrn deinen Wein, und womöglich keinen sauren! Mir ist das Geld ausgegangen, oder nimmst du noch mehr Holz in Zahlung?»

«Trink mit mir», sagte Du Bartas wie zu einem alten Kameraden. Sie setzten sich an das freie Ende des Tisches zunächst der Tür, und zwischen ihnen und den anderen Gästen des gemeinen Wirtshauses lag derselbe gehässige Zwischenraum wie vorher an der Tafel des Königs, in seinem Schloß Louvre.

Der Wirt stellte die Kanne hin und murrte, ohne jemand anzusehn: «In meinem Dorf haben sie den Leuten die Füße in das Herdfeuer gehalten.»

Er sagte nicht, wer; die beiden Hugenotten aber verständigten sich darüber stumm. ‹Wir wissen, daß wir oft nicht besser waren als Räuber!› Du Bartas bekam den enttäuschten, hoffnungslosen Ausdruck, mit dem er von der Blindheit und der Schlechtigkeit der Menschen zu reden und zu dichten liebte. Der junge Henri war nahe daran, auszurufen: Das habe ich dem Admiral längst vorgehalten! Aber unseren Glauben haben sie nicht: so hieß seine ganze Rechtfertigung, wenn wir geplündert hatten und gefoltert. An diesen Menschen hier ist zu sehen, wohin man kommt mit dem Streit um die Religion!

Indes, erstens war das Lästerung, sogar schon als Gedanke, und erschreckte den Sohn der Königin Jeanne im Tiefsten. Außerdem hoffte er, daß Du Bartas ihn wirklich nicht wiedererkannt hätte und nur zufällig hier wäre. Daher biß er sich in die Zunge und schwieg. Übrigens hielt der Wirt noch mehr Freundlichkeiten für sie bereit.

«Morgen früh muß ich zur Beichte gehn», knurrte er, ohne sie anzusehen. «Der Pfarrer hatte mir verboten, den Briganten zu essen und zu trinken zu geben. Seitdem so viele von ihnen sich in Paris breitmachen, greifen sie Christen an und belästigen Mädchen. Übrigens hat noch keiner von ihnen sein Geld sehen lassen. Da sitzt der erste, der kein Zechpreller ist», sagt er in einem Ton zwischen Kriecherei und Verhöhnung. Henri sprang vor Entrüstung von der Bank auf.

«Setzen!» fuhr Du Bartas ihn an. Wie unwahrscheinlich war es hiernach, daß er ihn erkannt hatte. ‹Ich armer kleiner Mann›, fühlte Henri, als wäre es wahr gewesen. Geschwärztes Gesicht, Falten und angegrauter Bart: dazu machte er sich auch die passende Stimme. «Aufgepaßt, Herr! Der rote Kerl hinter den andern zieht heimlich sein Messer.»

«Ich seh es», antwortete Du Bartas.

Der rote Kerl versuchte, gedeckt von den anderen, die Ecke zu verlassen. Der Kleine, der kaum über den Tisch sah, lenkte die Aufmerksamkeit von ihm ab, er krächzte: «Der Junge der Krämerin ist verschwunden!»

«Die Hugenotten schlachten Kinder», erklärten die anderen ihm, scheinbar unbekümmert um die Fremden. «Es ist bekannt, sie verüben Ritualmorde.»

Dies wäre schwerlich gut abgegangen, aber neue Gäste trafen ein: Hugenotten, darunter zwei aus seinem berittenen Haufen. Henri kannte ihre Namen und ihre Kriegstaten. Ihre beiden Begleiter sahen verwegen aus: Schnapphähne hätte man sagen müssen, wären sie nicht von der Religion gewesen. Hiermit waren die Bestände der Parteien auf gleich gebracht am Wirtstisch, infolgedessen gab der rote Kerl seinen verdächtigen Plan auf, und alle Waffen auf der anderen Seite verschwanden.

Die beiden Reiter erklärten Du Bartas, daß sie, fremd in Paris, im Dunkeln auf zwei Glaubensgenossen gestoßen seien. Sonst hätten sie niemals ein Wirtshaus gefunden. Ihr Zustand schien im Gegenteil zu beweisen, daß sie schon mehrere hinter sich hatten, und gesittet war es dort nicht zugegangen, sie sahen zerrauft aus. Henri vergaß auf einmal den kleinen Mann, den er vorstellte, er herrschte die Reiter an. «Schnapphähne aufsammeln! Händel suchen! Ihr seid der Schandfleck unserer Partei!»

Darüber lachten sie kräftig, und Du Bartas stieß Henri scharf in die Rippen, wodurch ihm bewußt wurde, daß er im Verhältnis zu seinem Aufzug sich allerdings komisch benahm. Daher schwieg er und ließ sie machen. Sie klimperten aber mit Geld in ihren Taschen, legten einiges im voraus auf den Tisch und verlangten dafür die Hühner, die lange genug gewendet schienen, so schön goldbraun glänzten sie. Herrn Du Bartas und auch den spaßhaften kleinen Alten luden sie großherzig mit ein zu dem Essen – schlangen es dann aber merkwürdig schnell hinunter, horchten dazwischen auch wohl auf entfernte Geräusche. Für die Aufmerksamkeiten der Mägde fehlte es ihnen ganz und gar an Zeit. Kaum gesättigt, machten sie sich davon, Reiter und Schnapphähne. Zuerst hörte man sie leise auftreten, etwas später entstand Getrappel wie von Laufenden.

Du Bartas sagte auf jeden Fall: «Du wirst nicht noch einmal erzählen, Wirt, daß Hugenotten etwas schuldig bleiben.» Ihm antwortete Schweigen, währenddessen näherten sich marschierender Tritt und Fackelschein: die Straßenwache. Der Offizier und ein Mann erschienen in der Tür: «Wo sind die Hugenotten?»

«Da!» rief der Wirt, den Finger ausgereckt nach dem Langen und dem kleinen Alten. «Hühner frißt das, und ihr Geld kam mir gleich nicht katholisch vor.» Der rote Kerl, der Verkrüppelte und die anderen drei Gäste samt den Weibern bestätigten es unverlangt. Erst auf strenge Fragen des Offiziers wurde zugegeben, daß noch mehrere hier gewesen waren. Aber das Geld war von diesen beiden! «Gewiß haben sie jemand überfallen und ausgeraubt: wir dachten es uns.» Sie wurden dann auch mitgenommen.

Du Bartas bekümmerte sich nicht weiter um Henri, sondern ging mit dem Offizier voran. Es war zu vermuten, was er ihm eröffnete, denn es hatte zur Folge, daß die Wache ihren Weg änderte. Bald kam man vor ein Haus, das Henri erkannte: Palais Condé, hierher wäre er gleich anfangs gegangen, hätte nicht ein verkleidetes Abenteuer ihn verlockt und aufgehalten. Er wurde schon längst erwartet. Diener mit Laternen stürzten beflissen herbei, und sogar über das sonderbare Aussehen des Königs von Navarra waren sie unterrichtet, denn sie verneigten sich vor ihm bis auf den Boden.

Da tat dies plötzlich auch Du Bartas.

Henri wurde zuerst in ein Zimmer geführt, wo er sich säuberte und umzog, dann aber in ein anderes: darin saß der Admiral Coligny. Er wollte aufstehn; Henri war schneller und nötigte ihn, im Sessel zu bleiben. Auch die Prinzessin von Bourbon war zugegen, und sie beugte vor ihrem Bruder ein Knie. «Da ich Ihre ergebene Dienerin bin, Herr Bruder, erlauben Sie mir, bitte, mitanzuhören, was Sie und der Herr Admiral in der letzten Stunde beschließen.»

Sie sagte es so eindringlich wie bei Tafel ihr «Denk an unsere Mutter!». Beides, Ernst und Förmlichkeit, sollten den Bruder ganz zu sich rufen. Catherine wußte zu gut, wen er im Sinn trug und was alles er dafür imstande war zu vergessen. Sie war noch ein Kind, ihre Stimme schwankte; aber sie hatte gesprochen. Jetzt zog sie sich aus dem Lichtschein zurück.

Henri sagte: «Herr Admiral, Ihr Wunsch, mich heimlich zu sehen, begegnete sich mit dem meinen, ich habe nicht widerstanden.»

«Die Königin von Frankreich ahnt nichts?» fragte Coligny.

«Ich bin dessen sicher», sagte Henri, so wenig er es war.

Coligny sprach: «Sie müssen erfahren, was Sie selbst noch nicht wissen können: wir werden nicht geliebt in Paris. Ihre Heirat ändert daran nichts, man haßt uns, weil man die Religion haßt.»

‹Und vielleicht, weil Sie zu oft haben plündern lassen›, setzte Henri für sich hinzu, in der Erinnerung an das gemeine Wirtshaus. Welch ein Übermaß von Haß mußte sich angehäuft haben in den Menschen desselben Volkes – nicht gegen die Religion, sondern gegen ihre Bekenner, wenn ein bäurischer Mann aus seinem Kamin den glühenden Scheit reißen konnte in mörderischer Absicht, nur weil sein Gast ein Hugenotte war!

«Dahin hätte es niemals kommen dürfen», sagte er. «Wir alle sind Franzosen.»

Coligny antwortete: «Die einen aber erwerben sich den Himmel, die andern die Verdammnis. Das soll bestehen bleiben – so wahr die Königin, Ihre Mutter, dieses Glaubens lebte und gestorben ist.»

Der Sohn der Königin Jeanne senkte die Stirn. Es gab nichts zu erwidern, sobald der große Mitstreiter seiner Mutter sie ins Feld führte. Die beiden, der Alte und die Tote, standen zusammen gegen ihn, sie waren Zeitgenossen und von der gleichen unerschütterlichen Festigkeit der Meinungen. Darum waren sie bis zuletzt bei Hof aufgetreten so heftig und unversöhnlich, daß ein Unglück hatte geschehen müssen. ‹Wie dann aber? So träfe meine liebe Mutter selbst die Schuld an ihrer Ermordung? Nein, nein! Viel lieber soll es ihre Lunge gewesen sein, und Madame Catherine hat ihr kein Gift gemischt.›

In diesem Augenblick rückte seine Schwester den Handleuchter zwischen ihn und den Herrn Admiral: sie mochten genau ihre Gesichter sehn, viel hing davon ab, daß sie einander verstanden. Nun erblickte aber der junge Henri einen Greis, anstatt des Kriegsgottes, den er gekannt hatte.

Der Admiral Coligny war unanfechtbar und wie aus einem einzigen Stück

Erz gewesen für den jungen Henri. Nicht daß er immer gesiegt hätte, das war nicht der Fall; aber er war der Krieg in Person, und von dem höchsten der Kriege, dem Glaubenskrieg, hatte er die Maske getragen, eine mehr als menschliche Bildung der Züge, ihresgleichen fand sich nur auf den Figuren außen an Kathedralen. So für den Knaben Henri, alle Jahre hindurch, sogar wenn er sich Kritik erlaubte an dem Feldherren. Das war vorbei mit einem Schlag, und statt aller denkmalhaften Frömmigkeit und Kraft zeigte sich hier aufgedeckt der endgültige Mißerfolg des Lebens, der Alter genannt wird. Da behauptet einer sich noch, aber die Augen blitzten kaum, mürbe schienen die Wangen, sogar der Bart ungleich – und nur diese Falten, von der Nasenwurzel ansteigend bis in das Gewölk der Stirn, widerstanden. Ob noch Hoffnung auf Sieg war oder nicht, der Held blieb bereit wie je, das Opfer des Lebens zu bringen für Gott.

Fremder alter Mann, aber er war der Gefährte seiner lieben Mutter gewesen und hart getroffen worden durch ihren Tod – in Wahrheit härter als ihr eigener Sohn, der über sie hinauslebte und mit ihr nicht endete.

«Ist sie gut gestorben?» fragte er bescheiden.

«In Gott, wie ich zu sterben hoffe.» Eine Art von Ablehnung bedeutete der Ton. Ich, gab Coligny zu verstehn, bald bin ich bei ihr. Du, junger Mensch, bleibst zurück und entfernst dich von uns.

Henri fühlte es, er trat dagegen auf.

«Herr Admiral, Sie waren nicht des gleichen Willens wie die Königin, meine Mutter. Ich weiß davon, sie hat es mir geschrieben. Sie haben vergebens versucht, den Hof von Frankreich zum Krieg gegen Spanien zu zwingen. Meine Mutter hat mich zuerst einmal verheiratet.»

«Es ist noch nicht geschehn.»

«Und Sie wünschen es nicht.»

«Es ist damit zu weit gekommen, daß wir noch zurückkönnten. Eins steht uns frei, und darum hab ich Sie heute nacht herbestellt. Der Versuch, noch einmal zu befehlen als der Feldherr, dem auch ein junger Prinz gehorcht.»

«Ich höre.»

«Verlangen Sie Sicherungen – vor der Hochzeit. Bei Gott, Sie müssen sich und die Religion sichern, ehe denn die anderen alles erreicht haben und uns nicht mehr brauchen. Wie bald soll Ihre Trauung sein?»

«Acht Tage noch!» rief Henri und sah den Greis nicht mehr. Hinter den Kerzen zeigten seine Sinne ihm Margot.

Coligny sagte: «Die Eile müßte Ihnen auffallen. Man will Sie von den Ihren trennen. Sie sollen die Religion abschwören.»

«Falsch. Sie verlangt es nicht.»

«Wer? Die Prinzessin, sie bedeutet nichts. Aber ihre Mutter? Hören Sie meine Voraussage: man wird Sie gefangensetzen.»

«Welch ein Einfall! Man liebt mich.»

«Wie man uns Hugenotten liebt.»

Henri war plötzlich still, Coligny konnte weitersprechen.

«Sie werden mitten in allen Ehren und Belustigungen, die Sie nur wünschen können, dennoch der Gefangene dieser Leute sein und nie mehr nach eigenen Beschlüssen handeln dürfen. Haus Frankreich nimmt Sie auf, einzig und allein, damit die Religion den Sohn der Königin Jeanne verlieren soll als ihren Führer.»

Das klang furchtbar nahe, das geheimnisvolle Wesen des Alters rührte den Jungen an – diesen Augenblick doch. Man konnte nicht unterscheiden: Was stak dahinter? Ein verschlossenes Wissen drang vielleicht aus überlebten Greisen in der Art eines Lichtes, das Fremde in einem verlassenen Haus gemacht haben.

«Verlangen Sie Sicherungen – vor der Hochzeit! Ihre Leibwache muß ganz aus Ihren Leuten bestehn, alle Wachen des Louvre müssen zur Hälfte von den Unseren bemannt sein, und in Paris müssen wir Schutzplätze bekommen.»

«Das alles ist leicht zu verlangen Herr Admiral, aber schwer zu haben. Ich will Ihnen etwas Besseres vorschlagen: wir machen ohne viel Fragen einen Handstreich, nehmen den König von Frankreich gefangen, entwaffnen seine Soldaten und besetzen Paris.»

«Es wäre gut, wenn Sie es ernst meinten», sagte Coligny starr, denn hier war der Punkt der Entscheidung, des Schicksals, das sprechen wird aus dem Munde des Jungen. Der Mund aber ist verzogen, und der Junge macht sich lustig!

«Soll auch Blut fließen?» fragte Henri.

«Einiges – anstatt sehr vieles», erwiderte dunkel das verschlossene Wissen, das aber offenkundig nichts weiter war als Greisengeschwätz.

Henri hielt sein Gesicht in das Licht, damit Coligny sähe, daß es furchtlos war, nicht nur spottsüchtig aus Schwäche. Damals hatte er das ganze Profil des Gascogner Soldaten, gebogen, dunkel, schneidig – vorerst nur dies allgemeingültige Soldatenprofil, noch nicht die Prägung durch Schmerz und Wissen, und er sprach: «Ich sollte nach Paris gar nicht kommen oder als der Stärkere; das war der letzte Gedanke der Königin, meiner Mutter. Sie haben aber das protestantische Heer nach Hause geschickt, Herr Admiral, und mußten es auch; denn wer rückt wohl zu seiner eigenen Hochzeit mit Sturmtruppen an. Hier stehe ich! Sogar ohne Kanonen bin ich der Stärkere, so wie die Königin es gewollt hat, denn ich fürchte mich nicht, und ich zeige ihnen Haltung. Fragen Sie Madame Catherine und Karl den Neunten, die ich beide gezwungen habe, mir alle Schuldigkeit zu erweisen – oder fragen Sie einen Herrn de Maurevert, der mir die Hand küßt!»

Dies war die Rede des achtzehnjährigen Gascogner Soldaten, und sie steigerte sich sogar noch infolge des trauervollen Schweigens eines alten Mannes.

«Fragen Sie alle meine Altersgenossen, ob ihnen zumute ist nach Parteikämpfen im Namen der Religion oder nicht vielmehr nach einem gemeinsamen Sieg über Spanien. Unsere Aufgabe wird sein, dies Land zu einigen gegen seinen Feind: darin denken wir alle gleich, wir, die Jugend!» rief er aus, denn ein Wort wie «die Jugend» war hier der sicherste Angriff und der unbestreitbarste Vorzug. «Die Jugend», das waren nicht die verräterischen Gesichter bei dem Begrüßungsballett im Garten noch die streitsüchtigen an der königlichen Tafel. Es war eine Gemeinschaft, die für sich das Leben hatte, aber einem Alten billigten sie keines zu.

Außerdem nahm Henri von Navarra, später von Frankreich und Navarra, einen übersteigerten Augenblick lang hier schon vorweg, was seine Sache, nur seine war, und übertrug es in warmblütiger Art auf eine Gemeinschaft, «die Jugend», die es nicht gibt. Für seine Heirat mit der Prinzessin von Valois stimmten in Wirklichkeit seine eigenen jungen Freunde keineswegs: d'Aubigné nicht, Du Bartas und Mornay nicht, und weder der berittene Haufe, in dem er hergekommen war, noch im Lande die von der Religion. Das alles vergaß er hier in seiner gehobenen Verteidigung des eigenen Berufs. Er sollte im Verlauf der Dinge ungezählte Male ganz allein bleiben trotz Gedräng um ihn her, sollte verraten werden und selbst unsicher aussehen trotz innerer Festigkeit. Das alles wußte er nicht, sondern hielt dem Überlebenden des vorigen Zeitalters das kühne, aber noch ungeprägte Gesicht der Zukunft entgegen.

Zwischen diesen beiden wäre nichts zu sagen geblieben; es war an der Zeit, daß die Schwester Henris in den Lichtschein vortrat.

«Lieber Bruder!» begann sie mit ihrer rührenden Stimme, die geschwankt hätte, aber sie gab ihr Nachdruck, sogar den hohen erschreckten Endsilben. «Lieber Bruder, Sie werden ein großer König sein, ich werde mich vor Ihrem Bett verneigen.» Sonderbare Formel, aber hier sprach ein Glaube, der seinen eigenen beschämte. Den eigensinnigen Glauben der Mutter barg diese kleine steile und gewölbte Stirn. Etwas anderes sogar besaß seine Schwester: die genaue Anschauung – seiner einstigen Größe und der ihr selbst vorbehaltenen Gebärde, eine Kniebeugung vor seinem Paradebett. Inzwischen aber mußte sie wahre Nachricht bringen von ihrer Mutter.

«Sie war nicht bis zum Schluß gesonnen, daß Sie die Heirat eingehn sollten mit Madame Marguerite. Nein, Bruder! Denn unsere Mutter hat gewußt, daß sie vergiftet war.»

Oh! Wieder stürmisch dies Erschrecken. Henri wankte zuerst rückwärts, dann ließ er sich nach vorn sinken, die Stirn auf die Schulter seiner Schwester. «Welches waren ihre Worte?»

«Sie hat nicht mehr gesprochen, als Herr La Rochefoucauld Ihnen überbracht hat. Ich aber sage Ihnen wahrlich, daß unsere Mutter die Wahrheit gekannt hat und nur darum hinterließ, Sie sollten gar nicht oder als der Stärkere kommen.»

Es war unbezweifelbar – wenn es in diesem höchst gespannten Ton vorgebracht wurde und solange sein Erschrecken anhielt.

«Sie wollte dasselbe, was der Herr Admiral will?» fragte er ergeben.

«Sie wollte mehr.» Die Schwester wuchs, auch ihre kleine Stimme. Sie schob den Bruder so weit von sich, daß ihre ausgestreckten Hände auf seinen Armen lagen. Ihm in die Augen sprach sie: «Fort von Paris, mein Bruder! Vor Tagesanbruch alle Unseren aus ihren Quartieren geholt und abziehen, auch wenn Gewalt dafür nötig wäre. Reitende Boten über das Land! Die Königin Jeanne!

Vergiftet ist die Königin! Das Volk erhebt sich, das Heer steht sogar aus den Schlachtfeldern wieder auf, mein Bruder, und so rücken Sie an zu Ihrer Hochzeit. So will es unsere Mutter. Das und nichts anderes ist ihre Nachricht und Befehl!»

Da ließ Kathrin ihn los und trat zurück, wie ein Bote, der den Auftrag erfüllt hat und nun schweigt. Er war auch über ihre Kraft gegangen: sie atmete schwer. Hier innen lag große Schwüle; zugleich damit bemerkte Henri, daß etwas Ungewöhnliches vorging. Dieses Gespräch hatte alle drei in dem verschlossenen Zimmer dahin gebracht, daß sie den Atem verloren und die Wirklichkeit verließen. Der Herr Admiral stand hinter seinem Sessel, hielt die Hände erhoben und verschränkt, auch sein Blick war hinaufgerichtet, und allein für den in der Höhe sprach er Worte des Psalms.

«Befiehl, o Gott, daß alle fliehn,
Du läßt ja auch den Rauch verziehn,
Der auf dem Feld gekrochen.
Das Wachs hält nicht dem Feuer stand,
Den Bösen wird von Gottes Hand
All ihre Kraft gebrochen.»

Henri öffnete ein Fenster in die schwarze Nacht. Blitze fuhren durch den entfernteren Himmel, und ein heißer Wind trug die feurigen Wolken fliegend herbei. Henri wollte nichts davon wissen, daß Feinde wie Rauch um ihn her schlichen. Er weigerte sich, Gott anzurufen gegen die Bösen. Er drängte mit allen seinen Kräften nach dem Abenteuer, das Margot hieß; aber es hieß auch: der Louvre, und die Leidenschaft seiner Sinne war dieselbe, mit der er das Schicksal begehrte.

Er wendete sich zurück und sagte: «Ich mag dir nicht glauben, Schwester. Unsere Mutter hat nicht gewußt, ob sie vergiftet war, und ihr Wille kann nicht gewesen sein, daß ich die Flucht ergreifen sollte, um mich nur mit dem Heer nochmals in die Nähe zu getrauen. Von ihrer unverzagten Stimme hätte ich einen solchen Auftrag niemals gehört.»

«Du täuschest dich selbst, mein Bruder, ich sage es dir wahrlich. Du und ich sind unter allen Menschen desselben Blutes, und wessen ich gewiß bin, mußt auch du in deinem Herzen für sicher halten.»

Er wehrte sich. «Hätte sie es wirklich gesagt in der Angst ihrer letzten Stunde, unsere tapfere Mutter spräche es nicht noch einmal – wenn sie wiederkäme!»

«O daß sie wiederkäme!» rief die Schwester nach der Tür hin; und der Bruder: «Wenn es ist, wie du sagst, kommt sie!»

Beide, nebeneinander gegen den Eingang gerichtet, forderten aus tiefer Seele, daß er sich öffnete und die unverlierbare Gestalt ihn überschritte. Ein heißer Windstoß traf ihren Nacken, das Gewitter rollte heran, Blitze schossen bläulich ineinander und hinterließen Finsternis, ein Schauder durchlief den Menschenleib. Coligny, hinter den Geschwistern, betete nicht mehr, stand wie sie und wartete: da sprang die Tür auf. Alle drei erblickten die Wiederkehrende, sie selbst – im Flackern eines rückwärtigen Scheines. Die Herzen hier innen waren auf einmal verlöscht, und beim ungeheuren Schlag des Donners trat sie ein.

«Meine Königin Jeanne», sagte der Admiral Coligny, und er legte die Hand auf die Brust, wie zur Begrüßung einer Lebenden. Die Geschwister machten zusammen einen Schritt ihr entgegen, ein kleiner Laut des Jubels wurde vernehmlich von der Tochter der Wiedergekehrten, und ihr Sohn öffnete den Mund, um laut auszurufen: ‹Da sind Sie, meine liebe Mutter!›

Dazu kam es nicht mehr, weil die erschienene Dame ihren Begleitern winkte und Leute mit Laternen sich neben sie stellten. Da war sie auf einmal anzusehn wie die Prinzessin von Valois, Madame Marguerite, Margot.

Die Versammelten glaubten es ihr nicht gleich. Die Ankunft der Königin Jeanne war viel sicherer gewesen als die der anderen Dame, und noch konnte diese sich zurückverwandeln. Indessen tat sie es nicht, sie behielt das schöne und kunstvolle Gesicht der Schwester Karls des Neunten, sprach auch mit ihrer Stimme, tief und golden.

«Sire», sagte sie zu Henri von Navarra. «Wir suchten Sie im Schloß und fanden Sie nicht. Eins der Ehrenfräulein meiner Mutter erzählte uns merkwürdige Geschichten von dunklen Gelassen. Die Wache am äußersten Tor des Louvre hatte einen Mann hinausgelassen, der vielleicht verkleidet auf Abenteuer ausging. Obwohl Ihr Freund Du Bartas ihm auf dem Fuße folgte, fürchteten wir einiges im nächtlichen Paris für die Sicherheit des Mannes.»

Henri unterbrach sie. «Wer fürchtete denn, Margot?»

«Ich», sagte sie klar und schön. «Ich berichtete alles meiner Mutter und verlangte, daß ich selbst Sie zurückführen dürfte im Schutz meiner Soldaten.»

«Margot! Ist es nicht vielmehr so, daß Madame Catherine Sie ausgeschickt hat, um mich wieder in ihre Gewalt zu bringen?»

«Ich bin sehr verwundert», sagte Madame Marguerite mit reinem Klang. «Seit diesem Tage, der schon lang ist, kennen Sie mich, wie ich Sie kenne» – und sie streckte ihm ihre Hand hin.

Eine Hand, wie die größten Meister sie formen aus wachsähnlichem Marmor, der Rücken voll, die Finger fein gegliedert, an den Spitzen aufwärts gebogen, die geschminkten Nägel von untadeligem Oval. Kein Ring und Juwel: die nackte Hand.

Henri nahm sie, hob sie bis zu seinen Lippen, und fort ging er mit Margot, ohne sich umzusehn.

Moralité

Vous auriez beaucoup mieux fait, Henri, de rebrousser chemin tandis qu'il était temps encore. C'est votre sœur qui vous le dit, elle si sage, mais qui ne le sera pas non plus toujours. Il est trop clair que cette cour où règne une fée mauvaise ne se contentera pas de vous avoir tué la reine votre mère, mais que vous devrez payer encore plus cher votre entêtement de vous y attarder et votre goût du risque. Il est vrai qu'en échange ce séjour vous fait connaître le côté le plus équivoque de l'existence, qui ne se passe plus qu'autour d'un abîme ouvert. Le charme de la vie en est rehaussé et votre passion pour Margot, que le souvenir de Jeanne vous défend d'aimer, en prend une saveur terrible.

Margot

Auf hohem Gerüst frei dargeboten

Großer Festtag heute Montag, den achtzehnten August: die Schwester des Königs heiratet, es soll ein Prinz aus weiter Ferne sein, schön wie der lichte Tag und reich wie Pluto selbst, denn in seinen Bergen wächst das Gold. Hergereist ist er mit ganzen Ladungen Goldes, seine Reiter starren von Gold, gleich ihren Pferden. Das Gerücht war dem Prinzen weit dort hinten zu Ohren gekommen, daß unsere Prinzessin wohlgestaltet und gelehrt wie keine andere Königstochter ist. Ein berühmter Astrologe hatte sie ihm im Zauberspiegel gezeigt, sie lächelte, sie sprach, und sieh, er konnte nicht widerstehn ihrer Stimme, ihrem Blick: er machte sich auf den weiten Weg.

Man hätte die Fenster nicht schließen und die Läden nicht vorlegen sollen letzte Woche, als der Prinz und sein zahlloses Gefolge in Paris einritten. Wenigstens hätten wir mit Augen gesehn, was wahr ist. Man hört verschiedenes. Überfälle auf anständige Bürger waren kürzlich zu beklagen, einigen sind die Taschen abgeknöpft worden von den Räubern, die Hugenotten heißen. Wir gehn aus Vorsicht nicht mehr auf die Straße, wenn es dunkel wird, man kann nicht wissen. Gegen die Ordnung und das Recht verstößt noch mehreres. Unser König verheiratet heute seine Schwester an den fremden Herrn, der einer der Ketzer und sogar ihr König sein soll. Ist das von Gott erlaubt? Unser Pfarrer speit dagegen Gift und Galle. Aber der Papst hat eingewilligt, wie sie sagen. Ist das möglich? Da stimmt etwas nicht. Die Hugenotten werden unseren König bedroht und gezwungen haben, und das Schreiben des Heiligen Vaters haben sie gefälscht. Ihre List und Gewalttaten sind bekannt. Seit unvordenklichen Zeiten, schon als wir Kinder waren, führen sie Krieg gegen die Katholiken, plündern und brennen im Land, auch den König haben sie bedroht, aber auf einmal ist Hochzeit. Das muß schlecht enden! Es gibt Vorzeichen!

Heute abend mach ich mein Haus noch fester zu. Gestern zur Nacht sollen die Großen im Schloß unseres Königs getafelt und getanzt haben zu Ehren der Verlobung. Man hat den Louvre erleuchtet gesehn wie vom Höllenfeuer selbst. Die Braut aber ist verschwunden, so wird behauptet, wie vom Teufel geholt. Man darf nicht alles glauben. Sie hat weit eher im bischöflichen Palast geschlafen gegenüber der Kathedrale, wo sie heute getraut wird, und soll die Messe hören. Der Hof wird einen nie vorgekommenen Prunk zeigen, und das Brautkleid kostet soviel wie zwei Häuser in Paris. Das muß man gesehn haben. Viel Volk und alle ehrbaren Leute sind unterwegs. Die Sonne scheint. Gehn auch wir!

Dies dachten und sprachen sowohl das Volk wie die ehrbaren Leute, als sie nach verfrühter Mittagsmahlzeit von allen Seiten der Stadt hinstrebten zu der Kirche Notre-Dame. Sie dachten und sprachen nicht etwa der eine ganz entgegengesetzt dem anderen, sondern im Verlauf des Weges sagte jeder alles und widersprach sich einige Male. Das kam aber, daß sie von Neugier und Vorfreude erfüllt waren und das Verschiedenste auf einmal erwarteten: Erbauliches, Schreckliches, Pracht, Unheil. Auf die kommenden Ereignisse übertrug die Menge ihre übliche Unruhe, vor der zwar jeder das eigene Haus bewahrt, aber auf der Straße ergeben sich ihr widerstandslos sowohl Volk als ehrbare Leute.

Erstens verstößt es schon gegen das Gesetz der Menge, wenn sie aufgehalten wird. Von selbst will sie nur immer weiter, was auch daraus wird. Unbesehn stieße sie die festlichen Holzbauten um, auf dem Platz vor der Kathedrale. In Voraussicht dessen ist Schweizer Wache da, mit quergehaltenen Hellebarden drängt sie die Menge zurück in die Mündungen der Straßen. Weder Bitten noch Verwünschungen berühren diese Fremden, weil sie nichts verstehn. Sie sind vierschrötig, werden durch keulenförmige Ärmel noch breiter, und ihre farblosen Bärte liegen auf Wämsern, die besonders bunt sind. Sie haben den Tritt von Bären; wer schnell und gewandt ist, kann sie überlisten. Viele kommen denn auch durch, wäre es nur kriechend unter den Schäften der Spieße. Zuletzt wird man immer wieder zurückgejagt, vorher aber sieht man, sperrt die Augen auf, und sofort streitet man, weiß es besser, weiß überhaupt viel und zerreißt sich den Mund.

«Wir von der Innung der Zimmerleute sind natürlich die ersten Unterrichteten. Wir haben vor dem Hauptportal der Kathedrale das große Gerüst erbaut, darauf soll unsere Prinzessin Margot mit dem Herrn König von Navarra öffentlich getraut werden durch den Papst in Person.»

«Nicht der Papst, sondern ein Barfüßer-Mönch, den ich kenne, rühmt sich, daß er sie trauen wird. Er hat alles vorausgesagt. Wenn ich sprechen dürfte!»

«Dasselbe können Sie auch von mir erfahren. Ich prophezeie, daß der König von Navarra ein Hahnrei sein wird. Wie? Das wäre verboten zu sagen? Dann sind Sie selbst der Hahnrei, fragen Sie nur die Leute!»

«Von mir bekommen Sie nicht die Antwort, die Ihnen gebührt, denn ich bin friedfertig – wohl aber von dem hugenottischen Herrn, der neben Ihnen steht. Machen Sie sich auf Prügel gefaßt!»

«Gute Christen! Ihr könnt selbst bemerken, daß es hier, wie überall in Paris, zu viele Ketzer gibt. Sie werden sogar bevorzugt, die Wache läßt sie durch.»

«Denn auch der Bräutigam ist einer von ihnen. Das bedeutet, gute Christen, daß ihr in die Hände der Ungläubigen fallet. Wehe euch!»

«Gute Christen! Die Fremden, die wie ein Schwarm Heuschrecken erschienen sind in Paris, haben schon einige von euch niedergeschlagen, ausgeraubt, geschändet, gebrannt und aufgehängt. Verhindert Schlimmeres und laßt die Heirat nicht zu!»

«Hallo, und wer seid ihr Schwarzgesichter? Versteckt euch nur in den Kapuzen! Spanische Mönche, die uns aufhetzen möchten. Wir sollen wohl die Tribüne stürmen, wenn unser König seine Schwester verheiratet! Das könnte eurem spanischen Philipp allerdings passen. Wo seid ihr denn plötzlich hingeraten? Aha! Erkannt und schon untergetaucht.»

«Trotzdem werden alle die Banditen, die Hugenotten heißen, in der Hölle brennen und sollten es von Rechts wegen sogar schon hier.»

«Trotzdem kommt der Papst in Person und feiert die Trauung: davon laß ich mich nicht abbringen. Haben wir Zimmerleute doch selbst vom Bischofspalast bis zur Kathedrale die Galerie aus Holz gebaut. Wer sollte dort sonst hindurchgehen, da sie dem Hof so teuer zu stehn kommt?»

«Ihr Zimmerleute verdient heute gut.»

«Leider nicht so viel wie die Tuchhändler. Sie haben die Galerie mit weißem Stoff behängt, so daß man unsere schöne Arbeit nicht mehr sieht.»

«Am besten geht es bei dem allem den Wirten.»

«Nein, den Gewandschneidern, wegen der Festkleider für den Hof.»

«Nein, den Mädchen, weil die Fremden zahlreich hergereist sind.»

«Mit den Hugenotten wird man später abrechnen. Augenblicklich bringen sie das Geschäft in Schwung.»

«Weg da! Die reden hier breitspurig vom Geschäft und versperren uns die Aussicht auf die schönen Herren. Sie kommen aus dem Bischofspalast, und es werden immer mehr. Sie haben die Gnade, sich vor unseren Augen durch eine ganze lange Galerie zu bewegen. Man muß von Gnade sprechen, denn so sieht es aus, wie sie schreiten, obwohl kein einziger auch nur zu ahnen scheint, daß er glänzt wie ein Pfau in der Sonne und daß ganz Paris auf ihn aufpaßt. Das ist wirkliche Vornehmheit, von nichts zu wissen. Aber, oh! Aber, ah! Die Damen! Gegen sie werden die Herren grau wie Asche. Jetzt geht erst der Tag auf. Wenn man bedenkt, daß Gewandschneider, Juweliere und Haarmacher das Wunder erzeugt haben! Wir Gewerbetreibende könnten stolz sein.»

Übrigens entging es geübten Zuschauern nicht, daß der Zug, vor der Kathedrale angelangt, sich staute. Genau als wären sie gemeines Volk gewesen, wollten einige der vornehmen Gäste sich vordrängen, um schneller auf das hohe Gerüst und auf die Sitzplätze zu gelangen. Auch Streit brach aus, und die Offiziere der französischen Garde mußten Frieden stiften unter den Großen des Königreichs.

Endlich kam dennoch die angemessene Ordnung zustande. König, Kardinal, Bräutigam und Braut, die Königin, die Prinzen, Prinzessinnen, das Gefolge von Edelleuten und Fräulein sowie die Priester, die den Kardinal umgaben: alle waren untergebracht, jeder nach seinem Rang, und diesen kennzeichneten schon die Farben, in die man gekleidet war.

Auf hohem, offenem Gerüst wurde die Blüte des Königreiches frei dargeboten, bei Sommerlüften, unter weißgesprenkelter Himmelsbläue. Die Blicke der Häuser waren dorthin gewendet in weitem Bogen, lauter geöffnete Fenster mit ausgehängten Teppichen und den geputzten Bewohnern. Drunten längs den Mauern und in den Straßenöffnungen trat Stille ein. Hüte wurden abgenommen, Hände gefaltet und Knie gebeugt. Nah hinter dem Gerüst mit der Blüte des Königreiches verharrte als Denkmal aller Geschlechter, die schon vorübergegangen waren, die Kathedrale. Ihre Glocken entsandten aufwärts Klänge, die der Ewigkeit zugedacht waren. So und nicht anders vollzog der Kardinal von Bourbon die Trauung des Königs von Navarra mit der Prinzessin von Valois.

Als es geschehn war, mußte allerdings vom Gerüst wieder heruntergeklettert werden, und Degen verwickelten sich in Schleppen. Die Zuschauer bemerkten hiervon nichts, da alle Herrschaften sofort in der Kirche verschwanden. Natürlich waren dort schon seit Stunden sämtlich versammelt die Inhaber des Gestühls, ob adlig oder vom reichen beamteten Bürgertum, und von diesen Kennern stand nicht zu erwarten, daß sie sich verblüffen ließen durch einstudierte Haltungen. Sie knieten wohl hin, sobald Karl der Neunte auftauchte, aber das war auch ihre ganze Ehrfurcht: nur um so sicherer entdeckten sie die Fehler.

Der Kardinal von Bourbon war alt geworden; Karl der Neunte sah aus wie ein Fleischer, der sich mit schiefem Blick das Kalb aussucht, um es zu stechen. Seine Gemahlin, Elisabeth von Österreich, hatte sich noch kostbarer gekleidet als die Braut. Weiter konnte sie auch nichts tun, denn sie verstand weder zu gehen noch zu reden – vielleicht spanisch oder deutsch, keinesfalls französisch. Allzu stattlich schon mit zwanzig Jahren, war sie bestimmt, bei intimeren Gelegenheiten einfach fortgelassen zu werden, während sie bei öffentlichen nur als Ausstattungsstück in Frage kam, von Karl übrigens betrogen auf Schritt und Tritt. Soviel über Elisabeth von Österreich. Hauptsächlich die aufmerksamen Frauen trafen diese Feststellungen. Gehen wir zu den Neuvermählten über! Man kann gegen sie nichts sagen, ein hübscher, munterer Junge, fest in den Hüften, breite Schultern für seine Größe, denn trotz hohen Absätzen überragt er kaum die gute Margot – die natürlich vollendet wie immer zurechtgemacht ist.

Die Männer sagten gleichzeitig: Wie Navarra mit ihr vorwärts drängt! Der gebotene Abstand zwischen ihnen und Karl dem Neunten verringert sich in unschicklicher Art. Dieser unkundige Henri kann sein Schicksal nicht erwarten. Außerdem ist er der einzige, der es nicht kennt. Wir alle sind aufgeklärt über seine liebe Frau. Unter dem Überwurf ihres Kleides trägt sie Taschen, und in jeder ist das Herz eines getöteten Liebhabers. An Liebe gestorben, wenn Sie wollen. Doch: es kommt vor, und glauben Sie es nicht, dann glaubt es der nächste. Andererseits, warum sollte sie nicht von ihrer klugen Mutter gelernt haben, Tränke zu mischen? Leiser, bitte! Madame Catherine ist die einzige, die nicht hier ist, aber grade sie hört alles.

Dazwischen wieder die Frauen: Der Herzog von Guise! Also doch zur Hochzeit pünktlich zurück. Dann kann es ja wieder angehn. Aber nein! Wissen Sie denn nicht? Sie ist doch jetzt verschossen in den schönen La Mole. Da kommt er. Der wievielte ist er bei ihr? Den ersten hatte sie mit elf Jahren. Ich halte es immer meinem Mann vor, damit er einsieht, daß es schlimmere gibt als mich.

Die Männer rügten nochmals die Verletzung des gebotenen Abstandes. Navarra wird König und Kardinal noch überrennen, von ihm ist allerhand zu erwarten. Wieviel könnte man ihm eigentlich mit ruhigem Gewissen Geld leihen auf sein mächtiges Königreich? Einen Sack, so hoch wie er selbst! Mein Lieber, Sie sind boshaft. Wenn der Sack nicht höher wäre als der König! Und der ist auch noch Protestant.

Damen vom Hof flüstern in ihrem Gestühl: Hat Haus Frankreich es nötig gehabt, einen Hugenotten herbeizuholen? Urteilen Sie selbst, meine Liebe, ob die Eile, in der es geschah, anständig anmutet – oder auch nur unverdächtig. Die Erlaubnis des Papstes ist auffallend plötzlich eingegangen, nachdem man vorher immer gehört hatte, Seine Heiligkeit verbiete die Heirat. Wenn Sie es durchaus wollen, vertraue ich Ihnen an, daß niemand das päpstliche Breve mit Augen erblickt hat. Nur ein Brief des Botschafters ist eingetroffen aus Rom – angenommen, er wäre tatsächlich in Rom geschrieben worden und nicht eher unter der Aufsicht von Madame Catherine verfaßt.

Herren vom Hof raunten gleich daneben: Man wird den Eindruck nicht los, daß hinter allem die Königinmutter steckt. Ihre Pläne sind noch dunkel, aber der Sinn wird vielleicht früher aufgehen, als wir denken – und auch furchtbarer. Karl der Neunte hat den Protestanten de la Nou an die Spitze von Truppen gestellt, die den Spaniern die Festung Mons entreißen sollen. De la Noue wird von den Seinen grade die Kriegstüchtigen mitnehmen, und dem Admiral in Paris werden sie fehlen. Es geht Undurchsichtiges vor. Man darf nichts verraten. Auch nichts wissen. Die Hochzeitsfestlichkeiten sollen großartig werden.

Hierüber waren die Damen sich ebenso einig – aber sowohl den Damen als den Herren aller vertretenen Stände verschlug es die Rede, da sie bemerkten, was dort hinten im Chor der Kirche vorging. Anstatt an der Messe teilzunehmen, entfernte sich der König von Navarra, ließ seine junge Königin stehen und suchte eine Hintertür, mit ihm seine protestantischen Herren. Obwohl es zu erwarten gewesen war, erregte es Skandal. Jeder weiß, daß beim ersten Wort der Messe der Teufel den Schwanz einklemmt, aber könnte er nicht den Anstand wahren und dableiben? Nur gut, daß man sich alle einzeln gemerkt hat. Diese Herausforderungen werden nicht mehr lange dauern.

Dame Venus

Henri kehrte hintenherum in den Bischofspalast zurück. Mit ihm waren nur Herren von der Religion, auch solche, die er lange nicht gesehn hatte, aber an diesem großen Tag umgaben sie ihn. Eingefunden hatte sich sein alter Erzieher Beauvois, einst ein so listiger Helfer Henris im Collegium Navarra, als der Knabe kämpfen mußte, um nicht zur Messe zu gehn.

«Beauvois», sagte Henri, geräuschvoll vor Glück. «Ist es vorwärtsgegangen mit uns beiden? Jetzt bewohnen Sie ein hübsches Haus in Paris, ich führe die Prinzessin heim, und von der Messe spricht kein Mensch mehr.»

Der dicke alte Mann erwiderte: «Sire, ich bin bequem geworden und reise nicht gern. So verbringe ich meine letzten Tage in einem strengverschlossenen Haus, auf dessen Tür die Leute mir unfreundliche Namen malen.»

Er blinzelte. Gern hätte er seinen Zögling an vieles erinnert, was in der Stimmung des Sieges vergessen war und nicht hineinpaßte. Mehrere riefen nach Wein. Henri war berauscht genug vom Gedanken an Margot. Man ist ungeduldig, man glaubt es zu sein, und dennoch fliegt die Zeit mit Schwingen des Glücks, der alte Chronos rollt auf der leichten Kugel Fortunas. Um vier Uhr wurde gemeldet, daß sie in der Kathedrale gleich fertig wären. Der Neuvermählte ging hin und holte seine Frau. Im Beisein des Königs von Frankreich küßte er sie: der Hugenott aus dem Süden die Prinzessin von Valois. Dieser Anblick schloß dennoch manchem den bösen Mund. Der ganze Hof wandelte durch die festliche Galerie zurück in den Bischofspalast, noch immer weideten sich am Gehaben der Vornehmen alle Zuschauer, bestehend aus Volk und ehrbaren Leuten. Gespeist wurde eben dort, am Abend aber spielten die Dinge in dem Schloß Louvre, und dieses erblickte ein Dauertanzvergnügen, unterbrochen durch einen Aufzug silberner Felsen. Den großen Saal entlang, unter dem Gewölbe der zwanzig Kronleuchter, bewegten sich vermittels unsichtbarer Kräfte zehn mächtige Theatermaschinen in Gestalt glänzenden Gesteins, auf deren erster Karl der Neunte selbst saß, und zwar fast nackt als Gott Neptun, denn er zeigte gern seine Körperbildung. Ihm folgten seine beiden Brüder sowie andere Götter und Meerungeheuer, die alle verkleidete Edelleute waren. Die Maschinen polterten, und der leinene Überzug der Felsen warf Falten. Dennoch mußte man staunen über soviel Kunst, besonders da Musiker französische Verse dazu sangen, und diese stammten von ausgezeichneten Dichtern.

Bis zum Nachtessen wurde es spät, und als man sich bei Tisch niederließ, hatten schon einige Paare verabredet, zu heiraten nach dem Vorbild des Königs von Navarra, der wohl nicht die Messe, aber um so mehr die Prinzessin liebte. Die schönen Edelfräulein der alten Königin eroberten heute Hugenotten, so viele sie mochten. Sie hatten es leicht mit Agrippa d'Aubigné, der entflammten Gemütes jeder versprach, was sie wollte. Du Bartas war im Geiste abgeneigt, nur sein Fleisch gab nach. Der dritte Freund des Neuvermählten, Philipp Du Plessis-Mornay, hatte die Gedanken anderswo. Er war von einer Natur, die, umgeben von einer Orgie, abwesend und übertrieben rein bleibt. Grade damit aber geht er bis zum äußersten: die anderen im Laster, er in der Tugend. Das sokratische Gesicht zornig verklärt, rief er in die Orgie: «Kinder, die wir sind, möchten wir den Stand tauschen mit einem Gauch, der den König in der Tragödie spielt! Schleppt das goldene Tuch auf ein Gerüst, und zwei Stunden danach muß er es dem Trödler zurückbringen mit dem Leihgeld. Daran denken wir nicht, wieviel zerfetzte Lumpen, Geziefer und Grand er darunter versteckt, wie oft er als Majestät sich kratzen muß, und wenn er prahlt, wie oft es ihn juckt!»

Töne des Aufruhrs – fragte sich nur, wer sie hörte. Der nächste Bruder Karls des Neunten und sein Nachfolger, wenn er eines Tages verblutete: d'Anjou selbst war es, der Philipp hocherfreut auf die Schulter schlug. «Der bewußte Gauch ist mein Bruder», sagte er ihm ins Ohr. «Vor mir brauchen Sie kein Geheimnis aus Ihrer Meinung zu machen, denn ich teile sie. Ich neige zu euch Protestanten wegen eurer Offenheit, die eine Menge Gottvertrauen voraussetzt.»

Die Annäherung des Prinzen von Geblüt an den unansehnlichen Soldaten von der Religion wurde nachgeahmt: oder war sie selbst nur eine einzelne unter all den anderen Verbrüderungen? Katholiken und Protestanten lagen einander in den Armen, so Herr de Léran in denen des Hauptmanns de Nançay. Der junge de Lévis, Vicomte de Léran, war unter den Seinen der Page, so schön, schlank und beweglich. Der kräftige de Nançay preßte ihn an sich, er hätte ihm wohl den Brustkorb eingedrückt vor Liebe; statt dessen entglitt ihm der Junge wie Öl, plötzlich hatte er den Dicken ins Ohr gebissen. Kurzer Zweifel, was kommen würde, dann aber das herzlichste Gelächter. So war diese Nacht.

Sie trug das Gesicht der Dame Venus: wenige Mißtrauische wie Du Bartas erkannten es noch unverhüllt. Dennoch entging auch ihnen, daß alles nur das Werk von Madame Catherine war. Sie selbst hatte ihr fliegendes Korps ausgeschickt mit ihren Befehlen, und ihre Ehrenfräulein machten, was sonst niemand konnte, daß kein Unterschied mehr bestand durch den Glauben. Gott hatte dies Geschlecht noch niemals vermißt: so unternahm es heute nacht, auf ihre Art, Dame Venus. Diese nun ist unter den heidnischen Herrschaften, so könnte man einerseits sagen, am meisten ohne Trug und Arglist, und was sie verspricht, das hält sie unverweilt. An diesem Hof jedenfalls, der nach den Absichten von Madame Catherine eingerichtet war, wurden Verlöbnisse sofort eingelöst. Daher befand sich immer ein Teil der Gesellschaft auf den Zimmern der Ehrenfräulein, und zwar in einem Durcheinander des Genusses, bei offenen Türen, während die Neuhinzukommenden nach Platz suchten und, wer bei der Arbeit war, von den anderen ermuntert wurde in Tönen eifersüchtigen Mitgefühls. Nachher kehrten sie zum Tanz zurück.

Zuweilen war der große Saal nicht einmal zur Hälfte gefüllt, und die Musik auf ihrer Empore lärmte in einem kahlen Widerhall. Er blieben die Trinker, es blieben die Philosophen. Über Margot zärtlich geneigt, blieb Henri.

Sie saßen unter einem Zelt bunter Fahnen, die Fahnen der Provinzen des Königreichs, die Fahnen aus vergangenen Schlachten und aus der fernen Welt. Sie aber waren mit sich ganz allein. Henri sagte ihr, daß er sie immer, immer sie geliebt habe. Margot antwortete für sich und ihr Herz, und es war dasselbe. Sie glaubte ihm auch, und er ihr, obwohl beide es anders wußten. Darum fühlten sie doch: jetzt ist es wahr geworden. Dieser ist mein einziger Geliebter. Ich habe keine gekannt außer dieser, mit ihr beginnt mein Leben! Er ist mein Frühling, ich wäre bald alt geworden ohne ihn!

«Henri! Deine Gestalt ist genau von den Maßen, die den Vorschriften der Antike entsprechen. Du verdienst, bei meiner Ehre, dafür belohnt zu werden.»

«Margot! Ich bin voll Freude bereit, die Belohnung mit dir zu teilen: sooft du es willst und aushältst.»

«Der Beweis duldet keinen Aufschub», sagte ihre klangvolle Stimme und ihr edles Gesicht, da war er schon von seinen Knien aufgesprungen – und sie gingen den Weg, den auch die anderen gegangen waren. Das ist wohl der Weg des Fleisches, aber einiges Fleisch begeistert sich. Aus dem großen Saal hinausgelangt, trug Henri sie. Er trug vor sich her Margot; Soldaten machten Front und stampften mit aller Kraft auf den Boden. Betrunken, die umgefallen waren, versuchten ihnen nachzusehen.

Das leidenschaftliche Vorhaben wurde erschwert durch das Brautkleid; es stand viereckig um die Hüften, Margot war darin eingesperrt wie in einen Kasten. Hier bewies der jugendliche Liebhaber sowohl Umsicht als Kenntnisse. Ohne die schimmernde Schale rauh anzufassen, hatte er sie in einem Augenblick geöffnet. ‹Kein Vergleich›, konnte Margot grade noch denken, ‹mit dem Guise, der doch größer und von außen mehr wie ein Edelmann ist!› Da war die Schale geöffnet, die Perle enthüllt. Anstatt sich erst lange darzubieten in ihrer Kostbarkeit, befahl sie den Knien ein wenig nachzugeben, schien hinzusinken, ließ sich auffangen und dann niederwerfen, wo sie es gewollt hatte, auf ihr berühmtes Bett aus schwarzer Seide. ‹Der liebt die Frauen, um so weniger kennt er sie! Den behalte ich›, wollte Margot zuletzt feststellen: schon verging ihr Hören und Sehen, zum großen Vorteil der übrigen Sinne.

Haus Österreich

Henri allein kehrte in den großen Saal zurück. Diesen fand er bevölkerter als vordem, denn zugegen war das Königspaar. Karl der Neunte hatte inzwischen seine Blöße bedeckt, dafür aber war er betrunken. «Da kommt der von meiner dicken Margot!» rief er Henri entgegen. Alle bewiesen durch ihr Verhalten, daß sie ebenso wie der König von Frankreich im Bilde waren und auf die Rückkehr des Glücklichen gewartet hatten. Nur die Königin lachte nicht, so wenig wie sonst äußerte sie einen Vorgang des Geistes oder Gemüts. Niemand erinnerte sich ihrer Stimme. Elisabeth von Österreich saß erhöht und ohne Regung aufgerichtet in einem besonderen Abschnitt des großen Saales, um sie her erhielt sich Leere ganz von selbst, keine Wache mußte Zudringliche abwehren. Sie ragte in ihrem goldenen Kleid, starr und unverletzlich wie ein Heiligenbild, unmenschlich auch das Gesicht infolge dicker Schminke. Hinter ihrem breiten Rock machten zwei spanische Priester sich unsichtbar, sie selbst aber sahen alles.

Karl der Neunte hängte sich an den Arm seines Schwagers. Ihm ins Ohr, aber darum nicht leiser, sagte er einiges Unflätige, das seine eigene Schwester betraf. Henri dachte angewidert: ‹Wenn er stolpert, laß ich ihn liegen! Soll ich ihm ein Bein stellen?› Er tat es nicht, sondern gelangte allmählich an die Stelle, wohin Karl mit seiner ganzen Schwere ihn zog: der leere Umkreis der Königin.

«Dort ist sie aufgebaut», stotterte Karl, «und wirf sie mal um, wenn du kannst! Wäre sie auch schon tot, sie würde dennoch als Leiche aufrecht stehenbleiben in all ihrem Gold. Das Haus Österreich ist ein unvergänglicher Albdruck, und dies Weib, bei dem ich gelegen habe, erscheint mir dennoch im Traum mit den Zügen der Medusa, so daß mein Blut erstarrt. Die Tochter des römischen Kaisers – kann ein Mensch die heiraten, Navarra? Mein Großvater Franz der Erste hat in Ketten gelegen zu Madrid, und damit er gehen durfte, verlangte Kaiser Karls des Fünften Majestät seinen leiblichen Sohn als Geisel. Sie haben meinen Vater mißhandelt, und auf mir lasten sie vermittels der Tochter des Kaisers Maximilian. Sie halten unter ihren Absätzen ganz Europa. Ihr Gold, ihre List, ihre Armeen und ihre Priester entzweien mir das Volk und verwüsten mir das Land. Navarra!» raunte Karl der Neunte gehetzt, «räche mich! Darum geb ich dir meine Schwester. Räch mich und mein Königreich! Mir ist es verboten; ich bin ein Gefangener, der nicht einmal kämpfen durfte, und werde dahinfahren in Verzweiflung. Gedenke meiner, Navarra! Und hüte dich –» Dies stahl sich nur noch gestöhnt und kaum verständlich aus dem Mund in das Ohr. «Hüte dich vor meiner Mutter und meinem Bruder d'Anjou! Was dir aber auch zustoßen mag, künftig: gib nicht mir die Schuld, Navarra, denn ich hatte nur Furcht. Ich hatte von allen Lebenden die schaurigste Furcht.»

Plötzlich pfiff es in seiner Kehle: das war der Schrecken, hinter der Königin waren ihm zwei Paar stechender Augen begegnet – nur so kurz, als wäre es nicht wahr. Karl schwankte, er hielt sich an seinem Schwager fest, er hatte niemand als ihn auf dieser ringsum sichtbaren Stelle. Sein hugenottischer Schwager machte sich innerlich lustig, damit besiegte er das aufsteigende Grauen. Der König Karl war verstummt, und es verstummte in dem großen Saal sein ganzer Hof – was einer überwiegend feindlichen Aufmerksamkeit gleichkam. Henri fühlte es durchaus, und sein schneller Verstand bestätigte es ihm. Alle diese fanatischen Feinde seiner Religion sahen ihn ungern im Vertrauen des Königs, ihres Herrn. Seine Heirat war ihnen in Wahrheit ein Ärgernis, er hatte es nie bezweifelt, und sie mußten es äußern, sogar ungewollt. Heute befahl Dame Venus, sich zu vermischen, wer man auch war. Dennoch geschah jetzt in ihrer Masse ein Geschiebe und Gestoße; die Katholiken drängten die Protestanten bis gegen die Ränder des Saales. An der unsichtbaren Grenze aber, die um die Königin gezogen war, ballten sie selbst sich zu einem Haufen, der sehr wachsam schien.

Henri sah schnell: nur Bewaffnete – wenn auch vorerst mehr neugierig als angriffslustig. Übrigens hätten sie sich seiner nicht leicht bemächtigt: rückwärts schlossen seine Protestanten ihre Reihen, bereit vorzustoßen. Was die Edelfräulein betrifft, die waren zerstoben, von fern spähten sie, zwitschernd, weil ein Sturm aufzog.

Karl, obwohl nicht bei Sinnen, fühlte die Leere um sich her, und von der entstandenen Schwüle wurde er toll.

«Wein!» brüllte er. «Ich will mit der Königin saufen, bis sie umfällt. Ihr alle sollt zusehen. Trotz dem Gold, darin sie steckt, fällt sie um und nicht ich!»

Sie, die ihn schwerlich verstanden hatte, blieb das unbewegte Bild. Er selbst wurde auf einmal, wahrscheinlich infolge seiner Lästerung, so schwer, daß sein hugenottischer Schwager ihn nicht mehr halten konnte, beide wären gestürzt. Jemand, der herbeisprang, fing Karl grade noch auf. Henri blickte in das unerwartete Gesicht eines Herrn de Maurevert: der Haß verzerrte es. Im nächsten Augenblick drängte ein anderer ihn fort, der Herzog von Guise. «Was fällt Ihnen ein, de Maurevert», sagte er eilig. «Machen Sie, daß Sie verschwinden, ein Mensch wie Sie!» Er stützte Karl. «Faß mit an, Navarra! Der Thron ist uns anvertraut, ihm zur Seite zu stehen.»

«Dafür sind wir herbeigeritten mit unseren Edelleuten aus Lothringen und aus Béarn», fuhr Henri statt seiner fort in derselben übertriebenen Sprache, reckte sich auch wie der andere junge Herr, der hoch und blond war. Sie faßten einander ins Auge über den betrunkenen König hinweg, aber manchmal mußten sie zugreifen, wenn er absacken wollte.

«Setzt mich doch neben die Habsburgerin», flehte Karl der Neunte unter einem Tränenerguß. «Auch ich bin ein kleiner Heiliger – mehr als ihr. Denn beide habt ihr meiner dicken Margot den Rock geschürzt. Du zuerst, aber dich hat sie verlassen.» Damit fiel er gegen Henri von Guise, der ihn Henri von Navarra zuschob. «Dich behält sie», flennte er an der Brust seines Schwagers. «Sie liebt dich, ich liebe dich, unsere Mutter, Madame Catherine, liebt dich sehr.»

«Der Teufel», schrie er plötzlich, denn die beiden spanischen Priester erschreckten ihn nochmals: er hatte sie inzwischen vergessen. Als er aber die schwarzen Erscheinungen und ihre Blicke richtig unterschied, schien ihm vollends unheimlich zu werden. «Weiß schon, was ihr von mir wollt», stammelte er in ihre Richtung, obwohl sie sich sofort wieder unsichtbar gemacht hatten. «Weiß schon. Soll auch pünktlich geschehen. Ihr werdet es gewollt haben. Ich wasche meine Hände.»

Vorübergehend war er ernüchtert und konnte allein stehen, Lothringen und Navarra ließen ihn los. Henri, der die Hände frei bekam, sah sich um. Den Haufen an der unsichtbaren Grenze fand er verändert, nicht mehr nur neugierig oder wachsam. Drohend schob der Haufe der Katholiken sich jetzt um ihn zusammen – hin und her schwankend, weil rückwärts die Protestanten mit ihnen handgemein wurden, um nach vorn zu gelangen. Einige ihrer Führer waren auf Stühle gestiegen, nur Du Bartas befehligte sie aus seiner natürlichen Höhe. Alle schrien plötzlich durcheinander; keine königliche Gegenwart hielt sie ab, das menschliche Übereinkommen zu sprengen, und ihr Atem kündigte in wilder Vermischung die Brechung der letzten Fesseln an. Zweifellos sollte Blut fließen.

Genau in dem Zeitpunkt, als es soweit war, rührten sich hinter Elisabeth von Österreich die beiden spanischen Priester. Sie tauchten ganz und gar unter, ohne daß die Urheber zu sehen gewesen wären, begann der erhöhte Sitz der

Königin mit ihr davonzuziehen. Es ging mit Stolpern und Stoßen wie eine Theatermaschine; auch die silbernen Felsen zu Beginn des Festes hatten sich nicht anders fortbewegt unter dem nackten König und allen anderen Meergöttern. Aber es ging, und glücklich verließ mit einem letzten Aufbäumen der Sitz des Hauses Habsburg dort hinten die Schwelle. Bevor die Tür darüber zuschlagen konnte, sah man grade noch den verhüllenden Teppich beiseite geschoben werden – und mühselig hervorkriechen und hochkommen die beiden spanischen Priester, denen die Zunge aus dem Hals hing.

Laut lachte der von Navarra – ein Gelächter, das kein einziger Mensch im Saal ihm ernstlich übelnehmen konnte, denn es war heiter von Grund auf. Es widerlegte alles Böse, und für den Augenblick erleichterte es jeden von seiner Streitlust.

Dies begriff mit unverzagter Geistesgegenwart ein kleiner Mann, der weit hinten auf einem Stuhl stand; manche kannten seinen Namen: Agrippa d'Aubigné. Der sang in den höchsten und lieblichsten Tönen:

«Die Königin von Navarra vergießt Tränen der Erwartung auf ihrem berühmten schwarzseidenen Lager. Welcher Mensch kennt den folgenden Tag. Daher auf und begleiten wir den Bräutigam!»

Er bekam Beifall, aber der besseren Wirkung wegen ging er zu Versen über.

«Nicht fern ist uns der Tod. Erst dann ist uns gegeben
Ein Leben ohne Tod, nicht mehr ein falsches Leben.
Gerettet ist das Leben, der Tod, er ist besiegt.
Wer will nicht sicher gehn, wer möchte immer scheitern?
Wem macht die schwere Fahrt noch Lust, sie zu erweitern,
Wer ist nicht froh, wenn er zuletzt im Hafen liegt?»

Das wies auf den ersten Blick keinen Zusammenhang mit der Sache selbst auf, oder höchstens einen komischen: weshalb der Sänger alle zum Lachen brachte und gewonnen hatte. Karl der Neunte verkündete laut, er wollte mit seinem ganzen Hof seinen Schwager Navarra zum Beilager mit seiner Schwester geleiten. Er nahm den jungen Ehemann bei der Hand. Auf die andere Seite Navarras stellte sich Lothringen; das war die spannendste Einzelheit: der frühere Liebhaber, den neuen Gemahl zum Beilager geleitend. Daraufhin ordneten sich die Reihen, ohne Unterschied der Religion. Wer noch soeben vor dem Losschlagen gestanden hatte, gab sich eine vergnügte Frist, und der Zug begann. Er nahm unterwegs die Menge der Ehrenfräulein auf. Wo er vorbeikam, öffneten sich Türen, hochgestellte Damen glaubten nicht fehlen zu dürfen. Ältere Herren, die schon geschlafen hatten, erwachten von dem Lärm und schlossen sich an, wie sie waren. De Miossens, Erster Edelmann, schritt würdig hervor in Hemd und Pelzrock, mit unbekleideten Beinen. Wachen mit Fackeln liefen voraus und warfen Licht in die alten steinernen Gänge, fast niemand hielt noch gegenwärtig, wo er grade war, man machte die Wege mehrmals, und man sang:

«Wer will nicht sicher gehn, wer möchte immer scheitern?
Wem macht die schwere Fahrt noch Lust, sie zu erweitern,
Wer ist nicht froh, wenn er zuletzt im Hafen liegt?»

«Angelangt!» entschied Karl der Neunte, indessen war es eine falsche Tür. Der ganze Hof mußte sich winden in der Enge wie ein Wurm, bis die richtige erreicht war. Hier hielt Karl die letzte Ansprache an den Glücklichen. «Du bist glücklich, Navarra, denn eine Prinzessin, die erste und edelste des Abendlandes, hat für dich ihre Unschuld aufgehoben, bis du sie ihr raubst, hat in Treuen deiner geharrt, und siehe, jetzt klopfst du bei ihr an» – womit er selbst die Faust gegen das Eichenholz schlug. Seinen Schwager küßte er auf beide Wangen, und seine Tränen flossen.

Die Braut öffnete nicht, obwohl das Getöse selbst im Schlaf nicht zu überhören war. Eine Pause des Aufhorchens entstand, diese aber benutzte der Herzog von Guise, um laut zu sagen:

«Bei allen Heiligen und besonders bei Sankt Bartholomäus! Wenn ich das wäre, die Türe spränge von selbst auf, weil sie mich kennt.»

Dadurch erfuhren alle, die es noch nicht gedacht hatten, daß Guise beleidigt und zornig war. Der König von Navarra fand denn auch unschwer die Antwort.

«Sie sehen es, die Tür bleibt nur Ihretwegen fest zu, damit kein Irrtum vorkommt.»

Guise behauptete dagegen: «Nur Ihretwegen, weil sie Besseres gewöhnt ist.»

Karl der Neunte ordnete an: «Immer eins nach dem andern! Jetzt ist kein Zweikampf dran, sondern das Beilager.»

Das hinderte aber nicht, daß vor der Tür der Prinzessin Margot ihre beiden Kavaliere einander entgegentraten in einer Haltung, die auf Entscheidung drängte: den Fuß vorgestellt, den Rumpf so aufrecht wie möglich und mit äußerst wildem Gesicht. Bis hinten im Zug wurde es stiller, und die Frauen ließen sich hochheben, um sie auch zu sehen, den Navarra in weißer Seide, den Guise in blauer, wie sie sich anfauchten. Wäre er nicht der abgewiesene Freier gewesen, Guise hätte vieles vorausgehabt: die hohe Gestalt, gefährliche Geschmeidigkeit und böse helle Züge, um so erschreckender, je bezaubernder sie sonst gezeigt wurden. Indessen begegnet Navarra dem allem einfach dadurch, daß er es nachahmt. Mit seinen kleineren Maßen wird er dennoch ein großes Raubtier: er kann das. Zugleich aber macht er dasselbe Raubtier lächerlich – ganz nebenbei und doch vor allem. Reckt sich, biegt sich, setzt zum Sprung an und wird sogar hochblond, sollte man meinen, bekommt wehende gelbe Haare am Kinn, so genau ahmt er die feine nordische Aussprache Lothringens nach.

«Ich habe mit Dorfmädchen angefangen und mag jetzt nur noch die Prinzessin. Die Prinzessin hat mit Lothringen vorliebgenommen, bis sie Anspruch erhob auf Navarra.»

Noch übertriebener kann Guise selbst nicht reden, und sein großartigstes

Auftreten ist von seinem Rivalen vorweggenommen: das setzt ihn außer Gefecht, nicht mitgerechnet das Gelächter der Leute. Es versucht auszubrechen, wird hier unterdrückt, dort losgelassen – plötzlich aber steht die eichene Tür offen, und die Prinzessin lacht. Sie lacht selbst, da lacht ungezügelt der ganze Hof.

«Wer ist nicht froh, wenn er zuletzt im Hafen liegt?» krächzt Karl der Neunte absichtlich heiser. Gelächter, die Prinzessin zieht ihren Gatten herein, die Tür fällt zu: Gelächter.

Eine Narbe

Sie hielten an und betrachteten einander, während in den Gängen, schon entfernter, der abziehende Hof lärmte. Schließlich bewegte er sich den gegenübergelegenen Flügel entlang, der Fackelschein sprang von einem Fenster in das andere; zugleich aber dämmerte der Morgen. Das Volk dort draußen konnte gar nicht anders, wenn es zu derselben Stunde aufstand in den Kähnen des Flusses, den Häusern am Ufer, es mußte denken: Schloß Louvre brennt wieder einmal vom höllischen Feuer. Wer weiß, was bevorsteht.

Sie betrachteten einander – dann beschrieb Madame Marguerite mit der vollendet gebildeten Hand eine Bewegung von oben nach unten, die besagte: Entkleiden Sie sich, Sire. Sie selbst entledigte sich ihres Schlafgewandes erst am Rande des Bettes; sie kannte die Fehler ihrer Figur und wußte, daß sie mehr im Stehen hervortraten als im Liegen. Vor allem war sie gesonnen, den Anblick und die Form dieses neuen Mannes in Ruhe zu ergründen. Denn Madame Marguerite war eine Kennerin des Gutgebauten, ob männliche Körper oder lateinische Verse. Ihr neuer Mann nestelte an seiner Halskrause, das Festkleid aus weißer Seide war schwierig zu öffnen. Es sollte ihn in den Schultern breit machen durch gebauschte Ärmel, aber schmal in der Mitte. Die Hüften erschienen stark und fest und um so länger die jugendlich mageren Beine. Bis zu einem gewissen Grade war es möglich, den Eindruck künstlich herzustellen: nicht ohne Sorge sah die gebildete Frau dem Ergebnis entgegen. Aber sieh, es war sogar besser als die Versprechungen der Hülle. Madame Marguerite stellte Vergleiche an und fand zuerst in diesem Fall alle Anforderungen der Antike, die sie fast schon für fabelhaft gehalten hätte, wirklich erfüllt – dermaßen, daß ihr Gesicht vorläufig noch seine gelehrte Neugier und Erhabenheit festhielt. Erst das Blut, das sie unter seiner Haut schwellen sah, erregte auch das ihre; und verloren war die Kennerin, als sie seine rauhen Glieder berührt hatte.

Beide erwiesen sich diesmal, wie noch nie, unermüdlich im Genuß; und zwar machte dies der Wettstreit ihrer Naturen, die einander gewachsen waren. Als Henri in späterer Zeit und von anderen Frauen ganz befangen, leugnen wollte, er hätte Margot je geliebt, da brauchte er für den Zustand dieser Nacht und aller folgenden ein Wort, das auch den Niedrigen und Schwachen geläufig ist, für ihre Versuche, sich aufzuspielen. Indessen hätte er bezeugen können, daß einige Male im Leben das Fleisch sich begeistert bis in den Tod. Vielleicht ist der dann wirklich näher, als es den vom Leben Überschäumenden erscheint, und sie haben nur vergessen, die Winkel abzuleuchten. «Nicht fern ist uns der Tod»: diese geistlichen Worte, Henri mußte sie gehört haben vor einer Weile, und sie waren zusammengetroffen mit seinen innersten Ahnungen. Diese geistlichen Worte schwebten als letztes durch sein von Liebe ermüdetes Gehirn.

Es wurde eine kurze Ruhe, denn bis in den Schlaf hinein bedrängte ihn die Sorge um den Genuß: nie genug, nie genug! Davon erwachte er bald, küßte, die Augen noch geschlossen, den anderen Körper und stieß mit den Lippen auf eine Narbe. Sofort sah er hin, fühlte hin: er verstand sich auf Narben. Sie rührten von Hieben, Schüssen, dem Biß der Zähne her, und wurden beigebracht auf Schlachtfeldern sowohl wie auf den Lagern der Geschlechter. Viel kam für ihre Einschätzung darauf an, welcher Körperteil sie trug. Hat ein Soldat sie dort, wo sie bei Margot saß, dann ist er, wann es auch sei, ausgerissen und im Galopp davongejagt. Man muß deshalb kein Feigling sein; ja, ein König von Frankreich und Navarra, Henri genannt und für seinen Mut bekannt, sollte sich doch selbst einst eine Narbe holen an derselben Stelle. Hier aber handelt es sich um einen der schönsten Körperteile der Frau, die mein, nur mein ist – und hat schon jemand sie gebissen, dann soll es nicht wahr sein! Daher rüttelte er sie, und da sie nicht gleich folgte, wendete er sie, bis er ihre Vorderseite vor sich hatte, und in ihr kaum erwachtes Gesicht fragte er heftig: «Wer hat dich in den Hintern gebissen?»

«Niemand», sagte sie, und es war genau das, was er hören wollte. Wütend rief er: «Du lügst!»

«Ich sage die Wahrheit», versicherte sie, setzte sich auf und begegnete seinem Zorn mit der edelsten Gelassenheit in den Mienen wie auch im Tonfall, während sie heimlich dachte: ‹O weh, das hat er zu früh bemerkt. In acht Tagen hätte es am Ende wenig mehr zu sagen gehabt.› So dachte Madame Marguerite aus Erfahrung.

«Es hat nur den Anschein von Zähnen!» entgegnete sie, und je unwahrscheinlicher die Antwort, um so glaubwürdiger ihr Ton.

«Es sind aber Zähne! Es sind die Zähne des Guise.»

Dies ließ sie ihn so oft aussprechen, wie er wollte. Einmal wird er genug davon haben, und über meine Brust, die ich ihm langsam zuführe, bis er sie in die Hand nimmt, wird er meinen Hintern vergessen.

Gelegentlich ließ sie sich herbei, ihre reichen Schultern zu heben und ein Wort dazwischen zu werfen. «Weder des Guise noch eines andern.» Das erbitterte ihn nur noch mehr. ‹Wie schwer und fast unmöglich ist es aber auch, sich gegen eine falsche Beschuldigung zu verteidigen! In so vielen Punkten könnte er mich mit Recht anklagen, aber gerade diesen ungerechten sucht er sich aus! Muß ich ihm denn wirklich erzählen, wie meine Mutter und mein Bruder, der König, mich behandelt haben eines Morgens, als sie mich rufen ließen, damit ich Guise aufgäbe und Navarra zum Mann nähme? Er sollte doch die schiefen alten Zähne von Madame Catherine erkennen!›

«Sag es! Sag es!» stöhnte er und hielt sie gepackt.

‹Ein Eifersüchtiger. Und wenn ich es sagte? Wessen wäre er fähig? Wird er mir glauben, daß ich nur seinetwegen, damit ich ihn heirate, geprügelt und gebissen worden bin? Der glaubt es nicht: ich werde auch noch zugeben müssen, daß ich gradewegs von Guise kam. Sehr spannend!›

Plötzlich ließ er sie los und schlug die Kissen. Statt ihrer bearbeitete er mit den Fäusten ihr schwarzseidenes Bett, das so berühmt war, weil vieles sich auf ihm zugetragen haben sollte. ‹Er meint aber mich selbst!› Schon rückte sie weit fort, bereit, hinauszuspringen. ‹Gleich komm ich selbst dran. Der schlägt!› Und Margot achtete ihn hoch und liebte ihn einzig. Daher beschloß sie endgültig, nichts zu gestehen, während er sich qualvoll abarbeitete. «Gesteh! Gesteh!»

Auf einmal änderte er ganz den Ton. «Du wirst nie die Wahrheit sagen. Wie könnte es die Tochter der Frau, die meine Mutter –»

Da war das Wort, da war der Gedanke. Sie hatte bis jetzt noch gelegen und er auf sie hinabgesehn. Nach diesem Gedanken und Wort richtete auch sie sich auf, beide lauschten den Nachklang und sahen einander tief erschrocken an. Ihre nächste Bewegung war, daß sie ihre Blöße bedeckte, seine folgende geschah, als er das Bett verließ. Während er in Hast seine Kleider wieder anlegte, suchten sie sich heimlich mit den Blicken: er, um recht zu erfassen, wer das eigentlich wäre, die Frau, die ihn so tief hatte herabziehen können. Sie dagegen wollte wissen, ob sie ihn wirklich verloren hatte, und sie fand: ‹Nein, er kommt wieder und ist mir um so sicherer, da wir seit dieser Nacht durch Schuld verbunden sind. Solange er es noch Schuld nennt, wird er den Überdruß nicht kennen. Sehr teurer Henricus›, dachte sie auf lateinisch. ‹Ungemein liebe ich dich.›

Er stand fertig da in seiner weißen Seide, nestelte an der Halskrause und sagte soldatisch kurz: «Noch heute reite ich zum Heer nach Flandern.»

«Ich will dir zu deinem Schutz einen Heiligen mitgeben», sagte sie, neigte sich seitwärts nach einem Kasten mit Büchern, ihren Gefährten, wenn kein Mann da war; nahm eins heraus, löste eine Seite und reichte sie ihm. Schön war die Hand und die Gebärde sachlich. Sehr wohl hörte sie sein mühsam bewältigtes Aufschluchzen und sah dennoch nicht mehr hin – hatte sich wieder ausgestreckt, und als er die Tür hinter sich schloß, war Margot im Einschlafen. ‹Denn durch Liebe erschöpft›, so dachte sie grade noch, ‹ist man eine verhinderte Tragödienfigur.›

Sie hatte aber einen Traum.

Die Warnung

Zu früh hatte Henri das Schlafzimmer verlassen. Nach der gehabten Orgie war das Schloß Louvre noch lange nicht wieder soweit, um seiner Gewohnheit gemäß Böses zu ersinnen: wenigstens machte es den Eindruck. Henri stieg in den Gängen und Sälen über Schlafende, die eher gelähmt als schlafend erschienen. Sie waren hingefallen am Fleck, wo ihre letzte Verrichtung stattgefunden hatte, ob eine Paarung, ein Trunk oder sogar ein Schlag. In ein offenes Fenster hingen blühende Rosenzweige, darunter lagen hingewälzte Leute, die ihre bunte Kleidung beschmutzt hatten infolge übertriebener Völlerei, und die helle Sonne beschien sie. Auch gelangten die Blicke des einsam Vorüberstreifenden in geheime Zimmer, die man unverschlossen gelassen hatte, als man daranging, sich zu vermischen in allen nur erdenklichen Abarten. Vor der Außenwand lehnten schlafende Wachen, im Arm die Hellebarde. Hunde blinzelten, versuchten zu bellen und verschoben ihr Erwachen.

Den Wanderer verwirrte die Vielfalt des Ortes und seiner Erscheinungen. Durch die Weitläufigkeit der neuen Gebäude wie auch in den verwinkelten alten verlor er seine Richtung, falls er denn eine hatte. Über ein Geländer aus durchbrochenem Stein gebeugt, war ein dicker Mann in Schlaf verfallen, wobei indessen seine hohe weiße Mütze angeklebt sitzenblieb auf seinem schwitzenden Gesicht: daraus ersah Henri die Nähe der Küchen. Auch das Gesinde hatte sich ausgetobt bis auf den Rest, aber der Anblick erschöpften Fleisches stößt noch eher ab, wenn man ihm begegnet inmitten von Abfall und schmutzigem Gerät. Der von Navarra in weißer Seide entwich – zuletzt geriet er in halbverfinsterte Gelasse voller Spinngewebe und mit eisenbeschlagenen Türen, gefängnisgleich: ein solches meinte er schon kennengelernt zu haben hier in den unteren Teilen des alten Hofes.

Während er still stand, damit seine Augen sich anpaßten, hörte er zischeln: «Pst!» und hervor kam ein Fräulein. Er zog es unter die hochgelegene Luke. «Nicht ins Helle!» bat es. «Ich bin noch nicht einmal geschminkt. Wie häßlich muß ich aussehen!»

«Und was machst du hier? Mir ist, als ob – Ja, gewiß, du bist es. Dich hat mein d'Armagnac damals eingesperrt, weil du mir nachspürtest. Tust du es schon wieder?»

«Für Sie, Sire, arbeite ich. Denn ich bin Ihre Dienerin und will keinem andern treu und ergeben sein als meinem Herrn, und der sind Sie.»

Er legte ihr das Gesicht in den Nacken, so daß Licht darauf fiel. Das war ein hübsches, ganz frisches Fräulein, etwas zerlaufene Schminke konnte es nicht entstellen. Er küßte es auf den Mund, wodurch er sich vergewisserte: ‹Dies Wesen gehört mir, so sehr erschauerte es. Wie ungewiß sie sind und nie vorauszusehn! Vielleicht, wenn ich diese Spionin damals nicht aufgestöbert und unschädlich gemacht hätte –›

«So gefalle ich dir jetzt? Das freut mich, denn ich finde dich liebenswürdig», sagte er bezaubernd. Wahr oder nicht wahr, das Wort aus seinen Lippen verklärte ihr Gesicht. Ihm aber ging wirklich das Herz auf, wie immer bei ihnen. Auch dieses Fräulein hatte seinen Augenblick, da es mit vollem Recht durch ihn glücklich war.

«Und was willst du für mich tun?» fragte er dessen ungeachtet. Sie mußte zuerst ihren Atem beruhigen.

«Mein Leben dahingeben, Sire. Ich werde es verlieren, das ist gewiß. Madame Catherine wird erfahren, daß ich hier war. Auch ihr dient man gut.»

«Was kann ihr das ausmachen?»

«Leiser! Sie ist nicht weit. Ich habe sie überrascht, vor kurzem, als sie aus ihren Gemächern schlich. Ich lag auf einem Teppich, als ob ich schliefe. Allein war ich, war allein», beteuerte sie. «Mein Zimmer hatte ich voll von Fremden gefunden. Sie schleicht aber vorbei, öffnet leis die Tür ihres Sohnes d'Anjou, nimmt ihn mit. Ihren Sohn, den König, hat sie nicht mitgenommen. Auf ihrem Wege kratzt sie an noch mehreren Türen, und mehrere Personen folgen ihr einzeln, ich aber als letzte. O Himmel, ein Versteckenspiel um das Leben!» Ihre Zähne klapperten hörbar.

«Sie sollen alles sehen, Sire.» Nahm ihn bei der Hand, führte ihn hinein in völliges Dunkel. Fräulein! ‹Doch vielleicht das Liebchen eines Feindes, und hier lauert er? Nein. Sondern grade in dieses Gelaß ist sie eingesperrt worden von d'Armagnac, sie kennt hier jeden Schritt. Was ist das, Fräulein? Man tastet hinauf, hinauf. Ah! Sprossen – und die Leiter soll ich ersteigen? Fräulein, halt sie mir fest, sie rutscht. Es geht sehr hoch, aber man fängt an, einen Schimmer zu gewahren. In das Deckengewölbe kann man hineinkriechen, sich bäuchlings auf einen Vorsprung legen, und der reicht durch eine schmale Öffnung bis in einen anderen Raum. Nicht einmal ein Kind könnte sich hindurchwinden. Dennoch sehe ich ein Zimmer – eine Art von Zimmer. Madame Catherine ist solche nicht gewöhnt, dort aber sitzt sie. Ihr Sessel ist mit der hohen Rückenlehne an die jenseitige Wand gestellt, das Licht fällt auf sie von oben und macht sie fahl. Oder was sonst gibt ihr eine Farbe wie Blei? Sie ist in ihrer Witwentracht wie immer, die andern aber kommen aus dem Bett. Da sind die Guise, da ist d'Anjou.› «Fräulein! Kennen Sie einen Herrn de Maurevert?» ‹Der ist es nicht, was täte er dabei?› «Nur still, die Königin spricht.»

‹Nein, die Versammlung findet zu tief unten statt, die Worte verlieren sich wie in einer Felsenspalte. Ich glaube, daß sie gegen ihren Sohn, den König, etwas vorhat, warum wäre sie sonst heimlich ohne ihn hierhergeschlichen. Er verhandelt mit England und den protestantischen Fürsten. Er nennt Coligny seinen Vater. Sie haßt Karl. Ihr rechter Sohn ist d'Anjou, man braucht ihn nur anzusehn: schon seine verkrüppelten Ohren. Er hat dicke Lippen, und alles an ihm ist schwärzlich, auch die Geister, die ihn umschweben. Es hält ihn nicht an seinem Platz, er kann nicht erwarten, was geschehn soll. Jetzt Finger auf den Mund. Schweig, Liebling! Auch der Liebling fehlt nicht.› «Fräulein, kennst du einen Liebling, der aussieht wie ein Tanzlehrer? Heißt er Du Guast?»

‹Sie antwortet nicht, und wir müssen auch vorsichtig sein. Hier wird jemandem nach dem Leben getrachtet. Wenn nicht Karl es ist, bin ich es. Aber sie sollen sich nur vorwagen: Paris ist voll von Hugenotten! Dort in den Keller haben unsere Feinde sich verkrochen, schmieden Mordpläne und sehen fahl aus, besonders der Kardinal von Lothringen. Drück dir die Krempe in die Stirn, damit man deine fleckige Haut nicht sieht, alter Bock! Was der gestern nacht alles getrieben haben wird! Er geht in die Ecke mit Guise, und sie bereden sich. Schöner Mann, Guise. Hat die richtige Länge, um lang hinzufallen. Guise, mein Guise, ich bin der nächste Prinz von Geblüt, nach den blutenden Valois, und nicht du, sondern ich hab ihre Schwester.

Aber der wird laut, er läßt sich nicht aufhalten, endlich hört man. Am Hof soll der andere getötet werden. Wer? Karl? Ich? Unmöglich der Herr Admiral: er geht zum Heer nach Flandern. D'Anjou macht gierige Augen: dann ist es Karl, sein verhaßter Bruder. Nein, Madame Catherine will das nicht, sie gebietet Schweigen, der Tod ihres Sohnes kommt ihr immer noch früh genug. Sie wispert: alle müssen sich zu ihr neigen, besonders aber dieser – wie heißt er, dem die Augen so eng beieinander liegen, und ich fragte mich vorhin, was er hier tut? Das ist doch unsinnig, sie können nichts unternehmen. Aber Guise zieht ihn besonders beiseite – ich weiß wieder: ein Herr de Maurevert.

Was ist das, d'Anjou bekommt einen Anfall, hat er das oft? Er will nicht länger warten auf den Tod des Mannes, der ihm seinen Bruder zum ärgsten Feind gemacht hat. Wen meint er? Dennoch Coligny? Eher ist es Geschwätz, da seine Kraft nicht ausreicht für das, was sie bereden. Übrigens zeigt seine Mutter sich ungnädig und will aufbrechen. Es wird Zeit, daß auch ich – Guise verläßt das Zimmer, er wird den andern den Rückweg sichern. Sehr komisch, wenn wir beide uns in den Weg liefen! Nur schnell die Leiter hinab.› «Fräulein? Wo steckst du, Fräulein?» ‹Hat mich allein gelassen, ich muß selbst meinen Weg suchen.›

Den fand er dann auch, zurück enteilend durch die Gesinderäume, wo sie erwachten und ihm blöde nachgafften; und der Ort, an dem er in den alten Hof hinaustrat, war entgegengesetzt dem vorigen Schauplatz, hinter der berühmten kleinen Treppe der Günstlinge und Verschwörer, die zugelassen werden in die Königsgemächer. Auf der anderen Seite der Rampe erschien gleichzeitig Guise. Schnell sprang Henri vor und stellte sich auf die erste Stufe: hier bemerkte ihn Lothringen. «Woher du nur kommst so früh, Navarra?»

«Ist es früh, Guise? Da siehst du es, meine verehrte Schwiegermutter empfängt mich zu jeder Stunde.»

«Bei Madame Catherine warst du? Droben?»

«Wo denn sonst?» Henri warf sich in die Brust, er spielte den, der sich einer Ehre rühmt und hat sie gar nicht genossen. Dies versetzte den großen Lothringen in einen Zustand wunderbarer Überlegenheit. Man kommt aus einer Geheimsitzung mit der Königin selbst und trifft auf einen eitlen kleinen Lügner, der zur gleichen Stunde will empfangen worden sein. Strahlend über das helle Gesicht, die Hand in der gebogenen Hüfte, sagte Guise: «Dann hast du es von ihr selbst gehört; dennoch wiederhole ich es ausdrücklich: dein ist der Sieg, Navarra. Der Hof von Frankreich beschließt Krieg gegen Spanien, denn, so schreibt dein Admiral in einer Denkschrift: ‹Die Franzosen brauchen einen auswärtigen Krieg, der gerecht, aber auch leicht zu führen und gewinnbringend ist. Sonst plündern und rauben sie einer beim andern.› Er kennt uns, dein Held und dein Lehrer.»

«Das ist ja verfaßt von Mornay, der immer bis an das äußerste Ende eines Gedankens geht.»

«Und grade das muß man kennen. So seid ihr gesinnt, Navarra.»

«Ihr nicht?»

«Wir wehren uns nur. Ihr Protestanten habt ein großes Gemetzel unter uns vor: das besagen die Worte eures Coligny oder Mornay. Zu unserem Heil wählen wir den Krieg gegen König Philipp – mit euch. Auf Wiedersehn in Flandern – oder nie!»

Es war nur ein falscher Abgang. Der große Blonde schwang sich sogleich wieder herum.

«Navarra! Spiel ehrliches Spiel – wie ich! Es ist wahr, daß ich Truppen in Paris zusammengezogen hatte, als du mit allen deinen Edelleuten anrücktest.»

«Ich hab davon noch mehr.» Der Kleinere begegnete seinem Blick in ebener Linie, weil er auf einer Stufe stand.

«Meine gehn heute nach Flandern ab. Handle wie ich, Navarra!»

«Ich spiele dein Spiel, aus Neigung und Gewohnheit. Denkst du noch unserer Schulzeit, Henri Guise?»

«Du gabst das Spiel an, Henri Navarra. Cäsar wurde ermordet. Es versetzte uns in Raserei.»

«Dich und d'Anjou. Ihr wart gesonnen, mich ganz im Ernst umzubringen. Das sind Erinnerungen für das Leben, mein Freund.»

«Eine früh geschlossene Freundschaft ist das einzige, was nicht schon vor uns selbst stirbt. Ich schäme mich meiner Tränen nicht», sprach Guise mit gehobenem Anstand und preßte welche hervor oder versuchte es doch. ‹Das würde ich besser machen›, sagte sich der andere auf der Stufe. Indessen empfand der von Navarra mehr Scham als Genugtuung. Das war sein Todfeind, und hätte er es nur darum müssen sein, weil er nicht die Prinzessin bekommen hatte. Beide aber ließen sie ihre Stimme vom Gefühl erbeben, während sie einander durch und durch belogen. Wären sie nur nicht wirklich zusammen Kinder gewesen! Aus Scham – worüber? Aus Scham über das Leben, wie es ist, krümmte der eine auf der Stufe sich ein wenig, wobei er den andern drunten aus den Augen ließ. Als er sich nun krümmte, raschelte etwas an seiner Brust, er wußte nicht gleich, was – und faßte hin. Die Bewegung war noch nicht beendet, schon hörte er: «Halt!» Sah auf und fand gegenüber einen ganz veränderten Mann, tierisch böse das Gesicht, nichts mehr von beschönigten Erinnerungen: die nackte Gegenwart, und in der Faust den entblößten Dolch. Da lachte Henri laut, als ob grade die schrecklichsten Enthüllungen die lustigsten wären.

«Ich könnte aber auch weinen, echter als vorhin du.»

«Weil du Mut hast, laß ich dich leben.»

«Oder auch, weil es dir schlecht bekommen würde, es nicht zu tun.» Hierbei ein kurzer Seitenblick. Mit einem Schwung wie ein Tierkörper fuhr Guise herum: da stand ein Hugenott, den Degen aus der Scheide.

«Mein Herr und Meister spricht die reine Wahrheit», sagte das aufgerauhte Lederkoller und das gegerbte Soldatengesicht mit dem Kinnbart. «Der Herr Herzog von Guise brauchte nur den Arm zu heben: bevor er meinen König traf, hätte ein Gascogner Edelmann namens d'Armagnac die Ehre gehabt, den Herrn Herzog von Lothringen in zwei gleiche Teile zu spalten.»

Diese tönende Stimme aus dem Süden störte heute als erste die dumpfe Stille des Hofes, genannt «Brunnenschacht des Louvre». Wachen liefen herbei aus dem Torbogen, der zu der Brücke führte. Die Türen ringsum öffneten sich und ließen Leute heraus. Bevor irgend jemand die Lage erfassen konnte, war Guise untergetaucht. D'Armagnac, der die Waffe längst wieder gesichert hatte, erkundigte sich überall angelegentlich, was eigentlich vorgefallen wäre. «Die beiden Kaufleute dort drüben sind sich in die Haare geraten wegen Gebühren, die sie dem Amt bezahlen sollen.»

So erklärte er im Abgehen laut seinem Herrn, dem er insgeheim zuraunte: «Nur fort von hier!» Denn der Edelmann als Diener konnte tönend prahlen und konnte die Gefahr überlisten, jedes zu seiner Zeit.

Er wußte auch einen wenig bekannten Weg, auf dem sie unauffällig das Zimmer seines Herrn erreichen sollten. «Ihr schönes weißes Hochzeitskleid, Sire! Es ist bestaubt und voll von Spinnengeweben. Das sieht ein Kammerdiener. Ein Herzog sieht es nicht, sonst hätte er schon früher Verdacht geschöpft, etwas zu früh vielleicht, da ich noch nicht ganz zur Stelle war.»

«Du paßt auf mich auf?»

«Wie eine Amme. Fallen Sie nicht!»

An dieser scharfen Biegung des Ganges lag in der Quere ein kurzer Packen, nicht ganz Menschenlänge. Nur merkwürdig, das Sackleinen ließ unbedeckt ein paar Füße in kleinen Schuhen. Doch ein Mensch. Wie sie klein aussehn, wenn sie – Herr und Diener tauschten einen Blick. Der des Dieners riet zur Vorsicht. Der Herr hob trotzdem das Sackleinen auf an der Stelle, wo er ein fremdes Gesicht zu finden meinte, Tote sind immer fremd, und nie war man auf sie gefaßt. Er fuhr zurück, rauh schrie er auf. Der Diener bedeckte ihm ohne weiteres den Mund. «Still, Sire! Schnell hinein, bevor man uns hier überrascht!» Er raffte seinen Herrn vom Fleck weg, riß eine Tür auf und schloß sie hinter ihnen leise.

«Jetzt schreien Sie! Ich weiß, daß draußen nichts zu hören ist. Die Tat ist ruchlos, wie sie hier sind», erklärte der Protestant mit voller Überzeugung. Da sein Herr nicht schrie, sondern starr dastand, redete er selbst weiter. «Wir täten das nicht. Ein so schönes Fräulein, freundlich, willig des Guten. Ich kenne einen Pastor, der sie heimlich in der Religion unterrichtete. Sie wäre zum rechten Glauben übergetreten.»

«Weißt du, wie sie hieß?»

«Nein. Vielleicht Kathrin, vielleicht Fleurette. Ein armes Edelfräulein, wie ich ein armer Edelmann.»

‹Hab ihren Namen nicht gekannt und darf auch nicht mehr nach ihm fragen. Weine Wut und Schmerz in dich hinein, nach außen darf nichts fließen. Die starb für mich und starb aus Liebe. Was verhieß ich heute morgen der Königin von Navarra, meiner Frau? Nach Flandern zum Heer zu gehen: ich hatte es schon vergessen.›

Laut sagte er: «Wir reiten noch heute nach Flandern.»

«Das ist ein Wort, Sire. In einer Schlacht kann ich angreifen und kann auch davonlaufen. Hier nicht. Hier liegt ihnen, wo es scharf um die Ecke geht, ein Stückchen Sackleinen vor den Füßen, Sie müssen hinübersteigen und schweigen.»

D'Armagnac sprach noch mehr, während er den hölzernen Kübel herrichtete, in dem Henri baden sollte. Als dieser sich entkleidete, fiel ein gerolltes Papier zu Boden. Das war es, was geknistert hatte. Das hatte Margot ihm mitgegeben: ein Schutzheiliger, laß sehn, welcher.

Da war es der geöffnete menschliche Körper, ein Blatt aus dem anatomischen Atlas. Jedem Organ entsprach am Rande sein lateinischer Name, in der Schrift der gelehrten Prinzessin, und gleichfalls von ihr hingesetzt das Bild eines kleinen Dolches – die Spitze gegen den offenen Körper geführt, mit genauer Kennerschaft der richtigen Stelle und ihres lateinischen Namens.

So war die Meinung der Prinzessin von Valois, und dies war ihre Warnung. ‹Hätte ich sie schon gekannt, was dann? Würde ich den Dolch gezückt haben, bevor Guise es tat?›

«Nein», sagte Henri hörbar. Der Diener sah erstaunt auf.

Ein Traum

Sie hatte aber einen Traum.

Margot in ihrem Traum war Dame Venus selbst und bewachte als Marmorbild ein Labyrinth aus hohen Hecken, die kühl ihren weißen Rücken beschatteten: sie fühlte es genau. Der Stein war mit Gefühl begabt, und in ihm wohnte das Bewußtsein. Hinter ihr, rechts und links der Laube, wußte sie zwei Krieger, die um ihrer Gunst willen einander töten wollten, obwohl keiner von ihnen sein nacktes Schwert auch nur um einen Zoll aufhob. Denn beide waren Figuren, der ihren gleich, waren in harte Hüllen eingeschlossen und auf Sockel gebannt, wie sie selbst. Indessen hätte ihr Gedanke genügt, und der, den sie bestimmte, wäre gestürzt und zerbrochen.

Sie sah aus ihren leeren Augen in eine Landschaft, wo alles auf sie allein, silberner Fluß, beglänzte Ufer, Paläste und die Statuen nur auf Dame Venus blickten. Statuen statt Menschen standen weithin verstreut, und sie sprachen, ohne daß es einen Klang gab. Von dir hängt ab, was geschehen soll. Entscheide dich, bis es Nacht wird. Noch fällt göttliche Sonne auf dich aus der Höhe, erhitzt deine glatten Hüften und durchdringt dich, bis sogar dein Herz schlägt. Mit dem erkaltenden Tage verlierst auch du deine Wärme, deine Kraft. Von der Dunkelheit werden belebt werden die bösen Gewalten und werden vollführen das Ungeheure, das du nicht gewollt hattest. Du warst nur eitel und lau, Dame Venus, denn dein Gefühl ist matt und dein Bewußtsein schwach. Entschließ dich! Entschließ dich! – riefen alle Statuen auf einmal, nicht mehr tonlos, sondern wie Vögel zwitschernd, ja, in den harten Lauten kleiner Vögel «von den Inseln». Bis alles auf einmal verstummte und eine Leere eintrat im Geschaffenen wie auch im Gedachten.

Durch das völlige und überall furchtbare Stocken des Weltalls ertönte eine unerhörte Stimme, mächtig, aber verhallend infolge überwältigender Weite des Raums. Die Träumende mußte ihre ganze Kraft sammeln und schärfer denken als jemals die Wachende: da erkannte sie endlich das Gesicht des Vorgangs. Es war eine Loggia in der Mitte eines großen Palastes, drin stand Gott. Er wartete, ließ sich vorerst nicht mehr vernehmen, gewährte ihr Atem zu holen, damit sie nicht starb von seinem Anblick. Er hatte die Gestalt einer Statue, das Gewand hing um ihn genau und altertümlich gefaltet, ein großer Wind ging und bewegte es nicht.

Die Loggia lag in der Front des Louvre, wo sonst noch keine bemerkt worden war. Zugleich deckte sich das bekannte Gebäude mit dem Urbild des Palastes, den wir das ganze Leben lang im rätselvollen Sinn tragen; erinnern uns seiner wie aus unserer frühesten, schönsten Reise, sollen ihn nie mehr mit Augen sehen, würden ihn übrigens nirgends wiederfinden. Hier aber erstand er leuchtend von unvergänglicher Herrlichkeit und den Arbeiten der Meister – und hieß Sinai. So war sein Name. Gott in seiner Mitte wuchtete steinern, nicht höher als mittelgroß – aber da er die Lider hebt, schaudert es mich selig, und alsbald will ich schreien: Ja, Herr! ohne auch nur seinen Willen gehört zu haben. Denn ich weiß ihn von selbst. *Ich soll nicht töten.* Jetzt bewegt sich sein kurzer, gelockter, ganz schwarzer Bart. In seine Lippen fließt Blut, so daß sie sich dunkel röten, und er ruft mich an. Prinzessin von Valois! ruft der Herr. Ich fahre zusammen, ich kann mich nicht melden vor Schrecken, weil ich mir erlaubt hatte zu träumen, ich wäre Dame Venus. Das war nur Wahn. Dies erst ist wirklich, ist die heilige Wahrheit. Madame Marguerite, ruft der Herr. Ja, Herr!

So hatte sie sich gemeldet. Zwar verfügte sie nicht über ihren tiefen klangvollen Ton: der war auf Gott übergegangen, er sprach mit ihrer eigenen, sehr verstärkten Stimme. Sie selbst lallte nur vor Gott. Aber Gott hörte sie und nahm sie an. Er sprach zu ihr, damit sie ihn genau verstände, griechisch. Sprach griechisch: Du sollst nicht töten!

Die Rettung

Sogleich erwachte sie auch, sogleich auch bedeckte sie sich und war schon unterwegs zu ihrer Mutter. Die Königin von Navarra hatte Wache mitgenommen, um den Eintritt, wenn es sein müßte, zu erzwingen. Indessen wurde sie ohne Umstände durchgelassen und sah wohl, warum. Ihr Bruder Karl der Neunte befand sich bei Madame Catherine, und zwar in hellem Zorn. Er schwur und fluchte, nur er allein sei der König und werde befehlen, nicht aber Verschwörer, die in unterirdischen Verstecken zusammenkämen.

Sein Gebrüll belästigte Madame Catherine, die zu denken hatte. Außerdem fürchtete sie für ihre Sicherheit: ihre Tochter, wenn sonst niemand, war imstande, es ihrer maskenhaften Miene anzusehen. Bereitwillig begrüßte die Mutter das liebe Mädchen und wies ihm den gewohnten Hocker an. Was Margot übrigens war, sie blieb ein Mutterkind und hockte am liebsten nahe beim Rock der Alten, um, beide Hände in die Haare gewühlt, große Lederbände zu lesen, davon drückten immer gleich mehrere ihre Knie. Gemäß der Gewohnheit nahm sie die Bücher vom Tisch, blätterte wohl auch mit den Fingern, während aber ihre Augen darüber hinweg und vom einen zum andern gingen.

Karl der Neunte wurde inzwischen betroffen von der dunklen Tatsache, daß sein unzusammenhängender Lärm nichts ausrichtete gegen die alte Frau, die ihm nur zusah. Er beschloß, furchtbarer und genauer zu sein. Er streckte den Hals weit vor, sein rötlicher Schnurrbart hing herab, und auch die Hände ließ er schaukeln, aber es waren Fäuste. So prüfte er aus den Augenwinkeln, wie gefährlich seine Mutter ihm noch werden konnte.

«Hast du gut geschlafen, Mutter?»

«Dein Fest verlief geräuschvoll, mein Sohn.»

«Trotzdem warst du schon früh wieder auf und mit dir einige andere, besonders mein Bruder d'Anjou. Ich bin unterrichtet. Eure Pläne sind gegen mich – sind staatsgefährlich, sonst wäre ihr Schauplatz nicht ein Ort, in den man hinabsieht wie in die Unterwelt.»

«Das scheint nur so, mein Sohn, wenn man auf einer Leiter steht.»

«Du leugnest nicht, Mutter, und tust gut daran; denn die Person, die euch überrascht hat, wäre bereit, alles nochmals zu berichten in deiner Gegenwart.»

«Ich glaube es nicht.»

Der Sohn hörte: Du bist ein Narr. Die Tochter begriff: Sie lebt nicht mehr. Einen Augenblick neigte Margot sich in ihr Buch, indessen Karl einen Anfall bekam. Er werde seinen Bruder d'Anjou verhaften lassen, so schrie er. Die eigene Mutter trachte ihm nach dem Leben und wolle den anderen auf den Thron erheben. «Ich aber hole meine Protestanten zu Hilfe. Ich werde nur noch regieren mit dem Herrn Admiral Coligny!» rief er knabenhaft, bei eigenem Grauen vor so viel Kühnheit. Die Wirkung entsprach denn auch den schlimmsten Befürchtungen: seine Mutter weinte. Madame Catherine wandte Steigerungen an. Zuerst stieß sie mit den kurzen Armen um sich. Langsam verwandelte ihr großes, schweres Gesicht sich in das unschuldige eines kleinen, verzweifelten Mädchens. Hierauf bedeckte sie es mit den Fingerchen, zwischen denen sie aber hindurchspähte, und dabei winselte sie. Immer höher und schriller winselte sie, ohne daß über die Fingerchen der kleinste Wassertropfen rann. Madame Catherine konnte alles anschaulich machen, nur Tränen nicht. Karl bemerkte, was ihr gelang. Das andere sah Margot.

Unter Schluchzen brachte die alte Frau hervor:

«Erlauben Sie mir, Sire, daß ich mich in mein Heimatland zurückziehe! Längst zittere ich für mein Leben. Ihr Vertrauen gehört meinen geschworenen Feinden.»

Hierüber mußte er erschrecken, wie sie hoffte, und er erschrak auch. Er wollte ja nur wissen, was heute morgen beschlossen worden wäre, stammelte er hilflos.

«Das Heil Ihres Königreichs», sagte sie: sagte es mit völlig trockener Stimme und einer so fest sitzenden Maske wie je vorher. Man konnte bezweifeln, daß die Szene des Weinens stattgefunden hatte. Ihre Rede erhob sich strafend.

«Und das mußte ohne Sie beschlossen werden. Denn es fordert Handlungen, ungemein, der großen Herrscher würdig, dir aber nicht angemessen, mein armer Sohn» – dies strafend, als gewaltiger Umschwung nach dem Schauspiel der Demut. Madame Catherine saß da, bekleidet mit einer höheren Gewalt, als wenn sie niemals gebeten hätte, nach Florenz abreisen zu dürfen – wo man sie einst hinausgeworfen hatte.

Karl sah auf seine Füße, während in seinem Kopf zu vieles auf einmal irrte, schweifte und sich kreuzte: alle Andeutungen seiner Mutter aus Tagen, die noch keineswegs diese äußersten gewesen waren; damals hatte er die blutigen Vorsätze zugelassen, als wären sie nur ein Alb. Sogar seine Mutter hatte sich ihnen anfangs nicht anders hingegeben als einer angespannten Übung ihres Geistes über Abgründen. Dennoch erinnerte Karl sich sehr genau der Namen Amaury und Ligneroles, zwei Opfer seiner Furcht – schon bei geringerer Gefahr. Inzwischen hatte er sich, als Beweis seiner Selbständigkeit, mit dem Hugenotten Coligny eingelassen, hatte ihn seinen Vater genannt und in allem seinen Rat befolgt. Er war daher an der Schwelle des Krieges mit Spanien. Haus Österreich zog enger die langen Fangarme um ihn und sein vereinzeltes Land; es hatte den Süden, hatte die Mitte der Alten Welt; es verfügte über die Neue und ihr Gold, beherrschte die Kirche, durch sie aber alle Völker, auch seins; und in sein eigenes Schloß und Bett hatte es sich gelegt unter dem Namen einer Erzherzogin, vom Gold und der Macht so starr, daß sie nicht umfallen konnte!

‹Was nun?› dachte Karl der Neunte verzweifelt, während er seine Füße ansah. ‹Sie gehen damit um, zu töten, alle denken nur ans Töten, aber die Guise und auch meine Mutter wollen Franzosen morden, wollen mir meine Untertanen ausrotten. Der Herr Admiral will Spanier töten: das ist mir lieber. Kommt er dann siegreich zurück, muß ich allerdings auch ihn fürchten, er wird der Stärkste geworden sein. Bis jetzt sind die Guise stärker als er und ich. Meine Mutter ist dafür, daß zuerst die Guise herfallen sollen über die von der Religion. Ich soll mich inzwischen still im Louvre halten und abwarten. Meine frische Truppe stürzt sich auf die Partei, die übrigbleibt, und schickt die Führer noch warm ins Jenseits.›

Fragend blickte er auf, was von dem allem zu halten wäre. Seine Mutter nickte ihm ermutigend zu. Er war oft genug von ihr belehrt worden und verstand sie – bis zu einer gewissen Stelle: dort nicht mehr. Dort wurde sie rätselhaft und er schwach. Vielleicht würde er sie erraten haben: den ersten, entscheidenden Punkt ihres Planes – hätte nicht etwas ihn aufgehalten, ein Widerstand seines Denkens. ‹In dem Keller heute morgen›, so erkannte Karl, ‹haben sie das Ruchloseste erst beschlossen. Ich war nicht dabei und bekomm's nicht heraus. Es macht mir kalt und eng im Magen; wer hilft mir?›

Kaum gedacht, trat seine Schwester vor und griff ein.

«Ich verbiete, daß ein Mord geschieht», sagte sie mit vollem Klang.

Madame Catherine behielt einige Zeit den Mund offen. Was war dem Kind? «Du? Verbietest?» fragte Madame Catherine, jedes einzeln. Auch Karl ließ erstaunt ein Wort heraus. «Du?»

«Ich!» bestätigte Margot unbeirrt. «Und durch mich ein anderer.» Das war Gott, das Marmorbild mit roten Lippen.

‹Navarra droht!› so dachte Madame Catherine. ‹Um so schneller muß ich handeln.›

«Wer könnte dem König von Frankreich etwas zu verbieten haben», sagte sie höchst befremdet.

Die Prinzessin antwortete nicht, sie zeigte ein verwöhntes Gesicht.

Karl fragte: «Auch ich möchte wissen, wer hier befiehlt?» Es war eine falsche Frage, entgegen seinem eigenen Nutzen, aber seine Neugier wog vor. Meinte doch auch seine Mutter noch immer, sie habe nicht recht gehört. ‹Das artige Mädchen! Hockt mit Büchern oder liegt bei Jungen. Allerdings schon wegen des Guise hatten wir Schwierigkeiten. Braucht sie am Ende wieder eine Tracht?›

«Wenn du dich nicht erklärst» – Madame Catherine blieb vorerst noch nachsichtig, «wie soll man dich verstehn.»

«Du verstehst mich. Keinen Mord!»

«Wer spricht von Mord? Die Parteien, wir müssen leider täglich gewärtigen, daß sie übereinander herfallen: die Katholiken deines Guise, die Hugenotten deines Navarra. Es tut mir leid, Töchterchen, deinetwegen, da du dich gewiß überzeugt hast, daß jeder von beiden seine Vorzüge aufweist. Sag nur, wie wir's verhindern wollen!»

Auch dieser schrecklichen Gutmütigkeit setzte Margot wieder ihren Befehl, den im Traum empfangenen, entgegen: Keinen Mord! Sie hatte weit offene Augen und blickte durch ihre fahle Mutter hindurch in das Angesicht Gottes, tiefrotes Blut floß in seine Lippen.

«Wir sollen keinen Mord begehen: dann schlagen auch die Parteien nicht los. Das Zeichen geben nur wir.»

«Wir», wiederholte Madame Catherine, aber ungehalten diesmal, und innen wurde ihr schwül. Diese Gelehrte mit dem großen Verbrauch von Bettzeug hatte besser aufgepaßt, als zu vermuten war, wenn sie harmlos an den Röcken der Mutter hing. Zu allem Überfluß bestätigte sie es selbst.

«Ich bin nicht dumm, Mutter. Ich höre manche Worte, die ihren wahren Sinn erst in der Zukunft bekommen sollen. Meinem Bruder, dem König, sagen Sie solche, die er selbst noch nicht versteht. Ich aber hatte gelernt: ich kann die Sprache der Vögel» – setzte sie hinzu, wie durch Eingebung. Es war aber eine Erinnerung an die zahllosen Statuen ihres Traumes, die deutlich zu ihr gesprochen hatten, obwohl sie nur kreischten wie die kleinsten Vögel «von den Inseln».

«Was meinst du, mein Sohn? Sollten wir es nicht noch einmal versuchen mit der kleinen Belehrung, die deiner Schwester so gutgetan hat? Sie erinnern sich, Sire, jenes Morgens, als Ihre dicke Margot etwas zu lange geschlafen hatte mit dem Guise.» Die stumpfen Augen hinter der Maske versuchten ein heimliches Gefunkel.

Ihm stand der Sinn nicht danach, seine dicke Margot zu prügeln. Inzwischen hatte in seinem Verstand sich dies und das gereimt; der Widerstand seines Denkens ließ nach. Er rief:

«Sie hat recht, zu verbieten, daß ein Mord geschieht! Ich verbiete es auch!»

«Geht!» Kalt und hart wies Madame Catherine ihnen beiden die Tür – vor der heute nicht einmal Wachen standen. Sie hatte daher das Schlimmste zu fürchten, und ihre wohlbewahrte Ruhe war überaus verdienstvoll. Dieser Nachkomme barbarischer Ritter konnte sie einfach gefangensetzen, ihr Sohn d'Anjou, so viel mehr ihr eigen, stand ihr dann nicht mehr bei, denn was geschehen ist, ist geschehn. In diesem allzu wißbegierigen Mädchen aber entdeckte sie zuerst Gefahren. Sie blieb beherrscht.

«Geht.» Nur leider, sie gingen nicht.

«Der Admiral Coligny soll am Leben bleiben!»

«Der König von Navarra soll am Leben bleiben!»

Sie riefen es gleichzeitig, die beiden Namen schlugen aneinander, jeder verdrängte jeden. Die Alte zuckte dann auch die Achseln.

«Da seht ihr's: ihr seid euch nicht einig.»

«Ich will dasselbe wie meine dicke Margot.»

«Mein Bruder, der König, wird mir helfen.»

Demnach hatte sie es mit Verbündeten zu tun. Sobald aber Madame Catherine nicht mehr die Stärkere war, pflegte sie zur List überzugehen.

«Wir wollen einen Vertrag machen, liebe Kinder. Ihr habt zwei Personen genannt. Keiner von beiden wünsche ich etwas Übles. Keinen Finger werde ich erheben, damit eine von ihnen fällt. Sollte aber dennoch eine der beiden Personen fallen, dann, geliebte Kinder, dürft ihr nicht verlangen, daß ich die andere noch schütze. Es ginge über mein Vermögen», setzte sie hinzu, eher kläglich – denn ihre Tochter wuchs. Die Königin von Navarra wurde groß von Gestalt, vermöge Wissens und Willens.

«Ich verstehe die Sprache der Vögel», sagte sie auf die arme Alte hinunter. «Die zwiespältige Zunge Eurer Majestät meint, daß Sie zuerst den Herrn Admiral wollen töten lassen, dann aber auch den König von Navarra, meinen Mann.»

«Kann man so reden!»

«Sie hat es heraus!» rief Karl erleuchtet. «Meine dicke Margot ist klug und weiß alles. Der Herr Admiral soll aber am Leben bleiben. Ich befehl es. Er ist mein Vater.»

«Kann man so reden!» wiederholte die Alte, verließ den beschwerlich nachhinkenden Sohn und hielt sich an die ungleich schnellere Tochter.

«Bedenke selbst, ob irgend jemand hier noch gebieten könnte – dem Haß der Parteien, der Leidenschaft der Menschen, einander zu töten.»

«Nicht den König, meinen Mann!»

«Ich könnte es so wenig wie du. Sie wollen Blut haben. Niemand weiß im voraus, womit es anfängt.»

«Du weißt es.»

«Du weißt es!» brüllte Karl.

Die Alte war zusammengezuckt; jetzt wurde sie traurig, edel traurig, kein ungeordnetes Gewinsel, die Haltung derer, die schwer trägt an vielem, das verantwortet werden muß.

«Hinter meiner Stirn», begann sie und bohrte den Zeigefinger in ihre Schläfe, «steht aufgerichtet Haus Valois. Nicht hinter eurer. Ihr seid jung und folgt euren Begierden. Ich halte allein mit meinem Gehirn die große Last, sonst fiele sie, ihr alle und das Haus.»

Es war ihr wahrster Augenblick; auch versagte er nicht. Die alte Frau wußte diesmal selbst nicht recht, warum die beiden Verbündeten hierauf ganz still blieben. Das verwirrte sie etwas, und infolge aussetzender Berechnung machte sie gleich nachher einen Fehler.

«Du hast dich verliebt, aber du bist meine Tochter. Wir wissen doch, was von unseren Stürmen zuletzt jedesmal übrig ist: wir selbst. Der kleine Navarra tut, wie jeder deiner Männchen, sein Bestes. Eines Morgens wird er auf deinem Lager keinen Eindruck mehr lassen. Das erstemal fragst du: Wo ist denn der Junge? Zum zweitenmal fragst du. Aber zum dritten fragst du nicht mehr und willst nicht so genau wissen, wie er verlorenging.» Sie hatte umsonst geredet.

Margot mit der Stimme Gottes:

«Du sollst nicht töten!»

«Das wäre das Neueste», murmelte Madame Catherine, heraufschielend.

«Oder ich werde Protestantin.»

«Oder sie wird Protestantin», brüllte Karl, und die bedrängte Mutter mußte feststellen, daß ihre Kinder einander bei den Händen gefaßt hatten.

«Ich verlange das Leben des Königs von Navarra.»

«Ich verlange das Leben des Admirals Coligny.»

«Bleib mir mit deinem zähen alten Streithahn, der das Königreich zugrunde richtet, du aber nennst ihn Vater.» Sie entschied sich dafür, den einen dadurch vor die Tür zu setzen, daß sie mit der anderen ihren Frieden machte.

«Gut. Du reisest mit deinem Navarra nach England. Die Hilfe der Engländerin fließt spärlich; aber wir brauchen Elisabeth und ihr Geld, da dein Bruder Karl mit seinem Vater Coligny uns Haus Österreich auf den Hals hetzt. Reist, wann ihr wollt!»

Nur noch eine entlassende Bewegung deutete sie an; die Sprache versagte ihr – ob sie es nun künstlich so anstellte oder sich wirklich ausgegeben hatte.

Sofort kehrte die Tochter zurück zu ihrer lebenslangen Unterordnung, beugte den Nacken und ein Knie, ging gehorsam ab.

Karl der Neunte folgte. Da er die andere Sache ganz überraschend gewonnen sah, vergaß er seine eigene – in dem Augenblick, der über sie entschied.

Margot ging zu Henri. Sie verzichtete auf den Vorteil ihrer Eigenliebe und tat selbst den Schritt, obwohl er sie am Morgen im Zorn verlassen hatte. Sie konnte ihn entschuldigen, weil er als Mann ohnehin der weniger Kluge war, und außerdem gab sie ehrlicherweise zu, daß er Grund hatte zu klagen, sowohl über ihre früheren Liebesbeziehungen, so vergessen sie waren, als auch über das andere. Das andere war schlimmer, und noch schlimmer für sie als für ihn, denn so fest glaubte er doch nicht, wie sie selbst es glaubte, daß seine Mutter vergiftet worden war von ihrer. Indessen hatte sie die Untat jetzt wiedergutgemacht und das unheimliche Hindernis, das immer wieder zwischen ihnen sich aufrichtete, war jetzt beseitigt: sie hatte ihm das Leben gerettet. Margot hatte für Henri gekämpft, berufen durch einen Traum von oben – hatte gesiegt und eilte beflügelt, sich ihren Lohn zu holen.

Er hatte gebadet, sich frisch angezogen, er und sein Zimmer dufteten nach Wohlgerüchen. Als sie eintrat, sah er ihr mit demselben Verlangen entgegen wie sie ihm. In beiden stand das Blut auf, ihr Körper ergriff ein Schwindel, und sie wären einander in die Arme gestürzt. Leider war ein Dritter zugegen, der kurz gebaute, aber lustige Dichter, sein Freund Agrippa.

«Redlicher Agrippa», bestimmte die Königin von Navarra. «Lassen Sie mich dem König, meinem Herrn, ein wichtiges Staatsgeheimnis anvertrauen.»

D'Aubigné schmunzelte bereitwillig, aber bevor er das Feld räumte, machte er anstatt zwei Verbeugungen drei: die erste vor dem König, die zweite vor der Königin, und noch eine vor dem Bett. Darüber lachte das junge Paar von Herzen, und Henri sagte:

«Geliebte Königin! Auf das große Staatsgeheimnis brenne ich noch mehr, als Sie erwarten dürfen» – mit Blick nach dem Lager. «Dennoch sollte Agrippa seinen Bericht beenden. Er weiß von merkwürdigen Vorzeichen.»

«Nicht Vorzeichen, Sire, das sagte ich nicht. Zwischenfälle, oder auch nur auffallende Kleinigkeiten des täglichen Lebens.»

«Gehört das wirklich zum täglichen Leben in Paris, Agrippa? Sagen Sie es selbst, teuerste Königin, ob es hier die Regel ist, daß das Volk sich zusammenrottet, um eure Priester reden zu hören gegen die von der Religion. Der Pfaff steht auf dem Prellstein oder auf Stufen, und er predigt Hängen und Würgen. Plötzlich brechen alle auf, weil sie einen vereinzelten Hugenotten entdeckt haben. Der Unglückliche will laufen, der Haufe wälzt sich über ihn. Kleinigkeiten des täglichen Lebens?»

Sie war tödlich erbleicht. ‹Das ist mehr, als ich geahnt hatte. Margot, es drängt heran, gleich fällt das Tor zu. Schneller, Margot! Fort mit mir und ihm!› Daher sah sie ganz davon ab, wer sonst zugegen war. «Henri, mein geliebter Herr, hören Sie wohl zu! Wir beide werden noch heute abend, wenn die Straßen leer sind, abreisen nach England.» Eine Gebärde ihrer schönen Hand kam seinen Entgegnungen zuvor.

«Henri, mein geliebter Herr! Erkennen Sie ganz, wie eins vom andern abhängt: die Ruhe in Paris vom Sieg in Flandern, und dieser vom englischen Gold. Der Sieg des Herrn Admiral wird ein protestantischer Sieg sein, aber unter seinem Befehl kämpfen eure und unsere Truppen. Das ist das Ende der Feindschaft zwischen uns und euch. Nachdem wird niemand mehr auf Prellsteinen predigen dürfen. Darum: wir beide müssen nach England hinüber mit dem schnellsten Schiff.»

«Ich danke dir. Aber –»

«Nicht fliehen sollen wir – du! Laß mich ausreden, Henri, mein geliebter Herr! Wir fliehen nicht, wir erfüllen die wichtigste Sendung. Coligny selbst verlangt es, zum Vorteil der Sache.»

Das war ihr Einfall in der Not. Der dritte hier mochte einen gedämpften Laut, beinahe einen Pfiff, von sich geben: sie wies ihn nur zurecht mit gebieterischen Augen. Er gehorchte auch, er schwieg. Aber sein König fragte ihn: «Was denkst du, Agrippa?»

Hierauf antwortete er: «Ich denke, daß die Liebe einer schönen Prinzessin das höchste Gut ist.»

Die Ehre ist höher, hört Henri sofort sein gutgeschultes Inneres sprechen. Auch die Religion ist höher.

Schnell entscheidet er: «Der Admiral hat zu befehlen, er wird mir seinen Auftrag selbst wiederholen.»

«So soll es geschehn», bestätigt die schöne Prinzessin, aber für sich ist sie fest entschlossen, die Aussprache mit dem alten Ketzer nach ihren Kräften zu hintertreiben; sie kennt die Kunst, ihren geliebten Herrn aufzuhalten, bis sie beide im Reisewagen fortrollen und alles andere zurückbleibt. Agrippa d'Aubigné gehorcht endlich ihrem Wink und geht. Sogleich haben beide in atemloser Erwartung die Arme geöffnet.

Verspätet erschienen sie bei der heutigen Festtafel; sie hätten aber pünktlich drei Uhr da sein sollen, und sogar früher als ihre Gäste, die sie eigentlich empfangen mußten. Denn dies Essen gab der König von Navarra, im Palast d'Anjou. Statt dessen traten sie unter eine Gesellschaft, die erregt schien, nur daß sie plötzlich verstummte. Drei oder vier Stunden wurde unaufhörlich gegessen und getrunken, Fleisch von allen Tieren, Wein jeden Gewächses, aber es blieb wie anfangs: die Reden waren geräuschvoll, solange sie sich in Torheiten ergingen; nur die klugen oder bedenklichen vertrugen keinen Hauch oder Blick, gleich brachen sie ab. Auch zählten die Anwesenden einander: es war eins der Dinge, die man heimlich tat. Der Erste Edelmann de Miossens lag zu Bett und sollte Koliken haben. Mehrere andere protestantische Herren waren gar nicht mehr aufzufinden, angeblich hatten sie Paris in Eile verlassen.

«Das sind Zeichen», sagte an einem der Enden des Tisches Du Bartas zu Du Plessis-Mornay. «Aber das Auffallendste ist die große Geduld und Versöhnlichkeit derer, die noch übrig sind. Dies ist der dritte Abend, den die Hochzeit schon dauert, und mir scheint es, als ob allen diesen Unglücklichen nachgerade die Kraft verlorengegangen wäre, von ihren Sitzen aufzuspringen, in zwei Haufen sich zusammenzurotten und laut einander zu bedrohen. Manchmal schläft in den Geistern sogar der Haß, oder liegt weit hinten zum Sprunge geduckt.»

Mornay antwortete: «Wir alle zögern noch einen Augenblick, dieses Land und Königreich zu verwandeln in ein blutendes Aas, woran nagen werden alle Tiere der Erde; die Goten nehmen, was die Hunnen verschmähen, und die Vandalen die Überbleibsel vom Fraß der Goten.»

So die Sprache des tugendhaften Mornay, und sie rührte, wie schon oft, an das Äußerste. Ringsum aber zählten sie einander. Auch Katholiken fehlten, darunter der Hauptmann de Nançay. Er wurde im Louvre benötigt, wie man hörte; unbekannt, vielmehr unausgesprochen blieb, wofür. Ein Herr de Maurevert war nicht zu sehen. Manche erinnerten sich seiner besonders spitzen Nase und der Augen ohne Zwischenraum. «Der Hund!» rief der Herzog von Guise gehoben und edel. «Hatte er sich nicht unter meinem Bett versteckt! Er wollte mich um eine Gnade bitten, wie er vorgab; aber der Dolch, den er bei sich trug, sah nach Gnade nicht aus.»

Dies berichtete aus Entrüstung Guise sehr laut, auch Karl der Neunte und der König von Navarra, die einander gegenübersaßen, hätten es bei dem geringen Abstand noch hören können.

Karl machte indessen selbst viel Lärm; sein Vorteil über Madame Catherine, oder was er sich nachträglich als selbsterrungenen Sieg anrechnete, erhöhte seine Stimmung. «Navarra! Hier wollen wir nicht davon sprechen, aber du und deine Liebste, ihr schuldet mir eine ordentliche Kerze für meine Verwendung. Ohne mich wäre dein Leben billig zu haben. Ich bin dein Freund, Navarra.»

Seine Schwester ließ ihm einschenken, damit er schwieg. Sonst hätte er noch allen erzählt, daß sie und ihr Mann heute abend abgingen nach England. Das Glas Wein brachte ihn statt dessen auf seine große Liebe und Bewunderung für seinen Vater Coligny, den treuesten seiner Untertanen, den besten seiner Diener. Hörte man den König von Frankreich, dann war der Friede der Parteien unterzeichnet und die Vergangenheit vergessen.

Du Bartas an seinem Tischende sagte: «Der Herr Admiral glaubt dasselbe, trotz empfangenen Warnungen. Aber er und Karl der Neunte sind die einzigen, die es glauben. Das macht mir Sorge. Wer die Menschen auf einmal und ohne ersichtlichen Grund nicht mehr für blind und böse hält, läuft selbst sehr große Gefahren: vielmehr er hat sich schon aufgegeben.»

Du Plessis-Mornay antwortete ihm: «Mein Freund, wenn in diesem Augenblick Jesus hier einträte, zu welcher Partei würde er sich setzen? Er wüßte es nicht, denn die einen sind so sehr auf Übles bedacht wie die andern und bewahren in ihrem Herzen auch nicht den letzten Funken Liebe mehr, nicht sie und nicht wir. Ich, daß ich es nur gestehe, fürchte mich vor mir selbst; denn mir steht der Sinn nach einer Metzelei.»

«Wir kennen dich, Philipp. Nur dein Geist liebt das Äußerste.»

«Es ist in der Welt, bevor es in meinem Geist ist. Findest du, Du Bartas, daß man hier noch lange den Verstand bewahren kann? Für meinen Teil werde ich mich den Seewinden aussetzen, und wenn ich ertrinke, soll es gern geschehn, da in Schloß Louvre weit Schlimmeres sich ankündigt.»

«Du verreist zu Schiff?»

«Nach England, Geld aus Elisabeth ziehn.» Die Züge seines sokratischen Gesichtes schoben sich noch enger zusammen unter der hohen Stirn – aus Verachtung für das Geld oder auch für sein Glück. Selbstbetrug war nicht seine Sache, und er begriff, daß ungewollt das Glück sich ihn erwählt hatte, um ihn von hier fortzubringen.

«Madame Catherine hat mich rufen lassen. Ich soll reisen statt meines Herrn, der hierbleiben muß. Was ihm nottut, ist kein schwankendes Schiff, sondern ein festes Schlafzimmer. Wirklich kann aber nur er allein die Geister beruhigen vor ihrem Ausbruch. Mein eigener Geist, o Freund, ist nicht mehr anders abzukühlen als durch die Tiefen der Flut, und mir bleibt zu hoffen nur, daß ich darin versinken muß!» rief er hingegeben – sollte aber leben noch einundfünfzig Jahre, und manche derer, die ihn hier umgaben, keine fünf Tage mehr.

Seine Worte, denen er den Wert von Geheimnissen nicht beimaß, wurden mehrfach belauscht und verstanden, auch von der jungen Charlotte de Sauves. Die Freundin benutzte die erste Gelegenheit, als der König von Navarra seinen Platz neben der Königin verlassen hatte, um Margot zu unterrichten. Sie hatte dabei leuchtende Augen. Sie war in der Zeit, wenn manche das Lächeln des Lebens besonders anmutig erwidern. Ihr Gesichtchen, das von den Jahren bestimmt war, spitz zu werden, bekam in diesem Augenblick einen geistreichen Reiz durch die Neuigkeit, die sie überbrachte. «Madame, Majestät und Margot», sagte sie abwechselnd und konnte nicht genug darauf bestehn, wie tapfer und geschickt zugleich der König von Navarra sich verhielt, da er hierblieb, und da er, um hierzubleiben, seine Königin belog. Denn so stellte die Freundin es dar, in allen Tönen des Lobes. Die Ehre eines Mannes verlangte, daß er sogar seine Liebe aufopferte dem Dienst! Charlotte dachte dabei: ‹Jetzt liegt ihr den ganzen Tag beieinander, aber einmal kommt auch an mich die Reihe, ich bin darauf neugierig. Wenn die gute Margot weiß, daß er sie schon belügt, betrügt sie ihn früher, und er sie mit mir.›

Margot dachte, während sie zuhörte: ‹Die ist neidisch. Mein Glück übertrifft alles, sträflich ist, daß man es mir so sehr ansieht. Ich hätte klug gehandelt, das Glück auf einer Reise zu verstecken, selbst wenn sie weit und gefährlich wäre. Vielleicht brächte man es heil zurück, indes hier – Ich weiß nicht, was meine Mutter vorhat, sie selbst aber weiß es. Daher kann sie gegen mich immer noch ein Blatt ausspielen. Wenn es wahr ist, was Sauves plappert, dann hat Madame Catherine meinem geliebten Hugenotten in den Kopf gesetzt, daß sein Mornay besser als ein König in England um Geld betteln kann. Nein! Anders! Jetzt merk ich erst, daß die Ausrede von Henri allein erfunden ist. Sie merkte es aber, weil ihre Freundin es ihr auf unmerkliche Weise untergeschoben hatte. Er schickt jemanden, damit wir hierbleiben können. Denn er ist zu tapfer, um sich in Sicherheit zu bringen, und er liebt mich so sehr, daß wir unser Zimmer nicht lange verlassen dürfen!›

Dies dachte Margot, bewegt in ihrem Fleisch und ihrer Seele. Sie nahm sich undeutlich vor, noch wieder vorstellig zu werden bei der alten Königin – saß statt dessen, fühlte die Frist vergehn und hatte eigentlich an dieser Stelle schon alles aufgegeben, was nicht die Nacht und ihre Freude war.

‹Mein liebes Herz und meine schöne Liebe›, dachte Henri in den Ausdrücken, die nur laut wurden für sie ganz allein und in den seltensten Minuten. Indessen sprach er abseits mit seinem Vetter Condé über seine Schwester: deshalb hatte er sich von seiner Königin getrennt, für eine kleine Weile, wie er meinte. Es sollte eine wohlbemessene werden. Sein Vetter sagte ihm, daß er selbst der jungen Catherine abgeraten habe, das Haus zu verlassen. «Paris ist unruhig. Das Volk wartet nach seiner Art auf Ereignisse, mit denen es sich aufzuregen hofft. Ich, soviel an mir liegt, würde es bestrafen, nicht, wenn es schon losgelassen ist, sondern solange es noch lüstern schwankt.»

«Glücklicherweise wirst du nicht gefragt. Wir wollen die spanische Weltmacht angreifen, da darf Paris nicht ruhig sein. Aus den Erregungen eines Volkes ist alles zu machen, sogar das Gute und nützliche. Dafür sind wir Fürsten. Meine Schwester hätte doch kommen sollen, wenn meine Hochzeit gefeiert wird.»

Der Bruder bestand darauf, weil er sehr wohl unterschied, warum sie eigentlich fortblieb. Er hatte nicht handeln wollen, wie nach ihrer Meinung der letzte Auftrag ihrer Mutter gewesen war: hatte Paris nicht verlassen, und die von der Religion nicht gegen den Hof geführt. Statt dessen gab er Kraft und Schicksal dahin, um die Prinzessin von Valois zu lieben: das verzieh seine Schwester ihm nicht. Er enttäuschte sie als König und als Bruder. In der jungen Catherine fühlte sich verletzt und mißachtet die tote Jeanne. Für sich selbst aber war die kleine Schwester eifersüchtig auf den großen Bruder, der eine andere küßte. Da er Kathrin kannte wie sein Blut, blieb nichts hiervon ihm wirklich verborgen; er dachte es nur abzustreiten vor Condé, nicht vor sich selbst. So sagte er: «Sie irrt, Vetter, und wenn ich abgereist sein werde, dann mach es ihr klar! Ich verlasse dennoch Paris, wie ihre Meinung und der Auftrag unserer Mutter war. Zwar werde ich nicht anrücken mit dem Heer, aber mit Gold aus England.»

«Du? Unter Säcken gebeugt wie ein Esel?» fragte der Vetter zweifelnd, und es war nur gut, daß er zweifelte, denn so klang wenigstens die Mißachtung nicht durch. Grade hier trat Philipp Mornay zu ihnen.

«Ich selbst soll den Esel spielen, statt Ihrer, Sire.» Er reckte den Hals und wieherte. «Der goldene Esel, ein Zauberwesen, aber eine zu kostbare Fracht führt den Himmel in Versuchung; er läßt die Planken klaffen und den Esel ins Meer versinken: mir sagen Vorbedeutungen, wie es endet. Ihr Leben, Sire, ist bei weitem teurer; man zahlt hoch dafür. Sie wissen wohl, wer», raunte er und deutete durch die Wand hinaus, bis zu einem Ort, wo alles und auch dies Ding gelenkt wurde.

«Dann bleibe ich», entschied Henri sofort. «Es ist sogar besser zu bleiben. Um so eher bin ich Herr meiner Entschlüsse. Ich und der Herr Admiral sind stärker, wenn wir vereint sind.»

«Auf alle Fälle hast du Margot», ergänzte Condé und wendete sich ab. Grade das hatte Henri im Sinn gelegen, er erschrak und schwieg.

Philipp Mornay verneigte sich förmlicher, als unter ihnen sonst üblich war. «Sire, ich bitte jetzt, mich zu beurlauben. Aber da ein Scheidender einem Sterbenden ähnelt, genehmigen Sie mein Vermächtnis! Sie werden hier zurückgehalten, damit die andern nicht rechtzeitig Mißtrauen fassen und alle auf einmal, in einem allzu starken Haufen, sich aus der Stadt schlagen. Nur dadurch trügen sie noch Leib und Leben davon, anders nicht mehr, und haben auch ihren inneren Schutz so gut wie das Tier, das zurückscheut vor dem Schlachthaus. Achten Sie auf die Gespräche ringsum, Sie werden keins belauschen, worin man nicht lieber weit fort wäre und nur noch ausharrt, weil Sie das Kommende geschehen lassen, Sire.»

«Philipp, du hast im Namen des Herrn Admiral eine glänzende Denkschrift aufgesetzt für den König von Frankreich, daß seine Untertanen von Natur nichts so nötig haben, wie zu stehlen und zu töten, wenn nicht Fremde, dann einander. So übertrieben angespannt redest du auch hier wieder. Coligny ist der Freundschaft des Königs versichert. Er hegt noch weniger Mißtrauen als ich, warum bliebe er wohl sonst?»

«Er bleibt, weil ihn das Grab erwartet. Dich aber erwartet das Bett.»

Ein Schub angeheiterter Gäste trennte sie. Als Henri seinen Freund suchte, fand er ihn nicht mehr.

Und Wunder

Schon längst vollzog alles sich im zunehmenden Lärm und dem Geschiebe des beginnenden Aufbruchs. Vom Palast d'Anjou wechselte die Gesellschaft hinüber nach Schloß Louvre, dort sollte der am Morgen unterbrochene Ball weitergehen.

Es war nicht laut gestritten worden heute, statt dessen herrschte eine sonst nicht bemerkte Blicklosigkeit der Drängenden. Sie wußten gar nicht, wen sie aus dem Wege stießen oder in ihren Knäuel verwickelten. Kaum daß sie dem nächsten Umkreis des Königs von Frankreich noch Achtung erwiesen. Henri indessen war zu weit abgetrieben, Margot sah er nicht mehr, wandernde Mauern und kein Durchblick, es ging zu wie geträumt. Daher rief er auch unbewußt: «Margot!»

Jemand antwortete: «Fort im Wagen mit ihren Damen. Hierher, Sire, zu mir!»

Henri sah nicht den, der rief. Er hatte die Stimme Agrippas erkannt: schon hörte er sie nicht mehr. «Laßt mich durch!» befahl er. «Ich will zu der Königin.» Hier erlaubte sich eine gezierte Stimme hinter ihm und unfern seinem Ohr merkwürdig dreiste Scherze. Welche der Königinnen er denn meinte? Elisabeth von Österreich hätte ihn wohl schwerlich hinbestellt, mit Madame Catherine hingegen bekäme er es noch immer früh genug zu tun. Henri sah sich um: der junge Dummkopf hatte sich in der Menge versteckt und tat, als wäre er es nicht gewesen. Es war aber Du Guast, Liebling d'Anjous, und was er schwatzte, hatte er von seinem Herrn, es konnte nützlich zu erfahren sein. Henri lachte und winkte, damit der Junge hervorkäme. Der schoß auch schon, so lang er war, im Bogen über einige Köpfe hinweg, erstaunlich anzusehn, und quiekte in der Luft. Es kam, weil Lévis de Léran, der schöne Page unter den protestantischen Edelleuten, ihn urplötzlich dort hinauf versetzt hatte mit einem Stoß seines Knies in das beliebte Gesäß. Die, denen der Liebling auf die Köpfe fiel, wichen aus und stürzten über andere. Die Bewegung drohte alle mitzureißen in eine gefährliche Unordnung. Ein Herr vom Hofe Frankreich, d'Elbeuf war sein Name, faßte ohne Umstände den König von Navarra unter den Arm, hob von der Wand einen Vorhang: plötzlich atmeten beide die frische Luft und waren im Dunkeln ganz allein.

Es geschah schnell, ohne Worte, war überraschend, schien mehrdeutig – und was Henri versäumt hatte, als er einsam und ohne Beistand dem Guise gegenüberstand, das tat er hier, er zückte den Dolch. D'Elbeuf sagte jugendlich beseelt: «Wenn Sie mich nicht für Ihren Freund halten wollen, Sire, hier ist meine Brust.» Und er entblößte sie.

Henri beugte sich vor, konnte das Gesicht nicht erkennen, aber auch vorhin, im Hellen, hatte er die Freundschaft noch verkannt. Er verhielt sich sogar weiterhin vorsichtig. «Gehen Sie voran! Ich will in den Louvre. Keinen Schritt vom Wege!»

Als sie anlangten, stand das Tor auf der Brücke wohl offen, aber nicht genug, und es konnte auch weder recht aufgemacht noch ganz geschlossen werden, weil die einen sich hinausquälten, während die anderen sie zusammenpreßten zwischen den Türflügeln. Wildes Gebrüll begleitete die Anstrengungen. Der Schein vereinzelter Fackeln flog über verzerrte Gesichter. Henri sah Knebelbärte und rauhe Koller: die Seinen, sie wollten fort. Die hatten nicht an der Tafel der Könige gegessen, die Ärmsten der Edelleute und Gemeinen waren unbeirrt geblieben von den Verführungen dieses Hofes – hatten einigen Bürgern dieser fremden Stadt die Geldtaschen abgeknöpft und sie vielleicht erschlagen, jetzt aber wollten sie nicht selbst erschlagen werden. Für sie lag es einfach. Sie flüchten und hieben drauflos, weil die Wache des Louvre sie nicht hinausließ.

Ihr König rief sie an. Sie erkannten ihn, ihr Gedränge kam plötzlich zum Stillstand. Verständlich wurde, was einer sagte: «Mord, Sire! Kommen Sie mit uns!» Henri sah sich um: sein Begleiter d'Elbeuf war noch immer bei ihm. «Tun Sie, was Ihre Leute wollen», antwortete er auf den Blick.

Hinter dem Tor wurde befohlen: «Der von Navarra ist draußen, holt ihn herein!»

«Laßt mich hinein!» sagte Henri zu den Seinen. Sie hielten ihn aber fest. «Wir gehen nicht ohne dich, noust Henric! Wir haben Pferde in den Ställen, mit dir schlagen wir uns durch, mit dir kehren wir tausendfach wieder.» Sie umringten ihn und wagten ihn dringend anzufassen – hätten ihn auch mitgerissen in ihre Bewegung, und die war gemacht aus ihrem ganzen Vertrauen zur

Natur; an ihn klammerten sie sich, wie an einen heimatlichen Rebhügel, der sie deckte und den sie nicht aufgaben, gegen keine Übermacht.

Er selbst hätte nur wollen müssen. «Laßt mich mit dem Hauptmann sprechen!» verlangte er statt dessen, da er jetzt sehen konnte, wer auf der Brücke befahl. Der Hauptmann de Nançay hatte inzwischen das Tor weit öffnen lassen, alle Hugenotten mochten abziehen, er hatte es auf ihren König abgesehen. Die Knebelbärte und Koller stießen durch und trabten vorbei an denen, die nicht mehr zahlreich Henri umringten. Der Wall von Körpern um ihn zerfiel und wurde schmal. Jemand, der noch da war, raunte: «Die letzte Minute!» Schüchterne Stimme eines Freundes, der eben rechtzeitig für die letzte Minute erschienen war, zu spät, als daß er das Recht gehabt hätte, anzupacken. Er legte dennoch Hand an Henri, er nötigte ihn zu einem Ringkampf wegen jedes Schrittes, den er ihn fortzerrte vom Tor. Sie kämpften selbstvergessen, bis sie getrennt wurden, sie hatten einander Beulen beigebracht und die Kleider zerrissen.

Die Stimme des Hauptmannes rief: «Was fällt Ihnen ein, d'Elbeuf! Den König von Navarra erschlägt man nicht. Man geleitet ihn ehrfurchtsvoll in das Schloß zurück.»

Henri, der wieder klar sah, fand von seinen Leuten keinen mehr, und Hauptmann de Nançay, mit dem er allein war, schlug einen unerträglichen Ton an. «Sire, schon bei Ihrer Ankunft hatte ich die Ehre, Ihnen zu versichern: je mehr Hugenotten im Louvre, je besser. Leider sind uns soeben einige entwischt. Dank dem heiligen Bartholomäus, Sie haben wir noch.» Worauf Henri, mit der Schnelligkeit seiner achtzehn Jahre, dem Mann einen Backenstreich gab und weiterging. Er sah noch das bestürzte Gesicht des Geschlagenen. Als aber Bewaffnete ihm nachliefen, hörte er den Hauptmann «Halt!» rufen. De Nançay knirschte zuerst und stöhnte dann: «Das ist für später.»

Aus dem Haus erklang voll die Tanzmusik, Fenster standen offen, unter einem verstreuten Licht bewegten sich Gestalten einander entgegen, nur um ihre Reihen dann dennoch zu trennen. Henri stand unten und suchte nach ihr, es war Zeit, sie wiederzufinden. Immer neue wirre Vorgänge hielten ihn fern von ihr, ohne daß sie selbst ihm eine Spur zeigte oder Nachricht hinterließ. Er sah hinauf aus dem Dunkel ins Ungewisse, und ihm klopfte das Herz. ‹Im gelben verstreuten Licht, dem milden Rauschen der Musik vollführte sie jetzt wohl ihre gewählten und kostbaren Bewegungen, gab ihren Füßen und Händen den Anschein des Schwebens, lächelte als Maske der vollkommenen Schönheit. Wir sind weder vollkommen noch edel, Margot, wenn wir nackt sind!› Er faßte mit beiden Händen in die Rosen, die hinauf zu dem offenen Fenster rankten. Der Stich der Dornen machte ihm Vergnügen, das ist der Schmerz, den du mir schenkst! Wäre auch geklettert am Spalier – leider plumpsten aus dem unteren Saal einige angetrunkene Tölpel, Schweizer, die sich draußen erleichtern wollten, und das nirgends sonst als auf die Rosen und den Verliebten. Der entwich in den Saal, und draußen brüllten sie bei ihrem Geschäft vor Lachen.

Das war der Wachsaal, von einzelnen Fackeln ungleich erhellt, und niemand drinnen, außer vier Steinfiguren, die eine Tribüne tragen. In den nächsten, davon abgetrennten Raum führen drei Stufen, man stolpert über sie und weiß nicht, wohin man gerät. Hohes Gewölbe, vom Ball dort oben kaum noch die Erinnerung eines Geigenschluchzens, und kein Licht mehr. «Holla! Niemand hier?»

«Allerdings, jemand hier», antworteten gleich zwei, und Henri, scharf und wach, erkannte die Stimmen, er unterschied auf dem schwarzen Grunde ihre weißlichen Regungen.

«D'Anjou und Guise», rief er ihnen entgegen. «Die Muntersten auf meiner Hochzeit!»

«Du, Navarra?» sagte d'Anjou so trocken wie immer. «Deine Sache wäre Tanzen oder Bettliegen. Unsere sind Sorgen. He! Licht!» sagte er, nicht lauter als das vorige, und es hörte auch niemand.

«Ich bin neugierig auf eure Sorgen. Denn ich kenne euch als Freunde, wie ich sie liebe, ohne Furcht, ohne Falsch.»

«Das sind wir», sagte Guise. «Darum machen wir auch so ehrliche Anstrengungen, damit in Paris der Aufstand nicht losbricht, wegen deiner Heirat.»

«Sie lieben hier nun einmal keinen Ketzer. He, Licht», murmelte d'Anjou.

Henri sagte: «Darum laßt ihr, besonders aber du, Guise, immer mehr Truppen hereinkommen, verbreitet aber in der Stadt das Gerücht, es wimmelte hier von Soldaten des Herrn Admiral.»

«He, Licht. Das hat nichts zu sagen; sie sind versöhnt, Coligny und Guise. Mein königlicher Bruder hat sie versöhnt.»

Diesmal erschien Licht: es war Condé, der Vetter Henris. Er hatte reichlich Diener mit Armleuchtern bei sich. «Ich war um dich in Unruhe, Vetter. Nur gut, daß ich dich in so sicherer Gesellschaft finde.»

«Sie sind versöhnt, weißt du es schon, Vetter Condé? Guise und Coligny haben Freundschaft geschlossen aus Gehorsam gegen den König.» Die Kerzen leuchteten allen in die Gesichter. Henri empfand eine neue, eigentümliche Begier, auch die Dinge dreist ins Licht zu stellen. «Schon dein Vater, Guise, und alle die Deinen, wollten den Herrn Admiral töten lassen; aber bevor es ihnen glückte, ließ er selbst deinen Vater töten. Seitdem zündet ihr einer am andern eure Rachsucht an, jeder neue Guise an dem, der schon da war.»

«He, Licht», sagte d'Anjou aus Bestürzung, obwohl er reichlich beleuchtet war.

Guise wiederholte unerschütterlich: «Ich bin versöhnt mit Coligny. Er hat trotzdem sein Garderegiment hergerufen, aber ich traue ihm.»

«Er hat niemals deinen Vater töten lassen. Er schwört es», versicherte Condé.

«So wahr sind auch meine Schwüre», erwiderte Guise.

«Spielen wir doch Karten», verlangte d'Anjou.

«Du möchtest ihn töten lassen», erklärte Henri, ohne sich zu ihnen hinzuzusetzen. Die Karten wurden gebracht und gemischt, niemand schien gehört zu haben. Plötzlich schlug Condé auf den Tisch.

«Er glaubt alles, weil Karl ihn seinen Vater nennt. Seine Frau ist abgereist nach seinem Schloß Châtillon. Er selbst sollte längst in Sicherheit sein.»

«Warum setzest du dich nicht, Navarra?» fragte d'Anjou etwas undeutlich, denn seine dicke Lippe zitterte. Er hatte Furcht.

«Weil ich hinaufgehe zu der Königin.»

«Geh nur! Deine Heirat erhält den Frieden. Möge die Hochzeit ewig dauern.»

«Ich will auch nachsehn, wie viele wieder fehlen: von meinen Leuten und von euren. Dein Hauptmann de Nançay, ich weiß jetzt, welcher Dienst ihn abhielt. Wo steckt nur der Mann, den du unter deinem Bett überraschtest, Guise? War es nicht ein Herr de Maurevert?»

«Ich kenn ihn nicht und hab ihn nie gesehn», schrie Guise ganz ohne edle Geziertheit. D'Anjou sagte ängstlich und meinte Navarra:

«Setz dich oder geh!»

Der Vetter hielt Henri zurück. «Weißt du nicht, in welchem Zustand du bist, Vetter? Deine Kleider sind zerrissen, dein Gesicht ist geschwärzt. Woher kommst du?»

Henri flüsterte ihm schnell zu:

«Sie halten unsere Leute mit Gewalt zurück.»

«Fort, schlagen wir uns durch!» flüsterte Condé.

«Nein.» Laut sagte Henri zu einem Haushofmeister: «Ich will es sogleich erfahren, wenn die Königin von Navarra ihr Zimmer aufsucht.» Damit setzte er sich und sie spielten.

Ihr Tisch stand unter dem großen Kamin, aber hoch oben der Sims trug die Armleuchter. Das Licht der Kerzen verbreitete sich gedämpft über die Spieler. In einem stolzen steinernen Schatten verharrten Mars und Ceres, zwei Figuren, die diesen Kamin stützten, seitdem ein Meister, genannt Goujon, sie vordem aufgestellt hatte. Denn die hinterlassenen Gestalten vergangener Meister sind verharrend und stützend noch immer zugegen, indessen die Leidenschaften der Lebenden herunterbrennen gleich Kerzen und hinterlassen nichts. Das erkennt ein Achtzehnjähriger nicht im Spiegel, und durch den Ablauf der eigenen Minuten erfährt er es nicht. Henri aber hatte gegenüber sich selbst d'Anjou, die bebende Lippe, den unsauberen Flaum am Kinn; und dieses drückte sich in eine so zart gerollte Krause, während der Thronerbe seine Augen wie Schrauben durch die Karten bohrte. Sein Spiel stand schlecht, zu urteilen nach den angstvoll verschobenen Brauen. Verkrüppelte Ohren, die Haare derart angesetzt, daß Schläfen und Wangen halbwegs einen äffischen Umriß bekamen: daran war abzulesen, und auch an der gemeinen Nase, daß einer töten will und daß er selbst den Tod fürchtet. Auf seinem Barett glitzerte Geschmeide, auf sein Gesicht gelangte keine innere Helligkeit. Es war armselig, weil nur schwärzliche Geister es umspielten. Madame Catherine! sah der von Navarra. Ihre wahre Furcht: der hätte sie ihr Genie der Finsternis mitgeben wollen. Mißlungen, er tut mir leid, weil er nur unter dem Schutz ihrer Röcke mit Glück vielleicht töten wird, allein aber, ohne die Alte, verliert er das Spiel.

«Trumpf!» rief Navarra und schlug seine Karte nieder, auf einen Haufen anderer. Das Licht der Kerzen verbreitete sich von oben leise schwankend. D'Anjou beugte sich vor, er berührte die zuletzt hingeworfene Karte, zog schnell die

Hand weg und besah sie. Hierauf tat Condé dasselbe, nur heftiger. Die beiden anderen widerstanden der Regung, sie mußten nicht greifen, sie hatten erkannt. «Blut!» sagte Guise unwillig. «Wer blutet hier?»

Navarra hielt seine Hände offen hin: sie hatten Risse wie von den Nägeln eines Gegners, mit dem man ringt, oder wie von Dornen. Aber nirgends sickerte Blut. Darauf besah d'Anjou seine eigenen Hände, er konnte sie nicht ruhig halten; sein Gesicht überzog sich, anstatt zu erbleichen, wie mit Asche. Condé und Guise warfen auf ihre Hände nur einen Blick, beiden gleichzeitig fiel es ein, die aufgehäuften Karten auseinander zu rühren. Auf einmal waren alle ihre Finger rot. Das war nicht nur eine Karte, alle Karten klebten, sie lagen in einer Lache, Blutflecken auf dem Tisch! Die Diener wurden verhört, der Tisch abgewischt, der Haushofmeister brachte neue Karten.

Diesmal wurde das Blut zuerst gesehn, als Guise ein Blatt niederschlug, aber an seine Hände dachte er nicht mehr, und keiner von ihnen an die seinen oder andere Menschenhände. Unter den Karten hervor, langsam, unausweichlich, rann es, sickerte, floß zusammen, breitete sich aus. Sie mußten erstarrt dabei sein, sie konnten dagegen nichts, als sich klein machen und vorübergehen lassen dies Kältegefühl, das sie ankam von jenseits, dem Reich des Unbekannten. Guise zuerst entriß sich dem Schauder, er sprang auf und fluchte. Weiß war er wie das Tuch, das der Haushofmeister schon wieder über den Tisch führte; Henri indessen bemerkte gezeichnete Flecke auf seiner linken Wange. Verwirrung! Seine eigenen Finger schienen das, ihr Mal, und es war doch mit einem Backenstreich einem anderen aufgedrückt, dem Hauptmann beim Tor! Guise hatte genug, er verließ geräuschvoll das Zimmer. Condé packte plötzlich den Haushofmeister, der erschrak.

«Du machst das mit deinem Tuch. Du hast das Blut in dem Tuch. Verdammter Taschenspieler, woher kommst du?»

«Aus dem Kloster Saint-Germain», sagte der Mann überraschenderweise und erschrak noch mehr, als hätte er das nie gestehen dürfen. Condé fragte nicht weiter, in seiner Wut stieß er den Mann zu Boden und trat ihn mit beiden Füßen. Henri sah sich um: von d'Anjou fand er keine Spur mehr. Aber der junge Lévis, Vicomte de Léran, unter den Protestanten der schöne Page, entstieg strahlend dem Dunkel und meldete:

«Die Königin von Navarra erwartet Sie, Sire.»

Lauern

Deine Sorge ist Tanzen und Bettliegen, hatte jemand ihm gesagt, aber das war ihm der Sorge zuviel, schon allein das Bett nahm ihn dahin, ganz, und er hätte fürchten können: für immer. Margot gab Freuden, die mehr waren als Freuden; sie waren eine Zuflucht, die einzige noch übrige, und lohnte die Gefahren, vergalt die Erniedrigung, beschämte die eigenen Gedanken. ‹Margot, deine Mutter hat nur meine Mutter getötet, du aber lieferst mich selbst ihnen aus

Ein Spiel um die Macht . . .

. . . wurde im Louvre ausgetragen. Für Henri sollte es mehr und mehr ein Kampf gegen das spanische Geld und weniger ein Streit um den alten Glauben werden. Es sei doch nur das Geld – sagte er später einmal –, das den Unterschied zwischen ihm und seinem Gegner mache. Henri hatte ein jährliches Einkommen von «nur» 300 000 Franken aus den Erträgen von Foix, Armagnac und den bourbonischen Erbgütern und aus Wertpapieren, die schon immer eine beachtliche Rendite brachten.

wie Dalila den Samson. Margot, warne mich nicht, sprich lateinische Verse mit deiner dunklen Schlafstimme, beim Lieben. Margot, ich kann im nächsten Augenblick gerüstet dies Zimmer verlassen und alle Deinen niedermachen. Ich habe genug der Meinen hier in Schloß Louvre, sie warten nur auf mich, wir wären früher bei Madame Catherine als ihre schnellsten Spioninnen. Ich bin der Herr, zu tun, was ich will, aber ich küsse dich, da du unersättlich bist! Margot, höheres Wesen, denn das seid Ihr, und darum niemals wirklich unser! Margot, Ihr habt wenig Seele, gemessen an meinem Hochgefühl. Deinen Leib, Margot, bevor er altert! Was wird einst werden aus meinen belles amours! Ich werde dich verlassen, das ist vorauszusehen, und du wirst mich verraten. Ein gefährliches Tier, eine böse Frau! Margot, verzeih – mehr bist du, viel mehr als ich, die Erde selbst, auf der ich liege, reite und dahinfliege bis in den Himmel selbst!›

Dies alles empfand er, begeistert und verzweifelt in einem. Denn nichts ist der Verzweiflung näher als die Begeisterung, diese empfängt aus ihr das Beste. So in der Jugend. Das Mannesalter entfernt sich von den Quellen und vergißt sie. Wer ihnen immer nahe bleibt, wird leben und ein Mensch sein wie Henri von Navarra, später von Frankreich und Navarra.

Man erwacht, und richtig, ein Tag ist wieder da. Wäre er nur schon vorbei! Womit wird man ihn hinbringen? Was erfinden die anderen, die nicht als Hauptteil des Lebens die Nacht haben? Sie sind aber tätig, und ihre verschiedenen Werke und Arbeiten erweisen sich nicht weniger sinnreich als die der Liebe und reichen so tief hinab wie der Schlaf. So geht der Herzog von Guise in das Kloster Saint-Germain-l'Auxerrois, das zwischen Schloß Louvre und der Straße Dürrer Baum liegt. In der Straße wohnt der Admiral Coligny, nach dem Schloß begibt er sich oft, an dem Kloster konnte man vorbei. Hinter einem vergitterten Fenster wartet jemand, seit gestern schon, unermüdlich hinter Stäben lauernd.

Karl der Neunte sagt: «Mein Vater Coligny» und erwartet ihn heute vergeblich. Es ist der zwanzigste. Hinter Stäben lauert einer. Guise spielt Ball mit Karl, er denkt hinter seinem hellen freien Gesicht das Wort «lauern». Er denkt, daß schon gestern der Haushofmeister, der ihm zu Diensten ist, im Kloster jemand eingesetzt hat. Neben dem Manne lehnt ein Gewehr, und er lauert.

Madame Catherine bleibt unsichtbar, vor ihren Türen stehen Wachen, draußen und drinnen, und sie bewegt sich am Stock, aber unhörbar, von einer zur andern. Jedem späht sie von unten ins Gesicht, und der Soldat starrt über sie weg ins Leere. ‹Lauert›, denkt Guise. Denkt, daß hinter dem Gitterfenster die Wohnung des Domherrn, seines alten Lehrers, bereitsteht zur Tat. Den Haushofmeister liefert ein Verwandter, das Gewehr ein anderer, und vom Galgen hat Urlaub der Mann, der dort lauert. Lauert.

Diesen zwanzigsten war auch Theater, unter Mitwirkung des Königs von Frankreich, bei versammeltem Hof. Rechts Paradies, links Hölle, wie es recht und wahr ist. Den Eingang des Paradieses verteidigten drei Ritter, das waren Karl der Neunte und seine beiden Brüder, noch niemals hatte man sie so einig erblickt. In der Hölle benahmen große und kleine Teufel sich unflätig und albern. Den Hintergrund aber bildeten die elysäischen Gefilde, bevölkert von zwölf Nymphen. Alles wäre in Ordnung gewesen, aber dramatisch ist vielmehr, daß die Welt in Unordnung gerät, und so unternahm ein Haufe irrender Ritter, das Paradies zu erstürmen. Diese wurden indessen von Karl und seinen beiden Brüdern besiegt und bis in die Hölle gejagt. Übrigens trugen sie Kinnbärte und rauhe Koller.

‹Margot! Könnten wir uns nicht von hier entfernen, denn es wird hohe Zeit, daß ich dich entkleide, dein Fleisch brennt!›

Guise denkt: ‹Lauert. Der Galgenvogel de Maurevert lauert. Mein Domherr, der den großen Protestanten haßt, und mein Haushofmeister, den Condé getreten hat mit beiden Füßen – lauert.›

‹Ich bin der König von Frankreich und verteidige das Paradies›, denkt Karl. ‹Kinnbärte und rauhe Koller, in die Hölle mit euch! Von eurer Religion ist allerdings auch mein Schwager, sogar mein Vater. Das hier hat denn auch sonst nichts zu sagen, als daß ich Theater spiele. Der Umfang meiner Brust macht Jupiter neidisch, und nur an Herkules sind meine Schenkel zu messen.›

Jetzt geschah, daß vom Himmel herab Merkur und Kupido stiegen – über einen Regenbogen von natürlichem Aussehen, der aus Wolken sein Licht empfing. Diese Götter erschienen nicht nur wegen der seltsamen Kunst der Maschinen, sondern besonders, damit das Ballett beginnen konnte. Auf ihre Bitte holten die drei Ritter des Paradieses die Nymphen nach vorn bis in die Mitte des Saales. Die Vorführungen dieser unsterblichen Wesen, die aber nur Schauspielerinnen waren, dauerte über eine Stunde: so lange blieben Kinnbärte und rauhe Koller in der Hölle ausgesetzt dem lächerlichen Unflat der rot wabernden Teufel.

‹Margot! Könnten wir uns doch unverzüglich von hier entfernen, denn es wird hohe Zeit, daß ich dich entkleide, dein Fleisch brennt!›

Lauert hinter Stäben, lauert hinter Wachen.

‹Margot! Könnten wir doch!›

Lauert.

‹Ich, der König, bin der Stärkste. Zum Schluß heben wir die Nymphen in die Luft, und die schwerste heb ich selbst.›

Lauert. Mag noch ein anderer Tag vergehen und sollen sie sich bei neuen Festlichkeiten und Spielen verkleiden vor den Damen, wer prächtiger oder auch sonderbarer wäre, Navarra als Türke, Guise sogar als Amazone. Darum bricht endlich doch der zweiundzwanzigste an, ist ein Freitag, und schon seit dem neunzehnten, in der Wohnung des Domherrn, zwischen Dürrem Baum und Louvre –

Lauert.

Der Admiral Coligny, Gaspard Herr von Châtillon, war ein Mann von so viel Macht und Ansehen, daß er niemals allein ausging. Sein ganzes Leben lang war er umringt gewesen von Heeren, die er befehligte, und hatte im Rat gesessen, wenn nicht als Günstling der Könige, dann als Empörer gegen sie.

Da jetzt Karl der Neunte ihn Vater nannte, haßten die einen ihn inbrünstig, und andere fürchteten für ihn und sein Leben, wenn auch weniger eifrig. Auf seinem Gang zum Louvre, am frühen Morgen dieses Freitags, schlossen ihre Leiber ihn ein wie ein Wall. Der Herr Admiral sprach in geheimer Sitzung mit dem König über Geld: der Sold, den sie den deutschen Landsknechten noch schuldeten aus dem vorigen Krieg, und den hatten sie beide gegeneinander geführt.

Der Herr Admiral begleitete nach der Sitzung den König von Frankreich zum Ballspiel. Er sah den König die Partie beginnen mit dem eigenen Schwiegersohn des Herrn Admiral und einem dritten, es war Guise, früher sein Feind, jetzt versöhnt durch königliches Belieben. Dann verabschiedete sich der Herr Admiral, um zurückzukehren in die Straße Dürrer Baum, und auf dem Weg las er Briefe. So kam es, daß seine Edelleute, um ihn nicht zu stören, etwas freien Raum ließen. Ungedeckt überschritt er den Platz beim Kloster Saint-Germain. Ein Schuß fiel, und dann noch einer. Der erste hatte, mit einer kupfernen Kugel, dem Herrn Admiral einen Zeigefinger zertrümmert, der zweite verwundete ihn am linken Arm.

Der Herr Admiral ließ sich zu einer besonderen Erregung nicht herbei. Seinen fassungslosen Begleitern zeigte er das Fenster, um dessen Gitter noch ein Rauchschwaden hing. Zwei Herren rannten hin, indessen klapperten hinter dem Hause schon die Hufe eines galoppierenden Pferdes. Einen dritten schickte der Herr Admiral zum König, damit er ihm Meldung machte. Noch war das Ballspiel nicht aus, Karl der Neunte zog sich sofort zurück. Er war entrüstet, und er fühlte Angst. «Der Mörder soll es büßen!» sagte er, und «Werde ich denn niemals zur Ruhe kommen?» versuchte er zu sagen, aber seine Zähne schlugen auf, obwohl ihm versichert wurde, vom Herzog von Guise und mehreren Gefälligen, es wäre die Tat eines Wahnsinnigen.

Die beiden Edelleute, die gerannt waren, kehrten zurück zu dem Herrn Admiral; er hatte sie auf derselben Stelle erwartet. Sie keuchten, daß der Elende ihnen im Gewirr der Gassen entkommen und jetzt schon weit wäre. Sie aber hatten ihn erkannt: es war ein Herr de –

«Halt!» gebot der Herr Admiral. «Nicht seinen Namen. Ich fühle mich schwer getroffen, vielleicht werde ich sterben. Ich will den nicht kennen, den ich in meiner letzten Stunde aus menschlicher Schwäche hassen könnte.»

Die einen stützten ihn beim Weitergehen, denn er war bleich und blutete reichlich. Die Nachfolgenden flüsterten zusammen über den noch unklaren Sachverhalt. «Er hat unter dem Bett des Guise gelegen und wollte ihn töten. Warum dann gleichzeitig seinen größten Feind? Weh uns, wenn dahinter Guise steckt – und er steckt dahinter.»

«Wie es Gott gefällt», sagte der Herr Admiral zu Haus in der Straße Dürrer Baum vor seinen Leuten, die bei seinem Anblick tödlich erschrocken auf die Knie stürzten.

Ambroise Paré war ein geschickter Chirurg und war von der Religion. Er bot alle seine Kunst auf, nachdem er sich selbst und seinen Patienten im Gottvertrauen bestärkt hatte. Dreimal war es nötig, zu schneiden, dann fiel der zertrümmerte Finger. Unvermeidlich erlitt der Herr Admiral furchtbare Schmerzen. Diese bewirkten, trotz aller seiner Geduld und Seelenheiterkeit, dennoch ein Versagen der Natur. Als der König von Navarra und der Prinz von Condé an sein Bett traten, konnte er zuerst nicht sprechen. So ließ er zu, daß die Besucher ihm erzählten, was sie wußten, weil alle bei Hof und in der Stadt es kannten. Denn die nackte Wahrheit war ganz von selbst aus einem Brunnen gestiegen und lief die Gassen ab, in schnellerem Galopp als sogar der Mörder auf seinem Falben. Der Mörder war gedungen von Guise.

Coligny sagte endlich: «Ist das die schöne Versöhnung, für die der König gebürgt hatte?»

Sichtlich rief er Gott als Zeugen an, denn den Nacken über den Rand seiner hohen Kissen schiebend, drehte er die Augäpfel aufwärts und noch weiter, bis von ihnen nur ein schmaler Bogen außerhalb der Lider blieb. Eingesunkene Wangen, und der alte harte Mund löste die Lippen voneinander, als ob er Befehle nicht mehr aussenden wollte, sondern in Erwartung offen stände, ob sie herabkämen. Schmerzliche Schläfen, aber auf der grell beleuchteten Stirn strebten die Falten steil durch Gewölk. Lieber das Martyrium, als mich verleugnen und als dich verlieren, o mein Gott! So beteuerte dies Gesicht und erschien zugleich hingegeben und hochtrabend.

Navarra und Condé überlegten natürlich, daß trotz allem der Tod des alten Guise auf die Rechnung des Herrn Admiral käme: wenigstens sagte man es. Sie fanden begreiflich, daß er selbst es nicht zugab. Ebensosehr leuchtete ihnen ein, daß der Sohn des Ermordeten noch niemals wirklich verzichtet hatte auf seine Rache. Aber jetzt hat er genug, meinte Henri für sich. Ein Finger genügt. Ich kann den Tod meiner armen Mutter mit keinem abgehackten Finger bestrafen. Der Anblick des Greises sowie der Vergleich mit seinem eigenen Fall machten beide, daß ihm Tränen in die Augen traten. Sein Vetter Condé, weniger empfindsam und nicht besonders zart, sagte heraus, was er dachte: «Herr Admiral, Ihre Versöhnung mit dem Guise konnte auch der König nicht verbürgen. Sie selbst mußten sich hüten vor einem Mann, dem der Vater getötet worden war.»

«Nicht durch mich!» beteuerte Coligny stark. Er sah sie an, er wollte sich aufrichten: bei der Bewegung hätte er fast geschrien, solche Schmerzen verursachte sie seinem Arm. Sein Diener und sein Hausgeistlicher eilten ihm zu Hilfe. Condé schwieg bestürzt.

«Ich», sprach Coligny feierlich, «habe den Tod Lothringens nicht gewollt noch vorausgewußt. Er selbst betrieb den Plan, mich zu töten, und durch die Hand seines Sohnes hat er ihn zuletzt dennoch ausgeführt. Ich aber hatte gegen ihn nichts vor. Das ist wahr. Gott helfe mir.» Sie hörten ihn, und man konnte den Eindruck haben, daß auch Gott ihn hörte. Navarra und Condé grüßten und zogen sich zurück, nicht nur, weil der Wundarzt es verlangte. Condé war eingeschüchtert, die vorgebrachte Beschuldigung nahm er vor seinem Vetter ausdrücklich zurück. Navarra schwieg; in seinem Innern glaubte er dem Herrn Admiral kein Wort. Vielmehr erschien ihm gewiß, daß Guise begreiflichen Grund gehabt hatte für seinen alten Haß gegen Coligny. Er hatte einen Mörder ausgeschickt zu dem, der einst den Tod seines Vaters gewollt hatte. Viel weniger oder gar nicht hatte er den Mörder entsandt zu dem Führer der Protestanten. ‹Der ist nicht gemeint, und daher haben wir andern für uns nichts zu fürchten. Margot!› rief es in ihm, obwohl er weiter dachte. ‹Auch der Alte wird nicht sterben. Er ist nur gewohnt, sich feierlich zu nehmen und sogar in zweifelhaften Fällen Gott auf seine Seite zu bringen. Margot!› rief sein Herz stürmisch dazwischen, und er beschleunigte den Schritt.

Ambroise Paré legte seine Instrumente bereit, um auch den zerschossenen Arm zu schneiden. Cornaton, der treue Diener des Herrn Admiral, und sein Hausgeistlicher Merlin weinten, während sein deutscher Dolmetsch, genannt Nikolaus Müß, die große Leidensgestalt versunken betrachtete, denn er liebte und verehrte sie. «Auch diesmal ist es ein Freitag, nach dem Vorbild unseres Herrn.» Dies flüsterte er in dem stillen Zimmer.

Der von Navarra tat inzwischen, was durch die Selbstachtung geboten war. Zusammen mit Condé und dem jungen La Rochefoucauld ging er zu Karl dem Neunten und beschwerte sich über den Angriff, der in der Person des Herrn Admiral auf ihn und alle von der Religion wäre verübt worden. Karl selbst vermochte kaum zu sprechen: er war in Wahrheit noch tiefer getroffen als Navarra. Er stotterte nur, das wäre seine eigene Wunde – sein Finger, sein Arm! Er schüttelte diese Glieder vor ihren Augen zum Zeugnis, daß er die Untat rächen werde. Aber seine Mutter ließ ihn nicht ausreden; denn sie war zugegen, Madame Catherine hatte die Tür aufgemacht, sobald sie die Ankunft der protestantischen Herren erfuhr. «Ganz Frankreich ist verwundet!» rief sie. «Jetzt kann es nicht mehr lange dauern und sie vergreifen sich an dem König in seinem Bett!» Wobei sie große Furcht sehen ließ und ihrem armen Sohn auch wirklich bange machte. Denn er wollte noch immer nicht ernstlich glauben, daß seine Mutter gegen ihn verschworen sein könnte mit anderen. Navarra, der dies durchaus wußte, geriet dennoch ins Schwanken; Madame Catherine überzeugte ihn fast, weil sie in ihrer Art aufrichtig war. Der Mordversuch an dem Admiral kam ihr zu früh; Guise hatte eigenmächtig gehandelt.

Navarra bat nicht noch einmal, Karl möge ihn und die Seinen entlassen, es wäre für sie nicht mehr sicher in Paris. Gern nahm er das Versprechen mit, daß der König selbst den Herrn Admiral besuchen wollte. «Und ich auch», sagte die alte Königin schnell. Das fehlte noch, daß ihr armer Sohn mit seinem sogenannten Vater sich ohne sie aussprach!

Der Verwundete aber ertrug zwei Einschnitte in seinen Arm, die gemacht werden mußten, um die Kugel zu entfernen. Wer das Gesicht abwendet von seinem gemarterten Fleisch und den bezwungenen Schmerz dem Herrn darbringt, behält eher seinen Mut, als wer dabeisteht und genötigt ist, nichts vor Augen zu haben außer einem verwüsteten, blutspritzenden Glied des vergänglichen Leibes. Der Herr Admiral tröstete die anderen, bis Pastor Merlin sich darauf besann, was seines Amtes war. Er richtete an Gott ein glühendes Gebet, und es kam rechtzeitg, denn der Kranke hatte, bis er verbunden war, so viel Blut verloren, daß seine Kräfte bedenklich nachließen. Der Chirurg war sehr ernst, auch er in seinem Herzen betete, während er sein Ohr an die Brust des Patienten legte.

Als der Herr Admiral endlich die Augen wieder öffnete, war sein erstes, dem Herrn zu danken, so laut er konnte, für diese Wunden, deren er war gewürdigt worden. Wenn Gott ihn nach Verdienst behandelt hätte, um wieviel mehr noch müßte er dann leiden! Der Pastor erkannte wohl, was dem Todkranken selbst verborgen blieb: er wollte mit solchen Bekenntnissen seine Mörder eigentlich ins Unrecht setzen. Das war unerlaubt, und Merlin warnte ihn. Sogleich erklärte der Herr Admiral, er verzeihe ihnen. Mit aller Demut, deren er bis jetzt fähig war, beichtete er dem Herrn und empfahl sich seiner Gnade.

«O Herr! Was würde aus uns, wenn Du auf unsere Sünden blicktest. Rechne mir gnädig an, daß ich alle erdichteten Götter verworfen habe und niemand anbete als Dich, den ewigen Vater Jesu Christi!»

Mit den erdichteten Göttern meinte er die Heiligen – meinte aber auch Mars und Ceres, deren unverschämte Leibespracht dargeboten wurde an einem Kamin mitten im Königsschloß, sowie Pluto oder Jupiter, verkörpert bei Maskenfesten von dem halbnackten König. Coligny liebte die Welt nicht, so sehr er um sie gekämpft hatte; glaubte an das Körperliche nicht, und für ihn bestand die Wahrheit aus dem, was man nicht sieht. Er sagte zu Gott, den er kannte: «Wenn ich denn sterben muß, wirst Du mich auf der Stelle aufnehmen in Dein Reich, zu ruhn bei den Glückseligen.» Der Admiral Coligny hatte kämpfen müssen um eine schnöde Welt: Ruhe wäre ihm nicht ungelegen gekommen.

Eins indessen drückte ihn, von einem wollte er den Herrn, der es vielleicht anders ansah, dennoch überzeugen. Während seiner vorigen, hinangerichteten Worte ging dies im stillen immer mit; auf einmal sprach er es laut. «Ich bin nicht schuldig am Tode des Guise. Herr! Ich tat es nicht.»

Jetzt hatte er gesprochen, die Worte waren zu Ende; nur war die Frage, ob sie wirklich hinaufgelangten und angenommen wurden. Der angstvolle Blick hing ihnen nach. Da trat der König von Frankreich in dieses Zimmer.

Er hatte zu Mittag gegessen, es war zwei Uhr, und er wurde begleitet von seiner Mutter, seinem Bruder d'Anjou und zahlreichen Herren, unter ihnen Navarra mit anderen von der Religion. Karl der Neunte trat zum Bett des Verwundeten und sprach: «Mein Vater, Sie haben die Wunde, aber ich den Schmerz. Ich schwöre eine so schreckliche Rache, daß sie nie erlöschen soll im Gedächtnis der Menschen.»

Hierbei fing es an, Madame Catherine und ihrem Sohn d'Anjou nicht ganz wohl zu werden. Alle Blicke fielen von selbst auf sie. Auch stellten sie fest, daß unter den Anwesenden die Mehrzahl Protestanten waren. Sie wußten aber, daß draußen der Herzog von Guise seine Maßnahmen getroffen hatte. Inzwischen mußten sie anhören, wie der alte Aufrührer sich dem König als seinen einzigen Freund empfahl. Was für Sorgen machte sich ein Mann, der doch sterben sollte! Coligny sagte: «Ist es nicht eine Schande, Sire, daß in Ihrem geheimen Rat keine Frage behandelt werden kann, ohne daß sofort der Herzog von Alba alles erfährt?» Katharina von Medici dachte sich hierbei, daß nur das Gegenteil verwerflich gewesen wäre. Die Macht über allem war für eine kleine italienische Fürstin nur Habsburg. Das Königreich? Sie hielt es aufrecht und schwor sich in dieser bedrängten Stunde, es äußerst blutig zu verteidigen gegen seine ketzerischen Zerstörer. Sie tat es für sich, ganz allein für ihre alte, gebrechliche Person – aber die Kraft dazu bezog sie aus ihrer Unterwerfung unter die Weltmacht.

Als Coligny zu Ende war mit seiner Rede, die eine einzige Beschwerde und ein offener Mißbrauch seiner bevorzugten Lage als Sterbender war, da verlangte er von dem betretenen und beflissenen Karl obendrein eine Unterredung ohne Zuhörer. Der König forderte seine Mutter und seinen Bruder wirklich auf, sich vom Bett zu entfernen. Sie traten zurück bis in die Mitte des Zimmers. Um sie her waren in diesem Augenblick nur Protestanten, eine große Zahl protestantischer Herren hielten die alte Königin und ihren Lieblingssohn in ihrer körperlichen Gewalt. ‹Ihr braucht nur zuzufassen, in diesem Augenblick stellt ihr die Stärkeren vor. Nur gut, daß ihr nicht seid wie ich! Ihr glaubt an das Gesetz: daran scheitert ihr. Sooft ich meine Edikte brach und eure Gewissensfreiheit auslachte, ihr habt mir immer wieder geglaubt, und jetzt werdet ihr dem Wort meines armen schwachen Sohnes vertrauen. Euch ist nicht zu helfen, ihr verdient euer Schicksal. An mir werdet ihr euch gewiß nicht vergreifen, solange ihr es noch könnt; bald aber ist auch eure letzte Gelegenheit versäumt.›

Dies dachte Madame Catherine, verdrängte damit ihre Furcht, und manchmal blinzelte sie schnell und listig im Kreis, während ihr schweres, fahles Gesicht der Ernst und die Würde selbst blieb. Außerdem aber horchte sie nach dem Bett hin, und leider verstand sie nichts. In aller Ruhe beschloß sie, das undankbare Gespräch zu beenden, trat einfach wieder zum Bett, diese Protestanten ließen sie auch durch, sie war Madame Catherine; und sie riet ihrem Sohn, den Verwundeten nicht länger zu ermüden. Karl begehrte auf: er sei der Herr – und derlei, worauf sie ohnedies gefaßt gewesen war. Natürlich hatte der anspruchsvolle Sterbende gegen sie gehetzt. Als sie auf der entgegengesetzten Seite des Zimmers sich ihren armen Sohn genügend vorgenommen hatte, kam es heraus. «Was der Admiral sagt, ist wahr: In Frankreich sind die Könige daran zu erkennen, daß sie ihren Untertanen Gutes und Böses tun können. Diese Macht aber ist mit der Führung der Geschäfte auf Sie übergegangen, Madame.» Karl rief es laut und allen vernehmlich. Wenn er es vorher nicht gewesen war, hierdurch wurde der Tod des Admirals zur beschlossenen Sache. Das Beste für ihn war noch: sein Gott ließ ihn von selbst sterben.

Der königliche Zorn war nicht zu beschwichtigen, solange den König dies Zimmer umgab, das Bett und sein gemordeter Vater, der Wundarzt, der ihm die kupferne Kugel zeigte, der Pastor, neben den die Versammelten hinknieten, um leise mitzubeten, und noch einer, gleichgültig wer, der vor sich hinmurmelte: «Auch diesmal ist es ein Freitag.»

Karl bot seinem Vater eine Zuflucht im Louvre an, mehr konnte er wahrhaftig nicht tun. Zu Navarra sagte er und faßte ihn bei der Schulter, um ihm näher zu sein: «Neben dir, lieber Bruder! Das Zimmer, das für deine Schwester neu hergerichtet ist, damit sie durch die offene Tür zu euch beiden gehen kann, zu dir und Margot – willst du, dann geb ich das Zimmer ihm, meinem Vater.»

Henri bedankte sich: die Worte Karls erleichterten ihn sehr. Der Auftritt hier drinnen hatte ihn beklommen gemacht; während dieser Stunde erst war der Mordanschlag ganz nackt in sein Bewußtsein gedrungen. Da indes Karl den Louvre anbietet und das Zimmer meiner Schwester, mit der offenen Tür zu mir! Die Alte ist geschlagen, ich seh es doch. Dreht den Rücken und watschelt hinaus.

Als der König, seine Mutter und sein ganzes Gefolge fort waren, erfolgte unten im Hause eine Beratung der protestantischen Prinzen und Edelleute. Mehrere verlangten, der Herr Admiral sollte unverzüglich aus Paris und nach seinem Schloß Châtillon entführt werden. Diese hatten droben durch Zufall einen Platz gehabt, wo sie der abgehenden Königin in das Gesicht sehen konnten; und nur dies Gesicht, das Madame Catherine zuletzt nicht mehr beherrscht hatte, veranlaßte die Herren zu ihrer hartnäckigen Meinung. Téligny, der Schwiegersohn des Herrn Admiral, widersetzte sich dem: er wollte den Herrscher nicht kränken durch Mißtrauen. Navarra entschied: «Der Herr Admiral wird im Louvre wohnen neben meinem eigenen Zimmer bei geöffneter Tür. Um sein Bett sollen Tag und Nacht meine Edelleute stehn.» Während er es sagte, klopfte ihm das Herz. Er sprach dennoch zu Ende, und ob er ihre Antwort nun erhofft oder gefürchtet hatte, die Mehrzahl stimmte ihm zu.

Dann begaben alle sich nochmals nach oben. Der Verwundete wurde frisch verbunden, das verwüstete Fleisch zog alle Blicke an. Jemand teilte das Ergebnis der Beratung mit, und Coligny, das Gesicht hinaufgewendet, darbringend seinen Schmerz, erwiderte einfach: «Ja.»

In einem Winkel stand ein Mensch und murmelte vor sich hin, in einer andern Sprache, wenige Worte, dieselben mehrmals.

Der Vorabend

Wie froh ist eine aufgeregte Stadt! Hier ist immer noch Hochzeit, und ständig Stärkeres wird geboten – nicht nur dem Hof, auch dem Volk und den ehrbaren Leuten. Überraschungen, erstaunliche Vorkommnisse, die wie unentgeltliches Theater sind! Fast stündlich wird jedem ein Wunsch erfüllt, denn wer hätte nicht eigentlich immer Unheil geplant, wenn auch zitternd: jetzt aber kommt es von selbst, und er selbst ist ausgenommen – er genießt nur den Schauder. Mehr Schauder! Immer noch mehr!

Der König der Banditen hat unsere Prinzessin geheiratet, und auf den andern Ketzer ist geschossen worden. Ist eins wie's andere. Drunter und drüber, nur so fort! Jetzt zieht um sein Haus eine starke Wache auf. Hin und nachsehn, ob es seine Richtigkeit hat mit den fünfzig Arkebusieren. Hoho! Nicht stechen, nicht schießen! Wir sind Volk und ehrbare Leute. Sieh selbst, es ist, wie ich sagte. Der alte Ketzer hat Furcht bekommen seit gestern und hat den König um seinen Schutz gebeten. Schütz dich selbst, König, wenn erst die Guise anrücken! Da ist er ja, unser schöner Herzog! Er zeigt sich dem Volk und besonders den Frauen. Hoch Guise! Wie denn aber? Du Held unserer Träume läufst vor den Hugenotten weg?

So war es. An diesem dreiundzwanzigsten ging es zuerst nicht gut für den volkstümlichen Guise. Die kupfernde Kugel aus der Arkebuse hatte am Ende noch ihn selbst getroffen, so gestaltete es sich. Er selbst, sein Bruder und der Kardinal von Lothringen waren verdächtig und nur bis jetzt in Freiheit. Verhaftet waren ihre Leute im Kloster Saint-Germain, die Justiz nahm ihren Lauf, der König schwor, daß er auch sie selbst werde zu finden wissen, wenn sie schuldig wären. Vorerst entfernten sie sich vom Hof, mit glänzender Bedekkung verließen sie Paris, aber es war Schein und Trug. Jederzeit blieben sie erreichbar, wenn Madame Catherine sie rief.

Madame Catherine war an diesem Tage im Nachteil, wenn nur die äußeren Tatsachen sprachen. Überlegen war Madame Catherine den Tatsachen durch ihre Gefaßtheit und ihr Selbstvertrauen; und dieses bestand ganz aus der Gewißheit, daß das Leben böse war und daß sie selbst mit dem Leben ging, die anderen aber dagegen. Ihr Astrologe hatte sie übrigens unterrichtet, wie es käme.

Sie sah, solange es Tag war, noch alles mit an: die starke Wache in der Straße Dürrer Baum, und nicht nur das. Ihr armer Sohn hatte alle Häuser der Umgebung mit hugenottischen Herren belegt. Unaufhörlich ließ er sich erkundigen nach dem Befinden des Kranken. Daran beteiligte sich auch seine Mutter, und keineswegs aus leerer Heuchelei. Sehr folgenschwer war, ob es sich besserte mit dem Admiral Coligny. Sie hörte: Ja, und dachte bei sich, das wäre schlimm für ihn. Grade wegen ihrer geheimen Gedanken veranlaßte sie ihre Tochter, die junge Königin von Navarra, ihn zu besuchen.

Margot war nicht nur gelehrt aus Büchern: auch von Menschen hatte sie das meiste schon begriffen, besonders aber in dieser letzten Zeit. Inzwischen wußte sie, daß die Hugenotten, so ungebärdig sie sich stellten, dennoch unschuldig und wehrlos waren wie die Lämmer. So hatte ihr Gott sie gemacht, weil er ihnen das Gewissen gegeben hatte, und dieses war zu ihrem Unglück noch ihre größte Bemühung. Gehorsam tat Margot, was ihre furchtbare Mutter ihr befahl. Madame Catherine war ihr früher alltäglich erschienen, wenn auch Beherrscherin eines Alltages, der etwas gefährlich aussehn konnte. Seitdem Margot liebte, nahm ihre Mutter andere Züge an, und eine Stimme, die Stimme ihrer Liebe, versuchte es, sie zu fragen, ob sie Madame Catherine noch immer guthieß. Eine Antwort bekam die Stimme nicht. ‹Das wäre hugenottisch!› dachte Margot. ‹Aber wir begeben uns in das Haus des Herrn Admiral, wir sehen nach, wie es um ihn steht, und dann berichten wir Mama, daß er stirbt: berichten dies auf alle Fälle. Das wird das Sicherste sein.›

Nun trafen sie den Kranken in voller Besserung. Er wollte sogar aufstehn, um die Königin von Navarra zu empfangen. Sie ließ es nicht zu – aber als der Geistliche einen Dankespsalm anstimmte und die paar bescheidenen Menschen in dem strengen und schmucklosen Zimmer hinknieten, um mitzusingen, da kniete auch sie hin und stimmte auch sie mit ein. Ihr klopfte das Herz dabei. Aber erstens war ihr Gefolge drunten geblieben, Fenster und Türen waren geschlossen; und dann, mit diesen Lämmern hier! Die gingen nicht und verrieten sie.

Einen Auftrag seiner Mutter bekam auch d'Anjou; infolgedessen richtete er es ein, daß die Wache Colignys unter den Befehl seines besonderen Feindes, eines gewissen de Caussens, kam. Der König von Navarra stieß von diesem Augenblick nur auf Schwierigkeiten und mußte den ganzen Tag über eingreifen. Wegen jeder Waffe, die sie in das Haus schaffen wollten, bekamen die Edelleute des Admirals mit de Caussens Streit. Seine Haltung war der Anstoß, daß nochmals die Fortbringung des Herrn Admiral verlangt wurde. Dagegen stimmten dieselben wie bei der ersten Beratung: er selbst und sein Schwiegersohn, Condé und Henri von Navarra. Noch immer vertrauten sie auf Karl – mit dem inzwischen Ungeahntes sich vollzog.

Zuerst sah man noch nichts, der König ging zu Bett in Gegenwart vieler Herren: auch Navarra hielt dabei aus, obwohl ermüdet von seinen vielfältigen Bemühungen um die Sicherheit des Herrn Admiral. Gleich nachher suchte er sein eigenes Lager auf. Seine Edelleute begleiteten ihn. Seine Königin war noch nicht da; bald erfuhr er, daß sie in ihrem Studierzimmer beten sollte. Das hätte allen auffallen müssen, besonders aber ihm: Margot, betend für sich allein, unter dem großen Auge Gottes. Ihr Sinn war schwer und verhängnisvoll. Sie hatte den Abend bei ihrer Mutter verbracht, hatte auf einer Truhe gesessen und versucht zu lesen wie sonst.

Ihre Mutter hatte Besuch empfangen, zuerst ihren Bruder d'Anjou, und später erschienen noch mehrere: nur einer war Franzose, ein Herr de Tavannes. Die anderen drei stammten aus Italien; und die Prinzessin von Valois begriff, daß ihre Versammlung ein Vorzeichen ungewöhnlicher Ereignisse sein mußte. Plötzlich erinnerte sie sich an gleiche, früher gemachte Beobachtungen, die sie einfach hatte auf sich beruhen lassen. Das konnte sie jetzt nicht mehr. Auf ihrer Truhe am anderen Ende des Zimmers spitzte sie die Ohren, und zum Schein in ihre Folianten versunken, erlauschte sie dennoch einige gezischelte italienische Worte. Sie bedeuteten nichts Gutes. Der Admiral Coligny sollte sterben, und alle, die hier waren, voran ihre Mutter, wollten ihren Bruder, den König, dahin bringen, daß er es zuließ.

Die arme Margot geriet in eine solche Verwirrung, daß sie, anstatt ihre Augen zu verstecken, den Blick der Mutter suchte. Kaum aber war sie ihm begegnet, da fuhr Madame Catherine sie grob an. Sie, die sonst den Ton nie erhöhte und sogar schlagen konnte, ohne sich merklich aufzuregen, sie beschimpfte auf italienisch die Tochter, rief ihr ein Wort zu, das «Hure» bedeutete, und befahl ihr, sich davonzuscheren. Daher dann das ratlose Gespräch der Armen mit Gott. Sie wußte zuviel, und nur dem Allwissenden durfte sie es sagen. Als ihr lieber Herr nach ihr schickte, was sie so lange machte, da folgte sie seinem Ruf sogleich und fand ihn im Bett, umringt von gewiß vierzig Hugenotten. Die meisten kannte sie noch gar nicht, so kurz vermählt wie sie war. Alle redeten durcheinander über den Unglücksfall des Herrn Admiral. Immer wieder wurde beschlossen: sobald es Tag würde, ihr Recht gegen Herrn von Guise sollte der König ihnen geben, sonst nähmen sie es sich! So verging die Zeit, und niemand schloß ein Auge.

Wo ist mein Bruder?

Da traten sie zu Karl ins Schlafgemach. Keine Wache hielt sie zurück, denn es waren Madame Catherine mit ihrem Sohn d'Anjou und den vieren, die sie noch mitbrachte. Karl der Neunte fuhr auf und meinte, er sollte ermordet werden. Dann erkannte er seine Mutter, die ihn aufstehn hieß. Als er imstande war, sie anzuhören, erschreckte sie ihn zuerst damit, daß er verloren wäre. Es ginge um seinen Thron und sein Leben. Das Nähere überließ sie den anderen. Diese bewiesen ihm mit vielen Einzelheiten, der Admiral hätte Deutsche und Schweizer hergerufen: ihnen wäre er nicht gewachsen. «Nenn ihn weiter deinen Vater!» sprach seine Mutter mit kalter Stimme dazwischen. Die Katholiken ihrerseits wären entschlossen, endlich vorzugehn gegen die Protestanten, aber nicht mehr mit ihm. «Deine Schwäche hat dich zwischen die Parteien auf den Hintern gesetzt, und beide sehen in dir ihren Feind», sagte sein Bruder d'Anjou, der so noch nie gesprochen hatte. Ihn wenigstens verstand Karl, und außer ihm verstand er noch Herrn de Tavannes. Das Gerede der drei Italiener blieb ihm um so undeutlicher, je lauter und dreister sie mit ihm französisch sprachen. Hier drückten alle auf einmal sich anders aus, als ein König erwarten durfte. Sein ganzes Dasein bekam schon dadurch ein fremdes Gesicht. Ein König ist unnahbar wie auf seinem Bild, und er hält sich die Menschen fern durch seine Art zu stehn, zu schreiten und aus den Winkeln der Lider zu blikken.

Karl der Neunte richtete sich so hoch auf, wie er konnte in seinem Schlafgewand, das sich verwickelt hatte. Er blickte aus den Winkeln und beschied die Eindringlinge: die Justiz nehme ihren Lauf. «Die Schuld der Guise hat sich herausgestellt. Ich werde sie bestrafen. Das ist mein Wille.»

Madame Catherine: «Nicht deiner. Der Wille deiner Hugenotten ist es, und du bist ihr Werkzeug, mein armer Sohn. Wenn du aber die Guise ins Verhör nimmst, werden sie dir sagen, daß sie nur die Weisungen deiner Mutter und deines Bruders ausgeführt haben; denn wir allein haben befohlen, auf den Admiral zu schießen, damit wir dich retten.»

Sie brachte auch diese Ungeheuerlichkeit vor, ohne den Ton zu erheben, und zuckte sogar die Achseln dabei. Hiermit bewirkte sie, daß er im ersten Augenblick noch gar nicht faßte, was sie wirklich getan hatte. Verhältnismäßig ruhig sagte er: «Du hast es befohlen? Mutter, das kann nicht sein.»

Sie saß vor ihm, sah hinauf und behielt ihn im Auge. Die drei Italiener wollten schon wieder loslegen. D'Anjou verwies sie zur Ruhe; er bezwang mit Mühe sein Schlottern. Dies war der gefährliche Augenblick: vergebens hatte ihr Lieblingssohn der alten Königin abgeraten, mit der Wahrheit herauszukommen.

Sie fand die Wahrheit hart wie einen Stock und daher nützlich für ihren armen Karl. «Ich habe es befohlen», bestätigte sie – saß da, sah hinauf und verfolgte, was nacheinander in ihm vorging, während er erblaßte, errötete, eine heftige Bewegung nach der Tür machte und sie wieder zurücknahm. Mehr als eine Sekunde lang war entschieden, daß er die Wache rief und alle, die hier waren, verhaftete, auch seine Mutter.

Es geschah nicht. Das Blut strömte heftig in sein Gesicht zurück, und er schwankte auf den Füßen. «Du mußt dich setzen, mein Sohn», ermahnte sie ihn, und ihrem Liebling bedeutete sie, er möchte doch sein grundloses Schlottern lassen. ‹Der Fleischer traut sich nicht›, dachte sie von Karl dem Neunten. ‹Ich handle so, daß Habsburg zufrieden sein kann, und auch die Gestirne haben es gewollt. Mit allem bin ich in Ordnung.›

Er stützte sich auf einen Stuhl und brachte böse zwischen den Zähnen hervor: «In ein Kloster sollten Sie sich zurückziehen, Madame, nachdem Sie mich zum Mörder an meinem besten Freund gemacht und mir von Mit- und Nachwelt den Fluch geholt haben.»

Madame Catherine verlor deshalb nicht ihre Ruhe, die bis zur Stumpfheit ging und auf die Dauer jeden lähmen mußte. Unerbittlich blieb sie bei ihren Absichten. «Da du den Fluch schon hast, rette wenigstens Leben und Thron! Ein einziger Schwertstreich würde genügen.»

Er begriff, gegen wen. Als wäre er selbst getroffen, fiel er auf den Stuhl nieder. Es war sein schwerster Fehler; von jetzt ab konnten alle, ein- oder mehrstimmig, auf ihn einreden, so lange sie mochten. «Ein einziger Schwertstreich – befehlen Sie ihn, Sire, und Sie verhindern eine Menge Unglück und die Metzelei von Tausenden.»

Er schüttelte heftig den Kopf und schloß die Augen. «Die Stadtviertel von Paris bewaffnen sich», rief d'Anjou mit frischem Mut und einem Schlag auf den Tisch. Das taten die Stadtviertel allerdings, aber nur infolge der Gerüchte, die er selbst ausgestreut hatte, daß zahllose Hugenotten im Anmarsch wären. Karl öffnete gegen ihn ein müdes Auge, darin stand viel Verachtung. Obwohl entmutigt und niedergeschlagen, leistete er Widerstand auf seine Art: er verschloß sich und verachtete. Darauf verdoppelten alle Verschworenen ihre Anstrengungen gegen den einen Mann. «Du kannst nicht mehr zurück. – Sie können nicht mehr zurück. – Sire, Sie können nicht!» Das griff ineinander, jede Stimme verstärkte die vorige, jede drang einzeln durch, unten der dumpfe Ton der Alten, oben zwei klangvolle italienische Organe neben einem, das kreischte wie ein Papagei. D'Anjou und de Tavannes stießen zwischen hinein einen anfeuernden Kriegsruf. «Tod dem Admiral!»

Karl erlitt die Folter eine Stunde lang. Manchmal sagte er, ohne daß man ihn hörte oder dergleichen tat: «Ich erlaube nicht, daß an den Admiral gerührt wird.» Er sagte auch: «Ich kann mein königliches Wort nicht brechen.» Das hatte er einem französischen Edelmann gegeben – und vergaß hier, zu wem er redete. Es war denn auch, als hätte er es nicht gesagt.

Auf einmal stöhnte er, entriß sich seiner Entschlaffung, streckte Kopf und beide Hände bedrohlich nach dem Ausgang. ‹Doch noch die Wache?› dachte seine Mutter mit einer Anwandlung von Unbehagen. Er beging aber etwas viel Merkwürdigeres. Er fragte: «Wo ist mein Bruder?»

Hiernach wurde es völlig still: alle betrachteten ihn und einander. Was meinte er, und von wem sprach er? Seine Mutter sagte: «Dein Bruder ist hier, mein Sohn.» Da ihr Hinweis an seiner Haltung auch das Geringste nicht änderte, begriff sie nicht mehr. Madame Catherine war in allen Tatsachen gerecht; nur vor dem Gefühl versagte sie und wurde dumm. Übrigens war sie nicht dabei gewesen, als ihr armer betrunkener Sohn eines Abends dies gehetzte Geraune hatte hören lassen am Ohr seines neuen Schwagers: «Navarra! Räche mich! Darum gebe ich dir meine Schwester. Räch mich und mein Königreich!»

Ein Zufall, daß der junge Henri um dieselbe Zeit zu Bett lag, umringt von vierzig seiner Protestanten. Er hätte auch aufstehn können. Sie hatten Ansprüche an den König genug; wozu sie verschieben auf den Morgen. Gleich jetzt konnten alle sich aufmachen und das königliche Vorzimmer erstürmen mit ihrer Übermacht. Die Tür fliegt weg: mein Bruder! Du kommst und befreist mich.

Unbeweglich stand die Tür, sein Bruder ließ ihn allein, der Unglückliche fühlte das Ende nahen. Das sah Madame Catherine ihm auch an, darauf verstand sie sich. Jetzt wußte er sich verlassen und ausgeliefert. Schnell, den Gnadenstoß! Sie stützte sich am Stock vom Sitz auf, faßte ihren Sohn d'Anjou bei der Hand und rief, lauter als alles bisher: «Komm fort von diesem Hof, damit wir uns vor dem Verderben erretten und die Katastrophe nicht mit ansehn müssen. Wie leicht wäre sie zu vermeiden gewesen! Deinem Bruder fehlt nur der Mut, er ist ein Feigling!»

Dies hören, und auch Karl war auf den Füßen. Feigling! Um sein Gesicht klatschte eine Peitsche. Der Abgrund öffnete sich unter ihm, da seine Mutter ihn aufgab. In seinem Kopf tobten die Widersprüche. Ehre, Furcht, die Wut und das bessere Wissen machten alle zusammen aus ihm ein Wesen mit zuckendem Gesicht. Er hätte auf die Knie fallen können. Er konnte ebensogut irgendeinen von ihnen erdolchen. Aber er wählte etwas Drittes, er wurde toll. Sein Ausbruch von Raserei bewahrte ihn im letzten Augenblick vor dem Untergang in Verzweiflung. Er fing an, umherzurennen und zu brüllen, womit er sich anfeuerte. Seine Schauspielerei hatte dabei nicht weniger zu sagen als die schaudernde Natur. Er stürmte die Bahn frei und warf an die Wand, wer im Weg war. Madame Catherine wurde beinahe geläufig, sie hockte sich hinter einen festungsartigen Schrank und schätzte ab, wie weit seine Tollheit gehen würde. Auch in dieser Hinsicht hegte sie Zweifel an der Begabung ihres armen Sohnes.

Jetzt hielt Karl an – in der Mitte des Zimmers als einzig dastehende Schrekkensgestalt, wie er sich haben wollte. Mäuschenstill war es; trotzdem brüllte er: «Ruhe!» Immer noch zu seiner Anfeuerung stieß er Lästerungen der Mutter Gottes aus. Dann kam das Erzeugnis seines Wahnsinns. «Ihr wollt den Admiral umbringen: will ich auch. Will ich auch!» brüllte er, daß sich ihm wahrhaftig der Kopf drehte. «Aber alle anderen Hugenotten in ganz Frankreich» – Augenrollen und Gebrüll – «sollen mit dran glauben. Nicht einer soll übrigbleiben, nicht einer, der mir nachher mit Vorwürfen kommen könnte. Das will ich nicht haben, das nicht. Macht schon und gebt die Befehle aus!» Mit Aufstampfen und Gebrüll: «Wird's bald? Oder –»

Aber es gab kein Oder mehr, und der Unglückliche wußte es. Sie beeilten sich, sie klemmten einander ein, weil jeder vor dem anderen hinaus wollte. Die letzte war seine Mutter; sie wendete sich noch auf der Schwelle nach ihm um, und sie nickte ihm zu mit ungewohnter Anerkennung. Es hieß: das hast du besser gemacht, als ich von dir erwartet hätte. Hinter der geschlossenen Tür horchte sie kurz, wie er sich jetzt verhielt. Etwas zu lautlos. Eine Ohnmacht? Man hat ihn nicht fallen gehört. Kaum so recht vorzustellen. Unvorstellbar – fand Madame Catherine und watschelte geschäftig den anderen nach. Denn vieles war zu beschließen und alsbald zu tun.

Sie hatte nicht ganz ernstlich geglaubt, wenn sie früher ihren Geist über einen Abgrund spannte, daß sie den jenseitigen Rand jemals in Wirklichkeit erreichen würde. Jetzt war sie drüben, dank ihrer Geduld, Kühnheit und Voraussicht. Dafür gebührte nur ihr die oberste Leitung alles Bevorstehenden. Ihr Sohn d'Anjou war fernzuhalten von der Ausführung. Der künftige König darf nicht persönlich hervortreten bei einem Werk, das nützlich und richtig ist, obwohl es auf den handelnden Personen vielleicht doch unliebsame Kennzeichen hinterlassen wird. Zwölf Uhr. Welche Nacht ist dies? Sankt Bartholomäus. Unsere Unternehmungen mögen noch so sehr angemessen dem Weltgeschehen sein, sie bleiben immer in Gefahr, mißdeutet zu werden, und Dank ist ungewiß.

Das Geständnis

Da drangen sie in den Hof seines Hauses. Der Admiral Coligny hörte Kolben oder Stangen drunten gegen die Tür stoßen. Jemand kommandierte: die helle, gereizte Stimme war ihm bekannt, Guise. Sogleich wußte er auch, was ihm bevorstand: der Tod. Und er verließ sein Bett, um ihn stehend zu erwarten.

Sein Diener Cornaton zog ihm den Hausrock über. Der Wundarzt Ambroise

Paré fragte, was denn vorginge, und Cornaton antwortete, wobei er den Herrn Admiral ansah: «Es ist Gott. Er ruft uns zu sich. Sie brechen das Haus auf. Kein Widerstand ist möglich.»

Das Klopfen setzte aus, denn Guise hielt eine Ansprache an seine Truppen. Es waren Soldaten in großer Zahl, darunter die Wache, die der König von Navarra zum Schutz des Admirals in die Läden gegenüber gelegt hatte: er glaubte wohl nicht, daß ihr Anführer verraten würde aus bloßem Haß. Sie hielten die Straße Dürrer Baum und alle ihre Ausgänge besetzt: auch die Häuser, in denen protestantische Herren untergebracht waren. Diese sollten zu dem Herrn Admiral, dessen Leben ihnen teuer war, nie mehr hingelangen, denn sie verloren vorher ihr eigenes.

Die Glocke von Saint-Germain-l'Auxerrois gab das Zeichen. In der ganzen Stadt kam die Bürgerwehr hervor. An der weißen Armbinde und dem weißen Kreuz auf dem Hut erkannten sie einander. Vorgesehen war alles und jedem seine Aufgabe bestimmt, den Unteren wie den Hohen. Herr von Montpensier hatte den Louvre übernommen mitsamt der Sorge, daß kein Protestant aus ihm entkäme. Die Straße Dürrer Baum war Herrn von Guise zugeteilt, denn er selbst hatte die Ehre erbeten, ein Ende zu machen mit dem Admiral, der noch immer nicht tot, sondern nur verwundet und hilflos war. Beim dumpfen Brummen der Glocke rief er hell unter seine Truppe: «Noch in keinem Krieg habt ihr einen solchen Ruhm erworben, wie ihr euch heute holen könnt!»

Das sahen sie auch ein und gingen tapfer vor.

«Welch ein furchtbarer Schrei war das», sagte im Zimmer droben Pastor Merlin. Noch gellte er allen in den Ohren. Der Diener Cornaton wußte Bescheid, es war die Magd, sie hatten sie erschlagen. «Sie sind auf der Treppe», sagte Hauptmann Yolet. «Oben aber haben wir einen Verhau errichtet und werden unser Leben teuer verkaufen.» Damit ging er hinaus zu seinen Schweizern.

Bei Coligny im Zimmer verweilten noch ein Arzt, sein Geistlicher und sein Diener – ungerechnet einen bescheidenen Vierten, der vergebens den Blicken des Herrn Admirals auszuweichen suchte: die Fackeln der Soldaten warfen einen Schein hinein, als ob es brannte. Der Herr Admiral zeigte ihnen ein ruhiges Gesicht; was sie erblickten, war innerer Friede und Heiterkeit im Angesicht des Todes; und er wollte auch, daß sie nichts anderes mit ansähen, nicht die Sache zwischen ihm und Gott, die noch schwebte und übrigblieb. Die Leute sollten fort, so schnell wie möglich. Er verabschiedete sie und verlangte dringend, sie möchten sich in Sicherheit bringen. «Die Schweizer halten die Treppe noch. Steigt aufs Dach und entkommt. Ich für meinen Teil bin längst vorbereitet, und übrigens könntet ihr mir nicht helfen. Ich empfehle meine Seele der Barmherzigkeit Gottes, deren ich auch gewiß bin.»

Hiermit wendete er sich von ihnen ab, unwiderruflich: sie konnten nur von ihm schleichen. Als er sich ganz allein glaubte, wiederholte er mit lauter Stimme: «Deine Barmherzigkeit, deren ich auch gewiß bin» – und lauschte, ob die Bestätigung käme. Die Schweizer hielten inzwischen die Treppe. Coligny lauschte, die Bestätigung blieb aus. Stufe um Stufe verwandelte sich sein Gesicht bis in den Schrecken hinab. Frieden und Heiterkeit vor dem Tode, wo seid ihr? Der entsetzte und zerfahrene Mensch tritt sichtbar in die Züge. Sein Gott hat ihn verworfen. Die Schweizer halten die Treppe. ‹Bevor sie nachgeben, muß ich Dich mir erkämpft haben, mein Gott. Gib mir zu, daß ich nicht schuldig bin am Tode des alten Lothringen! Ich habe seinen Tod nicht befohlen, Du weißt es. Ich hab ihn nicht gewollt, Du kannst es bezeugen. Sollte ich seine Mörder denn zurückhalten, da doch Guise beschlossen hatte, mich selbst zu töten? Das verlangst Du nicht, o Herr, und sprichst mich nicht schuldig. Wie? Ich höre Dich nicht. Antworte, o Herr! Mir bleibt nur die kleine Zeit, indes die Schweizer noch die Treppe halten.› Um ihn war Getöse, von der Straße und aus dem Hause; er aber stritt und widersetzte sich, schüttelte die gefalteten Hände gegen einen Unerbittlichen, zu dem er hinaufwendete sein altes Kämpfergesicht. Auf einmal hörte er die Stimme, um die es ihm zu tun war. Sie sprach groß: «Du hast es getan.» Da erzitterte der Christ vom ersten Schauer der Erlösung – aus irdischem Stolz und geistiger Starrheit. Angerührt durch ein Vorgefühl der Seligkeit rief er hinauf: «Ich hab's getan. Vergib mir!»

Die Schweizer hielten die Treppe nicht mehr: tot waren alle fünf. Eine lärmende Horde tobte hinauf; sie wollten die Tür wegstoßen, fanden aber, daß sie nicht sogleich nachgab. Als sie drinnen waren, sahen sie das Hindernis: ein Mensch, der sich auf die Schwelle gelegt hatte, das Gesicht gegen den Boden. Sie schlugen darauflos und glaubten ihn erschlagen zu haben. Indessen war er vorher gestorben, aus unerträglicher Ergriffenheit durch die Erscheinung des kämpfenden und erlösten Christen. Niemand kannte ihn; er war nur der deutsche Dolmetsch Nikolaus Müß. Verehrung und Liebe für den Herrn Admiral hatten ihn zu der Kühnheit bewogen, als einziger im Zimmer mit ihm zu sterben.

Ein Mann namens Bême trat vor, ein Schweizer, aber bei d'Anjou bedienstet. Vor dem Kamin stand ein vornehmer Herr, von der Art, der ein Bême sich kriechend nähert. Hier stieß er laut und drohend aus: «Bist du nicht der Admiral?» Damit erreichte er wider Erwarten nicht die Vertraulichkeit, die ein Mörder braucht bei seinem Opfer, weshalb er es auch plötzlich du nennt. Nein, der vornehme Herr behielt seinen Abstand, und unbequem war es für Bême, die letzten zwei Schritte zu tun.

«Ich bin es», lautete die Antwort. «Und mein Leben wirst du nicht abkürzen.»

Eine sonderbare Antwort, nur zu verstehen, wenn man mit angesehen hätte, wie dieser sich Gott schon überantwortet hatte und aus der Menschenhand schon frei war. Bême wurde von Verlegenheit befallen, verständnislos blickte er auf seine Waffe, weil der Herr dort sie verächtlich musterte. Es war aber ein langer, vorn zugespitzter Holzscheit, etwas, womit man Tore einrennen kann. Das wollte er in den Leib des Admirals Coligny stoßen – und da der Admiral das Gesicht wegwendete, tat er es wirklich. Der Admiral fiel. Einer der anderen Schweizer, die das Zimmer erfüllten, sah hier noch sein Gesicht und wunderte sich über den Ausdruck einer absprechenden Überlegenheit, die er künftig, wenn er davon erzählte, Gefaßtheit nannte. Der Getroffene murmelte auch noch etwas, nur war jeder zu aufgeregt, um es zu verstehn; es hieß: «Nicht mal ein Mann, nur das gemeine Pack.» Seine letzte Äußerung war Ungeduld mit den Menschen.

Als der Admiral erst einmal lag, verdienten auch die anderen wackeren Landsknechte sich ihren Sold. Martin Koch traf ihn mit seiner Streitaxt. Den dritten Streich führte einer namens Konrad, aber erst beim siebenten war Coligny tot. Die Herren drunten im Hof konnten es nicht erwarten. Der Herzog von Guise rief: «Bême, bist du fertig?»

«Es ist getan, gnädiger Herr», rief Bême zurück, und wie froh war er, daß er wieder «gnädiger Herr» sagen durfte, anstatt nach einem solchen mit gespitzten Holzscheiten zu stoßen.

«Wirf ihn aus dem Fenster! Der Ritter von Angoulême will es nicht glauben, bis er es mit eigenen Augen gesehen hat.»

Das geschah bereitwillig, und der Körper des Admirals fiel den Herren vor die Füße. Guise hob einen Lumpen auf und wischte das Blut vom Gesicht des Toten. «Er ist es, ich erkenn ihn. Und jetzt die andern!» Dem Leichnam trat er in das Angesicht und schloß: «Mut, Genossen! Das Schwerste haben wir geschafft.»

Soeben graute der Morgen.

Das Mordgeschrei

Bei Morgengrauen sagte der junge König von Navarra zu seiner Frau, die neben ihm lag, und zu seinen vierzig Edelleuten, die das Bett umringten: «Schlafen lohnt nicht mehr. Ich will Ball spielen, bis König Karl aufsteht: dann erinnere ich ihn dringend an seine Versprechungen.» Dies schien der Königin Marguerite sehr willkommen, denn sie war erschöpft und hoffte endlich zu schlafen, wenn alle die Männer draußen wären.

Bei Morgengrauen, eigentlich noch während der früh erhellten Sommernacht, standen in einem Zimmer des Louvre, das auf Platz und Gassen hinaussah, Karl der Neunte, seine Mutter Madame Catherine und sein Bruder d'Anjou. Sie sprachen nicht, denn sie horchten, wann der Pistolenschuß fiele. Dann würden sie wissen, was geschehen wäre, und wollten zusehn, was weiter vorging. Der Schuß fiel – da hatten sie plötzlich nichts so eilig, wie einen Boten zu schicken nach der Straße Dürrer Baum, mit dem Befehl für Herrn von Guise, er sollte nach Hause gehn und nichts unternehmen gegen den Herrn Admiral. Natürlich wußten sie, daß es zu spät war, und entsandten den Edelmann auch nur, damit sie es nachher bei den deutschen Fürsten und der Königin von England vorschützen konnten zur Verminderung ihrer Schuld. Dennoch trafen sie ihre unnützen Anstalten mit einem unverstellten Eifer, ganz, als ob noch etwas zu hoffen wäre. Madame Catherine und ihr Sohn d'Anjou verfielen wohl eher einer verspäteten Panik: es mißlingt uns noch! Karl allein bebte sinnlos der Botschaft entgegen: nichts sollte geschehen sein, er hatte alles nur geträumt.

Die vorauszusehende Antwort traf ein, da flüchtete Karl unvermittelt zurück in seinen freiwilligen Wahnsinn. Mit dem Gebrüll, das allen seinen Zustand deutlich machte, suchte er sein eigenes Zimmer auf und befahl stürmisch, Navarra und Condé sollten zu ihm gebracht werden – auf der Stelle hergeschleppt! Was sich erübrigte, sie waren von selbst schon unterwegs.

Auf ihrem Wege hörten sie durch ein offenes Fenster eine Glocke, die Sturm läutete. Sie blieben stehen, und niemand von ihnen allen wagte zu sagen, was er dachte, bis Henri selbst es aussprach. «In der Falle.» Er setzte hinzu: «Aber wir können noch beißen.» Denn vor und hinter sich hatte er seine Edelleute, der Gang zwischen den Zimmern war voll von ihnen. Er hatte ihnen aber grade erst Mut gemacht, da öffneten sich alle Türen vorn, rückwärts, auf beiden Seiten und spien Bewaffnete aus. Als erste wurden niedergemacht Téligny, der Schwiegersohn des Admirals Coligny, und Herr de Pardaillan. Henri sah nicht mehr als dies, er wurde weitergestoßen. Jemand faßte ihn am Arm und zog ihn zu sich hinein. Condé kam mit, denn in dem Gedränge hatten sie sich Schulter an Schulter gehalten, ihrer Verteidigung wegen. Als er sie drinnen hatte, schloß Karl selbst die Tür ab. Sie waren bei ihm, in seinem Schlafzimmer.

Die drei hinter dieser Tür horchten auf die Geräusche draußen, das Mordgeschrei, auf den Anprall von Waffen, Sturz von Körpern, das Röcheln und das Mordgeschrei. Als in der Nähe alle Getöteten ausgeseufzt hatten, verzog sich das Geschrei weiterhin. Seine Bedeutung war: «Es lebe Jesus!» Seine Bedeutung war auch: «Tod! Tod! Alles totschlagen!» – und heulend zog es in die Ferne. «Tue! Tue!» – ein heulender Laut. Er strich in wechselnder Stärke durch Gänge und Säle hin und her, kreuz und quer. Wer horchte, glaubte das Schloß Louvre weit und breit von bösen Geistern besetzt, anstatt von Edelleuten und ihren Truppen. Das Menschenwerk, das hier verrichtet wurde, glich einer grausigen Fopperei. Man war versucht, hinauszusehn aus dieser Tür: wahrscheinlich geschah in Wirklichkeit nichts. Nur das Dämmern des Augustmorgens breitete sich aus, und das einzige echte Geräusch waren die Atemzüge Schlafender.

Aber niemand sah hinaus. Alle, Karl so gut wie seine beiden Gefangenen, klapperten mit den Zähnen und verheimlichten einander ihre Gesichter. Der eine drückte es in seine Hände, der andere kehrte es der Wand zu, der dritte beugte sich tief. «Euch scheint wohl auch, daß es nicht wahr sein kann?» sagte Karl einmal. Er war nicht im geringsten mehr toll, seitdem sie es draußen allzu gründlich waren. «Aber es ist wahr», erklärte er eine Weile später, und zugleich fiel ihm etwas ein, das er sagen sollte. «Ihr habt selbst die Schuld an allem. Wir mußten euch zuvorkommen, da ihr eine Verschwörung angezettelt hattet gegen mich und mein ganzes Haus.» Da hatte er es zum erstenmal von sich gegeben, wie seine Mutter, Madame Catherine, es ihm vorgesprochen hatte, und bei der Erklärung blieben sie. Condé erwiderte heftig: «Dich hätte ich längst umbringen können, wenn ich gewollt hätte, und achtzig protestantische Edelleute, die wir im Louvre waren, brauchten keine große Verschwörung, um euch alle zu erschlagen.»

Henri sagte: «Meine Verschwörungen finden gewöhnlich im Bett statt, bei deiner Schwester.» Er zuckte die Achseln, als ob sich über die Zumutung schwer reden ließe. Er verzog sogar den Mund: in der gegebenen Lage wäre es nützlich gewesen, es wäre geradezu eine Art von Ausweg gewesen, wenn auch Karl ihn jetzt verzogen hätte. Karl indessen wurde lieber wütend, schon wegen der weiteren Eröffnungen, die er seinem Schwager Henri zu machen hatte. Der wußte ja noch nicht einmal vom Ende des Admirals! Daher erhob Karl die Stimme und behauptete, Pardaillan, der Edelmann aus Navarra, der draußen tot lag, hätte vorzeitig den Plan verraten. Er hätte laut hinausgerufen: für den Arm des Admirals würden vierzigtausend abgeschnitten werden.

Hierauf steigerte Karl sich noch, damit es womöglich wie die Rede eines Unverantwortlichen klänge, und derart erfuhren sie das Ende des Admirals Coligny. Sie sahen, beide kalt überlaufen, einander an und nicht mehr auf Karl, der für sich allein weiterbrüllen mußte, bis ihm die Töne ausgingen. Er beschimpfte den Admiral als einen Betrüger und Verräter, nur bedacht auf das Verderben des Königreichs und der furchtbarsten Rache wert im Übermaß. Mit den Worten, die reichlich hervorstürzten, kam unvermeidlich auch der gute Glaube. Karl versetzte sich in Haß und Furcht. Zuletzt hielt er in seinen zuckenden Händen einen blanken Dolch. Den aber bemerkten die beiden nicht, ihnen erschienen andere Gesichte.

Sie sahen den Feldherrn aus seinem Zelt treten, das Heer ringsum, und sie selbst hielten ihre Pferde schon am Zügel. Sogleich wurde in den Kampf und dem Feind entgegengeritten, fünfzehn Stunden ohne abzusitzen, herrlich, unermüdlich, wir fühlen den Körper nicht. Der Wind nimmt uns auf, wir fliegen, die Augen werden immer heller und schärfer, wir sehen so weit wie nie vorher, weil wir jetzt einen Feind haben. Dem Feind entgegenreiten, völlig schuldlos, rein und neu, während jener voll Sünden ist und bestraft werden soll! Das und nichts anderes war für sie der Admiral Coligny in der Stunde, da sie seinen Tod erfuhren. Henri dachte daran, daß seine Mutter Jeanne vertraut hatte auf den Herrn Admiral, jetzt aber lebten weder er noch sie. Da ließ Henri den tollen Karl toben, bis ihm die Stimme versagte, er aber setzte sich auf eine Truhe.

Karl wurde heiserer, herein drang, wie vorher, das heulende Mordgeschrei. Als Karl sich endlich in gewöhnlicher Stärke verständlich machen mußte, befahl er ihnen, ihren Glauben abzuschwören: nur so könnten sie ihr Leben retten. Condé rief sofort, daran wäre kein Gedanke, und der Glaube zählte höher als das Leben. Henri winkte ihm ungeduldig und beruhigte Karl: darüber ließe sich reden. Der Vetter indessen wollte durchaus den bisher versäumten Widerstand nachholen. Er riß das Fenster auf, damit das Sturmgeläut eindränge, und dahinein verschwor er sich, die Welt könnte untergehn, er aber bliebe dennoch treu der Religion.

Henri schloß das Fenster wieder; von dort ging er zu Karl, der mit seinem Dolch in der Hand vor einem festungsartigen Schrank stand: Querbalken, Kanonenkugeln aus schwarzem Holz und eiserne Beschläge. Henri näherte sich dem Tollen ruhig, aber fest, und sagte ihm ins Ohr: «Toll ist der da, mit seiner Religion. Sie, Sire, sind gar nicht toll.» Karl hob den Dolch, aber Henri schob seinen Arm beiseite. «Das laß nur, mein Herr Bruder!» Wie kam er grade auf das Wort? Karl, es hören, und er verlor den Dolch, der fiel und fortsprang. Die Arme um den Nacken des Freundes, Vetters, Schwagers oder Bruders schluchzte der Arme: «Ich hab es nicht gewollt.»

«Das kann ich mir denken», sagte Henri. «Aber wer hat es dann gewollt?» Antwort gab nur, aus unbestimmter Entfernung, das heulende Mordgeschrei. Karl machte, mitten in seinem Weinkrampf, dennoch eine Bewegung nach einer der Wände, als ob sie Ohren hätten. So stand es, und auch diesmal mochte seine Mutter Madame Catherine ein kleines Loch gebohrt haben, nach ihrer Gewohnheit, um hier hereinzuspähn. Wahrscheinlich aber lauschte sie dem Mordgeschrei, denn man konnte nicht anders, ausgenommen war nicht einmal eine abgehärtete Mörderin. Sie watschelte und irrte durch ihre Zimmer, ihr Stock tastete unsicherer als sonst nach dem Boden. Sie prüfte die Festigkeit der Türen, sie schielte an ihren breiten, unerschütterlichen Wachen hinauf, wie lange die sie schützen würden. Verzweifelte Hugenotten, und wären es die letzten gewesen, kamen vielleicht auf den Gedanken, einzudringen und ihr noch schnell das teure alte Leben zu nehmen, bevor auch sie hinunter mußten. Das große, fahle Gesicht blieb ausdruckslos, die Augen ohne Glanz. Einmal trat sie zu einem Kasten und überzeugte sich, daß Pülverchen und Fläschchen in Ordnung wären. Die List blieb immer noch übrig, und selbst Leute, die eindrangen, um zu töten, ließen sich am Ende bereden, vorher eine Erfrischung anzunehmen.

Henri lachte, er kicherte in sich hinein: das war unaufhaltsam wie das Schluchzen Karls. Das Komische wird durch Grausen noch komischer. Im Ohr hat man das heulende Mordgeschrei, vor dem Geist aber erscheinen die Schuldigen mit ihren Häßlichkeiten und Gebrechen. Das ist eine große Wohltat, denn am Haß würde man ersticken, könnte man nicht lachen. Henri erlernte in dieser Stunde zu hassen, und es war ihm dienlich, daß er sich über das Verhaßte lustig machte. Dem düsteren Vetter Condé rief er zu: «He! Stell dir d'Anjou vor. Heult Tue! und kriecht dabei unter den Tisch.» Was zwar den Vetter düster ließ wie vorher, nicht aber Karl; dieser forschte begierig: «Wahr und wahrhaftig? Mein Bruder d'Anjou kriecht unter den Tisch?»

Das hatte Henri gewollt, mit den Gefühlen Karls für den Thronerben hatte er gerechnet. Es war gut, ihn auf den ungeliebten Bruder abzulenken, damit er vergaß, daß er hier seine hugenottischen Verwandten in seiner Gewalt hatte und daß er toll war. Besonders gegen dringende Gefahren ist das Komische gut: die Vorstellung lächerlicher Dinge kann Gefahren wenigstens vermindern. Henri, der in dieser Stunde den Haß erlernte, begriff zugleich den vollen Wert der Heuchelei. So rief er offen und ehrlich: «Ich weiß wohl, mein Bruder, daß ihr alle es im Grund nicht böse meint. Ihr wollt euch die Zeit vertreiben wie in einem Turnier oder Ringelspiel. Tue! Tue!» machte er nach und heulte auf eine Art, daß jedem die Lust vergehen mußte.

«Das ist deine Meinung?» sagte Karl auf einmal ganz erleichtert. «Dann will ich es dir nur gestehn: ich bin nicht toll. Sie lassen mir nur keinen anderen Ausweg. Bedenke, daß meine Amme eine Hugenottin ist und daß ich seit Kindesbeinen eure Lehre kenne. D'Anjou will mich töten», kreischte er, die Augen rollend, plötzlich wieder verdächtig nahe seiner Tollheit, ob sie nun echt oder unecht war. «Sterbe ich aber, dann räche mich, Navarra! Räch mich und mein Königreich!»

«Wir machen gemeinsame Sache», bestätigte Henri ihm nachdrücklich. «Du wirst toll sein, wenn du mußt, und ich ein Narr, weil ich es wirklich bin. Soll ich dir gleich ein Kunststück zeigen? Ein hübsches Kunststück?» wiederholte er zögernd wegen seines geheimen Zweifels, ob dies gut verlaufen würde. Im Rücken Karls hatte der festungsartige Schrank, Querbalken, Kanonenkugeln aus schwarzem Holz und Eisenbeschläge, sich unmerklich geöffnet: nur Henri sah es, und soeben erkannte er die beiden Gesichter, die hervorlugten. Er bedeutete ihnen durch Blicke, noch zu warten. Inzwischen machte er für Karl Hokuspokus mit den Händen, wie die Betrüger auf Jahrmärkten. «Du glaubst natürlich», redete er im aufschneiderischen Ton solcher Leute, «wer tot ist, ist tot. Aber nicht wir Hugenotten: mit uns ist es nicht so schlimm. Sei beruhigt, Herr Bruder! Achtzig Edelleute habt ihr mir alles in allem umgebracht im Louvre, aber die ersten zwei sind schon wieder lebendig geworden.»

Er bewegte seine Hände, die zehn Finger schlängelnd, von oben nach unten über den Schrank hin, und dies aus einigem Abstand, um nicht zu nahe zu sein an dem Zauber, der vorgehn sollte. Auch Karl trat zurück, die Mienen voll Mißtrauen und Furcht. «Hervor!» rief Henri, weit auf sprang der Schrank, und schon lagen vor Karl auf allen ihren vier Knien d'Aubigné und Du Bartas. Es ging sehr schnell, der erste Schrei eines neuen Anfalles konnte so eilig nicht aus der Kehle Karls; darum schwieg er und sah sie sich an, die Stirn in Falten. Sie lagen auf den Knien, der Rumpf des einen reichte um die Hälfte höher als der des anderen, aber beide hielten die Hände flach gegen die Brust, wie es sich geziemt für arme Vertriebene, die sich erlauben wiederzukehren aus Bezirken, woher es nicht erlaubt ist. Mit dumpfen Stimmen sprachen beide auf einmal: «Verzeihen Sie uns, Sire, daß wir das Reich Plutos verlassen haben! Üben Sie auch Nachsicht mit dem Nekromanten, der uns dazu bewog!»

Karl gab den Vorsatz, toll zu werden, für diesmal auf. Er setzte sich und sagte: «Ihr habt mir grade noch gefehlt. Steht meinetwegen auf, aber was fang ich mit euch an? Es ist scheußlich.» Dies war sein vernünftigster Augenblick; alles Geschehene und was noch kommen sollte, widerte ihn einfach an und war ihm peinlich – wie es ihm auf seinem Bild gewesen wäre. Ein König aus ermüdetem Geschlecht, weiße Seide, der Seitenblick voll Argwohn und Überdruß, aber der Fuß wird angesetzt wie im Ballett. Karl der Neunte wendet die Hand halb um, die Fläche nach oben: damit gab er allen die Freiheit.

Sogleich machten sie von ihr Gebrauch. Du Bartas ging und schloß die Tür auf. D'Aubigné winkte nach einem der Fenster, wohinein jetzt heller Tag schien. «Unser Glück, daß es offen stand in der Nacht und daß niemand hier war.»

Von der Tür kehrte Du Bartas schnell zurück: er hatte hinausgesehn. Dann bewegte sie sich.

Die Tür bewegte sich, sie ging auf, herein trat die Königin von Navarra, Madame Marguerite von Valois, Margot.

Ihr Bruder Karl sagte: «Da bist du ja, meine dicke Margot.» Henri rief: «Margot!» Bei beiden war die erste unbewachte Regung nur Freude. Da stand sie, war nicht verlorengegangen, als so viele Hinterhalte und Mördergruben sich geöffnet hatten, und noch immer brachte sie mit sich ihre veredelte Schönheit samt dem Glanz, den das Leben anzustreben schien bis zu dieser Nacht. Beide, Karl und Henri, erschraken inmitten ihrer Freude: ‹Ich war nicht bei ihr in der Gefahr! Wie kommt es, daß man ihr gar nichts ansieht?›

Dies kam aber, weil Margot sich viel Blut und viele Tränen abgewaschen hatte vom Gesicht wie auch vom Leibe, bevor sie sich wieder zeigen konnte, gekleidet in Taubengrau und Rosenrot wie der neue Morgen, die Perlen schimmernd auf der zart blühenden Haut. Das hatte Mühe gekostet! Denn über ihr hatte angeklammert in Todesangst ein schon halb Ermordeter gelegen. Andere hatten zu ihr gefleht und gebetet als zu der Rettung am äußersten Rand, während sie ihr dabei aus großer Not das Hemd zerfetzten und sogar ihre schönen Hände nicht verschonten mit ihren Nägeln, die vor Angst ganz scharf waren. Ein Wahnsinniger wieder hatte vorgehabt, sie selbst zu töten, und zwar einzig und allein, weil er ihren lieben Herrn entsetzlich haßte. «Navarra hat mich geohrfeigt, dafür töte ich ihm sein Liebstes!» hatte Hauptmann de Nançay gekeucht, nah, ganz nah bei ihr – schloß auch schon die ausgestreckte Kralle und glaubte, sein Opfer gefaßt zu haben. Sie hörte sehr wohl noch jetzt, wenn sie es wollte, seinen rauhen Laut, roch seinen gierigen Atem und wußte wahrhaftig nicht mehr: Wie bin ich ihm entkommen – in meinem vollen Zimmer? Denn bis hinter dem Bett lagen sie, wälzten sich, tobten oder waren schon starr und stumm. Das alles trug sie mit sich in ihrem Innern und erschien dabei hell wie der neue Morgen: so wollten es der Anstand und ihre Selbstbehauptung. Mein Herr soll mich lieben!

Sie versuchte Henri anzusehn, genau in die Augen – was ihr merkwürdig schwer wurde. Wider ihren Willen wich sie aus, bevor ihre Blicke beieinander anlangten. Übrigens verfehlte er selbst den ihren und sah an ihr vorbei, wie sie an ihm. Was ist es um Gottes willen? So kann es doch nicht sein. «Mein Henri!» und «Meine Margot!» sagten beide zugleich und gingen aufeinander zu. «Wann verließen wir uns denn? Ist es so lange her?»

«Ich», sagte Margot, «blieb noch im Bett liegen und dachte zu schlafen, du standest auf.»

«Ich stand auf und ging hinaus mit meinen vierzig Edelleuten, die unser Bett umringt hatten. Ich dachte mit König Karl eine Ballpartie zu spielen.»

«Ich, mein lieber Herr, dachte zu schlafen. Es ist nun aber so gekommen, daß ich von Blut und Tränen ganz bedeckt wurde, mein Hemd und mein Gesicht. Sogar der Angstschweiß von Menschen fiel darauf. Das alles taten leider die Meinen. Sie haben die Deinen alle getötet, und da niemand so sehr dein ist wie ich, hätte ich besser getan, zu sterben. Ich bin aber zu dir gekommen über die Toten am Wege, und dies ist unser Wiedersehen.»

«Dies ist unser Widersehen», sagte auch er, sehr traurig, und versuchte das eine Mal gar nicht, sich lustig zu machen. Sie hatte es fast von ihm erhofft: ein Junge wie er lacht besonders über das Grauen. Nein, erinnerte sie sich: denn hier bin ich selbst die Grauenvolle. «Ich, deine arme Königin», hauchte sie ihm ins Gesicht. Er nickte und flüsterte: «Du, meine arme Königin, bist die Tochter der Frau, die meine Mutter getötet hat.»

«Und du liebtest mich viel zu sehr, viel zu sehr.»

«Jetzt hat sie mir alle getötet.»

«Und du liebst mich gar nicht mehr, gar nicht mehr.»

Da hätte er die Arme weit geöffnet für Margot, hingerissen von ihrer Stimme allein, denn er sah sie nicht an, er hielt die Lider gesenkt. Die Bewegung war in seinem Innern schon geschehn; noch ein Hauch von ihr – aber der blieb aus. Fühlte sie: ich kann nicht, ich darf nicht, oder: es hält nicht vor. Ich hab ihn verloren? Sie trat von ihm fort, und nachdem sie sich über die Stirn gestrichen hatte, sagte sie laut für alle: «Ich komme zu meinem Herrn Bruder. Sire, ich bitte Sie um das Leben mehrerer Unglücklicher.» Damit ließ sie sich vor Karl dem Neunten auf die Knie nieder, nicht ohne Zeremoniell: die Leidenschaft einer Flehenden, aber verkleidet in den feierlichen Anstand, wie Könige ihn überall finden müssen. «Sire! Gewähren Sie mir das Leben des Herrn de Léran, der blutend aus mehreren Stichwunden in mein Zimmer stürzte, als ich noch lag, und der aus Angst vor seinen Mördern mich umschlungen hielt, bis wir hinter das Bett fielen. Gewähren Sie mir auch das Leben Ihres Ersten Edelmannes de Miossens, eines so würdigen Mannes, und des Herrn von Armagnac, der bei dem König von Navarra Erster Kammerdiener ist!»

Sie sprach in aller Form zu Ende, obwohl Karl ihr alsbald ins Wort fiel. Er hatte sich doch gefreut über ihre Rettung? Ja, und dann hatte sich unaufhaltsam wieder in ihm ausgebreitet das Höchstmaß von Überdruß. Nichts anderes empfand er und nahm er wahr, indessen Henri und Margot ihr Wiedersehen begingen. Dabei bewohnten sie eine Welt für sich und Karl die seine. Plötzlich bemerkt er, daß jemand von ihm etwas will: seine Schwester – und die beobachtet ihn, sie spioniert ihn aus und hinterbringt nachher ihrer Mutter, was er gesagt hat, welche Miene er trug! Daher wechselt er das Gesicht, er läßt es feuerrot werden, das kann man; die Stirnader schwillt ihm, die Augen rollen um einen so großen Teil des Kreises, wie es irgend zu erreichen ist. Zuckungen der Glieder und des Kopfes sowie auch Zähneknirschen tritt ein, und alle Vorbereitungen wohl getroffen, brüllt er los. «Von dem allem kein Wort mehr, solange noch ein einziger Ketzer am Leben ist! Bekehrt euch!» brüllt er die Anwesenden an; denn vier überlebende Hugenotten hat er bei sich im Zimmer, ihm verdanken sie, daß sie noch von dieser Welt sind, und seine Mutter wird es erfahren.

Henri will den Vetter Condé schnell noch zurückhalten: vergebens, der setzt seine Ehre darein, die ganze Stimme aufzuwenden wie Karl. Über seinen Glauben schuldet er niemandem Rechenschaft als nur Gott, und die Wahrheit verleugnet er auch unter Drohungen nicht! Worauf Karl, ausgesprochen toll, körperlich gegen ihn losgeht. Du Bartas und d'Aubigné halten ihm kniend die Beine fest, und er brüllt: «Aufrührer! Empörer und Empörerssohn! Wenn du in drei Tagen nicht anders redest, laß ich dich erdrosseln.» Er gab ihm drei Tage Frist, was man Vorsicht nennen konnte in Anbetracht von so viel Tollheit. Navarra, allen Protesten bei weitem verantwortlicher als sein Vetter, machte es dennoch wie das erstemal: sanft wie ein Lamm, versprach er seinen Übertritt – und dies sogar nach geschehener Metzelei. Aber er dachte auch nicht daran, sein Wort zu halten, als er es Karl verpfändete, und Karl wußte es wohl. Sie gaben einander ein kleines Zeichen mit den Augen.

«Ich will mich am Anblick meiner Opfer weiden!» verlautbarte der wahnsinnige Herrscher der Mordnacht und schonte dabei seinen Hals nicht. Wer vielleicht in der Nähe war, Wachen, Edelleute, Neugierige vom Hof oder Gesinde, alle sollten bezeugen können, daß Karl der Neunte zu seinen Taten stand und seine Opfer nunmehr beaugenscheinigte. Indessen noch auf der Schwelle streifte seine Hand, wie von ungefähr, die Hand seines Schwagers Navarra, und der war der einzige, der Karl flüstern hörte: «Scheußlich, scheußlich. Laß uns zusammenhalten, Bruder!» Dann wurde er endgültig, der er sein mußte: der grausame Karl der Bartholomäusnacht – und genoß seine Toten, die ersten, die gleich hinter seiner Tür hingestreckt worden waren, sowie alle anderen weiterhin am Wege. Er schob ihre des Fühlens überhobenen Glieder mit dem Fuß beiseite und trat auf ihre Köpfe, die erleichtert waren von allem Widerstand, allem Haß. Er stieß dabei genug Flüche und Drohungen aus; es lag nicht an ihm, daß niemand sie hörte außer seinen paar stummen Begleitern. Kein Lebender zeigte sich, denn sehr müde macht das Mordgeschäft, nachher schlafen sie oder trinken. Die Toten waren unter sich.

Sie schienen zahllos, wie Lebende es niemals sind. Diese werden sich nach jeder Ansammlung wieder zerstreuen. Die Toten harren aus, ihrer ist das Erdreich und alles, was hervorwächst an Gestalt und Schicksal, eine Zukunft, so unermeßlich, daß sie ewig heißt. Agrippa d'Aubigné begann zu sprechen.

«Nicht fern ist uns der Tod. Dann erst ist uns gegeben
Ein Leben ohne Tod, nicht mehr ein falsches Leben.
Gerettet ist das Leben, der Tod, er ist besiegt.
Wer will nie sicher gehn, wer möchte immer scheitern?
Wem macht die schwere Fahrt noch Lust, sie zu erweitern,
Wer ist nicht froh, wenn er zuletzt im Hafen liegt?»

Er sprach gedämpft im Sinn der Toten, deren Leben sich durch alle Zeit erstreckt, weshalb es verlangsamt und eben sehr gedämpft ist. Laut sind die Flüche eines Tollen. Henri kannte die Verse: Agrippa hatte sie zuerst gesprochen in seiner Hochzeitsnacht, bevor der lange Zug sich bildete und Karl der Neunte mit seinem ganzen Hof ihn zum Beilager geleitete. Dies war ein anderer Zug, obwohl er nach demselben Zimmer führen sollte. Henri sah sich nicht um nach Margot.

Sie ging zwischen den anderen Männern, die sich um sie nicht bekümmerten, und eigentlich kam sie zuletzt. Niemals in ihrem Prinzessinnendasein war Madame Marguerite sich einer so geringen Bedeutung bewußt geworden wie hier, auf dem Gang eines Tollen und mehrerer Geschlagener zwischen den Reihen der Toten. Welchen unbegreiflichen Ausdruck manche hatten: erstaunt, ja beschämt von zuviel Glück. Aber andere waren dafür gänzlich entseelt und ein für alle Male zur Hölle gefahren: das unterschied Madame Marguerite, und einmal bemerkte sie es an einem ihrer früheren Geliebten, da wurde sie schwach. Du Bartas fing sie auf, und halb von ihm getragen, setzte sie weiter die Füße.

Bei einem Kamin hielten zwei einander aufrecht – hatten einander erdolcht, und noch umarmten sie sich. Manchmal waren die Protestanten nicht wehrlos überrascht worden, dann hatten sie von ihren Angreifern so viele wie möglich mitgenommen. Eine Frau lag, des Lebens beraubt, über einem Mann, dem sie es wohl zu retten war gesonnen gewesen. ‹Auch die konnte nichts›, denkt Margot, halb getragen, die Füße schleifend. Konnte nichts. ‹Ich konnte nichts›, denkt sie. Über ein Geländer aber hing ein dicker Koch, seine weiße Mütze war ihm vom Kopf gerutscht und die Treppe hinabgerollt. Genau in der Stellung hatte Henri diesen Mann oder einen andern auch das vorige Mal überrascht: damals war er betrunken, jetzt ist er tot. Übrigens aber macht das zwei Orgien, die der Hochzeitsnacht und dann diese. Sie kommt später um sechsmal vierundzwanzig Stunden, nun war sie auch gründlicher und hinterläßt Überreste und Geschichte – äußerlich scheinen es oft die gleichen, sind aber anders gemeint.

Henri geriet ins Gleiten auf vergossenem Blut, fuhr aus Träumen auf und blickte in das ausgelöschte Gesicht des jungen La Rochefoucauld, des letzten Abgesandten seiner Mutter. Hier hielt er sich nicht länger, er schluchzte auf. Hinter vorgehaltenen Händen, wie ein Kind, schluchzte er: «Mama!» Seine Freunde gaben sich nicht den Anschein, als hörten sie ihn. Karl spielte den Wüterich, und war es vielleicht wirklich geworden auf dieser Reise durch die Unterwelt. Margot sagte leise, nur für Henri: «Ihn konnte ich nicht mehr retten. Fast hatte ich ihn schon in unserer Tür, da entrissen sie ihn mir und töteten ihn.» Sie wartete: Antwort kam nicht. Henri hatte einen zu weiten Weg gemacht bis zu der jetzt erreichten Tür, hatte ihn ohne Margot gemacht, machte auch keinen Weg des Lebens je wieder mit ihr als derselbe. Vor dieser Tür, die bezeichnet wurde durch die Leiche des jungen La Rochefoucauld, traf ein anderer Henri ein, als daraus fortgeeilt war auf leichten Füßen.

Dieser wußte. Dieser hatte das Mordgeschrei durch das Schloß Louvre heulen gehört eine Nacht lang. Dieser hatte in die Gesichter seiner toten Freunde geblickt, er hatte Abschied genommen von ihnen und dem befreundeten Beisammensein der Menschen – vom freien, offenen Leben. Ein einiger Haufe von Berittenen, Pferd an Pferd gedrängt, dazu ein geistliches Lied, indes vom Feld die hübschen Mädchen herbeiliefen: so froh und flüchtig eilte man dahin unter den eilenden Wolken. Aber mit dem Schritt des Besiegten, Gefangenen wird er in dies Zimmer treten. Wird sich fügen, ein Verwandelter sein unter dem trügerischen Schein des ehemaligen Henri, der reichlich lachte, immer liebte und niemand hassen konnte, vor keinem auf seiner Hut war. «Wen seh ich da zu meiner Freude bei voller Gesundheit! De Nançay, guter Freund, welch ein Glück, daß wenigstens Ihnen nichts zugestoßen ist! Manche haben sich gewehrt, wissen Sie, als die guten Leute dran glauben sollten. Hat ihnen nichts geholfen, und geschieht ihnen recht. Wer geht denn auch so dumm in die Falle? Hugenotten allein bringen das fertig. Ich nicht, ich war schon öfter katholisch als Sie, de Nançay, und werd es jetzt wieder mal. Denken Sie noch daran, wie meine Leute mich aus dem Brückentor fortzerren wollten? Ich aber wollte herein zu meiner Königin und ihrer bewundernswerten Frau Mutter, wo ich auch hinpasse. Ihnen, Freund de Nançay, mußte ich einen Schlag geben, damit Sie mich einschließen: dafür umarme ich Sie jetzt.»

Das tat er wirklich, bevor der Hauptmann sich des Liebesbeweises versah. Kein Recken und Strecken nützte, auch den Kuß auf beide Wangen empfing er, obwohl mit lautem Zähneknirschen. Noch hatte er sich nicht ganz besonnen, schon war der gewandte Schlingel anderswo hingeraten.

Henri befand sich in dem Zimmer, das Margot aufgeschlossen hatte. Die Tür wurde, so breit sie war, von Karl verstellt. Karl ließ niemand ein, während er im Gegenteil schrie, man sollte kommen und den hier noch aufbewahrten Protestanten den Rest geben. De Miossens, Erster Edelmann, lag vor dem Wüterich auf seinen steifen Knien, nicht wie einer der sterben soll, sondern eher mit dem Ausdruck eines alten Beamten, dem der vorzeitige Ruhestand droht. D'Armagnac, ein Edelmann als Kammerdiener, geruhte nicht, sich zu beugen. Er hatte einen Fuß vorgeschoben, er hielt den Kopf im Nacken und preßte die Hand auf die Brust. Das Bett aber trug ein weißes, blutbeflecktes Bündel, woraus ein Paar junger feuchter Augen blickte. «Wer ist das?» fragte Karl und vergaß zu schreien.

Der Kammerdiener antwortete: «Herr Gabriel de Lévis, Vicomte de Léran. Ich habe mir erlaubt, ihn zu verbinden. Zwar hatte er schon das ganze Bett blutig gemacht. Den andern, Sire, half kein Verband mehr.» Mit einer Bewegung, die Schmerz und dennoch die Verachtung des Todes vorführte, zeigte er auf mehrere Leichen.

Karl starrte sie an, dann hatte er gefunden, was er brauchte. «Diese ungläubigen Hunde», schrie er, «haben das Zimmer der Prinzessin von Valois, meiner Schwester, mißbraucht, um sich darin ermorden zu lassen. Fort mit ihnen auf den Schindanger! De Nançay, fort!» Worauf dem Hauptmann nichts anderes übrigblieb, als mit seinen Leuten die Toten hinauszutragen. Karl deckte inzwischen in ganzer Person die Überlebenden. Sobald die Soldaten um die Ecke waren, schnaubte er de Miossens und d'Armagnac an und rollte schrecklich die Augen: «Fahrt zum Teufel!» Das ließen sie sich gesagt sein: Auch Du Bartas und d'Aubigné ergriffen die Gelegenheit. Karl selbst schloß hinter ihnen allen die Tür.

Er sagte: «Ich verlasse mich auf die Gascogner: die bringen den guten de Miossens mit durch, so daß ihnen unterwegs kein Unfall zustößt. Margot, wenn du unserer Mutter berichten wolltest, daß ich Hugenotten verschone, dann weiß ich von dir noch mehr. Dort liegt einer auf deinem eigenen Bett.» Mehr für sich selbst sagte er: «Neben ihm ist noch Platz. Warum sollte ich nicht? Ich bin nicht besser daran als er.» Und er legte sich zu dem weißen Bündel auf die Decke voll Blut. Alsbald wurden sein Gesicht und Atem wie die eines Schlafenden. Henri und Margot sahen gleichwohl unter seinen Lidern die Tränen hervorlaufen. Auch aus den Augen des jungen de Léran fielen noch Tropfen, als er sie schon geschlossen hatte. So lagen beieinander und ruhten zwei Opfer dieser Nacht.

Das Ende

Margot ging zum Fenster und sah durch die Scheiben. Sie nahm in ihr Bewußtsein nichts auf: sie wartete einzig, daß Henri käme. Er wird mir in den Nacken sprechen, daß wir nur geträumt haben. Er wird sich lustig machen über alles andere, wie gewöhnlich, und im Ernst wird es ihm ganz allein zu tun sein um unsere Liebe. ‹Nos belles amours›, dachte sie mit seinen Worten. Aber mit ihren eigenen mußte sie denken: ‹Unser Bett ist voll Blut. Wir sind hierhergegangen zwischen seinen ermordeten Freunden. Meine Mutter hat mich zu seiner Feindin gemacht. Er haßt mich. Ihn hat meine Mutter in einen Gefangenen verwandelt. Ich kann ihn nicht achten. So soll das Ende sein.› Indes sie aber das Ende überlegte, begann ihre unwiderstehliche Hoffnung einfach von vorn: ‹Er wird mir in den Nacken sprechen, daß wir nur geträumt haben. Nein!› entschied sie. ‹Wie könnte er es denn, als Mann, der er ist, und mit dem kindischen Stolz, den sie haben. Hinter mir sitzt er gewiß, wendet mir den Rücken und ist gewärtig, daß ich ihn unversehens küsse. Bin ich doch sowohl gelehrter als erfahrener und überdies eine Frau. Mir überläßt er den Fortgang der Dinge, und mir wird wohl noch gelingen, einem Knaben weiszumachen, daß alles, was wahr ist, nicht wahr ist! Gleich fang ich an.›

Statt dessen wurde ihr, bevor sie sich umdrehn konnte, der ungeheure Lärm bewußt. Alle Glocken von Paris setzten ihn ins Werk; nur eine, die einmal früher tief und dumpf gebrummt hatte, blieb jetzt stumm; war zufrieden, die erste gewesen zu sein, und nach vollbrachter Tat schwieg sie. Wie stürmisch aber die Glocken läuteten, hindurch drang das Mordgeschrei. «Hoch Jesus! Alles totschlagen! Tue! Tue!» heulte draußen das Mordgeschrei. Margot: ein Blick auf Platz und Gassen, sie taumelt zurück. Gelehrt und erfahren, nur daran hatte ich nicht gedacht. Was ist da zu machen – mein Kind, mein Schmerzenskind?

Sie wendete sich in das Zimmer: er war nicht hier. Die beiden auf dem Bett stöhnten aus ihrem Schlaf, beide träumten ihre eigene Hinrichtung, die vollzogen wurde beim Lärm aller Glocken und beim Heulen des Mordgeschreis. Die

Geräusche waren auf einmal mitten ins Zimmer versetzt, sie bohrten den Kopf mit Schrauben an. Man meinte in einem Sturm zu stehn, man taumelte und wurde gepackt vom Entsetzen. Es kam daher, daß im Nebenzimmer das Fenster geöffnet worden war. Dort hinein war Henri gegangen. Nicht dies alles hören und sehen mit Margot zusammen, sondern allein! War hinübergegangen durch die fortgestoßene Tür in das Zimmer, das hergerichtet war für seine Schwester und wo der Admiral einst hätte geborgen werden sollen vor seinen Mördern. Margot senkte machtlos die Schultern: ‹Über die Schwelle dort, leider nein. Zu ihm, nicht mehr.›

Er hörte und sah. Der Platz drunten wimmelte von Menschen, die aus den Gassen herzudrängten – alle tätig, keiner als müßiger Zuschauer. Ihr Geschäft war überall das gleiche: töten und sterben; und es geschah mit der höchsten Emsigkeit, dem Schwung der Glocken vergleichbar und angepaßt dem Takt des Mordgeschreis. Pünktliche Arbeit, und dennoch wieviel Abwechslung und Eigenheit! Ein Kriegsknecht schleifte einen alten Mann, ordentlich an die Leine gebunden, über den Boden, damit er ihn in den Fluß würfe. Ein Bürger erschlug einen anderen mit Sorgfalt und Genauigkeit, dann lud er ihn sich auf und trug ihn zu einem Haufen, wo schon alle nackt waren. Das Volk entkleidete die Toten: das war Sache des Volkes, nicht der ehrbaren Leute. Jedem das Seine. Ehrbare Leute entfernten sich eilig mit schweren Geldsäcken; sie kannten in den Häusern der andersgläubigen Nachbarn den Ort, wo etwas aufbewahrt wurde. Manche trugen ganze Truhen, wozu sie wieder die Schultern des Volkes benötigten. Ein Hund leckte seiner erstochenen Herrin die Wunde, der gerührte Mörder mußte ihn streicheln, bevor er zum Folgenden schritt. Denn sie haben auch ein Herz. Sie morden vielleicht im Leben nur einen Tag, aber Hunde verziehen sie alle Tage.

Am Ende einer Gasse war ein Hügel sichtbar, darauf drehten sich die Flügel einer Windmühle, jetzt und immer. Die Brücke über den Fluß würde ins Freie führen, könnte man nur flüchten. Ein Gedränge Flüchtender fiel auf der Brücke unter den Schlägen der Wache. Denn die Wache war unter der Führung von Berittenen zur Stelle und sorgte für die Erhaltung der Sicherheit. Fußvolk und Reiter bewegten sich bequem in den Abständen, die jeder Mordende zwischen sich und den Nächsten offen ließ. Man braucht Raum, wie auch die Biene ihn haben muß für ihre Emsigkeit. Wäre nicht all das Blut gewesen und noch einiges andere, besonders der höllenmäßige Lärm: aus einer gewissen Entfernung hätte man meinen können, diese guten Leute wären auf einer Wiese beschäftigt mit Blumenpflücken. Jedenfalls blaute über ihnen der Himmel in sonnigster Heiterkeit.

‹Sie sind genau›, dachte Henri. ‹Warum so peinlich unterscheiden zwischen denen mit den weißen Abzeichen und den anderen – wenn man schon töten will? Muß man, um das Vorrecht des Tötens zu haben, durchaus ein Weißer sein? Aber sie töten nicht für sich, sondern für andere, im Auftrag, um der Sache willen: das macht ihnen das gute Gewissen. Bei aller ihrer Wildheit, die ganz wie eine befohlene Wildheit aussieht, bleiben sie ordentlich und arbeitsfroh. Dort errichten einige einen Galgen. Sie werden damit fertig sein, wenn schon alle tot sind, und können nur Leichen daran hängen. Das stört sie nicht, tun sie es doch nicht für sich selbst. Niemals handeln sie für sich: das will ich mir merken. Wie leicht man sie zum Schlechten und Schädlichen bringt! Schwerer wird es halten, etwas Gutes von ihnen zu erreichen. Ehrbare Leute und Volk – zusammen ergibt das, wenn die Gelegenheit günstig ist, das gemeine Pack –› dachte Henri, und dasselbe Wort war im Gehirn des sterbenden Coligny das letzte gewesen.

Vereinzelt trat auch der helle Wahnsinn öffentlich auf. Er stolzierte über den Platz, ohne sich weiter nützlich zu machen bei dem allgemeinen Geschäft: nur seine Stimme kreischte unverkennbar. «Laßt zur Ader! Nur immer zur Ader lassen! Die Ärzte sagen, daß im August ein Aderlaß so gut ist wie im Mai.» Das rief allen Tätigen zu ein Herr de Tavannes, selbst faßte er nichts an. Dafür hatte er mit Madame Catherine im Rat gesessen, als dies Unternehmen beschlossen wurde, und war im Rat sogar der einzige Franzose gewesen.

Jetzt aber wird aus der Gasse jemand herbeigeführt von einem allein arbeitenden Weißgardisten, der ganz für sich pflichtbewußt heult: «Tue! Tue!» Henri will aufschrein, der Laut kommt nicht. Er will eine Bewegung machen, eine Waffe holen und hinunterschießen. Ach, umsonst, auf Erden sind Geopferte und Henker. Der dicke alte Mann, mein Lehrer Beauvois, hat sich nicht schleppen, nicht stoßen lassen, er ist anständig mitgegangen mit dem Heulenden. Er ist ein Philosoph und hält das Leben nur soweit für wünschbar, wie die Vernunft reicht. ‹Herr de Beauvois, was tun Sie? Hinknien in Ihrem Faltengewand, gefaßt und voll Erkenntnis. Die Handflächen aneinanderlegen und geduldig warten, bis der Henker das Schwert gewetzt hat. Herr de Beauvois, mein guter Lehrer!›

Henri ließ sich zu Boden fallen, das Gesicht versteckte er im Arm und sah daher nicht, wie glatt dem dicken alten Mann der Kopf abgeschnitten wurde. Ihm blieb auch unbekannt, daß aus dem nächsten Hause eine Frau gerannt kam mit einem Gefäß: darin fing sie das hervorschießende Blut auf und soff es.

Als Henri zu sich kam, fand er die Tür nach dem ehelichen Zimmer geschlossen. Margot hatte sie geschlossen.

Moralité

Trop tard, vous êtes envoûté. Les avertissements venant de toutes parts n'y font plus rien. Les confidences du roi votre beau frère restent sans écho et les inquiétudes de votre bienaimée n'arrivent pas à vous alarmer. Vous vous abandonnez à votre amour tandis que les assassins eux mêmes ne voient qu'en frissonnant de peur, autant que de haine, approcher la nuit sanglante. Enfin vous la rencontrez, cette nuit-là, comme vous auriez fait d'une belle inconnue: et pourtant déjà M. l'Amiral avait succombé, presque sous vos yeux. N'est-ce pas que vous saviez tout, et depuis longtemps, mais que vous n'aviez jamais voulu écouter votre conscience? Votre aveuglement ressemblait en quelque sorte à cette nouvelle démence sujette à caution de Charles IX. Il l'a choisie comme refuge. De votre côté vous vous étiez refusé à l'évidence pur établir votre alibi d'avance. A quoi bon, puisque alors vous deviez tomber de haut et qu'il vous faudra expier d'autant plus durement d'avoir voulu être heureux sans regarder en arrière.

Die Schule des Unglücks

Ich kannte die Hölle nicht

Der Gedanke, mit dem er hingefallen war, kam als erster zurück bei seinem Erwachen. «Mein guter Lehrer», sprach Henri, wie zu einem noch Lebenden, der ihm hätte helfen sollen. Er hörte die Antwort, sie hieß: ‹Ich bewohne ein streng verschlossenes Haus, auf dessen Tür die Leute mir unfreundliche Namen malen.›

Diese einst wirklich gesprochenen Worte klangen in seinem Geist so pünktlich nach, daß er sich umsah. Er war allein, das eheliche Zimmer geschlossen, und Stille lagerte ringsum. Die Glocken schwiegen, das Mordgeschrei hatte sich zurückgezogen von dem Platz dort unten, zusammen mit dem Sonnenschein, und beendet war die vorige eifrige Tätigkeit. Nichts regte sich, außer den Gehängten an den fertiggezimmerten Galgen; die schwankten leicht. Ganz unbewegt blieb der hohe Haufe der Entkleideten. Nur Hunde strichen daran hin und beleckten die Wunden. Die Menschen, soweit sie lebten, hatten sich unsichtbar gemacht, sie, die vorher mit Nachdruck und Genugtuung gezeigt hatten, was sie konnten. Sogar vor die Öffnungen ihrer Häuser hatten sie nunmehr alle Läden gelegt.

Das zweite, was der wieder erwachte Henri dachte, war: ‹Meine arme Mutter ist tot, und auch sie hatte mich gewarnt.› Er ging in den hintersten Winkel des Zimmers und hörte sie sprechen, wie vorhin seinen Lehrer. Sie sagte: ‹Der sittenlose Hof, die böse Königin› – und die Stimme der Mutter, ihr Tonfall wandten sich an ein Kind, das noch unwissende Kind, längst vor den Ereignissen. Gerade darum war herzbrechend der milde vergangene Klang, weil in Wirklichkeit jetzt alles geschehen war, mehr Grausen und Furchtbarkeit, als bei den Lebzeiten der armen Jeanne ihr jemals hätte träumen können. ‹Du bist am Gift gestorben, meine liebe Mutter. Weißt du es? Der Herr Admiral wurde erschlagen seitdem; hast du es erfahren? Ermordet ist La Rochefoucauld, den du mir schicktest als deinen letzten Abgesandten. Tot sind viele, die dir dienten, und hingestreckt liegen unsere Edelleute. Wir gingen in die Falle, obwohl du mich gewarnt hattest, Mutter. Ich hörte aber weder auf dich, noch auf den alten, schlauen Beauvois, noch auf –›, «mein Gott, wie viele!» sagte er laut. Denn alle versäumten Warnungen drangen vereint auf ihn ein – so zahlreich, so schnell, daß er sie nicht unterschied und sich an den Kopf griff. ‹Margot – auch Margot: ihre Warnung durch das anatomische Bild! Das arme Fräulein: Sackleinen bedeckte ihre kleine Leiche! D'Elbeuf: am Tor, als er mich zurückriß aus dem Gedränge, war noch Zeit zu fliehen! Karl der Neunte selbst: Navarra, räche mich! Mornay: Coligny bleibt, weil ihn das Grab erwartet, dich aber erwartet das Bett! Maurevert: schwitzt Mord! d'Anjou: umschwebt von schwärzlichen Geistern! Guise: sein gezückter Dolch, sein jäh enthülltes Gesicht! Madame Catherine: um sie hing, mit ihr ging, von je und überall, das brütende Geheimnis dieser Nacht! Ich aber dachte glücklicher zu sein – unter ihren Blikken glücklich. Denn ich kannte die Hölle nicht.›

Dies war das hereinbrechende Urteil, das ihn noch einmal niederwarf. ‹Ich kannte die Hölle nicht.› Damit fiel er, ohne einen Laut, quer über das Bett, drückte Brust und Stirn darauf und ergab sich dem Urteil, das gefällt wurde in seiner Stirn, seiner Brust. ‹Ich feierte Hochzeit, und inzwischen stöhnten alle von verhaltener Blutgier. Sie zogen sich zu geteilten Haufen an die Wände zurück, damit sie noch nicht gegeneinander losgingen. Ich ließ mich zum Beilager führen. Die Königin, meine Mutter, war das erste Opfer gewesen. Wir alle waren bestimmt, ihr nachzufolgen, die Vorzeichen verkündeten es, die blutigen Wunder. Ich ließ mich zum Beilager führen und feierte es bis hinein in die Mordnacht. Denn ich kannte die Hölle nicht. Alle anderen entsinnen sich ihrer fortwährend, nur ich nicht, das ist mein Gebrechen. Das ist meine sehr große Schuld. Ich handelte derart, als wären die Menschen zurückgehalten von Anstand, Spott und leichtsinnigem Wohlwollen. So bin aber nur ich und ich kannte die Hölle nicht.›

Während dies in seinem Kopf geschah, zuckte einige Male sein Körper, wie um aufzuspringen und als wagte er es nicht. Das erstemal trat dies ein, als die Worte und Mienen seiner Schwester ihm in den Sinn kamen. ‹Lieber Bruder! Unsere Mutter hat die Wahrheit gekannt, ich sage es Ihnen wahrlich. Sie hinterließ, bevor sie am Gift starb: Sie sollten gar nicht, oder als der Stärkere kommen. Fort aus Paris, mein Bruder! Reitende Boten über das Land! Mit Ihrem Heer rücken Sie an zu Ihrer Hochzeit!› Er vernahm es in seinem Innern von der rührenden Stimme Kathrins, mit ihren hohen erschreckten Endsilben. Eigentlich war es seine eigene Stimme, und diese Warnung glich keiner anderen. Alle hatten ihn nur von außen angerührt, diese allein hatte er bestätigt aus seinem eigenen tiefen Wissen!

Da schüttelte ihn Reue von Grund auf, er mußte sich mit Fäusten und Zähnen an das Bett klammern. ‹Ich kannte die Hölle nicht. Wo war mein Ernst! In meiner Leidenschaft für Margot? Auch dort nicht. Sonst hätte ich sie geraubt und fortgeführt von diesem Hof. Ihn aber wollt ich nicht verlassen, wegen seiner Kühnheit und Gefahr, aus Neugier auf die Furcht – und weil ich spielte wie ein Kind, anstatt den Blick auf die Hölle zu richten!› Nochmals großes Schütteln der Seele, und davon zitterte auch das Bett.

Ja, sein ungeheurer Mißerfolg machte, daß er seine Jugend verfluchte. ‹Ich, der den Herrn Admiral belehren wollte! Ihm vorwarf, er führte nutzlos Krieg.

Coligny hatte aber den Glauben, der frei macht – von Spanien oder von den verderblichen Leidenschaften. Er kannte die Hölle, gegen sie kämpfte er. Ich – lief in sie hinein!› Zuviel. Hier war er überwältigt. Seine Gedanken gingen in Rausch über, nicht anders, als einen Jüngling die Begeisterung ergreift. So hatte im Meereswind von La Rochelle sein Herz einer neuen Welt entgegengeschlagen – und jetzt wieder einer. Nur ist es diesmal keine weite und freie, vergleichbar dem Reich Gottes. Diese ist voll Schmerz und Schande. Sie wirft Flammen von Schwefel, schon lodern sie nahe, sogleich werden sie ihn einhüllen. Im Rausch seiner Verzweiflung springt er auf und läuft mit dem Kopf gegen die Wand. Noch ein Ansturm mit vorgestoßener Stirn, noch einer. Er denkt nichts mehr außer dieser Bewegung und findet von selbst kein Aufhören. Aber er wird aufgehalten.

Faciuntque dolorem

Zwei Hände drückten ihn auf einen Sitz.

«Ruhe, Sire! Besinnung, Vernunft und Gleichmut der Seele – es sind christliche Tugenden wie auch Vorschriften der alten Philosophen. Wer sie vergißt, wütet gegen sich selbst, wobei ich Sie noch rechtzeitig überraschte, mein lieber junger Herr. War aber dessen nicht gewärtig von Ihnen – nein, von Ihnen nicht dessen, sondern eher, daß Sie die Bartholomäusnacht mit zuviel Nachsicht aufnähmen und, wie soll ich sagen, mit einer lachlustigen Verachtung. Als ich das erstemal zur Tür hereinsah, lagen Sie allerdings auf den bloßen Dielen, schliefen aber, und Ihr Atem ging so friedlich, daß ich bei mir meinte: ‹Stören Sie ihn nicht, Herr von Armagnac! Er ist Ihr König, und diese Nacht war schwer. Wenn er erwacht, hat er alles überwunden, und wie Sie ihn kennen, macht er einen Witz.›»

Diese lange Rede, vorgetragen in kühner, gehobener Art und mit kunstvoll wechselnden Tönen, ließ dem achtzehnjährigen Verzweifelten übergenug Zeit, zu sich zu kommen, oder doch einer zu werden, der dem bekannten Henri ähnlich sah. «Macht er einen Witz», schloß der Edelmann als Diener; sein Herr aber ergänzte ohne Pause: «Ist der Hof noch immer so gut aufgelegt wie gestern nacht? Dann brauch ich zum Abschluß des Festes zwei Pastoren und die Sterbegesänge. Mir zuliebe wird sogar Madame Catherine mitsingen.» Das Lachen blieb im Halse stecken.

«Noch nicht ganz so, wie es sein soll», sagte d'Armagnac prüfend. «Gut genug für den Anfang; aber Sie dürfen nicht bitter erscheinen, wenn man Sie wiedersieht. Seien Sie leicht! Seien Sie frei!» Er sah wohl selbst, daß dies im Augenblick viel verlangt war. Ohne ein Wort legte er dem Herrn ein nasses Tuch auf die Stirn, die vom Anprall gegen die Wand etwas zerbeult war. Dann trug er nach seiner Gewohnheit den Trog herein, für das Bad. «Auf dem Weg nach Wasser», äußerte er und füllte es ein – «bin ich keinem begegnet. Nur eine Tür wurde vorsichtig zugemacht. Während Sie schliefen, war ich sogar auf der Straße, vom Hunger getrieben, denn in den Küchen gibt es nichts, dort ist letzthin mehr Menschenblut geflossen als Hühnerblut, und wer schlachten sollte, ist selbst geschlachtet. Die Straße ist leer, von weitem kamen zwei Männer mit weißen Abzeichen, das fällt auf, man hat Augen dafür bekommen. Schon suchte ich nach einer Zuflucht – da geschah es aber, daß die beiden kehrtmachten und sich entfernten. Wenn nicht alles täuscht, liefen sie davon, denn sie zeigten ihre ganzen Fußsohlen, so hoch schwangen sie die Beine. Sagen Sie mir, Sire, was das bedeutet.»

Henri überlegte es wirklich. «Ich glaube nicht», erklärte er, «daß sie Furcht haben könnten vor uns, die sie fast alle umgebracht haben.»

«Glauben Sie an das Gewissen?» fragte d'Armagnac, beide Arme hochgestellt, jede Bewegung abgeschnitten. Henri betrachtete ihn ernsthaft, wie ein frommes Standbild. «Deine beiden Weißen müssen dich verwechselt haben», entschied er. Hierauf stieg er in sein Bad.

«Es wird schon dunkel», bemerkte er indessen. «Wie merkwürdig, dies war kein Tag.»

«Es war ein Tag der Schatten», berichtigte d'Armagnac. «Leise und kraftlos verlief er nach zuviel Blutverlust. Bis zum Abend hielten alle sich hinter ihren Türen, sie haben nichts gegessen, ihre Stimmen sanken zum Flüstern herab, nur in einem bewährten sie vielleicht noch die Fähigkeiten der Lebenden. Denn von den dreihundert Ehrenfräulein der Königinmutter hat keine in ihrem Bett allein gelegen.»

«D'Armagnac», befahl Henri, «ich muß etwas essen.»

«Ich verstehe, Sire. Dies sagen Sie nicht allein aus einem körperlichen Bedürfnis. Die tiefe Anschauung der Seele gibt Ihnen den Wunsch nach Nahrung ein. Mit wohlgefülltem Magen werden Sie sich ehrenvoll blicken lassen können unter Hungerleidern und werden im Vorteil sein vor den meisten. Beliebt es Ihnen?» Womit der Erste Kammerdiener den Mantel hinhielt in ganzer Breite; erst der abgetrocknete König konnte den Tisch entdecken, und der war besetzt mit Fleisch und Brot.

Henri stürzte sich darauf. Er zerschnitt, zerbrach, schlang und trank, solange noch etwas da war; inzwischen aber entrannen den Lidern seines Dieners zwei Tränen. D'Armagnac bedachte, daß wir dem Tode essen – unter seiner immer erhobenen Hand, die heute den Zugriff wohl noch hinausschiebt. So reiten wir durch das Land, so essen wir, so setzen wir den Fuß in die Säle des Schlosses Louvre. Dabei sind wir Diener und doch Edelleute, einer aber ist König, und dieser, so nah d'Armagnac, schlingt königlich. Gerade infolge seiner feierlichen Gedanken begann d'Armagnac fröhlich zu singen.

«Ganz still – ganz sacht – wie eine alte Maus lugt Madame Catherine durch allen Mord und Graus. Ist hinter ihrem Schlüsselloch so recht zu Haus.»

«Und was treibt sie dort?» fragte Henri wider Willen. Seit er nichts mehr zu essen hatte, drängte es ihn vielmehr, nach Margot zu fragen. Er wollte fragen: ‹Hat die Königin, meine Gemahlin, ihre Gemächer schon verlassen?› Der Erste Kammerdiener hätte darauf antworten sollen: ‹Die Königin von Navarra hat sich dringend nach Ihrem Wohlergehen erkundigt, Sire.› D'Armagnac hätte sogar hinzusetzen sollen: ‹Madame Marguerite erwartet baldmöglichst den Besuch ihres geliebten Herrn› – obwohl d'Armagnac nicht der Mann war für eine solche Ausdrucksweise. Außerdem würde Margot ihm den Auftrag nicht erteilt haben. Henri seinerseits hätte die Einladung nicht annehmen dürfen. Für sie beide war es damit vorbei – und er seufzte. D'Armagnac begriff, warum. Er war nicht der Mann, zarte Aufträge zu überbringen, weil er ihnen zuvorkam mit seinem schnellen Geist.

«Madame Catherine hat bei sich die Königin von Navarra», sagte er im natürlichsten, obwohl wirksamsten Tonfall – ließ seinen Herrn erstaunt aufblikken, machte eine fühlbare Pause; als aber die Erwartung groß genug war, sprach er um so geläufiger. «Ich habe die Königin gesehen. Sie kam zu mir heraus, da ein Diener ihr im Zimmer ihrer Mutter zuflüsterte, ich stände vor der Tür. Ich unterhalte Beziehungen zu den Dienern der Königinmutter. Dieser trug Tinte hinein. Ich fragte: ‹Wozu?› – ‹Sie will schreiben›, erwiderte er. ‹Und Madame Marguerite?› fragte ich, ohne wirklich zu wissen, ob sie drinnen wäre. ‹Sie sitzt auf der Truhe›, verriet mir sogleich der Dummkopf. ‹Sie traut sich nicht fort von der Alten.› Ich bot ihm an: ‹Wetten wir ein Maß Wein, daß sie zu mir herauskommt!› Durstig wie er war, schlug er ein, und dann mußte er selbst die Tür öffnen für Madame Marguerite: es kostet sein Geld.»

«Verlasse jetzt die Diener und gehe zu den Kutschern über!» verlangte der ungeduldige Hörer. «Ich dachte daran, Sire», sagte d'Armagnac. «Indessen trug die Königin von Navarra mir Umstände auf – ich überbringe sie stammelnd und mit dem schwachen Verstand des geringen Menschen. Die Königin von Frankreich schreibt eigenhändige Briefe nach England, Spanien und Rom. Sie entwirft sie mehrmals, denn die Botschaft ist schwierig, da sie die Ereignisse der vorigen Nacht jedesmal verschieden darstellen muß, für die Königin Elisabeth, für Don Philipp, und für den Papst. In ihrer Verlegenheit hat Madame Catherine, ganz gegen ihre Gewohnheit, den Rat ihrer gelehrten Tochter eingeholt – und in sicherer Kenntnis dessen, was vorgeht, läßt die Königin es Ihnen melden durch meinen viel zu redseligen Mund.»

D'Armagnac verbeugte sich, er hatte geendet. Von jetzt ab gehörte er nur der Kleidung seines Herrn, breitete sie aus, legte sie ihm an, alles ohne Worte, damit sein König denken konnte. Henri dachte: ‹Margot verrät mir die Geheimnisse ihrer furchtbaren Mutter. Das ist soviel, als ließe sie mich wissen, daß sie mich erwartet, wie einst in unserem Schlafgemach. Nein, es ist mehr. Ihr Auftrag bedeutet: Teuerster Henricus› – einen Augenblick dachte er lateinisch und hörte sie selbst es aussprechen mit ihrer schönen Stimme: ‹Komme nicht, sehr teuerer Henricus; das ist uns leider verboten – alle Lust und jeglicher Schmerz unserer gemordeten Liebe.

Quod petiere premunt arcte, faciuntque dolorem
Corporis –

Wild pressen sie an sich, den sie begehren, und verwunden den Leib. Brennende Erinnerungen drängten herzu, von wütenden Umarmungen und dem Biß der Zähne in die geküßten Lippen. Vorbei und nieder damit! Jetzt steht es derart, daß meine Geliebte mir ihren Geist und ihr Gewissen hingibt, wie vordem ihren Leib – aber auch dies nicht ohne Wut und Bisse. Faciuntque dolorem animae. Wunden der Seele. Könnten wir jetzt vereint sein, wir würden beide weinen, weil wir bestimmt sind, Feinde zu sein und einander Schmerzen zu bereiten. Eher wäre es angezeigt, zusammen zu entdecken, was die Ihren vorhaben und wie man von hier entkommen könnte. Welcher Art sie auch immer gesonnen sind, ich muß so bald wie möglich hundert Meilen zwischen mich und diesen Hof bringen, und dabei will ich rechnen auf Margot, die Feindin, die mir dennoch ihre Mutter verrät.›

Hier stockte der Gedanke. In dem Denkenden fielen einzeln die Worte: ‹Faciuntque dolorem.› Laut, ohne daß er es gewollt hatte, sagte Henri: «Auch sie nicht und niemand ist verläßlich. Ich muß mir selbst helfen.»

Mich aber haben sie

Er sah sich um. Zugegen war nur d'Armagnac, der nichts gehört hatte oder so tat. Der Erste Kammerdiener hielt die Hand auf dem Türgriff, ohne ihn umzudrehen. Dies erfolgte erst, als ein Herr unzweifelhaft in die Gegenwart zurückgekehrt war. Das geöffnete Vorzimmer wies zwei Edelleute auf; sie standen vor der Schwelle, bereit, den König von Navarra mitzunehmen, nicht wohin er befahl, sondern wohin sie Auftrag hatten. In dieser Haltung warteten Herr de Nançay, den Henri geohrfeigt hatte, und Herr de Caussens, einer der Mörder des Admirals. Auf sie trat Henri zu, ohne Überwindung wie es schien, ja ohne das volle Bewußtsein der Lage, denn er ließ ein harmloses Lachen hören. Sogleich entschuldigte er sich deswegen durch einen frommen und betretenen Ton. «Gehen wir von hier geradeaus zur Messe?» fragte er und stellte sich von selbst in die Mitte. «Die Stunde ist günstig, da wir alle nüchtern sind wie noch nie. Oder haben die Herren seit gestern etwas zu essen bekommen? Ich nicht einmal ein Blatt Salat, und das fällt mir schwerer als alle anderen Zumutungen an meine Natur.» – Bis zu ihrer Ankunft im großen Saal des Louvre hielt er noch mehrere unverantwortliche Reden, zwischen denen er vergebens Pausen für eine Antwort ließ. Ernstlich war er inzwischen beschäftigt, herauszufühlen, warum sie schwiegen. Nur, weil sie auf diesem Wege seine Wächter waren, er aber ihr Gefangener? Sie hatten noch andere Gründe, die mußte er unterscheiden. In der Kenntnis dieser Menschen war sein Heil.

Zuerst erblickte man nur Rücken. Aus allen Fenstern lehnten Personen, und andere suchten sie zu verdrängen, um selbst hinauszusehen. Am Himmel schien auf einmal völlige Nacht zu sein, und bei den Menschen herrschte eine Aufregung, die auch Henri und seine Begleiter sofort ergriff. Diese ließen ihn stehen. Er selbst fand neben sich d'Alençon, den jüngsten Bruder des Königs. Der

Mann mit den zwei Nasen, wie er wegen eines Auswuchses genannt wurde, nickte vielsagend. Sein Vetter Navarra mußte ihn ausdrücklich fragen, was draußen vorging. Hierauf erwiderte der Vetter ein Wort – und schnell war sein Blick anderswo. «Die Raben», hatte er gesagt.

Da erkannte Henri die Ursache der unvermittelten Verdunkelung: ein großer Schwarm der schwarzen Vögel ließ sich auf den Louvre nieder! Ein Geruch, der ihnen angenehm war, hatte sie angezogen von fern, als noch die Sonnenhitze ihn verstärkte; aber sie hatten ihre Stunde erwartet. Der Mann mit den zwei Nasen äußerte: «Für die ist hier gesorgt worden» – warf es nur hin, wechselte die Stellung und kehrte im Kreise zu seinem Vetter zurück, nicht ohne wachsame Kopfbewegungen, wer etwa aufpaßte. «Für sonst niemand», ließ er fallen und verschwand auf eine Weile hinter den Drängenden. Ein schöner Mensch, Bussy, murmelte wie für sich selbst: «Nicht auf ihn hören! Ist etwas verrückt. Das sind wir alle.» Worauf auch er wieder untertauchte.

Allmählich kehrten viele aus den Fenstertüren in das Innere zurück. Die meisten Gesichter waren bleich und trugen Wunden oder Beulen; die Schwellung an der Stirn Navarras war nicht die einzige. Manche Augen verrieten das innere Schaudern, eine Fremdheit der Menschen mit sich selbst; und gewisse Hände schienen verlegen um ein Versteck. Sie wurden über der Mitte des Körpers einigermaßen krampfig vereinigt, ohne deutlichen Grund aber verließ die eine der Hände die andere und fuhr nach dem Sitz des Dolches. Henri lachte mehrere Verstörte einfach aus. «Ich habe schon mal solches Federvieh gesehen», erklärte er. «Ohne so etwas kein Schlachtfeld.»

Jemand, der für sich allein quer durch den Saal ging, sagte: «Ein Schlachtfeld ist nicht dasselbe wie der alte Hof oder Brunnen des Louvre.» Das war Du Bartas; er sah sich nicht um nach seinem Herrn und Freund. Henri rief ihm nach: «Wir beide liegen nicht in dem Brunnenschacht. Darauf kommt alles an: nicht darin zu liegen.» Hierbei lachte er – offenbar aus kindischer Unkenntnis der wirklichen Umstände; oder kann Gutmütigkeit so weit gehen? Die Nächsten wendeten sich fort, um nicht zu zeigen, was sie dachten. Nur Du Guast, ein Liebling des Thronfolgers d'Anjou, tat sich frech hervor. «Wie leicht, Sire, konnte Ihnen dasselbe zustoßen!» Dann allerdings machte auch er, daß er hinüber und durch einen Ausgang gelangte. Keiner hielt lange am Platze aus, alle bewegten sich, aber fast nie gemeinsam. Wer soeben mit jemand gesprochen hatte, brach ab, verschloß seine Miene und entfernte sich allein. Die beiden Mörder de Nançay und de Caussens hatten mittlerweile veränderte Gesichter; die finstere Ratlosigkeit stand darin; und auf einmal trennten auch sie sich.

Die ganze Länge des großen Saales, mitten hindurch unter den zwanzig Kronleuchtern schritt der Herzog von Guise in voller Pracht und mit reichem Gefolge. Dem stolzen Henri Guise in den Weg trat erstaunlicherweise Henri Navarra – faßte den anderen genau ins Auge und winkte mit der Hand: wer es sah, hielt den Atem an. Indessen geschah, daß Guise zurückgrüßte und sogar auswich. Nachträglich besann er sich und stieß hervor im Ton des Triumphes:

«Gruß vom Admiral!» Dies hören, und alles flüchtete. Lothringen trat stark auf, aber sein Schritt verhallte in der Leere.

Henri machte sich, wie die anderen, weniger sichtbar, bis vielleicht nochmals eine Menge zusammenlief. Es konnte nicht ausbleiben, bei der allgemeinen Neugier, dem Mißtrauen, der Unsicherheit. Im Augenblick drückte man sich nur an den Wänden hin, und zu Henri schlich heimlich sein Vetter Condé. «Weißt du?» fragte er.

«Ich bin Gefangener, was weiter? Schwer zu erraten – obwohl ich dem Guise ins Gesicht geblickt habe.»

«Guise hat dem Herrn Admiral, als er tot war, in das Gesicht getreten. Ich sehe dir an: dies wußtest du nicht. Für uns fürchte ich das Schlimmste.»

«Dann hätten wir es verdient. So dumm wie wir darf niemand sein. Wo ist meine Schwester?»

«In meinem Hause.»

«Sag ihr, daß sie recht gehabt hat, aber daß ich entkommen werde.»

«Ich kann ihr nichts ausrichten, denn auch ich darf nicht aus dem Louvre. Die Wachen sind verstärkt, wir werden nicht entkommen.»

«So bleibt uns nichts anderes übrig, als zur Messe zu gehen?» fragte Vetter Navarra. Vetter Condé, der bei dem Wort noch jedesmal gewütet hatte die vorige Nacht, jetzt beugte er den Nacken und seufzte. Dennoch entsetzte ihn der Leichtsinn des Vetters Navarra, denn der rief aus: «Hauptsache, man lebt.»

Dabei blieb er, als wieder mehr Leute sich einstellten. Er sagte: «Herr de Miossens, Sie leben! Ist das nicht die größte Überraschung Ihres Lebens?» Er rief aber auch: «Herr de Goyon, Sie leben» – und dieser lebte gar nicht, er war nicht hier im großen Saal, er lag im Brunnen des Louvre als ein Fraß der Raben. Wer Navarra so sonderbar sprechen hörte, wandte sich fort mit ungleichen Mienen: die einen drückten Besorgnis, Schuld oder Mitleid aus, die anderen nur Verachtung. Henri indessen ließ sich einfallen, sein ewiges «Sie leben!» sogar an den Thronfolger d'Anjou zu richten. Da erkannte man endgültig, daß er auch nach der Bartholomäusnacht ein unbedachter Spaßmacher geblieben war. Man bezeugte es ihm mit einem Lachen der Erleichterung, mißbilligend war es nebenbei. Er unterschied alles, er merkte sich jeden – während sie meinten, er dächte an Witze.

D'Anjou traf gerade ein, und in sehr guter Stimmung: davon wurde es weniger schwül in dem Schloß, das auf einmal höher aufragte zu dem Augustabend. D'Anjou endlich benahm sich wie ein Sieger, heiter und gnädig: «Ob ich lebe! Zum ersten Male lebe ich wirklich; denn mein Haus und Land sind dem größten Unheil entgangen. Navarra, der Admiral war unser Feind, und er betrog dich. Sein Sinn stand nach der Vernichtung des Friedens in Frankreich und der übrigen Welt. Er plante Krieg mit England und verbreitete das Gerücht, die Königin Elisabeth wollte uns Calais wegnehmen. Wahrhaftig, der Admiral mußte sterben. Alles übrige ist davon die leidige Folge, eine Kette von Unglücksfällen, die Auswirkung alter Mißverständnisse und ganz vergeblicher Feindschaften, die wir begraben und zu den Toten legen wollen.»

Die letzten, unglücklich gewählten Worte machten dem empfindlichsten der Hörer etwas übel. Sonst aber erschien die Rede ausgezeichnet durch die Absicht des Besänftigens und wohltuenden Vertuschens. Eben hiernach hatte man sich dringend gesehnt. Andererseits war die Rede lang gewesen; d'Anjou spürte Durst, und auch von einer zu starken Aufmerksamkeit schmachtet man. Als aber Wein gebracht werden sollte, stellte sich heraus, daß der Louvre auch nicht einen Tropfen enthielt. Die Vorräte wurden nur Tag um Tag gekauft. Die gestrigen waren völlig draufgegangen nach dem Mordgeschäft, und heute? Heut war kein Tag gewesen. Niemand hatte an Wein gedacht, so wenig wie an Fleisch, und nicht einmal die gemeinen Wirtshäuser wagten offenzuhalten. Der Thronfolger und der Hof mußten trockene Kehlen erdulden. «Darum aber brauchen wir doch nicht im Dunkeln umherzuhuschen wie Schatten», bemerkte d'Anjou und befahl, die zwanzig Lüster zu beleuchten. Merkwürdig, auch das war keinem eingefallen.

Die Haushofmeister schickten Diener aus, die sich laufend entfernten und im Schritt wiederkamen, die Hände meistens leer. Nur stückweise wurden Kerzen aufgefunden – nach der vorigen Nacht, in der alle niedergebrannt waren beim Heulen des Mordgeschreis. Einige Zeit lang wurde es im Saal noch immer dunkler. Auch die Bewegungen der Personen schliefen ein, und die Stimmen sanken. Jeder stand allein, erkannte nur mit scharfem Auge, wer sein Nachbar war, und wartete unbestimmt. Eine Dame schrie hoch auf. Sie wurde hinausgetragen, seitdem aber war offenkundig, daß die wohlgesetzte Rede des königlichen Bruders im Grunde nichts verändert hatte. Henri, der zwischen ihnen hindurchschlich, hörte flüstern. «Wir haben in der Nacht zu viel oder zu wenig getan.»

Auch hörte er antworten: «Der heißt nun einmal König. Hätten wir auch ihn noch mitgenommen, wir bekämen es mit allen Königen der Erde zu tun.» Danach begriff der König von Navarra von seinem Schicksal einiges mehr. Besser als andere, die nur munkelten, erfaßte er in der vorher vernommenen Rede seines Vetters d'Anjou den tiefen Sinn und die eigentliche Herkunft. D'Anjou kam, als er hier eintraf, von seiner Mutter, das war das Geheimnis! Madame Catherine saß im verwahrten Zimmer an ihrem Schreibpult, entwarf mit der eigenen fetten Hand Buchstaben, die so zerfahren waren, wie sie selbst gesetzt schien; und schrieb sie der Protestantin in England, dann war es eben dies: «Der Admiral hat Sie betrogen, liebe Schwester, nur ich allein bin Ihre Freundin.» – ‹Alles auf einen Toten schieben – so entzieht man sich der Verantwortung von Greueltaten; und die Welt, die für Greuel nicht gern mitverantwortlich ist, darf sich beruhigen, was sie auch vorzieht. Das alles geht die Toten an. Und mich!› dachte Henri. Geschützt von Nacht und Finsternis, ließ er endlich sein Gesicht in die wahren Züge fallen. Sein Mund verzerrte sich, und seine Augen sprühten Haß.

Gleich darauf unterdrückte er alles, nicht nur den Ausdruck, auch das Gefühl: denn es wurde Licht. Diener auf Leitern zündeten endlich einige Kerzen an; die warfen einen schwachen Schein in die Mitte des Saales. Die Menge der

Höflinge machte: «Ah!» – wie noch jede Menge gemacht hat nach einem Warten im Dunkeln. Zu Henri Navarra trat sein Vetter d'Alençon. «Henri», begann er. «So geht das nicht. Wir müssen uns aussprechen.»

«Das sagst du jetzt, da es hell wird?» erwiderte Henri ihm.

«Ich sehe, daß du mich verstehst», bestätigte ihm der Mann mit den zwei Nasen. Er wollte ganz deutlich machen, daß er nicht dumm wäre. «Verstell dich weiter!» verlangte er ausdrücklich. «Auch ich muß den guten Sohn und Katholiken spielen, insgeheim aber trete ich nächstens zu deiner Religion über. Man ahnt noch nicht, wie viele das tun werden nach allem, was geschehen ist.»

«Ich soll wahrscheinlich im ganzen Louvre der beste Katholik sein», entgegnete Henri.

«Mein Bruder d'Anjou bläht sich: es ist kaum noch auszuhalten! Held des Tages, hat sein Ziel erreicht, ist heiter und gnädig.»

«Schwärzliche Geister umschweben ihn nicht länger», ergänzte Henri.

«Der Liebling unserer trefflichen Mutter, jetzt ist für ihn die Bahn frei. Nur unser toller Bruder Karl braucht noch zu sterben. Hast du Lust, Navarra, das mit anzusehen – ohnmächtig knirschend? Ich nicht. Laß uns fliehen und das Land aufrufen! Ohne Zeitverlust!»

«Ich habe allerdings schon einmal versäumt, den Guise zu erdolchen» – dies entfuhr dem Vetter Navarra, bevor er seine aufgebäumte Wut im Zaum hatte. Alsbald besann und faßte er sich. ‹Dem Mann mit den zwei Nasen durfte man nicht weit trauen. War er nicht falsch, dann jedenfalls zerfahren wie die Buchstaben seiner Mutter›, dachte Henri. ‹Auf ihn keine Pläne bauen›, dachte er. ‹Ihm mich nicht verraten!› – «Für dies Versäumnis aber danke ich Gott», schloß er den angefangenen Satz über die Erdolchung des Guise.

D'Alençon beachtete gar nicht mehr, daß der Vetter es an Offenheit fehlen ließ. Für seinen Teil packte er alles aus: «Du wirst es nicht glauben, aber sie erwarten heute abend die fremden Gesandten. Der päpstliche Legat und der Vertreter Don Philipps von Spanien sollen kommen und ihnen ihre hohe Befriedigung ausdrücken über die gelungene Bartholomäusnacht. Glückliche Verbrecher vergessen immer ganz den Gegenstand ihres Glücks, der doch abstößt. Madame Catherine ist angekleidet und wacht. Ah! Gehen wir ein Stück weiter. Hier herum hat die Wand ein künstliches Echo, man hört es im Zimmer meiner verehrten Mutter. Unser Gespräch könnte sie bedenklich stimmen.»

«Ich habe nichts gesagt», stellte Henri fest.

«Ich hasse d'Anjou», war die Antwort des Bruders.

«Was willst du von ihm, Franz? Mich soll er nur leben lassen.» Henri sah absichtlich niemals hinüber; dennoch entging ihm nicht, daß unter dem einzigen brennenden Lüster ein Spieltisch aufgestellt wurde. D'Anjou rief auch schon: «Mein Bruder d'Alençon! Mein Vetter Navarra!»

«Gleich, mein Herr Bruder!» beschied ihn Franz von Alençon. «Wir beide erzählen einander etwas Wichtiges.» Was man so gradheraus sagt, kann unmöglich eine Verschwörung sein! Die Vettern brachten noch einigen Abstand zwischen sich und ihre Umgebung. D'Alençon versah seine Reden mit gewissen schroffen und sinnlosen Bewegungen. Einmal schien er ein Gewehr anzulegen. Einmal griff er nach dem Boden, vielleicht ließ er eine eingebildete Meute von der Koppel. «D'Anjou ist verrückt», sagte er. «Alle sind verrückt. Nicht nur den Legaten erwarten sie, und auch das Lob, das Don Philipp ihnen spenden soll, genügt ihnen noch nicht. Sie träumen von nichts Geringerem als dem Besuch des Engländers Walsington. Wer bedenkenlos durchgegriffen hat gegen einen Schwächeren, der meint merkwürdigerweise immer, England müßte ihn dafür lieben.»

Henri sagte: «Vetter d'Alençon, wenn du so vieles durchschaust, warum übersiehst du immerfort das Haus Lothringen. Es will euch Valois vom Thron stoßen. Ich bin euer guter kleiner Verwandter und möchte euch warnen. Soll die Bartholomäusnacht eine christliche Tat sein und das Königreich durch Schrecken zusammenhalten, dann vergeßt nicht, daß Paris in Lothringen schon vorher den größeren Katholiken erblickt hat. Wie erst jetzt, da er dem toten Herrn Admiral hat ins Gesicht getreten!» So sprach Henri fast unhörbar, damit er nicht etwa versehentlich aufschrie oder die Stimme ihm bräche.

D'Alençon wiederholte: «Guise hat dem toten Admiral ins Gesicht getreten, und davon bleibt er selbst gezeichnet. Ihn fürcht ich nicht. Der schöne Mann, den Paris auf Händen trägt! Wie bald ist so ein Gesicht entstellt – auch seins. Hoffen wir: von der Pest!»

Alles dieses wurde begleitet von schroffen und sinnlosen Bewegungen.

«Übrigens», meinte Vetter d'Alençon «wir sind außerhalb des Lichtkreises, und wer nicht recht zu sehen ist, dem hört auch niemand zu – außer den berufenen Spionen meiner Frau Mutter. Sie ist aber heute abend ungewöhnlich beschäftigt und hat sogar vergessen, uns ihre Ehrenfräulein zu schicken.»

Henri schloß: «Ich erlaubte mir nur eine Warnung an Haus Valois. Ich meinte es gut, und meine Achtung vor der Königinmutter ist unbegrenzt.»

Darüber lachte der Vetter, wie über den letzten Witz einer erfreulichen Unterhaltung. «Du hast dich keinen Augenblick verraten, lieber Vetter: ich bezeuge es dir. Ich habe mich in deine Hand begeben und du dich nicht in meine. Indessen kennen wir einander jetzt, und was magst du sonst noch alles gelernt haben heut abend!»

Auch das war richtig. Dieser erstaunliche Irrwisch Franz war indessen verschwunden von der Seite seines Vetters, fortgetragen von einem Schub Höflinge, die nach dem Vorzimmer drängten. Dort entstand schwankendes Fackellicht, große Schatten stürzten über den Weg, und sehr laut wurde alsbald die Stimme der herannahenden Majestät Karls des Neunten. Er grölte und schien nicht übel toll zu sein. Der sich selbst überlassene Navarra bedachte: ‹Auch ihn werd ich belügen müssen, und er hat mir doch das Leben gerettet. Das nächste Mal wird selbst er es nicht mehr können. Ich weiß, was mir droht: ich habe dem Guise ins Gesicht geblickt. Ich kenne auch die Miene der alten Mörderin, die sich nicht zeigt, bevor die fremden Gesandten aufwarten – und sie warten nicht auf. Die Bartholomäusnacht war ein Mißerfolg, mich aber haben sie. Das kann nett werden. Was, Madame Catherine und Guise! Alle, alle hab ich studiert heut abend, daß mir der Kopf sich dreht wie von zu vielen Büchern.›

Er bewegte sich von der Stelle, ging durch den vorspringenden Fackelschein dem König von Frankreich entgegen, setzte auch rechtzeitig sein angenehm leichtsinniges Gesicht auf. Heimlich schauernd von Furcht und Haß dachte er: ‹In der Kenntnis dieser Menschen ist mein Heil.›

Ein Mißerfolg

Karl der Neunte machte keine Umstände, er ließ alle Fackeln an den Kronleuchtern befestigen und Pech auf die weißen Schultern der Damen träufeln. Alles lieber als Finsternis: sogar dies rotflackernde Licht der Unterwelt. Karl und sein Hof waren unzweifelhaft in die Hölle versenkt; der Gedanke kam jedem, und man spähte nach den Fenstern, ob noch die Raben flögen. Das wäre doch ein Zeichen gewesen, daß man oben auf Erden war.

Inmitten vermaß Karl sich wie ein Dämon. Er selbst in eigener Person, heut hatte er geschossen, von dem Balkon seines Hauses, auf fliehende Hugenotten! Er hatte sie absichtlich verfehlt, dessen rühmte er sich nicht. «Ha! Dem Galgen habe ich meinen Besuch abgestattet, daran schaukelt der Herr Admiral. Mein Vater!» brüllte er, wie die Hölle lacht. Einen Augenblick kam er zur Vernunft und wurde leise. «Der Admiral riecht nicht gut», sagte er – nahm Abstand von allem, was in der Welt schlecht duftet, und bekam den vornehmen Seitenblick wie auf seinen Bildern. So betrachtete er auch Navarra und Condé.

«Ihr Protestanten hattet konspiriert. Uns blieb nur übrig, uns eurer zu erwehren: so habe ich die ganze Sache meinem Parlament erklärt am heutigen Tage – das Blutgericht, das ich abhalten mußte in meinem Königreich; und dies und nichts anderes sollen meine Geschichtsschreiber der Nachwelt überliefern, ob sie es glaubt oder nicht.»

Darauf verlangte er zu trinken, denn sein Tag war überlastet gewesen; und als er hörte, Wein wäre nicht zu haben, warf er den Spieltisch um. Der neue Anfall dauerte, bis dennoch aus einem Winkel der Gesinderäume eine Art von Essig herbeigeschafft war. Karl schlürfte ihn aus dem Pokal von getriebenem Gold; rundum war zu sehen Diana als Jägerin mit ihrem Gefolge, die beiden Henkel aber formten mit ihren Bogen den Leib reizender Sirenen. Sauer schluckend musterte der Tolle seine protestantischen Vettern. Sauer macht lustig. «Da seid ihr», rief er. «Zwei künftige Kirchenlichter! Mein Wort, ihr sollt Kardinäle werden!» Die Aussicht bereitete ihm unbändiges Vergnügen. Diesmal lachte mit ihm sein ganzer Hof, aufgestellt in einem weiten Kreis um den vereinzelten Spieltisch, darüber hin loderten Fackeln. Karl saß breit dahinter; sein Bruder d'Anjou fürchtete seine Anfälle, er begnügte sich mit der Kante des Stuhles. Was die beiden Ketzer betrifft, sie standen, senkten die Köpfe und erduldeten das Gelächter.

Der fünfte Spieler verlangte: «Anfangen.» Es war Lothringen. «Setzt euch», befahl er den beiden Opfern. Dann gab er Karten, jedem vier, das Spiel hieß Prime. Die fünf betrachteten ihr Blatt, und auch der Hof im weiten Umkreis versuchte hineinzuschielen. Der Hof, das war Seide in allen Farben, gestreift, mit Wappen bestickt. Das waren kurze Gestalten mit glänzenden Bäuchen, und lange, die auf Stühlen zu stehen schien, so hoch ragten sie aus dem Hintergrund. Die Beine waren unten dünn und oben wie Tonnen, auch die Ärmel blähten sich um die Schultern, und auf den gespreizten Halskrausen lagen Köpfe jeder Gattung zwischen Geier und Schwein. Launisch waren beleuchtet ihre Höcker oder Auswüchse. Sie alle aber starrten angestrengt auf das königliche Spiel.

«Navarra, wo hast du meine dicke Margot?» fragte Karl, während er ausspielte. «Und warum zeigt meine Mutter sich nicht, da sie euch Hugenotten hat mit Leimruten gefangen? Ja – und alle Damen des Hofes?» Plötzlich hatte er bemerkt, daß nur wenig Weiblichkeit verteilt war über den Umkreis seiner Zuschauer.

Sein Bruder d'Anjou flüsterte ihm etwas zu. Karl selbst verschmähte es durchaus, die Stimme abzuschwächen. «Die Königin, meine Mutter, empfängt soeben die fremden Gesandten. Sie sind in ihrem Kabinett erschienen – alle auf einmal. So ist es. Bei mir sich anzumelden, vergaßen die Herren. Übrigens haben wir nichts bemerkt von ihrem Aufzug. Sie sind sehr leise aufgetreten; die Gesandten der großen Mächte kennen auch das große Geheimnis, sich unsichtbar zu machen.» Gelassen warf er seine zweite Karte hin; sein Gehaben sah nach stiller Verachtung aus, es konnte heißen: Ich weiß, was gespielt wird, und nur mit Abstand spiele ich mit.

Lothringen gab vier Karten. Das Spiel hieß Prime, und eine Anzahl Punkte gewann, wer von allen vier Sorten je ein Blatt hatte. Navarra deckte sein Spiel auf und zeigte die vier verschiedenen Blätter. «Henri», sagte auf einmal der andere Henri aus dem Hause Guise. «Dies wirst du hören wollen. Es steht dermaßen, daß für mich die Gesandten nicht unsichtbar sind. Sie haben ihre Verwunderung ausgesprochen, weil wir gerade dich haben am Leben gelassen.» Eine leere Herausforderung, da dieser Guise der letzte war, mit dem ein Gesandter sich heute hätte blicken lassen. Henri Navarra antwortete damit, daß er schon wieder seine Karten umwendete: von den vier Sorten je ein Blatt.

Als er es gleich darauf zum dritten Male tat, fuhr jemand aus der Haut: d'Anjou. Er erlaubte sich auf den Tisch zu hauen trotz seiner Furcht vor den Anfällen Karls; jetzt hatte er selbst einen. Dahin waren Heiterkeit und Gnade des Siegers. Die Gesandten kamen niemals. In Wirklichkeit wurde Madame Catherine verzehrt von Ungeduld nach ihren Glückwünschen. Ohne eine fremde Anerkennung traute sie sich nicht hervor und ließ auch Margot nicht. Guise an seinem Teil zeigte das unverschämte Gesicht des Volkslieblings und verblüffte die Leute durch die Haltung seiner wuchtigen Gliedmaßen noch mehr als mit seinen Aufschneidereien. Karl der Neunte aber, weit entfernt, dem Burschen eine Lehre zu erteilen, freute sich. ‹Der heimliche Hugenott› – empfand sein Bruder haßerfüllt. D'Anjou fühlte, daß der Hof die Lage zu begreifen anfing. Das waren Gesichter sorgenvoll: wohin sich wenden, woran sich halten – Gesichter von Verrätern. Zu denken, daß auch die Stadt eingeschüchtert war und die Bartholomäusnacht halbwegs verleugnete wie der Hof! Das herrliche Gefühl des liebsten Sohnes schlug um in eine solche Erbitterung, daß er aufschluchzte. Dies war nun der Lohn kraftvoller Taten. Dafür hatte man die Menschen aus erbärmlichen Zuständen herausführen wollen in erhebende, hatte abgelegt zum erhebenden Zweck sowohl das Gewissen als auch die Menschlichkeit. Hatte sich selbst enthoben den Pflichten des Christen und den Geboten der Wahrheit. Das hatte er getan; er, d'Anjou, erzogen von Priestern und Humanisten im Collegium Navarra, wußte völlig Bescheid über sich. ‹Ich bin nicht Guise, der sich vor Stolz auf seine Gliedmaßen nicht kennt. Ich habe mich zum Manne der Bartholomäusnacht gemacht!› Das ist verzeihlich nur im Fall des Erfolges. Dies aber wird stündlich mehr zum Mißerfolg.

Die Fackeln waren verbrannt und abgetropft; von Finsternis belagert, saß nur noch die königliche Spielpartie im ungewissen Schein. D'Anjou wollte zum zweitenmal auf den Tisch schlagen, er wollte ihn umwerfen, so gut wie sein Bruder, wenn er Anfälle hatte. Inzwischen gab Lothringen Karten, da blieb die Faust des Thronfolgers in der Luft hängen: Navarra zeigte unabänderlich seine vier verschiedenen Blätter. «Hexerei», knurrte Karl. Der Hof gab ein langgestrecktes Summen von sich, darin waren zu unterscheiden Wohlgefallen und Wehgefühl. Es ist spannend, einem erstaunlichen Vorgang beizuwohnen. Aber bestimmen, was er bedeutet, kann gefährlich sein.

Dieser Sorge wurde der Hof enthoben. Die königliche Partie war plötzlich vergessen, jeder andere Vorgang setzte aus angesichts eines neuen. Im Vorzimmer erschienen Pagen mit Armleuchtern voll brennender Kerzen – immer mehr Träger von voll besteckten Kandelabern, und die Wachslichte waren auf einmal unzählig in dem Schloß, das vor kurzem kein einziges hatte herausgeben wollen. Der erleichterte Hof drängte zum Ausgang, dort wurden die Edelleute von Wachen zurückgestoßen; indessen, das Ereignis wuchs zusehends und erstreckte sich weiter. Hinter dem Vorzimmer sah man auch das Paradezimmer des Königs besetzt mit Reihen von Knaben. Ihre halblangen Haare schimmerten von Flammen, die sie vor sich hielten, und es glitzerte der Silberstoff auf ihrer Brust. Ja, die jenseitige Tür des Paradezimmers füllte sich gleichfalls mit Helligkeit. Um die Ecke lagen die Gemächer der Königin, man übersah sie nicht; und ein unbekannt nahendes, grenzenlos verstärktes Strahlen wie das des Paradieses und der unbegreiflichen Versprechungen – es erregt Herzklopfen, man äußert sich darüber laut, wenn man so gedrängt steht wie der Hof, im Rücken das erlöschende Flackern des großen Saales. «Herr Ritter, das Herz klopft mir.» – «Selbst mir, Madame. Was geht da vor?»

Gerade so wollte es Madame Catherine: dies war von ihr vorausberechnet. Denn Madame Catherine befand sich zwar in der Unruhe, die auch ihr Sohn d'Anjou bei ihr vermutete, infolge der Abwesenheit der Gesandten. Er konnte gleichwohl wissen, daß Enttäuschungen seine Mutter keineswegs verwirrten oder ihrer Mittel beraubten. Anders als die Mehrzahl wurde sie in Augenblikken der vergeblichen Erwartung nicht erregt, sondern ruhig bis zur Stumpfheit, und zeitweilige Fehlschläge bereicherten sie nur um neue Erfindungen.

Madame Catherine, eigentlich Katharina von Medici, hatte während ihrer Bartholomäusnacht mehrmals beträchtliche Furcht gehabt: es war zu erklären aus der Menschennatur. Lange geplant und achtsam angeordnet, können so besondere Unternehmungen dennoch immer auch anders enden. Genug, Madame Catherine, eigentlich Katharina von Medici, hatte, allerdings am Stock schleichend, zu ihren stämmigen Leibwächtern hinaufgeäugt, um zu ermessen, wie lange diese Schweizer und Deutschen gegebenenfalls ihr Zimmer halten und ihren teuren alten Leib noch schützen könnten gegen eindringende Hugenotten. Aber in ihrem Schrank hatte sie hantiert nicht nur im Hinblick auf ihre Feinde, sondern auch auf ihre Wächter. Ob es nicht gesünder für sie selbst wäre, wenn die rüstigen Männer infolge eines herzhaften Trunkes alle reglos am Boden lägen? Dann ließe sich mit einigen geschickten Stichen und Schnitten ein Gemetzel vortäuschen, und jeder hätte geglaubt, die Königin wäre verschleppt und abgetan. Währenddessen hätte sie in einem ihr allein bekannten Versteck auf ihre Zeit gewartet; und die konnte nicht ausbleiben.

Alle Irrtümer der Menschen wie auch die Fehler der Geschichte rührten daher, daß vergessen wurde, wofür die Welt und auch dies Land bestimmt waren: beherrscht zu werden, unweigerlich und unumstößlich, von Rom und vom Haus Habsburg. Der Florentinerin war es ein für alle Male bekannt. In Lagen, wenn sogar ihre Söhne ihr widerstrebten, drohte sie zurückzukehren in ihre Stadt. Indessen dachte sie daran niemals, sondern erachtete sich als ein wichtiges Werkzeug der Weltmacht, entsandt, um auch Frankreich ihr einzuordnen, zu seinem eigenen Wohl natürlich und besonders zum Besten des regierenden Geschlechts. Die französischen Protestanten hielten diese Frau in reiferen Jahren für eine höllenhafte Verbrecherin. Sie handelte aber sogar während der Bartholomäusnacht mit bestem Gewissen – nicht wie ihr Sohn d'Anjou, der mit den Humanisten des Collegiums Navarra erst fertig werden mußte in seinem Herzen.

Seine Mutter wußte sich auf dem rechten Wege: das ist der Weg des Erfolges. Noch sehr lange sollte es dauern, bis sie ihrerseits sich überzeugte, daß die Bartholomäusnacht ein Mißerfolg gewesen war. Da lagen ihre Söhne in der Grube, das Königreich branne, blutete, zerfiel – aber auf dem Anmarsch zum Thron war der Retter, ein kleiner Prinz aus dem Süden. Einst hatte sie ihn eingefangen, Lockvogel war ihre Tochter Margot gewesen.

Hier sitzt er, seht her! Ist seiner Freunde beraubt, seiner Soldaten, ist machtlos und ein Gespött. Sogar seine Glaubensgenossen werden ihn verachten, wenn er ihr Bekenntnis abgeschworen haben wird, und das soll nicht ausbleiben! Der Schwiegersohn der Königin von Frankreich zu sein, ist er auch nicht mehr wert, der arme Narr. Der Hof soll ihn auslachen – beschließt die kluge Frau in reiferen Jahren. Das ist rätlicher, als ihn umzubringen. Die Königin von England hört lieber, daß er komisch, als daß er tot ist. Ich habe ihr berichtet, überzeugend genug: sie wird die Bartholomäusnacht schlucken wie einen Verkehrsunfall – wenn denn die Ketzerin nicht erkennen kann, was für eine reinigende Tat das ist! Zum Teufel mit den Gesandten, die heute ausbleiben. Sie werden sich wegen ihres Zögerns noch entschuldigen. Inzwischen allerdings darf man Zweifel nicht aufkommen lassen. Große Erfolge können zuerst wohl Störungen unterliegen. Schnell, Gegenmaßnahmen! Den Hof in gute Laune versetzt, damit er weiterspricht, welcher Glanz auf das Schloß Louvre fällt von unserem großen Sieg!

Sogleich kommt Leben in Madame Catherine, und sie entsendet Befehle. Vor allem schickt sie nach ihrer Schwiegertochter, der Erzherzogin – einem Ausstattungsstück, das selten vorgeführt und gewöhnlich nur aufbewahrt wird in einem stillen Flügel des Erdgeschosses – eigentlich wären es die Räume der Königinmutter, aber die bewohnt die stattlicheren hier oben. Mit dem Anzug ihrer Tochter Margot beschäftigt sie selbst sich. Alle Perlen, die blonde Perücke und das Diadem, die Kränze und Lilien aus Diamanten – kalter Friedhof der Liebe, darunter soll wandeln die ganz groß dargestellte Schönheit. Nein, nicht das Kleid aus Goldstoff! Gold ist einem anderen Sinnbild zugedacht. Da die Tochter auf ihrem Prunkstück beharrt, fliegt ihr die Mutterhand fest und sicher ins Gesicht; die Wange muß nochmals geschminkt werden. Dann läßt die Alte sich eine Hetzpeitsche bringen – oh! nicht für die Prinzessin, die ist besänftigt. Noch ein besonderes Geschöpf wird benötigt und soll abgerichtet werden. Keine Zeit versäumt, schon sind die beiden Reihen der Pagen mit ihren Armleuchtern vorgeschoben bis gegen den großen Saal. Aber ein feierlicher Strahl der Allerhöchsten Majestät trifft aus unerkennbaren Gegenden den Hof und erschreckt ihn. Seine ältesten Edelleute sind vorbereitet auf abergläubische Begebnisse wie Kinder vom Lande. Dies ist der Augenblick. Musik!

Der Haß

Oh, Klänge der Erhabenheit und thronenden Allmacht! Der Hof weicht auseinander, auch die Kartenpartie mitsamt dem König zieht sich gegen die Wand zurück, und abgegrenzt wird die breite Mitte von Knaben, die aus dem ganzen Königreich die wohlgebildetsten sind. Ihre beiden Fronten verbreiten Licht; andere Knaben, die dazwischen hindurchgehen, dienen dem Wohlklang. Ihr Zusammenspiel rauscht, schwingt sich hinan und lobpreist. Jetzt aber treten Damen auf, nur die prachtvollsten der Edelfrauen und die reizendsten der Ehrenfräulein. Düfte schweben, und hoch oben schwankt ein Baldachin, gehalten von vier Zwergen, rot bekleideten, mit vorgehängten Bärten aus Flachs. Darunter bewegt sich in eigener Person das selten vorgeführte Ausstattungsstück, das kostbare Pfand der Weltmacht beim Hof von Frankreich: Elisabeth, Erzherzogin, des römischen Kaisers eigene Tochter.

Man hatte ihr niemals so nahe ins Gesicht gesehen, obwohl noch jetzt, durch zuviel flirrendes, verwirrendes Licht gesorgt war, daß man nicht zu genau sah. Auch waren es nur Männer, die sie betrachten durften; das Geschlecht, das scharfsichtiger und kühner ist, mußte wohlweislich selbst etwas vorstellen im Zuge. Haus Habsburg nun wurde hier vertreten von einer Neunzehnjährigen, aber wem fielen ihre Jahre ein beim Anblick dieser Maske ohne Alter, starr wie das Gold, darin sie wandelte. Sie wurde diesmal nicht gerollt von spanischen Priestern, die geschwitzt hatten unter Teppichen. Sie setzte selbst die Füße, und diese waren groß. Sie mochte lange und kräftige Beine haben, falls eine so waghalsige Vermutung jemandem beifiel. Durchaus möglich, daß mancher durch den Panzer ihres Namens und Rufes hindurchdrang bis zu ihren Beinen und nicht ohne Ironie das Gewicht dieser seltenen Stücke abschätzte. Auch sie selbst war erfüllt von der Tätigkeit des Gehens. Jeder ihrer Schritte war ein gerade noch aufgehaltener Fall, und wankend trug sie durch die Räume, die grenzenlos erschienen, so weit hinten begann die Dunkelheit – trug wankend die Masse Goldes, die Wucht der Krone, die Steine, die Ketten, die Spangen und Ringe, den Schuh aus schwerem Gold – das Gold um den Kopf, um die Brust, um die Füße, wankend trugen sie seine Wucht und Masse in die entfernte Finsternis.

Ersehnte sie diese? Noch glänzte ihr Rücken auf, und Licht fiel auf den Boden von ihrem metallenen Schritt. Allmählich blitzten nur allein die Geschmeide. Ein Funkeln der Krone war das letzte. Nacht. Vorhang. Das alles war dahin und kam nicht wieder – was sinnbildlich aufgefaßt werden konnte so gut wie die ganze Darbietung. Aber die Veranstalterin dort hinten, unsichtbar und schlau in ihrem stillen Zimmer, rechnet nach Gebühr auf die fehlerlose Wirkung der vorbeigeführten Herrlichkeit. Wen mahnte ihre Verdunkelung gleich auch an ihren Untergang und Ende? Einen sträflich bitteren Geist wie Du Bartas, der die Bartholomäusnacht überlebt hatte und seitdem noch weniger Nachsicht behielt für die Vermessenheit der Menschen, sie könnten Gott gleichen. Du Bartas verwarf, soviel an ihm lag, den Aufzug der Erzherzogin; hörbar sprach er vor sich hin:

> «Vor allem, vor der Zeit, dem Stoff, Gestalt und Ort
> War Gott in einem alles, trug alles in sich fort:
> Unkenntlich und unendlich, mit unbewegten Mienen,
> Ganz Geist, ganz Licht, unsterblich, niemandem je erschienen,
> Rein, weise, recht und gut –»

Genug, hier erregte Ärgernis ein Christ, der denn auch von allen Seiten unsanft angestoßen und zur Ruhe verwiesen wurde. Nahezu der einzige seinesgleichen nach dem großen Aufräumen, wollte er noch unstatthafte Vergleiche wagen mit seinem Gott, der allerdings nicht in goldenen Schuhen ging. Der Hof von Frankreich dagegen sah seinen Sieg verkörpert durch ein Idol, sah den Sieg wandeln in Glanz, Duft, Wohlklang, und war seitdem gesonnen, ihn auszurufen über Stadt und Land, soviel Katharina nur wünschen konnte.

Wer zweifelte dennoch ernstlich an dem Sieg? Außer den Christen gibt es die Empfindsamen. Der junge d'Elbeuf war geschaffen, je nach der Stunde zu handeln oder einem Gefühl nachzuhängen. Er hatte begriffen, daß Elisabeth neunzehn Jahre zählte so gut wie neunzig. Er betrachtet Karl den Neunten, wie er seiner Frau nachblickte mit dem Ausdruck, den alle zeigten: Unterwürfigkeit, und darin einiger Aberglaube mit einer Spur von Ironie. Elisabeth war dem König und seinem Hof zweimal vorgeführt worden: an der Schwelle des Gemetzels und gleich nachher. Und wenn Elisabeth über dunkle Treppen wieder hinabgestiegen ist in ihre traurigen Gemächer; ‹Wer umarmt sie›, dachte d'Elbeuf, während er neue Ehrenfräulein aufziehen sah. Schwebend erschien nochmals ein Baldachin.

Die Schau setzt sich prunkend fort – nur einer sah nichts, hörte und roch nichts von allem, was noch vorbeizog. Dieser roch Blut, hörte das Mordgeschrei; sah seine Freunde zum Haufen übereinandergeworfen, in Lagen, wie nur Kadaver. Den ganzen Abend hatte er sich beherrscht, hatte beobachtet, mißtraut und sein Heil gewahrt. Das geht nicht unbegrenzt: wir sind kein Philosoph, auch kein Mörder aus Berechnung, und bei uns ist es nicht kalt wie in der Kammer einer alten Frau. Ihm brannten vielmehr die Brust und der Mund; er verschmachtete, das allein empfand er unmittelbar. Sein umherwandernder Blick suchte zuerst einfach etwas zu trinken. Als er nichts fand, überkam ihn Erstaunen, weil es hier eng war, die Menschen ihm zu nahe. Das Gefühl der Bedrängnis durch die Leiber von seinesgleichen, er kannte es noch nicht, umringt hatte er immer gelebt. Auf einmal entdeckte er, was mit ihm vorging. Er haßte. Er erfuhr den Haß – wilder, ungebrochner als sogar in der Mordnacht.

‹Fallt alle tot um!› fühlte er, schob das Kinn vor und sah umher unter seiner geduckten Stirn, wie er nie vorher getan hatte. ‹Und sollte ich mit euch untergehen! Die Lepra – ich will mir die Lepra geholt haben. Noch bemerkt ihr das erste weiße Korn nicht auf meiner Haut, aber ich stecke euch an, bis ihr zerfressen seid zu eiternden Gruben! Alle – mit euren Gliedmaßen, die jetzt strotzen von meinen Toten! Mich habt ihr übriggelassen, damit ich euren Sieg mit ansehn soll, ausführlich, den ganzen Zug und euren Popanz in Gold! In wen schlag ich die Zähne?› – dachte er und spähte wählerisch nach dem Opfer. Nicht eins der Gesichter, mit ihrer Unterwürfigkeit, Frechheit, Ironie, genügte seinem Durst. Dein Blut, du mein heißbegehrter Feind!

Die Wange eines Neugierigen, der ihn anblinzelte mit deutlicher Vertraulichkeit: eine besonders schamlose Wange! Sie wurde nicht einmal zurückgezogen, als er schon zuschnappte. Er biß denn auch gehörig hinein. Den einen von zwei kämpfenden Bauern, in seiner Provinz, hatte er einst so zubeißen gesehen – was ihm wieder einfiel in dem Augenblick, als er selbst die Zähne aus der Wange zog. Ihm blieben davon sowohl Ekel als Genugtuung. Der Neugierige aber, er, dem das Blut bis über den weißen Kragen lief: warum schrie er nicht? Er hatte kaum gestöhnt. Jetzt sprach er – vertraulich, leise und immer noch in Atemnähe: «Herr König von Navarra. Sehen Sie wohl mein schwarzes Kleid, und was für ein langes bleiches Gesicht ich habe? Sie haben in einen Narren gebissen, denn ich bin hier der Narr.»

Dies hören, und Henri wich von dem Gebissenen, soweit die Enge es zuließ. Der allerdings rückte nach. Die blutende Wange deckte er zu und sagte hohl,

Beilage

Übersetzung der

MORALITÉS

von den Seiten 35, 83, 123, 191, 238, 297, 345, 387, 424

Deutsch von
Helmut Bartuschek

Mit freundlicher Genehmigung
des Aufbau Verlages, Berlin

Feinde und Liebschaften, die nicht immer seiner würdig sind, weder die einen noch die andern, und die er gewiß nicht haben würde, spielte er den Stolzen.

Das könnte ihn sehr wohl hart und grausam machen, wie es im allgemeinen bei denen der Fall ist, die von unten heraufkommen. Aber gerade er kommt ja nicht von unten herauf. Er macht nur das Leben der Niederen durch. Das erlaubt ihm, großmütig zu sein und sich auf alles das zu berufen, was der Mensch an Menschlichem in sich haben kann. Im übrigen hatte ihn die Erziehung, die er in den Jahren seiner Gefangenschaft erfahren hatte, zum Humanisten vorbereitet. Die Kenntnis des menschlichen Innern ist wohl die kostbarste Erkenntnis eines Zeitalters, dessen Fürst er sein wird. Achtgeben! Das ist ein einzigartiger Augenblick in der Geschichte dieses Teiles der Welt, die sich – und sogar für mehrere Jahrhunderte – moralisch zurechtfinden will. Dieser Prinz aus den Pyrenäen, der darauf und dran ist, das Königreich Frankreich zu erobern, könnte auf den Rat eines Machiavelli gehört haben: nichts damit, da würde er keinen Erfolg haben. Doch der tugendhafte Mornay leitet ihn und unterwirft ihn sogar Prüfungen, die ein anderer nicht ertragen hätte. Wenn ihr seht, wie Henri in die schmachvollsten Geheimnisse des Wesens, das er am höchsten verehrt, eingeweiht wird und wie er all das schweigend erleidet, dann könnt ihr ermessen, was er für die Menschen vollbringen kann.

VIII

Seite 387

Unmerklich gewinnt er Boden. Alles ist ihm dabei dienlich, sowohl seine eigenen Anstrengungen wie auch die Anstrengungen der anderen, die ihn zurückdrängen oder ihn töten wollen. Eines Tages gewahrt man, daß er berühmt ist und daß das Glück ihn zeichnet. Nun, sein wahres Glück ist seine natürliche Festigkeit. Er weiß, was er will: dadurch zeichnet er sich vor den Unentschlossenen aus. Er weiß vor allem, was recht und gut ist, und wird vom Bewußtsein derer, die seinesgleichen sind, darin anerkannt. Das macht ihn frischweg zur einem Besonderen. Niemand unter denen, die sich in einer solch trüben Atmosphäre bewegen, ist der moralischen Gesetze so sicher wie er. Man suche nicht noch weiter die Ursprünge seines Rufes, der niemals mehr verdunkelt werden wird. Seine damaligen Zeitgenossen, wie die anderen Epochen, haben die Gewohnheit, sich jedem Erfolg zu beugen, selbst dem ruchlosesten, der sich aller Verantwortung für ledig erklärt, sobald er erst einmal diesen Engpaß hinter sich hat, durch den ein Wind des Wahnsinns stürmte. Im Gegenteil dazu waren die Erfolge Henris nicht dazu angetan, die Menschen zu demütigen, was die meisten glückhaften Führer kaum vermeiden können. Die seinen sollten die Menschen vielmehr in ihrer eigenen Wertschätzung erhöhen. Nicht oft sieht man den Erben einer Krone, den die herrschende Partei gewaltsam zurückstößt, durch großartige Ehrlichkeit für die eigene Sache den König gewinnen, den er eigentlich bekämpfen müßte. Wie gern möchte er diesem König beistehen, anstatt ihn schmälern zu müssen, ihn samt seinem Königreich. Er hat seine Stunden der Schwachheit gehabt, und die Versuchung, allem ein Ende zu machen, ist ihm nicht unbekannt geblieben. Das ist seine Sache. An der Art, wie er sich dem Throne näherte, hat er der Welt begreiflich gemacht, daß man stark sein und dabei doch menschlich bleiben kann und daß man die Königreiche verteidigt, indem man schlichthin die gesunde Vernunft verteidigt.

IX

Seite 424

Der Endsieg wird nicht nur erkauft durch sein Selbstopfer: Henri wohnt dem Hinopfern von Wesen bei, die er hätte erhalten wollen. Schon hatte er der Gefährtin seiner schweren Jahre Lebewohl sagen müssen. Nun muß auch noch der Valois, sein Vorgänger, hinweggehen; und dennoch liebte Henri ihn auf seine sehr persönliche Art, ihn, den er aus den Händen seiner Feinde errettet hatte. «Sein Geist war mehr damit zufrieden» und zog es vor, sich mit der Vergangenheit in Einklang zu setzen, statt sie abzuschwören. Mit dem Sinn für das Leben paßt man sich sehr vielen Notwendigkeiten an. Die am wenigsten annehmbare für einen wohlgebildeten Geist ist: das Unheil sich häufen zu sehen. Zu viele Persönlichkeiten, die mit seinem Dasein verbunden waren, sind von den Schicksalsschlägen hinweggerissen worden, und der Tod hat ihm allzu gut den Weg bahnen wollen. Auf dem Schlachtfelde von Arques weint der von allzu vielem Kämpfen in Schweiß gebadete König, indes der Siegesgesang erschallt. Seine Tränen sind teils Tränen der Freude, teil vergießt er sie über seine Toten und über alles, was mit ihnen dahingegangen ist.

An jenem Tage endete seine Jugend.

I

Seite 35

So lernte der junge Henri vor der Zeit die Bosheit der Menschen kennen. Er hatte schon etwas davon geahnt nach so vielen wirren Eindrücken seines zarten Alters, das eine ununterbrochene Kette dunkler unvorhergesehener Ereignisse war. Aber als er seinen munteren Fluch «Ventre-Saint-Gris»* herausschmetterte – und das gar in dem Augenblicke, da ihm die ganze furchtbare Gefahr des Lebens unverhüllt vor Augen trat –, gab er damit dem Schicksal zu verstehen, daß er die Herausforderung annahm und daß er für alle Zeit sich seinen frühen Mut und seine angeborene heitere Laune bewahren werde.

An jenem Tage entwuchs er der Kindheit.

II

Seite 83

Seht, wie dieser junge Prinz sich schon auseinandersetzt mit den Gefahren des Lebens, die darin bestehen, daß man getötet wird oder verraten wird, die aber auch unter unseren Wünschen und sogar unter unseren großmütigen Träumen versteckt liegen. Wahrhaftig, es geht spielend durch alle Bedrohungen hindurch, ganz wie es dem Vorrecht seines Alters entspricht. Verliebt, wie er alle Naselang ist, weiß er noch nicht, daß einzig die Liebe ihn eine Freiheit verlieren läßt, die ihm der Haß vergebens streitig macht. Denn um ihn zu schützen vor dem Ränkespiel der Menschen und den Fallen, die ihm seine eigene Natur stellte, lebte zu der Zeit noch ein Wesen, das ihn liebte, bis es dafür sein Leben ließ, und dieses Wesen nannte er: «die Königin, meine Mutter».

* Ein von Henri Quatre erfundener und nur von ihm selbst verwendeter und mit ihm in die Geschichte eingegangener Stoßseufzer. Die wörtliche Übersetzung «Heiliger Graubauch» besagt so gut wie nichts. Ein deutsches Äquivalent wäre vielleicht «Heiliger Strohsack».

III

Seite 123

Sie hätten viel besser daran getan, Henri, umzukehren, solange noch Zeit dazu war. Ihre Schwester sagt Ihnen das, sie, die so verständig ist – und es doch auch nicht immer sein wird. Es ist nur zu klar, daß dieser Hof, den eine böse Fee beherrscht, sich nicht damit begnügen wird, Ihnen «die Königin, Ihre Mutter» getötet zu haben, sondern daß Sie noch teurer Ihren Eigensinn, der Sie zu lange in ihm verweilen ließ, bezahlen müssen und Ihre Lust an allem, was gefährlich ist. Andererseits läßt Sie aber auch dieser Aufenthalt die tiefe Zweideutigkeit des Daseins erkennen, das nur mehr rund um einen gähnenden Abgrund sich abspielt. Das erhöht nur noch den Reiz des Lebens, und Ihre Leidenschaft für Margot, die zu lieben Ihnen die Erinnerung an Jeanne verbietet, bekommt dadurch einen schauerlichen Reiz.

IV

Seite 191

Zu spät, Sie sind wie verzaubert. Die von allen Seiten herandringenden Warnungen richten nichts mehr aus. Die vertraulichen Mitteilungen des Königs, Ihres Schwagers, bleiben ohne Widerhall, und die Unruhezeichen Ihrer Geliebten können Sie nicht beruhigen. Sie geben sich Ihrer Liebe hin, indes die Mörder, vor Furcht wie vor Haß zugleich zitternd, nur der blutigen Nacht entgegensehen. Und schließlich begegnen Sie ihr, dieser Nacht, als wäre sie eine unbekannte Schöne. Und dennoch war ihr schon der Herr Admiral erlegen, fast vor Ihren Augen. Ist es denn nicht so, daß Sie alles wußten, und das seit langem schon, aber daß Sie niemals hatten auf Ihr Gewissen hören wollen? Ihre Blindheit hatte irgendwelche Ähnlichkeit mit dem verdächtigen neuen Wahnsinnsanfall Karls des Neunten. Der wählte ihn als Ausflucht. Sie, Ihrerseits, hatten sich dem Offensichtlichsten verschlossen, um sich dadurch Ihr Alibi im voraus zu verschaffen. Wozu wohl, da Sie hernach wie aus den Wolken fallen sollten und um so härter dafür büßen mußten, daß Sie hatten glücklich sein wollen, ohne hinter sich zu schauen.

V

Seite 238

Das Unglück kann die unverhoffte Möglichkeit bieten, das Leben kennenzulernen. Ein so hochgeborener Prinz war offensichtlich nicht dazu bestimmt, vom Mißgeschick erdrückt zu werden. Unerschrocken, die Warnungen in den Wind schlagend, ist er in das Elend geraten wie in eine Falle. Unmöglich, sich daraus zu befreien: dann wird er also aus seiner neuen Lage Nutzen ziehen. Von nun an gewährt ihm das Leben noch andere Einblicke als die nur, die den Glücklichen dieser Welt offenstehen. Die Lehren, die es ihm erteilt, sind streng, aber auch um wieviel ergreifender als alles, was ihn in den Zeiten seiner jugendlichen Ahnungslosigkeit beschäftigte. Er lernt sich fürchten und sich verstellen. Das kann immer zu etwas nützen, wie man anderseits nichts dabei verliert, wenn man Demütigungen erträgt, Haß empfindet und die fortgesetzt mißhandelte Liebe sterben sieht. Mit Begabung vertieft man das alles, bis man wohlerworbene Moralansichten daraus gemacht hat. Etwas weiter – und man ist auf dem Wege des Zweifels; und wenn man die Lebensverhältnisse der Unterdrückten selber durchlebt hat, findet man sich eines Tages als junger Landesherr in einen wissenden und skeptischen Mann verwandelt, der ebenso sehr aus Güte wie aus Verachtung nachsichtig geworden ist, und der sich wohl zu beurteilen weiß, während er handelt.

Nachdem er lange ohne Sinn und Verstand sich betätigt hat, wird er in Zukunft nur noch mit gutem Vorbedacht handeln und allen zu jähen Impulsen mißtrauen. Wenn man nach alledem von ihm sagen kann, daß er sich – vermöge seiner Vernunft – über seine Leidenschaften erhoben hat, so dankt er es der Zeit der Gefangenschaft, während der er sie durchdacht hat. Wahrhaftig, es bedurfte einer wunderbaren Ausgeglichenheit, um nicht während einer solch langen Prüfungszeit zu fallen. Einzig eine so maßvolle und so ausgeglichene Natur konnte sich ungestraft den lockeren Sitten dieses Hofes hingeben. Auch sie einzig nur konnte sich in die Tiefe eines wilderregten Gedankens hinabwagen und bei alledem doch noch fähig bleiben, zu jener Heiterkeit der Seele zurückzufinden, in der sich die großmütigen Taten vollziehen, ja sogar noch die einfachsten Handlungen, die der gesunde Menschenverstand verlangt.

VI

Seite 297

Die große Gefahr für den Denker ist, zu viel zu verstehen, und für den Gefangenen, zu lange zu zögern. Da ist er, dieser Gefangene des Luxus, der Mußestunden und Frauen hat, und der sich von seinen Vergnügungen und den unfruchtbaren Zerstreuungen seines Geistes aufhalten läßt. Indes sieht er zu, wie machtgierige Fanatiker ein Königreich, das er später wiederherstellen soll, bis ins Lebensmark gefährden. Zum Glück bleiben ihm Freunde, die ihn zurechtweisen, und eine Schwester, die ihn zu gegebener Zeit ohrfeigt, ja es taucht sogar ein Geist auf, der ihn wieder zu sich bringt, um ihn an seine Pflicht zu gemahnen. Im Grunde braucht es nicht soviel, und wenn erst sein Tag gekommen ist, wird er von selber seinen Aufschwung nehmen. Seine eigene schöne moralische Gesundheit verleiht ihm den Vorteil über alle Maßlosigkeiten seines Zeitalters. Wie einem gewissen Edelmann unter seinen Freunden «verschlägt Maßlosigkeit selbst im Guten ihm die Rede, wenn sie ihm nicht geradezu zuwider ist; und er hat keinen Namen dafür». Demgegenüber weiß er das Zauberwort, mit dem er seine Begabung und seine Rechte kundgibt. Indem er sich auf seinen Titel eines «Prinzen vom Geblüt» stützt, beharrt er in Wahrheit auf den Vorrechten seiner moralischen Persönlichkeit.

VII

Seite 345

Er hat den Kampf gewählt: hat er sich wohl recht klargemacht, was Kämpfen bedeutet? Das heißt vor allem: vielfältige Mühen durchstehen, ohne sie gering zu achten, sie, die oft ganz umsonst oder von geringfügigster Tragweite sind. Am Anfang des Lebens liefert man nicht gleich große Entscheidungsschlachten. Man ist schon glücklich, wenn man sich im Schweiße seines Angesichts behaupten kann in einem lange währenden dunklen Ringen, das von Tag zu Tag neu zu bestehen ist. Während er so Stein um Stein der widerspenstigen kleinen Städte und eine sich zur Wehr setzende Provinz nimmt, hat dieser künftige König ganz das Aussehen eines Arbeiters, obwohl seine Arbeit von einer besonderen Art ist. Er muß zuerst einmal leben, und als Armer bezahlt er durch Arbeit. Das bedeutet, daß er die Wirklichkeit als Durchschnittsmensch kennenlernt. Das ist etwas bemerkenswert Neuartiges: der Fürst eines großen Königreiches, das ohne ihn der Auflösung entgegenginge, tut seine ersten Taten, indem er das allgemeine Elend durchlebt. Er hat aus rasselndem Innern: «Nicht sehen lassen, was wir zusammen gemacht haben! Ein Narr muß traurig sein, er muß das Unglück kennen und gerade dadurch überaus lächerlich erscheinen. Stimmt es? Dann können Sie füglich in meine Stellung eintreten, Herr König von Navarra, und ich in Ihre. Niemandem wird die Vertauschung auffallen.»

Schon war der Narr untergetaucht. Kein Mensch wußte, daß Henri mit ihm zu tun gehabt hatte. Ihm selbst kamen Zweifel. Er hatte hinter sich einige schrecklich verwirrte Augenblicke. Er nahm sich zusammen, um genau zu unterscheiden, was in der festlichen Wirklichkeit vorging am Hof von Frankreich. ‹Oh! das ist Margot.›

Dem Hof von Frankreich erscheint schwebend nochmals ein Baldachin. Darunter geht die Prinzessin von Valois, Madame Marguerite, unsere Margot. Sie mußte den Hugenotten heiraten; mittlerweile weiß jeder von uns, zu welchem Zweck und Ende es geschah. Ihre Heirat hat sich bewährt und ist gerechtfertigt. Wer zweifeln wollte, sehe die Königin von Navarra nur den Kopf tragen und die Füße setzen. Das ist nicht die zu Gold erstarrte Weltmacht, vor der wir uns hinwerfen sollen. Das ist die Leichtigkeit – als ob es leicht wäre, so schön zu sein. Aber unsere Margot triumphiert offenbar mühelos über sämtliche Fehler, ihre und unsere. ‹Heil Ihnen, Madame! Sie verklären auch uns durch alles, was Sie an sich vollbringen, und geben uns viel zurück: das unbeschwerte Gefühl; denn es hatte gelitten durch die vorige Nacht. Man muß gestehen, daß unsere sterbliche Hülle sich einigermaßen voll Blut gesogen hatte. Wir waren hineingefallen und schleppten daran noch. Sie, Madame Marguerite, verwandeln uns in den Schmetterling, flatternd durch reines Licht, schnell vergänglich und doch der unsterblichen Seele gleich. Wir wissen von zwei Göttinnen: Dame Venus und die Allerheiligste Jungfrau. Alle Frauen verdienen daher unseren unterwürfigsten Dank für erwiesene Begnadung und Erlösung. Seien Sie gesegnet!›

Wenn der ganze Hof so empfand, mußte doch ein Höfling der erste sein, es auszudrücken. Dies war ein Herr von Brantôme; er erlaubte sich, die schwebende Hand mit den Lippen zu streifen. Darauf drängten noch andere zwischen die Träger der Armleuchter und berührten die schwebende Hand. Margot als Beglückerin der Menge lächelte über sie hin, nicht ruhmreicher als nötig und eher gerührt. Ihre Füße waren klein, trugen scheinbar leicht, und das Gewicht ihrer Beine wurde von niemand abgeschätzt, obwohl mehrere hätten die eigene Erfahrung zu Hilfe nehmen können. Bevor man sich dessen entsann, wiegte ihr zarter Reifrock sich anderswo. Er war viereckig, schmal über dem Leib, sehr breit an den Seiten. Leise Farben schillerten und zitterten, die helle Hand schwebte hoch darüber – und so wäre auch Margot dort hinten in die Dunkelheit eingegangen. Sie aber dachte nicht daran, sie kehrte um, der ganze Zug mußte mit ihr schwenken: die Geiger, die Bläser, die Edelfrauen, Ehrenfräulein und noch andere Gestalten, sogar ein Affe.

Fast hätte Margot ihren Baldachin verloren, weil sie vorlief und jemand suchte. Den fand sie nicht – unter den Küssen aber, die ihre schwebende Hand erhielt, brannte einer sie auf so sonderbare Art, daß sie kurzweg stehenblieb. Die ganze Schau, die sie nachzog, bekam davon einen Ruck: man trat einander auf die Füße, auch den Affen, und er schrie, Margot stand und wartete. Der Mann mit dem brennenden Mund erhob das Gesicht nicht, obwohl sie ihre Hand darüber hinbewegte und leis einen lockenden Laut wagte. Indessen war sie die öffentliche Beglückerin, die durfte nicht länger verweilen bei einem einzelnen, dem es vielleicht nicht ganz gut erging. ‹Weiter, Margot! Vor und hinter dir sind nur Spioninnen deiner Mutter.›

Aus dem Vorzimmer des Königs, unmittelbar vor ihrem Entschwinden, sah sie noch einmal nach der Stelle. Da hatte ihr voriger Geliebter den Platz gewechselt und war nicht zu entdecken. Enttäuscht bog Margot um die Ecke, lächelte aber schön.

Sobald sie fort war, wurde nichts Gutes aus dem Aufzug, der nur ihretwegen zusammengehalten und sich ehrenvoll benommen hatte. Die Fräulein von leichten Sitten hatten schon beim Vorüberziehen ihre Begleiter für die Nacht erwählt und nahmen sie gleich mit. Eifersüchtige Edelleute zogen ihre Frauen aus der Menge hervor und wurden ausgelacht. Keine feierliche Schau, nur noch ein zuchtloses Gelichter stolperte durch den großen Saal. Die Musiker sprangen beim Aufspielen in die Luft, und die Kerzenträger löschten die Lichte, bevor sie ihnen umgeworfen wurden. Niemand konnte sich später erinnern, auf welche Weise es zu der folgenden Ausschreitung gekommen war und von wem das verhängnisvolle Wort war gerufen worden.

Vor allem war nirgends die aufgeforderte Person zu erblicken. «Wen suchst du dir aus für die Nacht?» Aber auch der Name «Große Bertha» fiel. Demnach handelte es sich um die Zwergin in ihrem Käfig. Große Bertha gehörte Madame Catherine; achtzehn Zoll war sie hoch und wurde, wo Gedränge herrschte, in einem Käfig getragen wie ein Papagei. Der Diener, der auf einer Stange den Käfig mit der Zwergin trug, führte auch den Affen. Schrie der Affe, schrie jedesmal die Zwergin mit, und ihre Stimme war tierischer. Sie hatte einen zu großen Kopf mit übermäßig gewölbter Stirn, ihre Augen standen hervor, und aus dem zahnlosen Mund rann Speichel. Gekleidet war Große Bertha wie eine Dame vom Stande mit Perlen in den dünnen Haaren. «Große Bertha! Wen suchst du dir aus für die Nacht?»

Das Wesen kreischte bei der Frage ganz gräßlich, besonders der Affe erschrak darüber und gab seiner Leine einen Ruck; der Diener, der sie hielt, wäre beinahe umgefallen. Jedenfalls ging die Tür des Käfigs auf; der Weg war frei für die Zwergin. Alles sah hier noch wie Zufall aus. Erst nachträglich fiel das Zusammentreffen der Umstände auf: der Affe, der ungeschickte Diener, der offene Käfig auf der Stange, vor allem aber das Angstgeschrei der Idiotin, als sie ihr Stichwort hörte. Die Hetzpeitsche der alten Königin hatte es ihr beigebracht, und in wildem Entsetzen führte sie aus, was ihr befohlen war. Gerade geriet sie an den König von Navarra – vielmehr, auch dieser Zufall enthüllte sich erst dem näheren Besinnen als vorausberechnet. Jetzt und hier glaubte man noch, daß die Große Bertha den Navarra selbst erwählt hatte, als sie sprang.

Sie hüpfte von oben an seinen Hals, strampelte, immer weiterschreiend, in die Öffnungen seiner Kleider hinein und war nicht loszumachen. Hatte er einen ihrer Füße aus dem Schlitz seines Ärmels gezogen, versanken ihre Hände um so tiefer in seinen Nacken. Bei seinen Bemühungen drehte er sich um sich selbst: sie tanzten! «Den hat sie für die Nacht ausgesucht, und er freut sich!» So war lange nicht gelacht worden am Hof von Frankreich.

Als Henri alles verloren sah, floh er natürlich. Hinter ihm bogen sie sich, stießen einzelne hohe Töne aus inmitten ihres Blöckens und Röchelns und sanken entkräftet zu Boden. Er aber jagte über Treppen und Gänge, die Zwergin am Hals. Er versuchte nicht mehr, sich ihrer zu entledigen. Ohnedies hatte sie sich schon naß gemacht, und um ihre Anhänglichkeit zu zeigen, leckte sie ihm die Wange. Dies war ein Lauf durch einen Traum verwegener Art. Niemand kam ihm entgegen, und nicht einmal die Lichte brannten heute in den Laternen aus Leinen. Der Mondschein allein streifte zuweilen das Abenteuer.

Er keuchte hörbar bei seiner Ankunft; der aufmerksame d'Armagnac öffnete sogleich. «Wie sehen Sie nur aus, Sire! Und wie riechen Sie!»

«Dies ist meine kleine Freundin, d'Armagnac. Es gibt davon nicht viele.» Und da sie nicht mehr seine Wange leckte, drückte er endlich einen Kuß auf die ihre. «Was aber den Geruch betrifft, d'Armagnac, er ist von allen heut empfangenen Düften und Dünsten der edelste und beste.»

Hierbei bekam er ein bis dahin unbekanntes Gesicht, hart und schrecklich.

Kriegskamerad d'Armagnac erschrak denn auch. Er nahte auf den Zehen, um die Zwergin abzunehmen; sie rutschte schon von selbst vor Müdigkeit. Dann verschwand er mit ihr. Henri betrat sein Zimmer allein. Er schob den Riegel vor.

Eine Stimme

Jetzt liegt er in dem Bett, um das keine vierzig Edelleute mehr stehen und wachen; aber Gedanken fliegen vorbei. Sie sind nicht klar, hängen nur traumhaft zusammen, es sind auch kaum Gedanken. Es ist eine Flucht unvollendeter Bilder oder Sätze, sie stolpern wie das letzte Stück der Schau, als Margot um die Ecke gebogen war. «Mich haben sie! Gehn wir gradewegs zur Messe? Die Raben. Darauf kommt alles an, nicht in dem Brunnenschacht zu liegen. Wie leicht, Sire, konnte Ihnen dasselbe zustoßen. Gruß vom Admiral. Er hat dem Toten in das Gesicht getreten. Für uns fürchte ich das Schlimmste. Herr de Goyon, Sie leben!» Aber er lebt gar nicht mehr – erkennt der halb Schlafende; denn er sieht Tote, und auch sie sehen ihn an; nur räumen sie gleich wieder Lebenden den Platz. «Ob ich lebe! Elisabeth wollte uns Calais wegnehmen. Nein, der Admiral. Tue, tue! Wir haben in der Nacht zu viel oder zu wenig getan. Verstell dich weiter! Die Wand hat ein Echo. Nur unser toller Bruder Karl braucht noch zu sterben. Ich hasse d'Anjou. Hast du Lust, Navarra, ohnmächtig –? Hast du Lust? Laß uns fliehen! Hast du Lust?»

Das letzte war nicht mehr in der Bewußtlosigkeit gesprochen, und es wurde wiederholt, etwas deutlicher, als einem Schlafenden zukam. Sobald er angefangen hatte, sich darüber Rechenschaft abzulegen, öffnete er die Augen und schloß fest den Mund. Trotzdem hörte er weitersprechen: «Hast du Lust? Laß uns fliehen!»

Unter dem Bilde der Jungfrau, das in einer Ecke stand, schwamm ein Nachtlicht in seinem Öl. Von dem schwachen und unruhigen Schimmer bewegte sich das Bild – und sprach es nicht auch? Ein Unglücklicher, der sein Unglück weder begreift noch vermißt, aber es redet weiter selbst in dem Schlafenden: für ihn könnte wohl auch das Bild der Jungfrau die Stimme erheben. Indessen wurde er hierüber enttäuscht. Unter seinem Bett kroch ein Kopf hervor, der Kopf der Zwergin jedenfalls; sie mußte sich eingeschlichen haben. Er neigte sich aus dem Bett, um den Kopf mit der Hand wieder hinunterzudrücken. Da sagte der Kopf: «Erwachen Sie, Sire!»

Wirklich fühlte Henri sich in diesem Augenblick befreit von seinem Albdruck. Er hatte die Stimme erkannt und sah jetzt auch das Gesicht Agrippas. «Wo warst du den ganzen Abend?» fragte er.

«Immer in Ihrer Nähe und niemals ausgesetzt den Blicken.»

«Du warst um meinetwillen genötigt, dich zu verstecken, armer Agrippa.»

«Wir selbst haben alles getan, unsere Lage so elend zu machen wie nur möglich.»

Henri kannte den klassischen Spruch und wiederholte ihn mit den Worten des lateinischen Dichters. Dies zu hören, begeisterte Agrippa d'Aubigné, und er begann einen langen Satz, sprach ihn übrigens zu laut für die Stunde und einen solchen Ort. «Sie haben keine Lust, Sire, ohnmächtig abzuwarten, daß die Wut Ihrer Feinde –»

«Pst!» machte Henri. «Einige Wände bergen hier ein geheimes Echo; man weiß nicht, welche. Besser, wir sagen uns alles morgen im Garten unter offenem Himmel.»

«Zu spät», flüsterte der Kopf, der jetzt mit dem Kinn auf dem Rand des Bettes lag. «Vor Tag müssen wir aus dem Schloß sein. Jetzt oder nie. Was wir nicht sogleich tun, mißlingt uns später. Heute ist das Schloß Louvre noch verwirrt vom Entsetzen der vorigen Nacht. Bis zum nächsten Abend haben sie sich besonnen – vor allem auf uns.»

Sie machten eine Pause, nach stiller Übereinkunft. Henri hatte das Gehörte zu bedenken, Agrippa aber wußte: ‹Das Ja, das nicht freiwillig kommt, bevor ich meine Karten aufgedeckt habe – das Ja ist nie mehr nachzuholen.› Daher zitterte und schwankte der Kopf auf der Kante. Er ließ endlich verlauten: «Im Unglück lieber gleich den Hals wagen!»

Diesmal erkannte Henri den Vers nicht oder sprach ihn doch nicht nach. Statt dessen murmelte er: «Sie haben mir die Zwergin um den Hals gehängt. Sie sind umgefallen vor Gelächter, während ich, die Zwergin am Hals, dahinjagte durch das leere Schloß Louvre.»

«Das habe ich nicht mehr miterlebt», raunte der Kopf. «Da war ich schon unter das Bett gekrochen. Indessen verstehe ich, daß Ihnen die Sache mit der

Zwergin gefallen hat. Sie wünschen sich noch mehr dergleichen. Daher haben Sie keine Lust zu fliehen.»

«Das Echo!» mahnte Henri.

Hierauf begann der kluge Kopf – wahrhaftig, begann er nicht mit einer ganz anderen Stimme zu sprechen? Eine merkwürdig bekannte Stimme, nur hatte Henri bei früheren Anlässen ihre Natur nicht ganz erfaßt. ‹Meine eigene Stimme!› wurde ihm plötzlich klar. Sich selbst, zum erstenmal im Leben hörte er außerhalb seiner Person sich selbst sprechen.

«Ich habe keine Lust, ohnmächtig zu warten, bis sie auch mich noch abschlachten. Daher will ich mich ihnen so gründlich unterwerfen, daß alle Protestanten mich verachten sollen und daß ich für niemand mehr eine Gefahr bin. Ich will abschwören, zur Messe gehn, dem Papst einen zerknirschten Brief schreiben –»

«Wenigstens das nicht!» bat Henri – bat sozusagen sich selbst.

«Einen Brief voll erbärmlicher Demut, und lesen wird ihn die ganze Welt», erwiderte seine eigene Stimme. Agrippa, dieser Schauspieler, mußte lange geübt haben, um sie so täuschend nachzuahmen.

«Nein!» rief Henri unvorsichtig, denn die Worte beängstigten ihn, als hätte er sie schon jetzt mit eigenem Mund gesprochen. Wie lange noch, und er mußte sie wirklich von sich geben – noch mehr: sie ausführen.

«Das Echo!» mahnte der Kopf und fuhr sogleich fort mit der täuschenden, höchst beunruhigenden Stimme. «Oder wage ich im Unglück lieber gleich den Hals?» Dies lateinisch. «Das sind höchstens Ratschläge von Dichtern!» berichtigte die Stimme sich selbst im abweisenden Ton. «Vetter Franz, was willst du? Mich soll man nur leben lassen.»

«Das hast du auch gehört?» fragte der echte Henri. «Einem Irrwisch wie dem – kann ich mich doch nicht in die Hand begeben.»

«Nur er hat sich in die meine begeben», schloß die nachgeahmte Stimme. «Und er ist nicht der einzige, der mit mir fliehen und das Land aufrufen will. Er schreit umher, daß er nichts gewußt hat von der Bartholomäusnacht. Die anderen schweigen, aber ihre Furcht ist darum nicht geringer. Warum soll ich dem Echo alle nennen, die mir Freundschaft und Beistand angeboten haben. Nur zwei Namen spreche ich aus, denn ihre Träger verdienen keine Schonung.»

«Es sind –» Henri drängte atemlos seine eigene Stimme, weiterzusprechen.

«Es sind», sagte sie, «die Herren de Nançay und de Caussens. Sie fürchten, die Königinmutter würde sie töten lassen, denn Werkzeuge werden oft beseitigt. Die beiden Schächer sind für mich zu haben, es ist nur eine Frage des Geldes.»

«Spem pretio non emo. Ich kaufe mir keine Hoffnung in bar», erwiderte der echte Henri; aber auch der falsche hatte eine klassische Antwort bereit. «Die Wahrheit muß einfach und kunstlos reden.» Er erläuterte: «Die verständlichste Sprache für solche Leute führen Geldsäcke, die springen und klingen. Ich war nicht untätig und habe den Betrag zusammen. Vor Tag wird er ausgehändigt auf der Brücke vor dem Tor. Dann öffnet es sich weit, sie lassen mich hindurch. Sie kommen sogar mit mir, und genug andere schließen sich an. Ich werde stark sein, mich hält niemand auf.»

Der echte Henri fühlte durchaus: ‹Ich kaufe mir keine Hoffnung in bar.›

Aber er sah auch: zu vieles war schon unternommen und vorbereitet, zu viele waren eingeweiht.

Er sprach daher «Ja» und «Ich will», wobei er sich bemühte, damit es weder unsicher noch verspätet klänge.

Der Haß bringt nahe

Dieses nächtliche Vorhaben ging kläglich aus und hatte hauptsächlich zur Folge, daß Henri und sein Freund Agrippa eine Zeitlang einander böse waren. Sie schlichen, als noch Dunkel lag, hinab in den Brunnen des Louvre; dort warteten sie mit anderen vermummten Gestalten, die lieber unerkannt blieben, denn jeder mißtraute dem Nächsten. In der Wache unter dem Torbogen schlummerte rötliches Licht, und mehrmals schlug eine tiefe, summende Glocke, die allen zu gut im Ohr lag noch aus der Mordnacht. Vielleicht rettete diesmal ihr Geläute die wenigen Hugenotten, so daß sie sich nicht zeigten und nicht unter das Gewölbe traten. Hauptmann de Nançay mußte selbst hervorkommen, als es dämmerig wurde im Hof. Sein Genosse de Caussens war mit ihm, und zuerst ließen sie sich von d'Aubigné den Beutel mit Geld zustecken. Dann erklärten sie, die Pferde ständen bereit hinter dem Tor: die Herren möchten ihnen voran auf die Brücke gehen.

Henri wollte trotz allem nicht vor ihnen her unter die enge Wölbung, sie sah ihm nach Hinterhalt aus. Die beiden Verräter mußten sich zuerst in Bewegung setzen: da vertrat ihnen aber einer den Weg. «Meine Herren de Nançay und de Caussens, ich verhafte Sie. Der Augenschein hat bewiesen, daß Sie bestochen sind und die Hugenotten entfliehen lassen wollten.» Sofort entstand ein Handgemenge, ungewiß im schwachen Licht zwischen wem und wem – bis dem König von Navarra jemand in den Arm fiel: d'Elbeuf. Dieser junge Edelmann aus dem Hause Lothringen war es auch, der soeben die Verhaftung ausgesprochen hatte. Den König von Navarra beschwor er: «Denken Sie daran, daß ich Sie einst aus dem Tor ziehen wollte – rechtzeitig.» – ‹Allerdings. Die Bartholomäusnacht hätte niemals ausbrechen müssen, wenn ich ihm gefolgt wäre. Diesmal bin ich gewarnt!› So bedenkt Henri und glaubt der Freundschaft, obwohl sie ihm angeboten wird von einem Verwandten der Guise. Schiebt den Arm unter den des neuen Freundes. Der Freund Agrippa hinkt nach, denn in dem Handgemenge hat er etwas abbekommen. Henri weist hinter sich. «Das ist der Schlaukopf, der mich in die Falle gelockt hat. Das Geld wird er mit den beiden Schächern geteilt haben. Ich kenne die Hugenotten.»

«Besonders die hugenottischen Fürsten sind treulos und undankbar!» bestätigte der arme Agrippa, von der ungeheuren Verdächtigung getroffen bis ins Innerste. Auf der Stelle blieb er stehen und ließ die beiden weiterziehen.

«Sire», mahnte d'Elbeuf, während Henri in seinem Arm hing. «Lassen Sie Ihren Zorn nicht siegen über Ihr besseres Wissen. Ihr armer Agrippa hat übereilt gehandelt und war vertrauensvoll. Beides ist künftig verboten, sowohl Ihnen als Ihren Freunden und darum auch mir. Täglich werden wir Unheil abwenden müssen von Ihrem Haupt. Für dieses Mal ist es geglückt. Sonst hätten die beiden Verräter Sie auf der Brücke gefangengenommen unter großem Lärm und Geschrei. Sie haben gehofft, die Königinmutter würde ihnen verzeihen, daß sie so gute Dienste getan haben in der Mordnacht, ja, sie könnten ihr eigenes Leben retten.»

«Es ist wahr», erkannte Henri. «Jeder im Louvre hat nur die Wahl, wie er sich erhalten will: die Flucht, oder indem er mich ausliefert. Das müssen wir unausgesetzt im Gedächtnis haben.»

«Unausgesetzt», wiederholte d'Elbeuf.

An diesem Tage bemerkte Henri, daß d'Alençon ihm auswich. Ein mißlungener Fluchtversuch, und unter den Vermummten im Brunnen war sicher auch der Mann mit den zwei Nasen gewesen. Um so irrwischhafter benahm er sich. ‹Sehe jeder, wo er bleibe, und nicht auf meine Kosten.›

Die Herren von Montmorency waren Verwandte des Admirals Coligny, aber Katholiken und daher mächtig genug bei Hof, um noch jetzt die Schonung der Protestanten, ihres Lebens und ihres Glaubens anempfehlen zu können. Gemäß der gegebenen Lage taten sie denn auch das Mögliche. Der Grund, den der Marschall anführte, war immer die Meinung der Welt über die nun einmal stattgehabte Bartholomäusnacht. Diese Rücksicht dauerte notwendig nur so lange, als man ohne Nachricht aus Europa war, und dann allenfalls noch während des ersten Sturmes von Entrüstung. Er bewegte indessen mehr die fernen Länder, wie Polen, und die schwachen: protestantische deutsche Fürstentümer. Elisabeth von England dagegen bewies eine Sachlichkeit, die nicht ohne Verständnis schien. Madame Catherine machte sich ihretwegen schon bald keine Sorgen mehr. Halb ernst und halb im Übermut riet sie der guten Freundin, doch dasselbe Gemetzel zu veranstalten auf ihrer Insel – dort natürlich unter den Katholiken.

Madame Catherine fing demgemäß auch wieder an, sich ihrem ganzen Hof zu zeigen. Ihre Gestalt legte etwas von ihrem Geheimnis ab, sie wurde vertraut. Die Mutter vereinigte um sich die Kinder, alle ohne Ausnahme, wie zu allen Zeiten ihr inniges Bestreben war. «Auch nur einer von euch draußen, und ich wäre nicht mehr ruhig», sagte sie ihnen in ihrer behäbigen Art; kein Spott war ihr nachzuweisen. Wie natürlich, ja gutmütig musterte sie eines Tages Navarra und Condé, die sie bisher übersehen hatte. Henri erschrak und nahm sich in acht. Sie fragte die beiden, wie es mit ihrem Unterricht in der wahren Lehre stände. «Gut», erklärte Henri. «Soviel wie mein Lehrer weiß ich auch schon. Der gute Pastor hat sich selbst erst zum katholischen Glauben bekehrt, als er die Bartholomäusnacht kommen fühlte. Glücklich, wer richtig rechnen gelernt hat.»

«Lernen Sie es auch!» meinte Madame Catherine. Sie musterte ihn ganz und sagte: «Zaunkönig!» Dies vor ihrem Hof – und Henri verneigte sich denn auch zuerst vor ihr, dann vor ihrem Hof, der lachte: teils aus Albernheit. Manche aber begriffen schaudernd die Lage Navarras und machten sich nur lustig um ihrer eigenen Haut willen. Madame Catherine verriet sich hier. Sie hielt den «Zaunkönig» heimlich im Auge die ganzen Tage, obwohl sie ihn scheinbar nicht beachtet hatte. Diesmal bewegte sie die Hand, davon zog alles um ihren hohen Sessel her sich zurück, und Henri allein stand vor ihr.

«Sie haben gleich den zweiten Tag einen Fluchtversuch gemacht. Die Herren de Nançay und de Caussens sind für ihre Wachsamkeit von mir belohnt worden.»

«Ich habe keinen Fluchtversuch gemacht, Madame. Aber ich freue mich für die beiden Herren.» Er nickte ihnen zu, denn er entdeckte ihre bös grinsenden Gesichter.

«Sie werden mir noch viel zu schaffen geben. Als Ihre Mutter und gute Freundin warne ich Sie.» Das sagte Madame Catherine wahrhaft mütterlich, wie alle feststellen konnten. Navarra aber schluchzte auf, bevor er herausbrachte: «Nie, Madame, möchte ich mich entfernen aus der Nähe einer Herrscherin, die mich an die größten Frauen der römischen Geschichte erinnert.»

So endete die schöne und treffende Unterredung. Sie hatte das Bild des jungen Navarra um etwas gehoben, ihn umgab im Augenblick weniger Geringschätzung. Indessen ändert sich ein Bild von Tag zu Tag, wenn jemand zu vielen verschiedenen Arten der List muß seine Zuflucht nehmen. Zur Abwechslung stellte er sich folgsam, aber unbegabt. Ihm wurde zugemutet, er sollte einen Brief schreiben nach der protestantischen Festung La Rochelle, an den Bürgermeister und die Schöffen, damit sie weit das Tor öffneten für den Kommandanten, den der König von Frankreich ihnen schickte. Er verfaßte etwas überaus Treuherziges, auf das sie, nach ihrer Kenntnis seiner Natur, unmöglich hineinfallen konnten. Daher kam es denn auch nach einigen Monaten zur Belagerung der protestantischen Festung, und dem ganzen Königreich wurde sichtbar, was die Bartholomäusnacht genützt hatte. «Feinde umlegen ist einfach; aber man muß wissen, ob sie nicht stärker wieder aufstehen.» Dies oder etwas Ähnliches sagte Karl der Neunte – oder stotterte es vor sich hin, bei den schlechten Nachrichten aus dem Lande.

Karl war zum Sterben traurig. Des Nachts erschienen ihm Geister, er hörte wieder die dumpfe Glocke der Mordnacht, und Gestöhn antwortete vom Fluß her. Seine Amme, eine Protestantin, trocknete ihm den Schweiß, aber dieser war blutig: so wollte man wissen in Schloß Louvre. Den armen König tröstete einzig sein gutgelaunter Vetter Navarra. «Wer wird sich graue Haare wachsen lassen, lieber Bruder. Hier in Schloß Louvre ist etwas Platz geworden letzthin, und wir leben vertrauter. Die sich haben erwischen lassen, waren dumm. Ich hab schon alle vergessen. Deine Schwester setzt mir Hörner auf, wenn mir recht ist; aber ich habe reichlich Gelegenheit, es ihr zu vergelten.» Schnippte mit den Fingern und schwang sich herum auf den Absätzen, die er etwas höher trug als üblich.

Indessen legte er sich selbst zu Bett, mit dem Vorgeben eines starken Unwohlseins, war auch wirklich feucht und hitzig. Die Ärzte, die namens Madame Catherine ihn untersuchten, stellten es fest, obwohl mit Kopfschütteln. Man kann aber das Fieber bekommen, nur weil man nicht zur Messe gehen will – noch nicht, um Gottes willen! ‹Wenn es denn einmal sein muß, einen Aufschub doch wenigstens, lieber Gott! Laß mich ernstlich erkranken, schicke auch mir blutigen Schweiß oder sogar Geister! Ich will, daß meine erschlagenen vierzig Edelleute um mein Bett stehen sollen. Lieber das, als zur Messe gehen!›

Jeder Tag nähert sich dennoch, und plötzlich erhebt sich der gefürchtete. Dann verlassen wir unsere Zuflucht und fühlen auf einmal die Kraft, ihm zu begegnen. Es war der neunundzwanzigste September, geweiht dem heiligen Michael, dessen Ritter ihren Ordensfreund Navarra umringten auf dem Weg zur Kirche. Er hielt die Augen gesenkt und nahm auch in seinem Herzen nicht Kenntnis von der Menge, die umherstand und ihn begaffte, mißachtete, vielleicht beweinte. Verkleidete Hugenotten verfolgten seinen schweren Gang und verbreiteten nachher im Lande die entsetzliche Bedrängnis ihres geliebten Führers. Er selbst dachte die ganze Strecke an seine Mutter und an den Admiral.

Er dachte: ‹Meine liebe Mutter, sie setzen mir zu, und nicht lange, so werde ich den Befehl und den Auftrag erteilen müssen in unserem Lande Béarn, daß es deinen Glauben soll abschwören. Vertreiben muß ich deine Pastoren, und das ist, als vertriebe ich mit eigener Hand dich selbst, meine liebe Mutter! Herr Admiral, jetzt sind Ihre Söhne und Neffen geflüchtet unter Verkleidungen. Ihre Gemahlin wird gefangengehalten in Savoyen. Wie lange kann es dauern, bis das Gericht Ihre Güter für verfallen und Ihr Andenken für nichtswürdig erklärt. Glaubt nicht, Herr Admiral und liebe Mutter, daß ich euch verrate, wenn ich jetzt dennoch zur Messe gehe. Ihr wißt: ich habe so viele Tage gewonnen, als irgend möglich war, nämlich siebzehn. Mein Vetter Condé, der anfangs viel wilder tat als ich, ist zur Messe gegangen schon vor siebzehn Tagen. Rechnet mir, bitte, zu meinen Gunsten mein geschicktes Hinhalten an, liebe Mutter und Herr Admiral!› So sprach er zu ihnen wie zu Lebenden, was sie gewiß waren, und hörten ihn. Dort, wo sie waren, vernimmt man so innige Gedanken.

Als der feierliche Übertritt zu der andern Religion, das viertemal in seinem Leben, vollzogen war, empfing er viel Umarmungen und Küsse, erwiderte sie auch guten Mutes. Die Königinmutter erwies ihm ihrerseits die Ehre; sie erwartete den Jungen, der jetzt endlich ganz allein stand, denn verloren hatte er sogar die Geister seiner Toten, wie sie meinte, und seinen guten Ruf. Daher empfing sie ihn mit einem belustigten Lächeln, ja, während der Umarmung tastete sie ihn aus lauter Wohlwollen ab wie einen künftigen Braten. Was fühlte sie da? Alle Lustigkeit verging ihr. Unter seinen Kleidern trug er einen Panzer, hatte ihn angehabt, indes er abschwur seine vorige Gemeinschaft. Ein schlimmes Vorzeichen; Madame Catherine wollte sich eilig entfernen an ihrem Stock. Er erlaubte sich aber, sie bei der Hand zurückzuhalten und ihr neckische Kosenamen zu geben. Was tut eine unbeholfene Frau in geschlossenem schwarzem Kleid und mit Witwenhaube, wenn ein gar zu stürmischer junger Herr ihre Nase rühmt, die doch auffallend dick ist. Seine Lippen haschen nach ihr, er will sie auf die Nase küssen. Schließlich trifft sie ihn mit dem Stock: scheinbar nur im Scherz, wegen der Zuschauer. Sofort spielt er den kleinen Hund, springt bellend um sie her auf allen vieren und schnappt nach ihren Beinen. Da flüchtet Madame Catherine. Ihr Oberkörper möchte schneller sein als die Füße. In zwei Teile zerlegt, strebt sie von dannen, auf ihre Kosten lacht der Hof.

Ihre Rache folgte alsbald. Nicht nur den Erlaß wegen der Protestanten in Béarn mußte Henri schreiben, auch an den Papst ging ein Brief; der übertraf alles andere an Selbstverleugnung, und sie ließ ihn verbreiten. Während einer ihrer gegenseitigen Neckereien fiel ihr plötzlich ein, sich nach seiner Gesundheit zu erkundigen. Er war doch ein schwächlicher Junge? Kein rechter Mann, wie? Den Keim eines frühen Todes hatte seine Mutter Jeanne ihm vermacht!

Er öffnete den Mund, um scherzweise zu sagen: «Den Keim haben Sie, Madame, ihr in das Glas geschüttet.» Denn so vertraut standen sie in dieser ersten Zeit, der auf die Leimrute gegangene Vogel und die Besitzerin des Käfigs. Der Haß bringt nahe. Da hörte er sie sprechen: «Ich muß doch meine Tochter nach Ihren Fähigkeiten fragen.» Sofort begriff er, was sie vorhatte: ihn unfähig erklären lassen und in Rom die Trennung der Ehe durchsetzen. Ihn töten, lohnte nicht mehr. Um so eher wünschte sie loszuwerden, was nicht mehr schaden noch nützen konnte – und Margot gewinnbringend wieder zu vergeben. Immer hatte Madame Catherine den Kopf voll von Heiratsplänen für ihre Kinder.

Diesen Abend lag er wieder im Ehebett.

Das wird aus der Liebe

Er kam zu der Tür der Königin von Navarra inmitten vieler Herren, von denen nur wenige ihn verteidigt hätten, wenn die anderen Mörder gewesen wären. Er hatte aber alle diese mitgenommen, damit sie später bezeugen müßten, er wäre zu der Königin gegangen. Er hielt für jeden Fall seinen Dolch in der Faust, mit ihm kratzte er an der Tür – nicht stark, aber sie ging gleich auf. «Ich warte schon, mein Herr und Meister, Sie kommen heute später als sonst», sagte die Königin.

Er schloß und riegelte von innen. Als er sich umwendete, lag sie auf den Kissen und breitete ihm die Arme hin. Er wußte, was er wollte: ihrer Mutter den boshaften Plan durchkreuzen; und das tat er hiermit, wiederholte es auch und fand überhaupt kein Ende. Die zärtliche Margot mußte ihn bitten, nicht zu vergessen, daß sie wieder vereint wären nach einer langen und schrecklichen Trennung.

«Da ich jetzt einen Sohn von dir haben werde, mein liebes Herz, so sage mir: warum hast du dich nicht schon früher besonnen auf dieses Mittel, alle deine Feinde zu besiegen?»

«Du wirst mir einen Sohn geben?»

«Ich fühle es», sagte sie. «Ich will es», verbesserte sie.

«Wie sehr hab ich dich längst herbeigesehnt! An deiner Tür kratzte ich noch gestern abend.»

Er hätte sie in die Arme geschlossen: diesmal um in ihr seinen Sohn zu empfangen. Indessen, sogar noch beim Höherschlagen seines Herzens erinnerte er sich der List als seines Gesetzes. Die List regiert dies Leben. Die Tochter verbringt ihre Tage auf der Truhe im Zimmer der Mutter und ist ihr Werkzeug. Schon einmal war ihr selbst unbewußt geblieben, welcher Verräterei sie diente. Er fragte: «Ist hier nicht ein Mörder versteckt?» – lehnte sich hinaus und griff nach seinem Dolch. Wenn sie die leiseste Bewegung versucht hätte, um ihn festzuhalten! Im Gegenteil, sie erstarrte. Sie flüsterte schreckensvoll und so leise, daß kein Eindringling es gehört hätte: «Ich dachte nicht daran, daß wir Feinde sind.»

«Ich hatte es selbst vergessen», sagte er. «Alles dies, die Lust und auch der Schmerz, uns sind sie verboten.» Worauf sie ihm schnell ihre Lippen reichte, aber die Zähne schimmerten darin. Er sagte noch atemlos von dem Kuß: «Faciuntque dolorem.» Sogleich hörte er von ihrer schönen Stimme den ganzen Vers und dachte dabei: ‹Sie hat mir dennoch die Geheimnisse ihrer furchtbaren Mutter verraten; und heute abend hat sie vor allen den Edelleuten so getan, als empfinge sie mich täglich.› Er ließ es darauf ankommen und fragte: «Meine schöne Königin, willst du mir helfen, mich zu befreien?»

«Ich bewundere Sie, Sire, Sie sind der Gefahr gewachsen wie noch keiner. Auf Sie hat Virgil diesen Vers gemacht: ‹Kein Mühe und Gefahr, drin ich nicht Meister war. Wie auch die Hölle um mich streitet, ich bin auf alles vorbereitet.›»

«Ist die Übersetzung von Ihnen selbst?» fragte der Liebende. «Sie haben eine hohe Gelehrsamkeit und viel Übung. Aber wie steht es mit meiner Befreiung?»

«Vor allem hüten Sie sich vor meiner Freundin de Sauves!» erwiderte die Liebende. «Ich sehe wohl, daß die Sirene Sie anlockt. Folgen Sie ihr nicht! Sie wären verloren. Ihr Herr und Meister ist der Herzog von Guise.»

«Willst du ihn denn zurückhaben?» fragte er, aus Eifersucht vergaß er die Umschweife. Aber auch sie ließ sich gehen. «Ist es wahr, daß Charlotte Ihnen gefällt?»

«Gar nicht. Sie hat ein spitzes Gesicht, und auch ihr Geist ist spitz. Aber dennoch, welche Frau gefiele mir nicht? Sogar Ihre Mutter, Madame. Und das ist wahr, ich lüge nicht. Ein gefährliches Tier ist eine böse Frau. So freut es mich: beide in einem. Denn von der Natur lieb ich am meisten die Frau und das Tier – und auch die Berge», setzte er hinzu, «sowie den Ozean. Ich liebe, ich liebe», stöhnte er und begegnete schon ihrem Körper, der ihn heiß erwartete.

Nach so großer Begeisterung der Leiber, erschöpft und dankbar, entschloß sich Margot, ihrem Geliebten alles zu gestehen, was sie durfte, ja, einiges darüber.

«Mein liebes Herz, du darfst uns nicht entkommen, dich brauchen wir und dich behalten wir.»

Einen Augenblick ließ sie ihn im Zweifel, wofür. Es konnte für ihren Körper sein, aber der ist jedesmal bald gesättigt. Wie dann? Für ihre unstillbare Seele? Nein, die Tochter der bösen Königin sagte hier auf den Kissen: «Sie dürfen nicht zu Ihren Hugenotten entkommen, Sire. Wenn die Sie wiederhätten, würden sie zehnmal stärker werden. Vielmehr wollen wir uns Ihrer Person bedienen gegen unsere Feinde, und Sie sollen beim Heer meines Bruders d'Anjou sein, wenn er La Rochelle belagert. Du mußt wissen», verriet sie leise und nahe an seinem Gesicht, «daß wir mit den Deinen nicht fertig werden. Sie haben gemerkt, daß du ihnen nicht freiwillig geschrieben hast, sich zu ergeben. Versprich mir, daß du inzwischen keinen Fluchtversuch machst. Du würdest getötet werden. O versprich!» bat sie mit offenbarer Angst, die Stirn auf seiner, den Atem in seinen Atem gemischt. Er wollte aber ihre Augen sehen, zog sich zurück und fragte: «Ist es dir wirklich um mich zu tun?»

Welch ein törichtes Mißtrauen! Auch sie nahm nicht nur Abstand: sie bekam sogar den Ausdruck der Entferntheit.

«Ich bin die Prinzessin von Valois. Ich will nicht, daß Sie mein Haus besiegen und entthronen.»

So endete die Nacht – und daher lag Henri in der nächsten bei Charlotte de Sauves, die ihm noch gar nicht gefiel, das sollte später kommen. Bis jetzt hatte er Margot im Blut, und sie wußte es. Stolz sagte sie zur de Sauves: «Madame, sie haben uns einen großen Gefallen erwiesen, mir und dem König von Navarra. Sie haben der Königin, meiner Mutter, sofort hinterbracht, daß Sie ihn im Bett gehabt haben. Jetzt glaubt die Königin, ihr Ziel wäre erreicht und ich ließe mich scheiden. Daher wird mein lieber Mann vorläufig am Leben bleiben.»

Das Gespräch am Meeresstrand

Karl der Neunte erholte sich zeitweilig von seiner schweren Traurigkeit. Die Königin von Navarra wurde von ihrer Mutter gefragt, ob ihr Zaunkönig ihr gezeigt habe, daß er ein Mann sei. Da sie Zuschauer hatte, errötete Margot, sagte nicht nein noch ja, sondern berief sich auf eine Dame des Altertums. «Im übrigen, da meine Frau Mutter mich verheiratet hat, soll es dabei bleiben.» Womit sie eigentlich nur durchkam, weil Madame Catherine vollauf beschäftigt war, ihren Sohn d'Anjou zum König von Polen wählen zu lassen. Sie tat es gegen den Willen des Kaisers: so groß war ihr Ehrgeiz oder ihr Bedürfnis nach Umtrieben. Gleichzeitig verhandelte sie mit England, damit ihr Sohn d'Alençon die Königin Elisabeth zur Frau bekäme. Diese hätte unter Umständen Anspruch erhalten auf den Thron Frankreichs. Elisabeth war indes klüger als Katharina von Medici, von der Jeanne d'Albret gesagt hatte, im Grunde wäre sie dumm. Daher ließ sich die rothaarige Königin auf das zweifelhafte Abenteuer nicht ein, sondern hielt ihre gute Freundin nur hin. Das Heer des Herzogs von Anjou zog vor die protestantische Festung La Rochelle; der König von Navarra und sein Vetter Condé begleiteten es unfreiwillig.

Sie verhielten sich gleichwohl, als wären sie mit Freuden dabei. Henri war immer gutgelaunt, immer bereit, seine Truppen gegen die widerspenstige Stadt zu führen. Die Erstürmung mißlang nur leider jedesmal, vom Februar bis in den Sommer. Es kam auch daher, daß die Stürmenden zu laut schrien vor Eifer: jede Besatzung mußte aufmerksam werden. Der König von Navarra schoß einst mit eigener Hand eine Arkebuse ab. Das sah drinnen ein Gascogner Soldat und rief noch mehr herbei, damit sie ihn bewunderten. «Lou noust Henric!» riefen sie entzückt von der Mauer. Auch er war überaus erfreut und zündete nochmals vor ihren Augen die Lunte an. Es gab einen großen Knall, und die Belagerten schwenkten die Hüte. So erging es aber nicht dem Herzog von Anjou, denn beinahe wäre er getötet worden von einem solchen Arkebusenschuß; das Hemd wurde ihm zerrissen. Navarra stand daneben und hörte seinen Vetter ausrufen: «Ich wollte schon in Polen sein!»

Dies war sein Gefühl schon längst, und nicht nur wegen eigenen Ungemachs, nein, offenkundig wurde vor La Rochelle, wie schlecht es stand um das Königreich. Die Bartholomäusnacht enthüllte sich allen Blicken als der schwerste Fehler: seitdem war wieder Religionskrieg. Der Admiral Coligny hatte gewollt, daß Katholiken und Protestanten vereint gegen Spanien kämpften. Infolge des verdammten Gemetzels zerrissen sie jetzt wieder dies Land, und bis an jede seiner Grenzen eilte die Nachricht von den Hugenotten, die sich hielten in La Rochelle, denn von der See her bekamen sie Zufuhr. Das Heer des Königs von Frankreich dagegen hatte die ganze Umgegend kahl gegessen, und es fing an, sich aufzulösen. Das war noch nicht das Schlimmste. Zu fürchten ist weniger der Hunger als der Gedanke. An den höheren Stellen, gerade dort, wo es noch Fleisch gab, saßen die Unzufriedenen, die sich «die Politischen» nannten, und sie wollten den Frieden.

Wenn jemand sagt, daß er den Frieden will, ist immer noch die Frage, weshalb. Im Frieden gedeiht sein Weizen, und man müßte erst wissen, ob er auf alle Fälle friedlich gesonnen ist oder hauptsächlich wegen seines Weizens. Die Frucht, auf die es dem Gemäßigten oder Politischen ankam vor La Rochelle, heißt: Gewissensfreiheit. Sie verlangten endlich bekennen zu dürfen, was sie glaubten, und verbreiten zu dürfen, was ihr Wissen und Wille war. Daher hatten sie Augen für die Verwüstungen im Lande, die äußeren Folgen der Unduldsamkeit. Aber nicht einmal die Vernichtung des Landes hält den Feind der Gewissensfreiheit zurück. Wie denn! Er bemerkt weder Verwüstung noch Vernichtung, wenn er die Menschen zwangsweise gleichmachen kann. Vergewaltigte Gewissen sind für ihn ein blühenderer Anblick als wohlbestellte Felder und der Friede. Er hat auch den Vorteil, daß er seine geringe Meinung vom Frieden so offen bekunden darf wie Madame Catherine oder d'Anjou oder Guise. Wohingegen allen, die einfach frei sein möchten, die undankbare Aufgabe zufällt, Frieden zu predigen.

Dies waren Gedanken eines Gefangenen, der zwar ein Führer des katholischen Heeres genannt wurde, aber ein Gefangener blieb. In Wahrheit fand er solche Gedanken wohl auch allein, und zwar gerade bei seinen heimlichen Zusammenkünften mit den Verschwörern. Da waren die Gedanken aber noch nicht gereinigt und bearbeitet, sozusagen. Dies geschah erst in gewissen Gesprächen am Meeresstrand, mit einer einzelnen Person, einem Edelmann ohne besondere Bedeutung, der im Heer diente.

An den Zusammenkünften der Politischen nahmen unter anderen teil: d'Alençon oder der Mann mit den zwei Nasen sowie ein Vicomte de Turenne. Dieser hatte vom Hof genaue Nachricht über ein neues Gemetzel, das hier im Lager sollte veranstaltet werden unter den Verdächtigen, und das waren eben die Politischen. Diesmal war der König von Navarra bestimmt mit ausersehen. Gerade seinetwegen wurde noch gezögert, denn zuerst sollte seine Frau einen Sohn zur Welt bringen: alsbald folgte das Gemetzel. Ja, schon erhielten seine Edelleute freundschaftliche Warnungen aus dem Quartier des Herzogs von Guise, sie möchten die Zelte Navarras schleunigst verlassen; und Du Guast, den d'Anjou sich als Liebling hielt, wagte offen zu drohen. Wie sollte ein Gefangener, dem es ans Leben geht, nicht für Mäßigung sein!

Die Partei der Politischen versicherte: Wir sind gemäßigt. Überdruß und Ekel haben uns ergriffen angesichts der Zustände: womit wir die Verwaltung, Gerichte und Finanzen des Königreiches meinen. Es ist am Äußersten. Helfen können nur noch die kühnsten Entschlüsse. D'Alençon, Navarra und Condé müssen offen abfallen. Ein Heer der Unzufriedenen ist zu bilden. Wir werden uns der königlichen Flotte bemächtigen. Englische Schiffe bringen uns Hilfstruppen.

Navarra machte hierüber nur Scherze, obwohl er Furcht hatte. Er sagte: «Die Sitte verlangt nun einmal, die Protestanten aus ihren festen Plätzen zu vertreiben. Dann wird verhandelt, und man gibt ihnen ihre festen Plätze zurück, um sie bald wieder daraus zu vertreiben. So setzt die Sitte sich fort.» Er sagte dies, weil er befürchtete, daß sie ernstlich nichts tun würden, und wirklich unternahmen sie nur Versuche, die sofort mißlangen, weil jeder in heller Verwirrung vor sich ging. So handelt der Irrwisch d'Alençon. Was beabsichtigt er denn auch? Seinem Bruder d'Anjou das Leben schwermachen: das ist sein einziges Ziel, sonst hat er keine Überzeugung. Wenn aber Navarra ihn aus der Führung verdrängen wollte, er würde sich sofort gegen Navarra wenden. ‹Und ich bin der Bedrohteste!› bedachte Henri. ‹Mich kann jeder verraten und ausliefern.›

Daher kam es, daß er am Handeln verzweifelte vor La Rochelle und sich dem Philosophieren ergab. Er tat es in der Gesellschaft und gewissermaßen unter der Führung eines Edelmannes von geringer Bedeutung, aber gebürtig aus dem Süden. Vor kurzem hatte er ein richterliches Amt niedergelegt, um es einmal mit dem Soldatenstand zu versuchen – ohne besondere Auszeichnung auch hier. Er gab selbst zu, daß er keine Begabung habe, weder für Tanz noch Ballspiel noch Ringkampf, auch nicht für Schwimmen, Fechten, Kunstreiten und Springen, überhaupt für nichts. Sogar seine Hände waren ungeschickt, und er konnte nicht leserlich schreiben, wie er freiwillig gestand. Ungebeten setzte er hinzu: nicht einmal einen Brief zumachen könnte er, keine Feder zuschneiden, und andererseits kein Pferd aufzäumen.

Durch alle diese Mängel setzte er Henri mehr in Erstaunen, als wären es ebenso viele Vorzüge gewesen. Verbunden waren sie nämlich mit einem Geist, den Henri, ob er wollte oder nicht, als seinesgleichen erkannte. Ja, sogar der Körper des Edelmannes aus Perigord erinnerte ihn an sich selbst: das kurze Maß, die Gedrungenheit, die Kraft. Allerdings hatte der Vierzigjährige schon ein gerötetes Gesicht und eine Erhöhung auf dem kahlen Schädel. Auch war sein Ausdruck wohl freundlich, aber nachgerade berührt von der Trauer, gelebt und gedacht zu haben. Der neue Freund des jungen Henri hieß Herr Michel de Montaigne.

Er sagte: «Sire, Ihre zeitweilige Lage stellt Sie einem alternden Mann gleich. Wir sind beide besiegt: ich von den Jahren, Sie von Ihren Feinden, was kein endgültiger Sieg ist – wie der Sieg der Jahre», wiederholte der Vierzigjährige. «Genug, in diesem Augenblick können wir einander verstehn, und Sie begreifen, welche Bewandtnis es hat mit den menschlichen Handlungen. Sie beklagen ihre Wirrheit und Vergeblichkeit. Allerdings geben Sie daran dem Herzog von Alençon die Schuld.»

«Er ist ein Irrwisch. Ich an seiner Stelle könnte der Freiheit zum Siege verhelfen gegen die Gewalt.»

«Das wäre vor allem Ihre eigene Freiheit», bemerkte de Montaigne, und Henri gab es lachend zu.

«Sie hätten Ihre Freiheit zurück. Übrigens aber würden Ihr Aufstand und die Ankunft der Engländer noch mehr tödliche Verwirrung stiften. Die meisten Handlungen geschehen mit dem Kopf nach unten. Wer handeln sagt, sagt Verwirrung.»

Hier machten sie in ihrem Gespräch eine Pause, solange sie noch zwischen Zelten gingen und gehört werden konnten. Dann hatten sie das Lager hinter sich gelassen. Eine Kanone stak festgefahren und einsam im Sande des Strandes. Seltene Wachen, den Mantel nach dem Meereswind gehängt, verlangten von ihnen das Losungswort, und sie riefen es laut in die Leere: «Sankt Bartholomäus.»

Noch schwiegen sie eine Zeitlang, um sich zu gewöhnen an das wilde Lärmen des Windes und der Wellen. Die belagerte Festung La Rochelle stand grau vor dem aufgerissenen Himmel, dem Meer, das tobend heranrollte aus dem Unendlichen. Welches Heer vermaß sich, diese Festung zu erstürmen, da sie so sichtbar eingesetzt war als ein Vorposten des Unendlichen! Henri und sein Begleiter dachten bei dem Anblick genau dasselbe. Bei Henri war der Antrieb zu denken ein Gefühl; es ging aus von der Mitte des Körpers, aber mit äußerster Schnelligkeit erreichte es die Kehle, die sich krampfte, und die Augen: sie wurden feucht. Solange dies Gefühl in ihm aufstieg, begriff der junge Henri das Unendliche und die Vergeblichkeit alles dessen, was enden muß.

Sein Begleiter sprach von der Wirrsal der Handelnden. «Ein Großer hat den Ruf seiner Religion verletzt, weil er sich eifriger im Glauben zeigen wollte, als ihm zukam.» Wer war das wohl? «Insani sapiens –» sprach er gegen den Wind. Horaz hatte es in Verse gebracht, daß auch Weisheit und Gerechtigkeit zu weit gehen können. Dann war mit dem «Großen» unmöglich d'Anjou gemeint. Der Mann der Bartholomäusnacht und Weisheit und Gerechtigkeit! Der Begleiter meinte ihn aber dennoch und ließ es nur vorsichtig im Ungewissen nach Art der Philosophen. Er zählte noch mehr Beispiele wirren Handelns auf, und da diese dem Altertum entnommen waren, durfte er die Namen nennen. Henri lag mehr daran, seine Meinung über Mitlebende zu hören. Der Begleiter war nicht zu bewegen, hinauszugehen über allgemeine Betrachtungen. Die werden aber erstaunlich greifbar, wenn der Gegenstand jeden so nahe angeht wie sein Leben. Nichts hielt der Begleiter für fremder der Religion, als die Religionskriege: er sagte es, so ungeheuer es klang. Weder hatten die Religionskriege ihren Ursprung im Glauben, noch machten sie die Menschen frommer. Den einen waren sie der Vorwand ihres Ehrgeizes, den anderen die Gelegenheit, sich zu bereichern. Heilige erscheinen wahrhaftig nicht in Religionskriegen. Aber diese schwächen ein Volk und Königreich. Es wird die Beute fremder Begierden.

Kein Name fiel, nicht Madame Catherine oder ihr Sohn d'Anjou noch die Namen von Protestanten. Die Worte waren dennoch die kühnsten, die jemand wagen konnte. Nicht allein die Brandung und der Sturm tobten gegen sie: fast die Gesamtheit der Menschen hätte sie niedergebrüllt. Henri wunderte sich überaus, daß ein gewöhnlicher Edelmann aussprechen mochte, was kein König laut eingestehen durfte. Er selbst hatte zuweilen gezweifelt an den Religionskriegen; um aber ganz an ihnen zu verzweifeln, hätte er gerade die Personen verurteilen müssen, die er doch verehrte: seine Mutter und den Admiral. Die Politischen vor La Rochelle verschworen sich allerdings, nur noch für die Mäßigung wollten sie kämpfen. Das war einfach ein neuer Vorwand für ihren Ehrgeiz, ihre Begierden. Sie, die mit den Engländern zusammen Frankreich anzugreifen dachten, sie wären dem Edelmann aus Perigord nicht freundlich begegnet. Wahrscheinlich hätte d'Alençon ihn trotz aller Mäßigung in den tiefsten Kerker gesetzt und ihn dort auf immer vergessen.

Henri faßte für den Mut dieses Mannes eine Achtung, so groß, daß sie das letzte Mißtrauen verdrängte.

«Welche Religion ist die rechte?» fragte Henri ihn.

«Was weiß ich?» antwortete der Edelmann.

Damit hatte er sich entblößt und ausgeliefert, was niemand tut, es wäre denn, er erkennt seinesgleichen und vertraut ohne Schwanken. So war es, beide hatten einander erkannt und vertraut. Daher nahm Henri die Hand des Edelmannes und drückte sie. «Wir wollen in das verlassene Haus dort eintreten», beschloß er. «Die Bewohner sind geflohen, aber ihren Wein werden sie gewiß dagelassen haben.»

Das Haus lag nah dem Strand und war von der See aus beschossen worden. Warum? Von wem? Darauf sollte niemals mehr Bescheid gegeben werden, weder von den Tätern noch von den Geflüchteten. Henri und der Edelmann aus Perigord zwängten sich durch den verschütteten Eingang. Drinnen waren Balken von der Decke gefallen, und der Himmel schien durch das Dach. Aber aus dem Kellerloch ragte noch die Leiter, und drunten fand sich der Wein. In der ehemaligen Küche setzten die beiden Gäste sich auf einen herabgestürzten Balken und tranken einander zu.

«So sind wir Gäste», sagte der Edelmann, «Gäste auf einer Erde, deren Stätten ohne Bestand sind. Ganz vergebens kämpfen wir um sie. Für meinen Teil habe ich niemals versucht, mehr zu erwerben, als mir vom Glück beschieden war, und ich bewohne, während schon das Greisenalter mir seine Züge öffnet, noch immer mein kleines ererbtes Schloß.»

«Es ist Krieg, und Sie könnten es verlieren», sagte Henri. «Trinken wir!»

«Ich trinke, und noch besser würde es mir schmecken, wenn ich das meine schon verloren hätte und aller Sorge darum enthoben wäre. Es ist mir eigentümlich, immer das Schlimmste zu befürchten, und tritt es dann wirklich ein, mich ihm in Geduld zu bequemen. Dagegen ertrage ich nur schwer die Unsicherheit und den Zweifel. Ich bin wahrhaftig kein Zweifler», versicherte der Edelmann.

«Was weiß ich?» wiederholte Henri. Dies hatte der Edelmann vorhin gesagt: jetzt wußte er es nicht mehr.

«Trinken wir!» verlangte er statt dessen. «An der Schwelle des Alters sollte man in jeder Beziehung vorsichtig sein; manchmal aber verstehe ich einen Bekannten meiner Bekannten, der sich, schon ein wenig älter, seine Frau aussuchte an einem Ort, wo jeder sie für Geld bekommt. Damit hatte er die unterste Stufe erreicht, und die ist die sicherste.»

«Trinken wir!» rief Henri und lachte. «Sie sind ein tapferer Mann!» rief er und war ernst. Er meinte das Bekenntnis des Edelmannes über die Religion. Der Edelmann aber verstand es anders.

«Ja, auch ich bin Soldat geworden. Ich wollte meine Männlichkeit erproben. Erkenne dich selbst! Allein die Selbsterkenntnis ist wert, uns zu beschäftigen. Wer versteht denn auch nur seinen Körper? Ich bin müßig, träge und habe schwere Hände; aber ich weiß Bescheid über meine Organe und daher auch über meine Seele, die frei ist und niemandem untersteht. Trinken wir!»

Das taten sie noch eine ganze Weile. Henri stimmte mit ein, als sein Begleiter, den Becher hoch, einen Vers des Horaz sang.

«An Kraft, an Aussehn und an Witz,
An Tugend, Herkunft und Besitz:
Die Ersten mögen mich als Letzten zählen,
Wenn nur die Letzten mich zum Ersten wählen!»

Damit standen sie auf, halfen einander, über das Geröll zu kriechen, und im Freien hielt immer noch einer den anderen beim Arm. Die Geister des Weines verflogen nur allmählich. Henri sagte, wieder in Sturm und Braus: «Aber ich bin und bleibe ein Gefangener!»

«Die Gewalt ist stark», erklärte sein Begleiter. «Stärker ist die Güte. Nihil est tam populare quam bonitas.»

Dies vergaß Henri nie wieder, weil er es gehört hatte, als es sein ganzer Trost war. Gutsein ist volkstümlich, nichts ist so volkstümlich wie Gutsein. Voll Vertrauen fragte er seinen Begleiter:

«Geschehen wirklich alle Handlungen mit dem Kopf nach unten, und wer Handeln sagt, der sagt Verwirrung?»

Beim Klang der Worte, einst von ihm selbst geäußert am Anfang dieses Gespräches, das auf viel unverhoffte Wendungen zurückblickte – bei ihrem Klang besann sich Herr Michel de Montaigne. Er besann sich, wessen Arm er hielt, und ließ ihn los. Er wendete Brust und Gesicht dem Ozean entgegen.

«Unser großer Herr im Himmel», sprach er und trennte jede Silbe ab, «unser Herr würdigt uns selten, fromm zu handeln.»

«Was ist frommes Handeln?» fragte Henri, auch auf das Meer hinaus.

De Montaigne hob sich auf die Zehenspitzen, um auszusprechen, was er ausnahmsweise nicht durch Versenkung in sich selbst erkundete. Ein großer Atem fuhr in ihn und machte ihn redend.

«Nehmen Sie an: ein Heer, ein ganzes Heer kniet hin, und anstatt anzugreifen, betet es. So überzeugt ist es von seiner Bestimmung, zu siegen.»

Auch dies bewahrte Henri bei sich bis zu einem gewissen Tage.

Es war das Ende des Gespräches. Wachen, die ein Offizier anführte, holten sie ins Lager zurück. Sie waren gesucht worden. Man fürchtete schon, der König von Navarra wäre entflohen.

Mit dem Kopf nach unten

Paris inzwischen hatte sich angefüllt mit Herren in seltenen Pelzen und von einem fremdartigen Glanz des Auftretens. Es waren die Polen, die ihren König zu holen kamen, denn wahrhaftig war d'Anjou gewählt worden inmitten ungeheuren Jubels des polnischen Volkes, das sich hierfür auf einem Felde versammelt hatte. Der neue König hätte eilen sollen, was erwartete er noch von der undankbaren Festung, die sich nicht einnehmen ließ. Die Wahrheit, wenn er sie hätte aussprechen dürfen, war, daß er den Tod seines Bruders Karl erwartete. Man ist lieber König von Frankreich als von Polen. Karl, der dies genau wußte, schickte ihm nach La Rochelle einen Boten über den anderen, damit er sich entschlösse. Man wird leichter gesund, wenn niemand mehr da ist, der täglich und stündlich hofft, daß uns das Blut aus den Poren bricht.

Madame Catherine wurde beiden Söhnen gerecht. Ihren Liebling drängte sie zur Abreise, damit der Kranke sich beruhigte. Gleichzeitig sorgte sie vor, damit eintretendenfalls die Rechte des Lieblings gesichert blieben. Der polnische Erfolg, die Sorge um die Nachfolge Karls und dazu ihre Absichten auf Elisabeth von England, der sie verschönte Bildnisse des Mannes mit den zwei Nasen überreichen ließ: alles dies nahm Madame Catherine übermäßig in Anspruch. Sie wußte nicht mehr jeden Augenblick, wo jeder stand und ging. Dies ist aber, wie gerade ihr am besten bekannt war, das Wichtigste, um zu herrschen und andere niederzuhalten. Hätte Madame Catherine den Kopf frei gehabt, das Folgende alles wäre schwerlich geschehen.

Schon die Reise an die Grenze hatte etwas von Unordnung. Der König von Polen mußte unbedingt inmitten des ganzen Hofes bis an die Grenze geleitet werden; aber ein Hof reist beschwerlich, sogar unter gewöhnlichen Umständen. Wie erst, wenn die Gelegenheit erfordert, großartig einherzukommen, und überdies wird von den mitreisenden Polen berichtet werden in Warschau. So viele Kutschen, Reiter, Läufer, die Tiere mit Gepäck, die Lastwagen voll von Lebensmitteln, und dies alles, umgeben von Soldaten, verfolgt von Neugierigen und Bettlern, bewegt sich quer durch das Land, es rattert oder trabt auf Wegen, die tiefe Fahrrinnen haben. Aber solche Dämme getrockneten Lehms zerfließen beim Regen. Wenn es regnet, werden die Kutschen umhüllt, die Reiter verschwinden in ihren Mänteln. Alles hastet, flucht, kriecht in sich zusammen. Kein Volk läuft mehr herbei, um die Mäuler aufzusperren oder in die Knie zu brechen. Weite ungeschützte Ebenen, auf die es niederschüttet, und nur vereinzelte Bauern kommen von den Feldern hoch, mißbilligen den umherziehenden Hof und bücken sich wieder, unter dem Sack, der sie bedeckt. Ehrliche Leute sitzen zu Hause, oder sie arbeiten unter dem Sack. Der Hof zieht umher im Regen wie eine Zigeunerbande.

Jetzt aber zeigt sich die Sonne, und heran naht eine Stadt: da nimmt der Hof sein großes Aussehen an. Die Schutzdecken werden von den Karossen entfernt, die Vergoldungen erscheinen, die aufgeschraubten Kronen blinken, um sie her nicken Federn. Samt und Seide, Glück und Glanz, man hält sich kühn, man lächelt streng oder gnädig. Man zieht ein. Großartig nimmt man entgegen, was geboten wird an Ehrfurcht, gekrümmten Rücken. Glockengeläut. Salz und Brot werden dargereicht von den Schöffen, und auch die geschuldeten Abgaben bezahlen sie unter den Augen der Bewaffneten. Karl der Neunte muß zum Willkommen einen Humpen leeren.

Es bekam ihm nicht gut; der arme König vertrug auf dieser Reise nicht mehr die inhaltsreichen Gefäße, auch nicht das Stoßen der Räder, so wenig wie den Lärm und die Berührung der Menge. Er vertrug vor allem nicht seine Erinnerungen, und sie verließen ihn nicht: sie reisten mit, so weit es fortging von Schloß Louvre. Daher schwieg er zu den feierlichen Anreden. Er blickte mißtrauisch aus den Winkeln auf alles, was noch herandrängen wollte; denn von jetzt bis an das Ende mußte er allein sein.

Sie schleiften ihn mit, über Wege und Stege, durch vielerlei Gedränge, obwohl er ihrer aller überdrüssig war und sie seiner. Abgemagert und wieder bleich von Angesicht, fühlte er gegenüber allem, was vorkam, denselben Abstand wie einst als blasser hochmütiger Knabe und wie auf seinen Bildern.

Er gelangte nicht mehr an die Grenze seines Königreiches. An einem Ort namens Vitry mußten sie ihn zurücklassen. Sie hatten ihn mißbraucht, um ihre Bartholomäusnacht zu machen. Sie ließen ihn krank in Vitry, sie geleiteten weiter seinen Bruder d'Anjou. Nur sein Vetter Navarra blieb bei ihm zurück, der aber hatte seine Gründe: Karl erriet, welche. Er wollte natürlich entweichen. Er nahm wohl an, daß um dieses Krankenbettt nicht mehr die Spione schlichen. Die Wagen mit den Ehrenfräulein waren abgefahren, die alte Königin paßte gerade nicht auf ihn auf. Warum entfloh er nicht nach dem Süden? Er hatte größere Pläne, vielmehr sinnlose. Er hatte sich bestimmen lassen, mit Vetter Franz nach Deutschland auszurücken. Die protestantischen Fürsten warteten doch nur auf diese beiden. Mit ihnen zusammen wollten die Vettern einfallen in das Königreich, und Vetter Franz sollte den Thron besteigen, bevor sein Bruder d'Anjou zurück sein konnte aus dem fernen Polen. Mit Karl rechneten sie schon lange nicht mehr. Zwischen Soissons und Compiègne geschah es: da wollten d'Alençon samt Navarra durchgehn und wurden gefaßt.

Madame Catherine begriff plötzlich, daß ihre äußeren Staatsangelegenheiten sie abgelenkt hatten von der häuslichen Überwachung. Zu ihrem kranken Sohn sagte sie: «Du warst die ganze Zeit, während ich an die Grenze reisen mußte, mit dem Zaunkönig allein und hast nichts bemerkt. Du wirst niemals der Herr!» Denn wozu jetzt noch Schonung; seine Tage waren gezählt.

Karl lag aufgestützt, den Kopf in der Hand. Er betrachtete auch seine Mutter nur aus dem Winkel, und eine Antwort gab er nicht. Er hätte sagen können: Ich wußte es. Aber er hatte, anders als die Reisenden, die Grenze erreicht, und dort schwieg er.

Madame Catherine wendete sich nicht mehr an ihn, sie sprach zu sich selbst. «Im letzten Augenblick konnte ich die bösen Ausreißer einfangen, weil endlich jemand mit der Sprache herausrückte.» Wer das war, sagte sie nicht. Soeben wurde an die Tür geklopft, und draußen verlangte Navarra, als wäre nichts geschehen, zum König vorgelassen zu werden. Statt dessen hörte er die Königinmutter den Befehl geben, man sollte ihm ausrichten, daß der König schliefe. Sie sprach laut, durchaus nicht wie im Zimmer eines Schlafenden. Eine große Anzahl von Edelleuten waren zugegen bei dieser offenen Demütigung. Man sah Navarra mit gesenkter Stirn ganz schnell nach seinem Zimmer gehen. Dort aber waren Schloß und Riegel entfernt; Offiziere konnten jederzeit eintreten und unter die Betten sehen. Sie taten dies sowohl bei dem König von Navarra wie bei dem Herzog von Alençon; und diese Leute gehörten zu den hauptsächlichen Ausführern der Bartholomäusnacht. So war damals in Soissons die Lage.

D'Armagnac, der bei seinem Herrn im Zimmer schlief, mußte sich durchsuchen lassen, sooft er zurückkam. Aber nicht nur er – die Königin von Navarra wurde angehalten, als sie zu ihrem Gemahl wollte. Zuletzt bekam sie die Erlaubnis, bei offener Tür mit ihm zu sprechen. Wegen der Horcher sprach sie leise und überdies lateinisch.

«Mein lieber Herr, Sie haben mich tief gekränkt», sagte sie sanft und traurig. «Ich, die ich so viel getan habe, um Sie zu retten! Sogar die Ärzte glaubten mir, daß ich schwanger wäre! Ach! ich war es nicht, und mir ahnt, daß ich es niemals sein werde. Als es mir an der Zeit schien, trug ich sogar einen dicken Bauch. Meine Mutter indessen ist nicht so leicht zu betrügen wie die Ärzte, und ich will nicht davon reden, was mir zustieß. Während ich aber einzig und allein auf Ihr Wohl bedacht war, was planten Sie?»

«Gar nichts», versicherte Henri leichthin. «Was sollte ich geplant haben? Siehst du nicht, daß deine liebe Mutter nur einen Vorwand sucht, mich zu töten?»

«Mit Recht», entschied Margot – eine andere Margot, die Prinzessin von Valois. «Denn Sie sind ein Feind unseres Hauses, das Sie stürzen wollen.» Die andere Margot war erzürnt durch seine Unaufrichtigkeit und hatte eine harte Stimme.

Um so leichter blieb Henri. «Ah! Du glaubst an diese Verschwörung? Den dicken Nassau sollte ich ins Land gerufen haben!» Er blies die Backen auf und ahmte auch sonst auf das täuschendste einen beleibten Mann nach. Sie lachte darüber nicht, ihre schönen Augen weinten.

«Sogar mich belügst du, noch jetzt!» brachte sie hervor.

Er leugnete weiter, er scherzte dreist, bis sie ganz die Geduld verlor. Wütend rief sie und diesmal in der Volkssprache: «Dumm bist du, nichts als dumm! Läßt dich mit meinem Bruder d'Alençon ein und denkst, er würde dein Geheimnis bewahren.»

«Er hat es streng bewahrt», behauptete Henri, nur um sie in Versuchung zu führen. Sie verlor denn auch ganz die Haltung, warf den Oberkörper nach vorn und schrie: «Verraten hat er dich!» Darauf reizte er sie noch mehr.

«Höchstens einer einzigen Person – die ich kenne.» Margot schnell und unbedacht: «Dummkopf, ich kenne sie besser. Sie hat sich nicht lange besonnen und alles ihrer Mutter hinterbracht.»

Das war ihr Geständnis. Sie selbst war die Angeberin. Nach dieser Preisgabe wurde ihr angst und bange, sie zog sich gegen die Tür zurück. Er aber, kein Gedanke, daß er sich an ihr vergriffen hätte. Wohlgelaunt rief er hinüber: «Jetzt weiß ich's wirklich! Du hast es von La Mole.»

Dieser La Mole gehörte zu den schönen Männern, die auf ihre Gliedmaßen stolz sind, wie Guise. Margot hatte für ihn eine Schwäche, immer sollte sie zu der gleichen Art von Männern zurückkehren. Das begriff Henri, darum nannte er La Mole – als wäre Margot schon jetzt mit ihm eng genug verbunden, daß er sie hätte einweihen können in das Geheimnis seines Mitverschworenen d'Alençon, womit sie dann ungesäumt zu ihrer Mutter gelaufen wäre. So klang es, und dies alles warf er ihr lachend an den Kopf, als er zu ihr hinüberrief: «Du hast es von La Mole!»

Sie biß sich in die Lippen; sie dachte: ‹Du hast es gewollt, du wirst ein Hahnrei werden.› Dies einmal beschlossen, bekam sie ihre Sanftmut wieder. Ging hin, beugte ein Knie und bat: «Mein lieber Herr, es möge nichts zurückbleiben zwischen uns beiden von diesem unbedeutenden Mißverständnis.»

Sie ging. Er sah ihr nach und dachte an seine Rache wie sie an die ihre.

Eile! Eile! Die Verschwörungen folgten einander unaufhaltsam, wie die Tage des Schlosses Louvre, wie die Monate, und bald sind es Jahre. Ein großer Schlag ist vorbereitet für einen Morgen im Februar, der Hof hält sich gerade in Saint-Germain auf. Henri und sein Vetter Condé reiten zur Jagd und werden nicht mehr zurückkehren. Das Königreich wird aufstehen, alle «Gemäßigten» warten schon, Katholiken wie Protestanten. Gouverneure von Provinzen machen mit, eine Garnison ist gewonnen. Die Prinzen brauchen nur hinzureiten mit fünfzig Pferden und sind in Sicherheit. Anstatt dessen: Verhaftung, Zusammenbruch, die notgedrungene armselige Absage Navarras an alle Unternehmungen wie diese, und der Schwur, künftig anderen Empörern nicht mehr beizustehen, wenn sie die Ruhe stören wollen; im Gegenteil soll er in Treue fest gegen sie vorgehen. Das alles unterschreibt Henri und glaubt es nicht einmal so lange, als er die Feder hält. Ebensowenig glaubt Madame Catherine es ihm. Der Zaunkönig ist nun einmal ein unruhiger Kopf und fast so verrückt wie ihr Sohn d'Alençon, der am entscheidenden Tage nicht mit zur Jagd reitet, sondern im Bett liegt. Verlaß ist nur auf die Uneinigkeit der Verschworenen, und dann auf den Verräter, der nie ausbleibt. Immer findet sich einer, der alles anzeigt. In Saint-Germain ist es La Mole, der Mann mit den schönen Gliedmaßen, durch den der König von Navarra jetzt glücklich ein Hahnrei geworden ist. Was La Mole verschweigt, enthüllt der Mann mit den zwei Nasen, damit er nur aus der Sache kommt.

Madame Catherine verzieh ihm dann wirklich: er war ihr Sohn und überdies nicht ernst zu nehmen. Schonend aus Geringschätzung behandelte sie auch den Prinzen von Condé, ließ ihn abziehen, damit er die Provinz Picardie für den König regierte. Er statt dessen entwich nach Deutschland: das war ihr einerlei. Nein, Madame Catherine mißtraute in Wahrheit nur einem einzigen, den sie mit scheinbarer Verachtung den Zaunkönig nannte. Ein Zaunkönig ist ein kleines Vögelchen, ihr aber war er noch immer nicht klein genug. Auf die Trennung seiner Ehe hatte sie verzichtet, seitdem ihre Tochter ihn betrog. Das sollten seine frommen Hugenotten nur erfahren, gewiß stieg er in ihrer Schätzung! Was sie wohl von ihm hielten oder hofften? Um sein Leben zu retten, war er wieder einmal katholisch geworden. Den Rest seines guten Rufes verausgabte er in kopflosen Unternehmungen und schwor sie ab, eine nach der anderen, sooft sie mißlangen. Die tiefste Stufe erreichte Navarra, als er, um den König zu verraten, zusammenging mit dem Geliebten seiner Frau.

Der Hof lag damals in Vincennes; der Raum, sich zu bewegen, war hier noch geringer für alle, auf die Madame Catherine ein Auge hatte. Trotzdem ließen sie sich in neue Pläne ein, vielmehr in dieselben wie immer: Flucht, Aufstand, die Hilfe deutscher Truppen – diesmal aber ging das Unternehmen sogar von dem Verräter selbst aus. Derselbe La Mole, der sie erst kürzlich ausgeliefert hatte – ihm überließen sie sich. In Saint-Germain hatten sie ihn kennengelernt, in Vincennes war es schon vergessen. Was ist das? Mag d'Alençon verrückt sein und Henri erbittert, weil er demütigende Erklärungen hat abgeben müssen. Gleichviel, so handelt niemand im wachen Zustand, an einem Hof, wo jeder sich unter Aufsicht weiß, besonders aber Navarra und Vetter Franz – davon nicht erst zu reden, daß sie auch einander nicht trauen. Aber es gibt nun einmal einen leeren Trieb des Handelns, der ganz wie ein unruhiger Schlaf ist. Beide jungen Leute sind darüber belehrt, wer La Mole ist: ein Verräter von Natur, und noch dazu der Freund der Prinzessin, die immer im Banne ihrer furchtbaren Mutter stehn und ihr alles hinterbringen wird. Hat Margot ihren

Liebhaber vielleicht sogar angestiftet, und zwar auf Befehl ihrer Mutter? Madame Catherine will endlich wissen, wer alles bereit ist, zu verraten, und wie der Verein und die Tat ihrer Feinde aussehen, wenn sie ihnen erlaubt, heranzureifen bis zum blutigen Ende und Strafgericht.

Der Verein sah aber so aus: zwei junge Prinzen, die aus verschiedenen Gründen Kopf standen und auf den Händen liefen, wobei man das Blut in den Augen hat und nichts sieht. Dazu mehrere große Herren, von der Art, die sich für besonders vernünftig, maßvoll und treu hält. Wollen mehr verstehen als eine kluge alte Königin und beweisen es dadurch, daß sie in demselben Verein sitzen mit Abenteurern, einem Alchimisten, einem Astrologen, einem Spion. Dieser letzte unterrichtet Madame Catherine von Tag zu Tag, und das waren Tage, wie Madame Catherine sie liebte: voll geistiger Spannung und der glücklichen Überlegenheit einer Katze, die unsichtbar über das Vögelchen wacht. Endlich hat es lange genug sinnlos gehüpft und will die Flucht antreten: da schlägt die Tatze zu.

Der Herzog von Montmorency, ein Verwandter des seligen Admirals, sowie Marschall Cossé verschwanden in der Bastille. Hingerichtet in aller Öffentlichkeit auf dem Grèveplatz wurden die beiden Rädelsführer, ein italienischer Verschwörer, und mit ihm, besonders erheiternd für eine Kennerin wie Madame Catherine, dieser La Mole, ihr eigenes Werkzeug, ohne daß er es gemerkt hatte. War auch das Freundchen ihrer verliebten Tochter gewesen, und die gab an, als sein Kopf fiel! Zumindest erinnerte sie an eine Witwe aus Morgenland. Margot holte sich den abgeschlagenen Kopf, ließ ihm Einspritzungen machen, damit er erhalten blieb in all seiner männlichen Schönheit; setzte ihm auch Edelsteine ein; und so führte sie ihn überall mit sich, so lange bis ein neuer Mann sie rührte und hinriß. Da hatte sie den Kopf vorsorglich begraben in einem Kasten aus Blei.

Was die anderen Verschworenen betraf, sind Astrologen geeignet, das Firmament nach den Geschicken der Großen zu durchforschen; Alchimisten ihrerseits sollen die Zukunft bestimmen aus den Dämpfen der Metalle. Madama Catherine gewann es nicht über das Herz, zwei so sehr Eingeweihte zu töten. Sie nahm ohne weiteres an, daß die Weisen ihre Mitverschworenen zwar getäuscht hatten, ihr selbst aber würden sie verläßlich wahrsagen.

Anders verfuhr sie mit ihrem Schwiegersohn Navarra. Gut, auch ihr alberner Sohn d'Alençon mußte beschämende Verhöre erdulden und den Gefangenen vorstellen. Ihren Zaunkönig aber nahm die alte Frau zu sich in ihre Kutsche. Behaglich liebevoll das Aug auf ihm, in Stunden heiteren Genusses fuhr sie ihn zurück nach Paris und in das Schloß Louvre. Er hatte vermeint, es nicht so bald wieder zu betreten. Jetzt fand er die Fenster seines Zimmers vergittert – und wem, wem wurde seine Person eigens anempfohlen? Seinem guten Freund, dem Hauptmann de Nançay. Der Gefangene war wohl aufgehoben.

Er erkannte es und besann sich. Dies war der Ruck des jähen Aufenthaltes nach zu viel ungeordneter Bewegung. Ein Zittern der Trostlosigkeit befällt nachträglich die Glieder, und der Kopf ist müde wie noch nie.

«Sire!» riet d'Armagnac. «Liegen Sie nicht zu viel auf dem Bett! Tanzen Sie, und vor allem zeigen Sie sich! Wer sich abschließt, erweckt Mißtrauen, und davon trifft Sie schon genug.»

Henri erwiderte: «Mit mir ist es aus.»

«Es hat für Sie noch nicht einmal angefangen», verbesserte der Erste Kammerdiener.

«Man kann nicht tiefer sinken», klagte der Unglückliche. «Ich habe die unterste Stufe erreicht – und die ist die sicherste», setzte er merkwürdigerweise hinzu. Sein d'Armagnac fand die Rede unzusammenhängend. Henri fragte ihn tatsächlich: «War ich denn geistesgestört? – Warum», fragte er weiter, «habe ich das alles getan? Ich wußte doch, wie es ausgehen muß.»

«Vorher weiß es niemand», wandte d'Armagnac ein. «Der Zufall entscheidet.»

Henri sagte: «Es sollte aber entscheiden mein Verstand, und wo hatte ich ihn? Unsere Umtriebe verwirren uns den Geist, je tiefer wir uns in sie einlassen. Das kommt, weil andere mit drin sind, und die sind ungewiß. Sogar ich selbst werde davon ungewiß. Glaube mir, d'Armagnac, die meisten Handlungen geschehen mit dem Kopf nach unten.»

Sehr verwundert bemerkte d'Armagnac: «Das ist nicht Ihre Sprache, Sire.»

«Ich habe es von meinem Edelmann, den ich kannte vor La Rochelle. Seine Worte hatten mich zuinnerst getroffen, und das Unbegreifliche ist grade: kaum gehört, vergaß ich sie und stürzte mich in Handlungen, die das Bewußtsein trüben.»

«Denken Sie nicht mehr daran», riet der Erste Kammerdiener.

«Im Gegenteil, ich will es nie vergessen.» Henri verließ das Bett, er stand und sprach gradeaus: «Keine gleichen Befehlshaber neben mir! Künftig werde ich selbst mein eigener General sein.»

Damit zog er allerdings einen höchst eigenen Schluß aus dem Satz, daß die meisten Handlungen mit dem Kopf nach unten geschehen. Der Edelmann von La Rochelle hätte für seine Person nicht so gefolgert. Indessen war gerade ihm bewußt, daß alle Wahrheiten doppelt sind, und Beispiele des Altertums vermittelten ihm die Geistesart eines Zwanzigjährigen, der keine schweren Hände hat. Der greift Gedanken wie Bälle, der springt, der kann ein Pferd satteln. «Ich – am Anfang des Alters, er – das Urbild der Jugend, die ich zurücklasse und wenig gekannt habe: so dachte Michel de Montaigne dort hinten in seiner Provinz, denn auch er hatte nichts vergessen von dem Gespräch am Meeresstrand.

Der Tod und die Amme

Karl der Neunte wäre nächsten Monat vierundzwanzig geworden; aber diesen einunddreißigsten Mai 1574 lag er und mußte sterben. Es geschah in Vincennes.

Alle waren darüber unterrichtet, daher erbebte das Schloß von Unruhe, und öfter artete sie in Lärm aus. Die Parteigänger des Königs von Polen behaupteten, er würde schnell genug eintreffen hier im Lande, um alle Verräter zu bestrafen; und so nannten sie die Anhänger des Mannes mit den zwei Nasen. Daher erhobene Stimmen und das Klirren von Waffen, aber das war nicht alles. Unter den Gewölben wurde laut kommandiert, alle Ausgänge waren besetzt, und besonders hallten die schweren Schritte der Wachen vor den beiden Türen, die Madame Catherine am strengsten beaufsichtigte. Diese verbargen ihren Sohn d'Alençon und den Zaunkönig – die wohl daran taten, drinnen zu bleiben und sich bewachen zu lassen. Einmal hervorgetreten, wäre keiner von ihnen weit gelangt. Jeder aufrührerische Zuruf ihrer Freunde hätte sie augenblicklich in Gefahr gebracht. Heute regierte der Tod, denn der König starb. Seine Mutter hatte ihn zuletzt noch bis Vincennes geschleppt. Dies Schloß war übersichtlicher als der Louvre. Weder ein unberechenbares Volk noch die Gegner ihres Lieblings d'Anjou konnten hier dazwischenkommen, wenn sie ihn ausrufen ließ. König! – schon der dritte Sohn. Heute starb der zweite, an der Reihe war der dritte, und noch einen vierten hatte sie im Rückhalt. Wenn jeder nur etwas vorhielt, konnte Madame Catherine ihnen weiter die Sorgen des Reiches abnehmen und konnte bleiben, die sie war – auf immer, meinte sie. Denn für Tatkräftige ist alles Gegenwart; das Künftige wie das Gewesene verschwinden darin. Karl der Neunte zum Beispiel hat nie gelebt, da er ja sterben muß. Seine Mutter war die letzte, sich um ihn noch zu kümmern. Er lag allein.

Der Arzt war gegangen, nachdem er den Sterbenden eingewickelt hatte in Tücher, die bestrichen waren mit Balsam, zur Stillung der Blutungen. Karl hatte aber begriffen, daß der Arzt nicht im geringsten mehr hoffte, das Versickern könnte aufhören. Nur den Kranken wollte er verschonen mit dem Anblick, wie auf seiner Haut überall die roten Lachen sich bildeten – und er sollte sich selbst auch nicht riechen. Der Duft des Balsams verdeckte den Blutgeruch – eine Zeitlang nur, dachte Karl, und selbst während sein Verband noch frisch war, schnupperte Karl und verlor nie aus dem Sinn, wie sein letztes Stündlein roch. Er war ein starker junger Mann gewesen. Zum Sterben blieb ihm die ganze Kraft, die das Leben von ihm nicht mehr empfangen wollte: die Kraft des Erkennens, die Kraft der Haltung.

Er dachte: ‹Ambroise Paré, mein Arzt, hat einst den Admiral verbunden. Mit dem Admiral wäre auch der Arzt umgekommen, er entkam nur über das Dach. Wer noch über das Dach entkommen könnte! Ich weiß, ich weiß; und soviel wüßte ich keineswegs, wäre nicht durch meine Schuld der Admiral getötet worden. Ich weiß, warum draußen Lärm ist. Warum ich unter großen Schmerzen hierher gefahren worden bin. Warum ich jetzt allein liege und niemand mehr nach mir fragt.› – «Ich muß sterben», sagte er hörbar.

«Das ist wahr, Sire», antwortete seine Amme. Sie saß auf einer Truhe und strickte. Als ihr Pflegling die Augen öffnete und sprach, stand sie auf; sie wischte ihm das Gesicht ab. Das Tuch ließ sie ihn nicht sehen.

«Es ist gut, Amme, daß du nicht redest wie der Arzt und mich täuschen willst. Ich weiß, und ich stimme zu: sonst habe ich nichts mehr, mich zu bewähren. Ich will nicht sein wie andere, die zuletzt noch aus dem Bett springen, schreien und zu entlaufen versuchen. Wohin wohl, und warum denn? Obwohl ich sicherlich Kraft genug hätte, aufzustehen, den Hof und meine Mutter zu überraschen in meinem weißen Linnen, mit meiner blutigen Stirn, und alle in die Flucht zu jagen.»

«Du bist der König!» erinnerte sie ihn freudig, voll unbedachter Hoffnung. Denn sie allein fiel von ihm nicht ab. Vierundzwanzig Jahre weniger einen Monat war sie durch ihn eine Person von Rang gewesen. Hatte auch Land genug ankaufen können, daß sie für ihre Zukunft versorgt war; und sie stand erst in den vierziger Jahren, eine schöne und derbe Frau. Aber dir stirbt nicht dein König, ohne daß du, Amme, ihn ein Stück begleitest in das Dunkel. Ja, seine letzten Bewegungen und seine Abschiedslaute schließen sich an sein erstes Tasten und Eingangsweinen. Damals hieltest du ihn auf deinen Schenkeln, die sich stolz spannten, und an deinem vollen Busen. So meinst du, Amme, ihn zuletzt wieder zu tragen.

Nicht schreien noch entlaufen, hatte er beschlossen, statt dessen aber seufzte er, stöhnte und äußerte Schrecken. Sah er doch Geister, jetzt schon am hellen Tag, und hörte wilde Stimmen, die nicht von Lebenden waren. «Ach, Amme! Wie viel Blut, wer alles gemordet ist! Ich war schlecht beraten. Daß Gott mir verzeih und barmherzig sei!»

«König! Hast du uns Protestanten gehaßt? Nein; denn du hast unseren Glauben eingesogen mit meiner Milch. Sire, alles Blut der Gemordeten kommt über jene, die sie gehaßt haben. Du warst ein unschuldiges Kind, dir rechnet Gott nichts an.»

«Was hat man aus deinem unschuldigen Kind gemacht!» klagte dagegen er. «Ist es zu verstehen? Ich – nichts, was ich getan habe, gehört eigentlich mir, und nichts Gewesenes kann ich mitnehmen. Vor Gott, wenn er mich dann fragt nach der Bartholomäusnacht, werde ich hilflos antworten: Herr! Ich verschlief sie wohl.»

Seine Stimme sank herab zum Geflüster, der Kranke schlummerte ein. Die Amme trocknet ihn mit einem frischen Tuch, und jetzt breitet sie es aus. Sein Gesicht war blutig darin abgedrückt.

Da er tief und hörbar atmete, zog sie ihm unter dem Kopf das Kissen fort, so daß er flach in ganzer Länge lag, und hierauf tat sie etwas, das er ebensowenig hätte bemerken dürfen wie das blutige Tuch: sie nahm ihm Maß. Mit höchster Sorgfalt maß sie den Körper ihres Königs, den ich nach ihrem Amt und Vorrecht sollte in den Sarg betten, wie zu Beginn in die Wiege. Ihr fiel eins nicht schwerer als das andere: sie war eine kräftige Frau. Er dagegen wog jetzt wieder leicht. Lange Zeit hatte sie ihn immer nur zunehmen gesehen an Umfang und Gewicht. Vorübergehend war er hochrot von Farbe gewesen, seine Bewegungen luden aus, seine Stimme dröhnte. Sie betrachtete ihn, der jetzt wieder schmal und bleich, bald auch ganz still war. Zwischen Anfang und Ende hatte er das Blut vieler Menschen vergossen, das seine aber war langsam aus ihm getreten. Sie fühlte: beides war geschehen unaufhaltsam, für unerkennbare

Zwecke. Übrig bleibt: Ich Amme leg ihn in die Truhe. Sie billigte alles, wie es war, sie behielt die Augen trocken.

Der Abend hatte sich niedergelassen, der Abend vor Pfingsten: da erwachte Karl. Die Amme erkannte es an seinem Atem allein. Sie machte Licht und sieh, sein Bluten hatte aufgehört. Dafür war er jetzt überaus schwach, mit Anstrengung erhob er die Hand, um ihr zu bedeuten, was er wollte. Sie verstand nicht, obwohl sie ihn aufsetzte und das Ohr an seine Lippen legte. «Navarra», hauchte er, und sie erriet es.

Sie rief den Befehl des Königs zur Tür hinaus, die Wachen gaben ihn weiter, und jemand lief, ihn zu überbringen. Nicht zu Henri eilte der Offizier, sondern natürlich zu Madame Catherine. Sie war denn auch die erste, die anlangte bei ihrem sterbenden Sohn. Die Amme hatte ihm das Gesicht gewaschen; es schien weiß wie Stein und unsäglich abweisend gegen jede Zudringlichkeit der Lebenden. Madame Catherine, mit der blutwarmen Natur einer Mörderin, stößt auf Fremdes, gar nicht Geheures. So sterben die sonst nicht. Zu vornehm! Kenn ich nicht. Ist nie aus meinem Schoß gekrochen! Nur gut, daß noch jemand hier erwartet wird.

Henri Navarra indessen ging einen Weg der Ängste – durch enge gewölbte Gänge, starrend von Bewaffneten. Ihm wurde kalt bei all dem entblößten Eisen, den Arkebusen, Hellebarden, Partisanen. Er erkannte den Tod, nicht anders als Karl selbst – hatte aber dabei all sein Blut, sowie die Füße zum Entlaufen. Wirklich stockte er und wäre umgekehrt. Kam dennoch an, trat ein und ließ sich auf die Knie. Von der Tür bis an den Fuß des Bettes ging Henri auf den Knien. Hier vernahm er, was Karl hauchte. «Mein Bruder, jetzt verlieren Sie mich, aber Sie selbst wären längst nicht mehr am Leben. Ich allein habe den anderen abgeschlagen, was sie vorhatten. Dafür wollen Sie sich künftig meiner Frau und meines Kindes annehmen. Künftig», wiederholte er – und so leise er sprach, das Wort hallte. ‹Er weiß, daß ich soll König von Frankreich sein! Wer stirbt, sieht in die Zukunft.›

So ist es, daher ein großes Unbehagen bei Madame Catherine. Horoskope und Dämpfe der Metalle stehen allerdings gegen das Wort des Sterbenden. Gleichwohl sind solche Worte folgenschwer, darum aufgepaßt! Karl ringt, um Henri noch eins zu hinterlassen. Es soll eine Warnung sein, das ist ihm anzusehen. «Trau nicht meinem –» beginnt er, da fährt sie schon hinein. «Sag das nicht!» Weil nun Karl endgültig erschöpft war und zurück auf das Kissen fiel, blieb unentschieden, wen Henri mehr zu fürchten hatte, ob d'Anjou, der ihn haßte, oder d'Alençon, seinen eigenen unsicheren Gefährten. Er beschloß, sich vor beiden zu hüten.

Madame Catherine verließ das Sterbezimmer, als sie sich überzeugt hatte, daß Karl nicht mehr sprechen würde. Henri harrte, immer kniend, solange aus, bis der Todeskampf begonnen hatte.

Bei ihrem Pflegling blieb schließlich allein zurück die Amme. Über ihn geneigt, fing sie seine Seufzer auf – nicht als hätte sie gefühlt mit dem, der selbst nicht mehr fühlte, sondern einfach, damit sie genau feststellte, wann der letzte abbräche. Sie wußte wohl: In diesem vergehenden Geist gespensterte nur noch das Früheste, lang Vergessene, niemandem bekannt als ihnen beiden. Ihr fiel es wieder ein zugleich mit ihm, und dem Entschlafenden zur Seite kehrte sie in alte Tage zurück. Nur seine kurzen Seufzer bewegten seine Lippen, dennoch verstand sie «Wald», dennoch verstand sie «Nacht», und «müde». Das Kind hat sich verirrt im Wald von Fontainebleau, jetzt fürchtet es sich im Dunkeln. Vorzeiten geschah dies, und geschieht zuletzt nochmals. Sie summt statt seiner die Worte. Eintönig wiederholte Worte fügen sich ungewollt aneinander, und sie summt:

«Mein Kind, es ist schon kalt,
Es wird schon Nacht, du Kind,
Es ist schon Nacht im Wald,
Es ist schon kalt im Wind.»

Summt es lange, schläfert auch sich damit ein.

«So klein, findst keinen Weg –»

Hier merkt sie insgeheim: etwas ist eingetreten.

«So müd und keine Ruhe –»

Bei Gott, es war der letzte, war sein letzter Seufzer. Sogleich richtet sie sich auf, und seine Lider schließend spricht sie stark:

«Ich Amme aber leg
Dich in die sichere Truhe.»

Moralité

Le malheur peut apporter une chance inespérée d'apprendre la vie. Un prince si bien né ne semblait pas destiné à être comblé par l'adversité. Intrépide, dédaignant les avertissements, il est tombé dans la misère comme dans un traquenard. Impossible de s'en tirer: alors il va profiter de sa nouvelle situation. Désormais la vie lui offre d'autres aspects que les seuls aspects accessibles aux heureux de ce monde. Les leçons qu'elle lui octroie sont sévères, mais combien plus émouvantes aussi que tout ce qui l'occupait du temps de sa joyeuse ignorance. Il apprend à craindre et à dissimuler. Cela peut toujours servir, comme, d'autre part, on ne perd jamais rien à essuyer des humiliations, et à ressentir la haine, et à voir l'amour se mourir à force d'être maltraité. Avec du talent, on approfondit tout cela jusqu'à en faire des connaissances morales bien acquises. Un peu plus, ce sera le chemin du doute; et d'avoir pratiqué la condition des opprimés un jeune seigneur qui, autrefois, ne doutait de rien, se trouvera changé en un homme averti, sceptique, indulgent autant par bonté que par mépris et qui saura se juger tout en agissant.

Ayant beaucoup remué sans rime ni raison il n'agira plus, à l'avenir, qu' à bon escient et en se méfiant des impulsions trop promptes. Si alors on peut dire de lui que, par son intelligence, il est au dessus de ses passions ce sera grâce à cette ancienne captivité où il les avait pénétrées. C'est vrai qu'il fallait être merveilleusement équilibré pour ne pas déchoir pendant cette longue épreuve. Seule une nature tempérée et moyenne pouvait impunément s'adonner aux mœurs relâchées de cette cour. Seule aussi elle pouvait se risquer au fond d'une pensée tourmentée tout en restant apte à reprendre cette sérénité d'âme dans laquelle s'accomplissent les grandes actions généreuses, et même les simples réalisations commandées par le bon sens.

Die Blässe des Gedankens

Ein unerwartetes Bündnis

Was war es mit Margot? Plötzlich erklärte sie sich bereit, beiden, dem König von Navarra und ihrem Bruder d'Alençon, zur Flucht zu verhelfen. Einer von ihnen sollte als Frau verkleidet neben ihr in der Kutsche sitzen, wenn sie aus dem Louvre fuhr. Sie hatte das Recht, eine Begleiterin mitzunehmen, und diese durfte eine Maske tragen. Da die Flüchtlinge aber zwei waren und keiner weichen wollte, unterblieb der Plan, wie andere mehr. Übrigens hatte Henri nie an ihn geglaubt, zu viele waren mißlungen. Er fand Margot in ihrem Eifer reizend und sagte daher nicht nein. Sie bereute beim Anblick seines großen Unglücks, daß sie selbst ihn eines Tages ihrer Mutter verraten hatte. Das rührte ihn, obwohl er auch ihren persönlichen Beweggrund durchschaute. Sie wollte sich rächen an Madame Catherine für den Tod ihres La Mole.

Sogar während der feierlichen Beisetzung Karls des Neunten, vierzig Tage nach seinem Tode, hatte Henri nichts anderes im Kopf, als durchzubrennen, und dann noch einmal, als eine Barke ihn vom Louvre abholen und über den Fluß bringen wollte. Damals versetzte das Mißlingen ihn in helle Wut, er stieß die unklugsten Drohungen aus – womit dann aber alles aus war. Fortan konnten sie ihm mit den verlockendsten Erfindungen kommen. Ein beruhigter Navarra antwortete ihnen. Keine Spur mehr von frischen Entschlüssen. Beredet man aber die Dinge zu lange, wird alles zweifelhaft, und zwar sowohl in Hinsicht der Ausführbarkeit wie der Wünschbarkeit. Dies gilt nicht nur für Fluchtpläne, sondern für sämtliche Gegenstände des Lebens. Navarra besprach sich viel und mit allen. Nachts hatte er dafür die Frauen, bei Tag die Männer. Jeder konnte glauben, er würde von Navarra unterhalten oder gefoppt oder ehrerbietig angehört. Bei den einen galt er für den lustigsten Herrn des Hofes, andere suchten in ihm erhabene Gefühle, indes er sie an der Nase führte. Sogar seine seltenen Aufrichtigkeiten waren bestimmt, weitererzählt zu werden und ihm Vorteil zu bringen. Wo er nur konnte, äußerte er Bewunderung für Madame Catherine. Wenn man ihn hörte, war die Bartholomäusnacht ein Meisterstück. Zweifelhaft erschien nur, wo das Genie der Königin größer hervortrat: ob darin, daß Jeanne und Coligny sterben mußten, oder vielmehr darin, daß Henri leben durfte. «Bei zunehmender Einsicht», sagte er, «wird mir auch das noch klarwerden. Bis jetzt weiß ich zwar nicht, warum ich lebe. Meine Mutter aber und der Admiral sind für wohlerwogene Zwecke geopfert worden. Ein Narr würde Rache brüten. Ich bin nur jung und lernbegierig.»

Dies erfuhr die Alte, und mochte sie es ihm höchstens zur Hälfte glauben, gerade seine Unzuverlässigkeit gewann ihm ihr Herz. Er wieder wurde von ihr angezogen, gerade weil sie ihn in ihrer Gewalt hatte. Beide spannten und unterhielten einander, wie nur die Gefahr. Einige Male ließ sie es zwischen ihnen zu den sonderbarsten Vertraulichkeiten kommen. Eines Abends gestand sie ihm ausdrücklich, daß er bei weitem nicht ihr einziger Gefangener wäre. Frei war nicht einmal der König, ihr Lieblingssohn. Sie hielt ihn durch Zaubertränke – sagte sie und zwinkerte.

König Henri, dritter dieses Namens, war aus Polen hergereist unter Verkleidungen. In Deutschland hätten sie ihn fangen können. Das war nicht geschehen, hier aber in seinem eigenen Schloß Louvre war er der Gefangene seiner Mutter und ihrer Italiener, die sich aufgeschwungen hatten sowohl zum Kanzler wie zum Marschall. Nur Fremde – auch dies gestand sie ihrem Freunde Navarra, während der nächtliche Wind des dreißigsten Januar an den Scheiben klirrte – nur Fremde sollen eine Nation führen. Der ausländische Abenteurer fürchtet niemals, ihr Blut zu vergießen. Soll sie verrecken, wenn er sie nicht führen kann. Das ist aber das Gesetz, das über sie verhängt ist, sonst werden Nationen leichtsinnig infolge von Wohlfahrt. Besonders die Franzosen verfassen gern Spottschriften. Besser, den Leuten schaudert es, als daß sie lachen! «Das ist wahr, Madame!» rief Henri begeistert. «Und ich frage mich nur, wie Sie denn alle Ihre zugewanderten Landsleute mit Grundbesitz belohnen wollten, gäbe es nicht das gute Mittel, daß Sie die französischen Eigentümer im Gefängnis erdrosseln lassen.»

Madame Catherine kniff ein Auge zu, womit sie die Richtigkeit bestätigte.

«Einer der Erdrosselten, dessen Güter Sie einzogen, war sogar der Sekretär Ihres Sohnes, des Königs, gewesen.»

«Sag es ihm nur! Noch hat niemand den Mut gehabt.» So sprach die alte Königin, denn auf der Höhe der Vertraulichkeit duzte sie den Zaunkönig. Sie gab ihm einen Schlag auf den Schenkel und wendete einen neuen Ton an, er klang neckisch und dabei geheim.

«Zaunkönig», sagte sie. «Du bist der Rechte. Ich habe dich lange beobachtet und mich überzeugt, daß dir etwas Verrat nichts ausmacht. Den Menschen haften Vorurteile an. Was ist der Verrat? Die Geschicklichkeit, mit den Ereignissen zu gehen. Das tust du, und daran liegt es, daß deine Protestanten dich verachten, und zwar im Lande draußen wie auch in den Mauern des Louvre, so viele hier übrig sind.»

Henri erschrak hierbei. ‹Wie erst müssen der Herr Admiral und meine liebe Mutter von mir denken, da ich diese Alte anhöre, anstatt sie zu erdrosseln. Aber das soll noch kommen. Meine Rache wird langsam vorbereitet und soll um so gründlicher sein.›

Auf seinem Gesicht indessen war nicht dies zu erkennen, er zeigte Willigkeit und ein harmloses Einverständnis. «Es ist wahr, Madame, daß ich es mit meinen alten Freunden ganz verdorben habe. Daher werde ich Ihnen, Madame, um so eher gefällig sein wollen.»

«Besonders, mein Kleiner, wenn du dafür die Erlaubnis bekommst, dich etwas zu bewegen. Du spielst jetzt gern Ball mit dem Guise, und das ist klug von dir, in Anbetracht dessen, daß er den toten Coligny ins Gesicht getreten hat. Du sollst aber mit ihm auch den Louvre verlassen, sooft er ausgeht.»

«Er geht viel aus. Besonders reitet er aus.»

«Du sollst mit ihm gehen und reiten, damit ich immer erfahre, wo er war. Willst du das für mich tun?»

«Ich darf aus dem Louvre? Alle Tage? Durch das Tor? Über die Brücke? Was befehlen Sie, Madame, es soll geschehen!»

«Nicht als ob ich Furcht hätte vor dem Guise», versicherte die Königin. Ihr neuer Verbündeter bestätigte aus Überzeugung: «Wer so eitel ist, wie Lothringen auf seine Gliedmaßen! Hat einen blonden Bart, und den liebt das Volk!»

«Er ist ein Esel», sagte sie ebenso entschieden. «Er hetzt die Katholiken auf. Er weiß nicht, für wen er arbeitet. Für mich. Denn ich brauche bald wieder ein Gemetzel, die Protestanten geben keine Ruhe, nicht einmal nach der Bartholomäusnacht. Dann müssen sie eben noch eine haben. Guise soll die Katholiken aufhetzen, und dir erlaube ich, die Hugenotten wild zu machen. Sag ihnen in Paris, daß ihre Waffen uns draußen überall schlagen. Leider ist es nicht ganz unwahr. Nach den Provinzen aber läßt du melden, hier käme bald ein Aufstand, und der mag nur kommen! Willst du alles ordentlich ausführen, Zaunkönig?»

«Über die Brücke darf ich reiten? Und auch zur Jagd? Zur Jagd?» wiederholte er und lachte auf, so kindisch freute sich der Gefangene. Madame Catherine belächelte ihn nachsichtig und mit Geringschätzung. Auch die klügste Alte unterscheidet in einer echten Freude nicht immer die List, die dennoch dahinter steckt. Ein Gefangener tut gut daran, sich noch erniedrigter zu geben, als nötig wäre, und wer seine Stunde erwartet, muß um so unentschlossener tun.

Als Henri seine edle Freundin verlassen hatte, stieß er vor ihrer Tür auf d'Aubigné und Du Bartas. Die beiden traten sonst kaum gemeinsam auf; ihnen verbot es ihre Vorsicht. Nur diesmal hatten sie nicht widerstanden, da ihr Herr sich endlos lange beredete mit der verhaßten Mörderin. Er war ihnen ein Rätsel geworden. Obwohl sie ihn liebten wie je, wußten sie doch nicht mehr, wie weit sie ihm trauen durften.

Unzufrieden sprach er sie an. «Vor dieser Tür vermutete ich euch nicht.»

«Auch wir wären Ihnen lieber anderswo begegnet, Sire.»

«Aber das dürfen wir nicht», setzte der eine hinzu.

«D'Armagnac läßt uns nicht zu Ihnen», erklärte der andere. Abwechselnd klagten die beiden mit rauhen Stimmen: «Uns lassen Sie beiseite und verkehren mit neuen Freunden. Das sind aber die alten Feinde. Haben Sie denn alles vergessen? Wem Sie Dank schulden – und sogar, wen Sie rächen müssen?»

Ihm schossen die Tränen in die Augen, als er von seiner Rache hörte. Er wendete sich ab, damit sie es nicht sähen. «Der neue Hof», sagte er, «ist lustig, ihr aber wollt immer noch traurig sein. Unter Karl dem Neunten war auch ich ein Aufrührer, was hat es mir geholfen. Die Rache, was wißt ihr von der Rache! Wenn man ihr nachhängt, wird sie tiefer, immer tiefer und endlich bodenlos.»

Sie sprachen dies alles unter den Augen der Schweizer Wachen, die in die Luft starrten, als verständen sie nichts.

Die beiden Kameraden von früher murrten: «Unternehmen Sie aber nichts, Sire, dann handeln die anderen: die bekannten Teilnehmer der Bartholomäusnacht. Die geben sich nicht zufrieden an dem lustigen Hof und noch weniger in den Kirchen. Sie sollten hören, was dort gepredigt wird.»

«Daß ihr euch bekehren sollt; sonst werdet auch ihr noch umgebracht. Bekehrt euch! Ich hab es auch getan.»

Hier blieb ihnen vor Entsetzen die Antwort aus. Er sagte weiter: «Wollt ihr aber nicht nachgeben, dann schlagt als erste los. Ihr seid stark. Mehrere Hundert von der Religion sind noch am Leben in Paris. Sie haben vielleicht keine Waffen, aber sie haben Gott.»

Da ging er weiter, und in ihrer Verblüffung versuchten sie gar nicht, ihm zu folgen. «Er verhöhnt uns», raunten sie einander zu. Nicht einmal dic Schweizer durften dies hören. Vor sich selbst suchten sie ihn zu rechtfertigen. «Es kann auch eine Warnung gewesen sein, damit wir uns in keinen Aufstand einlassen. Durch Unwahrheit das Wahre zu verstehen geben: es sähe ihm ähnlich. Vorher übrigens weinte er, obwohl wir es nicht bemerken sollten. Aber er weint leicht. Weint bei dem Gedanken an seine Rache, und ist doch aus dieser Tür getreten. Aus demselben Zimmer, worin seine Mutter das Gift bekommen hat!»

Sie kamen überein, daß sie ihren Herren nicht mehr verständen und daß sie unglücklich wären.

Der zweite Auftrag

Henri begab sich zu dem König, der so hieß wie er selbst und auf dem Thron der dritte Henri war. Oft spielte er mit ihm, ein Henri mit dem anderen. Zur Knabenzeit in Saint-Germain waren beide, wie Kardinäle angetan, auf Eseln geritten den Saal hinein, wo Madame Catherine einen echten Kardinal empfing. Das wiederholten sie ähnlich jetzt, als erwachsene Männer, der König von Frankreich und sein gefangener Vetter, dessen Mutter und sämtliche Freunde hierselbst das Leben verloren hatten. Dafür ging der König von Frankreich des nächsten Tages in ein Kloster, um schleunigst abzubüßen. Er büßte eine festgesetzte Zeit für Lästerungen, eine andere für fleischliche Verirrungen, und wieder eine für seine Schwäche hinsichtlich der Herrscherpflichten. Man mißbrauchte ihn, daß es ein Gespött war: Ränkeschmiede, Schwindler, Lustknaben und als einzige Frau seine Mutter. Er verschenkte, verscherzte, verlor. An einem bestimmten Punkte wurde ihm jedesmal bewußt, was vorging, seine Beraubung, Entwürdigung – und er verfiel in Schweigen.

Sie hielten das Schweigen für drohend und machten sich dünn, sobald der König schwieg. Sein Verstummen war aber das tragische Erkennen des eigenen Unvermögens. Ihm fiel von Mal zu Mal auf die Seele, daß ein absterbendes Königshaus in der Welt und im Lande nichts mehr kann ausrichten noch aufhalten. «Duldung müßte sein», äußerte er gerade heute seinem Vetter und Schwager. Die Verzweiflung rang es ihm ab. «Friede wäre höchst geboten. Haß ich denn die Hugenotten? Mit neun Jahren war ich selbst einer und warf das Gebetbuch meiner Schwester Marguerite ins Feuer. Ich weiß noch, wie meine Mutter mich schlug und wie mir das Spaß machte. Bis auf den heutigen Tag schäme ich mich vor ihr wegen des alten Gefühles. Sie hat es lange vergessen. Wohin gerate ich? Der Friede der Religionen sollte mich beschäftigen. Nun hab ich aber geschworen, als ich den Thron bestieg, ich würde keine andere Religion dulden in meinem Königreich, außer der katholischen. Was tun? Ich verjage die Ketzer nicht, wie ich müßte, ich bete für ihre Bekehrung. Ich kann nur immer beten.»

«Sie können mehr», versicherte Henri Navarra, als bescheidener Zuhörer des Henri, der jetzt König hieß. «Sie haben eine vorzügliche Handschrift. Nur immer fleißig Rundschreiben und Erlasse verfassen! Ihr Fleiß, Sire, ist das schönste Beispiel für uns alle.»

Dieser König war in seinen traurigen Zeiten und so auch heute, den dreißigsten Januar, ein Schreiber – als hätte er alles Versäumte nachgeholt, wenn er eigenhändig Tinte vergoß. Es lief nur immer auch Blut hinein, und sein guter Wille blieb vergebens. «Mein Sekretär Loménie ist schon recht lange krank», bemerkte er. «Ich will ihn besuchen.»

«Tun Sie es nicht, Sire! Er ist gestorben, ich will es Ihnen nur verraten. Sie sollten mit der Nachricht verschont bleiben, da Sie gerade im Kloster weilten. Man sagt, er hatte die Pest.»

Das war der erdrosselte Grundbesitzer gewesen, den ein Italiener beerbt hatte, und der König machte sich nicht erst heute Gedanken über den Verschwundenen. Aus seinem schlecht rasierten Gesicht, das unleugbar einen äffischen Umriß hatte, prüfte er mit spitzen Augen schnell und scheu den Ausdruck des Vetters. Sogleich flüchtete sein Blick wieder zu dem Schreibpapier. «Wegen dieses schönen Lebens», murmelte er, «habe ich es nicht erwarten können, daß mein Bruder Karl starb.»

«Hat es sich denn nicht gelohnt?» fragte der gute Vetter erstaunt.

Der König kroch ganz in seinen Pelzrock und schrieb. Vetter Navarra bewegte sich währenddessen im Zimmer, begann ein Selbstgespräch, brach ab und fing ein anderes an.

«Der neue Hof unterscheidet sich beträchtlich von dem alten. Man fühlt es mehr, als daß man es sieht. Unter Karl dem Neunten waren wir alle verrückter. Geschlafen wird noch gerade soviel mit Frauen und öfter mit Knaben. Dies lernen viele erst jetzt, um auf der Höhe zu sein. Ich nicht, und ich bedaure es; denn so bleibt ein gewisser Teil der menschlichen Natur mir verschlossen.»

«Danke dem Himmel», warf der schreibende König ein. «Die Jungen sind noch geldgieriger als die Weiber. Außerdem ermorden sie einander. Den liebsten hat man mir abgestochen.»

«Das kam unter Karl nicht vor», stellte Navarra fest. «Obwohl der Höhepunkt seiner Regierung die Bartholomäusnacht war. Der Leichengeruch ist an dem neuen Hof beharrlicher als an dem alten, das will ich zugeben. Aber wie freundlich leben wir sonst! Niemand denkt an Flucht, Aufstand und den bewaffneten Einfall der Deutschen. Ich bin belehrt, ich erhebe keinen Finger.»

Er wartete, hörte nur die Feder knirschen und setzte an anderer Stelle ein. «Ich und Guise sind gute Freunde geworden, wer hätte das früher gedacht. Wenn Eure Majestät mich beurlauben, steige ich aufs Pferd und reite zur Jagd. Die Königinmutter hat es mir erlaubt. Allerdings werde ich auf Schritt und Tritt bewacht werden von denen, die am liebsten nicht meine Wächter, sondern meine Mörder wären.»

Das Knirschen der Feder. «Ich gehe», verkündete Navarra. «Es regnet, ich mag nicht ausreiten mit meinen Mördern hinter mir. Auf meinem Zimmer will ich mit dem Narren spielen. Der ist noch trauriger als der König.»

Vor der Tür wurde der Gefangene zurückgerufen. «Vetter Navarra», sagte der König. «Ich habe dich lange gehaßt. Jetzt bist du aber im Unglück, wo auch ich bin. Beide verdanken wir es denselben Ereignissen – und unseren Müttern», sagte er merkwürdig schwer. Henri erschrak; niemals waren ihm die Dinge von dieser Seite erschienen. Seine Mutter sollte sein Unglück verschuldet haben! Die reine Jeanne wurde zusammen genannt mit Madame Catherine: es stieß ihn ab, er vergaß darüber, sein Gesicht zu beherrschen. Sein trauriger Gefährte bemerkte es nicht, ihm selbst war gar nicht wohl. «Was für Greuel hat sie schon wieder vor?» fragte er und sah vor Mißtrauen schwärzlich aus.

«Nichts dergleichen, Sire. Die Königin ist wohlgelaunt. Warum sollten nicht auch Sie es sein?»

«Weil ich noch einen Bruder habe», war die überraschende Antwort. Henri fand nicht sogleich Worte. Der Tod des ältesten Bruders hatte kein Glück gebracht, aber auch den des jüngeren wünscht man! Ein orientalischer König in seinem Serail, und die Welt draußen versinkt vor der großen Gefahr, die er fürchten muß im Palast, von seinen Nächsten. Hier ahnte Henri schon, was kommen sollte. Der König verachtete zwar seine Mutter wegen ihrer Greuel; indessen sein unruhiger Bruder d'Alençon läßt ihn nicht schlafen. Wen wird er zuletzt mehr verachten müssen: Madame Catherine oder sich selbst? Zu sehen war, wie der König gegen seinen Drang kämpfte. Es half nicht, er mußte damit heraus; blieb aber lauernd, sogar bei seinem qualvollen Ausbruch.

«Vetter Navarra! Befrei mich von meinem Bruder d'Alençon!»

«Ich bin tief gerührt, Sire, weil Sie mir dermaßen vertrauen», versicherte Henri gemessen und mit einer Verbeugung. So hatte er weder nein noch ja gesagt. Der König nahm es vielleicht für ein Ja.

«Dann», betonte er, «werde ich dir glauben können.» Lauernd – obwohl es klingen sollte wie ein Scherz.

«Werde ich dann», auch Henri betonte stark, «ohne meine Mörder ausreiten dürfen?»

«Mehr als das. Wer mich von meinem Bruder befreit, wird Statthalter im ganzen Königreich.»

Das kam nun ganz gewiß aus einem falschen Herzen. ‹Valois, du Guter›, dachte Henri, ‹sollst mich kennenlernen.› Und er sprang in die Luft vor kindischer Freude. «Hätte ich mir das träumen lassen!» rief er und jubelte. «Statthalter im ganzen Königreich!»

«Wir wollen es gleich feiern», bestimmte der König.

Der neue Hof

Haushofmeister liefen schon, und Schloß Louvre, das im Schlaf lag, solange der König traurig war, verjüngte sich auf einmal von der Freude der Jünglinge. Am Abend waren die königlichen Gemächer umgewandelt in persische Zelte. Die Kerzen brannten hinter bestickten Schleiern, und zwar bildeten diese mit ihrem matten Glitzern sowohl das Dach wie die Wände. Strenge bleiche Knaben mit geröteten Lippen, geschwärzten Wimpern und gekleidet in durchsichtige Gewebe trugen bloße Säbel; sie bewachten in regloser Haltung ein erhöhtes Gerüst. Das wurde bestiegen von den Zuschauern, die nur wenige waren: mehrere Italiener sowie die Herren von Lothringen. Der Herzog von Guise, stolz auf seine prächtigen Glieder, trat überall wie der Herr selbst auf! Sein Bruder Mayenne hatte den großen Bauch in schillernde Seide gespannt, daran hing ein goldener Dolch – und dann kam von derselben Familie noch d'Elbeuf, der merkwürdige Freund, der dem König von Navarra nie anders erschien als zur rechten Zeit.

Navarra selbst zeigte sein kostbarstes Gewand und eigens darauf befestigte Bänder in den Farben seines Hauses, damit jeder sähe, wie stolz er wäre, dabei zu sein. Das Fest war angeordnet für Männer und Knaben. Dies sollten jene entzücken und dafür von ihnen ausgezeichnet werden. Einige liebliche Gestalten tanzten schon miteinander. Formen und Tracht verrieten kein Geschlecht, und ihre zweideutige Anmut rührte besonders die Italiener und den dicken Mayenne. Navarra gab ihnen recht, er äußerte die Meinung, solche Wesen habe er nicht gehabt unter den rauhen Kollern seiner Leute in dem gedrängten Haufen, der fünfzehn Stunden zu Pferd saß und zu seiner Erholung Psalmen sang. «Wenn meine Freunde noch lebten», sagte er leichtsinnig, «dann sollten aus ihnen so süße Knaben werden.»

«Warte doch, was noch geschieht», riet Guise. «Einige von ihnen sind am Leben geblieben.»

«Ich kenne sie nicht», sagte der Gefangene. «Ich halte nicht zu den Besiegten. Ich bin immer dort, wo man –» Er wollte sagen: lustig ist – bemerkte aber plötzlich, daß er hier einen besonderen Feind hatte.

Der Kanzler Birague, ein Italiener, war durch Madame Catherine auf seinen

Posten gelangt. Mit ihr und mehreren seiner Landsleute war er eines Nachts in das Schlafzimmer Karls des Neunten eingedrungen. Dieser erfolgreiche Fremde sah in dem gefangenen Navarra einen Verschwörer gegen seine eigene Macht. Ohne Umstände begann er ein richtiges Verhör: «Sind Sie nicht im Einverständnis mit einem gewissen d'Aubigné und seinem Komplicen Du Bartas? Die Leute hetzen die studierende Jugend gegen eine sogenannte Fremdherrschaft auf, als ob an den höchsten Stellen des Königreiches nur Ausländer ständen.»

«Sono bugie. Das sind Lügen, Herr Kanzler!» rief Henri mit gutgespielter Entrüstung, aber in der Sprache des Eingewanderten. Dieser übrigens glaubte ihm kein Wort. Die Lothringer ließen sich täuschen, nicht der Eingewanderte.

«Ihre Freunde», brachte Birague hervor, denn die Wut erstickte ihn, «sie sind dem Galgen näher als –»

«Näher als ich», ergänzte Henri. «Mich fangen Sie nicht.»

«Ich hänge schnell und gern.»

«Aber nur kleine Leute, Signore. Gehängt haben Sie einen armseligen Hauptmann, der davon redete, allen italienischen Schurken den Hals abzuschneiden. Mich müßten Sie vor der ganzen Welt überführen, aburteilen und groß enthaupten. Das werden Sie nicht erleben. Was wetten wir?»

«Ich wette und setze als Pfand meinen besten Edelstein.»

Beiderseits kam alles reichlich theatralisch, als gehörte es zu der süßen Musik, dem Getänze, und wäre verabredet wie ein grobes Zwischenspiel.

«Sire!» rief Henri dem König von Frankreich entgegen.

Der König war eingetreten durch einen Spalt im Vorhang des persischen Zeltes, plötzlich stand er schimmernd da als der Sultan des Festes. Henri beugte vor ihm ein Knie: «Sire! Ihr hartherziger Wesir hat nichts im Sinn als Rädern und Vierteilen. Bin ich deswegen der Bartholomäusnacht entgangen?»

«Wenn der selige König mir gefolgt wäre!» schrie Kanzler Birague. In der Wut bekam er eine abenteuerliche Aussprache und eine Stimme wie ein heiserer Papagei. Mit derselben Stimme hatte er Karl den Neunten bedrängt, stundenlang, bis Karl toll wurde und das Gemetzel befahl.

«Da hören Sie ihn», war alles, was Henri hierauf sagte, aber er fühlte, daß er d'Anjou auf seiner Seite hatte. Vorher d'Anjou und der Mann der Bartholomäusnacht, jetzt König – aber König nur, weil sein Bruder gestorben war am schlechten Gewissen: wie sollte es daher mit seinem eigenen stehn? Er liebte keineswegs den Anblick derer, die ihm in sehr dunklen Stunden geholfen hatten, Karl herumzukriegen. Sogar der Anblick seiner Mutter war ihm verleidet, wie erst die Gesellschaft ihrer Italiener. Er mußte sie erdulden und diese Person leider zulassen bei seinen traulichsten Veranstaltungen; denn sie hatten nun einmal Verständnis für die Anmut der Knaben. «Steh auf!» befahl der persische Sultan, mit den Juwelen seines Turbans blitzend. Vetter Navarra sprang hoch, so leicht wie ein Ball. Der Sultan befahl: «Du bist mein persönlicher Gefangener, an dich soll niemand Hand legen. Versöhne dich mit meinem Wesir!» Was Henri sich gesagt sein ließ. Er beschrieb einen wahren

Tanz der Versöhnung um den Kanzler. Diesen nötigte seine morgenländische Rolle, würdig allem zuzusehen, obwohl mit hervorquellenden Augen. «Großmächtiger Wesir!» sagte Henri. Er berührte die eigene Brust, dann aber die des Kanzlers, zufällig traf er genau auf einen riesigen Edelstein. «In Persien wird viel gestohlen», sagte Henri. Hier fiel glücklicherweise ein Tusch ein und verdeckte alles, was sonst wäre gehört worden. Seinen Einzug hielt das Ballett.

Es trippelte auf den Spitzen, wehte mit Schleiern und beugte schöne Knie. Alle waren Knaben, auch die als Mädchen gekleideten. Diese funkelten hinter den Schleiern mit Augen, verlockender als Frauenaugen, wie es schien; und von gewissen unerwünschten Kennzeichen der Männlichkeit abgesehen, bewegten die Körper sich vollkommen weiblich. Die anderen, die Knaben geblieben waren, reichten den falschen Mädchen darum nicht weniger geziert die Enden der Finger oder umschlangen sie mit den ersterbenden Armen der Liebeswerbung. Scheinbar waren niemals Muskeln im Spiel. Versetzten die einen die anderen in Drehung wie Kreisel oder schwangen sie durch die Luft, dann war man versucht, zu glauben, es geschehe nicht durch Kraft, sondern infolge eines Wunders der Anmut.

Hier war Du Guast zu schätzen. Sonst eine peinliche Erscheinung von unangenehmer Sprechweise, dumm, frech und käuflich: hier war der Mensch am Platz. Mit Recht gelangte er bei jeder Figur des Tanzes in die erste Reihe. Die Zuschauer auf dem Gerüst hatten alle das Auge auf ihm, und er verstand den einzelnen glauben zu machen, gerade dieser werde angeschmachtet. Vor seiner Dame kniet Du Guast, wie alle anderen Knaben vor ihren Tänzerinnen, und flehte stumm zu ihr hinan, sie möchte sich entschleiern lassen. In Wahrheit meinte er mit seiner Huldigung den König oder Sultan, und diesem unbewußt bezweckte er auch den Kanzler oder Wesir, zu schweigen von dem dicken Mayenne, der schwitzte, so schwül wurde ihm gemacht. Alle diese Herren nun fühlten sich erhoben und sogar ausgezeichnet – während doch nur ein durchaus windiger Bursche seine Possen trieb auf ihre Kosten. Anderswo hätten sie ihn in den Hintern getreten oder aufhängen lassen. Indessen bleibt die Kunst eine Macht, wenn sie auch jedesmal vorübergeht.

Im Augenblick wurde sie sogar noch ergreifender. Es geschah die Entschleierung. Wer hätte gedacht, daß Menschengesichter so neu und wunderbar erscheinen können – endlich entblößt nach der strengen Vorbereitung des eingeübten Tanzes. Abgehärteten Männern stockte das Herz: wie aber erst dem König von Navarra. Hörbar stieß er einen Fluch, seinen gewohnten Fluch aus. Er glaubte nicht, was er sah. Tatsächlich rieb er sich die Augen. «Gabriel?» fragte er.

«Er und kein anderer», belehrte ihn höhnisch der große Guise. «Einer der Lustknaben entschleiert den anderen, unser Du Guast deinen Léran.»

«Komm hinaus und schlag dich mit mir!»

«Gern, aber nicht wegen des Jungen. Er ist schön, seine Laufbahn war ihm zugewiesen an dem neuen Hof.»

Henri hatte nasse Augen. Er wollte dem jungen Léran etwas sagen, der indessen hob den Blick nicht. Dennoch waren auch seine Tränen einst geronnen aus einem weißen Verband, der sein Gesicht verdeckte – in der Bartholomäusnacht. Zwei ihrer Opfer, Gabriel de Lévis de Léran und Karl der Neunte, lagen damals nebeneinander auf dem Bett der Königin von Navarra. Was wird aus uns?

Guise sprach ihm höhnisch nach: «Solche Wesen hast auch du gehabt unter den rauhen Kollern deiner Leute, in dem gedrängten Haufen, der fünfzehn Stunden zu Pferd saß und zu seiner Erholung Psalmen sang.»

Richtig; und was blieb da übrig zu sagen. «Léran hat recht, daß er sich verwandelt nach Bedarf und sogar ein Mädchen wird.» Leichtsinnig fand Henri sich ab, er steckte auch diese Demütigung ein nach anderen mehr, und niemand wußte, wo sie alle blieben bei dem beweglichen Navarra. Er lachte über sich selbst wie über einen dritten. Nicht häßlich war sein Verhalten; ein wirklicher Beobachter fand ihn weder abgebrüht noch läppisch. Aber nur ein einziger der Zuschauer, d'Elbeuf, bedachte, was Henri denn eigentlich wäre, ein Kind, ein Narr, oder höchst zielbewußt? D'Elbeuf antwortete: «Ein Unbekannter – in einer Schule.»

D'Elbeuf ist ein Beobachter, und darum nicht viel mehr als das. Entfernteres Mitglied eines großen Hauses, ohne viel Aussicht und Anwartschaft – er könnte immer nur unter anderen stehen, und die haben vielleicht seine Achtung nicht. So erfindet er sich seinen eigenen Dienst, auf Grund besonderer Gaben. D'Elbeuf wäre von so stattlichem Wuchs wie Guise, der Held des Volkes; nur hält er sich lässiger, hat halbdunkle Haarfarbe und strahlt keineswegs Übermut. Er hat feuchte, treue, sehr schöne Augen, und diese erraten bei Henri das aufsteigende Schicksal und die Kraft, die bis jetzt nur dem untersten Zweck der Selbsterhaltung dient. Er ist der Freund der fragwürdigen Tage, die noch nicht ruhmvoll und eher das Gegenteil sind. Wenn das Glück sich erst entschieden haben wird, gibt es keinen d'Elbeuf mehr.

Jetzt halten die Mädchen, die eigentlich Knaben sind, goldene Becher in Händen. Die erheben sie, drehen sie auf der Spitze des Fingers umher und kreisen dabei selbst: alles, ohne daß ein Tropfen über den Rand fällt. Soviel man versteht, soll dies einen Liebestrank bedeuten, und die Knaben, die als Tänzer die Knaben darstellen, schmachten nach ihm. Ihre sinnreichen Körper nehmen Lagen ein, die das Schmachten ausdrücken. Immer erregender werden die Lagen, es öffnen sich lechzende Lippen; und als das Verlangen nicht länger aufzuhalten ist, fließt etwas wirkliches Naß hinein. Wenigstens läuft es in den Mund des königlichen Lieblings Du Guast: d'Elbeuf sieht es genau. Seine Aufmerksamkeit ist ganz und gar bei dem Vorgang, der Henri angeht. Du Guast kniet und legt den Kopf in den Nacken, der junge Léran als Mädchen neigt das Gefäß: d'Elbeuf könnte die Tropfen zählen. Mit dem gleichen Blick umfaßt er mehrere Gesichter, das merkwürdig lauernde des Kanzlers Birague und das schlechthin beseligte des Königs von Frankreich. Dieser König scheint wie vom Donner gerührt, während er hinlächelt – zu dem jungen Léran. Mit keiner Wimper beachtet er seinen bisherigen Liebling – woraus allein schon zu entnehmen wäre, daß sogleich etwas Ungewöhnliches eintreten wird. Es äußert sich aber dergestalt, daß Du Guast, nach Empfang des Liebestrankes, den Rumpf rückwärts biegt, unwahrscheinlich weit verrenkt er ihn, schreit dabei und verdreht die Augen. Mit einem Wort: vergiftet. So mußte es kommen nach dem Gesetz der Dinge. D'Elbeuf hätte es vorausgesagt.

Zugleich, wie bestellt, kreischt noch jemand auf, mit der Stimme eines alten Papageis. «Sire! Ihr Liebling ist vergiftet. Sein Mädchen ist das Werkzeug Navarras. Übergeben Sie diesen Prinzen mir und der Gerechtigkeit, sonst haben Sie selbst ihn zu fürchten!»

Was konnte so furchtbaren Worten anderes folgen als das Anhalten des Atems und jeder Bewegung. Die Musik brach ab, das Ballett erstarrte, reglos erwarteten die Zuschauer auf ihrem Gerüst ein Zucken des Königs, aber auch an ihm rührte sich nichts. Nur der Schauplatz selbst, das persische Zelt, kam etwas ins Schwanken. Die Frauen verursachten dies, die Damen des Hofes von Frankreich, die, ausgeschlossen von dem geheimnisvollen Fest, hinter die Vorhänge geschlichen waren und hineinspähten. Da versteckten sich die Edelfrauen und Ehrenfräulein. Auch niedere Wesen vom Gesinde wagten einen Spalt zu öffnen, an dem nächsten indessen zupfte die Königin von Navarra selbst. ‹Was wird werden!› dachte Margot in der allgemeinen Stille und Erstarrung.

Sie dachte: ‹Das muß kommen, sobald man die Männer sich selbst überläßt. Zuerst richten sie sich her wie wir, und vor Zartheit tun sie überirdisch. Darum endet es dennoch mit Mord und Totschlag. Mein königlicher Bruder wird natürlich seinen vergifteten Liebling rächen wollen. Er wird meinen armen Henricus ausliefern an den Schurken Birague, dem der Speichel aus dem Mund läuft vor Gier. Daß kein einziger von allen den Grobianen fein genug ist, zu begreifen, was gespielt wird! Und die glauben, uns könnten sie entbehren!›

Einer war fein genug. D'Elbeuf aus dem Hause Lothringen sprang vom Gerüst, riß den ganz verkrümmten Du Guast vom Boden auf, stellte ihn auf die Füße und ohrfeigt den Lustknaben so lange, bis er richtig stehen blieb. «Schluß mit der Komödie», knurrte er dabei. «Hüte dich, wieder anzufangen!» Dadurch daß er dem Jungen das Gelenk umdrehte, zwang er ihn, mitzukommen auf das Gerüst. Er drückte ihn in die Knie vor dem König und befahl: «Gesteh der Majestät, wer dich angestiftet hat zu dem Schwindel, vielleicht wirst du nicht gehängt.»

Du Guast veranschaulichte mit seinem ganzen Körper die schreckliche Angst. Es war das beste, was er heute machte, so begabt alles vorige gewesen war. Die Echtheit ist doch vorzuziehen.

Sein Hals war so lang geworden wie ein Hals, von dem soeben der Kopf abgeschlagen ist, denn die wachsen plötzlich; und diesen gereckten Hals drehte er hin und her vom König zum Kanzler, vom Kanzler zum König. Dem Kanzler fielen die Backentaschen tief herab, dem König schwoll eine böse Ader. Du Guast fühlte die Faust seines Feindes d'Elbeuf, sie umspannte ihm den langen Hals immer fester, und bevor sie ihn ganz zuschnürte, brachte Du Guast noch hervor: «Der Herr Kanzler war es.» Allerdings bereute er das Geständnis, sobald die Faust ihn losließ, und wollte es zurücknehmen. «Nicht der Herr Kanzler! Ich selbst ganz allein habe mich gestellt wie vergiftet, aus Eifersucht auf Herrn de Léran, dem mein König zulächelte.»

Das wurde ihm nicht geglaubt, obwohl es doch gleichfalls richtig war. Der König betrachtete den Kanzler nur um so ungnädiger, vielmehr der Sultan seinen Wesir, denn in solcher Gestalt standen sie da. Als erster meldete sich Navarra.

«Signor Birague, Sie haben Ihren Edelstein verwettet! Sire, er hat gewettet, daß er mich öffentlich würde hinrichten lassen. Das wäre ihm auch gelungen, wenn Sie seine Ränke nicht durchschaut hätten.»

Der König durfte den Kanzler weder in die Bastille werfen, noch aus seinem Amt entfernen, denn Madame Catherine schützte ihren Landsmann. Der König tat statt dessen, was er konnte und was allgemein von ihm erwartet wurde. Er riß dem Kanzler den großen Edelstein von der Brust. Hierauf blickte er unschlüssig umher, als ob er noch nicht gewußt hätte, was jetzt weiter käme. Er wußte es in Wirklichkeit sehr wohl. Er winkte hinab, der junge Léran schritt die Stufen hinan, und auf den Knien empfing er das Pfand der königlichen Gunst. Ein blauer Schein ging fortan von ihm aus. Alle Schleier abgestreift, bekam Vicomte de Léran den Kopf eines jugendlichen Kriegers, der auftritt mit seiner beginnenden Männlichkeit und dem Besiegten den Fuß in den Nacken setzt. Dazu forderte Du Guast ihn denn auch auf, er drückte eigens das Gesicht in den Staub, und Léran nahm keinen Anstand.

Als die Insassen des persischen Zeltes alles so wohlgefällig ausgehn sahen, bekamen sie den Gebrauch ihrer Glieder zurück. Sie klatschten in die Hände, dann tanzten sie wieder, und von Musik gewiegt, stellten sie die Liebe und das Glück dar für Zuschauer, die nur dann daran glaubten, wenn es gespielt war. Noch lange schimmerte in dieser Nacht das persische Zelt mit seinen bestickten Vorhängen, durch die von hinten das Licht fiel, weise gesiebt, so daß alles darin erträglicher als sonst wurde, die Personen, Sultan, Knaben, alte Schurken, sowie auch die Dinge, deren teuerstes nur blauer Schein war. Zwei Teilnehmer fehlten. Henri und d'Elbeuf nahmen an einer entfernten Stelle des Schlosses voneinander Abschied.

«Das will ich dir nie vergessen, d'Elbeuf.»

«Sire, Sie zögern hier lange und müssen wohl auch zögern.»

«Ich habe Zeit. Sonst bleibt mir nichts – nur Geduld und Zeit.»

Was ist das: Haß?

Wer aber lange wartet, erlebt, daß seine vorher festesten Gefühle verwandelt werden, daß sie sich teilen und nicht mehr ganz sind. Da ist diese Freundschaft mit Guise. Henri hatte sich ihm genähert aus Haß: weil er mehr über ihn wissen wollte, denn das braucht der Haß. Kennt man den Feind dann aber besser, tritt wieder die Gefahr ein, daß man ihn ganz leidlich findet. Mehr als das: der Feind zieht tiefer an als einer, den man eben hinnimmt, wie er ist.

Sie spielten Ball, «langen Ball», der am schwersten ist, und immer nur diese beiden Gegner, Navarra–Guise; die anderen mußten zusehn, ihre Eindrücke waren oft peinlich. Man sah den viel kleineren Navarra umherhüpfen, den Guise breitbeinig wie ein Goliath seine Schläge erwarten; aber das war noch nichts. Der Ball fiel einmal hinter die Hecke. «Navarra, du bist kleiner», rief Guise. «Kriech durch und hol ihn!» Anstatt zu kriechen, sprang Henri hinüber, einfach aus dem Stand, was die Zuschauer bewundern mußten. Zurück kroch er zwar, schlug aber unversehens den langen Ball ab, und das lederne Geschoß traf Lothringen vor die Brust. Er schwankte beträchtlich, rief indessen schon: «Die Stirn wolltest du treffen, und dann wär ich gefallen. So hoch reichst du nicht, du lieber Kleiner. Geh, bring uns Wein auf den Schrecken!»

Natürlich lief ein anderer, aber der Vorfall genügte, daß Guise an diesem Tage beiseite genommen wurde von d'Alençon und d'Elbeuf. Sie hielten ihm vor, daß der König von Navarra wohl nur ein Gefangener und gegenwärtig ohne Bedeutung wäre; aber alle, die zugegen waren, darunter geringes Volk, hätten in seiner Person das königliche Haus gedemütigt gesehen. Guise erwiderte: «Was wollt ihr? Der Junge nimmt nichts übel, er weicht mir nicht von der Haut. In alle Kirchen begleitet er mich. Bald wird er katholischer sein als ich selbst.»

Sie berichteten es Henri, und er behielt für sich, was er dachte. ‹Der eitle Goliath›, dachte er, ‹ahnt nichts von meiner Verabredung mit Madame Catherine. Seine plumpen Machenschaften bei den Pfaffen und den Spaniern, er bildet sich ein, daß niemand sie anders ansehn wird als von der guten Seite. Er kennt mich nicht, wie ich bin. Ich bin sein Freund. Niemand kann sich so viel erlauben wie ein Freund.›

Bei der nächsten Ballpartie gelang es ihm wirklich, Guise an der Stirn zu treffen, und diese schwoll an, während dem Herzog übel wurde. Henri heuchelte großes Bedauern. «Wahrhaftig, ich wollte nicht, daß dir Hörner wüchsen. Nur die Herzogin hat das Recht, dir welche aufzusetzen.» Darüber mußten alle Anwesenden ungeheuer lachen, und sie nannten einander, lauter als anständig gewesen wäre, die Liebhaber der Herzogin von Guise. Diese junge Dame hatte schnell und gründlich die Sitten des Hofes erlernt. Lothringen, der am Boden lag und die Stirn kühlte, hörte alles. Er stöhnte mehr vor Wut als von den Schmerzen und beschloß, die Ungetreue zu bestrafen.

Zu Navarra sagte er später: «Im Grunde hast du mich nur veranlaßt, aufzupassen, und das hätte sonst keiner gewagt. Ich sehe, daß ich dir vertrauen kann. Komm mit mir zu der Predigt des Pfarrers Boucher.»

Desselben Tages ritten sie dorthin, der Herzog von Guise wie gewöhnlich mit reichem Gefolge, Navarra ganz allein. Noch immer kannte er Paris nicht sehr genau und horchte umsonst nach dem Namen der Kirche. Wo sie vorbeikamen, gab das Volk sich von Mund zu Mund ein Wort weiter. Das hieß: «Der König von Paris! Heil!» Dieser König wurde gegrüßt mit der erhobenen rechten Hand. Die Frauen machten es wie die Männer, nur daß sie sich oft vergaßen und mit beiden Händen hinauflangten nach dem blonden Helden ihrer

Träume. Der strahlte hinab auf Gerechte und Ungerechte wie die Sonne selbst, hochgemut und seiner Sache gewiß. So langten sie an, und als das viele Eisen der Kriegsleute zur Ruhe gekommen war, bestieg Pfarrer Boucher die Kanzel.

Dies war ein Redner von neuer Art. Er schäumte beim ersten Wort, und seine rohe Stimme überschlug sich zum weibischen Gekreisch. Er predigte den Haß gegen die Gemäßigten. Nicht nur die Protestanten sollten verabscheut werden bis zur Vernichtung. In einer Nacht der langen Messer und der rollenden Köpfe wollte Boucher besonders abrechnen mit den Duldsamen, auch wenn sie sich katholisch nannten. Die Schlimmsten waren ihm in beiden Religionen die Nachgiebigen, die sich bereitfanden zur Verständigung und dem Land den Frieden wünschten. Den sollte das Land nicht haben, und Boucher behauptete tobend, daß es ihn gar nicht aushalten würde, weil er gegen seine Ehre wäre. Der Schmachfriede und aufgezwungene Vertrag mit den Ketzern würde hiermit zerrissen. Laut schrien der Boden und das Blut nach Gewalt, Gewalt, Gewalt, nach einer kraftvollen Reinigung von allem, was ihnen fremd wäre, von einer faulen Gesittung, einer zersetzenden Freiheit.

Die gedrängte Masse bis hinter den Altar und in die entferntesten Kapellen bestätigte durch wildes Stöhnen, daß sie weder Gesittung noch besonders Freiheit zu dulden gewillt war. Die Leute drückten einander tot, um bis unter die Kanzel zu gelangen und den Redner zu erblicken. Sie sahen nichts als ein aufgerissenes Maul, denn Boucher war von verkümmerter Gestalt, er ragte nur wenig über den Rand. Dagegen spuckte er weithin. Seine Sprache entartete leicht zum Gebell, und was an ihr menschliches war, hatte doch kaum etwas zu tun mit den hier bekannten Lauten: es klang ausländisch und angelernt. Mehrmals konnte man glauben, jetzt bräche bei ihm die Fallsucht aus, und man sah sich schon nach Wärtern um. Da klappte Boucher den Kiefer zu und lächelte holdselig in die Runde, wodurch er die Herzen gewann. Mit neuem Atem bellte er weiter, schnappte zu und machte Miene, einen Andersgesinnten aus der Menge zu holen und ihn aufzufressen.

Gewissensfreiheit, beileibe nicht! Aber auch keine Steuern mehr, keinen Mietzins, überhaupt keine Zinsknechtschaft – weder das Volk noch besonders die Geistlichkeit sollten künftig irgend etwas zahlen. Darin bestand ihr Bündnis. Die Geistlichkeit behielt hiernach die öffentliche Rente, die sie schuldig war, das Volk seinerseits durfte plündern in den Häusern und Palästen, bei allen Hugenotten, allen Gemäßigten, und diese besonders waren totzuschlagen. Boucher ermutigte seine Hörer, vor großen Herren nicht halt zu machen, auch vor den größten nicht – und er erging sich in kaum versteckten Hinweisen auf den König, einen heimlichen Protestanten, Gemäßigten und Verräter. Er beschrieb ihnen, aus seiner Einbildung, die Schätze des Schlosses Louvre, zugleich mit dem ersehnten Blutbad. Ohne Übergang versetzte er sie aus ihrem Lustrausch in bleichen Schrecken, da sie verfolgt würden. Das Volk und alles Volkhafte wäre in höchster Gefahr, ausgeliefert zu werden an geheime Mächte, die ihnen Untergang geschworen hätten. Hier folgte ein Stoßgebet, das kam unverkennbar aus höchster Not. Die Menge, es hören und laut mitbeten. Über ihr indessen hing der Dampf, in den sie abwechselnd hatte ausströmen lassen ihre Gier, Furcht, Schwärmerei und ihren Haß.

Henri roch die Ausdünstungen. Mehr seine Sinne als sein Urteil verrieten ihm, was Unsauberes vorging. Er hätte am Ende sonst mitgehaßt. Den Louvre niederlegen, ihn plündern und alle morden, Herren, Damen, die Wachen mitsamt dem Gesinde: auch er hatte darauf schon gesonnen – zu der Zeit, als er immer nur fliehen und mit fremden Landsknechten zurückkehren wollte. Nachgerade war es mehrere Jahre her, er hätte es vergessen. Hier in der Kirche wurde es frisch wie einst. Er begriff aufs neue, daß ein Erniedrigter, Beleidigter sich rächt bis zum äußersten. ‹Ich hätte mehr Grund als alle. Sie haben mir meine Mutter getötet, dann den Herrn Admiral, dann alle meine Freunde, achtzig Edelleute, meinen Lehrer, den letzten Abgesandten der Königin, meiner Mutter. Die Überlebenden sind von Schande bedeckt, ich selbst erleide Gefangenschaft und mit der ständigen Gefahr den täglichen Hohn. Ich weiß dies alles. Die Rache war auch beschlossen; ich habe sie nur fortwährend hinausgeschoben und besser überlegt. So vergeht die Zeit, so vergeht der Haß.

Nein, er vergeht nicht, er wird fraglich. Ich lebe mit ihnen, wir spielen Ball, wir schlafen mit denselben Frauen. Madame Catherine hat mir einen Vertrag angeboten; hat sie wirklich meine Mutter vergiftet? D'Anjou hätte in der Bartholomäusnacht auch mich umgebracht, jetzt als König schützt er mich. Guise ist mein guter Freund geworden; es scheint kaum glaublich, daß er dem Herrn Admiral, der schon tot war, soll ins Gesicht getreten haben. Doch. Sie haben das alles getan, wahr und wirklich. Die Sache ist gerade, daß ich sie kenne und sie mich nicht. Ich will nicht leugnen, daß ich sie dafür liebe – gewissermaßen liebe. An Feinden kann man sich weiden wie an Geliebten. Ich muß mich hüten und ihnen darum eng vertraut sein.›

So rechtfertigte er sich, sein Zögern, seine Nachsicht, und nahm Abstand von dem Volk, dem Boucher die blinde Befriedigung seiner Triebe anriet. Übrigens hatte Boucher das angstvolle Stoßgebet noch nicht beendet, und Henri war längst fertig mit allem, was durch seinen Geist zog. Das Leben ist kurz, die Kunst lang. Auch die Gedanken eilen, wann aber ist die rechte Handlung reif?

Boucher machte ihnen klar, das ganze System des Staates wäre zwar verbrecherisch, aber Gott hätte ihnen einen Führer gesandt! Dort steht er! Alle knieten denn auch hin, besonders die im Verdacht der Mäßigung standen. Kühn über sie fort und dreist zu Gott hinan blickte Guise – in silberner Rüstung, als sollte der Sturm auf die Macht gleich losgehen, und seine Bewaffneten rasselten mit Eisen. Natürlich hatte die Königinmutter ihre Spione hier, und die gingen jetzt gewiß hin und übertrieben ihr die Furchtbarkeit Lothringens. Man mußte dagegen aus nahem Umgang wissen, daß er ein eitler Schlagetot und Goliath war, gehörnt überdies. Man mußte sein Freund sein, dann führte man ihn auf das richtige Maß zurück und freute sich sogar an ihm. Den haß ich? Ja doch. Aber was ist das: Haß?

Nun geschah es, daß nach Schluß der Predigt das gemeine Volk von Hellebardieren hinausgetrieben wurde; zurück blieb, wer Ansehn und Einfluß hatte, Schöffen der Stadt Paris, ihre reichsten Bürger, volkstümlichsten Priester samt dem Herrn Erzbischof. Dieser verbürgte sich dafür, daß aus Boucher der Zorn des Himmels gesprochen habe. Die Sitten des Hofes überstiegen nachgerade jeden Begriff – und der Erzbischof beschrieb eine öffentliche, schamlose Vorführung, die der König in seinem Schloß Louvre veranstaltet hätte mit seinen Lustknaben; christliche Frauen aber wären gezwungen worden, zuzusehen. Die Mitteilung erregte ein Murren der Entrüstung. Unter dem Schutz des Geräusches aber sagte jemand nahe bei Henri, der weit hinten stand: «Der Erzbischof aber schläft mit seiner Schwester.» Darüber mußte Henri lachen – nicht eigentlich wegen der einzelnen Tatsache, sondern in Anbetracht dieser ganzen Veranstaltung.

Sie nahm alsbald eine ernste Wendung, denn einer der wichtigsten Bürger, der Präsident der Rechnungskammer, enthüllte den Zustand der Finanzen des Königreiches. Er war trostlos; da aber niemand ihn sich viel anders vorgestellt hatte, erlaubte er allen um so mehr Entrüstung. Erst zu mehreren ist man richtig entrüstet, und nur über Tatsachen, die vorher bekannt waren. Neuigkeiten erregen nur schwer die Geister, weit eher das Aussprechen des lange Zurückgehaltenen. Hunderttausend Taler jährlich kosteten den König seine Hunde, Affen und Papageien; und das war billig im Vergleich zu den Unsummen, die der Troß seiner Lieblinge verschlang. Einer von ihnen war mit der Leitung der Finanzen betraut! Laut äußerte es der Sprecher, und er setzte hinzu: «Alles ist in diesen Zeiten erlaubt, nur nicht auszusprechen, was ist.» Da er aber gerade dies hier wagte, bekam die Versammlung von sich selbst einen großen Begriff, als vollzöge sich in diesem Augenblick ein Umschwung und im Mittelpunkt stände sie selbst.

Der Präsident der Rechnungskammer zählte noch viele verschwendete Millionen auf, er beklagte die Höhe der Steuern, ihre ungerechte Verteilung, die Bestechlichkeit aller derer, die sie einzogen, voran der königliche Liebling, Herr von O, einfach O. Dagegen versäumte der Sprecher es, mehrere andere zu nennen, obwohl auch sie gewisse Steuern gepachtet hatten und das Volk ausgepreßten. Unter ihnen nämlich hätten sich Mitglieder des Hauses Guise befunden, und ihre Erwähnung wäre besonders unpassend gewesen in Anbetracht dessen, was jetzt folgen sollte. Denn herbeigeschleppt wurden große Säckel, daraus rann Gold von spanischer Prägung und hörte nicht auf zu rinnen. Der Säckelmeister verteilte es, gemäß den Befehlen des Herzogs von Guise, unter die Schöffen, Pfarrer, einflußreichen Bürger, Beamten und Kriegsmänner. Dafür schrieb jeder seinen Namen auf die Liste, Lothringen obenan, und jeder rief auch noch das Wort: «Freiheit» aus.

Dies war der Anfang der «Liga». Hiermit war, nach Ausschüttung der Säckel mit spanischen Pistolen, der Bund begründet zu dem Ende, einer Partei die Macht und Gewalt auszuliefern. Die bekam sie dann auch gerade genug, um in vielen Jahren des Schreckens und der Mißerfolge das Land seiner Zerreißung nahe zu bringen, den König in einen letzten Winkel zu drängen und alles

Menschliche zurückzuwerfen um die Dauer ganzer Geschlechter. Hier geschah der Anfang, und während das fremde Geld schnell weggesteckt wurde, ohne daß die Empfänger auf die Prägung sahen, drangen von der Straße herein die Rufe «Heil!» und «Freiheit!».

Das betrogene Volk ließ seinen würdigen Führer hochleben: der hatte tatsächlich dasselbe Recht, für voll genommen zu werden, wie sein Anhang von Pöbel. Was heißt betrogen. Sie sind es niemals so sehr, wie man nachher tut. Das spanische Gold haben nur die Unterführer zu sehen bekommen, das Volk sieht den blonden Bart, der es begeistert. Dafür weiß es im Grunde ausgezeichnet, daß ihm an keiner Rettung der Religion gelegen ist und daß mit ihm selbst kein fabelhaftes Erwachen vorgeht. Sondern sie wollen andere enteignen, sie von den Arbeitsplätzen jagen und sich bereichern. Sie wollen sich aufregen, wichtig machen, und sie wollen töten. Das ist die Sache, sobald eine zusammengerottete Bande von Volk und ehrbaren Leuten eine Liga gründet zur Unterdrückung der Gewissensfreiheit. Sie schreien «Freiheit» nur um so lauter – die Betrogenen draußen mit den Betrügern drinnen, und erweisen damit, daß auch sie betrügen wollen, wenn man sie denn betrügt.

Unter den Betrügern drinnen, mit den frischgefüllten Taschen und der Begierde nach Freiheit, waren Gemäßigte, die es an der Zeit fanden, mitzumachen. Sogar bekehrte Hugenotten fehlten nicht; ja, gerade ihrer Rechtfertigung diente die Anwesenheit Navarras. Er war von Guise mitgenommen worden, damit viele andere ein gutes Gewissen bekämen. Henri bemerkte dies von selbst, und übrigens wurde es ihm klargemacht. Wie man früher, gedeckt durch die laute Entrüstung über den Hof, zu flüstern gewagt hatte, daß der Erzbischof nicht besser wäre – so jetzt. Das Geschrei nach Freiheit übertönte die Bekenntnisse der Biedermänner. Aber sie äußerten dennoch hörbar: «Spanische Prägung war es, Gevatter! Spanische Prägung!»

Henri hatte hier noch keine Zeit, seine Gefühle zu befragen: zu viel geschah. Vor allem zeigte Guise sich von einer neuen Seite, als Verführer und Menschenbehandler; niemand hätte dem hochmütigen Gliedermann so viel zugetraut an Verschlagenheit und Schnelle. Was der Vorteil tut! Und außerdem machten sie es ihm leicht, da alle sich geschmeichelt fühlten, in demselben Verein zu sitzen mit diesem großen Herrn. Guise teilte ihnen ihre Aufgaben zu, den Militärs die Zwangswerbungen für die Truppe der Partei, den Geistlichen die Aufhetzung des gemeinen Volkes, den Bürgern den Widerstand gegen den Staat hinsichtlich aller Zahlungen. Er verlieh ihnen Titel samt dem Anspruch auf das zugehörige Amt, falls dieses frei würde durch den Abgang des Inhabers. Durch seine Ermordung, wie jeder begriff.

Was man künftig auch beging, niemand verantwortete seine Taten, denn hier schwuren sie im voraus blinden Gehorsam dem Führer. Dies vollbracht, schloß er die erhebende Versammlung. «Navarra», sagte er im Aufbruch, «du hast dich überzeugt, wie stark wir sind.»

«Zu meinem Glück», erwiderte Henri. «König von Paris, heil!» rief er mit dem Volk, das draußen all die Zeit gewartet hatte. Bevor er verschwand, stieß er Freund Lothringen noch an und ahmte unverkennbar nach, wie fett der Stadtvater gesprochen hatte. «Spanische Prägung, Gevatter! Spanische Prägung!» Fort war er.

Er ging schneller und schneller, seine Wächter mußten laufen. Er gelangte in die Straße Österreich, über die Schloßbrücke, durch Torbogen und Hof des Louvre – erfaßte aber von allem nichts. Er bemerkte nicht, wo er vorbeikam, wer ihm nachsah, und erkannte sein Zimmer erst, als er schon längst darin hin und her lief. Da wurde ihm bewußt, daß er haßte. ‹Dies – dies ist Haß! Spanische Prägung – auf Maultieren über das Gebirge, unaufhaltsam reisen die Säckel voll Pistolen. Werden ausgeschüttet in Paris, Gold rinnt – rinnt ohne Ende, aber die Taschen füllen sich mit Gold, die Herzen mit Haß, die Fäuste mit Gewalt, die Mäuler mit der ruchlosen Lüge. Jetzt los und werdet reißende Tiere, anstatt mild und vernünftig! Führt Krieg wegen einer Religion und gegen jede! Das kenn ich schon mein Leben lang. Unerfahren war ich bis heute im Quell und Ursprung der Untaten. Spanischer Prägung, hergereist über die Pyrenäen, meinen eigenen Berg, ich zeichne den Weg in die Luft, hier fällt der Bach herab, dort steht mein Haus Coarraze. Sie wollen es mir stehlen, Don Philipp von Spanien hat niemals anders gedacht, als mir fortzunehmen meinen Abhang der Pyrenäen: ich aber verlange noch den seinen dazu. Ich verlang ihn, weil es mein Gebirge ist, und dies mein Land, in das seine Soldaten nicht einbrechen und seine Säckel nicht reisen sollen.›

Soweit für heute. Der Dreiundzwanzigjährige denkt nur selten weiter, und sein Haß ist vorerst begrenzt durch die Landschaft seiner Heimat. Er haßt den Weltbeherrscher aus Liebe zu seinem kleinen Béarn – obwohl auch darum schon, weil Frankreich leidet. Es leidet wie er selbst und durch denselben Anstifter. ‹Was, Guise und Katharina! Jeder überbietet den anderen in der Dienstbarkeit des Weltbeherrschers. Der ist der Feind, den haß ich. Der hält mich gefangen, der bezahlt den Krieg der Parteien in meinem Lande, das ich einst regieren werde.›

Als er später wirklich regierte, hatten sowohl seine Erkenntnis wie sein Haß sich furchtbar erweitert. Er wollte nicht nur Frankreich befreit haben und in Europa der größte Fürst sein: beiden wollte er für immer den Frieden bringen, und Haus Österreich sollte fallen. Er unternahm zuletzt, dies verhaßte Haus aus dem ganzen übrigen Weltteil zu vertreiben und es ein für alle Male abzusperren hinter den hohen Felsen der Pyrenäen. Das wird einst der große Plan des Alternden und wird seine Auflösung sein.

Der Jüngling in seinem Gefängnis haßt Don Philipp, nimmt aus der Truhe ein Bild, es zeigt fade blonde Löckchen und ein leeres Gesicht. Die Stirn ist hoch und eng: der Jüngling sticht hinein. Wirft das Messer weg, das Bild weg und ringt die Hände. Was ist das: Haß? Wir hassen unbeschränkt nur das, was wir nicht sehn. Er wird Philipp von Spanien nie erblicken.

Er sagte zu seiner guten Freundin Madame Catherine, daß Lothringen merkwürdige Streiche verübte. Henri hatte sich inzwischen schon wieder gefaßt und gab seinen Nachrichten nicht mehr Wichtigkeit, als klug war in Anbetracht seiner eigenen Lage. Er machte einen komischen Auftritt aus der Verschwörung Lothringens mit den ehrbaren Leuten. Das Verhältnis des blonden Helden zum Pöbel wurde von ihm nur leicht entworfen; die Königinmutter konnte Geringschätzung entnehmen, oder wenn es ihr beliebte, eine Warnung. Sie hielt sich aber an die Nichtachtung. Darauf trat er ihr allerdings ganz nahe und sagte überraschend: «Madame, Sie sind verloren.»

Sie lachte mütterlich. «Mach dir keine Sorgen! Guise arbeitet schließlich für mich, denn Philipp ist mein Freund.»

Das glaubte sie nun einmal, und begriff daher nicht, daß König Philipp in Frankreich einen Statthalter suchte für sich selbst, wenn er hier erst der einzige Herr wäre, nach der Zerrüttung des Königreiches durch sein spanisches Gold. Nahe vor ihr stand einer, der anfing zu erkennen. Madame Catherine aber erwiderte ihm schlau: «Geh nur zu irgendeiner schönen Dame, Zaunkönig. Du sowohl wie Guise, ihr sollt euch unter meinen Augen gut vergnügen, dann fürcht ich euch nicht.»

Der König von Frankreich saß in seinen Pelzrock verkrochen und schrieb; gerade einen solchen, still betrübten Zustand hatte Henri abgewartet, um ihm manches zu eröffnen. Das Schlimmste von allem wußte d'Anjou schon: einer seiner Lieblinge war heute im Zweikampf gefallen, Maugion, ein so anmutiger Knabe, und erstochen hatte ihn ein Offizier Lothringens. Das ging zu weit, Guise führte nicht nur Aufruhr in den Straßen herbei, er verbreitete Schrecken sogar im eigenen Schloß des Königs. «Vetter Navarra, wir hatten ihn unterschätzt.»

«Ich gebe es zu», sagte Henri. «Alles ist nicht Roheit bei einem Goliath und Helden seiner Art. Man darf die Tücke nicht vergessen.»

«Ich», beschloß der König, «will darauf erwidern ehrenhaft, wenn auch mit weiser Berechnung. Ich setze meinen königlichen Namen auf die Liste der Liga.»

Was er sogleich vollzog, unter großem Prunk und im Beisein vieler Zeugen aus allen Ständen. Das Volk und die ehrbaren Leute sollten sich persönlich überzeugen, daß der König nicht erst durch einen Bund müßte erinnert werden an sein Versprechen, die Religion zu verteidigen. Er setzt seinen Namen an die Spitze, noch über Lothringen, dessen zum Zeichen, daß er der Verbreitung der hugenottischen Lehre mit allen Mitteln widerstehen wird. Indessen glaubt er es sich selbst nicht, und auch sonst glaubt niemand es dem schwachen König. Mit seiner Unterschrift hat er nur bekräftigt, daß im ganzen Land gegen ihn gehetzt werden darf von umherziehenden Mönchen, und Listen der Liga bedecken sich mit Namen und Kreuzen in jedem Dorf, und jeder Bursche hat vor Augen den tapferen Guise und jedes Mädchen den schönen Guise, und Held ihrer Träume ist nur dieser – anstatt eines traurigen Valois, bald traurig, bald ausgelassen, und spielt mit seinem Hof von Knaben.

Henri, dritter seines Namens, vergaß seine Lage, wenn er sich verkleidete und entweder ein fremder Sultan oder ein niedriger Büßer wurde. Als König von Frankreich beseufzte er gern seinen wirklichen Zustand, und zum Vertrauten nahm er wohl einmal seinen Schwager Navarra, später der vierte des Namens Henri Eines Morgens ließ er ihn rufen; es war gegen Weihnacht, Schnee lag, und eine ungewöhnliche Stille entrückte das Schloß Louvre, als wäre es ganz mit sich allein geblieben. Der König bat: «Henri, sag mir, was du von mir denkst.»

«Sire, daß Sie mein Herr und König sind.»

«Das braucht dir nicht erst einzufallen. Wenn du dich aber besinnst?»

«Ich an Ihrer Stelle würde die Wahrheit nicht herausfordern. Sie haben ein einziges Mal gehandelt, und das war die Bartholomäusnacht. Heute ist Guise viel stärker als damals der Admiral. Sie sind ein König und begehen daher sicher ein erwogenes Versäumnis, wenn Sie ihn noch stärker werden lassen.»

«Es ist etwas anderes.» Der König sprach trübe in sich hinein. «Ich warte auf die Gewalt.»

«Kommen Sie ihr zuvor!»

«Du hörst doch, daß ich auf sie gespannt bin», flüsterte der König und erbebte von innen. Er bedeckte sogar den Mund. «Ich habe Nachricht, daß Guise mich entführen will. Was wird das sein? Ich, sein Gefangener. Er, der Herr meines Königreiches – und tritt zu mir ein, mit der Hetzpeitsche.»

«Er ist einen Kopf länger als ich», sagte Henri Navarra. «Und was weiter? Ein langer Mensch hat vor mir voraus, daß er von der Zimmerdecke die Würste herunterlangen kann, sonst nichts.» Bei sich dachte er noch : ‹Seinen Bruder, den Irrwisch, wollte er, daß ich ihm töte. Weil er nicht größer ist als ich? Das alles versteht niemand.›

Inzwischen geschah vor der Tür viel Scharren und Klirren, sie wurde aufgestoßen, und ein Offizier des Herzogs von Guise meldete sein Kommen an. Nicht etwa, daß er die Majestät gebeten hätte, seinen Herrn zu empfangen. Der Herzog verfügte. Übrigens ließ er den König von Frankreich warten, und dieser benutzte die Zwischenzeit, um seinen Vetter Navarra hinter einen Vorhang zu verstecken. «Du sollst mit anhören, was er wagen wird, dem König zu bieten. Wenn er sich an mir vergreift –»

«Es könnte auch sein, daß er durch den Vorhang sticht. Lieber zeige ich mich schon vorher und rede ein Wörtchen mit.»

Hier erschien der dritte Henri, aus dem Hause Guise. Kommandorufe, Ehrenbezeigungen, ein großer Auftritt. Der König Henri saß vor seinem Schreibpult in den Pelzrock verkrochen. Henri Navarra lugte aus dem Vorhang.

Der Herzog behielt den Hut auf und machte nicht einmal die Andeutung einer Kniebeugung. Er sagte: «Das Wetter ist günstig, um zu jagen. Ich hole Sie ab, Sire.»

Der König räusperte sich laut, es war ein Zeichen für seinen Vetter und bedeutete: Da hast du es, eine Entführung! Er erwiderte: «Gewiß, guter Freund, aber man sieht, daß Sie kein Parlament haben und keine Erlasse verfassen müssen an Ihr Parlament, weil es sich weigert, die von Ihnen beliebten Gunstbeweise in seine Register einzutragen.»

Der Herzog nahm eine schneidende Stimme an. «Ihr Parlament hat recht. Denn Ihre Placets bereichern Ihre Höflinge, das Volk geht zugrunde.»

«Dasselbe sagte man schon zu der Zeit meines Bruders Karl. Tut ein Volk eigentlich je etwas anderes als zugrunde zu gehn?» Dies brachte der König lauernd vor, und der Herzog benahm sich denn auch so, wie es von ihm erwartet wurde. Er legte los als rechter Tribun und warf durcheinander so viele hohe Zahlen wie große Worte. Als er zuletzt nichts mehr wußte, sagte der König schwärzlich aus seinem Pelzrock und bewegte die dicken Lippen nur wenig:

«Siehst du, Guise, gerade hierfür empfange ich dich allein und ohne Zeugen, aus Besorgnis, du kämest sonst nicht frei genug damit heraus.»

«Wen sollte ich wohl fürchten?» fragte der Herzog und stellte sich breitbeinig auf. Den angebotenen Sessel warf er beiseite. «Wer von uns beiden führt wirklich die Liga?» fragte er.

«Du», erkannte der König mit Inbrunst. Der Herzog fühlte darin etwas, das er verachtete. Er warf hin: «König sind Sie nun einmal, aber kein Edelmann; und werden darum auch nicht König bleiben. Ich –» Er stockte, rief zum zweiten Male «Ich», und hielt gerade noch zurück, was er im Sinne hatte: selbst König zu werden.

Der König – anstatt ihn zurückzuweisen, ermutigte er den dreisten Burschen. Der Vetter in dem Versteck ertrug es kaum noch, wie hier umgesprungen wurde mit dem königlichen Blut. Von dem Blut, wenn auch im einundzwanzigsten Grade, war er selbst. Er schüttelte die Falten des Vorhangs, damit Guise aufmerksam würde. Indessen war Guise viel zu sehr bedacht, den König zu erniedrigen. «Sie sind der König Ihrer Lieblinge», verkündete er hart. «Aber auch diese werden weniger werden mit dem Geld. Am Ende werden Sie selbst in einem letzten Winkel Ihres Königreiches hocken, ohne Lieblinge, ohne Geld und sogar – ohne Blut.»

Da schüttelte den König die Furcht. Sein Pelzrock stieg ihm über den Nacken hinan, der Vetter hinter dem Vorhang war darauf vorbereitet, er würde unter das Schreibpult rutschen. Statt dessen bat er schwach: «Sprich weiter!»

Es war zuviel, sogar für einen Mann ohne Empfindung wie Guise. Er schnitt ihm die Rede ab, er machte kehrt und begab sich zu dem Stuhl, den er fortgeworfen hatte. «Sprich weiter!» wiederholte er für sich allein und zuckte die Achseln. Hinter dem Vorhang war es deutlich zu hören, weil der Stuhl und der Herzog nahe daran standen; und dem Zeugen hinter dem Vorhang stiegen davon Tränen in die Augen. Ein schamloser Mensch mit viel Blut im Leibe und einem Schwarm von Pöbel hinter sich darf ohne Recht und Verdienst einem König entgegentreten wie ein großer Held und dem König drohen, das letzte Blut werde ihm aus den Poren treten wie seinem Bruder. Was wäre das für eine Welt! Henri Navarra riß die Falten weg und trat hervor, den bloßen Degen in der Hand. «Ich hätte ihn dir in den Rücken stoßen können, und du hättest es verdient.»

«Oho», rief Guise. «Es war eine Falle. Wozu auch sonst dieses ‹Sprich weiter!›, da Valois wahrhaftig seinen Ruhm nicht singen hörte. Ich habe mich indes herbegeben», sagte der große prächtige Mann, während er unauffällig zurückwich gegen die Tür, «herbegeben hab ich mich als treuer Diener des Königs, in der Absicht, ihn und sein Königreich zu retten durch meine biederen Worte. Mein Schwert hab ich nicht mitgebracht, verschmähe es auch, meinen Dolch zu ziehen.»

Wahrscheinlich hatte er aber auch diesen vergessen, denn er hielt die Hände, wie um sie gegeneinander zu schlagen. Im nächsten Augenblick wäre das Zimmer voll von seinen Bewaffneten gewesen. Henri Navarra hinderte ihn daran.

«Henri Guise!» verkündete er. «Wir spielen! Cäsar wurde ermordet: Weißt du noch, wie das war? Du und ich, wir stellen die Verschworenen vor.»

«Laß die Possen», sagte Guise. In Wirklichkeit aber war er froh, auf diese Art davonzukommen. Er hatte im Ernst genug gesprochen und getan, daß sich allerdings eine Verschwörung daraus machen ließ. Das Gesicht des Königs veränderte sich reißend ins Furchtbare, so viel war festzustellen; er schnellte auf und reckte sich wie die richtende Majestät. «Da ist Cäsar!» rief Henri Navarra, ganz bei der Sache. «Auf ihn!» Guise wollte denn auch losstürmen – fiel aber hin, sein Mitverschworener hatte ihm ein Bein gestellt. Schnell setzte Henri Navarra sich ihm auf den Nacken, hielt ihn nieder und fragte erregt, im Sinne der Rolle: «Sire, was soll ich mit dem Majestätsbeleidiger tun?»

«Schneid ihm den Kopf ab!» verlangte der Cäsar wild. Vielleicht ließ er sich ernstlich hinreißen, oder aber versetzte er sich zurück in das Collegium Navarra und den sonnenlosen Klosterhof, wo sie ehedem, drei Knaben und drei Henris, dasselbe Spiel getrieben hatten.

«Es ist geschehen», behauptete Vetter Henri, ließ sein Opfer aufstehen und steckte die Waffe ein, nicht ohne sie vom eingebildeten Blut zu säubern.

Dann trat die Pause ein; während dieses Schweigens und der aufkommenden Verlegenheit mußten die drei Henris zurückfinden aus Klosterhof und Spiel in ihre erwachsenen Tage, da nun Feindschaften unwiderrufliche Tatsachen geworden sind und wir in keiner Tragödie mehr handeln, sondern im Leben. Es gab ein Schwanken. Sollten wir am Ende nach wie vor in einer angenommenen Tragödie mitspielen? Sehr verdächtig macht sich das Leben durch die Wiederholung von Lagen, die wir in unserer Phantasie schon längst erfunden hatten. Ein Eindruck von Unwirklichkeit – indessen sieht man von ihm bald tunlichst wieder ab. Henri Valois atmete stark aus und setzte sich. Henri Guise holte die zu Anfang versäumte Kniebeugung nach. Nur Henri Navarra behielt in den Mienen etwas zurück wie Zweifel oder Bedauern. Den beiden anderen entging es nicht, sie verständigten sich mit den Blicken auf seine Kosten und lächelten heimlich. Auch das war wie damals in der Klosterschule.

Anders war, daß desselben Tages am Nachmittag beim Ballspiel Henri Navarra seinem guten Freund Henri Guise absichtlich einiges nachgab und sich von ihm besiegen ließ – zur gleichen Stunde aber forderte ein ganz junger Edelmann, der ihm gehörte, seit sein Vater ihn dem König von Navarra übergeben hatte – Rosny hieß der Junge: dieser Sechzehnjährige, er hatte die Bartholomäusnacht nur überlebt, weil sein Schuldirektor ihn versteckt hatte –, Rosny, später Sully genannt, forderte einen Edelmann des Herzogs von Guise zum Zweikampf und tötete ihn. Der Herzog gewann inzwischen beim Ballspiel.

Als der König seinen Vetter das nächste Mal wiedersah, sagte er: «Vor dir muß ich mich mehr hüten als vor dem großmächtigen Lothringen. Du wirst mich beerben. Du bist ein Prinz von Geblüt, überdies sehr geschickt. Wäre es noch bloße Geschicklichkeit! Mein Mißtrauen verrät mir, daß es mehr ist.»

Das Erlebnis eines Bürgers

Der König, der seinen Freunden mißtraute, mußte sich von seiner Mutter Madame Catherine sagen lassen, worauf es dringlich ankam: zum Schweigen zu bringen die bösen Gerüchte über die Sitten der Majestät. Eines Morgens früh läutete es in dem kleinen Laden eines Pariser Weißwarenhändlers namens Heurtebise. Die Gatten hörten die Glocke bis in ihr Schlafzimmer, obwohl es nach dem Hof lag. Zuerst wagten sie das Bett nicht zu verlassen, und jeder hielt den anderen fest, falls er sich dennoch in Gefahr begeben wollte. Da das Läuten herrisch wurde, blieb nichts übrig als nachzusehen. Der Mann zog seinen Rock über, die Frau holte das Gebetbuch herbei. «Halt es ihnen entgegen, Heurtebise, und leugne alles, was du über die Liga jemals könntest geredet haben. Sag, daß es beim Wein war, und erst gestern hättest du gebeichtet.»

Sie schlich ihm nach und spähte hinter dem Ladentisch hervor, während er umständlich die Querbalken, Riegel und Ketten beseitigte. Die Glocke gellte und rasselte, trotzdem drangen Stimmen durch die dicken Eichenbretter. Der Weißwarenhändler betete laut. Auf einmal war die Tür offen, und darunter erschien sein eigener Schwager, Archambault, der in der Wache des königlichen Schlosses Louvre diente. Er stieß seine Arkebuse auf den Boden und rief streng: «Herr Heurtebise, Sie kommen mit!» Da sah er seine Schwester hinter dem Ladentisch hochsteigen, und sofort erklärte er gedämpft: «Ich weiß nicht, was wir mit dir vorhaben, Schwager, aber wir sind vier. Komm denn mit!»

Auch die anderen drei zeigten sich, aber Heurtebise, anstatt zu beten, fuhr die Soldaten an. Er drohte ihnen mit der Liga, bei der er im Dienst und Lohn stände. Dort wäre man ein anderer Mann als bei der Wache eines Königs, der nur mit Jungen umginge. Von den Kanzeln würde gepredigt gegen das Treiben. «Schön und gut, Freund Heurtebise», sagten die Soldaten, «aber du könntest uns den Gefallen tun; vielleicht müssen wir dich nicht hängen.»

Die Frau wandte ein: «Mancher, der sich zu euch getraute, ist nie mehr gesehen worden. Dich behalte ich statt seiner hier, Bruder, und weh dir, wenn meinem Alten etwas zustößt.»

So blieb der Arkebusier Archambault als Geisel im Laden zurück, den Weißwarenhändler Heurtebise dagegen brachten drei Bewaffnete nach Schloß Louvre. Tor, Brücke und Bogen waren dem Bürger vertraut, denn wie oft hatte er den Weg nehmen müssen in den Brunnen des Louvre, zu den Finanzämtern, die dort seinem Geld auflauerten. Weiterhin wurde er ein Fremder, leicht zu schrekken oder zu blenden, und jeder Eingewöhnte hatte vor ihm etwas voraus, wer nur wüßte, was. Auch machte er schon den Anfang seines Weges nicht unauffällig wie sonst. Höchstens, daß ihm an gewöhnlichen Tagen mit dem Profos gedroht wurde, wenn er sich nicht weiterscherte; in solchen Fällen berief er sich auf seine Eigenschaft als ehrsamer Bürger, und sein Schwager bezeugte sie ihm. Heute hörte er überall «Heurtebise»: schon vor der Torwache, dann bei den Ämtern, dann in der Gegend der Küchen. Türen gingen auf, wo er mit seinem Geleit von Bewaffneten vorbeikam; «Heurtebise», sagte man einander ins Ohr, und jedesmal wurde dazu ein besonderes Gesicht gezogen. Er wußte lange nicht, an welche Gelegenheit diese Mienen ihn erinnerten, bis ihm eine erschrockene innere Stimme zuraunte: Heurtebise, genau so siehst du selbst aus, wenn du den Kopf entblößt vor einem vorbeigetragenen Sarg.

Am Fuß der Freitreppe übergaben seine Wächter ihn zwei Schweizern, von denen einer voraus, der andere hinter ihm ging. Die Gewölbe, durch die der Zug kam, lagen zuerst noch in der Dämmerung, weil es früh und hier die Abendseite war. Der Weg führte Stufen hinab, wieder hinauf und um Ecken, der Weißwarenhändler fand ihn ohne Ende, ihm zitterten die Knie. «Gevatter, wohin bringt Ihr mich?» fragte er den vorderen Schweizer, aber er hätte auch die Wand befragen können. Der fremde Söldner rückte seinen dicken Kopf um keinen Zoll, er stapfte weiter auf seinen doppelt breiten Schuhen, und seine behaarte Tatze hielt die Hellebarde am gestreckten Arm. Heurtebise seufzte und machte sich darauf gefaßt, zum Schluß irgendwo anzukommen, wohinein weder Mond noch Sterne schienen. Da traf seine blöden Augen ein Schimmern – von Gold, Silber, Rubin- und Marmelstein, Damast, Brokat, Elfenbein und Alabaster. Alle kostbaren Namen wurden in seinem Gedächtnis erweckt von dem Licht der Morgenseite, das in einen geöffneten Saal fiel. Alle Fenster jenseits flammten vom Sonnenaufgang – da war in überwältigender Art ein Bürger wirklich versetzt in das Königsschloß. Er hätte nachträglich geschworen, daß in dem Saal, an dem er schon vorbei war, eine Gesellschaft von Edelleuten und Damen ihr hochmütiges Wesen getrieben hatten. Er überlegte nicht mehr, daß die Gestalten auf gemalten und gewirkten Bildern allenfalls Bewegung vortäuschen können im Flammen des Morgenlichtes. Vielmehr begann er, als der Saal längst hinter ihm lag, die Stimmen der Herrschaften zu unterscheiden; ja, auch Harfen vernahm er – und mißbilligte es im stillen. Von früh an trieb man hier brotlose Künste!

So vorbereitet, wurde er zum drittenmal anderen Begleitern überwiesen, diesmal aber waren es anstatt der Soldaten feine junge Adlige, ob nun Kammerherren oder Pagen; in jedem Fall hatten sie ihre Wangen gefärbt und mit glatten Haaren umrahmt nach Art von Frauen, gewiß auch zu demselben Gebrauch wie

Streicheln und Liebkosen. In dem Kopf des Bürgers drehte sich etwas, während beide vornehmen Jungen ihm zulächelten und ein wenig den schlanken Hals neigten vor keinem anderen als ihm, Heurtebise. Sein Laden wäre ihnen zu schlecht gewesen. Faltenkräglein, anzusehen wie ein Hauch, aber mit Gold durchwirkt, wir führen sie nicht. Dennoch nahmen sie ihn zwischen sich wie einen ihresgleichen, betraten mit ihm ein Zimmer, näselten ihm auch zu, wie es hieße. Dies Gelaß indessen strahlte so ungeheuer von Gold, daß ihm zugleich mit dem Sehen auch das Hören verging. Betört äugte er zu den schönen Knaben hinan, und wahrhaftig, sie dankten es ihm, sie ermutigten ihn freundlich. «Herr Heurtebise», näselten sie, «jetzt öffnen wir noch zwei Türen, um Sie hindurch zu geleiten. Vor der dritten bleiben wir zurück, Sie werden allein hineingehen, niemand darf Ihnen folgen.»

Hierüber erschrickt man nun wieder. Was soll denn fortwährend Neues vorkommen! Die Gesellschaft der höflichen jungen Leute ist schon vertraut geworden, sie ist sogar geeignet, an gewissen Vorurteilen des Bürgers zu rütteln – hinsichtlich des Standes der Adligen, und auch, was ihre Sitten betrifft. Man wird versöhnlich gestimmt für Schloß Louvre, gegen das vielleicht doch mit Unrecht so heftig gepredigt wird von den Pfaffen. Der Hof hat sein Gutes, der König ist zu begreifen. Ich, Heurtebise, finde nichts, was nicht geheuer wäre. In den beiden nächsten Gemächern tritt er viel sicherer auf. Eins der unbekleideten Bildwerke veranlaßt Heurtebise, einem seiner neuen Freunde den Ellbogen in die Seite zu stoßen. Da machen sie auch schon halt vor der dritten Tür. «Herr», wird ihm empfohlen, «Sie werden gebeten, einzutreten und Ihre Augen zu öffnen.»

«Hinsehen, wenn's beliebt, und sich alles merken», wird nochmals dringend erinnert, während jeder der Knaben einen Türflügel zurückschlägt. Heurtebise setzt einen Fuß hinein, die Tür hinter ihm schließt sich. Ihn nimmt ein dämmriger Raum auf, der Tag verfängt sich in dem Behang des Fensters, daneben glimmt das Nachtlicht. Allmählich erkennt er Umrisse, besonders die eines Bettes. Der Vorhang ist fortgezogen, wer schläft hier? Er unternimmt noch einen Schritt vorwärts, angehalten und berechtigt wie er ist, die Augen zu öffnen. Indessen quellen sie ihm aus dem Kopf. Die Haare sträuben sich, ein Schauder durchläuft ihn ganz, und er bricht in die Knie.

Der König! Kein anderer als er. Allein an den Lippen wäre es festzustellen; aber die Majestät wendet auch das düstere Auge her, ohne daß sein Antlitz mitginge. Genauso haftet das eine seiner Augen auf den Grüßenden, wenn es aus der Tiefe seines Wagens blickt. Hier ist kein Wagen, Heurtebise, wach auf! Das königliche Bett ist hier. Das Auge deines Königs gibt dir ein Zeichen, du sollst aufmerken, wer neben ihm liegt. Das ist die Königin. Du magst dich ins Bein zwicken, es bleibt die Königin, ihr weißliches Haar und ihre spitze Nase. Du bist gewürdigt, du bist ausersehn. Frau Königin wendet den Kopf auf dem Kissen, damit du auch die andere Hälfte besichtigst. Sie ruht bei Herrn König, nicht anders als Gevatterin Heurtebise, die jeder kennt, mit ihrem guten Mann im ehelichen Schlafzimmer hinter dem Laden. So einfach ist es, obwohl selten wie ein Wunder. Das erfährt von tausend nicht einer. Nur du.

Fromm legt er die Hände auf der Brust zusammen und senkt die Stirn, um nicht Mißbrauch zu treiben mit der Würdigung, die ihm widerfährt. Seine Schulter wird angerührt. In seiner Andacht ist ihm das Öffnen der Tür entgangen. Rückwärts auf den Knien verläßt er das Zimmer. Die beiden jungen Leute reichen ihm jeder eine Hand, damit er aufsteht. Sie begreifen seine Erschütterung und teilen ihm mit, daß ein stärkender Imbiß ihm zugedacht ist. Der Tisch ist gedeckt in einer Halle, zwischen Wandelgang und Treppe, an einem öffentlichen Ort sozusagen. Er muß Platz nehmen vor dem einzigen Gedeck, ein Haushofmeister erhebt den Stab, und Köche treten an, jeder trägt eine Schüssel von gewiß acht Pfund Silber, darin liegen viele Arten von Fisch, Fleisch und Kuchen. Der Wein fließt in sein Glas aus Gefäßen von Rubinglas mit goldenem Schnabel, außerdem hat sich zu ihm ein schönes Mädchen gesetzt. Er weiß es, obwohl er den Blick nicht aufhebt von seinem vollen Teller. «Heurtebise», sagen die Zuschauer, die sich einfinden aus der Richtung des Wandelganges oder der Treppe – halten einen achtungsvollen Abstand von seinem Tisch, recken die Köpfe, sagen «Heurtebise» und gehen auf den Zehen ab.

«Herr Heurtebise, Sie sind ein berühmter Mann.» Dies ist die schmeichelnde Stimme des Mädchens. «Ich möchte Sie um eine Gunst bitten, Herr Heurtebise. Wenn Sie draußen erzählen werden, was Ihnen alles begegnet ist hier in Schloß Louvre: vergessen Sie auch mich nicht. Ich bin das Fräulein von Lusignan.»

Bei diesem großen und sagenhaften Namen seufzte der Weißwarenhändler: es war zuviel für ihn. Es war schon lange zuviel und stimmte zuletzt traurig, anstatt daß es stolz machte. Heurtebise warf einen so schweren Blick auf seine Zuschauer, daß sie fortschlichen, mehrere unter Verbeugungen. Ihm könnte der Gedanke nicht kommen, daß sie eine Rolle spielten. Er hätte auch niemals geglaubt, daß der Fisch, den der König von Frankreich ihm auftragen ließ, von gestern war, das Gebäck noch älter. Der Wein war aus der Kneipe geholt, zu Hause trank er besseren: dies wenigstens entging ihm nicht ganz. Er wollte es nicht wahrhaben, stürzte mehrere Gläser hinunter und fand ihn noch schlechter. Blieb das Fräulein von Lusignan – die indessen auch nicht echt war. Madame Catherine hatte eins der armen adligen Mädchen von ihrem «fliegenden Corps» ausgeschickt, damit sie den Mann aus der Menge in Arbeit nähme. Das erste, was ihn verblüffen sollte, war ein großer Name. Nach den Gläsern sauren Weins faßte er dennoch Mut, blinzelte das halb entblößte Frauenzimmer listig an und wollte nach ihr langen. Er begriff nicht, warum er dabei vom Stuhl kippte.

Er war kurz und rund, ein Mann mit gerötetem Gesicht und ergrauenden Haaren. So sah er sich unter dem Tisch wieder hervorkriechen, die Spiegel zeigten es ihm. Das Fräulein war verschwunden, was ihn nicht wunderte. In diesem Augenblick hatte er das unbestreitbare Gefühl, betrogen zu sein über und über. Er beschloß, in seiner Straße davon zu melden. Den Vorteil aus seinem Abenteuer sollten die Liga und ihr Führer haben! Zwar wußte er noch nicht, wie hier hinauszukommen wäre. Alle hatten ihn verlassen, die Zuschauer, das Fräulein, die Köche, der strenge Haushofmeister – sogar die feinen Edelknaben, und waren doch seine Freunde gewesen. Allein mußte er seinen Weg suchen, gelangte durch menschenleere Gegenden in ein Gewölbe voll von Soldaten und wurde beim Kragen gepackt. Kein Herr Heurtebise mehr, sie schoben ihn ab, bis in den Brunnen des Louvre, bis auf die Brücke. Auch von der Wachmannschaft kannte jetzt niemand ihn; sie verhörten ihn grob, die Taschen wurden ihm umgekehrt, und mit einem Fußtritt versehen verließ er das Tor und Schloß Louvre.

Er hatte sich gehütet, den Soldaten einzugestehen, was er in Wirklichkeit dort erblickt hatte. Übrigens zweifelte er schon daran. Je mehr Weg durch die Stadt er machte, um so unerlaubter, verdächtiger betrachtete er sein Erlebnis. Es kam ihm nicht zu; seine gesunde Vernunft versicherte ihm, daß der Böse seine Hand im Spiel hätte. Sogleich wollte er beichten. Indessen war seine Straße erreicht, alle Nachbarn traten aus den Häusern, er flüchtete in das seine und legte sich zu Bett. Frau Heurtebise brachte ihm Glühwein.

Erst nach Verlauf von zwei Stunden, da er ein standhafter Mann war, kannte die Frau die Geschichte. Am Abend war diese der Straße bekannt, den nächsten Tag in ganz Paris. Da kamen sie aus anderen Stadtteilen und wollten von seinem Munde hören, der König schliefe bei der Königin. Dies war von ausgesprochenem Nutzen für das Königtum und schadete der Liga, weshalb Pfarrer Boucher gegen Heurtebise predigte und ihn sowohl bestochen, als auch Werkzeug Satans nannte. Der kleine Weißwarenhändler indessen vertrat seine Sache, denn mit der Zeit machte sie ihn stolz, wurde ihm auch gewisser als am Tag der Ereignisse. «Heurtebise, was hast du, genaugenommen, gesehen?»

«Der Herr König lag in seinem goldenen Bett, auf dem Kopf seine goldene Krone, und neben ihm lag die Frau Königin, schön wie die Morgenröte. Das ist wahr, noch in meiner Todesstunde.»

Er sagte dies dreizehn Jahre lang. Dann war es mit dem Königreich dahin gekommen, daß der König ermordet wurde, während sein Nachfolger Henri, vierter seines Namens, in Schlachten siegen mußte über seine Franzosen, sonst fielen sie in die Hände Habsburgs. Die Liga ließ damals, zur Belebung ihrer Prozessionen, die Weiber nackt durch die Straßen tanzen. Ihre Ausgelassenheit war schaurig, ihr Blutdurst neigte zum Lächerlichen. Der kleine Weißwarenhändler, stadtbekannt durch seine Märchenerzählung, war nicht der erste – aber auch ihn fielen die wilden Weiber an als einen Feind der heiligen Kirche. «Das ist Heurtebise, der den Valois hat gesehn bei seiner Hure liegen!» Heurtebise wurde von vielen nackten Füßen zu Tod getreten.

Das Vergnügen

Die Königin von Navarra hatte ihren eigenen Hof, mehrere kleine Zimmer, darin vereinigte sie am Abend ihre Freundinnen, ihre Dichter, Musiker, Humanisten, und ihre Liebhaber. Hier war Margot die Gottheit und mußte nicht heimlich durch einen Vorhang spähen wie bei den Festen ihres Bruders, des

Königs von Frankreich. Ihr lieber Gatte Henri fand sie eines Abends Harfe spielend, während ein Dichter wohllautende Verse zu ihren Ehren sprach; aber in der poetischen Welt hieß sie Lais und war eine Kurtisane, die vermöge der Schönheit und der Gelehrsamkeit über die Menschen herrscht. Margot-Lais saß in aller Vollendung, nach der sie immer gestrebt hatte, auf einem erhöhten Sessel. Diesem zugewendet standen links und rechts noch zwei, mit den Damen Mayenne und Guise. Dem göttlichen Wesen zu Füßen und auch neben den Sitzen der beiden anderen Musen lagerten die weniger wichtigen Erscheinungen, die indes notwendig in das Bild gehörten. Es wurde abgeschlossen von zwei Säulen, rosenumrankt, zwischen ihnen ein großer heller Teppich, hineingewirkt waren schwärmerische Gestalten des Frühlings. Durchaus klar und ruhevoll erschien das Ganze; der Dichter vorn im Halbkreis brauchte es nur zu besingen, wobei er sich leicht zur Seite bog und den anderen Arm von sich streckte, als ginge er auf schmalem Steg über einen Abgrund.

Im Schloß Louvre ist nicht alles wohl gesichert, erinnerte sich Henri angesichts des Hofes der Königin von Navarra. ‹Und denke ich erst an die Kirche, wo Boucher predigt! Soll ich ihn nachmachen und diesen hier eine Probe seiner Beredsamkeit geben? Soll ich?› Nein, er nahm zwar die Stelle des Dichters ein, sprach aber, was ihm plötzlich eingegeben wurde: «Adjudat me a d'aqueste hore –» hilf mir zu dieser Stunde, das Gebet, das seine Mutter gesprochen hatte, während sie ihn gebar. Klangvoll war es anzuhören, und da es gerichtet wurde an die Jungfrau, zugleich aber an die Königin von Navarra, hatte ihr lieber Herr alle Huldigungen überboten, so viele Madame Marguerite an ihrem Hof empfing. Dafür dankte sie ihm überaus; sie spielte zwischen seine Worte hinein die glänzendsten Läufe auf der Harfe, zuletzt aber reichte sie ihm ihre wunderbare Hand, damit er sie küßte. Dies getan, versicherte er ihr vor ihren Bewunderern, daß er ihr zu gefallen und zu dienen so eifrig bemüht wäre wie noch nie. Sie verstand ihn auch und reichte ihm wieder die Hand – diesmal, damit er sie die Stufen ihres Sitzes hinab und aus dem Zimmer führte.

Sobald es dort nicht mehr gehört werden konnte, fing er an zu lachen und sagte: «Gehn Sie mal zu der Königin, Ihrer Mutter. Ich bin neugierig, wie Sie aussehn werden, wenn Sie zurückkommen.»

«Was meinen Sie denn», erwiderte Margot und war gekränkt. «Mich behandelt niemand mehr so ungehörig wie zu den Zeiten des Königs Karl.»

«Ich will es nicht hoffen, obwohl Ihr Bruder, der König, genau die Wut auf Sie hat wie Ihre Mutter.»

«Was ist denn los, um Gottes willen!»

«Ich werde mir den Mund nicht verbrennen. Mag es Ihnen genügen, daß ich selbst nichts glaube, was man Ihnen vorwirft. Das erfinden die anderen nur, um uns beide auseinanderzubringen.»

Er geleitete seine Gemahlin auf den Weg zu Madame Catherine. Kaum war er allein geblieben, als schon eine andere Dame ihm entgegentrat, die Herzogin von Guise, auch sie in schwieriger Lage. Längst war es ihr anzumerken gewesen; auf ihrem erhöhten Sessel, da alle anderen beruhigt dreinschauten, hatte sie verstört den Hals hin und her gerückt. Ein großer Schrecken, den man nicht vergessen kann, sieht so aus. «Sire», sagte die Herzogin und hielt hilflos beide offenen Hände hin, «ich bin eine sehr unglückliche, schuldlos verfolgte Frau und verdiene, daß Sie mich trösten.»

Er wollte einwerfen: warum nicht auch ich, nach allen den anderen – fand aber keine Zeit dazu. «Als der beste Freund des Herzogs überzeugen Sie ihn um Gottes willen von meiner Unschuld, damit er mir nicht noch mehr Unrecht tut!» Sie hatte alles in einem Atem herausgebracht und mußte anhalten; Henri konnte sagen: «Ich darf für Ihre Unschuld zeugen, Madame, denn mir haben Sie das Gegenteil leider noch nicht bewiesen.»

«Denken Sie, was mir zustößt mit dem Verrückten. Heute morgen befinde ich mich nicht ganz wohl, er aber hat Laune wegen etwas, das ihn schrecklich ärgert, er will nicht heraus damit. Ich weiß es auch so, was haben die Ehemänner schon im Kopf, außer ihrer Eifersucht. Plötzlich fällt ihm ein, ich sollte eine Fleischbrühe trinken, und wie sagt er das! Sein Ton muß mich auf den schlimmsten Verdacht bringen. Ich brauche keine Fleischbrühe! Aber wie oft ich es versichere – Sie werden entschuldigen, Madame, die Fleischbrühe muß sein, und auf der Stelle schickt er nach der Küche.»

«Vergiften wollte er Sie?» fragte Henri leise und angstvoll, denn ihm fiel auf die Seele, daß er selbst den Herzog einen Hahnrei genannt hatte, und vielleicht war er der erste gewesen? Seitdem hatte Guise sich überall die Bestätigung geholt, und so furchtbar waren die Folgen für die arme Frau.

«Sie haben ihm hoffentlich die Brühe ins Gesicht geschüttet.»

«Das kam mir nicht zu. Ich bat ihn um eine halbe Stunde Frist, bis ich die Tasse austränke, und in dieser Zeit bereitete ich mich vor, zu sterben.»

Henri sah das bedauernswerte Opfer nur noch verschleiert durch seine Tränen.

«Dann brachte man die Brühe. Der Herzog war inzwischen hinausgegangen. Ich trank sie.»

Sogar in seiner Abwesenheit hatte die Gattin ihm gehorcht, gestärkt von der Hoffnung, ihre letzten Gebete hätten alle ihre fleischlichen Verfehlungen aufgehoben.

«Was sagen Sie!» rief sie auf einmal völlig erbittert. «Es war eine ganz gewöhnliche Brühe.»

Ihr Zorn ergriff auch ihn. Der Goliath und Gliedermann! So ängstigte er Frauen. Das war seine Rache, wenn sie ihm aufsetzten, was ihm anstand. «Madame», sagte Henri mit ehrlicher Überzeugung, «Sie sind schuldlos verfolgt, wie ich wohl sehe. Sie verdienen, daß ich Sie tröste und das Unrecht aller Männer, auch das meine an Ihnen gutmache.»

Er nahm ihre Fingerspitzen, seine und ihre Hand schwebten zwischen ihnen. Sie setzten die Füße vorn an, und die Gesichter mit einem höflichen Ausdruck von Beglückung einander zugewendet, beschritten sie nicht ohne Anmut den Weg, der zu ihrem Vergnügen führte.

Als er Margot wiedersah, kam sie aus einem stürmischen Auftritt mit ihrer Mutter und dem königlichen Bruder, in Gegenwart von Zeugen; es war nicht der erste, den ihre sittliche Führung veranlaßte. Sie befand sich noch nicht wieder im Gleichgewicht. «Ich hatte wohl recht?» fragte er mitleidig. Ihre großen Augen füllten sich mit Tränen, sie mußte darauf bedacht sein, daß nicht die Tusche zerlief. Daher konnte sie nicht gleich vorbringen, was ihr Herz beschwerte. Statt dessen umarmte ihr lieber Herr sie und versicherte ihr, die Dinge möchten sonst liegen wie immer, er werde sie schützen, denn sie wäre ihm anvertraut. Noch heute abend, wenn der König zu Bett ginge, würden zwei seiner Freunde ihm vorstellen, wie sehr er ihr Unrecht getan hätte.

«Vielleicht wird er es glauben; aber meiner Mutter machen sie nichts vor», sagte Margot etwas zu schnell und erschrak ein wenig. Sie versuchte ihren lieben Herrn anzusehen, wieviel er eigentlich wußte. Denn schließlich, ihr großes Vergehen gegen den Anstand war wirklich geschehen, sie hatte ihrem gerade amtierenden Liebhaber einen Krankenbesuch gemacht! Da Henri sich nichts anmerken ließ, kehrte auch sie zu der Rolle der Unschuldigen zurück. «Wäre die Verleumdung mir nicht öffentlich ins Gesicht geschleudert worden! Das verzeih ich nie. Es hätte nur noch gefehlt, daß auch mein lieber Herr schlecht von mir denkt und mir böse ist.»

«Das fällt mir gar nicht ein, da ich Sie am besten kenne», sagte er mit einem Lächeln, das bedeutungsvoll, aber gütig war, und auch Verliebtheit spielte mit hinein. Alles zusammen rührte das Herz der armen Frau. Einen besseren Freund konnte sie sich unmöglich wünschen. «Dank Ihrer Anständigkeit», sagte sie, «ist es diesmal noch gut gegangen. Jetzt sind wir aber gewarnt. Passen Sie auf: der König wird sich noch mehr Geschichten ausdenken, wie er unsere Freundschaft verbiegen kann.»

«Es soll ihm nicht gelingen», versprach er, «und wir wollen sogleich Anstalten treffen.» Sie blieben auch noch eine ganze Weile zusammen. Am Morgen, nachdem er von ihr gegangen war, bekam Margot, alsbald den Besuch von Damen, die ihr berichteten, daß ihr lieber Gatte sie gerade gestern gekränkt hätte mit der Herzogin von Guise. Einen Augenblick war sie erstaunt, dann erwiderte sie: «Mein lieber Herr kann nicht sehen, daß eine Frau unglücklich ist.»

Hierüber dachte sie viel nach. Denn Margot lebte unbesonnen, nur ihr Geist war sinnreich. Sie zeichnete, zu ihrer Erinnerung, zwei vergleichende Charakterbilder auf: der Herzog von Guise, in ihrer Niederschrift Cleonth genannt, wie er sich rächte und die Herzogin stundenlang in schrecklicher Todesfurcht erhielt mit einer Fleischbrühe; der König von Navarra, bei ihr Achill: so nachsichtig – und auch so unzuverlässig. «Aber seine Gefühle sind dennoch sich selbst getreu», schrieb sie. «Achill vergißt niemals die große, schöne Leidenschaft, die ihn mit Lais verbunden hatte. Diese verraten weder Lais noch Achill, sie verwandeln sie durch gemeinsamen guten Willen, und aus der Passion, die oft wie Haß aussieht, wird eine Freundschaft, die fast der Liebe gleicht.»

Margot legte die Feder hin und war recht froh, wie die Dinge sich darboten. Vieles hatte sie nicht ausdrücklich hingesetzt, zum Glück war es ausgestanden: die Toten, die sich zwischen sie und ihren lieben Herrn gedrängt hatten, und man konnte nicht über sie hinweg. Dann hatte sie ihn ihrer schrecklichen

Mutter verraten, so daß er in Gefangenschaft kam; dann hatte sie sich entschlossen, ihm Hörner aufzusetzen. Haß, Betrug, Reue und Mitleid waren ihren Weg gegangen, bis endlich Achill und Lais die besten Freunde wurden und es immer bleiben sollten, meinte Margot. Aber das Leben ist lang.

Die beiden Gatten erlaubten einander manches, ja, sie wiesen einander auf drohende Gefahren hin, wenn auch immer mit einigen Vorbehalten. Einmal begann Margot: «Sire, Sie zeigen sich zu häufig mit meinem Bruder d'Alençon. Sie sollten sich nicht mit ihm verschwören, Sie haben doch schon öfter gesehen, wie es endet. Er bleibt der Erbe des Thrones. Ihnen wird zwar die Statthalterschaft im Königreich versprochen, aber darüber lacht der ganze Hof.»

«Madame, es ist nicht immer von Nachteil, ausgelacht zu werden.»

«Wenn Sie geheime Pläne hätten. Wollen Sie denn König von Frankreich werden? Sie finden niemand, der Ihnen dienen möchte, weil alle Sie hier in dieser Rolle kennen. Dienen Sie lieber meinem Bruder d'Alençon, den ich sehr liebe und der bestimmt den Thron besteigen wird. Ich rate Ihnen zu Ihrem Besten.»

«Madame», sagte er ernst, «Sie wollen erfahren, daß auch ich Ihr Freund bin. Bei Ihrem Bruder d'Alençon halte ich mich oft auf, weil ich weiß, daß sein Leben in Gefahr ist.» Sein Blick war so vielsagend, daß sie ungefähr erriet: er selbst war beauftragt; der König benutzte ihn, um sich seines Bruders zu entledigen. Sofort beschließt Margot: ‹Ich will selbst meinen Bruder Franz beschützen. Sein Freund, der tapfere Bussy, soll meine Gunst genießen.› Weil sie dies aber fest vorhatte, lenkte sie das Gespräch zu Sauves, ihrer guten Freundin hinüber.

«Sauves ist ein angenehmes Vergnügen für Sie», versetzte Margot. «Mehr darf sie auch nicht sein, um Ihrer eigenen Sicherheit willen, mein lieber Herr und Gemahl. Verraten Sie ihr nur niemals, was wirklich in Ihnen vorgeht! Auch auf dem vertraulichen Kopfkissen müssen Sie sich immer gegenwärtig halten, daß Sauves alles und jedes meiner Mutter, der Königin, berichtet.»

«Ich glaube es nicht», erwiderte Henri, obwohl er es wußte.

«Sie würden noch mehr nicht glauben. Sauves liebt niemand als nur Guise, ihm ist sie ganz ergeben.» Margot fing an, sich zu ereifern. «Brauchen Sie dafür noch einen Beweis außer den Tränen, die sie vergießt, seitdem Guise das entstellte Gesicht hat? Das gönne ich der Sirene!» rief sie im hellen Zorn. «Ich gestehe sogar, daß ich selbst dafür gesorgt habe. Diesen Sommer mußte er in den Krieg ziehen, anstatt seine Frau zu vergiften und mit Sauves zu schlafen. Jetzt hat er einen tiefen Schwertstreich bekommen über das halbe Gesicht und ist nicht mehr der schöne Guise. Er heißt nur noch Guise mit dem Schmiß.»

«Guise mit dem Schmiß», wiederholte ihr lieber Gatte, und sie freuten sich. Margot fiel plötzlich zurück in ihre vorige Wut. «Auch Sauves soll sich nur hüten, damit ihr kein Unglück zustößt. Denn sie geht darauf aus, Sire, Sie mir zu entfremden. Was sage ich, sie will Sie heiraten! Das Weib behält Sie den ganzen Tag bei sich und befiehlt Ihnen sogar, anzutreten, wenn die Königin sich erhebt, nur damit ich Sie nicht haben soll. Mißtrauen Sie mir denn mehr als ihr? Mit Mißtrauen, Sire, fängt der Haß an!» rief Margot – und hatte ganz vergessen, was für eine sichere Freundschaft bestand zwischen Lais und Achill.

Henri versuchte sie zu umarmen, und als sie sich sträubte, lächelte er heimlich über ihr erregtes Gefühl, ohne zu ahnen, daß auch ihn bald Eifersucht anwandeln würde – auf Margot, die den tapferen Bussy liebte. Vergnügen bleibt nicht immer Vergnügen. Es hat Fallen und es hat Tiefen. Man kann sich darin verbergen, um nicht gesehen zu werden. Man kann sich auch darin verlieren und inzwischen das Wichtigste versäumen. So erging es, besonders bei Charlotte de Sauves, dem Sohn der toten Jeanne, dem Rächer des ermordeten Admirals. Noch viele andere Damen des Hofes erfüllten denselben Zweck, lieblicher aber diese.

Sauves begegnete dem Lächeln des Lebens mit eigener Anmut. Ihr Wesen war gleichmäßig – anstatt stürmisch oder berauschend wie die Natur der Königin von Navarra. Schwach verhielt sich die Herzogin von Guise, nicht Sauves, die genau wußte, wie weit sie in allem gehen wollte. Henri verstand sich mit ihr – verstand sich mit Margot, Madame de Guise, Charlotte de Sauves und mit den übrigen, die er liebte und beglückte. Es waren viel, wie üblich an diesem Hof, ein verschwenderisches Durcheinander, sehr die Frage, ob es lange gut gehn wird für einen so jungen Körper. Am ruhigsten war er noch bei Charlotte, daher seine Vorliebe.

Es kam, weil sie einander erlaubten, ihren Sinn abschweifen zu lassen, wenn sie nachts beisammen wachten. Er wußte, wohin der ihre ging: zu Guise und seinen ehrgeizigen Unternehmungen. Guise ist ihr einziger Herr, sogar noch mit entstelltem Gesicht. ‹Das soll mir gleich sein, sie hat einen so hübschen Mund, wenn er sich ihr in Gedanken selbst öffnet; und ich kenne keine Augen wie die ihren, lange schmale Spalte, daraus Witz funkelt. Beunruhigend wäre, daß auch sie sich niemals wundert, weil ich lange schweige. Vielleicht hat sie schon erraten, woran ich denke? Ihre dichten Wimpern verheimlichen mir etwas, nun wir uns plötzlich ansehn, und sie lächelt mitleidig. Das verdiene ich auch, denn was habe ich vollbracht in länger als drei Jahren von allen meinen kraftvollen Vorsätzen des Hasses und der Rache? Nichts. Der König, Guise und Madame Catherine, alle leben noch, ich aber bin ihr Gefangener und ihr Freund; denke über sie nach, mehr als gut ist, und täusche sie. Die Frau, die neben mir liegt, hat recht, Guise für einen besseren Mann zu halten. Dennoch ist ihm jetzt das Gesicht verunstaltet – dafür, daß er den toten Herrn Admiral hat in das Gesicht getreten!›

«Mein Geist versetzt mich oft in das Gebirge», sagte er zu seiner Gefährtin in der Stille der Nacht. «In Schloß Louvre bin ich gern, wegen meiner vielen guten Freunde und der schönen Damen. Aber auf die Dauer fehlen mir die Berge. Wer sie nicht beschritten hat als Kind, weiß nicht, was es heißt, im Herzen ihren Namen zu tragen. Die Pyrenäen.»

Sauves sah es, wie er träumte. Versuchsweise ließ sie ein Wort fallen: «Es ist weit bis dorthin?»

«Zu Pferd möchte ich wohl in zehn Tagen dort sein. Ich habe gewettet mit meinem Vetter d'Alençon», erwiderte er eifrig und gab, wenn man so scharf hinhörte wie Sauves, sich und seinen Genossen preis. Um das Geständnis auszutilgen, begann er unvermittelt zu phantasieren von dem Wasserfall, der herabstürzte aus Himmelshöhen. Ganz hingerissen log er, daß er einmal sich selbst habe von ihm ins Tal tragen lassen, bis vor die Füße seiner Mutter Jeanne.

«Deren Tod auch nach drei Jahren noch nicht aufgeklärt ist», warf Sauves sofort ein. Und noch immer nicht gerächt! Das hielt sie zurück, darum hörte er es dennoch! Oh! er fühlte durchaus ihre Neugier. Diese berührte ihn so deutlich wie ihre Haut. Sauves hat ihre größte Lust nicht an der Liebe, sondern durch das Wissen und Hineinspähen. Ehe man dessen gewahr wird, hat man sich ihr verraten. Ihr zarter Körper war leicht zu ermüden, in dieser Hinsicht flößte Henri ihr Schrecken ein: sie aber ihm mit ihrem Scharfblick.

Indessen verriet sie ihn nicht an die alte Königin, obwohl es ihres Amtes gewesen wäre. Sie hatte dafür Entschuldigungen, denn was beging der arme Herr schon groß, außer einigen geheimen Unterredungen, die zu nichts führten. Madame Catherine hätte darüber gelacht, daß er sich sollte verschwören mit ihrem Sohn d'Alençon, der ihn so oft getäuscht hatte. Die Vorsätze des armen Herrn waren angekränkelt, seine Gedanken genügten sich bald schon selbst. Der tut nichts mehr, meint Sauves. Der geht auf die Jagd und ist pünktlich wieder da, voll Stolz auf die erlegte Beute. Vor allem liegt er zuviel bei Frauen. Sie meinte es gut und aufrichtig, als sie ihn hiervor warnte. Ihr Herz war nicht böse.

Allerdings wollte sie ihn auch von Margot trennen. Solange ein Prinz von Geblüt mit der Schwester des Königs verheiratet ist, hat er trotz allem noch Aussichten. Aber auf den Thron soll nicht er: mein einziger Herr und Meister Guise soll auf den Thron steigen! Daher versuchte Sauves ihren zeitweiligen Gefährten zu überzeugen, sie hätte ihn von je geliebt – schon seit der ersten Begegnung im Garten, als die Freundinnen Charlotte und Margot ihm Arm in Arm entgegenschritten, und ihnen vorauf gingen Pfauen. Der wird der meine, und ich gehöre ihm ganz: dies hatte sie vorgeblich sogleich beschlossen. Ich bin geschickt, bin klug, und heiratet er mich, wird er König! Das sollte er ihr glauben. Vergebens, sein gewitztes Lächeln sagte ihr, daß sie ihm so wenig etwas weismachen konnte wie er ihr. Aus Ärger entließ sie ihn an diesem Morgen früher, wenn er auch vielleicht aus ihren Armen in die ihrer lieben Freundin Margot sank.

So war das Vergnügen. Darüber geschah es, daß ihn in einer Nacht eine Schwäche befiel; der Ort war zum Glück das eheliche Bett. Eine Stunde währte die Ohnmacht, und in großer Sorge um ihn war Margot. Sie stand ihm bei und diente ihm, wie ihre Pflicht es vorschrieb; rief ihre Frauen und Leute; verließ ihn selbst keinen Augenblick, und sonst wäre er gestorben. Dieser Anfall hätte ihn warnen sollen: Margot sagte es ihm.

«Sie haben das nie gehabt. Es kommt von dem vielen Vergnügen mit den Frauen.» Genug, er war sehr zufrieden mit ihr, rühmte sie nachher allen, und sie war auch die erste, mit der er sich wieder vergnügte.

Zu lange gesäumt, zu viel bedacht und bezweifelt. Endlich entscheidet ein anderer. Am fünfzehnten September dieses Jahres 1575 wendete sich alles: da war der Herzog von Alençon nicht mehr zu finden. Seine Mutter ließ ihn zur Tischzeit suchen im ganzen Hause, höchst besorgt um seine Gesundheit. Sie wußte aus eigener Übung, wie bald jemand umkommt. Indessen fand sich keine Leiche. War er denn geflüchtet, ohne sich auch nur seiner Schwester anzuvertrauen? Die hielt ihren Musenhof wie gewöhnlich. Aber der Zaunkönig! Madame Catherine war schon darauf gefaßt, auch ihn nicht wiederzusehen – da kommt er ganz harmlos vom Ballspiel und nimmt noch erst ein Bad. «Was weißt du, Zaunkönig? Gesteh! Oder es wird dich reuen.»

Henri lachte: «Gerade erzählt mein d'Armagnac, daß der Vetter durchgegangen ist – man sagt, in einer Kutsche, die aussah wie leer. Soll ich Ihnen verraten, Madame, was jetzt folgen wird? Ein Aufruf des Mannes mit den zwei Nasen an das Land und das Volk, damit sie sich erheben. Darauf werden Sie, Madame, ihn versöhnen und ihm geben, was er verlangt.»

Er ärgerte sich – sie meinte, wegen des Verdachtes der Mitwisserschaft, der auf ihn fiel; und gewiß verdiente er den Verdacht. Dennoch verschärfte sie seine Gefangenschaft noch nicht. Seine Voraussage traf pünktlich ein, es erschien der Aufruf an Land und Volk. Darin berief der königliche Prinz sich auf die allgemeine Unzufriedenheit, auf die Sehnsucht so vieler Gemäßigter beider Religionen nach Frieden; verlangte aber auch Gerechtigkeit für sich selbst. Denn im Palast seines Bruders bekäme er nur Unannehmlichkeiten und kein Geld. Hier sah die alte Königin tatsächlich schon die Handhabe, ihr liebes Kind wieder zurückzuholen; daher nahm sie den Aufruf trotz allem weniger Ernst als ihr Sohn, der König, den das Ereignis tief verstörte. Aber auch die Stadt Paris geriet wieder einmal in eine Stimmung des Unheils und der spannenden Abenteuer. Wie! Der Bruder des Königs, Monsieur genannt, ist dem Herrn Prinzen von Condé gefolgt nach Deutschland. Schon rücken sie an mit einem Heer aus Franzosen und Deutschen, hunderttausend Mann, keinen weniger, Nachbarin! Da entdeckten einige Pariser, bald aber alle, am geröteten Abendhimmel die Bilder bewaffneter Männer.

Nur Madame Catherine behielt ihren Verstand auch bei diesen Erscheinungen und Gerüchten. Henri Navarra benahm sich nach ihrer Meinung rätselhafter als ihr Sohn d'Alençon, den sie kannte und nicht fürchtete. Unversehens zog sie die Erklärung seines Mitverschworenen hervor, er mußte sie lesen. Nach dreijähriger Prüfung beherrschte Henri sein Gesicht in jeder Lage. Ohne es zu verziehen, warf er nur hin: «Das kenne ich. So hab ich selbst geschrieben, als ich bei dem Admiral und den Hugenotten war. Bald wird Monsieur anders reden. Zuerst spielt man sich auf, nachher muß man tanzen, wie gepfiffen wird. Nichts für mich.»

Seine Verachtung konnte wahr oder gemacht sein, die gute Freundin blieb bei ihrem gründlichen Mißtrauen. Sie ließ ihn seitdem noch enger überwachen und beauftragte neue Spione, von denen er es nicht vermutete. Die sollten ihn womöglich zu Unvorsichtigkeiten veranlassen. Ihn umgaben dunkle Gespinste, indessen er selbst mehr als je den ganzen Hof zum besten hielt mit seiner guten Laune und scheinbarer Gedankenlosigkeit. In seinem Innern begab sich das Schwerste, und es verdüsterte sich sehr, wie vorher erst einmal.

‹Der Irrwisch hat gehandelt, während ich zögerte! Jetzt war das Ganze umsonst, meine lange Verstellung, das viele Denken und all die Erfahrung mit Menschen. Das Unglück hatte mich in seine Schule genommen, dennoch bin ich jetzt wieder dort, wo ich war – am Morgen nach der Bartholomäusnacht.›

Es dauerte nur vierzehn Tage, dann lenkte der Irrwisch schon wieder ein und verhandelte mit seiner Mutter, Madame Catherine, über die Entschädigung, für die er seine Verbündeten im Stich lassen wollte. Um so schlimmer für Henri! Ein Mensch wie dieser hatte dreist nach der Führung gegriffen, indessen er selbst infolge von zu viel Vergnügen in Ohnmacht gefallen war. ‹Wie alles kommt? Genug damit, ich frage nicht mehr. Die Schule des Unglücks soll vorbei sein mitsamt dem blassen Denken. Ich will meine Protestanten im Süden wissen lassen, daß sie mich nächstens bei sich zu erwarten haben. Gleichviel, ob sie mich mittlerweile verachten, weil ich mich zum Narren mache an diesem Hof, schon länger als drei Jahre. Ich will ihnen beweisen, daß ich der Sohn ihrer Königin Jeanne bin. Ein anderer Mann als der Irrwisch! Auch ein anderer als der eitle Goliath! Denn ich weiß: die Schule war doch nicht umsonst. Ich weiß: ich werde dies Königreich einigen.›

Sein heißer Stolz versicherte es ihm in erregter Sprache, dagegen kam nichts auf, nicht die Schande, in der er gelebt hatte und eine kurze Weile noch ausharren mußte; auch nicht die neue Beschämung durch den Irrwisch, der aufgetreten war an seiner Statt und auch ihn hätte unmöglich machen wollen. Er war seiner Sache gewiß. Hier, da sie verloren schien, stand sie zum besten. Eine Nation erwartet den Führer, und je mehr falsche entlarvt werden und abfallen, um so schicksalhafter dringt vor und auf den Weg der echte.

In solcher Lage, vor Ablauf der Weile, die noch übrigblieb, widerfuhr ihm ein letzter, sehr harter Stoß, aber er hielt ihn aus. Wer ihn zuletzt noch strafte, war seine liebe Schwester. Die junge Catherine hatte lange vergeblich gewartet, ob ihr lieber Bruder sich nicht besänne auf ihre Mutter Jeanne, den Herrn Admiral und alle seine Toten. Heimlich im Palais Condé sagte sie zu der alten Fürstin: «Ich kenne ihn, denn wir sind ganz dasselbe Fleisch und Blut. Ich war auch hier im Zimmer mit ihm und dem Herrn Admiral, der noch lebte. Ein schweres Gewitter entlud sich, die Tür sprang auf, ich dachte nicht anders, als herein träte unsere tote Mutter und riefe ihn ab, damit er sie rächte. Es war aber die Prinzessin von Valois, und diese holte ihn zur Hochzeit. Daran denke ich immer, und auch mein lieber Bruder hat nichts vergessen. Ich möchte schwören, daß er sich verstellt vor dem ganzen Hof seit all der Zeit, und sogar vor mir, seiner Schwester. Wenn erst der Tag gekommen sein wird, steht er auf und gibt sich zu erkennen.»

Sie verließ ihren Sitz, und da sie erregt war, ließ sie sehen, daß sie ein wenig hinkte. Auch war sie blaß und unentwickelt – hatte mit ihrer anfälligen Lunge die ganze Zeit abgeschlossen gelebt hier im Hause, aus Widerwillen gegen den Hof, wo «die Frauen die Männer baten», nach dem Wort ihrer Mutter. Prinzessin Catherine von Bourbon war Protestantin geblieben. Sie fand kein Verständnis für den Abfall ihres Bruders, wie immer seine Lage gewesen sein mochte. Aber sie hieß seine Handlungen gut, weil er ihr Bruder und das Haupt ihres Hauses war. Auch verteidigte sie ihn, seine Sitten, seine Versäumnisse, gegen die protestantischen Edelleute, die aus dem Lande heimlich zu ihr kamen, so daß sie zurückreisten mit etwas mehr Hoffnung. Sie war schwach, war allein, sie hätte nur Mitleid eingeflößt. Viele hatten aber die Königin Jeanne gekannt, sie waren betroffen von dem hohen Eigensinn der Tochter, als spräche sie selbst, und beugten sich nochmals ihrer unsterblichen Seele.

‹Indessen kann niemand einen Untätigen noch länger als drei Jahre in Schutz nehmen, besonders wenn eigene Zweifel herandrängen. Er hat nichts vergessen, ich weiß es. Dort, wo er gefangen ist, verliert man den Glauben. Den soll er wiederfinden mit Gottes Hilfe. Ich will ihm einen heilsamen Schlag versetzen. Das kann ich, denn wie es sonst auch gekommen ist, ich bin doch seine Kathrin wie je. Er braucht mich, weil wir beide zusammen klein waren, und wen hätte er in der letzten Not? Sonst niemand als nur seine Schwester. Ich will mich anstellen, als verließe ich ihn, und er soll erschrecken, weil ich mich und meine Sache einem fremden Mann hingebe.›

Dies war die unschuldige Berechnung eines Kindes mit großer Seele. Sie beichtete sie einem einzigen, Herrn Theodor de Bèze, Pastor in Genf, der gedichtet hatte: «O Gott, so zeige Dich doch nur!» Ihn fragte sie, ob sie ohne Sünde tun könnte, was sie vorhatte, und er belehrte sie, daß sie wohl ihre Sache scheinbar einem Fremden dürfte hingeben, nicht aber ihren Körper in der Tat. Gerade damals begegnete sie ihrem Vetter Charles de Bourbon, Grafen von Soissons, den sie lieben sollte bis an ihr frühes Ende.

Das ist alles anders, als du denkst, Kathrin. Du meinst bis jetzt, du wärst durch Sittenstrenge weit unterschieden von deinem Bruder, der sein Vergnügen sucht. Du wirst, wie er, in der Liebe über alle Stufen gehn, geläufig werden dir zuletzt sein ihre gesamten Schmerzen, die Heiligung und Erniedrigung derer, die viel lieben. Er wird weiter alle Frauen begehren, und sogar wenn er einer einzigen treu ist, immer noch in dieser alle. Du wirst, was dir zugedacht ist, reichlich bekommen allein durch Charles, deinen Verwandten, katholisch übrigens, was dich durchaus nicht abhält, strenge Protestantin; und dazu betrügt er dich in recht gewöhnlicher Art. Aber das vergißt du, sooft du es wieder erlebt hast, und nach jedem euerer Zerwürfnisse knüpft deine Herzensneigung sich fester. Das wird fortgehn, bis du einundvierzig bist, setzt auch manches öffentliche Ärgernis ab, wie du nicht leugnen kannst, obwohl du im schlimmsten Fall die prüde Dame hervorkehrst. Nur der große Name deines königlichen Bruders deckt dich noch. Da spricht er ein verspätetes Machtwort, verheiratet dich mit einem anderen. Du gehorchst ihm wohl, weil du schon gebrochen bist, aber das kann nichts mehr abwenden. Du wirst dich in der Furcht vor dem

Altern verzweifelt anklammern an deinen Geliebten, ja, lieber willst du sterben, als alt werden – und du stirbst. So wird es sein, Kathrin, und keineswegs, wie du dachtest, als du den Pastor in Genf um geistlichen Rat fragtest.

Die junge Catherine erschien unerwartet auf einem Hoffest. Man meldete es ihrem Bruder, darauf suchte er sie vergebens im Großen Saal unter dem Schwarm der Gäste. Im Zweifel, ob man ihn nicht zum besten gehalten hätte, warf er einen Blick in das Vorzimmer des Königs, das leer war; aber ein Leibwächter hielt das Gesicht gewendet nach einem Winkel, der für den Eingetretenen unsichtbar war. Der Bruder ging dort hin und fand seine Schwester mit einem Mann, der versetzte ihn in abergläubischen Schrecken. Henri war bereit, umzukehren und davonzulaufen – vor seinem eigenen Doppelgänger. Der Fremde hatte von ihm die starken krausen Haare und den schmalen Schnitt des Gesichtes; Mund, Augen, Nase glichen den seinen, in der Gestalt war kein Unterschied; und was Henri besonders bestürzte, dort sah er genau das Kleid, das er selbst trug!

Seine Schwester stützte den Arm auf die Schulter des Mannes – von je lehnte sie sich so an ihren Bruder. Gegen die Wange des Mannes sprach sie: nicht anders hatte sie unzählig oft gegen seine eigene geatmet. Aber das Furchtbarste: ihn, ihn selbst sah und hörte sie nicht – auf sechs Schritte nicht, obwohl er absichtlich am Boden scharrte. Er befühlte seine Hüfte, ob er leiblich noch hier und derselbe wäre! War er durch Zauber um seine irdische Erscheinung gebracht?

‹Armer Bruder›, dachte Catherine. ‹Gewiß gibt es Geister, man kann es mit ihnen zu tun bekommen, und auch Zauberei kommt vielleicht vor. Diesmal aber betrüge ich dich, und es ist mir herzlich leid, daß ich es muß. Ich habe meinen guten Vetter herausstaffiert, habe ihn eingeübt, und ich stelle mich an, als wärest du Luft. In Wahrheit hättest du gar keinen Grund, dich verwirren zu lassen. Vergleiche dich mit unserem Vetter! Die Familienähnlichkeit beiseite, ist sein Gesicht ohne Vergangenheit, ohne Spur. Er hat in seinen Wäldern das Wild gejagt. Du? Ach, Bruder, so jung du bist, dich zeichneten schon die Leiden, Kämpfe und Gedanken. Mach einmal keinen Narren, und deine Augen werden alsbald traurig – schlau und traurig, lieber Bruder. Deine Nase ist seither weiter herabgefallen auf die Lippe: noch nicht viel, aber etwas. In diesem Augenblick hältst du dich für unsichtbar, da wird dein Mund ein wenig krumm, weil du dich schon so lange verstellen mußt. Wie ergreifend sind dagegen die Einsenkungen deiner Schläfen, und die gehören dir von Geburt. Ob du gleich nichts weiter hättest, Bruderherz, wär ich schon die deine. Gerade das hat auch unser Vetter. Ich kann nicht glauben, daß ich ihn lieben werde; aber wenn, dann wär es wegen deiner Schläfen!›

Das Mädchen stand auf, endlich empfing sie ihn, streng und klar, wie Jeanne selbst ihn hätte angeblickt. Nur das Wasser stand ihr in den geöffneten Augen, und nicht anders stieg es in seine. Catherine sagte: «Herr Bruder, Sie haben unseren lieben Vetter lange nicht gesehen. Zu mir kommt er oft, und wir sprechen von Ihnen, da wir nicht hoffen dürfen, daß Sie Ihre Gesellschaft verlassen um unseretwillen.»

Henri erwiderte: «Es würde auffallen, und Sie wissen wohl, liebe Schwester, daß ich keinen Umgang habe mit Hugenotten, deren Sie so viele empfangen. Auch wäre es unvorsichtig, daß drei Mitglieder unseres Hauses noch länger sich allein und heimlich unterredeten im Vorzimmer des Königs.»

Hierbei sah er den Vetter an. Dem wurde es schwül, Henri konnte einfach seinen Arm nehmen und ihn zur Tür bringen. «Jetzt sprich, Kathrin», sagte er, als er zurück war. Sie blickte zuerst nach dem Leibwächter. Diesem war es eingefallen, sich breitbeinig in die Tür zu stellen, als sollte niemand zu ihnen hinein, und nur sein Rücken war hergewendet. Die Schwester sprach: «Sie warten zu Hause, daß du kommst.»

«Ich weiß es. Aber ich bin ein Gefangener. Die Wachtposten sind verdoppelt, immer mehr Spione beobachten mich. Noch müssen sie Geduld haben.»

«Sie haben keine mehr. Sie geben dich verloren. D'Alençon verdrängt dich bei ihnen, damit du es weißt! Und das sind unsere eigenen, im Süden, daß du es nur einsiehst! Der Gouverneur und die gemäßigten Katholiken gehn dort einig mit den Protestanten: zusammen wollen sie Condé die Hand reichen, wenn er einfällt in das Königreich mit seinen deutschen Hilfstruppen. Die Provinzen, die dazwischen liegen, sind auch schon gewonnen. Alles reift, alles bricht auf, nur du nicht. Unsere Mutter hat sich geopfert, jetzt ergreift den Lohn ein anderer, nicht du.»

«Ich bin recht unglücklich», seufzte er, schlug die Augen nieder und ertrug nur schwer, daß er sogar seine Schwester täuschen mußte. Diese bewegte, schwankende Stimme, das erschreckte Ansteigen der Endsilben: «Schwester! Schwester, ich bin doch entschlossen und breche auf, eh du denkst. Von denen, die mir helfen sollen, kennt keiner den andern. Ich habe gelernt in drei Jahren. Meine gute Freundin, die alte Mörderin, vertraut mir an, daß d'Alençon schon keine Gefahr mehr ist. Heute nacht reist sie heimlich ab und holt den verlorenen Sohn zurück. Sagte ich dir von alldem das erste Wort, Kathrin, dann wärest du mit hinein verwirkt. Du darfst nicht in Gefahr kommen, Kathrin.»

Er schlug die Augen auf, sie waren sanft und geduldig, nichts weiter.

«Du willst nicht?» fragte sie.

«Ich kann nicht», seufzte er.

Da erhob sie die Hand; es waren dieselben langen, geschmeidigen Finger, wie sie die Hand ihrer Mutter gehabt hatte – und wie als Knabe, wenn seine Mutter zornig wurde, fühlte er plötzlich auf seiner Backe einen festen Schlag. Er selbst wurde handgreiflich, als wären sie noch Kinder und wären noch in ihrem Lande, wo die Bauern und sogar die Prinzen im Ausdruck ihrer Gefühle sinnreicher sind. Er hob seine Schwester hoch, trug sie an ausgestreckten Armen vor sich her trotz Zappeln, und dem Leibwächter, der noch immer vor der Schwelle stand, setzte er sie schlankweg in den Nacken. Um von dem mächtigen Kerl nicht abzustürzen, mußte die kleine Catherine sich anhalten. Als sie wieder auf den Boden gelangte, war Henri längst fort. Sie aber: jetzt wußte sie – und vor Freuden lachte sie aus vollen Kräften. Der Leibwächter lachte mit.

Von denen, die ihm helfen sollten, kannte bisher keiner den anderen; nur die Spione natürlich wußten über jeden Bescheid. Dies waren besonders die Herren de Saint-Martin-d'Anglure und d'Espalungue, zwei wohlerzogene Edelleute, witzig und herausfordernd, ganz im guten Ton; hielten aber immer zur rechten Zeit auf. Der Umgang mit ihnen war reizvoll, und da Henri nicht zweifelte, was sie mit ihm vorhatten, zog er ihn noch mehr an. Sein eigener Vertrauter war ein Herr de Fervaques: Soldat, kein Jüngling mehr, gerad und schlicht. Mit ihm kein Witz und Wortgeplänkel – eine Benachrichtigung, die d'Armagnac in den Kleidern seines Herrn fand, nicht zu erraten, wie sie hineinkam; und dann vielleicht eine kurze Begegnung, bei der ein Name fiel: Gramont, Caumont, l'Espine, Frontenac. Sieben Edelleute waren schließlich mitverschworen hier im Schloß, und jeder von ihnen hatte sich von selbst einfinden müssen, auch waren sie sämtlich schon erprobt, denn Fervaques gab plötzlich die falsche Meldung aus, daß alles entdeckt wäre, sie sollten sich nur retten. Sie blieben aber, denn höher als ihre Sicherheit stand ihnen die Ehre, mit dem König von Navarra aufzubrechen, damit das Land den Frieden und die Freiheit bekäme. Henri erkannte die Besten daran, daß sie es gar nicht merkten, wie sehr sie eigentlich ihren persönlichen Vorteil oder auch nur ein großes Abenteuer suchten.

Den geheimen Zusammenkünften diente die neue Terrasse über dem Fluß. Der jetzige König hatte die Gärten dorthin erweitert; er war es satt, daß sein gutes Volk vom Ufer heraufkletterte, um, an das Geländer gehängt, die schöne Hofgesellschaft laut zu bewundern. Hoch über dem Fluß, von außen unzugänglich, stand die lange Terrasse – nur wußte niemand, daß sie ausgestattet war mit einer Versenkung. Eine bewegliche Steinplatte: sie lag am äußersten Ende im Boden, war überdies verstellt mit mehreren Säulen; wer sie aber zu öffnen verstand, gelangte durch das Gemäuer hinab bis zu dem Rand des Wassers. Ein Kahn hätte den Valois immer noch entführen sollen, wenn die Liga vermittels der Parteigänger, die sie auch im Schloß Louvre zählte, sich seiner bemächtigen wollte. Hier nun erschien der Geist des Admirals Coligny.

Wer ihn in einer Nacht des Januars zuerst feststellte, war ein katholischer Herr. Obwohl aus Gründen der praktischen Vernunft durchaus zugetan der Sache Navarras, wünschte er dem Geist des ermordeten Protestanten gewiß nicht zu begegnen. Gegenüber Herrn de Fervaques äußerte er Unwillen, weil der Verstorbene sich einmengte in Sachen, die nach seiner Zeit lagen und ihm unmöglich voll verständlich sein konnten. Der Geist hatte übrigens unverantwortliche Reden geführt, der Herr wollte sie nicht erst wiederholen. Dieses Zeugnis war nicht von der Hand zu weisen. Es war um vieles unverdächtiger als das der Hugenotten, des erfindungsreichen d'Aubigné und des düsteren Du Bartas. Seine beiden ältesten Freunde wurden von Henri nach wie vor in einigem Abstand gehalten. Galt hier doch ein Einvernehmen, das keiner besonderen Verabredung bedurfte, und eine Ergebenheit unwandelbar. Ihr Herr mochte ihnen unrecht tun: Gunst erwarteten sie nicht, sie hatten Besseres, hatten mehr.

Sie begriffen: Ein Herr ist darauf angewiesen, seine Feinde für sich zu gewinnen, sie zu kaufen, zu bezaubern oder sogar zu überzeugen. Rücksicht auf solche Freunde wie uns wäre Verschwendung: wir kennen einander; wäre Verwöhnung, und ein Herr muß verstehen, undankbar zu sein.

Als an einem der frühen Winterabende beide sich versteckt hatten in seinem dunklen Zimmer, ließ Henri sie hart an. Zu ihrer Entschuldigung bemerkten sie einfach, daß sie Auftrag hätten von dem Herrn Admiral; er wäre zurückgekehrt. Sie beschrieben, wie und wo sie seiner wären ansichtig geworden, und Henri mußte sie wohl zu Ende anhören: er hatte schon die Aussage des Katholiken. Trotzdem behauptete er, sie wären die ersten Überbringer des Ereignisses und sie hätten bei ihm verspielt, wenn sie ihn täuschen sollten. Sie sagten aber: «Sire! Unser geliebter Gebieter! Da die unsterblichen Seelen gegenwärtig sind so gut wie wir Lebenden, kann es nicht weiter auffallen, daß sie sich einmal zeigen.»

«Das ist auch nicht der Grund meines Zweifels», erwiderte Henri ihnen. «Indessen wissen die Geister, daß sie uns erschrecken, in guter Absicht pflegen sie daher nicht zu erscheinen. Was habe ich dem Herrn Admiral getan, daß er mich heimsucht?»

Hierauf schwiegen beide. Entweder wußten sie es nicht, oder durch ihr Verstummen überließen sie ihm, es sich selbst zu deuten. Er äußerte: «Viel Ehre für mich, in der jenseitigen Welt wird über mich gesprochen.»

«Nicht mehr als in der diesseitigen», sagten sie darauf. «Alle Königreiche des Abendlandes wissen von einem Prinzen, der seit Jahren das Leben eines Gefangenen führt am Hof seiner Feinde. Seine Mutter mußte sterben, sein väterlicher Freund und Feldherr ist ihm getötet worden, die Seinen verlor er fast sämtlich durch Gewalt. Er aber läßt sich nichts anmerken, treibt Narrheiten und säumt so lange, als hätte er die Tat, die jeder von ihm erwartet, ganz vergessen.»

«Wer erwartet? Was erwartet man?»

Sie sagten, wer. «Um eine einzige Person zu erwähnen: die Königin von England findet Ihren Fall spannend, Sire. Wir wissen es von Mornay, der lange drüben war, und noch immer hat er die besten Verbindungen nach der britischen Insel. Die Königin fragt Ihren Mornay nach Ihnen als nach einer höchst romantischen Gestalt. Werden Sie endlich sich entschließen, Madame Catherine umzubringen, bevor die Alte sie kaltmacht? Im Lande wird die Bewegung, deren geborener Führer Sie sind, größer und größer: Sie aber träumen. Das sollte der vierzigjährigen Elisabeth nicht an ihr jungfräuliches Herz rühren? Ein tiefer, undurchdringlicher Prinz! Ganz etwas anderes als der windige d'Alençon, der sich immer noch Hoffnungen auf ihre Hand macht. Jetzt weiß sie übrigens, daß er zwei Nasen hat.»

Henri senkte den Kopf; er hatte nicht überhört, was sie ihm alles zu verstehen gaben unter dem Vorwand, Geschichten zu erzählen. «Und er will, daß ich mich einstelle?» fragte er plötzlich.

Sie begriffen sofort, wen er meinte. «Heute nacht um elf», tuschelten sie noch schnell und sahen nach, wie sie unbemerkt entkämen.

Ungern blieb Henri allein zurück: er fürchtete sich. Einem Geist begegnen, ist fremd und ungeheuer – aber ihm sogar entgegengehen? Hier beginnt der unbefugte Übergriff. Die Priester beider Religionen würden Strafen dafür androhen. Andererseits ist man nicht kaltblütig genug, um die Frage unbefangen weltlich zu entscheiden. D'Elbeuf könnte es! Dies war der Name, der ihm einfiel: ein Mann von der Gegenseite, ein Guise. Henri hatte ihn in sein Vorhaben, von hier aufzubrechen, nicht eingeweiht. Dennoch hatte d'Elbeuf ihn schon aufgeklärt über die neuen Spione, die Henri sonst getäuscht hätten mit ihrem guten Ton. Er war verschwiegen und von klugem Rat. Auf dem Bett liegend, sagte Henri zu seinem Ersten Kammerdiener: «D'Armagnac, ich will Herrn d'Elbeuf sehen.» Der Edelmann als Diener schickte auf diesen verfänglichen Weg ein Kammermädchen der Königin von Navarra, das unbedeutendste, damit nicht erkennbar wäre, von wem die Botschaft kam. Als endlich der Freund vor seinem Bett stand, erklärte er nach Anhören des peinlichen Sachverhalts:

«Das Erscheinen des Admirals ist natürlich – besonders in Anbetracht der Umstände, die seinen Tod begleitet haben. Eher wäre zu verwundern, daß er so lange gezögert hat. Nach meinem Dafürhalten, Sire, haben Sie nichts von ihm zu besorgen. Er könnte, ganz im Gegenteil, eine nützliche Warnung beabsichtigen.»

«Mein guter Geist, der mich warnt, sind Sie selbst, d'Elbeuf.»

«Ich bin ein Lebender und weiß nicht alles» – worin ein gütiger Vorwurf mitklang: ich werde benützt, sollte es besagen, aber nicht eingeweiht. Für einen Beobachter wie diesen machte es wenig Unterschied; d'Elbeuf kannte die Wendung, die sich vollzogen hatte mit Navarra, und erriet, was bevorstand. Da er aber aus dem feindlichen Lager war, erwog er Gefahren, die dem Handelnden selbst entgingen. Indessen umschrieb er seine Befürchtungen nur.

«Sire, eins ist gewiß, daß Sie den Geist nicht vergeblich dürfen warten lassen. Es wird sich aber mit ihm verhalten wie mit allen anderen Geistern: man soll sich ihnen niemals zu sehr nähern, sogar die wohlmeinendsten der Geister würden in Versuchung geraten.» In welche, darüber glitt er hinweg. «Gehen Sie daher ruhig hin, Sire. Wie man die Geister kennt, wird auch dieser in einiger Entfernung bleiben, eben aus Furcht vor der Versuchung. Ich selbst aber will nicht weit sein, obwohl weder Sie noch der Geist meiner gewahr werden sollen – außer, es ergäbe sich guter Grund für einen Lebenden, dazwischenzutreten.» Dies sprach d'Elbeuf in die Luft, lächelte auch, als wären seine Worte ohne Absicht.

Henri lag noch immer unentschlossen da; er seufzte: «Ich muß ein Feigling sein. Im Feld hab ich es nicht bemerkt – oder nur zu Beginn einer Schlacht, da befällt mich jedesmal ein Bedürfnis; aber was sind zehntausend Feinde gegen einen Geist.»

Bei Tafel heute wurde viel geschwiegen. Es war so still, daß der König Musik befahl. Er hatte seine schwärzliche Miene, und Henri blickte auf seinen Teller, der nicht leer wurde. Nur Madame Catherine sprach weiter in ihrem langsamen, dumpfen Ton, und wer ihr aus Zerstreutheit nicht antwortete, den maß und erwog sie, während sie ruhig kaute. Ihren Zaunkönig redete sie mit folgenden Worten an: «Sie essen nicht, Schwiegersohn. Sie sollten zu sich nehmen, solange noch Zeit ist, vom Wildbret, Fisch und Kuchen. Das gibt es nicht überall und immer.» Er tat, als hörte er es nicht, denn die Musik spielte; dennoch hatte sie ihm zu verstehen gegeben, daß sie wohl wußte, er dächte wieder einmal an Flucht. Allerdings schüttelte sie gleich darauf den Kopf. Wie oft wollte der Zaunkönig schon auf und davon gehn, soll er es doch versuchen! Auch ihren Sohn, den König, prüfte und mißbilligte sie. «Du hast eine Dummheit vor», sagte sie ihm vorgeneigt über den Tisch. Nach einer Pause: «Ihre Mutter, Sire, besitzt Ihr Vertrauen nicht mehr.» Später wollte der Abend für Henri kein Ende nehmen. Man kann sich unmöglich für Frauen erwärmen oder Männern scharfe Antworten geben, wenn man verabredet ist mit einem Geist. Gegen elf Uhr riefen, wie gewöhnlich, die Wachen in Gängen und Hallen den Torschluß aus, und alle Edelleute, die draußen wohnten, brachen auf. Henri wollte sich unauffällig unter sie mischen, wurde indessen zurückgerufen von der Majestät selbst. Diese bot ein Bild des Jammers. Wäre Henri nicht ebenso verstört gewesen, er hätte das böse Gewissen erkannt. Der König brachte hervor: «Eine kalte, stürmische Nacht, guter Vetter! Was mag in der Finsternis alles unterwegs sein. Bleibe doch lieber beim Feuer sitzen!»

«Jemand erwartet mich», entgegnete Henri, und als ob es eine Dame wäre, lachte er: unheimlich ihm selbst.

Sobald die Wand des Hauses ihn nicht mehr schützte, schlug der starke Wind ihn zurück. Mit Anstrengung erreichte er die Terrasse, völliges Dunkel bedeckte sie. Er wartete, die Zeit verstrich, noch immer nicht hatte der Geist das Mittel gefunden, sich bemerklich zu machen. Erst als der Sturm die Wolken zerteilte – ein Mondstrahl blitzte auf und verschwand sogleich, aber in ihm erkannte Henri den Herrn Admiral. Schwarze Rüstung, grauer Bart, und die unverkennbare Haltung des Hauptes, nicht nur vornehm unter den Menschen, sondern auch bekannt mit dem Willen Gottes. Jetzt kennt er ihn wirklich, fühlte Henri und beugte ein Knie. Er befand sich am Rande der Terrasse, der Geist weit drüben, auf ihrem anderen Ende, wo Säulen standen; im Sommer war es eine Laube von Wein. Der junge Henri betete.

Da strahlt schon wieder der Mond hervor, und diesmal verweilt sein Licht auf der jenseitigen Gestalt. Ihr Gesicht ist bleich wie ein bloßer Schein, mit Augenhöhlen, die leer stehen: sind es doch keine leiblichen Augen. Auch der Fuß kommt nicht vorwärts auf den Steinplatten dieser Welt. Der Geist zieht ihn kraftlos nach, nun er versucht, einen Schritt zu tun. Noch schwerer wird ihm die Verständigung im Sturm, vermittels einer Stimme, der kein wirkliches Organ dient. Um so schrecklicher sein sichtbares Auftreten! Dem Betenden klappern die Kiefer. Indessen erlauscht er ein Stöhnen. Undeutlich, in Worten, die der Wind zerreißt, gibt der Herr Admiral zu erkennen, daß er gerächt werden will an seinen Mördern. Hier verschwindet der Mond. Das ist gut; nur im Dunkeln findet Henri den Mut zu seiner Antwort, die eine Unwahrheit ist. Im Angesicht des Geistes hätte er sie nicht einmal insgeheim gewagt. Er bringt es fertig und ruft in den Wind und in die Finsternis: «Ich denke nicht daran, Sie zu rächen,

Herr Admiral. Denn Ihre Mörder sind jetzt meine besten Freunde, ich aber bin ein witziger Bursche, guter Tänzer und will immerfort in Schloß Louvre bleiben.» Er ist laut genug, daß jeder Lebende, der in der Nähe versteckt gewesen wäre, ihn hätte hören müssen. Für sich aber, in sein Innerstes hinein, flüstert der junge Henri, flüstert dringend: ‹Herr Admiral, ich bin, der ich immer war!›

Ein Geist versteht natürlich, was gemeint ist, er unterscheidet die verschwiegene Wahrheit von der Lüge, die man für alle Fälle äußert, aus gewohnter Vorsicht, weil Verstellungen schon längst die erste Regung geworden ist. Sie kann ich nicht täuschen, Herr Admiral! Plötzlich schlägt dort drüben ein Gewicht auf den Stein, wie ein fallender Körper, und was nachfolgt, ist nach menschlichem Ermessen grobes Gepolter, Geschrei und Gerenn. So äußert sich kein einzelner Geist mehr, besonders nicht dieser. Henri wendet sich zur Flucht. Grade werden aber die Wolken geöffnet, und das Gestirn zeigt ihm einen Lebenden, der herbeiläuft und mit niemand zu verwechseln ist. «D'Elbeuf!»

«Fast hatte ich ihn schon! Ich lag auf den Weinreben zwischen den Säulen, der Schurke sah mich nicht, ich meinerseits habe ihn erkannt. Es war der Narr: kein anderer als der Narr des Königs, die traurige Gestalt, der schlechte Komödiant. Sobald ich meiner Sache gewiß war, sprang ich hinunter – wollte ihm auf den Nacken zu sitzen kommen, fiel leider daneben. Als ich aufstand, war er verschwunden.»

«Ein Mensch macht sich nicht unsichtbar.»

«Ein Geist schreit nicht wie ein Narr, tappt auch nicht über Stufen, die, ich weiß nicht wo, hinabführen. Er hat einen geheimen Ausgang benutzt.»

Die Terrasse lag im hellen Mondlicht, untersuchen konnten sie jede einzelne Steinplatte, aber keine verriet ein Geheimnis. Henri faßte sich an die Stirn. «Das war es», sagte er. Im Sinne hatte er das Gesicht des Königs vorhin beim Abschied, das Bild der Schuld und der schlimmen Ränke. ‹Und die hätten ihm sehr wohl gelingen können, denn ich glaubte wirklich, ich spräche zu dem Herrn Admiral. Wenn ich nun, anstatt zu lügen, gesagt hätte: Noch zehn Tage, und ich breche auf! Oder ich hätte dem Herrn Admiral sogar eingestanden: An meine Rache hab ich oft gedacht, Herr Admiral, und das Leben Ihrer Mörder stand manchmal in Gottes Hand! Ich hab davon geschwiegen, das war mein Glück. Sonst fände man mich wohl morgen auf diesen Steinen erdolcht.›

Hiervon sagte er seinem Gefährten kein Wort, aber der Beobachter d'Elbeuf verstand das meiste ohne Erklärungen. Sie kehrten in das Haus zurück, um den Narren aus dem Bett zu holen. Wie sie gedacht hatten, lag er schon darin; die nötige Zeit hatten sie ihm gelassen, als sie die Steinplatten untersuchten. Er täuschte tiefen Schlaf vor, keuchte aber eher, als daß er schnarchte, und seine Decke fühlte sich kühl an. Sie zogen ihn kurzerhand hervor und banden ihn an einen Stuhl. Das sonderbare war, daß er die Augen nicht öffnete. D'Armagnac wurde ausgesendet, um auch d'Aubigné und Du Bartas zu holen. In ihrer Gegenwart begann das Verhör.

Ob er gestehe, geradewegs von der Terrasse zu kommen, fragte d'Elbeuf den angebundenen Narren. Ob er gestehe, den Geist gespielt zu haben, fragte Henri ihn. Der Narr stellte sich, um seiner Rettung willen, als hätte er die Sprache verloren. Er verdrehte die Augen, als stürbe er im Ernst; sein Gesicht aber grinste. Unwillkürliche Zuckungen der Angst beseitigten den Ausdruck der Trauer, womit der Narr sonst seine Rolle bestritt. Im leinenen Hemd anstatt des würdevollen Schwarz, todbleich das lange Gesicht, verwirrtes Haar, und dieses ungewollte Grinsen: Zum erstenmal während seiner Laufbahn war der Narr komisch. Seine fünf Zuschauer lachten aus vollem Halse. D'Elbeuf als erster erinnerte die anderen Herren daran, daß hier ein äußerst boshafter Betrug an einem Lebenden versucht worden wäre, ungerechnet die Beleidigung eines Geistes, denn der würde sich selbst zu rächen wissen. Dies hören, und die Zähne des Narren klapperten schrecklich.

Ob er gestehe, heute nacht den Herrn Admiral Coligny vorgestellt zu haben, verlangte Henri nochmals, drohte dem Narren auch mit Erhängtwerden und ließ d'Armagnac die Wand ableuchten nach einem Nagel. Der Narr aber verstand sich auf das Komödienspiel. Das Verhör verlief gar nicht nach der Absicht der Herren. Frage: Ob er sich fürchte? Antwort: Allerdings fürchte er sich. Frage: Ob er bereue? Antwort: Allerdings bereue er. Frage: Ob er bereit wäre zu büßen? Antwort: Er wäre bußfertig. So gestehe er denn, der Geist gewesen zu sein? Antwort: Er mache daraus kein Hehl. Er habe gerade genug Grauen empfunden vor sich selbst, vielmehr vor dem richtigen Geist; denn jeden Augenblick hätte der ihm können das Genick umdrehen aus Zorn über die unbefugte Nachahmung. Auch wäre er gewiß, daß er seine Vermessenheit noch zu büßen haben werde, und dies trotz seiner aufrichtigen Reue. Geister wären nun einmal von unerbittlicher Rachsucht.

Frage: Ob er sonst nichts fürchte? Antwort: Was er wohl fürchten sollte? Ihren Nagel oder Strick? Sie könnten ihm nichts anhaben. Töteten sie ihn, würde alsbald der König wissen, daß es seine Richtigkeit habe mit der Verschwörung, die aufzudecken er ihn, den Narren, beauftragt hätte. D'Elbeuf sagte Henri ins Ohr: «Lassen wir den Menschen.» Henri indessen fragte noch, ob der Narr aus Haß gehandelt habe. Henri hatte in Schloß Louvre gelernt, den Haß jeder Gestalt mit Aufmerksamkeit zu betrachten. Antwort des Narren:

«Dich hassen, Navarra? Weil du hier statt meiner den Narren gemacht hast? Ich hatte dir gesagt, du könntest füglich in meine Rolle eintreten. Das ist weniger strafwürdig, als was ich selbst getan habe: den Geist äffen.»

Frage: Ob der Narr sich einer gewissen Kränkung erinnere; sie wäre ihm widerfahren während eines festlichen Umzuges, bei Musik und großer Beleuchtung. Antwort: Er erinnere sich. Gemeint war ein Biß in die Wange, den Henri gegeben, der Narr entgegengenommen hatte. Weder der eine noch der andere nannten eine so vertrauliche Sache beim Namen. Frage: Ob der Narr infolge der damals erlittenen Kränkung nicht dennoch mit Vergnügen getan hätte, was ihm heute nacht wäre verordnet gewesen. Antwort, hohl und mit Rasseln aus dem Innern: Er habe noch nie etwas mit Vergnügen getan, sondern alles in der geziemenden Traurigkeit, die auf das Ende sähe. Sein eigenes Ende sei nahe und werde gräßlich sein. – Darauf banden sie ihn los und verließen ihn.

Henri sagte zu seinen beiden alten Freunden noch: «Das war nun der Geist, von dem ihr mir die Einladung überbracht habt, und so werde ich belohnt, wenn ich euch folge.» Dann mochten sie beschämt ihrer Wege gehen.

In der dritten Nacht nach dieser aber drang aus der Kammer des Narren entsetzliches Geschrei, und als man sie öffnete, wurde der Narr aufgefunden, auf den Boden gewälzt mit umgedrehtem Genick. Den Zusammenhang begriffen alle, die bei der gefälschten Erscheinung nah oder fern zu tun gehabt hatten, und dies waren sowohl der König selbst, der vielleicht sogar zuviel wußte über diesen Sterbefall – als auch die Verschworenen mitsamt d'Elbeuf. Nur Henri erfuhr erst später, daß die schlimmen Ahnungen des Narren sich bestätigt hatten. Diesen Abend lag Henri zu Bett; wie schon oft, hatte er ein hitziges, aber flüchtiges Fieber, dessen Ursachen nie ein Arzt entdeckte, sie waren wohl geistiger Natur. Bei ihm befanden sich d'Armagnac und Agrippa d'Aubigné, den der Erste Kammerdiener herbeigerufen hatte. Denn nahe zum Kopfkissen seines Herrn geneigt, hatte d'Armagnac merkwürdige Worte vernommen. Jetzt hielten beide das Ohr hin; Gesang hörten sie, schwach, aber deutlich: «Herr Gott, mein Heiland, ich schreie Tag und Nacht vor Dir.»

Der Fiebernde sang weiter; nicht alles verstanden sie, aber es war Psalm 88. Die Stelle kam:

«Meine Freunde hast Du ferne von mir getan, Du hast mich ihnen zum Greuel gemacht. Ich liege gefangen und kann nicht auskommen.»

Da erfaßten sie ihn bei der Hand und hielten ihn bei der Hand, solange er das Psalmlied der Kinder Korahs von der Schwachheit der Elenden ihnen vorsang. Ihr lieber Gebieter sollte nicht glauben, der HERR verstoße seine Seele und verberge das Antlitz vor ihm. In seiner schwachen Stunde sollte er dennoch wissen, daß seine Freunde und Nächsten und seine Verwandten keineswegs sich ferne von ihm täten, um solchen Elends willen.

Hier hatte Henri sich versöhnt und neu verständigt mit seinen alten Freunden. Hier begann eigentlich sein Aufbruch.

Der Aufbruch

Eines Tages war er verschwunden – vorerst nur zum Schein und um die Wirkung zu erproben. Es entstand aber große Aufregung deswegen. Die Königinmutter fragte d'Aubigné, wo sein Herr wäre. Henri war einfach in seinem Zimmer, was d'Aubigné ihr nicht sagte. Ein Edelmann, der ihn zu bewachen hatte, wurde auf die Suche geschickt. Diese blieb natürlich umsonst, Henri indessen war gewarnt. Die folgende Woche sah er es darauf ab, sich bei der Jagd zu verspäten und erst zurückzukehren, wenn schon große Sorge herrschte. Zwei Tage bevor er Ernst machte, vermißten sie ihn die ganze Nacht; am Morgen später erschien er dann in der heiligen Kapelle, gestiefelt und gespornt, und erklärte lachend, er brächte den Ausreißer wieder; und er hätte sie nur beschämen wollen wegen ihres unnötigen Mißtrauens: er, den die Majestäten geradezu fortjagen müßten, sonst ginge er nicht, sondern stürbe zu ihren Füßen! Für diesen Zug wurde er nachträglich viel bewundert – hatte aber auch lange genug gedient, bis er das konnte.

Den Freunden ging es nicht schnell genug. Jetzt durften sie frei reden. Ihr Herr erlaubte es, um ihnen Genugtuung zu geben und sich in Geduld zu üben. Sie benutzten es auch und fügten eine lange Reihe vorzüglicher Worte zusammen, da sowohl Agrippa als Du Bartas Vertrauen setzten in die Kraft und Dauer der Worte, die für entschlossene Seelen ganz wie Handlungen sind und, einmal aufgezeichnet, den Nachruhm versprechen. Sie sagten ihrem Herrn rundweg, daß er sich gegen seine Größe versündigte und selbst schuldig wäre an den hingenommenen Beleidigungen. Wollte er aber auch alles vergessen, so vergäßen doch die Schuldigen nichts, und ihm wieder glaubten sie niemals, daß er vergessen hätte der Bartholomäusnacht! «Wir beide, Herr, wollten schon ohne Sie losgehen, da sangen Sie den Psalm. Wären wir erst fort, dann können Sie sich selbst sagen, Herr, daß andere dienende Hände nicht wagen werden, von sich zu weisen das Gift und das Messer, sondern werden sie gebrauchen.»

«Ihr hättet mich dennoch verlassen und aufgegeben?» fragte er zum Schein, damit sie die ersehnte Gelegenheit bekämen, noch weiter tugendhaft und gut zu reden. «Ihr hättet es gemacht wie Mornay. Denn ihr alten Freunde seid alle gleich. Mornay hat sich nach England in Sicherheit gebracht, rechtzeitig vor der Bartholomäusnacht.»

«So war es nicht, Sire. Er hat nicht mehr Zeit dafür gehabt; das aber ist Ihnen unbekannt geblieben, weil Sie sich den Berichten Ihrer alten Freunde so lange entzogen haben und wollten nicht hinhören, wenn wir zu murren wagten.»

«Ihr habt recht, und ich muß euch abbitten», erwiderte er gerührt, worauf sie ihm alle Erlebnisse ihres Gefährten Du Plessis-Mornay erzählen durften, obwohl er sie besser kannte als die beiden. Aber meine Freunde wollen nun einmal vor mir voraushaben, daß sie einiges wissen, was mir verborgen ist: zuerst über mich, dann über meine anderen Freunde. Daher wunderte Henri sich laut, wie der mutige und kluge Philipp sich in der Bartholomäusnacht hatte durchschlagen müssen, mitten durch die Mordbande, die gerade eine Buchhandlung durchsuchte nach freigeistigen Schriften und den Buchhändler niedermachte. Aus Stolz war Philipp ohne Paß abgereist, war dennoch nach England gelangt, das Land der Emigranten, und hatte, man frage nicht wie, abgewartet, daß Friede würde und die Amnestie käme. Dann Reisen zu den deutschen Fürsten, damit sie in Frankreich einfielen: das Leben eines umgetriebenen Diplomaten, wenn es nicht das eines heimatlosen Verschwörers war. Henri, der nichts Neues erfuhr, wurde dennoch immer nachdenklicher. So viel Unruhe, Mornay! So viel Dienst, Mornay! So viel Tugend! Ich war gefangen, und zuletzt beinahe gab ich mich gefangen.

Da endlich rückten sie unbewußt mit der Hauptsache heraus. Auch die Herren de Saint-Martin-d'Anglure und d'Espalungue drängten zum schnellen Aufbruch! Seine Freunde, die sich auf diese angenehmen Edelleute beriefen, wußten noch nicht, wer sie waren: die schlauesten der Spione. Er verschwieg es ihnen weiter, wahrscheinlich hätten sie sonst die Verräter zum Kampf herausgefordert, und alles wäre für einige Zeit verfahren gewesen. Dagegen beriet er sich mit seinem eigenen Vertrauten, Herrn de Fervaques: Soldat, kein Jüngling mehr, gerad und schlicht. Dieser riet ihm in aller Aufrichtigkeit, ein kurzes Ende zu machen und nur erst loszureiten. Was denn Spione! Er selbst wäre wohl fähig, sie unterwegs in die Irre zu führen, so daß sie die Spur des Flüchtlings verlören. Die Zuversicht des redlichen Mannes schien von guter Vorbedeutung. Am dritten Februar wurde aufgebrochen.

Vorher gingen ein Abschied und eine Komödie, beide mit Herren des Hauses Lothringen. Henri wartete, wo d'Elbeuf allein vorbeikäme: trat hervor und sah ihn nur an, da wußte d'Elbeuf. Immer hatte er das Wichtigste ermittelt und erkannt, ohne Worte oder Zeichen. In Gefahren war er von selbst zur Stelle gewesen, zweideutige Fragen hatte er geklärt, Menschen durchschaut und Abenteuer zum Besten gewendet. Er allein begehrte kein Vertrauen eines Bündnisses. Das alles verstand sich beiseite. D'Elbeuf war da, schien nichts zu geben und verlangte nichts. Auch hatte er den Herrn seines Sinnes wohl beschützt, dabei aber niemand verraten, besonders sein Haus nicht. Ein Guise kann nicht durch das Land reiten mit Navarra und kann sich nicht schlagen für ihn, bis er König ist. Dies stand fest für beide, d'Elbeuf und Henri. Da nun Henri unerwartet hervortrat, schossen in ihrer beider Augen die Tränen, und die Lippen zitterten ihnen, so daß nur wenige, entstellte Worte hinübergelangten in diesem äußersten Augenblick. Gleich danach waren sie auseinander.

Die Komödie dagegen spielte auf Kosten des Herzogs Guise mit dem Schmiß. Der Goliath und Held der Pariser mußte zuerst noch einen ganzen Morgen zum besten gehalten werden, warum eigentlich? Henri warf sich in aller Frühe über das Bett des Herzogs und schwärmte ihm vor, jetzt aber würde er wirklich Generalstatthalter im Königreich, Madame Catherine hat es versprochen! Wie da gelacht wurde im Zimmer des Herzogs, von allen, die dabei waren, als Guise aufstand! Auch wich der Possenreißer nicht von der Seite des großen Mannes, bis dieser vorschlug: «Gehen wir auf den Jahrmarkt, dort zeigen sich die Spaßmacher, wollen sehen, wer es mit dir aufnimmt!» Sie gingen auch hin, der eine von ihnen schon wieder gestiefelt und gespornt, und wollte den anderen durchaus mit auf die Jagd nehmen, schmeichelte ihm, streichelte ihn, ließ ihn nicht aus der Umarmung gezählte acht Minuten lang, und das vor allem Volk. Der Herzog hatte heute mit seiner Liga zu tun, zur Jagd konnte er nicht reiten, darüber war Henri beruhigt. Und endlich ritt er denn selbst.

Den Hirsch zu jagen ist ein seltenes Vergnügen, man kann es nicht laut genug verkünden. Aber der Wald von Senlis ist weit, wir werden übernachten müssen, bevor wir ihn jagen, und können morgen erst spät zurück sein. Daß sich niemand beunruhige wegen des Königs von Navarra! Es ist Herr de Fervaques, der spricht. «Ich kenne ihn doch, er freut sich wie ein Kind darauf, in einer Köhlerhütte zu schlafen. Ich will hierbleiben, um seine Vögel abzurichten!» In Wahrheit wurde Fervaques zurückgelassen, damit er beobachtete, was geschah, wenn die Flucht offenbar wurde. Er sollte Boten nachschicken, um zu melden, welchen Weg die Verfolger nähmen. Daran hielt er sich treulich, und einen ersten Berittenen fertigte er ab, sobald in Schloß Louvre die Beunruhigung aufkam. Der König von Frankreich äußerte bange Ahnungen, seine Mutter redete sie ihm aus. Sie und ihr Zaunkönig ließen einander nicht sitzen! Kleine Verspätungen wollte sie ihm nachsehen. Wie verliebt in Sauves hatte er sich noch den letzten Abend gezeigt – und nicht nur in Sauves! Den hält bei uns vieles!

Am Ende des zweiten Tages, der ein Sonnabend war, beherrschte auch Madame Catherine sich nicht länger. Sie ließ ihre Tochter rufen, und in Gegenwart ihres königlichen Bruders sollte Margot sich ausweisen, wo ihr Gemahl wäre. Sie gab an, sie wüßte es nicht, obwohl ihr dabei schwül wurde. Die Lage fing an, dem Familiengericht zu ähneln, wie es zu der Zeit ihres Bruders mehrfach über sie abgehalten worden war. Wie könnte sie nichts wissen, so wurde ihr scharf vorgehalten; hatte ihr Mann doch die Nacht vor seinem Verschwinden bei ihr verbracht! Das wohl, aber sie hätte nichts bemerkt. Wirklich? Keine geheimen Unterredungen oder Aufträge – und nicht einmal das leiseste Geständnis sollte sie empfangen haben auf dem Kopfkissen? Da in den glanzlosen Augen ihrer Mutter das gewisse unheilvolle Funkeln aufsteigen wollte, streckte die Arme ihre schönen Hände vor und schrie verzweifelt: «Nein» – was nur dem Wortlaut nach keine Lüge war. Denn Margot hatte der ausdrücklichen Enthüllung ihres lieben Herrn durchaus nicht bedurft; von selbst fühlte sie: seine Zeit war gekommen.

Früher einmal hatte sie ihn unbedenklich ihrer Mutter verraten – um dem Übel vorzubeugen, wie sie meinte. Jetzt mag im Grunde niemand mehr aufhalten, was überfällig ist: warum dann nur Margot allein. Madame Catherine hebt nicht die Hand gegen sie; aber das täte sie gewiß, wenn hier noch etwas zu bestrafen wäre. Im Gegenteil gibt es hier nur Geschehenes, das anzuerkennen ist, und das heimlich schon Zugelassene, das endlich offen eintritt. Daher kam es, daß nachher beim Zubettgehen der König wohl betroffen war, aber keineswegs außer sich geriet, als Fervaques ihm alles beichtete. Es war eine Ohrenbeichte. Länger als eine Stunde und eine halbe hing Fervaques am Ohr des Königs. Dieser vergaß, daß er handeln mußte, gab keinen Befehl, saß nur, hörte, und bemerkte nicht mehr, wie die ganze Zeit jemand ihm die Füße kratzte.

Fervaques hatte es, soviel er wußte, mit Henri ehrlich gemeint. Dem König von Frankreich schuldete er persönlich nichts, denn der mochte ihn nicht und hatte ihn an keine höhere Befehlsstelle berufen. Verbunden war er der Majestät durch alte Zucht und Treue, wäre auch nie von ihnen abgewichen. Durch einen reinen Zufall überraschte er eines Tages Henri mit d'Elbeuf, und stand auf einmal vor der Notwendigkeit, die ganze Gesellschaft von Neuerern zu verhaften oder sich ihnen anzuschließen, wie sogar ein Herr aus dem Hause Lothringen es getan zu haben schien. Er sah, daß sie vieles für sich hatten, vor allem ihre wohlerzogene Mäßigung, die niemandem und auch ihm selbst nicht jemals konnte gefährlich werden. Ihre Sache war es wert, verbessert zu werden durch die Beteiligung eines Mannes vom echten Schrot und Korn, das war Fervaques; und darum war er fortan der Vertraute, Vermittler, eingeweiht wie keiner, übrigens seiner Mannhaftigkeit wohl bewußt – weshalb er auch manchmal denken mochte: Aus denen wird nichts, ich mit meinen Leuten würde sie schnell erledigt haben, in einem Wald niedergemacht, in einem Sumpf ersäuft. Soldat, kein Jüngling mehr, gerad und schlicht, konnte Fervaques sich das Ende von «Politischen» oder «Gemäßigten» nicht anders vorstellen. Statt dessen brachen sie wirklich auf.

Da erkannte Fervaques, daß sie ohne ihn es toll treiben und dem Lande nur schaden würden. Sein Hauptbeweis war den Undank Navarras gegen ihn selbst, den man einfach zurückließ. Er rang ehrlich mit sich, bis seine alte Zucht und Treue obenauf kam und ihn bewog, zu beichten. Sobald der Entschluß feststand, drängte Fervaques sich an den König beim Zubettgehen, was ihm leicht wurde wegen seines gewaltigen Wuchses – erbat das königliche Ohr für eine wichtige Meldung und begann sogleich: «Sire, im Dienst Eurer Majestät hab ich mich eingelassen in eine Sache, die meiner ganzen königstreuen Vergangenheit widerstrebte; dadurch aber bin ich jetzt glücklich instand gesetzt, die Verbrecher Ihnen auszuliefern. Für mich verlang ich keinen Lohn. Mein Sohn allerdings hat ein verschuldetes Gut, das durch Zukauf vergrößert werden könnte.» So war Fervaques. Später, als Marschall und Gouverneur, sollte er auch noch für die Guise arbeiten, nur solange sie zahlten natürlich – endlich aber seine Provinz dem König Henri Quatre verkaufen. Bevor er starb, schrieb er ein weihevolles Testament, von allen zu lesen, und schied von hinnen mit dem Bewußtsein, in jedem Zeitpunkt seines rauhen und biederen Wandels getan zu haben, was gerade damals zum Besten des Ganzen war.

Jemand erriet richtig, was Fervaques dem König ins Ohr sagte. Dies war Agrippa d'Aubigné – auch er bis jetzt noch zurückgeblieben, damit man nicht glauben sollte: ohne seine Hugenotten flieht Navarra nicht! Beim Torschluß fing er den Verräter draußen ab, riß ihm die Maske vom Gesicht und überließ ihn seiner Schande. So wenigstens faßt ein Agrippa es auf, wenn ein Fervaques keine Antwort findet und stumpfsinnig schweigt. Schließlich knurrte der gerade und schlichte Soldat doch ein Wort, dem enteilenden Agrippa nicht mehr vernehmbar.

«Federfuchser!» knurrte Fervaques.

Dies sind wahrhaft verlorene Minuten. Aber jede ist kostbar, denn so lautlos betroffen der König war, es kann nicht fehlen, daß die Verfolger ihre Pferde schon satteln. Agrippa eilt zu Roquelaure, einem katholischen Edelmann, an den er glaubt und mit Recht. Aufgesessen und zu zweit dahingejagt unter den Sternen. Vor Senlis finden sie ihren Fürsten; seit Sonnenaufgang hat er den Hirsch verfolgt, und jetzt ist Nacht. «Was gibt's, ihr Herren?»

«Sire, der König weiß alles. Fervaques! Nach Paris führt der Weg des Todes und der Schande; überall sonst geht es ins Leben, in den Ruhm!»

«Muß man mir nicht erst erzählen», antwortete Henri dem beredten Dichter.

Aber es ist im Gegenteil vorzüglich, daß er es ausdrücklich hört, und ist ein dankenswerter Eingriff, daß Verrat ihm die Rückkehr ganz unmöglich gemacht hat. Wer kann sonst wissen. Zwanzig Stunden heftiger Bewegung des Körpers lassen viel vergessen. Der Weg nach Paris wäre der gewohnte, auch die Ketten sind dort bekannt. Die neuen werden vielleicht schwerer wiegen. Die alten Waffengefährten, denen er wieder zureitet, erwarten bei Henri dieselbe blinde Erbitterung, die sie selbst sich all die Zeit erhalten haben. Er aber, in Schloß Louvre, hat gelernt. Überließe er dennoch besser die Entscheidung dem Schicksal, das vielleicht den Rückweg verlegt? Sieh da, er ist verlegt! Wir reiten.

Die kleine Truppe, zehn Edelleute mit Roquelaure, d'Aubigné und d'Armagnac, ließ sich gerade aus einer Schenke leuchten. Als sie einzeln hervorkamen, sprach Henri zu jedem im Vertrauen: «Unter euch sind zwei Verräter. Paß auf, wem ich die Hand auf die Schulter lege!» Er legte sie zuerst Herrn d'Espalungue auf die Schulter und sagte: «Ich habe vergessen, mich von der Königin von Navarra zu verabschieden. Reiten Sie zurück und melden Sie ihr, daß niemand es bereut, der ehrlich zu mir hält.» Dasselbe tat er mit dem zweiten Spion, ihn schickte er zu dem König von Frankreich. «Ich kann ihm in der Freiheit besser dienen», dies sollte der zweite ausrichten. Beide, die ihre Unehre erkannt sahen, warfen sich auf die Pferde. Die anderen Edelleute konnten unmöglich die Ruhe bewahren. «Bedenken Sie, Sire! Diese gefährlichen Menschen werden die Bauern auf uns hetzen. Wir sind nicht sicher, solang sie unterwegs sind. Sie müssen sterben.»

Henri hielt sein Pferd am Halfter, er antwortete ihnen so munter, als wären sie noch immer auf der Jagd oder beim Ballspiel. «Getötet wird nicht mehr», antwortete er, stieß seinen Lieblingsfluch aus, die ins Komische gezogenen geheiligten Worte, und rief: «In Schloß Louvre hab ich genug Tote gesehen!» Damit setzt er sich an die Spitze der Seinen, indessen weithin die Umrisse der Spione zerstoben im Mondweben, aber ihre Hufe stampften und rissen aus, was das Zeug hielt.

Gemäß der Lage wurde ohne viele Worte beschlossen, wohin man sich in Sicherheit brächte: nicht mehr nach Osten, zur Grenze, die sie schwerlich erreicht hätten, sondern nach Westen in die guten festen Städte der Hugenotten. Die Wege dorthin standen allen frei, sie wählten frei den ihren, sprengten den Wald entlang und entsandten in die sternblaue Luft, weil sie freudig waren, Gelächter, oder gaben von sich Hetzrufe, als wären ihre Hunde noch hinter dem Hirsch her. Kamen sie über einen hellen Acker, dann fragten sie die Bauern, die von dem Lärm aus den Betten krochen, ob der Hirsch nicht wäre vor den Wald getreten – niemand hätte geglaubt, so lustige Jäger könnten auf einer Flucht um Tod und Leben sein. Sie selbst dachten kaum mehr an die Gefahr, die von den Spionen drohte. Eher besann sich der eine oder andere darauf, daß ihr Unternehmen noch keinen Tropfen Blut gekostet hatte; und es floß sonst doch reichlich, wo viel weniger auf dem Spiel stand. Einer, natürlich war es Agrippa, sah darin etwas Großes. «Sire! Getötet wird nicht mehr. Ein neues Zeitalter bricht an.» Er wollte gewiß nicht schmeicheln. Agrippa übertrieb nur gern seine Eindrücke, die erhebenden wie auch die, unter denen man daliegt wie Hiob.

Sie ritten die ganze eisige Nacht, immer gegen Pontoise; aber in der ersten Frühe des fünften Februar, an einem Sonntag, ließen sie ihre Tiere durch den

Fluß waten – voran und allein der Fürst und sein Stallmeister, d'Aubigné. Die anderen blieben noch zurück, damit er der erste wäre und damit ein Zeichen den Vorgang größer machte. Dasselbe begehrte Agrippa. Beide gingen, die Zügel ihrer Pferde über den Arm gehängt, das Ufer der Seine hin und her, wodurch sie sich erwärmten: da bat Agrippa, sein Gebieter möchte mit ihm, um des Dankes willen, Psalm 21 sprechen. «Herr! Der König ist froh Deines göttlichen Schutzes.» So sprachen sie einmütig im Morgennebel.

Jetzt stießen zu ihnen nicht nur ihre paar Gefährten: ein Trupp von anderen zwanzig Edelleuten jagt unverhofft daher. Zwar waren alle in Paris heimlich benachrichtigt worden, mit dem Augenblick ihres Eintreffens aber wird aus den Flüchtlingen insgesamt ein berittener Haufe: der überlistet keine Verfolger mehr, er wird hart klopfen ans Tor der Städte im Namen seines Herrn. Unter diesen ersten zwanzig ist ein Sechzehnjähriger, er läßt sich vom Pferd auf das Knie gleiten vor Henri. Aber Henri hebt ihn auf und küßt ihn – als Lohn für die vernünftige Klarheit und Echtheit in dem Knabengesicht, ein Gesicht aus dem Norden, von der Grenze der Normandie. Der weiß: mit mir fährt er sicher! «Küß mich auch, Rosny!» Und Rosny, später Herzog von Sully, darf das erstemal, mit gespitzten Lippen, die Wange seines Fürsten berühren.

Hier sind die werdenden Geschicke versammelt am Ufer der Seine, in waldiger Gegend, unter wechselndem Licht aus den Wolken, die nicht verweilen – und so auch die Geschicke nicht. Noch verhalten alle Gegenwärtigen sich zueinander gleich; sogar ihr König hat bisher nichts, was sie nicht hätten, die Jugend und die neugewonnene Freiheit. Die Schatten des Himmels ordnen sich zeitweilig, so daß sie über die vordere Ansicht fallen und auch den Hintergrund bedecken. In bestrahlter Mitte, breit flutendem Licht, winkt Henri einen nach dem anderen zu sich. Mit jedem steht er einmal allein, umhalst ihn oder schüttelt ihm beide Schultern oder drückt seinen Arm. Es sind seine ersten. Wäre er wissend, dann erkennte er in den einzelnen Gesichtern ihre künftige Bedeutung, sähe im voraus ihren letzten Blick, und wäre ebensooft erschüttert als entsetzt. Einige werden ihn ehestens verlassen, mehrere begleiten ihn bis in seine letzte Stunde. Den muß er mit Geld halten, und der dient ihm noch immer aus Liebe, als schon fast alle seiner müde sind. Aber Feindschaft, Freundschaft, Treue und Verrat: alles gleichermaßen arbeitet an dem gemeinsamen Werk derer, die ihre Zeit zusammen leben sollen.

Willkommen, Herr de Roquelaure, einst Marschall von Frankreich! Du aber, Freund Du Bartas, willst mir so früh schon sterben, nach einer meiner schönen Schlachten? Rosny, wenn wir beide nur Soldaten wären, dies bliebe wohl ein kleines Land. Sully hat den großen Verstand für die Zahlen, ich habe das große Herz für die Menschen: durch beides wird dies das erste der Königreiche sein. Mein Agrippa, leb wohl, ich werde früher heimgehen, du aber ins Exil – als alter Mann und um der Religion willen, die wieder verfolgt sein wird, sobald ich die Augen schließe. Das Licht flutete breit in die Mitte, dennoch blieb alles unsichtbar.

Zu sehen waren junge glatte Gesichter, in ihnen die gleiche Freude, dabeizusein und dahinzureiten den gemeinsamen Weg. Was der Haufe alsbald auch tat. Im nächsten Ort schlugen sie sich voll Nahrung und pumpten sich voll Wein, wurden davon aber nur leichter und unternehmender, verfielen auf Streiche, verschleppten einen Edelmann. Der Gutsbesitzer bekam Angst um sein Dorf beim Herannahen des Haufens, lief ihm entgegen und wollte ihn bewegen, im Bogen herumzureiten. Für den Hauptmann hielt er Roquelaure, weil der am meisten blankes Metall an sich trug. «Bewillt, Herr, Ihrem Dorf geschieht nichts, aber zeigen Sie uns den Weg nach Châteauneuf!» Wenn er mit ihnen kam, konnte er keine Neuigkeiten über sie umhertragen. Unterwegs sprach er nur vom Hof, um sich als Mann von Welt hervorzutun; kannte auch alle Liebhaber der Damen, besonders die der Königin von Navarra, und rechnete sie ihrem Gatten einzeln vor. Als sie nun zur Nacht vor der Stadt Châteauneuf ankamen, geschah es, daß Frontenac die Mauer hinauf sprach zu dem Offizier, der drinnen befehligte. «Öffnen Sie Ihrem Herrn!» Die Stadt gehörte zu einem Dominium des Königs von Navarra. Der Edelmann vom Lande, den Befehl hören, und starre Furcht bemächtigte sich seiner; kaum daß d'Aubigné ihn bewegen konnte, sich in Sicherheit zu bringen auf einem Pfad, der nirgends hinführte. «Und drei Tage lang kommen Sie gefälligst nicht nach Haus!»

Sie übernachteten nur und ritten auch schon fort, in einem Zug bis Alençon, und diese Stadt liegt von Paris mehr als halbwegs zum Ozean. Sie schafften es aber mit der Kraft ihrer Schenkel. Solange hielten die Pferde aus, als sie die andauernde Kraft der Mannesschenkel fühlten – und desgleichen hatten sowohl Achill als auch Karl der Große mit allen berühmten Gefährten ihre Königreiche durchquert.

Prinz von Geblüt

In Alençon nun geschah es, daß während dreier Tage nicht enden wollte der erstaunliche Zudrang von Edelleuten, zuletzt waren es zweihundertfünfzig. Flüchtlinge sind unterwegs verwandelt in Eroberer, denen Städte sich öffnen, und werden erwartet, noch bevor sie da sein können. Fliegend verbreitet sich das Gerücht, da hilft es nicht, einem einzelnen Gutsbesitzer den Mund zu verbieten: schon bis Paris weiß man alles. Die Zudringenden sind nicht alle durchweg von der billigen Art, die jeden Erfolg alsbald vergrößern helfen muß: auch die Freudigen und die Eifrigen kommen, noch nicht gerechnet, wie viele der Zorn antreibt. Das Gerücht sammelt sich in mehreren Provinzen auf, denn Alençon liegt zwischen Normandie und Maine. Es erreicht sie sogar weithin: einige der neuen Anhänger sind vom Hof. Woher und welchen Sinnes, alle werden aufgenommen von Henri.

Hier empörten sich die ersten, die allein die ersten bleiben wollten, besonders aber die alten Freunde: «Sire! So kann es nicht weitergehen. Unter den Neuen sind Mörder aus der Bartholomäusnacht. Sehn Sie denn nicht, Sire, auf den Stirnen den Verrat? Fehlt doch nur Judas selbst!» Und auch der traf ein. Sieh da, Fervaques!

Das Gut für den Sohn war jetzt schuldenfrei und durch Zukauf vergrößert, da hatte Fervaques sich gedacht: ‹Es ist an der Zeit, das vorige Treuegelöbnis bei Navarra einzulösen. Ich und der König von Frankreich sind quitt, aber der von Navarra ist mir viel Geld schuldig, man hält ihn für eine aufsteigende Größe.› Gedacht, getan, und Fervaques, von mächtigem Wuchs, fiel vor Henri auf seine steifen Knie, alle Bretter krachten im Saal.

Nicht, daß Henri sich versagte, den Seinen zuzublinzeln. «Der Mann ist Gold. Daher hat er seinen Preis», so sagte er; aber solche Dinge überhörte der Biedermann und überließ es vielmehr dem jüngeren Partner, die Sache in Ordnung zu bringen. Henri entschloß sich und drückte einen Kuß auf den eisgrauen Zwickelbart.

Von hier ab reiste der Trupp langsamer. Er vergrößerte sich fortwährend, auf offener Strecke und an den Stellen, wo einige Tage angehalten wurde. Deren waren vier; in der fünften Stadt verweilten der König von Navarra und sein Hof, weil sie sich jetzt und künftig in Sicherheit wußten. Saumur liegt in Anjou. Noch ein Tagesmarsch und sie wären in Saintonge gewesen, wo die Festung La Rochelle sich uneinnehmbar behauptet hatte alle die Zeit zwischen Land und Ozean. Henri ging dorthin noch nicht, weil er sich fürchtete vor dem Urteil dieser tapferen und unnachgiebigen Protestanten. Er selbst – nach seinem unbegreiflichen Zögern hatte er sich endlich eingefunden, und die gute Hälfte seiner Begleitung war katholisch! Mehr noch, er war es auch selbst und blieb es in Saumur die ganzen drei Monate, obwohl die Pastoren ihn erwarteten bei der Predigt. Er ging aber weder dorthin noch zur Messe. Nach seinem Vorbild handelten die Edelleute, so daß zu Ostern nur zwei von ihnen das Abendmahl nahmen. Der Hof von Saumur war «ohne Religion», eine Seltsamkeit und eigentlich abschreckend.

‹Was tut es, sie kommen!› dachte Henri. ‹Sie stoßen zu mir in immer zunehmenden Mengen, überfüllen die Stadt und lagern vor den Toren. Ihnen ist es gleich, ob ich Hugenott, ob Katholik bin. Ich bin ein Prinz von Geblüt und soll Frieden und Einheit herstellen in diesem Königreich. Mich kümmert es wenig, was sie sonst glauben: erkennen sollen sie mich. Das ist nicht einfach, wie ich wohl zugeben muß. Ich komme als letzter, nachdem Monsieur und mein Vetter Condé, jeder für sich, das Land aufgewiegelt und großen Umtrieb gemacht hatten. Um so schlimmer, ich darf nicht wählerisch sein, von mir wird niemand unverrichtetersache fortgehn, und hätte er schon am Galgen gehangen!› So dachte er und sammelte Anhänger, um nur nicht allein und abseits zu stehen, wenn der Hof von Frankreich verhandelte mit den Aufständischen. Das bin ich nicht! Andere mögen sein, was sie wollen, ich bin nicht aufständisch – so sagte er jedem, und bei einem gewissen Anblick der Dinge dachte er es wirklich. Dann hielt er sich vielmehr für den Pfeiler des Königreiches, das vielleicht keinen anderen hatte.

Monsieur, der Bruder des Königs, ersah für sich Provinzen als persönliche Mitgift. Condé wollte sie sogar verschenken, an einen deutschen Fürsten seines Glaubens. Henri ließ ihm eröffnen durch seinen Abgesandten: Als einem

Prinzen von Geblüt liege ihm allein an der Größe der Krone Frankreichs, nichts weiter wollte er für sich, mißbilligte auch, was Monsieur verlangte. Aber eher, als die drei Bistümer auszuliefern an Johann Kasimir von Bayern und das Königreich aufzuteilen, viel eher ertrüge er – was denn? Herr de Ségur hatte Auftrag, es auszusprechen, sonst hätte er es wahrhaftig verschluckt; und Condé verfiel in seinen bekannten Jähzorn – denselben aus der Bartholomäusnacht, da er zu sterben schwur, anstatt den Glauben zu wechseln; wurde aber katholisch siebzehn Tage vor Henri. «Mein Herr», sagte der Abgesandte, «würde eher darauf verzichten, die Urheber der Bartholomäusnacht verfolgt und bestraft zu wissen, als daß er ließe das Königreich aufteilen.» Condé brüllte auf, so neu war dies Wort.

Auch in La Rochelle werden sie zornig aufbegehrt haben, und besser für ihn, Henri blieb noch von ihnen entfernt um wenigstens eine Tagesreise. Die erste Antwort auf ein so kühnes Wort heißt natürlich: Vergeßlich! Undankbar! Für wen sind sie denn gefallen, die Opfer der Bartholomäusnacht? Sie, Sire, gingen zu Ihrer Hochzeit, da führten Sie die Unseren zur Abschlachtung! Jetzt sollen unsere Toten ungerächt bleiben, damit der Herr in besserer Stellung um Land feilschen kann mit unseren Mördern. Bekennen Sie sich zu der Religion! Sonst werden auch wir noch vergessen, wer Ihre Mutter war. So klingt die Stimme der tapferen und unnachgiebigen Protestanten, reicht auch weit genug, Henri vernimmt sie – an seinem flüchtig aufgeschlagenen Hof, der «ohne Religion» ist. Führer der Protestanten sollt er sein: das ist jetzt für ihn ein anderer, sein Vetter Condé, der früher da war. Der ist eifervoll, vorschnell, und sieht nicht hinaus über den Krieg der Parteien. Dem Schwachkopf vertraut ihr, gute Leute von der Religion! Der lebt noch immer in den Zeiten des Herrn Admirals. Begreift nicht, daß es dasselbe wäre, das Königreich aufzuteilen wegen der Religion, als wenn man es zerreißt um des eigenen Vorteils wegen, wie der Irrwisch. Vetter Condé und der Mann mit den zwei Nasen sind gleich darin, daß sie nichts ausrichten werden und ungelegen kommen. Sie hätten bleiben sollen, wo sie waren. Aber am eiligsten hat es, wer ohne Auftrag ist.

So nannte Henri die Dinge für sich allein, während er aber in voller Tätigkeit fortfuhr, Anhänger aufzunehmen, durch ihre Zahl den Hof von Frankreich zu erschrecken, bis Angebote von dort eintrafen – und ließ sich mit dem Vetter, seinem früheren Freunde, nun einmal nicht reden, dann unterhielt er doch Einverständnisse in der Festung La Rochelle. Sie sollten drinnen erfahren, wer er wäre: ihr Freund wie je, aber ein Prinz von Geblüt. Sie bestanden darauf, er müßte zur Predigt gehn, und andernfalls hätte er nicht zu rechnen auf die von der Religion. Vetter Condé hatte Henri bei ihnen angeklagt als verlorenes Schaf. Aus der Gemeinschaft der Protestanten ausgestoßen, wäre er für den Vetter keine Gefahr mehr gewesen; und so wird der Vetter auch boshaft, weil er schon dumm ist.

Auf der anderen Seite stand es nicht besser; der Hof von Frankreich schloß Frieden mit Monsieur, infolgedessen Monsieur förmlich anschwoll von Provinzen, Pfründen, Pensionen. Dem König von Navarra wurde nichts bewilligt, als daß er im Namen seiner Majestät sollte Gouverneur der Guyenne sein, und damit bestätigte man nur seinen alten Titel. Er mußte noch froh sein, was hätte er sonst gehabt. Keine Partei, kein Land und besonders kein Geld. Damit allerdings gab er die Aufteilung des Königreiches zu – nur vorläufig, wie er beteuerte bei sich selbst. Aber das hilft nichts, wenn man abgehn soll als ein Zaunkönig in den Süden und ausgeschlossen bleibt von den großen Staatsgeschäften. Man weiß nicht, wie lange. Wer dächte gleich an zehn Jahre: das wäre doch die Ewigkeit für einen Dreiundzwanzigjährigen.

‹Geboten ist Geduld, und die haben wir erlernt in Schloß Louvre. Aufschub, Nachgiebigkeit, Verzicht nach außen, im eigenen Innern aber der beharrliche Gedanke: durch diese Schule sind wir gegangen, darin übertrifft uns keiner. Meine Herren von La Rochelle, ihr müßt durchaus einen Parteiführer haben und er soll zur Predigt gehen? Ich gehe, ich geh schon. Wer das Königreich mit aufteilt, kann ebensogut auch die Religionen voneinander scheiden: eins so ungern wie das andere, nur gezwungen durch eure Hartnäckigkeit. Seht meine katholischen Edelleute, sie sind die Maßvolleren. Allerdings könnten sie mich auch gar nicht verlassen, sie stehn zu schlecht mit ihrem Hof. Die behalte ich, selbst wenn ich nicht mehr zur Messe gehe. Zur Predigt gehe ich aber, damit ich euch bekomme, die ihr nun einmal die Hartnäckigeren seid. Das wird euch später bei mir nicht gut tun, Starrköpfige mag ich nicht, obwohl unter ihnen die Tugendhaftesten sind, und wen sollte ich inniger lieben. Indessen kommt es vor, daß einer sich tugendhaft gibt und ist nur dumm und boshaft – weshalb zwischen mir und meinem Vetter Condé jetzt große Freindschaft sein soll. Er bringt seine Figuren in Stellung, ich aber, mit einem Zug setz ich ihn matt, ich geh zur Predigt!

Wüßtet ihr, gute Leute›, dachte Henri, wenn er seinen Rückritt zur reformierten Kirche lange und gründlich prüfte – ‹wüßtet ihr, daß es im Grunde nur ankommt auf eine Tatsache, einen Willen und ein gutes Glück!› Was er eigentlich meinte, seine Geburt als Prinz von Geblüt, er sagte es keinem; denn auch der Stolz kann sich verwandeln in eine innere List.

Seine Schwester Catherine ließ er nach Niort kommen. Dies ist eine Stadt auf der Grenze der Provinzen Poitou und Saintonge, schon ganz nahe dem Mekka der Hugenotten; das wird er erst als Wiederaufgenommener betreten, um sich seiner Rückkehr nicht schämen zu müssen. Am dreizehnten Juni in Niort schwur er feierlich den katholischen Glauben ab. Als lebenden Beweis hatte er neben sich die Prinzessin von Bourbon, seine Schwester, eine treue Protestantin in schwerster Zeit. Am achtundzwanzigsten desselben Monats zog er in La Rochelle ein. Da brauchte er die Stirn nicht mehr zu senken, und auch für ihn läuteten die Glocken, wie einstmals für seine liebe Mutter, die Königin Jeanne, deren Festung und Zuflucht hier immer gewesen war. Er selbst hatte die Stadt belagert mit einem katholischen Heer: dessen erinnerten sich manche, die schwiegen, wo er vorbeikam, und berührten einander mit den geballten Händen. Ihm entging nichts. Geboten ist Geduld. Deshalb denkt noch niemand an zehn Jahre: das wäre doch die Ewigkeit.

Auch katholische Herren waren bei ihm, absichtlich zeigte er sie hinter diesen Mauern. Ich hab im Land noch mehr als nur euch. Diese hängen keiner Religion an, sondern mir und dem Königreich, die einmal sollen eins sein.

Er sagte es keinem, oder führte nach dieser Richtung hin nur ein einziges Gespräch, mit einem Edelmann aus Périgord, derselbe übrigens, der eines vergangenen Tages sein Begleiter gewesen war hier am Meeresstrand, und auch Zechkumpane waren sie geworden dort unten in einem zerschossenen Haus. Da Herr Michel de Montaigne mit eintrat unter einem Schub von Höflingen, stellte Henri sich in Gegenwart anderer, als kenne er ihn nicht besonders: sprach ihn nicht an, sondern lächelte merkwürdig an ihm vorbei, Herr Michel aber lächelte genauso verschwiegen. Sobald er konnte, schickte Henri die ganze Gesellschaft fort; auf seinen Wink blieb zurück nur der eine.

Im kühlen Saal mit ihm allein, umarmte Henri ihn und führte ihn an der Hand zum Tisch, stellte darauf auch selbst die Kanne und die beiden Gläser. Der arme Edelmann tat ihm mutig Bescheid, obwohl er nichts Gutes zu erwarten hatte von dem Trunk. Seit sie einander nicht gesehn, litt er an Nierensteinen. Damals hatte die Vorahnung des Alters ihn betrübt wie eine Wirklichkeit; und diese kannte er jetzt. Er fing an, Badereisen zu machen, sollte damit auch fortfahren bis gegen Ende. Ihn hätten als Stoff für ein Gespräch am meisten gefesselt die Quellen jeder Art und aller Gegenden, sowie die Übungen der Nationen in ihrem Gebrauch, denn die Italiener tranken das Wasser lieber, die Deutschen tauchten sich öfter hinein. Er hatte zwei wichtige Entdeckungen gemacht, beide dem Altertum bekannt gewesen und seitdem vergessen. Erstens lebte der Mensch, der nicht badete, unter einer Kruste von Schmutz mit verstopften Poren. Zweitens wurde die Vernachlässigung der Natur von einer Klasse von Personen ausgenutzt zu ihrem eigenen Vorteil. Über den Stand der Ärzte hätte der Steinleidende sich stundenlang ergehen können unter Heranziehung des Kaisers Hadrian, des Philosophen Diogenes und vieler anderer. Er verzichtete auf dies alles, ja, es gelang ihm, während der Dauer der Unterhaltung seine eigensten Sorgen wirklich zu vergessen.

Henri fragte ihn, in welcher Absicht er gekommen sei, da fiel dem Edelmann gar nicht ein, von seiner Badereise anzufangen. Er sagte, daß er die seltsame Neuigkeit eines Hofes ohne Religion hätte aufsuchen wollen. Henri erwiderte ihm, daß man eher von einem Hof mit zwei Religionen sprechen könnte – worauf Herr Michel de Montaigne ihm ruhig lächelnd entgegenhielt: das wäre dasselbe. Von zwei Religionen könnte nur eine die echte sein, und nur dieser sollte man nachkommen. Wer daneben eine falsche zuließe, der mache keinen Unterschied und könnte eigentlich beide entbehren.

«Was weiß ich?» flocht Henri ein. Dies Wort blieb ihm unvergessen seit ihrem ersten Gespräch, und hier kam es ihm gelegen. Sein Gefährte verleugnete es nicht; er wiegte den Kopf und meinte nur, dies müßte man vor Gott sagen. Das Wissen Gottes teilten wir allerdings nicht mit ihm. Um so eher wären wir bestimmt, auf Erden Bescheid zu wissen, hier nun verständen wir das meiste vermittels Mäßigung und Zweifel. «Ich liebe die ausgeglichenen, mittleren Naturen. Maßlosigkeit selbst im Guten wäre mir fast zuwider, jedenfalls aber verschlägt sie mir die Rede und ich habe dafür keinen Namen.» Er wollte noch Platon erwähnen, Henri indes versicherte ihn lebhaft seiner Freude, daß der Herr mit ihm wenigstens auskomme. Auf gute Nachbarschaft zu Haus im Süden sollten sie ihre Becher leeren. Das tat der Edelmann, ohne an seine Steine zu denken. Freier im Herzen dank dem Wein, und mit geröteten Wangen ergab er sich unvermittelt der größten Offenheit. Er nannte dem jungen Mann, der ihm gegenübersaß, alles, was diesen leite, seine Feindschaften, Mißerfolge, sein verzweifeltes Schwanken zwischen den beiden Bekenntnissen, die Gefahr, leer auszugehen, allein zu bleiben und sogar wurzellos zu werden. Es ist ein auserlesenes Geschick, das solche Prüfungen mit sich bringt, und eigentlich nur deshalb war Montaigne hergekommen, wie sich zeigte.

Er wollte sehen, ob ein maßvoller, zum Zweifel geneigter Sinn sich mit Erfolg erwehren könnte der Ausschweifungen der Unvernunft, die ihn überall bedrohen. Darin vergeudet indessen die menschliche Natur sich fortwährend, wie die Geschichte lehrt und die alten Schriftsteller bestätigen. Geblendete, die nur toben und nichts erkennen: so stellt in der Regel das Geschlecht der Menschen sich dar. Der seltene Sterbliche, dem eine gesunde Seele vom Herrn der Himmel mitgegeben wurde, muß sie vor allen den gewalttätigen Kranken mit List verstecken: sonst gelangt er nicht weit. Die meiste Zeit der Menschheit ist vergangen mit den Ausbrüchen ihrer seelischen Erkrankungen und wird weiter mit ihnen vergehn. Das ist sogar noch ein Glück; denn Seelenleiden, die sich wenigstens entladen, sind noch die leichteren, omnia vitia in aperto leviora sunt.

Darauf brachte auch er einen Trinkspruch aus. Er war in Paris gewesen und hatte die Liga gesehn. Auf diesen gelungenen Ausbruch einer schweren Seelenerkrankung bat er Henri, sein Glas zu leeren. Dann sprach er so gefestigt und gefaßt, als ob er selbst der Kämpfer gewesen wäre gegen die Liga und ihr spanisches Gold, selbst der geduldige Sammler von Anhängern, selbst der Erbe des Königreiches – sprach: «Die Liga hat vor sich noch ihren Gipfel und Abstieg, danach kommt Ihre Zeit, Sire. Wir wollen nicht fragen, wie lange es mit Ihnen dauern wird und ob auf Sie nicht wieder der gewohnte Wahnsinn folgt. Das soll uns nicht kümmern. Ich werde ohne Zweifel noch meinen gekrönten König sehen.» Hierbei ergriffen ihn in Wahrheit schon seine gewohnten leiblichen Sorgen. Außerdem bemerkte er an seinem Zuhörer gewisse Anzeichen dafür, daß er genug gesprochen hatte, und stand auf.

Henri wurde aber nur bewegt auf das heftigste von seinem eigenen Bewußtsein: an dieses schlugen sämtliche Worte des Edelmannes wie an ein klingendes Erz. Er rief aus: «Sie sagen es, Freund! Ich bin ein Prinz von Geblüt.» Mit langen Schritten lief er durch den Saal und rief: «Weil ich Prinz von Geblüt bin, werd ich allen vorauskommen. Daher hab ich mein Recht und meine Begabung.»

Montaigne sah ihm nach. Er selbst hatte wohl eher eine Betrachtung gewagt über die gesunde und die kranke Seele der Menschen und der Zeiten. Indessen nickte er und sagte: «So meinte ich es.» Denn ihm schien und wurde deutlicher mit jedem Augenblick, daß sie im Chor gesprochen hatten: verschiedene Noten – eine Harmonie. Er verbeugte sich, um abzugehen, während er sein Schlußwort vorbrachte.

«Ein Name steht für vieles und erklärt, was niemals zu erklären wäre. Ein florentinischer Künstler, dessen große Werke ich rühmte, dachte sich vor mir zu rechtfertigen, weil er sie gemacht hatte, und er sagte: er hätte gar nichts gekonnt, außer durch den Vorzug, daß er abstammte von den Grafen von Canossa. Man nennt ihn Michelangelo.»

Henri schnellte auf den Abgehenden zu, umarmte ihn nochmals und sagte ihm ins Ohr: «Ich habe keine Werke. Aber ich kann sie machen.»

Moralité

Le grand danger du penseur est d'en savoir trop, et du prisonnier d'hésiter trop longtemps. Voilà ce captif de luxe, qui a des loisirs et des femmes, retenu par ses plaisirs en même temps que par les amusements désabusés de son esprit. Cependant il voit des fanatiques cupides entamer la moelle même d'un royaume que plus tard il devra redresser. Heureusement qu'il lui reste des amis pour l'admonester, une sœur pour le gifler à temps, et que même un spectre le relance afin de lui rappeler son devoir. Au fond il n'en faut pas tant, et son jour venu de lui même il prendra son essor. C'est sa belle santé morale qui lui donne l'avantage sur tous les immodérés de son époque. Comme un certain gentilhomme de ses amis, *l'immodération dans la poursuite du bien même, si elle ne l'offense, elle l'étonne et le met en peine de la baptiser*. Par contre, il possède le mot propre par quoil il signale et ses qualités et ses droits. En appuyant sur son titre de *prince du sang* c'est en réalité sur les prérogatives de sa personnalité morale qu'il insiste.

Die Mühlen des Lebens

«Mein kleines Gefecht»

Nérac ist eine Stadt im Lande, die Vögel fliegen über sie hin, die Hammel ziehen vor ihre Tore mit Getrappel, und weite, flache Felder umgeben sie äußerst fruchtbar: dies alles schon tausend Jahre. Die Menschen hämmern auf Holz und Leder, zerschneiden Stein oder Fleisch, an der grünen Baïse stehn sie und angeln. Sooft aber bewaffnete Reiter auf der Straße den Staub erheben, bringt man die bewegliche Habe in Sicherheit und nähert sich ihnen mit leeren Händen in der Hoffnung, verschont zu bleiben. Es ist kein Verlaß auf die Mauern und Gräben, auch nicht auf die Herren, ob katholisch, ob hugenottisch, die gerade befehlen. Die nächsten, die schon unterwegs sind, werden sie erschlagen oder verjagen. Das Heil des Bürgers ist einzig, sich zu ergeben jedem, der will, und das tun sie. In Nérac gehen die einen zur Messe, die anderen zur Predigt, und je nach der Religion des neuen Eroberers behaupten sie, dies oder jenes zu glauben.

Der junge König von Navarra, als er glücklich frei war, vermied seine Hauptstadt Pau: dort hatte seine Mutter, die Königin Jeanne, in ihrem hohen Glaubenseifer den Protestantismus unduldsam gemacht. Er erwählte das ländliche Nérac für seinen Wohnsitz und Hof. Denn es lag in der Grafschaft Albret, dem alten Besitz seiner mütterlichen Vorfahren, und hielt ziemlich genau die Mitte des Landes, das er fortan verwalten sollte. Dies war zusammengesetzt aus seinem eigenen Königreich und der Provinz Guyenne mit ihrer Hauptstadt Bordeaux. Sein Königreich, das waren noch immer die Gebiete Albret, Armagnac, Béarn, Bigorre und Navarra. Seine Edelleute und Hugenotten hatten, indessen er selbst im Louvre saß, abgeschlagen sowohl den alten Montluc, der im Auftrag des Königs von Frankreich bei ihnen eindrang, wie die spanischen Haufen, die von den Bergen herabstiegen. Das Land des neuen Gouverneurs, der auch König hieß, reichte entlang den Pyrenäen und der Küste des Ozeans bis dort, wo die Gironde in ihn fällt. Das ist der Südwesten.

Die Luft der Freiheit berauscht wie der Wein, in Wind und Sonne getrunken. Das Brot der Freiheit ist süß, wenn es gleich trocken wäre. Durch das Land reiten nach langer Gefangenschaft! Nur selten nach Haus kommen und überall zu Haus sein. Keine Wächter und Aufpasser, lauter Freunde. So ist es gut zu atmen, davon wird jede Viehmagd schöner, als dem Gefangenen die Prinzessin war. Ihr seht zwar nicht zum besten aus, werte Landsleute. Seid reichlich verkommen, während wir fort waren. Das haben verschuldet Montluc, die Spanier und eure beiden Religionen. Wer hält sie denn aus, den Glaubenseifer und die ständige Lebensgefahr. Wir können davon mitreden. Meistens verließet ihr eure zerstampften Felder und verbrannten Häuser, es werden in der Provinz viertausend sein. Seid selbst endlich Räuber geworden, und ich begreif es. Dem aber will ich ein Ende setzen, und hier soll Fried sein.

Er hatte die Zuversicht, weil er neu anfing, daß alle könnten neu werden. Heiter und duldsam sein, ist doch leicht? Die kleinen Städte aber sind verbockt und verstockt durch schlechte Erfahrungen, sie ziehen die Brücke hoch, wenn wir kommen. «Turenne, deine Stimme trägt gut, ruf ihnen hinauf, daß der Gouverneur alles Geschehene verzeiht, und was wir nehmen, bezahlen wir. Sie wollen nicht? Sag ihnen, sie sollen vernünftig sein. Sind wir erst mit Gewalt bei ihnen eingedrungen, dann wird geplündert. Mein Rosny spitzt schon drauf. Ist auch in der Ordnung und war nie anders.»

Dann wurde etwas geplündert, etwas vergewaltigt und aufgehängt nach gutem altem Verfahren. Die kleine böse Stadt mußte doch wissen, woran sie war mit dem neuen Herrn. Dann wurde ein Hauptmann zurückgelassen mit wenigen Soldaten, und wieder galt die königliche Befehlsmacht um einige Meilen weiter. Der Prinz von Geblüt verteidigte sie im Umherreiten. Er sagte etwas leichthin zu einem Freund, d'Aubigné, dem blutjungen Rosny sogar: «Dich nehm ich in meinen Geheimen Rat auf.» Als eines Tages auch Mornay eintraf, wollte er, daß der Geheime Rat des Fürsten tatsächlich zusammenträte im Schloß von Nérac: Du Plessis-Mornay war Staatsmann und Diplomat. Vorerst kam es dazu selten. Auf einem Heimweg erhielt der Fürst die Nachricht, daß Kaufleute auf der Straße wären ausgeraubt worden. Dorthin im Galopp! Wer seine Habe zurückbekam, zahlte gern die Abgaben – anders als der Bauer, der sein Geld nicht aus der Erde grub, mochten die Räuber ihm sogar den Hof anzünden. Aber er blieb fortan verbunden dem Gouverneur, der ihm das Leben gerettet hatte und seinen Töchtern die Ehre. Freiwillig empfingen diese einen der jungen Herren bei sich; meistens war es der Gouverneur. Der Vater durfte es wissen oder auch nicht. Derart vollbrachte Henri Taten auf kleinem Bereich, das aber der Anfang eines großen war, und um die Ordnung, Pflege und baldige Wiederbevölkerung des kleinen bemühte er sich vorerst.

Sehr hell war der Himmel, silbern sein Licht, und die Abende waren so mild, wenn der Gouverneur und seine Räte, die vielmehr seine Kriegsmänner waren, nach ihrer Arbeit dem rosigen Schein entgegenritten ins Ungefähr. Das ist aber das Glück: nicht zu wissen, wo du essen und mit welcher du schlafen wirst. Im Louvre geschah alles unter mißtrauischen Blicken, und die Vorzimmer flüsterten davon. Um so lieber besuchte er jetzt arme Leute, oft kannten sie ihn noch nicht, sein geripptes Wams aus abgetragenem Samt machte nicht viel aus ihm, er ließ sich gerade den Bart wachsen und trug einen Filzhut. Geld führte er nicht mit sich, sie verlangten keins für die Suppe aus Kohl und Gänsefleisch, Garbure genannt, und für ihren Rotwein vom Faß; nachher kam dennoch das Geld zu ihnen von seiner Rechnungskammer in Pau. Die Armen waren ihm von Natur näher als die Reichen: er untersuchte nicht, warum, und hätte es schwer gefunden. Weil sie gesund rochen, nicht wie der König von Frankreich und seine Lieblinge? Seine eigene Kleidung war genauso sehr mit Schweiß durchtränkt, wenn er zwischen ihnen saß. Oder wegen ihrer kräftigen Ausdrücke, der Spitznamen, die sie jedem gaben? Auch ihm kamen immer solche, anstatt der richtigen, auf die Lippen, sogar für die ehrbarsten seiner Diener. Die Armen sind leicht guter Laune, und das war er selbst.

Übrigens war ihm bewußt, daß er gar nicht anders hätte sein dürfen. In einem Land mit viertausend Brandstätten und einer verwilderten Bevölkerung stolziert man nicht umher als der unnahbare Herr. Einen hatte es gegeben hier: er sollte nicht hart, grausam oder geizig – nur stolz, unerlaubt stolz sollte der Herr gewesen sein gegen den gemeinen Mann, darum hatte dieser ihn getötet. Henri war gewarnt; nicht umsonst sah man ihn in abgeschabten Hosen. Wenn nur kräftige Muskeln sich darin abdrückten! Außerdem veranlaßte er selbst das Gerede, zweierlei sei ihm unmöglich: ernst zu bleiben und zu lesen. Der Ernst ist für den gemeinen Mann schon halbe Überhebung, wer aber liest, der ist hier fremd und kann seiner Wege gehen, was die vornehmen Leute denn zumeist auch taten. Dieser nicht. Er wohnte im Lande und hatte nicht nur Schlösser, auch eine Mühle, die betrieb er wie jeder andere Müller: hieß auch so. Den Müller von Barbaste nannten sie ihn – und fragten nicht lange, wie häufig er eigentlich dort wäre in seiner Mühle, und was er dort täte. So weit forscht das Volk nicht nach. Obwohl es den Gelehrten mißtraut, genügt ihm selbst oft ein Wort, und es sucht dahinter nichts.

Ein König, ein echter König ist voll Geheimnis – aber das wäre er nicht in kostbarer Kleidung: unerkannt und sehr gering ist er der König selbst. Du erkennst ihn plötzlich, und dein Herz stockt. Einmal, auf der Jagd, verlor er sein Gefolge, und am Fuß eines Baumes saß ein Bauer. «Was tust du da?» – «Was soll ich wohl tun. Den König will ich sehen.» – «Dann los, sitz hinter mir auf! Wir reiten hin, und du siehst ihn dir richtig an.» Der Bauer stieg mit zu Pferd, und unterwegs fragte er, woran er den König erkennen könnte. «Du mußt bloß achtgeben, welcher den Hut aufbehält, wenn alle andern ihn abnehmen.» Jetzt stößt er zu der Jagdgesellschaft, und alle Herren entblößen den Kopf. «Nun?» fragt er den Bauern. «Welcher ist der König?» Der antwortet aber bauernschlau: «Herrschaft! Sie oder ich, einer von uns muß es sein, denn nur wir zwei haben den Hut auf.»

Unter den Worten versteckte sich die Furcht mitsamt der Bewunderung. Hatte der König den Bauern angeführt, so hielt dieser, mit der gebotenen Vorsicht, auch den König zum besten. Daraus muß der König lernen. Der gemeine Mann behält zufällig mit ihm allein den Hut auf, sitzt hinter ihm zu Pferd, darf aber dabei nicht vergessen weder seine Bewunderung noch seine Furcht. Jedesmal beginnt das Erlebnis mit Übermut und endet mit einer Lehre. Fröhlich gelaunt ritt er einst nach der Stadt Bayonne, denn sie hatte ihn zu Tisch geladen. Wie er nun hinkam, war im Freien gedeckt, umringt von allem Volk mußte er essen, ihnen Rede und Antwort stehen – aber so nah sie herandrängten, um an seiner Suppe und sogar an seinem Lederkoffer zu riechen, er mußte lachend und in Mundart redend noch der König und das Geheimnis bleiben. Es gelang ihm ohne Mühe, weil sein Herz einfach war, und nur sein Verstand war's nicht. Wenn er gut hervorging aus solch einer Sache, fühlte er eine Befreiung wie nach einem glücklichen Gefecht. Während der Dauer des Wagnisses ist die Gefahr vergessen: er unterhält sich, und er gibt sich hin.

Den Armen, wenn er sich selbst bei ihnen einlud, konnte er auch seine Nöte klagen, und dies mit Zorn und mit Humor, ganz in ihrer Weise. Sie fluchten auf seine Beamten, die ihnen verboten, zu wildern; dann nahm er selbst sie mit zur Jagd. Sie bekamen zu hören, was er auf dem Herzen hatte gegen seinen Stellvertreter, Herrn de Villars; den hatte der Hof von Frankreich ihm auf die Nase gesetzt für den alten Montluc. Dieser Villars spürte ihm nach, als wären sie noch immer in Schloß Louvre. Die Stadt Bordeaux ließ den hugenottischen Gouverneur nicht zu sich ein, und da Henri dagegen machtlos war, stellte er sich gleichgültig. Nur am Tisch der armen Leute, wenn die Gesichter schon erhitzt waren, brach seine Wut aus, und er wurde bei ihnen ein Empörer, das waren hier alle von der Religion. Ihr Protestantismus war ihre Waffe und wurde auch seine. Er teilte den Glauben der armen Leute.

Hugenottische Banden durchzogen die Gegend, sie brandschatzten, so gut wie die andern – zuerst jedesmal die Kirche, zogen dann vorläufig ab, und nach drei Tagen kam auch das Herrenhaus des Dorfes daran, war nicht bis dahin das Lösegeld beschafft und zur Stelle. Der bedrohte Edelmann jagte nach Nérac, aber der Gouverneur war im Schloß nicht immer gleich aufzufinden. Er ergeht sich in seinen Gärten am Laufe der Baïse, so erfuhr der Bittsucher. Sie sind indessen viertausend Schritt lang, von seinen großen Schritten. Sehen Sie nach, Herr, ob er dort ist! Flüßchen und hohe Bäume, alles von demselben matten Grün, und die Wipfel neigen sich zueinander über dem schnurgeraden Laubgang, der die Garenne heißt. Eine Brücke führt vom Park, der Ihnen frei steht, hinüber zu den Blumen und der Orangerie. Nicht zu eilig, Herr, brennt es denn schon bei Ihnen? Sie könnten ihn versäumen, sehen Sie nach, Herr, bei den steinernen Brunnen und in jeder Laube. Der König von Navarra sitzt vielleicht an einem der Plätze und liest den Plutarch. Darüber aber der Pavillon des Königs, der wird bewacht. Sie erkennen ihn an dem roten Dach aus Schindeln. Rot und grellweiß spiegelt er sich im Wasser. Versuchen Sie nur nicht einzudringen, Herr, hüten Sie sich! Sollte der Gouverneur sich dort aufhalten, hat niemand zu fragen, bei welcher Beschäftigung und mit wem!

Der geängstigte Edelmann verließ unverrichteterdinge das Schloß von Nérac. Sein Herz erbitterte sich gegen den hugenottischen Gouverneur. Als aber am dritten Tage die Räuber, ihrem Versprechen gemäß, wiederkehrten, wer fuhr über sie her, und war doch bis zuletzt nicht sichtbar geworden? Ihren Anführer ließ Henri aufhängen, ganz, als wäre er nicht von der Religion gewesen. Die Leute machte er sogleich zu seinen Soldaten. Im Herrenhaus aß er zu Abend; der Edelmann war hochbeglückt mit allen den Seinen, und ungesäumt schickte er Nachricht an seine Verwandten und Freunde ringsum über seine gelungene Errettung durch den hugenottischen Gouverneur. In Wahrheit der erste Prinz von Geblüt! Sollten wir dennoch mit ihm rechnen müssen – dereinst, falls der Thron keinen anderen Erben mehr hätte: aber das liegt weitab. Bis jetzt mag er gut sein, unsere Dörfer zu beschützen vor seinen eigenen Glaubensgenossen. Er ist vor allem Soldat, ein Meister der Zucht und Feind aller wilden Banden oder bewaffneten Strolche. Wer sich bei keinem Hauptmann in die Rolle schreiben läßt, wird bestraft; wer aber den Eid geleistet hat und dennoch durchgeht, womöglich mit der Löhnung, wird mit Tod bestraft. Auch gibt es endlich wieder eine Marktpolizei.

‹Es geht vorwärts›, denkt Henri, der dafür sorgt, daß solche Briefe und Gespräche in Schwung kommen. Sehr wichtig ist das Vertrauen der Unbekannten: es kann sogar die Tatsachen verändern. Viel wäre geschehen, wenn man zum Beispiel sich einbildete, hier im Lande gäbe es nur noch eine und dieselbe Religion! Seine Armee war gemischt aus beiden Bekenntnissen: er sorgte dafür, daß die Neuheit auffiel und gewürdigt wurde. An seinem Hof in Nérac hatte er so viele Katholiken wie Protestanten; die meisten der Edelleute dienten ihm ohne Bezahlung, um seiner Person und Sache willen, und alle waren angehalten zu einer ehrenhaften Friedfertigkeit – die nicht immer bewahrt blieb. Dem König für seinen Teil standen sein Roquelaure und sein Lavardin so nah als nur sein Montgomery und sein Lusignan; er schien gar nicht mehr zu wissen, daß die letzten beiden von seiner Religion waren, die beiden ersten nicht.

Ihm war es durchaus bewußt, trotzdem fand er die Kühnheit, entgegen der Übereinkunft und herrschenden Wahrheit laut zu sagen: «Wer seiner Pflicht nachkommt, ist auch von meinem Glauben, ich aber bin vom Glauben derer, die tapfer und gut sind.» Er sprach dies aus und schrieb es in Briefen, obwohl ihm aus den Worten eine Schlinge gemacht werden konnte. Er hatte aber hinter sich den Louvre, die lange Gefangenschaft, Lüge, Todesfurcht; er sah zurück auf das Gemetzel um des Glaubens willen. Gerade er hätte alles Menschliche hassen können. Statt dessen berief er sich nur noch auf das, was Menschen einigen sollte, und das war, tapfer und gut zu sein. Natürlich dachte er sich das Seine. Tapfer – das sind die wohl. Sogar im Louvre waren die meisten von uns tapfer. Güte? Noch hüten fast alle sich, von Güte etwas merken zu lassen. Dafür müßten sie nicht nur tapfer, sondern kühn sein. Er verführte sie aber, ohne selbst zu bemerken, womit: dadurch, daß er seine Güte würzte mit einiger List. Milde und Duldsamkeit sind den Menschen nicht mehr verächtlich, wenn sie sich überlistet fühlen.

Der Friede im Königreich war wieder einmal mißlungen. Er hieß nach Monsieur, dem Bruder des Königs von Frankreich. Monsieur war seit seinem Frieden nicht mehr d'Alençon, sondern d'Anjou und bereichert um hunderttausend Taler Rente. Sogar seine deutschen Truppen bezahlte ihm der König, gegen den sie gekämpft hatten. Monsieur für seine Person hätte sich beruhigen können, obwohl er dies in seinem kurzen Leben nicht fertigbrachte. Vielmehr ging er nach Flandern, wollte König der Niederlande werden und von Thron zu

Thron die Hand ausstrecken nach der Hand Elisabeths von England: eine Fünfundvierzigjährige mittlerweile. Die hochbeinige Königin und ihr kleiner Italiener, so nannte sie den Mann mit den zwei Nasen: über das Paar ließ sich viel lachen, des Abends in Nérac, wenn der Gouverneur und sein «Geheimer Rat» beim Wein die Nachrichten besprachen. Sonst aber war der Friede, der nach Monsieur hieß, mißlungen. Die Pariser waren nicht einmal hingegangen, als der König ein Feuerwerk hatte abbrennen lassen. Die Liga des dreisten Guise wühlte, und selten waren im Königreich die Tische, an denen man beisammensaß und nicht fragte, was einer glaubte. Daher berief der König von Frankreich die Ständeversammlung nach seinem Schloß in Blois. Protestantische Abgeordnete reisten nicht mehr dorthin, sie wußten zu gut, wie man betrogen wird. Aber der König von Navarra ließ für den Frieden schreiben durch seinen Diplomaten, Herrn Du Plessis-Mornay, und vor allem schrieb er selbst.

Die anderen hatten alle nur die Sorge, einander zu schaden, Protestanten wie Katholiken. Diese, als die Stärkeren, riefen nach Gewalt, jene nach ihrer verbürgten Sicherheit. Wer indessen der Schwächere ist, muß nicht auf das Recht pochen, sondern Duldsamkeit und Güte empfehlen: unter dem Schutz dieser Tugenden wird er leicht seine Macht vergrößern. Tugend aber, verbunden mit Macht, erwirbt mehr Anhänger, als jede der beiden allein. In ihren Zwecken verstanden sich Henri und sein Gesandter, gingen auch dieselben Wege. Mornay: seinen Schriftsatz an die Ständeversammlung schob er einem wohlgesinnten Katholiken unter, als hätte der ihn verfaßt, und war doch nur eine Erfindung des frommen und listigen Mornay. Henri wieder – persönlich, so schrieb er dorthin, bitte er Gott, ihn wissen zu lassen, welches die wahre Religion sei. Dann würde er ihr dienen und die falsche verjagen aus dem Königreich, womöglich sogar aus der Welt. Glücklicherweise ließ Gott ihm hierüber keinerlei Mitteilung zugehn: so lief er nicht die Gefahr, daß er seine befestigten Plätze etwa hätte ausliefern müssen.

Was er im Ernst tun konnte, damit der Bürgerkrieg nicht wieder ausbräche, dessen beeiferte er sich – eilte auch entgegen, als der König von Frankreich ihm Gesandte schickte. Diese sollten ihn wieder einmal zum Katholizismus bekehren, und das hinter den Mauern seiner treuen Stadt Agen. Der eine war derselbe Villars, der ihn nicht in Bordeaux einließ, der andere ein Erzbischof aus seinem eigenen Hause, der dritte bedeutete am meisten, denn es war der Schatzmeister von Frankreich. Henri empfing alle auf einmal und jeden für sich. Man weiß nie, was einer ohne Zeugen noch vorbringen wird, besonders bei Geldsachen. In der gemeinsamen Sitzung beklagte der Erzbischof die Leiden des Volkes, und Henri weinte – wobei er sich dachte, daß die Leiden des Volkes zwar die seinen wären, nicht aber die des Erzbischofs; und gerade darum war auch das Königreich nur ihm selbst bestimmt. Diese Nachricht kam ihm allerdings von Gott. Darum ließ er auch in demselben Augenblick von seinen Leuten eine Stadt stürmen. Der gute Villars hatte sie entblößt von den Soldaten, die er brauchte, um mit starker Bedeckung vor seinen Gouverneur zu treten. ‹Mein kleines Gefecht!› So jubelte Henri heimlich; weinte dabei noch immer, aber wer unterscheidet Freudentränen von anderen. ‹Mein kleines Gefecht!›

Marquis de Villars nahm seine Rache, es währte gar nicht lange. Henri spielt «langen Ball» in seinem Schloßhof, den ein Viereck hoher Gebäude umschließt. Verzierte Fenster und kunstreiche Säulengänge entlang den Fronten, die breite und großartige Doppeltreppe hinab zum Fluß und den Gärten: alles haben seine Vorfahren erbaut schon vor zweihundert Jahren, und an jeder der vier Ecken bewacht die Herrlichkeit ein dicker Turm. Auch Turmwächter können sich natürlich mit Mädchen vergessen, und währenddessen schleicht sich der Feind heran von einem Busch zum andern und im Schutz eines Hauses bis hinter das nächste. Im umhegten Hof wirft Henri den langen Lederball. Säße er gerade beim Essen, dann wäre in die Wand des Speisezimmers eingesenkt ein enges Gelaß, dort kauert der Beobachter, der das Land abspäht nach verdächtigen Erscheinungen. Man sollte die Maßnahmen nie vergessen: jetzt ist es zu spät. Ein klägliches Geschrei erhebt sich; der Feind ist eingedrungen hinter die vierte Front, schon hält er jemand an der Kehle. Die Ballspieler sind ohne Waffen. Während seine Freunde über die Freitreppe entspringen, verschwindet Henri im Haus – und so lange der Feind ihn nachher sucht, er wird nicht gefunden.

Château de la Grange

Er entfernte sich unter den Füßen der Suchenden, dann unter der Stadt, dann unter den Feldern. Der unterirdische Gang, in den hinab er sich tastete, war alt und von allen Lebenden nur ihm bekannt. Er traf das Feuerzeug, die Lampe, und vermied bei ihrem kleinen Licht die Löcher und verschütteten Stellen. Der Weg erschien ihm diesmal weniger lang als sonst, da er an den enttäuschten Feind dachte. Der Atem wurde allerdings beklommen hier unten: dafür erwarteten ihn am Ziele dieser Aushöhlung ein Paar zärtlicher Arme – und in was für Hände wäre er soeben beinahe gefallen! Endlich wieder Stufen. Er löschte das Flämmchen, hob den Verschluß der Grube auf. «Achtung!» rief eine Frauenstimme. «Achtung, meine Tauben!» Denn die Person hatte gerade einigen Tauben die Hälse umgedreht und sie auf die Stelle am Boden gelegt, wo dieser erhitzte und arg verschmutzte Mann hervorkroch. Ihn blendete das Tageslicht, er sah nicht, wer das war: Fleurette, ein Mädchen, das er geliebt hatte als Achtzehnjähriger, und sie war damals siebzehn gewesen.

Sie erschrak nicht, weil er aus der Erde stieg, aber ebensowenig erkannte sie ihn: wegen seines Zustandes, und überdies hatten die Erlebnisse sein Gesicht verändert, auch ließ er sich den Bart wachsen. Seine sanften und warmen Augen hätten ihn ihr gewiß verraten, aber die schloß er und blinzelte: daher erkannte Fleurette ihn nicht. Ihr eigenes Gesicht war übrigens breit geworden, wie auch die Gestalt. Im Unmut über ihre fortgestoßenen Tauben setzte sie die Fäuste auf die Hüften und schalt. Er lachte, antwortete lustig und ging zum Brunnen, sich zu säubern. Ein anderer Brunnen hatte einst ihr gemeinsames

Bild aufgenommen, und ihren Abschiedsblick hatten sie darin versenkt mit ihrer letzten Träne. «Wenn wir ganz alt sein werden, dieser Brunnen weiß von uns auch dann noch, und selbst bis über unsern Tod.» Das ist wahr; noch später werden die Leute einander ein Gewässer zeigen und sagen: «Darin ertrank sie, Fleurette. Sie liebte ihn so sehr!» Schon jetzt halten die meisten sie für gestorben, weil eine so schöne Liebe für sich allein fortleben soll, ohne die verwandelten Menschen.

Verwandlung. Er hat sein Gesicht gewaschen und klopft sich den Schmutz von den Schultern, ohne sich nach ihr umzusehen. Sie wartet ab, wie unter der verwahrlosten Hülle ein Edelmann erscheint. Der wird hineingehn, wird über die Treppe des Schlößchens gehn zu der Dame, in ihr Liebeskabinett, dessen Wände bemalt sind mit Wesen, halb Frau halb Fisch, und aus den Ecken blikken Engelsköpfe, dieser lieblich, drüben einer streng. Von der Decke des Zimmerchens strahlt die Sonne, denn Christus ist die Sonne der Gerechtigkeit, wie dabei geschrieben steht, und Fleurette hat es gelesen. Sie nimmt ihre Tauben auf. Grade wendet Henri sich her, aber jetzt sieht sie nicht hin. Über ihnen klingt die Luft von vergessenen Worten. Der Himmel ist sehr hell, silbern das Licht, die Sommerabende so lind. Sie sind noch einmal im Leben allein, hier zwischen den Wirtschaftsgebäuden. Er könnte das fremde Mädchen, das gebückt steht, an sich und hinter die Scheune ziehen. Er denkt wirklich daran, aber droben sieht man vielleicht zu. Er eilt hinauf. Sie betritt mit ihren Tauben die Küche. Der Platz bleibt verlassen, indessen klingt die Luft weiter von vergessenen Worten. Du bist glücklich bei mir? So sehr war ich es noch nie! Dann erinnere dich meiner, so weit du reiten magst – und der kleinen Kammer, in die der Garten duftete, während wir uns liebten. Du bist siebzehn Jahre, Fleurette. Du achtzehn, lieber Knabe. Wenn wir ganz alt sein werden –

Die Stimmen von Feldarbeitern nähern sich. Keine klingenden Lüfte mehr.

Im Garten

Merkwürdig, sein Unternehmen gegen das Schloß des Gouverneurs bekam dem Stellvertreter nicht gut. Der König von Frankreich verzieh es ihm nicht, wie man in Nérac erfuhr. Oder war es eher das Mißlingen des Überfalls, das den armen Villars zuletzt sogar seine Stellung kostete. Der Adel erklärte sich gegen ihn – nicht nur hierzulande: auch in der benachbarten Provinz Languedoc, deren Gouverneur Damville mit Henri ein Bündnis schloß. Damville war ein Gemäßigter, gehörte zu den Politischen und tat gern etwas für den Frieden zwischen den beiden Bekenntnissen. Wenn nur nicht auch Friedfertigkeit zur unrechten Zeit etwas gewesen wäre, was die Stellung kosten konnte! Villars allerdings war im Begriff, die seine zu verlieren, weil er das Gegenteil zu weit getrieben hatte. Er wurde besonders verfolgt und unmöglich gemacht durch einen der einflußreichsten Männer der Provinz, Marschall Biron. Dieser wühlte gegen Villars noch mehr, als sogar Henri wußte, obwohl er unterrichtet war.

Indessen beschäftigten Henri mehrere Sorgen. Er wollte bei Hof nicht nur die Absetzung seines Stellvertreters erreichen: er wünschte sehnlich, daß seine liebe Schwester zu ihm käme, und auch seine gute Freundin, die Königin von Navarra, mochte er nicht länger entbehren. Es kam vor, daß er sich wirklich sehnte nach Margot; alte Zärtlichkeiten verlassen niemals ganz den Leib, der sie empfangen hat. Öfter dagegen bedachte er, daß seine katholischen Untertanen die Schwester des Königs von Frankreich hätten erblicken müssen, ihm zur Seite: sogar das Tor von Bordeaux wäre aufgesprungen! Was seine kleine Catherine anging – o schnell, Kathrin, daß du schon da wärst! Sollst meine Orangerie bewundern, sollst meine Papageien sprechen lehren und Vögel hören, deren wunderbaren Gesang du noch nicht kennst, Kathrin: Kanarienvögel! Außerdem ist die Kleine eine so strenge Hugenottin und würde sofort bei denen von der Religion meinen Ruf verbessern; denn leider, der ist nicht ganz gut.

Dies kam natürlich, weil er viele Frauen kannte. Aber erstens, es gibt viele, die unsere Liebe lohnen – jede auf ihre Art, diese mit ihrem kräftigen Duft, die andere als eine reine Blüte. Das Edelfräulein hat eine mißtrauische Mutter, Henri reitet Nächte hindurch zu einem Stelldichein in der Frühe. Die Dirn des beliebigen Kerls ist leichter zu haben. Nun war da auch die Frau eines Köhlers, der hauste im Wald, und bei ihm trafen einander die Jäger vom Hof. Sie liebte ihren König überaus, und er sie heiß genug, daß er die ganze Jagd, Herren und Diener, im Regen warten ließ, indes er drinnen bei ihr lag. Man kennt diese schnellen Feuer, die nichts hinterlassen. Wie ist das nur, zwanzig Jahre später adelte der König den Köhler. Noch immer wird er wissen von der Hütte im Wald und von den unverlierbaren Freuden. Denn es ist die Frau seine nächste Verbindung zum Volk. Er erkennt es in ihr; besitzt es und dankt ihm

Seine Schwester aus Paris zu holen, schickte er keinen anderen als seinen getreuen Fervaques. Der Biedermann hatte ihn verraten, aber auch den König von Frankreich hatte er schon im Stich gelassen, und wer ist sicherer als der, dem niemand mehr traut. Fervaques brachte wirklich die Prinzessin durch alle Fährnisse bis hierher, sie blieb aber nicht lange in Nérac: ihr Bruder geleitete sie selbst nach Pau, dort waren der Glaube und die Sitten streng, auch seine eigenen, sooft er hinkam. In Pau, wo sie beide waren erzogen worden von ihrer lieben Mutter, wurde er nur mit seiner Schwester gesehen unter den grünen Bäumen ihrer Kindheit. Draußen lag ein Lieblingsschlößchen, umgeben von hohen Wipfeln: dorthin hatte auch Jeanne oftmals ihre Zuflucht genommen, wenn sie mit ihren beiden Kindern die Frische schöner Schatten empfinden wollte und in ihrer Seele den Atem Gottes dachte rauschen zu hören wie die Bäume rauschen. Die Natur war ein Geheimnis des Ewigen, eins seiner Geheimnisse. Die Gärtner dienten Gott unter anderen Zeichen als die Priester. Chantelle hieß sein Gärtner, den er so gern ansprach wie einen Weisen, und auch das Wohnhaus stellte der König ihm neu her. Die Hauptallee im Park aber trug den Namen Madame, und das war Jeanne. Dort ergingen sich ihre Kinder, der Bruder zur Schwester geneigt. Die Schwester denkt: ‹Sieh! Wir haben uns verspätet und es wird Abend. Der Garten erscheint uns heute tiefer, die Dämmerung trägt ihn still fort aus dem Raum und aus der Ordnung. Selbst die steinerne Frau, die Wasser schüttet mit ihrem Faß, sie ist getaucht in die Farbe des abendlichen Gebüsches und hat kein Vorrecht mehr, weiß zu sein und zu leuchten. Wir alle sind einander gleich als Christen: das ist besonders wahr in dieser Stunde. Ich, seine Schwester, muß ihn allerdings als meinen Herrn ansehen, hier aber ist er es weniger. Spreche ich? Die Dinge kommen mir nicht zu, und ich fürchte sie. Dennoch verlockt es mich, ihm von dem berüchtigten Ball in Agen zu sprechen.›

«Mein Bruder!»

«Was gibt es, Schwesterchen?»

«Es gehn so schlimme Gerüchte.»

«Du meinst den Ball in Agen.»

Darüber erschrak sie so sehr, daß sie stehnblieb. Man merkte ihrem Fuß sonst wenig an, sie konnte auch tanzen. In diesem Augenblick aber hätte sie gehinkt. Ihr Bruder Henri sagte schnell: «Ich kenne das Gerede – natürlich kenne ich es, sie haben es doch nur aufgebracht, damit ich mit meinen protestantischen Edelleuten die Stadt Agen verlassen sollte. Anfangs dachte ich dort zu wohnen, nach meiner Flucht aus dem Louvre. Sofort haben die Geistlichen von der Kanzel gehetzt gegen uns. Herr de Villars fing gleich mit Verleumdungen an. Aber die katholischen Damen haben das Ärgste selbst erfunden, um sich zu belustigen. Du mußt wissen, Schwesterchen, daß manche deines Geschlechtes sich belustigen an Dingen, die in Wirklichkeit nicht geschehen sind.»

«Laß das, Bruder, und sag mir, ob auf dem Ball in Agen, als der Saal voll war von den Damen der Stadt, die Kerzen und Lichter plötzlich ausgelöscht worden sind von dir und deinen Herren.»

«Nein. Man kann das nicht sagen. Ich habe wohl bemerkt, daß es etwas dunkler wurde in dem großen Saal. Vielleicht waren mehrere gleichzeitig niedergebrannt. Man bläst zuweilen aus bloßem Übermut auf die Flamme; wer weiß, ob nicht die Damen selbst!»

Hier erzürnte sich Catherine. «Du leugnest zu viel. Es wäre besser, du würdest weniger in Abrede stellen, dann dürfte ich dir das übrige glauben.» Dies sprach kein unerfahrenes Mädchen: nicht mehr die kindliche Stimme, nicht ihre hohen, erschreckten Endsilben. An Henri war es, zu erschrecken: zu ihm sprach seine strenge Mutter. Auch sehen konnte er den Unterschied kaum, denn es war Nacht geworden. Wie ein Knabe gestand er.

«Meine Edelleute wollen die Damen geküßt haben im Dunkeln. Keiner rühmt sich, daß er sie auch entehrt habe. Die Gelegenheit allerdings war da, sogar die Laune. Nachher will natürlich niemand es gewesen sein, wegen des ausgebrochenen Skandals.»

«So habt ihr euch aufgeführt!» sagte Jeanne und Catherine. «Sind das die strengen Sitten, die du unserer Heimat erhalten sollst? Nein, lieber zeigst du ihnen hier, was du gelernt hast in Schloß Louvre bei den Feinden der Religion.»

Der Atem blieb ihm weg. Was jetzt kommen sollte, traf ihn persönlich.

«Nicht allein, daß mehrere der entehrten Damen vor Schreck und Scham gestorben sind: du hast dir noch andere Unglücksfälle vorzuwerfen – überall im Land, wo du umherreitest und die Frauen verführst. Ich will sie dir nicht nennen und aufzählen, du kennst sie zu gut. Ich will dich lieber mahnen, daß du Gott liebst, anstatt die Frauen.»

Er hielt still. Die Predigt, die hiermit begonnen hatte, war unentrinnbar.

«An erster Stelle sollen wir lernen, unsere Herzen zu üben im Gehorsam des Herrn. An dem Ende müssen wir anfangen; damit aber etwas Ganzes wird, ist es nötig, daß unsere Augen, Hände, Füße, Arm und Bein – daß all das mittut. Grausame Hände erweisen ein Herz voll Bosheit, und schamlose Augen ein verderbtes Herz.»

Sie redete weiter gut und schön. Prinzessin Catherine bekam Briefe aus Genf und bewahrte sie in ihrem Sinn – obwohl auch sie nicht mehr lange danach handeln sollte. Ihr Bruder Henri weinte im Dunkeln. Die Tränen kamen ihm leicht, auch über Unabänderliches, das er zu ändern gar nicht gewillt war. Hiermit meinte er indessen nicht nur seine eigene Natur, sondern auch die eng verwandte seiner lieben Schwester. Mit ihrem frommen Eifer kämpfte die Arme gegen ihre Liebe zu ihrem Vetter Henri Bourbon, der jetzt noch den Eber jagte. Erscheint er aber erst in Person, dann wird alles schon geschehen sein, bevor Kathrin es selbst noch weiß! Das Ende ihrer kindlichen Unschuld, das war es, was ihr Bruder beweinte. Andererseits fand er es ganz vernünftig, daß einmal auch die Unschuld seiner Schwester endete. Geteilt zwischen Mitleid und Zustimmung umarmte er sie herzlich und unterbrach mit einem Kuß ihren besten Satz. Dann führte er sie in das Haus.

Weil alle Zärtlichkeit, sogar die für das eigene Fleisch und Blut, und jeder Schauder des Gemütes seinen münzbaren Wert hat, bekam Prinzessin Catherine am Morgen eine kleine Stadt geschenkt von ihrem lieben Bruder – der sie indessen selbst noch nicht hatte. Es war eine böse kleine Stadt, die ihn bis jetzt nicht einlassen wollte; er mußte sie erst erobern für seine liebe Schwester. Noch viele reizende Geschenke bekam diese – in späterer Zeit, als ihr königlicher Bruder es konnte. Einmal waren es siebenhundert feine Perlen, und auch ein Herz, reich besetzt mit Diamanten; den Preis kannte die Rechnungskammer. Übrigens waren die Stunden in Pau jedesmal gezählt. Die schönen Möbel in dem großen Stadtschloß bedecken sich wieder mit Hüllen; Henri wird niemals andere für schöner halten. Die Kronjuwelen von Navarra wird er nicht anrühren in Zeiten, als er kein zweites Hemd besitzt. Zu Pferd! Unruhigere Gegenden besucht! Auch Margot macht uns nur Sorgen. Sie hat ihren Bruder Franz, der nach Flandern durchgehen wollte, an einem Strick aus ihrem Fenster gelassen, hat dann den Strick in ihrem Kamin verbrannt und fast den Louvre angezündet. Dann ist sie gleichfalls ab nach Flandern, und was für Streiche! Kinder, was für Streiche! So spricht Henri in seinem Geheimen Rat.

Die Mitglieder des Rates begeben sich je zwei und zwei in das Schloß. Die doppelte Freitreppe erlaubt den Herren, die gerade nicht ganz gut miteinander stehn, sie auf verschiedenen Seiten zu ersteigen. Zwischen den beiden Armen der Treppe rinnt aus der Mauer ein Brunnen in sein halbrundes Becken. Das marmorne Geländer wendet sich von den Pfosten im weichsten Bogen, jede Hand ist versucht, es zu berühren. Das Auge gleitet von selbst über die bescheidenen Verzierungen, mit denen ein liebreicher Meißel den Stein belebt hat. Aber auf halber Höhe vereinigen sich die Arme, und die Treppe wird breit, sie wird öffentlich und führt zu dem Fürstenschloß. Jugendliche Schritte, laute Stimmen, die meisten der Räte durcheilen sogleich dort oben den Hof und wenden sich rechts. Sie benutzen einige Stufen und eine Galerie von Säulen, die läuft die ganze Front entlang; jede der Säulen trägt an ihrem Kopf andere Bilder von sagenhaften Vorgängen. Die Türen der Zimmer stehen offen, der Tag leuchtet. Schnell betritt man das größte, setzt sich auf Truhen oder hölzerne Schemel, versammelt sich mit erregten Reden, umarmt sich mit Gelächter, trennt sich gereizt – dies alles, indessen der Fürst noch erwartet wird.

In die kugelsichere Mauer, die sonst kein Fenster hat, ist eingesenkt der Posten des Beobachters. Zwischen seinen Gitterstäben blickt der Soldat hinunter in den äußeren Hof, dann über den Laufgraben in das Land hinaus. Hinter dem Stadttor zieht eine Straße, darauf könnten Feinde erscheinen. Friede und Sicherheit wohnen auf beiden Ufern der grünen Baïse, diesseits und jenseits der Brücken: sie heißen die alte und die neue. Diese schwebt hinüber zu dem stillen Park La Garenne, die andere verbindet die Stadtteile. Unterhalb des Schlosses wohnen Bürger wohlbehütet. Drüben bauen Herren vom Hof sich an, seitdem es hier den Hof gibt. Handwerker, Krämer und Gesinde drängen sich zu den festen Häusern der Großen: so entstehen Gassen, gewunden, eng, ein Häuflein von einer Stadt, durch die hinweg Bäche eilen und Kinder spielen. Die Kleinen erstürmen schreiend die hohe alte Brücke, Alte klettern sie vorsichtig hinan; und das Spiegelbild ihrer offenen Bogen tief im Wasser nimmt nacheinander die Schatten auf – all derer, die hier leben.

Oberhalb der Schloßtreppe, auf der gerundeten Bank von Stein, sitzen zwei Herren, die Henri erwarten. Der Herr im Reisemantel ist Philipp Mornay, er findet Henri unbedacht: allein unterwegs, bei sinkendem Abend, und es ist Krieg. Es ist wieder Krieg. Der Friede, der nach Monsieur benannt war, hat nicht vorgehalten. Der König von Navarra hat seinen Diplomaten ausgesendet auf die Suche nach Verbündeten, aber die meisten entziehen sich der Aufforderung, wie sie nur können. Da ist ein Vetter des ermordeten Coligny, und dieser Montmorency hat selbst, dem Tode näher als dem Leben, in der Bastille gelegen. Dennoch ist der beleibte Mann zu träge für die Rache – für die Gerechtigkeit, sagt Mornay. Für die Religion, behauptet er. «Die Lauen speit ER aus seinem Mund aus», entscheidet der Hugenott – begründet auch mit kühlen Worten, warum sie stürzen müssen, alle, die von der Religion nur Vorteil ziehn und nicht groß genug sind, ihrer Sache zu dienen. Den Herzog von Anjou hat Mornay verlassen, der jagt blindlings nach Königreichen für sich selbst. Eingetroffen ist Mornay, nach Abenteuern und Gefahren, bei einem Fürsten, mit dem er es versuchen will, obwohl der Fürst bis jetzt ein leichtherziges Leben führt. Nicht alles liegt aber an der Natur, viel mehr tut die Sendung. Gott ist stärker als die Leidenschaften seines Erwählten. Im Grunde ist der fromme Mornay ganz ohne Sorge um den unterwegs verspäteten Henri. Der steht unter hohem Geleit.

«Sie wurden gefangengenommen auf Ihrer Reise hierher?» fragte der Herr neben ihm auf der Bank.

«Aber man erkannte mich nicht», antwortete Mornay, hob die Schultern und war versichert: im rechten Augenblick erblindeten seine Feinde. «Hören Sie, wie es war, Herr de Lusignan. Wir betrachteten die Ruinen Ihres Stammhauses, in einer Gegend, die der Mondschein verzauberte, so daß es leicht war, an Märchen zu glauben. Dort begegnete in alten Tagen Ihr Vorfahr der Fee Melusine und hatte von ihr dasselbe Glück und Leid, das die Frauen der Menschen jederzeit austeilen können. Durch Schuld der Fee Melusine wurde unsere Aufmerksamkeit abgelenkt, daher waren zwanzig Bewaffnete früher über uns als wir über den Graben. Die ganze Frage ist bei solchen Gelegenheiten, sich für einen anderen ausgeben zu können, nicht aber wie ein Hugenott auszusehn.»

Der zweite Herr mußte lachen. Wenn einer so aussah, war es Philipp Mornay. Nicht nur, daß ein schlichter weißer Kragen über seinen dunklen Anzug geschlagen war: die Haltung machte es, und der Ausdruck sagte genug. Der Blick forderte niemand heraus, war auch nicht in sich versunken. Der Blick erforschte die Gewissen – verständig und ruhig unter der immer glatten Stirn. Bis in das Alter wird die Stirn ohne Falten bleiben, weil Mornay mit seinem Gott im reinen ist; wird eine unberührte Hochebene bleiben über dem zusammengedrückten Gesicht, das Flecken bekommen und in die Züge des Grames verfallen wird. So dereinst. Indessen sitzt er auf einer abgerundeten Steinbank, jung, im Herzen kühn, und erwartet den Fürsten, dessen Aufstieg er begleiten soll. Nichts ahnt Mornay von den Worten, die er bestimmt ist in ferner Zeit als letzte auf seinen Fürsten zu sprechen: «Wir haben hier zu verkünden eine traurige, abscheuliche Neuigkeit. Unser König, der große König, den die Christenheit hat getragen seit fünfhundert Jahren –»

Sehr hell war der Himmel, silbern sein Licht, und der Abend näherte sich mild. Henri kam aus seinen Gärten, ging über die neue Brücke und hatte den Arm voll Blumen. Da er die beiden Herren oben auf der Treppe stehen sah, lief er, verlangte schon von weitem nach dem Bericht seines Gesandten; hörte ihn an, und obwohl nichts Günstiges zu melden war, schenkte er ihm eine Blume. «Jemand hat sie abgerupft», erklärte Henri. Ohne es zu wollen, rückte er die Schulter in Richtung des Lusthäuschens am Fluß: da wußten sie Bescheid. Gleichzeitig ging über ihnen im Schloß ein mächtiges Lärmen an. «Meine Hugenotten bringen mir meine Katholiken um!» rief Henri und sprang schon in den Schloßhof.

Wirklich war Herr de Lavardin an Herrn de Rosny geraten: dieser ein junger Hahn, sein Hauptmann außer sich wegen der durchbrochenen Mannszucht. Die übrigen Edelleute schrien alle mit, Getöse erfüllte das Zimmer, und die Sache selbst wäre niemals in Erfahrung zu bringen gewesen. Glücklicherweise kannte Henri sie am besten. «Marmande», das war die Stadt, wo Hauptmann Lavardin den Fähnrich Rosny auf einen verlorenen Posten geschickt hatte. Henri selbst mußte den Jungen und seine paar Arkebusiere dort heraushauen, was nicht verhindern konnte, daß alle ziemlich kläglich abzogen mit ihrer einzigen Kanone und den beiden Feldschlangen ohne Munition. Lavardin wollte von niemand daran erinnert werden, daß er den verunglückten Angriff auf Marmande unternommen hatte entgegen der Meinung seines Königs. Jetzt fing gar sein Fähnrich von der dummen Sache an. «Milchbart!» brüllte der gereizte Vorgesetzte. «Wenn ich Ihnen die Nase drücke, kommt Milch heraus.» Sofort wollte Rosny sich mit ihm schlagen, von den Edelleuten aber waren die einen eifrig dabei, die anderen versuchten, die Gegner zu trennen. Man hätte nicht geglaubt, in einem einzigen Zimmer mit sechs oder acht Personen könnte so viel vorgehn – alles war aber eigentlich nur Betätigung der Lebensfülle und guten Laune. Henri zeigte sich mit seinem Arm voll Blumen, warf sie unter seine Edelleute, und seinen Rosny bestrafte er, wie es recht war. Er sagte ihm, um seinen Dienst in der besten Kompanie unter den besten aller Führer wär's nun geschehn, und er selbst, der König, wollte ihn aus Mitleid für seine große Jugend in Zucht nehmen. Das ließ der Junge sich gefallen, hatte übrigens darauf gerechnet. Gleich bekam er wieder sein still vernünftiges Gesicht. Auch Lavardin war beruhigt, und überdies umarmte ihn sein König.

Andere ereiferten sich statt dessen über diese und jene kleine Stadt, die sich Greuel erlaubt haben sollte. Das Heer des Königs von Navarra zog umher und wurde nie fertig, Frieden zu stiften, zu rächen und Ordnung zu machen. Hier war der Geheime Rat, jedes Mitglied durfte dem Fürsten seine Meinung sagen, und mehrere hielten ihm vor, er führte den Krieg nicht streng genug. Sein Vetter Condé betriebe die Operationen tätiger und klagte über seine Lässigkeit. «Es ist mein Land. Seines ist es nicht», sagte Henri – mehr für sich als für andere. Nur Mornay horchte darauf. Der ganze Geheime Rat sprach meistens durcheinander. Die allgemeine Aufmerksamkeit lenkte Henri auf sich, als er anfing zu erzählen von der Königin von Navarra. Er ließ das eine Bein vom Tisch herabhängen, das andere hatte er unter sich gezogen, kaute am Stengel einer Rose und schluchzte manchmal, wie von innerem Lachen – fühlte aber in Wahrheit keine unvermischte Freude.

Die Königin von Navarra hatte zuerst ihrem geliebten Bruder Monsieur fliehen geholfen, dann war sie ihm vorausgeeilt nach Flandern, um für seine Sache zu arbeiten. Gefährlich, gefährlich – in einem Lande, das die Spanier unter ihren Stiefeln hielten, und der größte Stiefel war Don Juan d'Austria. «Die Königin, meine Gemahlin, hat alle hinters Licht geführt unter dem Vorwande der Krankheit, die sie kurieren wollte mit dem Wasser von Spa. Bevor die Spanier, die ohne Witz sind, müßt ihr wissen – Stelzschritte machen sie, halten den

Kopf steif, wie sie ihren Kragen bügeln, und können nicht sehen, was auf der Erde los ist: bevor die Spanier das erste Wort gemerkt hatten, war das ganze Land aufgewiegelt von Ihrer Majestät. Darauf hat Don Juan d'Austria sie allerdings aus dem Land hinausbegleiten lassen in aller Eile. Am Abend vorher hatte er ihr noch einen Ball gegeben. Da kann man nichts machen, ihr eigener Bruder, der König von Frankreich, hatte sie den Spaniern angezeigt aus Furcht vor Don Philipp.»

Gelächter des Unmutes, samt einigen Flüchen. In Gedanken und die Zähne zusammengebissen, schloß Henri: ‹Gleichviel. Wenigstens hat meine arme Margot auf dieser Reise sich als eine ganz große Dame gefühlt – bis zu dem Hinauswurf. Goldene Karossen und Sänften aus Samt, darin die huldreiche Königin, und überall blondes Volk, das entzückt ist. Sie hat sich auch selbst entzückt. Sonst ist sie keine glückliche Frau, meine arme Margot, in der Familie, die sie hat. Sie sollte zu mir kommen. Ich brauche sie hier.› – «Leider verbietet ihr königlicher Bruder, daß sie mit einem Hugenotten lebt.» Dies letzte hatte er laut ausgesprochen: er bemerkte, daß in dem Lärm nur einer ihn aufmerksam ansah, sein Diplomat.

«Herr de Mornay», sagte er, «es ist traurig, aber der König von Frankreich haßt seine Schwester, und sie darf uns nicht sehn.»

Mornay erwiderte, daß Ihre Majestät, die Königin von Navarra, sicher nichts so sehnlich wünschte seit ihrer verunglückten Reise nach Flandern. «Ihr königlicher Bruder wird gegen seine Frau Schwester nur aufgebracht durch die Liga. Der Herzog von Guise –»

«Gehn wir hinaus», bestimmte Henri, und er verließ vor Mornay das Zimmer. Sie machten in dem Wandelgang einige Schritte, so schnell, wie Henri es liebte, und kehrten wieder um. Der Gesandte, der aus der Gegend von Paris zurückkehrte, kannte die neuesten Morde im Louvre. Guise erhielt den König in Angst und Schrecken. Dieser flüchtete immer häufiger ins Kloster, und nicht mehr nur das jenseitige Grauen trieb ihn. Außer seinem eigenen Tod fürchtete er auch das Aussterben seines Hauses, denn die Königin schenkte ihm keinen Sohn.

«Sie wird es niemals tun», warf Henri schnell ein. «Die Valois bekommen keine Söhne mehr.» Er verschwieg, von wem er die Kenntnis und Gewißheit hatte: von seiner Mutter. Mornay sah ihn an und sagte zu sich selbst, daß Gott der Herr ihn richtig geführt habe zu diesem Fürsten. In demselben Augenblick erkannte er endgültig, wer Henri war – kein Müller von Barbaste, Schürzenjäger und Befehlshaber über zweihundert Bewaffnete, sondern der künftige König von Frankreich und seiner Berufung voll bewußt. Er gab sich einen falschen Anschein, aus Klugheit und weil er Zeit hatte zu warten, denn lang ist die Jugend. Aber niemals vergaß er. Da nun der Fürst mit einem Wort ihm sein Herz aufgeschlossen hatte, verneigte Mornay sich. Der Rede bedurfte es nicht mehr, das Einverständnis war hergestellt. Mit einer einfachen Wendung der Hand wies Henri ihn auf den Park La Garenne hin, wo sie einander demnächst treffen wollten ohne alle Zeugen.

Schon wurden sie gestört. Seine alten Freunde, d'Aubigné und Du Bartas, gebrauchten ihr Vorrecht, ihren König jederzeit zu unterbrechen. Sie kamen laufend über den Hof, erstürmten die Treppe, und sogleich sprachen sie durcheinander. Die Neuigkeit rechtfertigte allerdings ihre Aufregung. Marquis de Villars war abgesetzt. Der mißlungene Überfall auf das Schloß seines Gouverneurs hatte dem Stellvertreter die Ungnade des Königs von Frankreich zugezogen. An die Stelle des Entlassenen trat Marschall Biron, der auch wirklich alles getan hatte, um es zu verdienen. Dieser Meinung war besonders Agrippa. Voll glücklicher Zuversicht rühmte er den neuen Stellvertreter, der aus lauter Edelmut seinen Einfluß bei Hof aufgeboten hatte gegen den düsteren Vorgänger. Du Bartas, von ganz verschiedenem Temperament, erwartete von dem neuen Mann ein noch ränkevolleres Verhalten als das des alten. In die beiden Ansichten teilte sich dann der Geheime Rat, als die Mitglieder von der Sache hörten.

Die Vernünftigsten, wie Rosny und La Force, dieser katholisch, sahen in Biron vor allem einen Gallensüchtigen mit gelben Augen; im Jähzorn hatte er einem Pferd die ganze Schnauze heruntergesäbelt, was nicht für ihn zeugte. Lavardin und Turenne, gleichfalls von verschiedenen Bekenntnissen, waren dennoch darin einig, daß dem Marschall Biron ein gewisses Vertrauen zu gewähren sei. Er entstammte einer der ersten Familien der Provinz Guyenne. Ihm käme es von selbst zu, hier Frieden zu halten. Dies hätte man glauben können. Henri aber las, während der Geheime Rat sich ereiferte, die königliche Verfügung: seine alten Freunde hatten sie ihm übergeben. Darin stand nun, daß Marschall Biron die Macht und Befugnis erhalte, unbeschränkt zu befehlen überall in Provinz und Land Guyenne, in Abwesenheit des Königs von Navarra. Als ob ich abwesend wäre – zum Beispiel gefangen im Louvre! So begriff Henri. Ihm wurde kalt und dann heiß. Er rollte das Schriftstück zusammen und ließ keinen anderen hineinsehen.

Mornay oder die Tugend

Sehr früh am Morgen ging Mornay in den Park La Garenne. Noch waren keine Wachen angestellt. Wenn der König kam, konnte ihre Zusammenkunft von niemand beobachtet werden, und was sie sprachen, blieb unbekannt. Mornay hoffte, daß der König die bedeutende Gelegenheit wahrnähme und daß er allein käme. Mornay hatte keinen geringen Begriff von seiner Einmischung, wo immer er sie unternahm, in England, Flandern, bei Geschäften des Krieges oder während der Herstellung des Friedens. Da er warten mußte im Park La Garenne, gedachte er beim Zwitschern und Trillern der frühen Vögel der Herrlichkeit Gottes, der es zuließ, daß die unschuldigste Natur unmittelbar rührte an die abscheuliche Welt; und durch seinen Sohn hatte der Herr beides vereinigt, denn in Schweiß und Blut war Jesus dahingegangen wie wir, und auch wie wir hatte er den Gesang der Erde, nur noch rührender, in sich getragen. Mornay schrieb dies auf seine Täfelchen, für seine Frau Charlotte Arbaleste. Seit drei

Jahren waren sie verheiratet, aber oft und lange getrennt worden durch die Reisen des Mannes, durch die Aufträge der Fürsten, ihnen Geld, immer wieder Geld zu verschaffen. Mornay war genötigt, mehr Berechnungen von Schuld und Zins aufzusetzen als Reden über Leben und Tod. Diese hatte er dennoch verfaßt auf Verlangen seiner Verlobten, als sie zu Sedan im Herzogtum Bouillon, einer Freistatt für Flüchtlinge, einander gefunden hatten.

Ihre Begegnung war geschehn im strengsten Ernst des Lebens und des Todes, zwei Jahre nach der Bartholomäusnacht, und dieser war jeder von ihnen nur entgangen, um arm und verfolgt weiter zu bestehen zur Ehre Gottes. Die Güter Charlottes waren beschlagnahmt, denn sowohl ihr Vater als auch ihr erster Gatte hatten der Religion angehört. Seine Freunde rieten dem jungen Mornay damals zu einer vorteilhafteren Verbindung; er dagegen sagte, Geld und Gut wären das letzte, woran man denken dürfte bei einer Heirat: Hauptsache wären das sittliche Verhalten, die Gottesfurcht und der gute Ruf. Dessen allen erfreute sich Charlotte, sie hatte einen klaren Kopf und trieb Mathematik, ein sicheres Auge und malte. Sie war mildtätig für Arme und sogar von den Großen gefürchtet wegen ihrer Unerbittlichkeit gegen das Schlechte. Lieber als alles betätigte sie ihren glühenden Eifer für Gott und seine Kirche. Dies, und nicht Geld und Gut hatte sie in die Ehe mitgebracht. Mornay fühlte sich reich, als sie ihm erzählte, daß schon ihr Vater einst in Straßburg habe Meister Luther disputieren gesehen mit anderen Doktoren. Nun war Luther niemals in Straßburg gewesen: Mornay erkundigte sich hierüber. Wenn aber ein Bericht ihres Vaters sich in ihrer Erinnerung verklärt hatte, dann sollte Charlotte ihre schöne Begeisterung behalten, und Mornay schwieg. Dies war seine Ehe mit der Hugenottin.

«Sie haben mich verstanden und sind früh auf», sagte auf einmal Henri – war ungesehn in die Laube getreten und setzte sich zu Mornay. Er fragte sogleich: «Wie finden Sie meinen Geheimen Rat?»

«Er ist zu wenig geheim – und zu laut», antwortete Mornay, ohne mit dem Lid zu zwinkern, wie Henri es ihm vormachte.

«Über Marschall Biron ist viel Unsinn geredet worden. Wie? Der ist mein ehrlicher Freund. Das ist gewiß Ihre Meinung?»

«Sire! Wenn er Ihr Freund wäre, hätte der König von Frankreich ihn nicht ernannt. Aber sogar ein ehrlicher Freund würde es nicht lange bleiben als Ihr Stellvertreter.»

«Ich sehe, daß Ihr Verstand nicht überschätzt wird», sagte Henri hierauf. «Wir haben viel lernen müssen, wie, Mornay? Sie hatten es nicht gut in der Verbannung.»

«Und Sie im Louvre nicht.»

Beide bekamen starre Augen. Es war gleich vorbei; Henri fuhr fort: «Ich muß mich hüten, der Hof will mich nochmals gefangensetzen. Lesen Sie!» Er zog das gestrige Schriftstück hervor: Macht und Befugnis für den Marschall von Biron –

«In Abwesenheit des Königs von Navarra», sprach Mornay laut nach.

«In meiner Abwesenheit», wiederholte Henri und schüttelte einen Schauder ab. «Nicht noch einmal!» beteuerte er. «Zwölf Pferde ziehen mich nicht nach Paris.»

«Sie werden es wieder betreten als König von Frankreich», versicherte Mornay – mit einer Handbewegung, kein Höfling hätte sie vollendeter abgerundet. Henri zuckte die Schultern.

«Guise ist zu stark mit seiner Liga. Ich will mich Ihnen anvertrauen: er ist sogar dem König von Spanien schon zu stark, so daß Don Philipp, als Sicherheit gegen Guise, mir versteckte Angebote machen läßt. Er will meine Schwester Kathrin heiraten, nicht mehr und nicht weniger. Ich selbst soll eine Infantin bekommen. Von der Königin von Navarra läßt er mich einfach scheiden – in Rom, wo es für ihn kein Hindernis gibt.»

Mornay sah ihn an, mit dem Blick der Gewissenserforschung.

«Was bleibt mir übrig», äußerte Henri gedrückt. «Ich werde annehmen müssen. Oder wissen Sie einen Ausweg?»

«Ich weiß den», entschied Mornay, streng aufgerichtet, «daß Sie niemals vergessen, wer Sie sind: ein französischer Fürst und Verteidiger der Religion.»

«Dann sollte ich das schöne Angebot des mächtigsten Herrschers einfach zurückweisen?»

«Nicht einfach zurückweisen sollen Sie es, sondern es weitermelden an den König von Frankreich.»

«Gerade das hab ich getan!» rief Henri, lachte und sprang auf. Das Gesicht des Hugenotten verklärte sich; einen Augenblick später lagen sie einander an der Brust.

«Mornay! Du bist der alte geblieben. Einst in dem berittenen Haufen! Du liebtest das Äußerste und den Aufruhr, du hieltest Reden vom Moder und Grand im Purpur der Könige. Unbesonnen warst du selbst damals nicht und sagtest dem Glück nicht nein, als du fortkommen konntest aus der Bartholomäusnacht.»

Er schlug ihn vor den Bauch, als Zeichen der Anerkennung und Freude. «Dem Tod ausweichen, damit fängt alle Diplomatie an – und auch die Kriegskunst.» Gleichzeitig faßte er ihn beim Arm und entführte ihn mit seinen langen Schritten, von denen dieser Parkweg viertausend mißt.

Henri und sein Gesandter trafen einander noch öfter früh und ungesehn. Der wahre Grund, weshalb der König den Rat des Gesandten immer wieder hören wollte, blieb unbekannt, sogar wenn jemand ihnen heimlich gefolgt wäre. Mornay hielt Henri für den künftigen König von Frankreich, das war es; hatte aber mehr als nur die Beweise des inneren Bewußtseins, die einzigen, die Henri klar waren. Eine unverkennbare Weltlage sprach dafür, daß dieses Königreich, und im ganzen Abendland grade dieses, müßte fest vereint werden in der Hand eines Prinzen von Geblüt. Nicht Frankreich allein: die Christenheit «seufzt nach einem Fürsten». Dies war nicht mehr der verfallende Philipp mit seinem zusammengewürfelten Weltreich, im Niedergang wie er. Solche Reiche können nicht auskommen, ohne fortwährend Unternehmungen ins Werk zu setzen gegen die Freiheit der wenigen Nationen, die noch frei sind. Damit aber beschleunigen sie nur ihr eigenes Ende. Mornay verhieß dem bis jetzt furchtbaren Philipp vor seinem Tode, der schimpflich wäre, die schärfsten Züchtigungen von der Hand Gottes. So drückte er es nicht aus, das dachte er nur. Kühl stellte er fest, daß die wahllose Ausdehnung einer Macht und ihre Begierde nach Vorherrschaft unweise wären. Ein Königreich wie dieses im inneren Zerwürfnis erhalten zu wollen – Mornay nannte es weder gottlos noch sträflich, obwohl er dies meinte. Dagegen sprach er von der Logik der Dinge und von der Wahrheit; denn die Wahrheit braucht nur zu erscheinen und siegt auch schon.

Alles in allem war Mornay bemüht, daß Henri nicht nur durch das Gefühl, sondern klar und verständig seine eigene Zukunft für groß hielte. Er sollte sich im Bunde wissen mit der Wahrheit, der wirklichen und der sittlichen: eine kommt nicht vor ohne die andere. Denn wir sind als Menschen erschaffen worden von Gott, sind das Maß der Dinge, und nichts ist wirklich, als was wir anerkennen nach eingeborenem Gesetz. Eine derart hohe Vernunft, hoch und tief wie eine Mystik, mußte wohl reizen und verführen, besonders den Fürsten, der selbst ihr Mittelpunkt war. Voraussagen der Zukunft locken immer an, sogar um sechs Uhr früh in einem Park, der noch fröstelt; und andernfalls hätte Henri vier volle Stunden länger geschlafen, denn gewöhnlich endeten seine leichten Abenteuer spät in der Nacht. Er kam aber, um vernünftig Erkanntes über sich selbst und seine Feinde zu hören.

Seinen Weg zum Thron, so hörte er, sollte er merkwürdigerweise beschreiten als Verbündeter, ja als Retter des letzten Valois, der ihn bis jetzt doch haßte. Mornay aber hielt sich hier an das Wort «Liebet eure Feinde» – das zwar nicht überall gelten kann, es wäre gegen unsere menschliche Bestimmung. Man muß nur das Auge haben für die Fälle, in denen es wirklich gilt. Henri war nach seiner eigenen Natur durchaus bereit, seine Feinde zu lieben, sie für sich zu gewinnen und sie seinen Freunden sogar vorzuziehen. Vielleicht trug er daher das Bündnis mit dem letzten Valois als Vorgefühl hier schon in sich und dachte nur später, nach vollzogener Tatsache, Mornay hätte so früh die Dinge beim genauen Namen gekannt. Auch den Untergang der spanischen Armada vor der Küste Englands erfuhr Henri auf die Weise zehn Jahre zuvor. Als es geschehn war, meinte er wahrhaftig, das Ereignis wäre ihm wörtlich angekündigt worden im Park La Garenne von Mornay. Der Gesandte hatte möglichenfalls das Wort Untergang gebraucht, ob er es nun bezogen hatte auf eine Flotte oder auf ein Weltreich. Das Leuchten seiner Rede war aber erhalten geblieben in Henri. Denn es ist die Erkenntnis ein Licht und wird ausgestrahlt von der Tugend. Schurken wissen nichts.

Henri ließ durch Mornay die Tugend zu sich sprechen. Das ist angenehm, solange sie sagt: Du bist jung und von Natur ausersehn. Die schönen Gelegenheiten begegnen deinen schönen Anlagen, für dich sind sie geboren. Bis die Stunde der größeren Taten schlägt, mach dich zum unbestrittenen Herrn dieser Provinz und deiner Partei. Laß die Zeit, hier ist der Himmel hell, zehn Jahre sind wie ein Tag. Soweit sprach die Tugend angenehm.

Indessen fiel es ihr ein, zu sagen und als Denkschrift zu überreichen, daß der König von Navarra spätestens um acht Uhr morgens könne angekleidet sein und seinen Geistlichen das Gebet abhalten lassen. Dann sollte er in sein Arbeitszimmer gehn und dorthin nacheinander zum Bericht bestellen alle, die er mit seinen Geschäften betraut hatte. Kein lärmender Geheimer Rat mehr, wo man lachte, Geschichten erzählte und Streit anfing. Mornay wollte, daß Henri von seinen Räten nur die tugendhaften bei sich behielt: wer wäre da übriggeblieben außer ihm selbst? Henri persönlich aber sollte ein Beispiel geben seinem Hause, und nicht nur seinem Hause, sondern dem Königreich Navarra, und nicht nur diesem, sondern der Christenheit. Mornay ertrug an dem Fürsten, den er sich erwählt hatte, nichts Tadelnswertes. Jeder sollte bei ihm finden, was er am meisten ersehnte, aber niemals erlebte: die Fürsten – Brüderlichkeit, die Gerichte – Rechtssinn, das Volk – die Sorge, ihm Lasten abzunehmen. Der Fürst sei bedacht, aufzutreten mit Würde, ja mit Glanz; besonders aber gebe er niemandem Gelegenheit, ihn zu verleumden. Nicht einmal sein gutes Gewissen darf ihm genügen. Das weitere wurde ganz verfänglich. Dieses Ratsmitglied, das seinen Titel ernst nahm, fing von den Sitten des Fürsten an.

«Verzeihen Sie Ihren treuen Dienern noch ein Wort, Sire. Die offenkundigen Liebschaften, denen Sie so viel Zeit schenken, sind nicht mehr an der Zeit. Heute will es die Stunde, Sire, daß Sie eine Liebschaft haben mit der ganzen Christenheit und im besonderen mit Frankreich.»

‹Wie Kathrin!› dachte Henri. ‹Ich will dich mahnen, daß du Gott liebst, anstatt die Frauen›: das waren ihre Worte. Auch der andere Hugenott lag ihm jetzt damit in den Ohren. Nein, die Tugend sprach nicht mehr angenehm. Es ist wahr, daß sie zu früh kam und verlangte von dem jungen Fürsten eine Wohlanständigkeit – weder ihm noch dem Zustand seines verwilderten Ländchens hätte sie gegenwärtig entsprochen. Aber dieser Punkt, fast nur dieser, blieb immer verwundbar bei Henri. Als er schon der anerkannte Erbe der Krone Frankreichs war, meldete sich die hartnäckige Tugend des Herrn de Mornay mit denselben Empfehlungen, und sie kamen wieder ungelegen, reizten zum Ärger, zum Spott; und endlich verstummten sie dann auch. Das Leben geht weiter ungewarnt, die Tugend verzichtet, und der Alternde sinkt unter sich selbst herab durch Leidenschaften, mit denen er sich noch einmal Jugend vortäuscht. So wird es kommen, Henri. Jugend und Liebe werden einst die Irrtümer eines noch immer ungestillten Herzens geworden sein; dazu wird sogar dein Mornay schweigen. Sei froh, daß er heute redet!

Statt dessen rächte er sich dafür. In seinem Geheimen Rat, den er übrigens ließ, wie er war, äußerte der König bei Anwesenheit des Gesandten Mornay: den Katholiken schuldete er mehr Dank als den Hugenotten. Wenn diese ihm dienten, wäre es Eigennutz oder Eifer für die Religion. Die anderen hätten davon keinen Vorteil, und um seiner Größe willen schadeten sie ihrem eigenen Glauben. So ungerecht war der Vergleich, daß die katholischen Herren ihn selbst nicht ruhig hinnahmen. Henri vergaß aber sogar die persönliche Schonung und Barmherzigkeit; bei Anwesenheit seines Gesandten machte er einen

Raben nach. Die von der Religion heißen allerdings Raben, weil sie sich dunkel kleiden, viel Psalmen krächzen und angeblich sehr auf Beute aus sind. Als der König zu dieser augenscheinlichen Beleidigung überging – er tat es immer noch verstohlen in einer Ecke –, da wollte niemand es gesehen haben, und gerade die katholischen Herren verdeckten den Vorfall mit lauten Gesprächen. Henri selbst war alsbald verschwunden.

Draußen weinte er – aus Scham und Erbitterung über sein Verhalten zu der Tugend, die verkörpert war in dem Hugenotten Mornay. Er versteifte sich wohl, er empfing den Gesandten nicht mehr allein, besonders nicht im Park La Garenne um sechs Uhr früh, da er um zehn erst aufstand. Das konnte nicht hindern, daß er an Philipp Mornay denken mußte, wenn er ihn nicht sah, und neben allen anderen am Hof hielt er ihn, meist ohne Nutzen für diese. Er behauptete: Ein ganz anderer Freund ist d'Aubigné, der mich zur Flucht aus dem Louvre gedrängt hat. Ein ganz anderer Freund ist Du Bartas: der hat mir das Leben gerettet in dem gemeinen Wirtshaus – nicht zu reden von dem schmerzlich vermißten d'Elbeuf, der mich beschützt hat auf Schritt und Tritt. Was waren sie aber? Kriegsmänner, und die Tapferkeit war etwas Selbstverständliches, von ihr machte niemand Aufhebens, sie rührte nicht einmal an den äußersten Bereich der Tugend. Jetzt nehme man einen der nächsten hier, der besten im Rat: was blieb übrig von ihnen, wurden sie verglichen mit Mornay? Allen hafteten Untugenden an, manch häßliche sogar, und um so lieber verzieh Henri sie. Die Freundschaft und das Königtum haben die Macht, auszulöschen. Keiner aber verfügte über das Wissen, das hohe und tiefe Wissen des großen Hugenotten. Unwissenheit ist nicht auszulöschen.

Agrippa, der alte Freund, nahm die Freigebigkeit des Fürsten in Anspruch wie nur einer; der Rechnungskammer in Pau war sein Name am besten bekannt. Einmal sprach er zu einem anderen Edelmann über den König, laut genug, daß Henri es hören mußte. Der andere hatte nicht aufgepaßt, und Henri selbst wiederholte: «Er sagt, daß ich ein Geizkragen bin, und kein Mensch auf Erden strotzt so wie ich von Undank.» Eines anderen Tages wurde dem König ein halbverhungerter Hund gebracht, er hatte das Tier geliebt und dann vergessen. Auf seinem Halsband war eingeritzt ein Sonett von Agrippa; es begann:

«Der treue Citron lag in bessern Tagen auch
Auf deinem heiligen Bett: jetzt schläft er auf den Steinen.
So geht's dem treuen Hund, er lernte wie die Deinen,
Was bei dem Freund und was beim Undankbarn der Brauch.»

Die Anwendung kam am Schluß:

«Ihr Herrn vom Hof, die ihr mit stolzen Blicken streift
Den Hungerhund, wie er verjagt durch Straßen schweift,
Erhofft für eigene Treu nur keinen andern Lohn!»

Henri wechselte die Farbe, als er dies las. Die Erkenntnis selbst begangenen Unrechts erfaßte ihn immer sehr schnell und heftig, wenn er es nachher auch wieder vergaß. Eher fand er für die Vergehen anderer eine Entschuldigung. Dem armen Agrippa rechnete er seine Verdienste an, nicht aber die Reizbarkeit seiner dichterischen Natur. Der junge Rosny liebte das Geld noch viel mehr: er gab es nicht aus, er sammelte es. Er hatte inzwischen seinen Vater beerbt, war Baron und besaß die Güter dort oben am Saum der Normandie. Als Henri seine Soldaten bezahlen mußte, verkaufte Baron Rosny einen Wald, und zwar entschloß er sich hierzu, damit die glücklichen Feldzüge des Königs von Navarra das geliehene Geld verzehnfachten. Er baute sich in Nérac, jenseits der alten Brücke, ein Haus, denn gute Geschäfte verlangen Weile. Übrigens durfte sein Fürst ihm nicht zu nahe treten, nicht einmal nach schweren Fehlern: dann brauste Rosny auf. Er wäre weder sein Vasall noch sein Untertan, sagte er Henri ins Gesicht, und er könnte auch gehn – woran in Wirklichkeit kein Gedanke war, schon wegen des Hauses. Henri antwortete scharf, der Weg steh ihm offen, er selbst fände bessere Diener – was ebenso wenig ernst gemeint war. Wie Rosny nun eben geraten war, gehörte er zu den besten: sogar, wenn er für einige Zeit nach Flandern abreiste zu einer Erbtante, der er um des lieben Geldes wegen vormachte, er wäre katholisch.

Von zwei Fräulein wählte er die weniger schöne, aber reichere und heiratete sie. Seine junge Frau holte der Baron aus seinem Schloß im Norden, während dort die Pest hauste. Die Frau saß mitten im Wald in ihrem geschlossenen Wagen und wollte ihren Mann, aus Angst vor Ansteckung, nicht zu sich lassen. Den Baron focht nichts an. Die Pest und alle anderen Hinterhalte, er ging hindurch mit seinem stürmischen Stolz. Nach überstandener Gefahr legte er den Panzer ab und nahm Rechnungen vor. Mit seinem König schlug er alle Schlachten. Als das Königreich aber zusammengebracht war, hatte Henri einen großen Finanzminister.

Hier sind beide noch jung und am Anfang, erobern gemeinsam kleine böse Städte, setzen ihr Leben aus wegen einer Fahne und eines sumpfigen Grabens – der glückliche Rosny kommt dennoch immer auf seine Kosten. Wenn endlich geplündert wird, wer verdient viertausend Taler auf einmal und rettet dafür noch ihren vorigen Besitzer, einen alten Mann, vor den grausamen Soldaten? Henri kannte den Jungen. Der liebte den Ruhm, die Ehre – und fast so sehr das Geld. Dagegen vertröstete Henri einmal auch Mornay auf Zeiten, da sie beide reich sein würden. Er tat es absichtlich, um ihn in Versuchung zu führen. Mornay sagte einfach: «Ich dien und bin schon reich.»

Mit gewollter Härte erwiderte hierauf Henri: «Ich achte Ihrer Opfer nicht, Herr de Mornay. Ich denk an meine eigenen.»

«Wir bringen alles nicht Menschen, sondern Gott dar.» Diese Antwort war demütig und war doch eine Zurechtweisung. Henri wechselte die Farbe.

Kurz danach wurde ihr kleiner Trupp aus einem Gehölz heraus angefallen, und zwar von Reitern des Marschalls Biron, die zahlreicher waren. Dem König von Navarra und seinen paar Begleitern blieb nur übrig, zu wenden und das

Weite zu suchen, verfolgt von Schüssen. Als sie anhalten konnten, war zu sehen, daß dem König die Schuhsohle unter dem Fuß weggeschossen war. Der König streckte den ganz unverletzten Fuß hin, damit jemand ihm einen anderen Stiefel darüberzöge. Der es tat, war Mornay. Henri sah sein Gesicht nicht; Mornay stand gebückt, und vom Hals rann ihm, in einem Bach, das Blut. «Mornay! Sie sind verwundet.»

«Ein Nadelstich – wenn ich die Gefahr erwäge, der Eure Majestät entgangen ist. Ich bitte um eine Belohnung, Sire. Setzen Sie Ihr Leben nicht noch einmal unbedacht aus!»

Henri erschrak. Die erste Belohnung, um die Mornay bat, war diese. Jetzt erhob er auch das Gesicht, es erschien vom Blut überlaufen und schon bleich. «Wir waren über die schlimmen Absichten des Marschalls Biron einer Meinung, Sire.» Sonst nichts; Henri vernahm gleichwohl: als Sie mich noch empfingen allein und vertraut im Park La Garenne – sein Herz fing davon an zu klopfen. Leise sagte er:

«Morgen, am gleichen Ort, zur selben Stunde.»

Ein schweres Geheimnis

Philipp Mornay schlief diese Nacht wenig, und sein Gewissen schlief nicht mit ihm. Er kämpfte schon längst mit sich, ob er ausspräche, wovon er Kenntnis hatte. Die Gelegenheit war gekommen und die Pflicht nachgerade unabweisbar. Während er zeitweilig vom Wundfieber verwirrt war, sah er sich selbst vor dem König stehn, hörte sich reden – schneller als sonst, auch um vieles unwiderstehlicher. Der König gab ihm alles zu, sogar das böse Gerücht von der Frau des Müllers, eine unehrbare, obendrein gefährliche Sache. Der König senkte die Stirn zum Zeichen der Reue, erhob sie indessen wieder, da Mornay es innig wünschte in seinem Fiebertraum. Er wollte nicht, daß sein König durch ihn beschämt würde. Noch weniger war er gesonnen, ihm das Andenken zu trüben an die ihm liebste Person. Leider drängte es damit, wenn der König auf dem abschüssigen Wege seiner Leidenschaften jemals sollte zurückgehalten werden. Man mußte ihm zeigen, wohin sie führten, dies aber konnte nur einer: der Besitzer des schweren Geheimnisses.

Herr! Entbinde mich der Pflicht, bat der Fiebernde, dessen unbeherrschte Gedanken sein Gebet sofort erfüllten. Er brauchte nicht mehr auszusprechen, was ihn so furchtbar quälte, denn der König wußte es schon. Das Unerklärliche war geschehen, der König, nicht mehr Mornay, besaß die anklägerischen Schriftstücke. Er zog sie hervor, gab sie Mornay zu lesen und versicherte, daß die erlangte Kenntnis des Geheimnisses ihn zum Anhalten gebracht und vor dem Sturz gerettet habe. Er sehe jetzt, sagte der König, daß selbst ein geweihtes Leben durch die Unenthaltsamkeit des Geschlechts habe erniedrigt werden können, so daß einige Mitwisser nur in Grauen und Mitleid dieser Toten gedächten. Was bedeutete es dann noch, wenn ein ganzes Volk seine dahingeschiedene Königin verehrte als fromm und rein? Ich, sprach der König im Traum des Fiebernden, will mich warnen und bessern lassen. Ich verzeihe allen, die ihrer Menschennatur gefolgt sind. Ich tat es selbst im Überdruß. Damit soll ein Ende sein: das verspreche ich als der König.

Nachdem Mornay das Versprechen des Königs empfangen hatte, entschlummerte er ruhiger – erwachte aber, als es Zeit war, in den Park La Garenne zu gehn. Sein Kopf war völlig klar, dennoch meinte er zunächst, die beiden Schriftstücke mitsamt dem Geheimnis wären wirklich im Besitz des Königs, anstatt in dem seinen. Er mußte zuerst die Mappe aufschließen: darin fanden sie sich wirklich vor. Nichts war verändert, der König wußte nichts, noch immer wartete auf Mornay die harte Pflicht.

Was niemals vorgekommen war, er betrat die Allee nach dem König. Henri ging sie schon auf und nieder mit ungeduldigen Schritten. Kaum des Gesandten ansichtig, führte er ihn mit eigener Hand zu der Bank, betrachtete besorgt den eingebundenen Schädel und fragte, wie es damit stehe. Ein kleines Stück der behaarten Kopfhaut wäre fortgerissen durch die Kugel, erklärte Mornay. Der Schaden wäre gering, er lohnte kaum die königliche Erkundigung. «Wenn es Eurer Majestät beliebt, sprechen wir von Geschäften.»

«Sie dulden tatsächlich keinen Aufschub», sagte Henri – zögerte aber, bevor er von seinen Geldverlegenheiten anfing. An Mornay fand er etwas Ungewohntes, es ähnelte der Furcht. Er hat eine schlechte Nacht gehabt, entschied Henri und sprach von seinen Bauern, denen er durchaus die Steuern erleichtern mußte. Wie nur den Ausfall ersetzen? Er rief, zum Scherz scheinbar, indessen um das Herz war es ihm ernst: «Könnt ich es machen wie die selige Königin, meine Mutter! Sie bestrafte sich für die geringste Verfehlung. Hundert Pfund zahlte sie der Rechnungskammer, wenn sie vergessen hatte zu beten. Meine Bußen würden etwas mehr ausmachen als die meiner lieben Mutter!»

Da bezwang Mornay seine Furcht. Sie war Menschenfurcht gewesen; das Gottvertrauen verdrängte sie. Er erhob sich, Henri betrachtete ihn neugierig.

«Die selige Königin», sagte Mornay, klar und ruhig wie immer, «sie war strenge gegen sich in allem, und doch in einem nicht. Ihre Majestät ist eine unerlaubte Ehe heimlich eingegangen mit dem Grafen Goyon, der getötet wurde in der Bartholomäusnacht. Die Königin schloß die Verbindung ohne den Segen der Kirche, und auch nachträglich wurde er ihr nicht erteilt, da sie den begangenen Fehler nicht öffentlich wollte einbekennen. Sie stand im Alter von dreiundvierzig Jahren, der König, Ihr Vater, war seit neun Jahren tot. Sie hatte von Herrn de Goyon einen Sohn.»

Hier schnellte Henri auf. «Einen Sohn! Was sind das für Märchen.»

«In den Büchern Ihrer Rechnungskammer, Sire, stehen keine Märchen. Dort sind verzeichnet fünfundsiebzig Pfund, für den Unterhalt eines Kindes, genannt François Goyon, das die Königin in Pension gab am dreiundzwanzigsten Mai 1572.»

«Damals war sie nach Paris gereist – wollte mich verheiraten – und starb.» Henri stammelte, Tränen schossen ihm in die Augen. Während der Dauer eines Gedankens war Jeanne noch vergrößert durch gehäufte Schicksale – ungeahnte, nicht sogleich faßbare. Ihrem Sohn schwindelte. Vorbei der Gedanke. Plötzlich schlug der Stolz des Sohnes in Demütigung um. «Unwahr!» rief er, und seine Stimme brach. «Fälschung! Verleumdung einer Frau, die nicht widersprechen kann!»

Als Antwort reichte Mornay zwei Schriftstücke hin. «Was soll das!» rief Henri sofort. «Wer wagt hier eine schriftliche Anklage?» Er sah die Unterschriften, die des Genfers de Bèze; dann las er einzelne Sätze, und endlich ergab er sich der übermächtigen Wahrheit. Die hervorragenden Mitglieder des Konsistoriums bescheinigten im Namen der reformierten Kirche, daß die Ehe fehlerhaft eingegangen wäre. Die beiden Teile hatten vor zwei oder drei Zeugen sich einander versprochen: eine Gewissensehe, wie man wohl sagte, in Wirklichkeit aber eine Ehe gegen das Gewissen. Die guten Sitten waren nicht geachtet worden, die Ehe vollzogen ohne Kenntnis und Billigung der Kirche, ja der dringende Wunsch und Rat der Kirche war unbeachtet geblieben. Die Pastoren hatten verlangt im Namen des Herrn, daß bis zur öffentlichen Regelung die Gatten einander nicht sehen sollten, oder wenn es denn sein müßte, nur selten und für zwei oder drei Tage höchstens: selbst damit nährten sie nur das Ärgernis, das aber notwendig zu beseitigen wäre, wenn sie entgehen wollten dem Zorn Gottes. Unterließen sie dies, dann verdienten die Teile rechtens, unverzüglich ausgeschlossen zu werden vom Abendmahl.

Da stand es. Der Königin Jeanne war gedroht worden mit der höchsten Strafe derselben Religion, der sie alles hatte hingegeben: Ruhe, Glück, ihre Kraft und auch ihr Leben. Warum? «So das Übel überhand nähme, was Gott verhüten möge, muß auch die Kirche zum äußersten schreiten. Solch ein groß Ärgernis ist untragbar für die Kirche des Herrn.» Folgten alle Unterschriften – und waren natürlich echt. Eine Anfrage hätte genügt, es festzustellen. Aber der Sohn der gemaßregelten Jeanne fühlte keine Lust, den Pastoren die Ehre einer Erkundigung zu erweisen. Sie hatten gehandelt aus weltlichen Rücksichten, und keineswegs ermächtigt von Gott dem Herrn: dies war sein Eindruck, er empfing ihn als ersten und behielt ihn für immer. Die Worte dieser Geistlichen waren: Gute Sitten, Ärgernis und öffentliche Regelung – Worte, die nichts vom Geist verkündeten. Sondern sie alle behaupteten nur das Vorrecht der Zusammenlebenden, einander zu beobachten und auszuspähen, einander zu verurteilen, freizusprechen, auf alle Fälle aber einer herrschsüchtigen Gesamtheit die Macht zu geben über unsere Person. ‹Wir sollen nicht lieben dürfen ohne Aufsicht›, dachte der Sohn der gemaßregelten Jeanne mit Empörung. ‹Der Trost ist, daß wir auch zu sterben nur vermögen unter viel Aufhebens und allgemeiner Beteiligung!› Er verzog keine Miene: ihre Verschwiegenheit hatte er gelernt – im Schloß Louvre, und dort meinte er wieder zu sein. Die Luft der Freiheit wehte nicht mehr, seitdem er wußte, daß seine liebe Mutter hier in ihrem eigenen Land war gemaßregelt worden, weil sie liebte. Kurzweg gab er die Schriftstücke zurück. «Behalten Sie das! Oder bringen Sie es dorthin, woher Sie es geholt haben.»

Mornay sagte: «Die Schriftstücke befanden sich in den Händen des Pastors Merlin, der unserer verehrten Königin beistand in ihrer schweren Stunde. Er hatte von der Verstorbenen den Auftrag, sie mir auszuhändigen, damit nicht ihre Kinder sie läsen.»

«Jetzt hab ich sie gelesen», erwiderte Henri nur.

Mornay atmete mühsam auf, dann kam eine Stimme, die verstellt klang vor Selbstüberwindung. «Die Königin hatte ihrem Seelsorger bekannt, daß sie Enthaltsamkeit nicht länger einhalten könnte, worauf er sie dann heimlich zusammengab mit dem Grafen Goyon. Er wußte, das war keine Trauung; aber er hatte Mitleid.»

«Mornay!» rief Henri, überanstrengt auch er. Das übrige war ein tonloses Gemurmel aus zerrissenem Innern. «Sie sind ein Rabe – in weißer Haube. Ihr Verband und Ihre Wunde schützen Sie vor mir, Sie wissen es. Ich bin wehrlos gegen jemand, der sich gestern für mich hat anschießen lassen: das mißbrauchen Sie. Ich muß anhören, daß meine Mutter von der Unzucht besessen war, wie ich es bin – werde auch ihren Weg gehen. Das haben Sie beschlossen für den Fall, daß ich Ihnen nicht gehorche. Unglücksrabe!» schrie er plötzlich auf – machte kehrt und entfernte sich mit großen Schritten. Sein Nacken war gebeugt, und seine Tränen fielen vor ihn hin.

Hierauf folgten Tage, in denen diese beiden nichts erfuhren voneinander. Der König ritt gegen eine kleine böse Stadt, aber den Gesandten nahm er nicht mit. Zwischen seinen Kämpfen und Mühen, die ihn der geheimen Qual sollten vergessen lassen, wurde Henri dennoch angefallen von Gedanken. Dreiundvierzig war sie alt, und ertrug noch nicht, enthaltsam zu sein. Eine Kugel! verlangte der Sohn der Königin Jeanne. Ihr lustiger Sohn verlangte im Feuergefecht nach einer Kugel zur Abkürzung der Zeit, in der er sich noch müßte erniedrigen wie seine Mutter. Als er dann heil hervorging aus dem Feuergefecht, freute er sich, lachte, und für sich allein machte er Witze über seine fromme Mutter, die doch auch ihren Teil genommen hatte vom Guten.

Er brauchte immer Bewegung, denn an Ort und Stelle entdeckte er das Schlimmste – merkwürdigerweise hatte er bis jetzt diese Anzeichen nie beobachtet. Das Volk erzählte sich, wie die Königin Jeanne verfahren war mit denen, die ihr widerstanden. Protestantisch werden, oder man verschwand in ihrem Schloß zu Pau, das Verliese hatte, und Henri kannte sie. Gleich nebenan war getafelt worden. Seine Mutter handelte grausam für die Religion; da sie aber zu allem entschlossen war, ihre Ehe geheimzuhalten, hatte sie sich der Verliese wahrscheinlich auch bedient, um Mitwissern den Mund zu schließen. Davon bekam sie jetzt ein neues Gesicht für ihren Sohn, in dem sie weiterlebte. Er erinnerte sich, wie er einst ihr ganz verändertes Todesantlitz vorausgefühlt hatte, an dem Tage, als ihr letzter Abgesandter ihre letzte Botschaft brachte. Sie leben weiter: die Toten verwandeln sich nur. Begleiten uns, so schnell wir reiten, und halten uns plötzlich ein neues Gesicht hin: erkennst du mich? Ja, Mutter!

Er erkannte, daß sie größer geworden war. Dies war sein erster Gedanke gewesen in dem Augenblick, als er von ihrer geheimen Ehe Kenntnis erhalten hatte. Der Gedanke hatte jetzt feste Gestalt bekommen. Jeanne war wirklich vergrößert durch gehäufte Schicksale – sonst aber, wie jemals, fromm, mutig und rein. War auch gestorben für alles dies, mit einbegriffen ihre späte Leidenschaft. Der Tod ist gut, der uns bestätigt. «Herr de Goyon, Sie leben!» Dies hatte Henri einst gerufen im großen Saal des Louvre, nach der Bartholomäusnacht, beim ersten Wiedersehn mit den Mördern. Aus ohnmächtiger Wut forderte er damals Tote auf, als ob sie zugegen wären. «Herr de Goyon, Sie leben» – und dieser lebte schon nicht mehr, er war nicht im großen Saal, er lag im Brunnen, als Fraß der Raben. Heute erst war er auferstanden, im Umkreis einer Frau, die er gekannt hatte.

Inzwischen erging es auch Mornay nicht immer gut. Er bereute, seinem König Schmerz bereitet zu haben; bezweifelte nachträglich sogar den Nutzen. Die unehrbare und gefährliche Sache in der Mühle, er erfuhr, daß sie weiterging; aber gerade sie war der letzte Anstoß gewesen, als Mornay sein schweres Geheimnis preisgab. Sorgen machte ihm auch, daß der König jetzt unterrichtet war von dem Dasein eines Bruders, den er doch nicht anerkennen durfte: es wäre entgegen der praktischen Religiosität und wäre Unordnung gewesen. Bei dieser Auffassung der Dinge warf Mornay es sich vor, daß er den Grafen de Goyon auferweckt hatte. Henri dagegen war geneigt, es ihm zu danken. Gerührt, wenn auch aus verschiedenen Gefühlen, lagen sie eines Tages einander wieder an der Brust – plötzlich und ohne Worte, die nur geschadet hätten.

Die Mühle

Henri aber reitet nach seiner Mühle. Wie oft macht er unbegleitet den Weg, längs des Flusses La Garonne, hinüber bei einem alten Städtchen, und jetzt abgebogen. Er streift an Zweige, im welken Laub waten die Hufe. Am Rande des Gehölzes hält er und späht nach seiner Mühle droben auf windigem Hügel, ob er den Müller sieht. Sehr zu wünschen wäre, daß der Mann fort ist mit seinem Wagen. Henri trachtet danach, allein zu sein mit der Frau. Übrigens hat er das Recht zu kommen, wann es ihm beliebt. Der Müller von Barbaste, das ist er selbst, wie jeder weiß. Sein Pächter verrät sonst von einem Schlaukopf nichts; dennoch ist der grobe Tölpel hier eingezogen mit einer jungen hübschen Frau. Kennt seinen Herrn und bleibt ihm die Pacht schuldig. In Rechnung steht dafür die junge hübsche Frau, an die aber der Herr nicht rühren soll. Der Kerl ist eifersüchtig wie ein Türke.

Der Müller von Barbaste lebt im Volksmund. Ältere, sanfte Leute glauben wirklich, er selbst höchst eigenhändig lasse die Flügel laufen und sammle das Mehl, das aus der kreisenden Walze fällt. In Wahrheit hat er noch keinen einzigen Sack zugebunden: das tut der Pächter, und mit der Frau macht er's wahrhaftig ebenso. Der Herr und der Ehemann verstehen einander ausgezeichnet; jeder weiß, was der andere will, jeder hütet sich und paßt auf. Dieser Art sind sie einander nahegekommen. Sooft der Herr einkehrt, nötigt der Pächter ihn, zum Essen zu bleiben. Nicht die Frau hat die Kühnheit, nur der Mann. Er ist sich seines Vorteils bewußt, ein stämmiger Mann, Besitzer der begehrten Frau, und hat seine Überlegenheit noch immer nicht genug auf die Probe gestellt. Soll nur der Herr in die Falle gehen!

Heute wartet Henri lange am Rande des Gehölzes, wo Schatten über ihn fällt; sie können ihn nicht sehen von der Mühle. Diese schwingt mit Wucht ihre Flügel – nur, in der Luke erscheint niemals das breite weiße Gesicht des Mannes, der gewöhnlich den Umkreis abspäht. Die Frau! Sie streckt den Kopf heraus, äugt herüber, blinzelt, findet nichts, dennoch scheint ihr Ausdruck sowohl verschlagen als ängstlich. Was das wohl bedeutet? Gleichviel, das Mehl auf der Haut steht gut zu ihren dunklen Augen, und sie ist schmalgliedrig. «Madelon!» Er darf getrost den Namen rufen, der trennende Raum ist groß, die Flügel der Mühle klappern; sie hört ihn nicht. Jetzt erst erschrickt sie, denn sein Pferd hat gewiehert; und bevor sie zurücktritt, macht sie nach dem Waldrand hin ein Zeichen, es kann heißen: Komm! Ich bin allein.

Henri bindet sein Tier an, geht hinüber und rund um den Hügel, ob der Pächter sich nirgends zeigt. Endlich dringt er ein. Die große Mahlkammer liegt übersichtlich da, zwei Wände hinan sind Säcke geschichtet, an der dritten arbeitet die Walze in ihrem Kasten, zu der vierten herein pfeift der Wind. Die Müllerin wendet sich schnell um, als von der Zugluft die Tür zuschlägt: sie hat Korn auf die Walze geschüttet oder stellt sich, als habe sie es getan. Das Brusttuch ist ihr verrutscht, die Hügelchen aus hellem Fleisch werden hastig gehoben und gesenkt von dem Atem der Überraschten. «Mein hoher Herr!» sagt sie, beugt ein Knie und rafft mit Anstand ihren Rock. Sie ist keine Bauerndirne, kennt Ironie und drückt sich in der Schriftsprache aus, sobald Henri erscheint; ist auch nicht zu bewegen, gemeiner zu reden. Das ist eine der Listen, mit denen sie ihn hinhält.

«Madelon», sagt Henri voll Freude und Ungeduld. «Dein Aufpasser ist eingeschlafen in einer Schänke. Wir haben Zeit. Ich will dir das Tuch binden.» Statt dessen öffnete er geschickt das Kleid. Sie wehrte sich nicht, wiederholte aber: «Wir haben Zeit. Wozu so eilig, mein hoher Herr. Wenn Sie gehabt haben, was Sie wollen, werden Sie auf und davon gehen, und ich werde mir nach Ihnen die Augen ausweinen. Ich liebe so sehr Ihre Gesellschaft – weil Sie gut sprechen», setzte sie hinzu, und in ihren schmalen Augen, obwohl die Miene ehrfürchtig blieb, sammelte sich mehr Spott als je bei einer Marschallin. In diesem Augenblick verehrte Henri das ganze Geschlecht: darum beachtete er gar nicht, was sie trieb. Sie ordnete aber zwei Mehlsäcke unterhalb der aufgeschichteten, es ergab einen Ruhesitz, und wenn man wollte ein Lager. Darauf ließ sie sich nieder, winkte ihn zu sich, und gerade dadurch machte sie sich zur Herrin der Umstände.

«Mein Freund», sagte sie, «jetzt könnten wir sogleich darangehn uns zu lieben; aber das ist eine Beschäftigung, in der ich nicht willens bin, mich unterbrechen zu lassen. Nun kann es kaum ausbleiben um diese Tageszeit, daß Kunden eintreten. Was die Schänke betrifft, mag es sein, daß jemand dort eingeschlafen ist; aber sie liegt keine tausend Schritte von hier, und mancher erwacht plötzlich.» Dies alles sprach die schöne Müllerin mit hohen gleichmäßigen Lauten, ohne Spur von Verwirrung, obwohl er erfolgreich bemüht war, ihren Rock zu entfernen. Es schien durchaus nicht ihrer Person zu geschehn. Sie selbst widmete sich einzig ihren vorsorglichen Überlegungen – bog ihren runden Arm um seine Schulter, damit er besser zuhörte, und kam zur Hauptsache.

«Ich will, daß wir nächstens von früh bis Abend allein beisammen sind und einander alles Liebe und Gute gewähren, ohne daß Fremde dazwischenkommen oder ein Ungebetener uns die angenehmsten Minuten verdirbt. Bist du nicht meiner Meinung, lieber Freund?»

«Soweit ich deine Predigt verstanden habe», stieß er hervor, versuchte sie umzuwerfen und übersah, daß ihr Arm, der ihn zärtlich umschlang, ganz nebenbei auch ihre Stütze war. Da er seine Absicht aufgeben mußte, lachte er und ging auf ihre Rede ein. «Dein Mann soll für einen Tag aus dem Wege geräumt werden. Wie, hübsche Madelon? Wenn dies deine Absicht ist, führ sie aus! Du bist die einzige, die es kann.»

«Gerad nicht, hoher Herr. Sondern vielmehr du bist der einzige.» Worauf sie ihm dann erklären mußte, wie es zu machen war. «Nur Ihre Ämter, Sire, können einen Müller den ganzen Tag festhalten.»

«Einsperren meinst du?»

Nein, das meinte sie nicht. Schriftstücke sollten angefertigt werden, sollten lang und breit beraten, von den Schreibern mehrfach ausgestellt und gegen Abend endlich beiderseits unterschrieben werden. Beiderseits? Nun ja, die eine der Parteien war Michaud, Pächter dieser Mühle. «Die andere Partei?» Die Frau ließ eine Weile vergehn, inzwischen prüfte sie aus schmalen Augen ihren jungen König, ob er imstande wäre, zu erraten. ‹Die Männer sind so dumm, wenn sie etwas anderes im Kopf haben›, dachte Madelon. «Sie selbst, Sire, sind die andere Partei», eröffnete sie ihm, senkte den Ton und nickte mild, beides aus Mitleid mit seinem Geisteszustand. «Ihr Notar wird die wichtigsten Papiere statt Ihrer verfertigen, indessen wir beide hier aus vollen Kräften glücklich sind.»

Bei den letzten Worten hob sie die Stimme wieder und gab ihr den Ausdruck seligen Erwartens – obwohl die Seligkeit einigen stillen Hohn enthielt. Daher begriff er auf einmal alles: er sollte bestohlen werden. Die gedachten Schriftstücke konnten nichts anderes enthalten, als daß er das Besitzrecht an der Mühle auf ihren biederen Ehemann übertrug. Das sollte der Preis sein, dafür liebte die Frau dann allerdings wirklich; Michaud hoffte vergebens, ohne Hörner davonzukommen bei dem Handel. ‹Denn sie wollen alles›, dachte Henri, ‹die Mühle, die Liebe, besonders aber den Sieg – über beide Männer.›

«Ich habe verstanden», sagte er nur; und in diesem Augenblick verlangte er von Madelon nichts weiter, als was sie ihm von selbst schon gegeben hatte: die Schlauheit der Frauen, die so geistreich ist, ihre Kunst zu versprechen, die Geschmeidigkeit und Unerbittlichkeit ihrer süßen Herzen.

Im nächsten Augenblick dachte er: ‹Diebin, das soll dir mißlingen› – und warf sie tatsächlich um. Sofort schrie sie: «Michaud!» Von den aufgeschichteten Säcken wurde einer herausgestoßen, durch die Lücke kroch der Pächter, ungeschlacht fiel er über Henri. Die Last loszuwerden, verlangte von Henri Geschmeidigkeit, wahrhaftig keine geringere als die der Frau, da sie ihn in die Hand hatte bekommen wollen. Wirklich bewunderte sie ihn als Kennerin und überließ ihren Mann seinem Schicksal.

Da der hohe Herr jetzt glücklich auf den Füßen stand und Abstand genommen hatte, duckte der Tölpel sich und wollte ihm seinen dicken Kopf in die Magengrube rennen. Der Tölpel wurde zu Fall gebracht, und Henri rief im Ton des Gebieters: «Michaud!» – was nicht mehr helfen konnte. Der Kopf war dunkel angeschwollen, der Tölpel dem Schlagfluß nahe. Am Arm des Herrn zog er sich vom Boden hoch, hielt den Arm auch weiter umklammert, aber Henri widerstand nicht. Wenn der Mann sich nur beruhigte und aus der Sache kein Skandal wurde. Daher ließ Henri sich ziehen, wohin Michaud wollte. Dieser stolperte umher in blinder Wut, oder vielleicht war die Wut absichtsvoller als Henri meinte, denn plötzlich gerieten sie an den tiefen Kasten, worin die Mahlschraube kreiste. Beim allerletzten Schritt begriff Henri das Vorhaben, mit dem Fuß riß er den Pächter nieder, sonst war es geschehen. Der Pächter hätte ihn über den Brunnen geworfen, Hand und Arm wären erfaßt worden von der eisernen Schraube.

Das Entsetzen ist erfinderisch in seinem Ausdruck. Pächter Michaud wälzte sich am Boden, stößt schwaches Geheul aus, man glaubt ferne Esel zu hören. Dazwischen verdreht er den Hals, um sich nochmals zu überzeugen, daß dem König nichts geschehen ist – worauf er fortfährt mit Wälzen und Heulen. Madelon, weißer als das Mehl, mit Kopfwackeln wie eine Greisin, ist hingekniet; will die erhobenen Hände aneinanderlegen und bringt es nicht fertig, sie zittern zu sehr.

Kalt überlaufen, aber dennoch hell lachend verläßt Henri diese beiden, macht sich davon, läuft, lacht, schüttelt das Mehl ab, schüttelt das Abenteuer ab. Es gibt Sachen, die müssen auch für das Gedächtnis so verwirrt und jäh bleiben, wie sie sich zugetragen haben: besonders feindliche Überfälle im Krieg und in der Liebe. Man ist ohne große Ehre, aber mit dem bloßen Schrecken davongekommen, sitzt auf und läßt das Pferd rennen. Furchtbar viele Mühlen sind im Land, und Müllerinnen ohne Ende. Diese Mühle sieht mich so bald nicht wieder. Wenn ich aber doch einmal vorbeikäme?

Verwandlung. Müller Michaud empfängt an seinem Tisch den König, einen gealterten König, grauer Bart und Federhut. Ihm ist vorangegangen die Legende seiner unzähligen Kämpfe um dies Königreich. Mit ihm eingetreten sind alle seine sagenhaften Liebschaften in diesem Volk. Fünf Personen umringen den Tisch, eine große irdene Schüssel speist alle, sie haben geschnittenes Brot und Wein in Krügen. Abend ist, und in der zugigen Mühle flackern über ihren Köpfen viel Flammen aus den Schnäbeln der Lampe. Hinten steht Dunkelheit, das Licht fällt nach vorne, auf die Brust: mild und inständig hebt es die Personen aus der Nacht.

Der König, leicht auf den Tisch gestützt, hält in der Hand sein Glas. Vier der Personen halten Gläser, nur die Müllerin nicht. Vorgeneigt hängt sie, unjung und versunken, an ihrem König, der vorbeiträumt in das Ungewisse. Ist aber doch mit ihr allein an den beiden vorderen Tischecken. Weiter zurück in einem eigenen Zwischenraum: zwei Junge, die Tochter und der Müllersknecht, berühren einer das Glas des anderen, und ihre Augen vergessen sich ineinander mit Andacht. Als letzter drüben hebt sein Glas der Müller, schwingt seinen Hut und singt – das Lied vom galanten König. Greise Haare hat Michaud, treu blickt er auf seinen König, singt ihm munter zu, weiß ganz gewiß, daß der König das Volk liebt und alle Töchter des Volkes.

Das Lied macht den jungen Leuten die Liebe noch einmal so gegenwärtig, aber den beiden Gealterten verklärt es ihre Erinnerungen schmerzlich. Der König, halb das Ohr geneigt, lächelt, wie der, für den das beste vorbei ist. Madelon von einst, das verstehst nur du. War es denn schön und erfreulich damals, trotz List und Überfall? Ihr beide müßt es wissen. Fleurette jedenfalls, reine Frühe, Tau und Blüte, hat später ihr liebes Herz nicht wiedererkannt – ist auch schon längst hinab.

Der Feind

Die Sache mit der Mühle kam so allgemein im Land herum, wie vorher die Geschichte vom Ball in Agen. Der Gouverneur hatte damals in seinem Stellvertreter den Urheber des Geredes gesehn und tat es wieder. Biron allerdings übertraf seinen Vorgänger. Anzunehmen war, daß die Müllerin geschwiegen hatte. Ihr Mann konnte getrunken und sich verraten haben; merkwürdig war nur, wie gründlich sein Geständnis ausgenützt wurde. Er erschien vor einem Gericht, und es tagte in Agen, derselben Stadt, die schon den ersten Skandal erlebt hatte. Der Gouverneur hätte gern das Gericht verhindert, den Pächter zu vernehmen; indessen wurde vor seinen Leuten das Tor geschlossen, und auf der Mauer gingen die Verteidiger in Stellung.

Marschall Biron war an diesem Tage nicht in Agen: eine so offene Handlung beging er nicht. Jedesmal mied er gerade die Stadt, die vor dem Gouverneur das Tor schloß, und solcher Städte wurden immer mehr. Er gab keine nachweisbaren Befehle. Henri hätte ihn auch schwer anklagen können wegen des bewaffneten Angriffs, der ihn selbst eine Schuhsohle, Herrn de Mornay ein Stück Kopfhaut mitsamt den Haaren gekostet hatte. Marschall Biron kannte alle Ränke, dabei verstand er, für seine Person im Halbdunkel zu bleiben: was ungewöhnlich erscheint für einen jähzornigen Mann. Er las viel; vielleicht wurde er durch die Bücher listig, obwohl andere eher unschuldig bleiben vom Lesen. Die Tatsache war, daß er dem Gouverneur den schlechten Ruf machte, und dies nicht nur in Hinsicht der Frauen. Man sagte, daß Henri zwar die Frauen verführte, den Männern aber an das Leben wollte. Mancher Edelmann traute ihm nicht mehr, darunter die, denen Henri ihren Besitz und Leib bewahrt hatte vor den Mordbrennern. Es ist leicht, einem Mann von ungezügelten Sitten auch die Gerechtigkeit abzusprechen, so sehr verdient der Gouverneur sich gerade um sie gemacht hatte im Lande.

Henri mußte zusehen, wie seine Ehre abnahm; es betraf wahrhaftig nicht nur den Helden galanter Abenteuer, sondern den Verwalter und Kriegsmann. Noch ein wenig mehr, und er wäre herabgedrückt zu einem Fürsten ohne Ansehen, ohne Selbstherrlichkeit, ein leerer Name und Titel: Biron hätte ganz allein die Macht gehabt. In der Provinz Guyenne gehörte sie ihm schon, Henri war noch immer nicht hineingelangt nach Bordeaux. Der Stellvertreter mit seiner Übermacht von Reitern und Landsknechten erdreistete sich sogar gewisser Einfälle in das Königreich Navarra. Damals saß Henri in seinem Schloß Nérac wie ein gejagtes Tier. Er berief nicht einmal mehr seinen Geheimen Rat, aus Furcht, eine zu große Wut und damit auch seine Schwäche preiszugeben. Die alten Freunde leisteten hier ihre besten Dienste; ihnen wenigstens durfte Henri sich zeigen und anvertrauen: auch den ohnmächtigen Zorn, die vergeblichen Pläne der Rache. Ja, die Tränen eines Verzweifelten erlaubte er sich vor ihnen.

Sie verhielten sich an einem bestimmten Abend jeder nach seiner Natur. Du Bartas grollte düster und unbestimmt, Agrippa d'Aubigné empfahl einfach die Wiederaufnahme des Krieges gegen den Hof von Frankreich. Ohnedies war kein Zweifel, daß Biron nur handelte, weil er Rückhalt bei Hofe fand. Nicht umsonst hatte der König von Frankreich seine Gesandten geschickt, damit Henri wieder katholisch würde. Noch deutlicher war die Forderung, er sollte an den Hof reisen, um sich die Königin von Navarra selbst zu holen. «Sire! Mir sagt mein kleiner Finger, daß man Sie hierzulande so bald nicht wiedersehen würde.» Dies brachte Agrippa höchst wirksam vor; in seinen wenigen Worten standen alle alten Gefahren des Louvre auf, Madame Catherine neigte sich über ihren Stock mit den Zügen des Unheils. Diese Erinnerungen häuften Entsetzen auf die Empörung, und Henri wäre am Ende so weit gegangen, den Aufbruch zu befehlen. An der Spitze seiner Truppen hätte er sich in Bewegung gesetzt gegen seinen Stellvertreter. Schon unterwegs wäre das Unternehmen dann abgeblasen worden, weil Henri seinen gesunden Sinn inzwischen wiedererlangt hätte. Der falsche Schritt blieb ihm erspart, obwohl Du Bartas aus tiefster Seele zuriet, angesichts der Blindheit und Schlechtigkeit der Menschen. Da begann aber Philipp Mornay:

«Sire! Sie haben einen Feind: er heißt Marschall Biron. Fragen Sie nicht, wessen Auftrag er befolgt oder auch nur vorschützt. Warum sollte er den König von Frankreich anders gegen Sie aufbringen, als hier die kleinen Landedelleute? Er verleumdet Sie. Er verleumdet Sie bei Bauern und Königen, denn er will Sie verdrängen aus seiner Provinz und will in ihr der einzige Herr sein. Sire, Sie haben vor Augen das Königreich. Ein Biron blickt nicht über seine Provinz hinaus. Hier fangen Sie ihn, hier schlagen Sie ihn mit seinen eigenen Waffen!»

«Ich will ihn lächerlich machen», rief Henri. «Wie konnte ich nur daran denken, gegen ihn in den Krieg zu ziehen!»

Er führte Mornay am Arm hinaus unter den offenen Wandelgang und wiederholte, während er seine großen, schnellen Schritte tat: «Ich habe wieder einmal einen Feind.» Dabei dachte er an Madame Catherine, seine vorige Feindin. Mornay erklärte:

«Wir begegnen unfehlbar dem Feind, den der Himmel schickt, und es ist immer der, den wir gerade brauchen.» Das sagen die Freunde jedesmal; aber es verbessert nichts.

«Ein schöner Feind», rief Henri. «Haut seinem eigenen Pferd die Schnauze ab! Übrigens hinkt er.»

Mornay sagte: «Er ist nicht nur schlau, sondern wißbegierig, geht immer mit der Schreibtafel umher und merkt an, was er hört.»

«Er hinkt», sagt Henri, «und er trinkt. Ist auch krank an der Leber, die Knochen stehen ihm aus dem Gesicht. Die Kinder laufen fort, wenn er sie zufällig ansieht mit seinen harten Augen. Ein Kinderschreck, und ein alter Mann von mindestens fünfzig Jahren. Mornay, der Himmel hat mich benachteiligt mit dem Feind, ich hätte einen besseren verdient.»

«Wir wollen dankbar sein», erwiderte Mornay, worauf sie sich trennten.

Sogleich begann der Gouverneur einen sonderbaren Krieg gegen seinen Stellvertreter. Wo dieser immer hinkam, wurden bei seinen Mahlzeiten die leeren Flaschen gezählt, besonders aber die Flaschen, die er zwischen den beiden Mahlzeiten leerte. Der Gouverneur sorgte dafür, war auch bemüht, das Land gründlich zu unterrichten über den Wein des Marschalls Biron. Bald setzten die Leute von selbst hinzu, daß der Marschall in einer Schänke am Wege wäre liegengeblieben über Nacht, weil er in seinem Zustand die Stadt nicht mehr erreichen konnte. Infolge des Bekanntwerdens solcher beschämenden Einzelheiten bekam Biron zuerst die adlige Jugend gegen sich; denn diese trank nicht mehr im Übermaß, es war nur noch eine Gewohnheit älterer Geschlechter. Die Jungen machten es wie Henri, sie tranken zu ihren beiden Mahlzeiten zu guter Letzt den größten Schluck. Wenn Henri ein Bauernhaus besuchte, füllte er gleich am Faß mit eigener Hand seinen Becher; aber das tat er nicht einfach aus Durst, sondern um seiner Volkstümlichkeit willen. Die armen Leute fanden ihn nie vom Wein benommen, und sie schlossen daraus, daß er mehr vertrüge als sie, obwohl sie den ganzen Tag nur an das Trinken dachten. Daher sahen sie ihm leichter nach, daß eine der Töchter ein Kind bekam.

Die adlige Jugend neigte zur Unkeuschheit, seitdem das Zechen abkam, und glaubte damit edleren Freuden nachzugehen, als wenn man soff. Sie sagten, obschon beides Laster genannt würde, an dem einen wäre doch auch der Geist beteiligt, es verlangte Klugheit und geböte Mut. Das Saufen wäre die gemeiste der Untugenden, es wäre ganz und gar nur leiblich, irdisch, der Verstand ginge dabei in die Brüche und auch noch andere Fähigkeiten hörten auf. Biron verurteilt bei dem Gouverneur nur das, was er selbst nicht mehr kann. Worin er sich aber auszeichnet, das rechnen sich höchstens seine deutschen Reiter zur Ehre an!

Biron mit seiner Schreibtafel merkte sich solche Reden und antwortete darauf in den Schlössern, daß sein Jahrhundert keusch gewesen wäre wie er, ja, er selbst wäre rein in die Ehe getreten – und obwohl es nach der Mahlzeit war, bekräftigte er seine Rede dadurch, daß er auf den Händen um den Tisch ging. Wer nahe hinsah, bemerkte sogar, daß er nicht die Hände gebrauchte, sondern nur seine beiden Daumen. Er berief sich aber nicht allein auf seine wohlerhaltene Kraft, sondern mehr noch auf die Worte Platons. Denn dieser griechische Weise hat wohl den Wein verboten für Kinder bis zu achtzehn Jahren, und vor dem vierzigsten soll niemand sich betrinken. Nachher verzeiht er es und meint, daß Gott Dionysos alternden Männern zurückgäbe die einstige Fröhlichkeit und Sanftmut, so daß sie es wieder wagten zu tanzen. Wirklich führte Marschall Biron die Hausfrau zum Reigen, was ihn nicht hinderte, etwas später unter furchtbaren Ausbrüchen des Zornes das Schloß zu verlassen.

Henri, der alles erfuhr, hätte eigentlich Mitgefühl gehabt für den merkwürdigen Mann. Ihm war es natürlich, über den Feind nachzudenken bis nah an die Liebe. Dies war nur nicht die Meinung des Feindes. Der Marschall beantwortete die versuchten Freundlichkeiten des Gouverneurs nicht grob, aber durch Anzüglichkeiten. Um den Alten womöglich für sich zu gewinnen, übersandte Henri ihm schöne Bücher, die er selbst hatte drucken lassen. Sein Drucker, Louis Rabier, kannte die neuesten Verbesserungen der Kunst. Gegen den Willen der Stadt Montauban, der Rabier verpflichtet war, hatte der Gouverneur ihn in seinen eigenen Dienst gestellt, gab ihm ein Haus und fünfhundert Pfund: dafür druckte der Meister ihm den Plutarch, der das alte Lehrbuch der befestigten Charaktere ist. Dem Marschall schickte Henri die Reden Ciceros: ein großer prachtvoller Band, auf das Leder in Gold gepreßt das Wappen von Navarra.

Der Marschall glaubte nicht, daß etwas so Seltenes und Kostbares ihm als Geschenk sollte zugedacht sein; oder er tat, als glaubte er es nicht. Sondern er ließ das Buch zurückbringen mit höflichem Dank. Als Henri es aufschlug, fand er eine Stelle angestrichen: nur eine. Sie ist nach Platon übersetzt und heißt: «Difficillimum autem est, in omni conquisitione rationis, exordium» – was einfach bedeutet: Aller Anfang ist schwer. Von seiten eines Feindes, der nicht der Jüngste war, konnte es aber auch heißen: Verdammter Grünschnabel!

Henri, nicht faul, läßt von seinen schönen Büchern ein anderes einpacken, eine Abhandlung über Chirurgie, auch hierin ist etwas angestrichen, eine Entlehnung aus dem Dichter Lukrez. Mit lateinischen Versen wird gesagt:

«Unmerklich nehmen ab die Kräfte,
Versiegen müssen unsere Säfte,
Bergab geht's mit uns immerdar.»

Dies gelesen, und Biron verliert alsbald sowohl Maß als Besinnung. Mit nächstem versetzt er dem Gouverneur etwas vom Dichter Martial über die Behaarung des Körpers. Er selbst hatte die nackte, gelbe Haut eines Gallensüchtigen: wen wollte er daher treffen mit der Erwähnung der rauhen Gliedmaßen? Henri sah ein, daß nichts anzufangen war mit dem Feind: es mußte gekämpft werden.

Durch ein anderes Buch ließ er ihm noch die Botschaft zukommen, ihr Urheber war der Dichter Juvenal: Nec facilis victoria de madidis.

«Wenn sie im Wein auch untersanken
Und nur noch stammeln oder schwanken,
Glaub nicht, du hättest sie besiegt!»

Es war immer noch eine Huldigung und eigentlich ein letzter Versuch, mit dem Stellvertreter zu einem Vertrag zu kommen. Wenn sie, einer wie der andere, es ehrlich meinten, so ließ der Gouverneur ihm sagen, dann müßten sie es beweisen durch die Einigkeit, mit der sie alle beide hier in der Provinz Guyenne dem König von Frankreich dienten. Als Antwort schloß Marschall Biron sich in Bordeaux ein und befestigte es. Er ließ verbreiten, daß er den König von Navarra bei der ersten Gelegenheit wollte fangen und nach Paris schicken, denn dort erwartete man ihn dringend, besonders aber Madame Catherine verzehrte sich nach ihrem geliebten Schwiegersohn! Dies hätte Biron für sich behalten sollen. Henri nannte seinen Feind ruhmredig und nichts weiter, dennoch ließ er im ganzen Land seinen Kurieren nachstellen; auf den abseitigsten Wegen wäre keiner durchgekommen.

Mehrere wurden nacheinander abgefangen. Einer trug nichts bei sich, als nur den Bericht über den stattgehabten Wettstreit der lateinischen Dichter; dieser war dargestellt wie ein glücklich aufgedecktes Staatsverbrechen. Die Verse sollten allerdings gerichtet sein gegen den Marschall, wegen seiner Treue für den König von Frankreich; behauptet wurde indessen, daß sie eine doppelte Anwendung zuließen. «Bergab geht's mit uns immerdar», bezog sich hiernach ebensowohl auf den Hof! Auf den König und sein Haus!

Dem Boten, der nur die kritische Auslegung überbringen sollte, folgte in mehreren Stunden Abstand der zweite: dessen Auftrag war schon deutlicher. Nicht mehr von Stilblüten war dort die Rede, sondern von Straßenraub, Schändung, Brand und Mord, was alles, der Meldung zufolge, auf Rechnung des Königs von Navarra kam. Er richtete eine ganze Provinz des Königreiches zugrunde, damit er sie sich besser aneignen könnte. So schrieb Biron, der in Wahrheit alle Gewalttaten selbst beging – und als Henri es gelesen hatte, betrachtete er auch die eigenen Absichten seines Stellvertreters in der Guyenne entschieden anders als vorher. Den ganzen Mann sah er mit strengeren Augen an. Zu scherzen ist nicht mehr an der Zeit. Es muß gehandelt werden, zugeschlagen derart, daß der Stellvertreter einen heilsamen Schrecken davonträgt. Vielleicht wird er für eine Weile zur Ruhe gebracht. «Wenn's vorüber ist, wollen wir wieder lachen.»

Auf diese Worte seines Herrn antwortete Agrippa d'Aubigné: «Und warum nicht sogar während der Ausführung? In mir regt sich ein noch unaussprechlicher Gedanke», sagte er beiseite. Henri meinte für sich, der Feind wäre nicht komisch genug, solange er in einer starken Festung auf Überfälle sann. Gerade an diesem Tage ergriff er noch einen Kurier des Marschalls, und der war der entscheidende. Diese Botschaft versprach der Königinmutter wahrhaftig den Fang des Königs von Navarra. Für seine Auslieferung forderte Marschall Biron als Preis und persönlichen Besitz eine ganze Anzahl von Städten, sowohl in der Provinz Guyenne als auch im Lande Béarn.

Henri war recht erschrocken. Er saß auf einem Grabenrand, der Himmel hatte sich verdüstert, die Gegend und seine heimische Zuflucht boten gar keine Sicherheit mehr, sein Feind meinte es ernstlich böse. Es ist nicht schlimm, einen Feind zu haben und ihn zu kennen: man reitet ihm entgegen und schlägt ihn, die erste Furcht ist bald überstanden. Schlimm ist es, seine Heimlichkeiten zu entdecken und auf einmal offen ins Gesicht zu bekommen den Atem eines Abgrundes, der nicht war geahnt worden. Jetzt entsendet der Spalt die üblen Schwaden. Man verschluckt sie und hätte Lust, sich durch den Hals zu entleeren. «Biron erpreßt meine Städte», wiederholte der junge König am Grabenrand.

Als er aufsah, begegnete Henri dem Blick des gefangenen Kuriers: der stand vor ihm mit gefesselten Füßen. «Du bist doch ein Hugenott», sagte Henri. Der Mann erwiderte: «Marschall Biron hält mich nicht dafür.»

Henri beachtete ihn genau, endlich wendete er die Hand, die Fläche nach oben, wie jemand, der keine Wahl hat. «Du bist bereit und willens, deinen Herrn an mich zu verraten um der Religion willen. Du sollst ihm eine Botschaft bringen, und er soll glauben, du kämest zurück aus Paris. In Wirklichkeit wirst du bis zu dem Tage, da du zurück sein könntest, im Verlies meines Schlosses zu Nérac liegen, wo es dir schlecht ergehen wird.»

Das schreckte den Jungen durchaus nicht ab, sogar den folgenden Beleidigungen hielt er stand. Der Gouverneur bestimmte, wieviel sein Verrat in Geld wert wäre. Nachher sollte die Rechnungskammer in Pau den Betrag auszahlen. Dann ritt Henri fort; das Verlies hatte er vergessen, der Junge war frei. Von Stund an blieb er aber unter Aufsicht, wohin er ging, mit wem er sprach. Er versteckte sich und schwieg, so daß ihm denn endlich getraut werden konnte. Mit leeren Händen und einem einzigen Satz, der auszusprechen war, meldete der Kurier sich zurück bei dem Herrn, der ihn abgeschickt hatte.

Infolgedessen kam Marschall Biron tatsächlich nach einem einsamen Haus, genannt Casteras, ließ sein kleines Gefolge zurück beim nächsten Busch und ritt ganz allein über die Heide. Sie lag fahl unter einem schwärzlich dahinjagenden Gewölk. Des Windes wegen, den er liebte, trug der Marschall keinen Hut, war auch ohne Mantel, da der Wein ihn in Hitze erhielt. Auf seinem Klepper, der knochig war wie er selbst, schwankte er wohl hin und her, fiel aber niemals ab. Das wußte jeder. Wer zusah, erkannte den gelben Schädel, harten Blick, ein Gerüst mit Scharnieren, das klapperte. Sturm, Einöde – und der berittene Tod: da lacht wahrhaftig keiner aus dem Volk, das der Gouverneur versteckt hat überall in der Nähe des Hauses. Der Marschall ist in eine Falle gegangen, wie er es verdient hat. Es würde ihm nichts mehr helfen, das Pferd zu wenden und davonsprengen zu wollen. Er ist nur noch hundert Schritt von dem Hause, das frei und kahl dasteht mit einem engen Balkon unter dem Dach.

Auf dem Balkon erscheint etwas. Marschall Biron hält sofort an, weil der Vorgang nicht geheuer ist. Seine Vorahnungen erweisen sich jetzt dennoch als begründet. Die Gestalt dort oben ist nicht aus dem Hause getreten, sie war zu plötzlich da. So wäre sie denn vom Boden aufgestiegen, was aber nicht angenommen werden kann von einer Persönlichkeit wie Madame Catherine. Biron sieht ganz klar, die Dünste des Weins trüben ihm niemals die Aussicht. Die alte Königin ist ihm wohlbekannt, das große schwere Gesicht unter der Witwenhaube. Auch hört er ihre Stimme, die schwerlich zu verwechseln ist. Agrippa hat nicht umsonst vier Jahre lang ihren behaglich-unheilvollen Tonfall studiert, er ahmt ihn vorzüglich nach. «Dreckskerl!» ruft er in die Heide, dem einsamen Reiter entgegen. «Du Dreckskerl bleib nur, wo du bist. Was treibst du für Unfug: saufen und lateinische Verse in die Runde schicken. Dafür möchtest du ganze Städte einstecken und das Königreich bestehlen. Der König von Navarra, mein geliebter Schwiegersohn – wollt ich auf dich warten, bis du ihn mir bringst! Lieber komm ich selbst und versöhn mich mit ihm, was eine Kleinigkeit ist, sobald ich hübsche Weiber mitbringe. Was war denn in der Mühle? Wo hast du damals gesteckt? Statt ihn zu fangen, lagst du besoffen in der Schänke!»

Der Marschall hörte die sonderbare Rede bis zu Ende an. Als sie aus war, wußte er genug – zog aus dem Gürtel eine Pistole und feuerte sie ab. Die falsche Madame Catherine war beizeiten untergetaucht, nur die Mauer dort oben bekam ein Loch. Biron spornte seinen Klepper an, jetzt aber bog um die Ecke des Hauses ein anderer Reiter, der Gouverneur oder sogenannte König, ein Vogel, der sich lustig machen will über verdiente Marschälle. Der alte Mann hat einen Blick wie Eisen, nimmt die Zähne nicht auseinander, hebt aber unbewußt die Pistole. «Gut, daß sie abgeschossen ist», ruft Henri herausfordernd. «Sie würden das Königshaus ausrotten. Ich muß der Königinmutter melden, daß Sie nach ihr gezielt haben, Herr de Biron.»

Der bringt vor Wut nichts heraus. Endlich kommt es.

«Sie haben mir einen Popanz hingestellt, die Hängebacken und dicke Nase aus Wachs, die Gestalt mit Plunder ausgestopft. Wär's aber auch die richtige Madame Catherine gewesen – bei meiner Seel, der Schuß hätt mir nicht leid getan.»

«Tapferer Held!» so ermuntert Henri ihn. «Gott Mars in Person spricht zu mir.»

«Mein sind die Städte!» brüllt Marschall Biron. «Mein soll die ganze Provinz sein! Ein König von Navarra oder von Frankreich – mir eins, hab Galgen für alle!» So brüllt er. Denn es ist möglich, daß er auf dem Pferde festsitzt und sicher in die Ferne blickt: darum verlassen ihn dennoch sein Halt und seine Klarheit.

«Halunke, du hast dich verraten», sagt über ihm die bekannte fette Stimme: auf dem Balkon steht wieder Madame Catherine, streckt auch den Finger nach ihm aus. Biron erschaudert plötzlich von oben bis unten, reißt sein Pferd herum, er flieht. Da sprengen ihm Bewaffnete vor den Weg, halten ihn auf und verhindern seine wenigen Begleiter, näher zu kommen. Das Handgemenge wird aber unterbrochen durch den Befehl des Gouverneurs: «Laßt ihn laufen! Jetzt kennen wir ihn.»

Abzug Biron. Agrippa als alte Witwe fängt an zu tanzen auf seinem Balkon und drunten schlagen alle in die Hände, hervorgebrochenes Volk, es tanzt mit. Morgen erzählt das ganze Land sich die Geschichte, das Land wird lachen wie wir. Auch Gelächter ist gut gegen einen Feind. Biron wird sich verstecken – für eine längere Weile, und inzwischen soll bei Hof bekannt werden, soviel als nützlich ist: nicht mehr. Wir schweigen von dem Balkon.

Eauze oder Menschlichkeit

Ein Anfall seiner Krankheit machte es dem Marschall unmöglich, Kuriere nach Paris zu schicken. Er spie Galle infolge seiner Demütigungen vor der Provinz und dem ganzen Königreich, das er bis in sein Bett hinein glaubte lachen zu hören. Obwohl Henri es überging in seinen Berichten, wurde bei Hof sehr wohl bekannt, daß Marschall Biron geschossen haben sollte auf die nachgeahmte Gestalt der Königinmutter. Der König von Frankreich, den er hatte aufhängen wollen, war gesonnen, ihn vor sein Parlament zu berufen und ihm den Prozeß zu machen. Madame Catherine überzeugte aber ihren Sohn, daß zwei seiner Feinde, die selbst einander befeindeten, dort, wo sie waren, auch müßten gelassen werden. So unternahm man nichts gegen den Stellvertreter des Gouverneurs; Henri erhielt nur schöne Worte.

Dagegen rächte er manche Untat Birons, solange dieser entmutigt und krank war. Leider mußte er auch die furchtbarsten Handlungen der Rache erlauben, angesichts der Wut seiner Soldaten über die Greuel der anderen. Er selbst und seine Leute wurden aber genauso grausam befunden von den Städten, die zufällig seinem Stellvertreter ergeben waren. Auf beiden Seiten verursachte ein bloßes Gerücht die höchst wirkliche Vergeltung, und diese zog um so ärgere Strafen nach sich. Man wurde, wofür man einander hielt, wurde noch schlimmer und konnte sich in Unmenschlichkeit nicht genug tun.

Einst auf dem Weg von Montauban nach Lectoure empfing Henri die Meldung von einem bevorstehenden Angriff aus dem Hinterhalt; schickte auch gleich die Herren de Rosny und de Meilles mit fünfundzwanzig Pferden, um den gefährlichen Hohlweg zu säubern. Dies getan, flüchteten dreihundert von den Feinden in eine große Kirche mit festen Mauern: die mußte man erst untergraben, es dauerte zwei Tage und Nächte. Als die Belagerten sich ergaben, wollte der König von Navarra sechs von ihnen hängen, alle anderen laufen lassen. Indessen durfte er nicht gnädig sein, denn auf einmal wurde bekannt, daß dieselben Katholiken sich ganz abscheulich aufgeführt hatten in der Stadt Montauban. Nicht damit zufrieden, sechs junge Protestantinnen zu vergewaltigen, hatten einige Wüteriche «die Natur der Unglücklichen mit Pulver gefüllt», hatten es angezündet, und sechs schöne und fromme Mädchen waren in

Stücke zerrissen. Daher wurden jetzt dreihundert Gefangene ohne Erbarmen niedergemacht.

Henri ritt während des Gemetzels davon, als ob er flüchtete. Er war in Verzweiflung wegen seines Rufes, den er beflecken mußte mit Bluttaten, nur weil sein Stellvertreter vor keinen zurückschreckte. Biron blieb bedacht, daß die Städte aus bloßer Furcht ihre Tore geschlossen halten sollten vor dem Gouverneur. Gerechtigkeit und strenge Zucht, die dem Gouverneur zuerst waren nachgesagt worden, mußten in Härte umschlagen, nach der Absicht des Stellvertreters; ja, dieser war auf dem besten Wege, den Namen Henris so verhaßt zu machen wie seinen eigenen. Henri begriff es, und auf seiner Flucht vor dem Gemetzel der dreihundert beschloß er, künftig anders zu handeln, als der Stellvertreter ihm vorschrieb.

Eauze gehörte zu den kleinen bösen Städten, die ihn nicht einließen und von keiner Unterwerfung wissen wollten. Recht besehen waren es nur die Schöffen und einzelne Bürger, die mehr Land besaßen als die übrigen, und die Ärmeren arbeiteten für sie. Das niedrige Volk hielt zu dem König von Navarra, der in die Häuser der Armen ging und ihre Töchter liebte. Dafür wurde auch ihm Liebe. Die Armen hätten ihm gewiß das Tor geöffnet; sie konnten es nicht, wegen der Besatzung, und weil diese den Reichen dienstbar war. Der Widerstand der Armen machte aber die Wohlhabenden mißtrauisch untereinander. Jeder sicherte sich im voraus Ausflüchte, für den Fall der Übergabe. Ein Apotheker sagte zu seinem Nachbarn, dem Sattler: «Im Vertrauen, Nachbar! Weißt du wohl auch, wer dem König von Navarra seine Konfitüren liefert? Sein Apotheker in Nérac, genannt Lalanne; aber ich hab ihm das Rezept verkauft.»

«Nachbar», antwortete der Sattler, «das ist wie mit dem ledernen Futteral für den königlichen Trinkbecher. Das Futteral mußte ausgebessert werden, aber niemand durfte es wissen, weil ein Becher, der nicht mehr verschlossen ist, ganz leicht könnte vergiftet werden. Sie haben mir vom Hof das Futteral gebracht», flüsterte der Sattler.

Gleichzeitig merkte der eine sich die unvorsichtigen Eröffnungen des anderen, falls Marschall Biron früher da wäre als der König von Navarra. Dann sollte jeder, außer ihm selbst, der Strafe ausgeliefert werden. Eine Frau träumte von einem Engel, der ihr den Marschall ankündigte, und sie erzählte es schreiend auf dem Markt. Ihr Mann war daher besonders bedroht, gesetzt, daß der Gouverneur schneller kam. Er war ein Fuhrmann und hatte einen Schuldschein des Herrn d'Aubigné in Zahlung genommen von einem Wirt auf dem Lande. Dort hatte der König von Navarra gegessen: dies war im äußersten Fall der Rückhalt des Fuhrmannes.

Fremden in geringer Zahl wurde das Stadttor aufgetan; daher war Henri unterrichtet, sowohl über die Uneinigkeit der Bürger wie über ihre Furcht. Die Besatzung war unbedeutend, galt übrigens als unsicher infolge der Mißerfolge Birons. Der Gouverneur nahm mit sich fünfzehn ausgewählte Edelleute, über ihren Panzern trugen sie Jägerröcke: so sollten sie unbemerkt eindringen. Kaum war er selbst aber drinnen, rief ein Soldat: «Der König von Navarra!» und schnitt das Seil des Fallgitters durch. In der Falle saßen ihrer fünf, Henri selbst mit Mornay, sowie den Herren de Batz, de Rosny und de Béthune. Alsbald läutete es Sturm, die Bevölkerung lief zu den Waffen und bedrohte die fünf kühnen Gefährten.

Der vorderste Trupp der Bürger betrug fünfzig Mann, auf diese ging der König von Navarra geradewegs zu, Pistole in der Faust, während er aber eine Rede begann an seine vier Edelleute: «Drauf und dran, Freunde und Gefährten!» Er meinte weniger diese, als die guten Leute von Eauze, die er zum Stillstand bringen und einschüchtern wollte. «Drauf und dran! Hier müßt ihr dartun euren Mut und Festigkeit, denn davon hängt unser Heil ab. Folge mir jeder und mach's wie ich. Nicht schießen!» rief er besonders laut. «Laßt die Pistole, wo sie ist!» – als ob er zu seinen vier spräche. In Wahrheit hörten die bewaffneten Bürger der wohlgesetzten Rede eines so sehr bedrohten Königs mit offenen Mündern zu und rührten sich nicht. Drei ungefähr schrien allerdings: «Schießt auf den Rotrock! Das ist der König von Navarra.» Bevor indessen jemand sich aufraffte, drang Henri mit voller Wucht in den Haufen. Vor Schrecken fiel dieser auseinander und verzog sich nach hinten.

Von dort wurden mehrere Gewehre und Pistolen abgefeuert. Alsbald entstand in der Gasse ein Getümmel, weil das arme Volk, das den König liebte, die Schützen anfiel. Ihnen selbst war es durchaus nicht geheuer; noch während des Kampfes gerieten sie einander in die Haare, keiner wollte wirklich seine Waffe abgeschossen haben. Henri brauchte nur ruhig zu warten: nicht lange, und die Schöffen oder Konsuln warfen sich ihm zu Füßen, sie sagten her im Ton einer Litanei: «Sire! Wir sind Ihre Untertanen und ergebenste Diener. Sire! Wir sind Ihre –»

«Ihr habt aber auf meinen scharlachroten Rock gezielt», erwiderte Henri.

«Sire! Wir sind Ihre –»

«Wer hat auf mich geschossen?»

«Sire!» betete ein Bürger mit Schurzfell. «Ich habe das lederne Futteral Ihres Trinkbechers zum Ausbessern bekommen. Auf einen Kunden schieße ich nicht.»

«Wenn durchaus einige hängen müssen», riet einer, vertraulich aus Angst: «Sire, dann hängen Sie nur arme Leute: von ihnen gibt es zu viele bei den Zeiten.»

Henri entschied sehr laut: «Ich will die Stadt nicht plündern lassen, obwohl es Brauch und Sitte ist, und verdient hättet ihr es. Aber jeder soll zehn Pfund den Armen geben. Sofort holt euren Priester und zahlt an ihn das Geld!»

Hierauf schleppten sie einen alten Geistlichen herbei, versuchten aber gerade ihm das ganze Unglück in die Schuhe zu schieben. Er wär es, er hätte der Frau des Fuhrmannes in den Kopf gesetzt, daß ein Engel vom Himmel den Herrn Marschall Biron ankündigte, nicht aber den Herrn König von Navarra, und nur darum hätten sie leider das Tor geschlossen. Dringend empfahlen sie, den Greis büßen zu lassen für die Stadt. Wenn nicht sie selbst und nicht einmal die

Armen – einer mußte hängen: von dem Gedanken konnte man sich in Eauze nicht trennen. Henri mußte ausdrücklich befehlen: «Niemand wird gehängt. Geplündert wird auch nicht. Aber ich will essen und trinken.»

Diese Gelegenheit erfaßte ein Gastwirt sofort, er deckte Tische auf offenem Markt, für den König, seine Herren, die Konsuln und die Wohlhabenden. Henri forderte Stühle auch für die Armen. «Sie haben Geld genug, da ihr es ihnen geben sollt.» Die Armen ließen es sich nicht zweimal sagen, Henri selbst aber konnte bis jetzt seinen Platz nicht erreichen vor lauter Kniefälligen, die jeder besonders wollten versichert werden ihres Lebens und ihrer Habe. Andere sollen verschont bleiben, aber ich? Aber ich? Es war ein verzweifeltes Jammern von Wesen, die nicht begreifen, was ihnen zustößt, und es nicht glauben wollen, obwohl es ihre Rettung ist. Was sie statt dessen gewohnt sind, setzt sich immer wieder an die Stelle, in ihren verwirrten Köpfen. Darüber kann einer verlieren, was er zum Leben braucht, das innere Gleichgewicht.

Der Fuhrmann, dessen Frau den Engel erblickt hatte, taumelte ratlos umher und fragte jeden: «Was ist das?» Immer dringender, laut klagend, aber mit geschlossenen Augen, als ob ein Heer von Engeln anrückte und ihn blendete, fragte der Fuhrmann: «Was ist das, was geht vor?» Endlich antwortete ihm ein kleiner Herr im grünen Jägerrock.

«Menschlichkeit ist es. Die große Neuerung, der wir beiwohnen, ist die Menschlichkeit.»

Der Fuhrmann riß die Augen auf, da erkannte er den Herrn, dessen Schuldschein er hatte in Zahlung genommen von einem Wirt. Er zog den Schein hervor und erkundigte sich: «Löst der Herr ihn ein?» Agrippa wurde hiervon peinlich berührt, er drehte dem Gläubiger den Rücken zu. Der Fuhrmann entfernte sich in entgegengesetzter Richtung, er schwenkte die Hände über dem Kopf und sprach mehrmals das neue Wort, das er gehört hatte und nicht faßte. Es ließ ihn zweifeln an der bekannten Welt der Schuldscheine und Vergeltungen, ja, das Wort versetzte ihn in einen tödlichen Tiefsinn. An einem Balken seines Heubodens erhängte er sich.

Auf dem Markt aber wurde getafelt. Mädchen, die ihre Arme und Schultern angenehm entblößt hatten, reichten die Speisen, den Wein, und empfingen viel Dank von Gästen, die nicht anders geglaubt hatten, als daß es für sie aus wäre mit all dem. In ihren Gesprächen nannten sie das neue Wort, das ihnen zu Ohren gekommen war, halblaut wie ein Geheimnis. Voll Überzeugung aber tranken sie auf den jungen König, der sie ohne ihr Verdienst leben ließ, auch ihren Besitz verschonte und noch mit ihnen zu Mittag aß. So beschlossen sie denn, ihm allzeit treu zu bleiben, und gelobten es kräftig.

Henri erkannte, daß er seiner Sache richtig gedient hatte. Er sah auch die Menschen. Da er sie jetzt nicht mehr gewinnen, überlisten, niederschlagen mußte, hatte er erst den richtigen Blick für die armen Menschengesichter – vorher wut- und angstverzerrt, jetzt ausgelassen glücklich. Henri winkte mit der Hand seinem Agrippa, denn er wußte: der hatte sein Lied bereit und fertig. Agrippa stand auf. «Ruhe!» wurde gerufen, bis alle ihn hörten. Er sang – jeden Vers doppelt, und beim zweitenmal fielen alle mit ein, im munteren Ton und schnellen Takt der Psalmen:

«So ringe nur die Hände,
O Christ, verhüll Dein Haupt,
Mit Dir ist jetzt ein Ende,
Da Du an Freundlichkeit
Hierorts, in dieser Zeit
Voreilig hast geglaubt.

Sie stechen und sie schlagen,
Weil keiner keinem traut,
Bereuen dann und klagen,
Denn Galgen stehn gebaut:
Daß nur der Nachbar hänge!
Vergeßt mich im Gedränge!

Da eint der große Fürst des Landes,
Mit Hilfe menschlichen Verstandes
Die Guten eint er mit den Bösen.
Hosianna! Ihr seid schon befreit!
Es hat die lautere Menschlichkeit
Die Gnadenmacht, euch zu erlösen!»

Hohe Gäste

Das Ereignis von Eauze hatte auch die Besonderheit, daß es den Marschall Biron mehr erbitterte als sogar seine Niederlage bei dem einsamen Haus Casteras. Der König von Navarra bediente sich zur Vermehrung seines Einflusses unerlaubter Mittel, der Stellvertreter hatte sie von Anfang an mißbilligt – ganz abgesehn davon, daß dem Eindringling überhaupt kein Einfluß zustand nach der Meinung des Alten. Dieser erlitt bittere Eifersucht. Seine Briefe nach Paris klagten seit langem über die Volkstümlichkeit des jungen Mannes und über seine Sittenlosigkeit. Verstört aber klangen sie seit dem Tage von Eauze. Henri mißachtete hiernach die Gesetze des Krieges, da er weder hängte noch plünderte; ja, er untergrub das menschliche Zusammenleben, er tafelte an demselben Tisch mit arm und reich!

Solange in der Provinz nur Unordnung herrschte, hatte es der Königinmutter nichts ausgemacht. Jetzt erfuhr sie aus besonderen Berichten, wenn nicht durch Biron, daß die Städte, eine nach der anderen, sich dem Gouverneur unterwarfen. Das war nicht nach ihrem Sinn. Sie beschloß, in eigener Person dort unten zu erscheinen, damit nicht noch mehr Unglück geschähe.

Madame Catherine sah ein, daß sie dem Schwiegersohn wenigstens die Frau mitbringen mußte. Die beiden Königinnen reisten vom zweiten bis zum achtzehnten August, da waren sie in Bordeaux, unter dem Schutz des Marschalls Biron. Sie hatten bei sich ein Heer von Edelleuten, Sekretären, Soldaten, nicht zu vergessen die gewohnten Edelfräulein und schönen Frauen des Hofes, darunter Charlotte de Sauves. Diese war eingeladen gegen den Willen der Königin von Navarra, aber auf Befehl ihrer Mutter.

Der Ortswechsel des bunten Zuges vollzog sich, wie immer, mit einer Großartigkeit, die unterbrochen wurde durch allerlei Schrecken. Im Süden, nahe dem Ozean, erwartete man Überfälle durch Hugenotten; einige Male hielt auf freiem Felde alles an, die Wagen, die Reiter und das Fußvolk. Die Bewaffneten umringten die Karossen der Königinnen. War der falsche Alarm überstanden, ging es weiter mit hü und hott. Dafür sonnte man sich im eigenen Glanz an jeder größeren Haltestelle. In der Stadt Cognac hatte Margot einen der Erfolge ihres Lebens: die ehrbaren Frauen staunten ob ihrer Kleiderpracht, bestürzt und fassungslos. Ein Stern ging auf über dieser fernen Provinz, zum Schaden des Hofes von Paris, der von Schönheit verwaist und jetzt der Sonne bar war: so schwärmte einer der Mitreisenden, ein Herr de Brantôme. Für ihn selbst wäre es besser gewesen, große, wohlgestaltete Glieder zu haben, wie die Herren Guise, Bussy, La Mole. Darauf gab Margot mehr als auf Begeisterung. Reden konnte sie selbst; bei dem Einzug in Bordeaux, der ein Triumph wurde, antwortete sie mit Majestät und Anmut allen, die sie begrüßt hatten. Dies war besonders Biron.

Außer seinen anderen Stellungen bekleidete der Marschall das Amt eines Bürgermeisters von Bordeaux, Hauptstadt der Provinz; und gerade sie hatte den Gouverneur bis jetzt nicht empfangen. Henri weigerte sich einfach, den Königinnen dorthin entgegenzukommen. Es mußte verhandelt werden, das dauerte fast sieben Wochen. Dann hatte Henri erreicht, daß die Beteiligten sich trafen in dem einsamen Haus Casteras, demselben, wo Biron geschlagen worden, und die ganze Gegend war noch voll davon. Der Marschall wagte sich dort nicht zu zeigen. Henri erschien mit hundertfünfzig berittenen Edelleuten, ihr Anblick erregte bei der alten Königin ebensoviel Besorgnis als Bewunderung. Um so liebevoller versicherte sie den Schwiegersohn ihrer Gefühle, die friedlich wären. Sie ging so weit, ihn den Erben des Thrones zu nennen – nach ihrem Sohne d'Alençon natürlich; aber sie und er wußten, was von dem zu halten war.

Sie sind dann in denselben Wagen gestiegen, der entflohene Gefangene, die Mörderin seiner Mutter und seiner Freunde. Sie haben nicht aufgehört, von Liebe überzufließen bis zu ihrer Ankunft in dem Ort La Réole, wo sie endlich den Mund schließen und sich trennen durften. Henri ging in ein anderes Haus mit Margot. Er hat nicht wieder gesprochen, hat nur in den Schein der Kerzen gestarrt, ungeformte Laute ausgestoßen und ganz vergessen, daß hinter seinem Rücken eine der schönsten Frauen sich entkleidete. Plötzlich bemerkt er ein ersticktes Schluchzen, wendet den Kopf und findet die Vorhänge des Bettes zugezogen. Er hat dorthin einen Schritt getan, hat ihn sogleich zurückgenommen, und übernachtet hat er in einem Sessel. Ihm wurde erst wohler, als er den Zusammenstoß mit Biron hinter sich hatte.

Der Marschall ließ nicht warten. Kaum hatten die Königinnen das Unglückshaus Casteras weit genug hinter sich gelassen, bei ihrem nächsten Aufenthalt stellte er sich ein. Henri erlaubte ihm nicht einmal, mit seinen Begrüßungen fertig zu werden, und fuhr ihn schon an. Im Zimmer waren die Königinnen sowie der Kardinal von Bourbon, Onkel Henris und eigens mitgebracht, um ihn vertraulich zu stimmen. Alle erstarrten bei diesem Auftreten des jungen Mannes, niemand faßte sich schnell genug, um seinen Ausbruch aufzuhalten. Mit dem ersten Wort nannte er Marschall Biron einen Verräter, dessen Kopf auf dem Grèveplatz zu fallen verdiente. Dann folgten seine Anklagen, und er brachte sie nicht vor wie ein Eifersüchtiger, wahrhaftig nicht, sondern sprach namens des Königreiches, das er verteidigte, sprach schon vom Thron herab: die alte Königin wurde fahler davon anzusehn.

Als Biron antworten wollte, versagte ihm die Zunge. Die Adern an seinen Schläfen schienen nahe dem Zerspringen. Er knackte mit seinen Fingern. Sein rollender Blick fiel durch Zufall auf den alten Kardinal. Sofort rief Henri: «Man weiß, daß Sie jähzornig sind, Herr Marschall. Jähzorn ist eine gute Ausrede. Sollte es Ihnen indessen einfallen, meinen Onkel, den Kardinal, aus dem Fenster zu werfen, dann machen Sie sich auf etwas gefaßt. Nein. Gehen Sie lieber auf den Daumen um den Tisch: das wird Sie beruhigen.» Nicht mehr die Sprache des Thrones – nur der bekannte Schelm gab seinen Witz zum besten. Hierauf faßte Henri seine Margot bei der Hand, hob diese bis zur Höhe der Augen, und in anmutiger Gangart verließen sie zusammen das Zimmer.

Sie küßten sich hinter einer Tür wie Kinder. Margot sagte: «Jetzt weiß ich, wie Sie es gemeint haben, mein lieber Herr, und bin endlich wieder eine glückliche Frau.» In der nächsten Zeit stellte sich heraus, daß sie der Wiedervereinigung sehr bedurft hatte. «Eine Frau allein, teurer Henricus, was ist das? Mit dir war die Hälfte meines Verstandes entflohen aus Schloß Louvre. Ich habe mich in unsinnige Unternehmungen gestürzt und bin tief gedemütigt worden.» Er wußte, was sie meinte: ihre verunglückte Reise nach Flandern, der Zorn ihres königlichen Bruders, ihre Gefangenschaft. «Ja, mein Stolz hat gelitten. Als die Städte deines schönen Südens mich aufnahmen wie ein höheres Wesen, hatte ich Mühe, mich nicht selbst für eine reisende Komödiantin zu halten.»

Sie ging zu weit. Ihr Schmerz war so unbedacht, daß sie diesmal ihre Tränen über ihre geschminkten Wangen laufen ließ: Henri mußte sie vorsichtig entfernen mit seinen Lippen.

Ihre Aussprachen, Zärtlichkeiten und gemeinsamen Rührungen spielten in einer Reihe von Städten. Der bunte Zug der Königinnen besuchte noch viele Orte, Henri begleitete ihn nicht, er stieß zu ihm nur zwischen zwei Jagden. Dadurch vermied er manches peinliche Gespräch mit seiner Schwiegermutter über die Tagung der reformierten Abgeordneten. Die Glaubensfreiheit lag ihr am Herzen, wie sie sagte. Madame Catherine war herbeigereist, zu keinem anderen

Zweck, als wegen einer Beratung mit den führenden Hugenotten zwecks Anwendung des letzten königlichen Erlasses über die Glaubensfreiheit. Henri wußte aber, daß solche Erlasse niemals wirklich in Kraft träten, und bevor die Konferenz aus wäre, begänne schon der nächste Religionskrieg. Mehrere seiner Freunde dachten anders, besonders Mornay. Daher ließ Henri sich darauf ein, den Ort der Konferenz mit auszusuchen. Indessen fiel seine Wahl jedesmal anders, als die seiner geliebten Schwiegermutter. Erst abends traf er bei den Reisenden ein, wo sie gerade haltmachten; zog sich alsbald zurück mit der Königin von Navarra, und da er sie beglückte, erzählte sie ihm vieles. Das erleichterte sie, für ihn aber war es gut zu wissen.

Sie entsetzte sich über die Gewalt im Königreich. Hier unten wäre Frieden – wenn sie zurückdächte! Das Königreich ging zugrunde an Gewalt, was angemaßte Herrschaft heißt. Nur noch die Liga befahl anstatt des Königs. «Mein königlicher Bruder haßt mich, aber er bleibt mein Bruder, ich bin die Prinzessin von Valois – und vergesse es nicht, je weniger er selbst darauf bedacht ist, König zu sein. Die Guise werden uns stürzen», brachte sie hervor mit zusammengebissenen Zähnen, war bleich und anzusehen wie Medea. Ihr Gatte hätte geschworen, daß sie mit dem Herzog von Guise niemals wieder schlafen würde – oder nur, damit sie ihm, wie Dalila dem Samson, den gelben Bart scheren könnte.

Ihre Finger spielten in den Kinnhaaren ihres lieben Herrn. Sie lobte sein ernster gewordenes Gesicht. Lange betrachtete sie es, zweifelnd, überlegend, bevor sie das Folgende aussprach: «Du führst in dieser Provinz ein kleines Leben. Ich will es mit dir teilen, mein Herr und Gebieter, und werde glücklich sein. Eines Tages sollst du dich aber erinnern, daß du für größere Geschicke ausersehen bist – und sollst mein Haus retten», schloß sie zu seinem großen Erstaunen. Ihre Mutter und Brüder hielten ihn bis jetzt für ihren Feind, der sie aus der Macht drängen wollte, noch bevor er sie beerbte. Die Vereinigung der Körper hatte die Prinzessin von Valois schneller belehrt als jede andere Art, auf die ein Mensch den anderen prüft. Sie traute ihm, solange sie bei ihm war: nachher nicht mehr. Wie konnte sie. Ihr kam es zu, das Aussterben ihres Hauses zu rächen an seinem Erben und Henri nochmals zu verraten, bevor sie endlich von ihrem ganzen Stamm allein übrigblieb. Sie blieb kinderlos wie ihre Brüder. Die letzte Prinzessin von Valois bemühte sich zeit ihres Lebens um das Gleichmaß der Glücklichen, Gesicherten. In Wirklichkeit ging nichts sie an, was nach ihr kam: daher war sie von Grund auf unruhig. Mit ihr sollte mehr enden als nur sie; vergebens suchte sie Gleichmaß.

In der Stadt Auch wurde das eheliche Idyll einmal stürmisch unterbrochen. Nicht umsonst zog Madame Catherine ihre Edelfräulein mit umher. In eine von ihnen verliebte sich ein älterer Hugenott, der voll Verwundungen war, sogar im Mund hatte er welche, er konnte kaum sprechen – und um eines Mädchens willen lieferte er seinen festen Platz den Katholiken aus. Henri ließ zuerst mit achtungsvollen Worten seine liebe Schwiegermutter wissen, was er von ihren kleinen Bosheiten hielt. Sich selbst rechnete er zu den Dienern des Königs, die alte Übeltäterin vielmehr zu denen, die ihm Böses zufügten. Dies laut zu sagen, war eine Genugtuung. Da die Alte sich aber stellte, als wäre es das erste, was sie hörte von dem Verrat des Kommandanten, nahm Henri höflich Abschied, ritt aus und nahm sich eine andere kleine Stadt als Pfand. So neckten diese beiden einander, bis sie schließlich übereinkamen, der Rat der Reformierten sollte in Nérac tagen.

Inzwischen war es Dezember geworden, die Blätter flogen im Wind: nicht mehr die rechte Jahreszeit für schöne Einzüge. Königin Marguerite von Navarra ritt dennoch einen weißen Zelter, der das gewöhnliche Pferd der Märchenprinzessinnen ist. Rechts und links von ihr tänzelten ein goldgelbes und ein braunes, mit der jungen Catherine von Bourbon und ihrem Bruder Henri, der sich in großen Staat geworfen hatte zu Ehren seiner Gemahlin. Die alte Madame Catherine war nicht geeignet, vom Volk in der Nähe betrachtet zu werden, besonders nicht unter diesem hellen Himmel; sie sah hinter einem Fenster zu. Die unvergleichliche Margot, strahlend von Ruhe und Sicherheit, hörte drei junge Mädchen etwas aufsagen. Sie stellten Musen dar und führten, der Königin zu Ehren, ein Gespräch, das der Dichter Du Bartas ihnen in den Mund legte. Die erste redete im Dialekt des Landes, die zweite in der Schriftsprache, die dritte benutzte die Ausdrucksweise der alten. Margot verstand das Lateinische und das Französische, vom Gascognischen entging ihr manches. Sie fühlte aber, was das versammelte Volk von ihr erwartete: wickelte sich ihre reich bestickte Schleife vom Hals und schenkte sie der einheimischen Muse. Schon hatte sie die Herzen gewonnen, und auch das ihre schlug davon höher.

Madame Catherine betrachtete alles scharf in dieser ländlichen Hauptstadt. Ihr alter Zaunkönig machte aus sich, was er konnte, empfing sie und ihr Gefolge soweit seine Mittel reichten, tischte ihnen alles mögliche auf. Wenigstens zeigte er, daß er sich freute. Noch abfälliger beurteilte sie die Abgeordneten auf der Tagung, als diese endlich zusammentrat. Alle fand Madame Catherine wie Pastoren aussehend oder wie gewisse Vögel, die sie hierorts nicht beim Namen nannte. Verhandelt wurde zum Schein über gemischte Gerichtshöfe mit reformierten Beisitzern und über die Verzeihung begangener Ausschreitungen. Der wirkliche Gegenstand war, wie immer, die befestigten Plätze der Hugenotten. Diese forderten unmäßig viele, die alte Königin aber hätte ihnen am liebsten alle fortgenommen. Sie übte vor ihren Damen eine Rede mit lauter Bibelstellen ein und dachte die guten Leute zu überlisten in der Sprache, die ihnen geläufig war. Ihr eigenes Aussehen und ihr Ruf widerlegten indessen alles, was sie im Munde führte: das entging ihr erstaunlicherweise.

Sie glaubten ihr in sämtlichen Sitzungen kein Wort und behielten eherne Stirnen, bis sie ihnen mit Hängen drohte. Die Königin Marguerite mußte weinen; ihr inniger Wunsch, geliebt zu werden, wurde gefährdet durch ihre schreckliche Mutter, die man vielfach auch komisch fand – und dies gewöhnlich, wenn sie aus der Tür in die Landschaft trat. Im Saal der Tagung nahm sie einen erhöhten Thron ein, das ging noch an. Draußen wurde sie zu einem kleinen Fleck auf der hellen Gegend, ging krumm an ihrem Stock, die gelben Wangen schaukelten; und wer der Bartholomäusnacht gedachte – er hatte vielleicht nicht gelacht seitdem –, der lachte infolge des Gegensatzes jetzt. Auch ihre Ehrenfräulein verzerrten sie im Grunde nur. Hier ist nicht Schloß Louvre, die Sonne scheint zumeist unverschleiert auf beide Ufer der Baïse und den Park La Garenne. Hier wird offen und harmlos Krieg geführt und geliebt. Die alte Frau aber rechnet auf die geheimen Abgründe des Geschlechts. Das Alter geht mit dem Laster eine falsche Verbindung ein und macht sich zum Gespött.

Die Sittenstrengsten der Hugenotten haben es damals Henri nicht verübelt, daß er sich mit mehreren der willigen Fräulein einließ. Seine Margot litt im Augenblick nicht sehr darunter, sie war in Anspruch genommen von ihrer neuen Rolle: Landesmutter und höheres Wesen. Die Hauptsache blieb, daß Henri selbst nur einfach nahm, was angeboten wurde, aber den Schönheiten eine Nase drehte, wenn sie ihn fortlocken wollten an den Hof von Frankreich. Hierauf war es abgesehn mit der Reise, der Tagung und dem Besuch der hohen Gäste: nur hierauf, er hatte es gleich geahnt. Zuletzt mußte seine Schwiegermutter persönlich ihm mit ihren Gründen aufwarten. Sie hielt ihm vor, daß ihr Sohn, der König, in seinem Louvre jetzt ganz allein stände. Sein Bruder d'Alençon wäre gegen ihn im Aufruhr, die Guise und ihre Liga unterwühlten seinen Thron. Aber nicht weniger wäre zu fürchten ein Prinz von Geblüt, der sich dem Hof entfremdete und allmählich zu stark wurde in seiner Provinz. Ob Henri gar nicht daran dächte, er könnte ermordet werden? Dies war der letzte Trumpf seiner lieben Schwiegermutter: sie drohte ihm mit Mördern.

Er ließ sich dennoch nicht in ihre mütterlichen Arme fallen, sondern antwortete, daß ihm bei Hof noch keine Versprechung wäre gehalten worden. Als Gouverneur dächte er von hier aus weiter den Frieden zu verbreiten im Königreich, dessen Dienst er einzig im Sinn hätte. Darauf nahmen sie bald Abschied voneinander, und zwar mit derselben, häufig überfließenden Liebe wie am Anfang des Besuches. Er hatte aber gewährt den ganzen Winter bis in den schönen Monat Mai. Ihre beiden Kinder begleiteten die gute Mutter eine Strecke, bis sie allein weiterzog – über schlechte Wege, durch bergiges Land, im Bereich einer unzuverlässigen Bevölkerung. An einem Ort wurde die alte Königin empfangen von rosenstreuenden Mädchen, aus einem anderen mußte sie schleunigst entweichen vor der allgemeinen Abneigung. Sie zog einfach ihren schwarzen Filz ins Gesicht, auch sie war tapfer, alle sind tapfer; unbeirrt stieg sie vom Pferd auf ihren Karren um und predigte im Holpern und Stolpern nichts als Frieden: aber welchen meinte die Mutter der sterbenden Söhne?

Als sie ihn längst nicht mehr erwartete, bog auf einmal wieder ihr lieber Schwiegersohn um die Ecke. Er mußte sie ein allerletztes Mal sehen und ihr eine Haarlocke opfern. Es sind dicke Locken, wie die Protestanten sich eine um jedes Ohr schlingen. Die um das rechte hatte er seiner lieben Schwiegermutter gleich anfangs überlassen; zum Schluß durfte sie ihm auch noch die linke abschneiden. Dies ereignet sich bei einem ländlichen Friedhof, und in traulicher Stimmung wünscht Madame Catherine dort einzutreten. «Wenig Friedhöfe bei euch.» Sie schüttelt den Kopf. «Werden die Leute so alt?» Bleibt vor mehreren Gräbern stehen. Murmelt: «Wie die gut aufgehoben sind!» Unter der Erde sind die Menschen ihr lieber. Dann ist Friede, auch in ihrem Gemüt.

Später einmal, als König von Frankreich, wird Henri hinabsteigen zu der Gruft Katharinas von Medici, bei Lebzeiten Madame Catherine; wird ihren Sarg betrachten, und rückwärts zu seinem Gefolge wird er sagen – mit einem ungewissen Lächeln, das niemand ganz versteht, wird er sagen: «Wie sie gut aufgehoben ist!»

Moralité

Il a choisi de combattre: s'est-il bien demandé ce que combattre veut dire? C'est surtout endurer, sans les mépriser, des peines multiples, très souvent perdues ou d'une portée infime. On ne commence pas dans la vie par livrer de grandes batailles décisives. On est déjà heureux de se maintenir, à la sueur de son front, tout au long d'une lutte obscure et qui chaque jour est à recommencer. En prenant pierre à pierre des petites villes récalcitrantes et une province qui se refuse, ce futur roi fait tout à fait figure de travailleur, bien que son travail soit d'un genre spécial. Il lui faut vivre d'abord, et pauvre il paie en travail. C'est dire qu'il apprend à connaître la réalité en homme moyen. Voilà une nouveauté considérable: le chef d'un grand royaume et qui sans lui irait en se dissociant, débute en essuyant les misères communes. Il a des ennemis et des amours pas toujours dignes de lui, ni les uns ni les autres, et qu'il n'aurait certainement pas en faisant le fier.

Cela pourrait très bien le rendre dur et cruel, comme c'est généralement le cas pour ceux qui arrivent d'en bas. Mais justement, lui ne vient pas d'en bas. Il ne fait que passer par la condition des humbles. C'est ce qui lui permet d'être généreux et de se réclamer de tout ce que dans l'homme il peut y avoir d'humain. D'ailleurs l'éducation reçue pendant ses années de captivité l'avait préparé à être *humaniste*. La connaissance de l'intérieur de l'homme est bien la connaissance la plus chèrement acquise d'une époque dont il sera le prince. Attention, c'est un moment unique dans l'histoire de cette partie du monde, qui va s'orienter moralement, et même pour plusieurs siècles. Ce prince des Pyrénées en passe de conquérir le royaume de France, pourrait écouter les conseils d'un Machiavel: alors, rien de fait, il ne réussira pas. Mais c'est le vertueux Mornay qui le dirige et même qui le soumet à des épreuves qu'un autre ne tolérerait pas. Les secrets honteux de la personne la plus vénérée, voyez Henri y être initié et en souffrir en silence: vous aurez la mesure de ce qu'il pourra faire pour les hommes.

Der Weg zum Thron

So bleibt es nicht

Zuerst war noch nicht alles in Ordnung. Die königlichen Gatten Henri und Marguerite zogen feierlich in ihre Hauptstadt Pau ein, was sich alsbald als ein Irrtum erwies. Margot litt bei den eifersüchtigen Hugenotten große Kränkungen wegen ihres papistischen Gottesdienstes. Sie beschloß ein für allemal, Pau nicht wieder zu betreten. Außerdem verliebte der König von Navarra sich dort in eines ihrer Mädchen, was sie peinlicher empfand, als wenn es nur die Ehrenfräulein ihrer Mutter waren. Alles wurde beigelegt dadurch, daß Henri wieder einmal seine gewohnte Schwäche, ein mit nichts zu erklärendes Fieber bekam. Die Kopfschmerzen setzten nicht aus, weder bei Tag noch bei Nacht, er mußte immerfort umgebettet werden, unablässig brauchte er Kühlung sowie auch Zuspruch.

Man ist tapfer, alle sind es. Viele ertragen, daß ihnen Beine abgeschnitten werden bei vollem Bewußtsein. Ein Offizier, dessen Fuß unbrauchbar geworden ist, wird ihn sich eigens vom Körper trennen lassen, damit er auf einem angeschnallten Stock dem König von Navarra wieder dienen kann. Das alles geht. Unerträglich ist nur das Wanken des geistigen Innern, das Versagen der natürlichen Sicherheit, die Angst, die Angst.

Das war in Eauze, derselben Stadt, wo Henri schnell entschlossen einer Lebensgefahr begegnet war und wo er als eine kühne Neuerung gewagt hatte, menschlich zu sein. Eben dort lag er siebzehn Tage und glaubte sich als Mensch geschlagen, verworfen, gestrichen, unfähig zur Vollendung der Arbeiten und Mühen, denen er sich sonst gewachsen hielt. Er hielt sich ihnen sonst gewachsen in dem Grade, daß er ein Übermaß von Vergnügen hinzufügte und erschöpfenden Leidenschaften nicht auswich. Dafür liegt die reiche Natur zuweilen da wie ein Geschlagener, hat sich aufgegeben, und eine andere Person muß statt ihrer an sie glauben, falls das noch möglich ist. Hier war es seine Margot, seine wirklich treue Frau, so viele Liebhaber sie noch nehmen sollte. Sie kam die ganze Zeit seiner Krankheit nicht aus den Kleidern, wachte bei ihm, sprach ihm zu und rief ihn aus den Ängsten zurück. Nachher als Genesener sagte er etwas, das von ihm noch nicht war gehört worden: «Es steht geschrieben dort oben.» Was? Das wußten er und die Frau: überaus deutlich war es ihnen seit den Nächten von Eauze.

Dieser inhaltsreiche Aufenthalt hatte die beiden zu den allerbesten Freunden gemacht. Zurück in Nérac, durfte die Königin von Navarra ihren Hof einrichten nach Belieben und sogar ihren Gebieter zum feinen Herrn erziehen – was er in seinem Leben mehrmals wurde, wenn es darauf ankam. Diesmal blieb er es neun Monate, damals trug er die teuersten Anzüge, alles aus Holland oder Spanien, alles Samt und Seide, Purpur und Gold. Seiner Königin kaufte er allein zehn Fächer, einer glitzerte mehr als der andere. Er versah sie mit Duftwässern, den reichsten Kleidern und sogar mit Handschuhen aus Blumen. Er hielt ihr Zwerge, schwarze Pagen und Vögel «von den Inseln». Sie hatte im Park La Garenne ihre Kapelle, hörte die Messe; und dann war Empfang unter den wiegenden Wipfeln, es war Musik, es waren Verse, es war der Tanz und Frauendienst – alles von verklärter Einfachheit in der Luft des Parkes. Am Hof zu Nérac, einige Zeit unter wiegenden Wipfeln, wurde geistreich geschmachtet und töricht geträumt. Sehr hell war der Himmel, silbern sein Licht, und die Abende waren so mild.

Die Geister wurden geschmeidig, mochten die Waffen einmal rosten. Henri schrieb mit eigener Hand eine vollständige Übersetzung der Kommentare Cäsars über den Feldzug in Gallien wie auch über den Bürgerkrieg. Die Federn bezog er aus Holland, die Tinte aus Paris, und das Papier vergoldete ihm sein Kammerdiener. Er liebte die prachtvollen Einbände der Bücher; aber diese hatte er auch schon schmücken lassen, als er selbst noch im abgeschabten Wams ging. Für den Geist hielt er beständig auf Form und wurde in Briefen, Erlassen, ja in Gesängen, die er später sollte anstimmen lassen während seiner Schlachten – wurde ein um so besserer Schriftsteller, je größer er zu handeln lernte: das eine um des anderen willen, und weil klarer Ausdruck durch dieselbe Seele geschieht wie echte Tat.

Er gebärdete sich hier, fühlte sich wohl auch die wenigen Monate wie ein gemachter Mann, ein Erbe von gesichertem Besitz, und Frieden und Glück – was alles gar nicht wirklich da war, und das heitere Traumspiel endete gleich dort, wo der Park La Garenne in das Land verläuft. Wie beglückte es ihn trotz allem, daß er seine Margot eine Weile konnte herrschen lassen über einen Hof und über einen galanten König, der er selbst war, denn ihr zu Ehren roch er gut, und seine Zähne waren überzogen mit Gold. Auch bestellte er für sie aus dem Schloß von Pau die schönsten Zimmereinrichtungen, das Tafelgeschirr aus Silber. Sie selbst hatte während ihres Besuches alte Harfen dort aufgestöbert: andere Damen mochten ehemals ihr Herz durch sie erleichtert haben wie jetzt Marguerite von Valois, die noch niemals in ihrem rastlosen Leben das Gleichmaß gekannt hatte, und nur hier begegnete sie ihm.

Sie strich sich manchmal über die Stirn. Kein einziger Giftmord bis jetzt? Kein Erdolchter hinter einer Tür? Mich schlägt niemand, und sogar vor meinen Sinnen habe ich Ruhe. Ich muß weder meinen Bruder d'Alençon am Seil vom Fenster hinablassen noch selbst auf Abenteuer ausziehn. Demütigungen, Komödianterei, das Grauen um mich, in mir der quälende Drang – alles vorbei? Wirklich, hier bin ich. Ihre wunderbare Hand hatte über ihre Stirn gestrichen:

die war schon wieder heiter, und die Königin dieses Hofes schritt zum Tanz mit artigen Edelleuten und Fräulein, die sich wohlverhielten. Sanfte Musik, die Flammen der Kerzen schwankten wenig in dem Hauch vom geöffneten Fenster; mild wie der Klang, das Licht, der Hauch, waren die Gesichter und die Herzen. Tanzen und Holdsein, die lange Nacht hinbringen in einer leichten Verliebtheit, die ganz unbestimmt ist. Margot könnte jedem den Mund reichen, sie küßt aber keinen, nur ihren Herrn.

So sind am Hof von Navarra alle, auch die Schwester des Königs, eine so strenge Protestantin. Obwohl durch einen ihrer Füße ein wenig gestört, bringt die junge Catherine dem jungen Rosny einen neuen Tanz bei, alle beneiden ihn um die Ehre. Sie übersieht sogar die Leidenschaft ihres Lebens für diese Weile, vergißt den Vetter in seinem Wald, entschlägt sich den Qualen des Gewissens und erlaubt dem leichtherzigen Turenne, ihr den Hof zu machen, als hätte es nichts zu sagen. Auch ihr Bruder Henri lebt und liebt, als bedeutete es nichts. So kann es nicht bleiben.

Der Erste

Von dem Anfall seines Leberleidens erholt, wurde Marschall Biron bösartiger als je; er glaubte den Gouverneur eingeschläfert. Nach besten Kräften verleumdete er ihn beim König von Frankreich. Die Kanzlei von Navarra und Philipp Mornay hatten alle Hände voll zu tun, wollten sie seinen Berichten begegnen. Voraussichtlich konnte der Streit nicht mehr lange auf schriftlichem Wege ausgetragen werden. Die Königin von Navarra sorgte für noch anderes Unbehagen. Eine Frau, die zum erstenmal im Leben glücklich ist, und ihr lieber Herr hat arge Feinde: wie kommt sie ihm zu Hilfe? Sie hinterbringt ihm, was sie erfährt; sie macht sich unentbehrlich.

Worte der Geringschätzung, die der König von Frankreich in der Stille seines Zimmers sollte gesprochen haben über seinen Schwager Navarra, Margot kannte sie; und war sie gerade ohne Nachrichten, erfand sie etwas. Sie haßte ihren königlichen Bruder, er hatte sie nur mißhandelt; darum sollte auch Henri gegen ihn aufgebracht sein. Wurde doch sie selbst verwundet von Kränkungen, die ihr Herr erfuhr. Der Herzog von Guise hatte sich über ihn lustig gemacht, sogar ihr geliebter Bruder Alençon war eingegangen auf den Spott, und dies bei der Dame Sauves, ihrer einstigen Freundin. Margot sah im Geist das gewitzte Lächeln der Frau, um so weniger wollte sie die gefallenen Worte mit eigenem Mund wiederholen: besonders nicht ihrem Herrn ins Gesicht.

Sie hatte aber unter ihren Fräulein ein sehr junges, fast ein Kind, ihr ganz ergeben: Françoise, aus dem Hause Montmorency-Fosseux. Man nannte sie Fosseuse. Henri sagte zu ihr: Töchterchen; und ihm zuliebe gab auch Margot der Kleinen den Namen Töchterchen – obwohl sie wußte, daß Henri ein nicht ausschließlich väterliches Gefühl nährte für Fosseuse. Das junge Fräulein erzählte ihrer verehrten Herrin alles, oder wenn nicht alles von ihren Anfechtungen, dann um so mehr von ihrem Widerstand. Dieses schüchterne Wesen schickte Margot ihm mit den ärgsten Botschaften: von kindlichen Lippen ausgesprochen, sollten sie ihn noch mehr reizen. Genug, in Schloß Louvre lachte man ihn aus, weil er noch immer nicht die Mitgift seiner Frau in Besitz genommen hatte: darunter mehrere Städte seiner eigenen Provinz Guyenne. Biron hielt sie vor ihm verschlossen.

«Mein lieber Herr», sagte das schüchterne junge Kind, kniete vor Henri hin und erhob die Hände zum Bitten. «Holen Sie sich doch die Mitgift der Königin von Navarra! Bestrafen Sie gefälligst den bösen Marschall!»

Das hatte er auch vor, indessen hütete er sich, es den Frauen einzugestehen. Als sein Heer schon zusammengezogen war und bereitstand, verriet er sich noch immer durch kein Wort, verbrachte vielmehr die letzte Nacht bei seiner Königin im Schlafzimmer. Dann ritt er fort, mit der Rose zwischen den Zähnen – wie zu einem Ringelspiel oder heiteren Wettstreit. Ging sein Vorhaben schlecht aus, wenigstens mußte Margot nichts verantworten und blieb verschont. Alle seine Edelleute waren so guter Dinge wie er selbst, es war wieder Mai, verliebt war der ganze Haufe: nannten auch den Feldzug, in den sie aufbrachen, den Krieg der Verliebten. D'Aubigné und sogar der nüchterne Rosny meinten im Ernst, nur aus Ritterlichkeit gegen die Damen sollte die Stadt Cahors gestürmt werden. Henri eröffnete sich niemandem, der ihn nicht selbst erriet: das war einzig Mornay. Es kommt darauf an, ein und dasselbe zu wollen auf allen Wegen, im Schwanken der Menschen und Dinge treu zu bleiben dem inneren Gesetz: aber das ist nicht angemaßt; es kommt weither, es reicht weithin. Auf Jahrhunderte blickt Gott, wenn er diesen anblickt. Davon wird Henri unbeirrbar – und unerforschlich, da nichts einen Menschen ungewisser, geheimnisvoller erscheinen läßt als eine tiefe Festigkeit.

Es war sehr warm; in Sicht der Stadt, die es erstürmen sollte, trank das Heer zuerst noch aus einer Quelle im Schatten von Nußbäumen. Dann ging es an die Arbeit, die nicht leicht war. Auf drei Seiten wurde die Stadt Cahors vom Wasser des Flusses Lot geschützt, und auch die Besatzung verteidigte sie hauptsächlich dort; denn der vierte Zugang schreckte von selbst ab: so viele Hindernisse waren aufgehäuft schon unterwegs, noch bevor jemand durchdrang bis an das Stadttor. Dieses war aber insgeheim untersucht worden von zwei Offizieren des Königs von Navarra, die sich besonders auf das Sprengen verstanden. Kleine gußeiserne Mörser, mit Pulver gefüllt, wurden gegen ein Hindernis gelehnt und mit einer Lunte angezündet. Elf Uhr abends, unter einem dunklen Gewitterhimmel betrat das Heer ungesehen die feste Brücke, auf die niemand achtete: voran die beiden Hauptleute mit ihren Sprengkörpern. Damit räumten sie von der Brücke die Fallen und die Verschlüsse, ohne daß die in der Stadt das Krachen hörten, denn es donnerte grade. In einigem Abstand, wegen der fliegenden Trümmer, folgten fünfzig Arkebusiere, dann Roquelaure mit vierzig Edelleuten und sechzig Garden, und hinterher führte der König von Navarra die Hauptmacht, zweihundert Edelleute, zwölfhundert Schützen.

Wegen der Neuheit der Sache gelang die Sprengung des Tores nur halb. Die ersten krochen unten hindurch und erweiterten dann mit Axthieben die Öffnung, wovon die Bewohner der Stadt endlich erwachten und ihre Verteidiger herbeiriefen. Die ganze Stadt in Waffen, Sturmgeläut, und im Dunkeln sausen den Eingedrungenen um die Köpfe viele Wurfgeschosse wie Ziegel, Steine, Brandfackeln und Klötze Holz. Da hört man Waffen knistern, knattern und zerbrechen; «Schlag sie tot», wird geschrien, aber von erstickten und keuchenden Hälsen. In der Enge halten die Gegner einander tödlich umschlungen. Nach einer Viertelstunde des Handgemenges hätten die Angreifer verloren, aber Turenne griff ein, er bringt weitere fünfzig Edelleute, dreihundert Schützen, mit ihrer Hilfe gelangt der König von Navarra bis mitten in die Stadt.

Weiter ging es nicht. Ein großes Gebäude, und darin alle Verteidiger, hielten das Heer in gemessener Entfernung. Darüber wurde es Tag, auch das Heer befestigte sich jetzt in Häusern. Die Soldaten durften nicht plündern, der König von Navarra drohte, sie dafür zu erschießen, und wirklich wurden mehrere erschossen. In der Nacht darauf hatten sie noch immer nichts Rechtes gegessen, und schlafen mußten sie im Stehen; neben ihnen auf den Auslagen der Läden ruhten ihre Waffen und Rüstungen. Ein neuer Morgen, und neue harte Arbeit erwartete die Soldaten: Häuser zu durchbrechen, bis zehn Schritt von der Festung. Weiter ging es auch diesmal nicht, und schon wurde wieder Nacht.

Der dritte Tag aber sollte der gefährlichste sein, die Verteidiger bekamen Zuzug, der Trupp mußte draußen abgefangen und vernichtet werden. Noch ein Tag, um die Erstürmung der Festung vorzubereiten, und am fünften, als sie endlich mit Knall und Rauch gefallen war, mußten in der Stadt vierzehn Barrikaden einzeln genommen werden.

Dies ist die Erstürmung von Cahors, eine überaus harte Arbeit. Sie war ohne Sinn und Nutzen erschwert worden durch die zähen Einwohner, nur aus Parteihaß, damit der König von Navarra nicht größer werden sollte. Gerade darum trug seine Tat ihm viel mehr Ruhm ein, als sie eigentlich wert war. Besiegt war nicht die Besatzung einer Stadt, sondern Marschall Biron samt allen anderen Feinden – und dies trotz Rückschlägen, die nicht ausblieben. Als Henri den Marschall selbst angriff, war er zu schwach, mußte flüchten bis Nérac, wurde beschossen, entwich mit seinem Pferd über die schöne Treppe seines Schlosses und entkam mitten durch die Truppen, die ihn fangen wollten.

Er hatte aufgerissene, blutende Füße. In Nérac mußte Margot die Bettücher wechseln, nachdem er nur eine Viertelstunde mit ihr darin gelegen hatte: in einem solchen Zustand war sein Leib. Sein Geist verspürt keine Beschwerden, er ist leicht und schnell wie je. Daher führt Henri sein Heer, oder sollen das nur noch Banden heißen, aus seinen eigenen Ländern gegen Norden – wo die Protestanten seinen neuen Ruhm begrüßen und ihn selbst erwarten, um aufzustehen. Davon erfährt der Hof in Paris, und schleunigst beruft er Biron ab.

Das wäre gelungen. Sofort bot auch d'Alençon, jetzt d'Anjou, sich dem erfolgreichen Schwager an; eilte nach Süden, schloß Frieden und Freundschaft mit ihm. Unversöhnlich blieb Condé, einst der gute Vetter. Aber es ist schwer erträglich, im Leben unaufhaltsam der zweite zu werden, obwohl man doch das

Seine durchaus getan hat – gekämpft so gut wie der andere, und sogar in voller Übereinstimmung mit der Partei, die ihrerseits berechtigtes Mißtrauen hegt wegen des Glaubenseifers des anderen. Es ist wirklich eine große Kunst, den Neid nicht einmal zu kennen: dafür muß einer vieles verstehen, besonders die Lehre von der Gnadenwahl muß er durchaus erfaßt haben. Auch der Stolz auf das eigene Schicksal, nach Art der alten, kann helfen. Von Mornay wäre beides wohl zu erwarten; er hat die Tugend, ihm wird auch Erkenntnis.

Condé ist ein armer Mann – guter Wille, anständige erste Regungen, die nicht durchgehalten werden. Sein Haß gegen Henri beginnt im Grunde schon bei einer längst vergangenen Schlacht, Jarnac, wo sein eigener Vater geopfert worden ist: der junge Navarra wird gerade dadurch erster Prinz von Geblüt. Als Gefangener mit ihm zusammen im Louvre, hat er mit ihm dasselbe gelitten, nur mittelmäßiger. Ist geflüchtet, zeigt aber in allem weniger Sinn für das Volkstümliche und Erlaubte, für das, was sein soll. Läßt sich mit fremden Fürsten ein, während Vetter Navarra sich befestigen kann und auszudehnen versteht auf seinem Heimatboden, zugegeben, unter dem Beistand vieler Papisten.

Um so mehr versteifte sich der Vetter auf die Reinheit des Parteigeistes, und sein Freund war, wer diesen besaß oder vorschützte. Seinen Johann Kasimir von Bayern hielt er höher als Henri von Navarra; der deutsche Zwergfürst haßte die Laster. Das Lotterleben am Hof von Navarra war ihm so sehr zuwider, daß er bei der bloßen Erwähnung auf den Boden spie; aber der Prinz von Condé erlaubte es ihm. Auch zu einer Verschwörung gegen seinen Vetter gab er sich her. Sie schickten ihm jemand, damit Henri seine Truppen dem Erzbischof von Köln zu Hilfe führte. Dieser war Protestant geworden, die beste Gelegenheit ergab sich, gegen Haus Österreich einen Schlag zu verüben.

Nun war Haus Österreich der Feind, aber ein Feind für später, der größte, der zuletzt kommt. Jetzt nach Deutschland ziehen, hieße das Gewonnene aufgeben, den begonnenen Emporstieg unterbrechen und wer weiß, ob nicht das Königreich verlieren. Etwas anderes wollten sie auch gar nicht, wenn sie Henri vor die Pflicht stellten, wegen der Religion das Land zu verlassen. Er durfte es nicht tun, wie sie wußten. Gleichwohl konnten sie ihn deswegen verhaßt machen bei den Protestanten, die ihm nicht alle trauten; und mit der Nachricht, daß er dennoch aufbräche, erzeugten sie Befürchtungen beim Hof von Frankreich und einen düsteren Entschluß im Geist Philipps von Spanien.

Don Philipp sitzt und spinnt Pläne für sein Weltreich. Was hat das zu tun mit der Sache einiger aufsässiger Ketzer, einem lächerlichen Kasimir, verrückten Erzbischof und neidischen Vetter. Don Philipp über den Bergen errät gleichwohl: ihm und seinem Weltreich wächst ein Feind heran – oh, noch ist er klein. Kämpft sich mit schwerer Mühe durch unbedeutende Hindernisse – aber zu messen ist nicht der Fußbreit Landes, den er sich nimmt, sondern der Ruf und Name, den er sich macht. Man kann nicht zusehen, bis Fama die Trompete ansetzt und zu fliegen beginnt. In Frankreich soll zukünftig nur einer herrschen, Philipp. Haus Valois wird aussterben, und schon vorher wird die Liga des eitlen Guise das Königreich auseinandersprengen vermöge der goldenen Pistolen, die auf den Maultieren schaukeln das Gebirge hinab. Navarra stört, Navarra muß hinweg. Das ist der Schluß im Geiste Philipps und kann bei dem neidischen Vetter auch kein anderer sein.

Henri weiß. Hinter sich hat er den Louvre, er kennt die Hölle. Von Montaigne hat er gelernt, daß Gutsein das Volkstümlichste ist. Mornay lehrt ihn, welche Macht die Tugend hat. Seine Natur bleibt heiter und maßvoll über ihren eigenen Abgründen. Aber er weiß: eine Gattung Mensch will dies nicht, und grade ihr soll er begegnen überall, bis ans Ende. Es sind keine Protestanten, Katholiken, Spanier oder Franzosen. Es ist eine Gattung Mensch: die will die düstere Gewalt, die Erdenschwere, und Ausschweifungen liebt sie im Grauen und in der unreinen Verzückung. Das werden seine ewigen Gegenspieler sein, er aber ist ein für alle Male der Abgesandte der Vernunft und des Menschenglückes. Jetzt versucht er, eine Provinz nach dem gesunden Sinn zu ordnen, später ein Königreich, endlich aber den Weltteil: durch einen Friedensbund der Fürsten und Länder zur Brechung von Haus Habsburg. Dann wird es Zeit sein für die Gattung Mensch, die das Leben haßt – nach dreißigjährigem Mißlingen ihrer Mordpläne wird es für sie Zeit sein, richtig zu zielen mit dem Dolch. Sieben oder siebzig Stöße und Schüsse waren im Laufe der Jahrzehnte fehlgegangen, Henri kam allen zuvor, wie hier dem ersten.

Der König von Navarra erwartete damals Verstärkungen. Dem Offizier, der sie ihm herführte, bestellte er Quartier in einem Ort, genannt Gontaud. Jeder konnte ihn sagen hören, daß er des nächsten Tages dorthin reiten würde. Er war aber gewarnt worden, ein Mörder wäre in der Truppe: gerade darum sprach er von seinem Vorsatz laut und scheinbar unbedacht. Die Sonne ging auf, den König von Navarra begleiteten drei seiner Edelleute, d'Harambure, Frontenac, d'Aubigné. Auf halbem Weg kam ihnen entgegen ein einzelner Reiter, den sie erkannten als einen Edelmann aus der Gegend von Bordeaux. Während die drei Begleiter das Pferd des Fremden zwischen die ihren einzwängten, befiel den König von Navarra eine kitzelnde Angst – unheimlicher als in jedem offenen Gefecht, wo ein kühner Vorsatz über die Furcht siegt. Lieber wäre der König von Navarra geflüchtet, er fragte aber recht fröhlich, ob es ein gutes Pferd wäre, und auf die Antwort: ja, ritt er heran und betastete es, verlangte es auch zu kaufen. Gavarret, so hieß der Mann, erbleichte und wußte nicht, was er denken sollte, wohl oder übel stieg er ab. Der König von Navarra saß auf und sah sogleich nach den Pistolen: eine fand er mit gespanntem Hahn.

«Gavarret», sagte er, «ich weiß, daß du mich töten willst. Jetzt kann ich dich selbst töten, wenn ich will.» Dabei schoß er in die Luft.

«Sire!» antwortete der Mörder. «Ihre Großmut ist bekannt, Sie werden mir mein Pferd nicht fortnehmen, es ist sechshundert Taler wert.»

Das war dem König von Navarra schon berichtet, und auch, daß der Mörder es geschenkt bekommen hatte, damit er ihn tötete. Er wendete daher das Pferd und ritt im Galopp nach dem Ort Gontaud, wo er es abgab. Seinem Offizier befahl er, diesen Gesellen auf gelegene Art loszuwerden, wie es auch geschah.

Der Mann kehrte dann zu der römischen Religion zurück. Als er für ein gutes Pferd den König von Navarra töten wollte, gehörte er zur reformierten – war aber nicht dies noch das. Sondern er war von einer Gattung Mensch: die haßt nun einmal Henri, er fühlt es schon hier und wird Rache allmählich ganz unnütz finden. Die Mörder wachsen immer nach.

Dieser war nur der erste.

Fama

Der zweite ließ nicht warten, und er war ein Spanier: man mußte sich nicht den Kopf zerbrechen, woher er kam. Er schielte, hatte klaffende Nüstern und eine rundum geschwollene Stirn – kein schöner Mann. Dieser Loro, wie er sich nannte, wollte eine spanische Grenzfestung an den König von Navarra verraten, oder gab es vor, um bis in seine Leibesnähe zu gelangen, was aber fehlschlug. Dieselben Edelleute, die den König von Navarra vor Gavarret geschützt hatten, stellten den Spanier in einen offenen Gang: der umgibt das Schloß von Nérac. Dort stemmte jeder eines seiner Beine gegen die Mauer, und über diese lebenden Schranken hinweg sollte Loro zu dem König sprechen. Da er nichts vorzubringen hatte, außer betrügerischem Geschwätz, und auch am nächsten Tage nichts, wurde er erschossen. Es ist nicht leicht, fertig zu werden mit einem, den das Schicksal aufhebt, und es zeigt sogar schon flüchtig sein Gesicht. Die beiden Mordversuche verrieten, mehr als alles andere, daß Henri anfing, eine Macht zu werden.

Er beschränkte sich und blieb auf seinem eigenen Boden, den aber durchackerte er mit den Hufen seines Pferdes, bis jede Scholle sein war und für ihn Frucht trug. Die Städte waren jede einzeln gewonnen und erschlossen, die Menschen erobert von Grund auf – nicht mit Gewalt; erstürmen soll man Mauern, nicht Menschen. Diese sind freundlichen Beispielen zugänglich, wenn man sie statt dessen auch hängen könnte. Dann erreicht sie der Ruf, vernünftig und menschlich zu sein, was übrigens die Absicht der Religion ist. Sie hängten sich anfangs lieber selbst auf, endlich aber begriffen viele ihr wirkliches Wohl, wenn auch nur für eine Weile und wenige Geschlechter.

Der neue Stellvertreter des Gouverneurs der Guyenne war nicht sein Feind, er hätte es sich gar nicht mehr erlauben können. Damville, Gouverneur der benachbarten Provinz Languedoc, war sein Freund. Unerschütterlich stand vor dem Ozean, auf dem Mittelpunkt der langen Küste die Festung La Rochelle. Von ihr schräg abwärts gegen Süden führte die Linie: unterhalb ihrer hatte der König von Navarra für sich eine Mehrheit; diese erhoffte von ihm das verschiedenste, aber es war eine große Zahl Hoffender.

Die Gewöhnlichsten nannten ihn einfach lou noust Henric, und meinten damit nachgerade viel: seine täglichen Mühen und Arbeiten unter ihren Augen seit langen Jahren; das Geld, das er aufwandte, die Waffen, die er führte – und seine Gestalt, den Reiter im Wams aus geripptem Samt, gebräunt die Wangen wie ihre eigenen, sanfter, fester Blick, und der kurze junge Bart. Wenn er vorbeikam, wurde ihr gefährdetes Leben sicherer; der Friede des Landes, der immer schwankt, stand diesmal fest im Gleichgewicht. Die anderen, Gelehrte oder auch nur Verständige, sprachen untereinander herum, was jetzt im mehr geistigen Sinn zu halten war vom König von Navarra. Sie fingen damals an zu sagen, sein Geist wäre lebhaft, sein Verhalten schlechthin unvergleichlich und sehr mutig die Art, wie er sich durchsetzte. Aus solchem Stoff sind die größten Fürsten erwachsen, versicherte jeder dem anderen und hatte sich wirklich davon überzeugt – wenn auch nicht ohne Dazutun der Kanzlei von Navarra.

Mornay leitete sie, und er behauptete in Berichten, die er umgehen ließ, über die Stellung seines Fürsten, daß alle guten Franzosen anfingen, den Blick auf ihn zu richten. Viele taten es erst darum wirklich: sogar die Fremden; denn Mornay schickte seine Werbeschrift nach England. Daraus ersahen Elisabeth und ihr Hof allerdings Günstiges genug über Henri von Navarra. Wenig blieb zu hoffen, wenn man Mornay hörte, von dem gegenwärtigen König von Frankreich, noch auch von seinem Bruder, der sich nach wie vor um die Königin bewarb und soeben bei ihr zu Gast war. Mornay fuhr sogar selbst hin, er übertraf persönlich die Tätigkeit seiner Partei und verhinderte die englische Heirat des Mannes mit den zwei Nasen: dies aber nur durch eine richtige Kennzeichnung des Irrwischs. Die Diplomatie soll Verwirrungen nicht aufkommen lassen. Wenn sie gut ist, bleibt sie bei der Wahrheit.

Eine andere Meinung wurde bekannt: zuerst in der Gegend ihres Ursprungs, dann weiterhin ging sie von Mund zu Mund. Der neue Bürgermeister von Bordeaux sollte sie zu einem anderen Humanisten geäußert haben. «Deutlich tritt in Erscheinung, daß alle diese Religionskriege nichts weiter sind als Unternehmungen zur Zerreißung Frankreichs.»

Vorbei die Zeiten, als Herr Michel de Montaigne sich hierüber in größter Heimlichkeit verständigte mit Henri von Navarra. Jetzt bekannte er es laut, und nicht nur in der Bibliothek seines kleinen Schlosses oder im Rathaus der Stadt Bordeaux, die ihn zu ihrem Oberhaupt erwählt hatte unter tätigem Beistand des Gouverneurs. Er hatte es auch geschrieben. Aus dem Turmzimmer seines kleinen Schlosses war ein Buch hervorgegangen, alle anderen Humanisten des ganzen Königreiches lasen es, sie ließen sich von ihm bestärken in der Mäßigung und im Zweifel. Beide waren ihnen angemessen, und wären dennoch durchaus verderblich gewesen, gesetzt, die Humanisten hätten nur denken gelernt, nicht aber auch reiten und zuschlagen. So stand es nicht. Sogar Montaigne war Soldat gewesen, trotz seinen ungeschickten Händen hatte er dies notwendige Handwerk getrieben – notwendig, weil es sonst allein den Hirnlosen überlassen bliebe. Das muß man wissen: wer denkt, soll handeln, und nur er. Dagegen gibt es das sittlich Ungeheure außerhalb der Grenzen der Vernunft. Das ist die Sache der Unwissenden, die gewalttätig werden durch ihre ausschweifende Dummheit. Ihre Versuchung und Gelegenheit ist die Gewalt. Seht den Zustand des Königreiches! Es verwahrlost, es wird ein Morast aus Blut und Lüge, und kein gerades, gesundes Geschlecht könnte auf einem solchen Boden noch heranwachsen, wenn nicht wir Humanisten auch ritten und zuschlügen. Des werden wir Sorge tragen. Verlaßt euch, daß wir reiten und zuschlagen! Zu unseren Häupten, auf den niedrigsten der Wolken, fahren mit uns über das Land hin sowohl Jesus von Nazareth als auch mehrere Gottheiten Griechenlands.

Herr Michel de Montaigne, seines Wertes bewußt, übersandte durch Kurier dem König von Navarra sein Buch – in Leder, und eingeprägt mit Gold das eigene Wappen des Edelmannes, wenn auch nur rückwärts. Vorn prangte das Wappen von Navarra; und eine solche Anordnung war sinnvoll, sie hieß: Fama hat uns einen Augenblick lang gleichgemacht. Sire, ich lasse Ihnen den Vortritt.

Die stolze Sendung sagte noch mehr. Dies Buch ist gedruckt worden in Bordeaux, von wo die Schiffe durch Sturm und Stille bis zu den fernen Inseln reisen. Es kann sein, daß dies Buch schließlich noch weiter als sie und durch die Jahrhunderte bis in die Unvergänglichkeit reist. Gewiß ist, Sire, daß ihm voraneilen wird Ihr Name. Eins wünsch ich mir so ehrlich wie das andere, da ich Ihr Gefährte bin, und nicht anders als Sie, das Recht, das mit mir geboren wurde, als einzelner Mann behaupte durch Kampf und Verdienst. Sire, Sie und ich sind, wie nicht leicht jemand, angewiesen auf Fama. Den Ruhm darf nicht leichtnehmen, wer dauerhafte Werke schreiben will oder den Geschmack der Menschen zu treffen gedenkt durch Taten.

Ein Satz aus dem Buch stand darin handschriftlich besonders vermerkt.

«Alle Tagen außerhalb der gewöhnlichen Grenzen unterliegen den schlimmsten Deutungen, denn unser Geschmack sträubt sich gegen das Verstiegene, und auch dem Niedrigen widerstehn wir durch unseren Geschmack.»

Abschied von Margot

Ihre kummervollste Zeit brach an, und doch versäumte Margot nichts, um das Unheil aufzuhalten, als sie es kommen sah. Lange bemerkte sie es nicht: sie hatte sich in Nérac an das Glück gewöhnt und rechnete mit keinem Wechsel mehr. Sie wollte zuerst nicht glauben, als Rebours ihr hinterbrachte, daß es tatsächlich geschehen wäre zwischen Henri und Fosseuse. Diese war doch «Töchterchen» für Margot wie für Henri, ein schüchternes kleines Wesen, die Ergebenheit selbst. Rebours im Gegenteil verzehrte sich vor Neid auf jede andere, die von Henri bemerkt wurde; denn sie selbst, Rebours, hatte ihm zu Anfang gefallen, aber da sie erkrankte, ging für sie der günstige Augenblick vorbei.

Jetzt rächte sie sich und entwendete die Rechnungen des Apothekers Lalanne, um sie ihrer Herrin zu zeigen. Da stand verzeichnet: «Für den König, als er sich bei den Mädchen der Königin im Zimmer aufhielt, zwei Schachteln Marzipan. Nach dem Ball, Gläser Zuckerwasser und Schachteln Marzipan für die Mädchen der Königin.» Das ging noch alle an, das folgende betraf nur Fosseuse. «Für Fräulein Fosseuse ein Pfund Zuckerwerk, vierzig Groschen. Für dieselbe: Bonbons und Rosenkonfekt, Eingemachtes, Fruchtsäfte, Marzipan» – allein für Fosseuse. – «Sie wird sich den Magen verderben», sagte Margot im Ton der Besorgnis; die neidische Rebours sollte nicht behaupten können, sie hätte Eifersucht bemerkt bei der Königin. Rebours indessen hatte das Schlimmste noch aufbewahrt. Die letzte Rechnung lautet: «Für den König, in das Zimmer des Fräulein Fosseuse gebracht, ein und dreiviertel Pfund Marzipan mit vier Unzen Fruchtsaft, zwei Taler drei Pfund.»

Aus diesen genauen Angaben des Apothekers ersah die arme Margot, was tatsächlich geschehen war. Ihr geübtes Gesicht verriet ihren Schrecken nicht der neidischen Rebours, und mit der schuldigen Fosseuse verfuhr sie um so vertraulicher, erbat auch, wie bisher, ihre guten Dienste beim König. «Fosseuse, mein Töchterchen, ruf mir meinen geliebten Herrn! Sag ihm, ich wüßte ihm Neues zu melden über meinen königlichen Bruder von Frankreich. Du möchtest es wohl wissen. Mein Bruder hat einen bösen Traum gehabt, meine Mutter hat ihn mir beschrieben. Ihm hat von reißenden Tieren geträumt, Löwen und Tiger fraßen ihn auf, und in Schweiß gebadet ist er erwacht. Da hat er befohlen, daß alle Bestien seines Zwingers erschlagen würden. Geh, berichte es unserem Herrn, und daß ich noch viel mehr weiß.»

Absichtlich sagte Margot: unserem Herrn – Fosseuse sollte glauben, daß sie nichts ahnte, nichts bitter empfand und ihr den erlaubten Platz des Töchterchens gut und gern gönnte. Fosseuse aber kehrte von diesem Weg nicht zurück, blieb vielmehr mit Henri; und da sie ihm den Auftrag nicht ausrichtete, ging er zu Margot an dem Tage nicht. Das war das Geständnis des Mädchens, und von jetzt an wich sie der Königin aus, wurde verstockt, dreist und nahm den König gegen sie ein. Margot dagegen, im Gedanken an die glücklichen Jahre, die nicht aufhören sollten, hütete sich, etwas Unwiderrufliches zu tun. Sie hoffte, daß ihr lieber Herr auch Fosseuse einmal satt bekäme wie jede andere. Inzwischen unterhielt und spannte sie ihn mit ihren Nachrichten aus dem Louvre. Er bezog selbst welche durch seinen Rosny, der am Hof von Frankreich zwei Brüder hatte. Die Gatten kamen zusammen, um zu vergleichen und auszutauschen: das war jetzt noch ihre sicherste Gemeinschaft.

«Der König von Frankreich erhebt immer neue Steuern für seine Lieblinge», begann der eine. Der andere versicherte: «Beim Volk heißt er nur noch der Tyrann.» Darauf beide durcheinander: «Es kann nicht mehr lange gut gehen. Der Liebling, der jetzt Joyeuse heißt, hat eine Schwester der Königin und ein Herzogtum bekommen; das verzeiht der Adel dem König nicht. Das Volk wieder vergißt nie, daß ein Mensch dieser Art und Herkunft bei seiner Hochzeit, die alle bezahlen mit ihren Steuern, gekleidet sein konnte wie der König selbst. In Frankreich war ein so großer Aufwand noch nicht gesehen worden. Siebzehn Festmähler, alles von den Steuern; Maskeraden, Turniere, und auf der Seine fuhren vergoldete Schiffe mit nackten Heiden – kein Anblick für das Volk, das wir so wenig als möglich erinnern sollten an seine Lasten.»

«Sondern wir müssen sie ihm abnehmen», sagte Henri. «Es kostet nicht viel, Wein aus dem Faß zu zapfen: weniger, als Blut aus den Menschen.»

Die verwöhnte Prinzessin von Valois, einst berühmt und besungen wegen ihres nahezu vermessenen Auftretens bei Prozessionen, senkte bescheiden die Stirn. Ihr ganzer Ehrgeiz war, die ländliche Fürstin zu bleiben wie bisher. Für ihren lieben Herrn wollte sie mehr, war seit langem einig mit ihm über seine Berufung – nur hätte sie diese gern hinausgeschoben. Ihr königlicher Bruder, den sie nicht liebte, konnte einen Erben bekommen: dann starb ihr Haus nicht aus. Oft fühlte Margot mit ihrem Bruder, nicht mit Henri; daher begriff sie, warum er seinen Lieblingen, die nichts weiter waren als schädliche kleine Abenteurer, dennoch Wohltaten zuwendete wie seinen eigenen Kindern. Er wollte sie dafür halten und sie dazu machen, damit er nicht unter den reißenden Tieren seines Traumes ganz allein wäre. Margot verstand ihn zuzeiten: das war, sooft sie allein saß und sann. Jetzt hat er auch den Bruder dieses Joyeuse zum Herzog erhoben und ihm die zweite Schwester der Königin gegeben. Er bezahlt nicht einmal mehr seine Soldaten; er sagt: «Wenn erst alle meine Kinder verheiratet sind, werde ich vernünftig.» Margot sann: ‹Seine Kinder!› Lange seufzte sie, versank in den Kerzenschein und bemerkte nicht, daß die Blätter ihres Buches sich wendeten vom Lufthauch.

Eines Tages war sie durch Nachrichten sehr erregt, auf der Stelle verlangte sie nach Henri, aber er war ausgeritten. Statt seiner erschien Fosseuse, die schlecht aussah, bleich, das Gesicht in die Länge gezogen und übellaunig. ‹Bald wird es zwischen ihm und ihr vorbei sein›, dachte Margot flüchtig; aber überwältigend war ihr Drang, sich mitzuteilen, wär es dem Mädchen, das an seiner Brust gelegen hatte wie sie. «Fosseuse!» rief die arme Margot und umarmte sie vor Bewegung – keine Gelehrte mehr, keine Prinzessin mehr, eine hilfesuchende Frau.

«Fosseuse, es ist komisch, wenn es auch furchtbar ist: sie wollen meinen Bruder, den König von Frankreich, ins Kloster sperren, weil seine Ehe unfruchtbar bleibt. Er kleidet sich aber von selbst schon wie ein Mönch, hat seine Schleifen und Federn wieder einmal abgelegt, seine Lieblinge fortgeschickt, und mit der Königin ist er gewallfahrtet, damit sie fruchtbar wird und ihm den Dauphin gibt. Er hatte nachher die Füße voller Blasen, die Königin aber bleibt unfruchtbar. Ist das nicht zum Lachen: Ja gewiß, es ist lächerlich, etwas so Einfaches nicht fertigzubringen, wie es das Gebären ist. Man bietet ein Schauspiel dem ganzen Hof, der den Leib der Königin spöttisch abschätzt. Den König aber sehen sie gähnen von seinen vergeblichen Anstrengungen, um Vater zu werden, und alle gähnen mit ihm. Ein lustiger Hof, ha, ha!»

Während ihres schwachen Versuches zu lachen, glitten ihre Hände an Fosseuse herab: so entdeckte Margot durch ein zufälliges Tasten, was sie noch früher erkannt hätte, wenn sie es hätte wissen wollen. ‹Die andere, Fremde, soll ein Kind bekommen von Henri. Ich nicht, ich habe etwas so Einfaches wie das Gebären nicht fertiggebracht. Anstatt den König und die Königin, verhöhne ich mein eigenes Geschick.› Sie fingerte an dem fremden Leib, bis das Mädchen böse wurde. «Was fällt Ihnen ein, Madame», keifte Fosseuse. «Das sag ich dem König, daß Sie sich an mir vergreifen.»

«Töchterchen, sei gut, wie könnt ich seinem Kinde weh tun!»

«Madame, auch noch Beleidigungen!»

Die ehemals Sanftmütige erstickte vor Zorn, ihr Hals lief blau an. «Wenn er nicht ausgeritten wäre, sollt er mir gleich bezeugen, daß ich fälschlich verdächtigt werde. Madame, alle will ich Lügen strafen. Madame, Sie mögen mich nicht und wollen mich stürzen», schrie Fosseuse, da sie wieder bei Atem war. Margot sprach um so leiser.

«Uns muß nicht jeder hören. Töchterchen, vertrau mir doch. Ich meine es mit dir wie eine Mutter. Wir beide können zusammen fortgehn, ich will dir selbst beistehn und Hilfe leisten.»

«Madame, Sie wollen mich töten lassen. Was Sie sich einbilden, ist nicht wahr.»

«Hör mich nur an. Wir nehmen als Vorwand unserer Reise die Pest, denn wirklich ist sie aufgetreten in einem Hause nah von hier, das dem König gehört.»

«Der König!» kreischte die Wütende, da sie Hufschläge hörte, stürzte aus dem Zimmer, stolperte und wäre zu Fall gekommen. Margot hielt sie aufrecht um seines Kindes willen. Kurz darauf aber trat er selbst bei ihr ein und zeigte sich erbittert gegen die arme Margot. Ihr glaubte er nicht, wie genau sie ihm alles erklären mochte. Er glaubte der albernen kleinen Lügnerin. Daran erkannte Margot zum erstenmal deutlich, daß ihr Glück zu Ende war. Sie verlor ihr Selbstvertrauen, das stolz gewesen war die Zeit über am Hof von Navarra. Mit der gesicherten Zukunft gab sie alsbald auch ihre Haltung auf und ließ ihre Natur ausschweifen wie nur jemals in Schloß Louvre.

Ihr geliebter Bruder d'Anjou, früher d'Alençon, traf etwas später zu Verhandlungen ein, und mit ihm sein schöner Oberstallmeister. Kaum erblickt, überwältigte dieser Edelmann die arme Margot und wurde der Herr ihrer Gedanken. Gegen ihren Bruder verstellte sie sich nicht. Als Mann und häßlich wie er, wäre sie ungefähr das gleiche geworden, ein Irrwisch, und hätte ihr Leben ganz vergeudet, anstatt nur Teile davon. «Champvallon ist der schönste Mann seit dem Altertum!» beteuerte Margot.

«Schneid ihm den Kopf ab», schlug ihr Bruder vor. «Balsamier ihn, setz ihm Edelsteine ein und führ ihn mit dir über Stock und Stein: das ist das Sicherste, wie du aus Erfahrung weißt, liebe Schwester.»

«Er ist die einzige Sonne meiner Seele! Mein schönes Herz, mein alles, mein Narziß!»

«Jedes Wort bestell ich ihm», versprach ihr Bruder, und tat es gern. «Deinem Hahnrei Navarra wird es eine Lehre sein. Er hat mich der Engländerin verleidet, und sie brachte mir doch jeden Morgen selbst die Schokolade. Nannte mich ihr Italienerchen und wollte immer fühlen, ob ich keinen geheimen Höcker hätte. Ha ha!» Das Lachen hatte er wie seine wohlgebildete Schwester – weich wie der Strich auf dunklen Geigen. Leider wurde der schöne Ton unheimlich, da er aus dem kleinen Körper kam.

«Mir ist, als würde ich eine gewisse Königin, die ihren Hof höchst satt hat, bald in Paris wiedersehen», sagte er später zum Abschied und fuhr dahin mitsamt der unvergleichlichen Antike, die ihm als Oberstallmeister diente. Margot aber reiste in ein Bad, nur ihre Mädchen und Edelleute begleiteten sie, nicht Henri. Er brachte Fosseuse in ein anderes Bad. Vorher hatte er sich dringend bemüht, damit beide Frauen dasselbe aufsuchten. Er hoffte, die Liebe zu ihm würde sie versöhnen – welchen Irrtum beide ihm übelnahmen, obwohl es der gewöhnlichste Irrtum ist. Henri beging ihn eigentlich wegen seines mitfühlenden Herzens, da er die arme Margot viel weinen sah. Nun weinte sie gewiß, weil Fosseuse ein Kind bekommen sollte und sie nicht, weinte über sich, die ihr Glück verloren hatte durch ihre Unfruchtbarkeit – beweinte ihre Unrast, der sie wieder verfallen war, und die neu hereingebrochenen Abenteuer. Aber auch dem Abenteuer, der schönen Antike, schickte sie Tränen nach; und es entschädigte sie, daß wenigstens diese Trauer ihr eigenes Werk und keine Demütigung durch andere war.

‹Wenn du wüßtest!› dachte sie in ihrem gequälten Herzen, weil Henri sie drängte, mit ihm und Fosseuse in dasselbe Bad zu kommen. ‹Ich hasse dich und liebe nur meinen Narziß!› So war es nicht; Margot haßte Henri hier noch durchaus nicht; durch Bemühungen aber, die man zuerst selbst nicht ernst meint, kann es schließlich wahr werden. Da Henri wählen mußte, entschied er sich für seine Geliebte anstatt für seine beste Freundin und führte sie oberhalb von Pau in das Gebirge, Eaux-Chaudes heißt der Ort. Er war einsam und schwer zugänglich. Vor der Ankunft bei den Bädern mußte man durch eine der gefährlichsten Stellen der Pyrenäen, «das Loch» genannt, und dies mit einer Frau in den Umständen wie Fosseuse.

Hier kam denn auch die neidische Rebours dahinter: solange hatte sie noch an ein Magenleiden geglaubt, infolge zu vieler Süßigkeiten. Sie behielt ihre Kenntnis für sich allein und benutzte sie nur, um die verhaßte Geliebte zu ängstigen, sooft sie allein waren. Die arme Margot konnte sich nichts Besseres wünschen. Grade darum hatte sie Rebours den Reisenden mitgegeben; ihr Geist weidete sich wenigstens an dieser einzigen Rache, wenn sie badete, allein und verlassen in Bagnères. Das Städtchen liegt an flacheren Abhängen, im Lande Bigorre, nicht in dem hugenottischen Béarn, das zu betreten Margot verschworen hatte, seitdem sie in Pau beleidigt worden war wegen der Messe.

Die arme Margot, sie verließ ihr Gefolge, irrte durch Wälder, und da sie zu ihrem Schutz einen Dolch bei sich trug, ritzte sie Worte in die Felsen. Zuerst war es der Name ihrer verlorengegangenen Antike, ihres Narziß, ja, seine körperlichen Vorzüge fügte sie im Umriß hinzu. Dabei weinte sie alle Tränen ihres Leibes, bis sie selbst nicht mehr sah, was sie tat. Als sie ihre Augen getrocknet hatte, las sie die zuletzt geschriebenen Buchstaben, und diese ergaben: Henri. Die arme Margot wurde wütend, sie setzte dahinter ein Kreuz. Dann weinte sie um so heftiger.

In Eaux-Chaudes inzwischen war alles eifrig beim Genuß der Natur und ihrer wunderbaren Kräfte. Eine Frau besonders, die sich in die heißen Quellen legt, ist sicher, glücklich niederzukommen. Andererseits ist dieses Wasser wirksam für die Heilung aller Verwundungen und gegen die Schmerzen, die verursacht sind durch häufiges Nächtigen im Freien auf kaltem Erdboden sowie durch alle übrigen Mühen des Krieges. Beide, Fosseuse und Henri, benutzten das Bad viele Stunden lang. Lauben aus Blättern faßten es ein, und diese waren eigens angefertigt für den Aufenthalt und den Arbeitern bezahlt mit sechs Pfund. Unter jeder Laube badete ein kranker Offizier oder sonst ein Gast, dem Henri alle seine Kosten vergütete, damit in der Welt die Rede wäre von den Quellen der Pyrenäen. Dichter wie Du Bartas verfaßten Verse auf sie und empfingen gleichfalls den Lohn. Den Weg herauf mitsamt seinen Gefahren machten daher viele Leute: der König von Navarra war immer umringt. Seine Schwester, die während seiner Abwesenheit in Pau das Land verwaltete, schickte ihm Berichterstatter auf Maultieren. Auch schwankten die steilen Pfade hinan Maultiere mit Schläuchen voll Wein. Tätigkeit und geselliger Eifer belebten das Hochgebirge.

Margot, dort unten, bewohnte eine bequeme Stadt, Bagnères, mit gutgehaltenen Thermen: schon die Damen und Herren des Altertums haben dort gebadet und den Sprudel getrunken. Die besten Häuser waren alle belegt mit der Begleitung der Königin von Navarra; um sie her schwirrte man, duftete, und redete ihr zu Ehren gut. Sie aber bedachte unablässig, was alles ihr geliebter Herr dort oben aufwendete an Mühen, Aufmerksamkeiten und Geduld – für Fosseuse, die seinen Sohn im Schoß trug. Die unfruchtbare Margot war alleingelassen. Sieh selbst zu, ob dieses Gewässer auch dich endlich fruchtbar macht. Solange bleibt dein geliebter und gehaßter Herr bei der anderen, die das Kind schon im Schoß trägt!

Trank sie den heißen Quell und legte sich hinein, dann war es ihr, als tränke sie das Nichts, läge in der steinernen Zelle wie eine Entschlafene. Schnell mußten laute, frohe Reden angestimmt werden durch die offenen Türen der Badestuben, längs des geweißten Ganges. Sie wollte Verse und ihre eigene klangreiche Stimme hören. Was sie überdies anhörte und täglich verschlang, inbrünstiger als das Heilwasser, war die heilige Messe, war der Zuspruch durch den Priester und das Gebet um das Kind. ‹Es wird sein: ich fühl es, es ist verheißen. Ich werd in meinem Schoß seinen Sohn tragen: dann verstößt er mich nicht und nimmt nicht Fosseuse. Ich muß ihn nicht hassen. Er soll König von Frankreich sein, ich seine Königin, der Dauphin wird geboren aus meinem Schoß. Das Glück ist erreicht, eingetreten ist die Ruhe. Nicht vergeblich war unsere große Liebe, die Blutschuld, wir beide soviel umgetrieben. Ruhe, Ruhe, und das Glück!›

Als die arme Margot zurück nach Nérac fuhr, glaubte sie fest, sie wäre vorbereitet. Nun zog ihr geliebter Herr eines Morgens den Vorhang von ihrem Bett; angstvoll und verlegen bat er um ihren Beistand für Fosseuse. Sie möge ihm verzeihen, daß er bis jetzt verheimlicht hatte, was geschehen war. Darauf sagte sie: Soviel ihr von ihm auch immer käme – und konnte nicht weitersprechen. Ging aber in das Zimmer der Wehmutter, nachdem sie alle fortgeschickt hatte, denn bis zuletzt hatte Fosseuse die anderen getäuscht – und dort half

Margot, die hier die Demut erreicht hat, ein Mädchen zur Welt zu bringen. Es war kein Sohn, die Gefahr war überstanden, Fosseuse sollte sie nie verdrängen. Henri ließ sogar zu, daß Margot die Abgedankte mit an den Hof von Frankreich nahm, als sie dorthin aufbrach. Das war ein bequemer Abschluß für Henri und erleichterte ihn.

Für Margot war es mehr. Sie reiste, zuerst um ihrer Würde willen; denn wäre sie nicht die Schwester des Königs von Frankreich, die sich herabgelassen hatte zu Henri, bevor sie für ihn sogar die Demut erlernte – ist sie doch immer eine Frau. Zwar bleibt sie unfruchtbar, hofft auf den Sohn nicht mehr, und auch nicht mehr auf Ruhe. Sie entfernt sich im Grunde, damit der Kampf zwischen ihr und ihrem geliebten Herrn nicht ausbricht, während sie noch beisammen sind, und nicht der Haß, solange sie noch Bett an Bett liegen. Nichts anderes bewegte sie anfangs; aber natürlich wurde Margot benutzt für die gewohnten Pläne, den König von Navarra an den Hof von Frankreich zu ziehen – als ob die Gefahren dieses Hofes ihr weniger bekannt gewesen wären als ihm. Indessen leugnete sie alle und beschrieb in ihren Briefen seine Feinde als ganz heruntergekommen, Guise gealtert, sein Bruder Mayenne entsetzlich fett. Warum tat die arme Margot es?

Sie schrieb: «Wären Sie hier, Ihnen würden alle sich anbieten. In acht Tagen bekämen Sie mehr Freunde, als Ihr Leben lang dort unten.» Und das schrieb sie, weil sie es wünschte, stolz wie sie war auf ihren Herrn. Es konnte sogar die Wahrheit sein, oder die eine Seite der Wahrheit. Die andere dagegen blieb, daß ihr Herr den Guise verhaßt und bei ihrem königlichen Bruder nicht beliebt war. Da die Bartholomäusnacht von Karl dem Neunten nicht aufgehalten worden war, was konnte wohl sein Nachfolger verhindern. Schwach war dieser; so ungleich, verstört, gehetzt und alleingelassen war kein König gewesen. Die Herren von Lothringen sahen in Wirklichkeit anders aus, als Margot sie beschrieb. Die Stadt war voll ihrer Reiterei: sie ernannten, hoben Steuern ein und befahlen, nicht aber der König. Hätte Henri sich hinbegeben in die Mörderhöhle, die er kannte, der König von Frankreich begrüßte ihn vielleicht dennoch als seinen Retter, aber die Guise? Navarra, der einzige, der ihren Plänen noch im Wege war, wie sie dem König von Spanien ausdrücklich meldeten, was hätten sie getan mit Navarra? Man tötet nicht mehr eigenhändig, wenn schon gleich der Thron erreicht ist. Das war zur Zeit des Admirals Coligny. Jetzt veranstalteten Guise und seine Liga, sooft sie wollten, eine Volksbewegung: darin wäre, wie zufällig, Navarra umgekommen.

In Nérac bestand hierüber kein Zweifel; der Geheime Rat erwog es, Mornay setzte es auf. Las nun Henri die Briefe der armen Margot, dann hielt er sie für Verräterei, er konnte gar nicht anders – und sie waren einesteils wohl auch das. Abgesehen davon sprachen ihre ehrlichen Herzenswünsche für die Größe ihres Herrn. Da es aber mit ihr dahin kommen soll, verwirrt und entwertet Margot selbst ihr Verdienst, und Henri erkennt es nicht mehr.

Ihre doppelsinnigen Einladungen beantwortete er mit einer offenen Kränkung. Er verlangte, daß sie Fosseuse nicht fortschickte, sondern immer um sich behielt: damit beendete er absichtlich den gütlichen Verkehr. Übrigens dachte er damals schon nicht mehr an Fosseuse. Er war inzwischen von einer neuen Frau beglückt und hingerissen worden. Keine leichte Zärtlichkeit spielte sich diesmal ab und noch weniger eine Leidenschaft, dunkel wie Schicksal oder wie Blut. Als Henri diese Dame aus Bordeaux näher kennenlernte, gefiel ihm ihr selbstgewählter Name Corisande, der sie zu einem erlesenen Geschöpf wie aus romantischen Dichtungen machte. Ihn überraschte ihr phantastischer Aufzug, ein kleiner Narr, ein langer Mohr, Papageien, Affen und anderes mehr, womit umgeben sie zur Messe ging. Die Gräfin von Gramont war klug, sie war wohlredend und besonders war sie reich. Anstatt anderer Schönheiten hatte sie eine sehr weiße Haut. Da sie eine Freundin seiner Schwester war von Kindheit auf, hatte Henri sie auch früher schon gesehen. Jetzt auf einmal große Liebe, oder was er dafür hielt.

Zweifellos hat vom ersten Tage an die Dame ihn mehr geliebt als er sie. Sie hat ihn sogar vorher unbekannt erträumt, und ihr ganzer Aufzug war bestimmt, ihm aufzufallen. Er geisterte durch ihre Nächte, seitdem Fama seinen Namen ausrief, und sie hatte sich vorgesetzt, seine Muse zu sein. Die Muse eines großen Fürsten und Soldaten wird ihm Regimenter aufstellen mit ihrem Geld, nach Schlachten und Siegen wird sie ihm ihre weißen Arme öffnen. Besonders wird sie ihn schreiben lassen, Briefe und kein Ende; bei ihr wird er der unvergleichliche Schriftsteller sein. Das wird dauern die ganzen Jahre, bis der Ehrgeizige sich ausgestürmt hat. Dann wird es aufhören auch darum, weil das Antlitz der Muse nicht mehr blendend, sondern rot gefleckt ist. Diese wird, wie jede andere, enttäuscht und bitter sein, uneingedenk der erfüllten Aufgabe, die selbst erwählt war wie der Name Corisande.

All und jedes liegt verschieden bei Margot. Er schreibt ihr keine schönen und meisterhaften Briefe. Sie ist da, wenn ihr Körper da ist. Unverlierbar ist sie nicht, das ist keine; sie aber hat seine Jugend durch und durch geformt, mit Zauber und mit Fluch: beides geht ans Leben, anders als bei edlen Musen. Sie wird keine Regimenter aufstellen für ihren einzig geliebten Herrn, wird eher gegen ihn die Truppen schicken. Denn sie ist die unfruchtbare letzte und soll ihn vergeblich aufzuhalten suchen auf seinem Weg zum Thron. Sogar mit der Liga des Guise und des Teufels selbst wird sie sich zuletzt noch verbünden gegen ihr eigenes Haus, nur aus Haß gegen ihren geliebten Herrn. Als ihr Bruder Irrwisch tot ist, wird sie verstört umherfahren statt seiner, wie man sich benimmt beim Einsturz des Hauses; und gehetzt von dem Haß ihres Bruders König verschwindet sie schließlich als eine Frau allein – konnte nicht einmal mehr schaden, so allein, und verschwindet. Margot!

Noch ist sie im Louvre und will Henri dorthin locken mit den Beschreibungen der Feste. Natürlich weiß sie, daß er eine neue Freundin hat: darüber schweigt sie, aber sie rächt sich. Leider heiratet der unvergleichliche Narziß, sie ersetzt ihn bald und reichlich. Ihr königlicher Bruder wirft ihr, auf offenem Hofball, alle Namen ihrer Liebhaber ins Gesicht. Nächsten Tages muß sie fort, entehrt, verlassen, ja, noch auf ihrer Rückreise nach Süden wird sie plötzlich aufgehalten von Offizieren des Königs und durchsucht wie eine Diebin. Wer aber reitet ihr entgegen und nimmt sie mit sich in sein Schloß, zeigt sich mit ihr am Fenster? Wer ist gut für Margot, umarmt sie wortlos, damit sie weiß: einer leidet mit ihr, schämt sich auch mit ihr?

Am Abend saß sie neben Henri, der sich zum Schein unterhalten ließ von seinen Edelleuten: nur, damit er nicht viel sprechen mußte, besonders nicht zu Margot. Ihr wäre die Stimme erstickt, man sah sie wortlos weinen. Das waren Freudentränen, weil er gut war. Hinein mischten sich Tränen der Erbitterung über ihre eigene Ohnmacht. ‹Er liebt, und diesmal ernstlich! Ich bin allen im Wege, seiner Geliebten mit dem lächerlichen Namen, die mich noch vergiften wird, und darum ihm selbst. Was hilft gut sein. Ich bin schon nicht mehr da.›

Gerade in diesem Augenblick suchte er unter dem Tisch ihre Hand und drückte sie. Zuerst erschrickt sie. Befangen in ihren Ängsten, denkt sie schon: ‹Abschied von Margot!› Dann erschrickt sie nochmals, aber vor Freude, weil es soweit nicht ist, und das Schlimmste ist noch aufgeschoben. Das Blut strömt ihr zum Herzen; schnell, heimlich beugt sie sich über seine Hand und küßt sie. Nachher hält sie sich im Gegenteil sehr gerade, weint nicht mehr, blickt niemand an – hat begonnen, sich im voraus zu entfernen von hier, fühlt es, will sich selbst zurückrufen, findet keine Wiederkehr. Margot! Nie mehr? Wende dich her, wenn du kannst! Du kannst nicht? Mußt verblassen, mußt entschwinden? Margot!

Das Begräbnis

Der letzte König aus dem Hause Valois liebte zu tanzen, und dies für sich allein, auf kindische Art, aber immer mit dem verdunkelten Gesicht, das er nicht ändern konnte. Plötzlich fiel ihm ein, den sorgfältig ins reine geschriebenen Akt beiseite zu legen und seinen Pelzrock auszuziehen. Weißseidenes Wams und schmale Hüften, eine verspätete Knabengestalt, so bewegte er sich hin und her vor einem Spiegel, den seine Diener eigens hinstellten. Eine entfernte Musik spielte zu dem Zweck, und der König im stillen Zimmer machte gewählte Schritte, erging sich in Haltungen und Figuren, deren Anmut maßlos war. Unter gesenkten Lidern sah er in dem hellen Glas sich selbst nach wie einem Fremden. Das war nicht er. Leider fühlte er sich nicht als heiteren Tänzer, nicht vom Himmel begnadet, leicht und ohne Erinnerungen. Ihm folgten sie auf Schritt und Tritt: nur die ersehnte Gestalt im Spiegel hatte keine – hatte auch keinen Kopf, denn der Rahmen schnitt ihn ab. Sein Kopf, von schwärzlichen Geistern umschwebt, sann dem Ende nach.

Sein Bruder Franz war hoffnungslos erkrankt; das Blut trat aus ihm, wie einst aus seinem anderen Bruder Karl. In Flandern hatte er den Rest seiner Kräfte unnütz wie alle früheren vertan, lag jetzt und starb. Der König war kinderlos, und hoffte auf keinen Dauphin mehr, denn nichts hatte geholfen, weder die Bäder der Königin noch die große Wallfahrt mit Füßen voll Blasen noch ein inständiger Bittgang des ganzen Hofes durch die Kirche Notre-Dame.

Alles war getan; Angst, Ruhelosigkeit und die Qualen des Ungewissen hätten halbwegs zurückbleiben sollen hinter einem, der allein auf das Ende zugeht. Indessen mit der beschlossenen Unfruchtbarkeit und dem höheren Urteil, auszusterben, findet man sich nicht auf einmal und endgültig ab – nicht Valois kann es. Zweihundert Jahre der Herrschaft seines Geschlechtes sind herum, er soll sie abschließen. Nur zeitweilig scheint ihm das Opfer schon gebracht; unbeirrt und unbetrogen hält er den Sinn auf das Ende gerichtet und übt sich im täglichen Schauder des Endes, bis auch der vielleicht abgenutzt sein wird und der Tod keinen Schrecken mehr hat. Der Tod wäre zuletzt nicht furchtbarer für den Inbegriff ganzer Zeitalter und eines aussterbenden Königshauses als für einen einzelnen Menschen in seiner Schwäche.

Um dies womöglich zu erreichen, tanzte der König allein, oder fing stundenlang einen kleinen Ball in einem Schälchen auf, oder schlang sich ein blaues Band um den Hals, daran hing ein Korb mit jungen Hunden. Die krochen und winselten: sie lebten, besorgten es für ihn, er brauchte sich nicht zu rühren. Als der Tod seines letzten Bruders ihm gemeldet wurde, stand er selbst ganz wie ein Toter; erwachte auch nicht, antwortete nicht. Die Eingedrungenen verstummten darüber, sie waren versucht, ihn mit dem Finger anzustoßen.

Der Hof erwartete von ihm, daß er jetzt wieder einmal den Mönch spielen würde, im Chor singen mit den anderen Brüdern, bei goldenen Leuchtern und Räucherfässern, die er selbst entwarf aus Sehnsucht, etwas zu erzeugen. Nein, er veranstaltete Trauerfeierlichkeiten, schön wie eine Hochzeit. Das Volk mußte an ihnen teilnehmen, bezahlte sie übrigens so gut und so teuer wie die Hochzeiten der königlichen Lieblinge. Die ganze Geistlichkeit war aufgeboten für das Trauergeleit, darunter dieselben Priester, die von der Kanzel predigten gegen den König. Auf sie folgte der Sarg, getragen von Edelleuten des Toten, und hinter ihm der König – von seinem Haus, das in Särgen lag, nur noch er. Man wunderte sich: der Valois handelte, als wollte er besonders zur Schau stellen, wie allein er war, jetzt und immer. Schwarz verhangene Straßen, und in dem Zuge ging er allein, ohne seine unfruchtbare Königin, mit Abstand von allen anderen, lauter Fremden. Vor ihm der Sarg seines letzten Bruders war eingehüllt in Fahnentuch aus Feldzügen, die der Verstorbene geführt hatte mit zweifelhaften Ehren, und manche gegen seinen königlichen Bruder. Dieser hatte ihm den Tod gewünscht, und nun der Wunsch eingetroffen war, ging er im Zug allein, zwischen dem Sarg und den Fremden.

Den Vortritt unter seinem Gefolge hatten die Günstlinge Joyeuse und Epernon, er hatte sie ausgestattet mit Herzogtümern und ihnen die beiden Schwestern der Königin gegeben. Dann kamen schon gleich seine Feinde, die ihn gegen seinen Willen zu beerben dachten, die Guise.

Sie traten größer auf als sogar der König, ihr eigenes Gefolge prangte zahlreicher, viel edler die Pferde, die man an den Zügeln mitführte. Sie selbst waren Gestalten von hervorstechender Machtfülle. Der Herzog von Guise hatte inzwischen harte Züge bekommen. Er strahlte nicht mehr hell wie einst über Volk und ehrbare Leute hin, der Traumheld ihrer Frauen. Das hatte er nicht länger nötig: so wenig das Verführen wie das Beschenken. Jetzt wurde befohlen. Weder Bürger noch Bauer wurden um ihre Stimme ersucht, sondern wer der Liga nicht beitrat und dem Führer blinden Gehorsam schwor, war verloren. Tu Arbeitsdienst und leist ihm deine Wehrpflicht! Zahl ihm Abgaben, sei tagelang auf den Beinen trotz deinen Krampfadern, bei allen Kundgebungen der Partei, sooft er ihre Massen aufruft! Wo nicht, verlierst du Arbeit und Absatz, du bist geächtet, nur dem Spion und Verräter, der dich ausliefert, lohnst du die Mühe. Wer nachher deine Leiche findet, macht einen Bogen.

Ein mörderischer Geheimbund schwillt an unaufhaltsam, er legt sich über den Staat und saugt ihn in sich auf, während die Gesetzlichkeit nachgerade kraftlos aussieht wie dieser König unter seinem Baldachin bei dem Begräbnis seines letzten Bruders. Heute beredet der halbe Trauerzug – Geistlichkeit, Armee und Hof, die ehrbaren Leute und das Volk, alle bereden heute seine Nachfolge, nicht anders, als begrüben sie ihn selbst. Morgen werden seine eigenen Lieblinge zu den Guise überlaufen, die Liga wird ihn lebend von der Erde vertreiben, ihn fortdrängen auf einen letzten Fleck, bis jemand ihn tötet. Er weiß im Grunde viel voraus – zwingt sich, aufrecht zu schreiten unter seinem Dach aus gewirktem Gold, und hört, was nicht für ihn bestimmt ist: wie sie untereinander seine Provinzen verteilen, ihre Ansprüche anmelden auf die Ämter, Finanzen und die Kriegsmacht. Er hört es nicht wirklich, der Abstand zwischen ihm und allen wäre zu weit: er fühlt. Sein Inneres zittert von Ahnungen, die Geräuschen gleichen. Er schließt die Augen und meint bei Nacht durch einen gefahrvollen Wald zu irren. Wer verteidigt ihn? Da schrickt er auf – ein Getümmel. Auf den Stufen dieser Kirche schreit ein Haufe: «Valois, verrecke!» – was ihm nicht neu ist. Dergleichen wird bestellt und bezahlt, er weiß von wem. Einschreiten der Wache, die Schreier flüchten, Gedränge, der Zug kommt ins Wanken. Der Baldachin sinkt, er knickt langsam ein über dem König, der sich bückt, der ein Knie beugt, dann beide, endlich aber legt er sogar die Stirn auf die Steine.

Als er aufgerichtet und wieder ganz bei Sinnen ist, haben die Guise ihn zu seinem Schutz umringt. Sie verdecken ihn dem Volk, das nur sie erblickt und ihnen zuruft. Der Kardinal von Lothringen zeigt ohne Scham ein großartiges Verbrechergesicht. Der zweite, Mayenne, stellt mehr Leibesumfang zu Schau, als tückische Menschen haben können: das ist erprobt und bekannt. Der Herzog – «Großer Mann!» spricht sein besoldeter Chor. «Heil!» brüllt sein mörderischer Geheimbund, den er total und eins mit dem Land will. Dies ganze Volk ein mörderischer Geheimbund, das denkt er zu erreichen, nur wenig steht hinderlich davor, wie er meint. Der Herzog – «Großer Mann! Heil!» – macht keinen Gütigen mehr, sondern den Strengen. Seine Maske ist gewulstet von harten Muskeln, die Entschlossenheit verkünden. Er wird zwar das Königreich unter zwölf seiner obersten Schurken aufteilen nach der Verdrängung des Königs in den letzten Winkel, und alle Unterschurken sollen stehlen und töten dürfen. Vorausgesetzt bleibt ihre eigene stramme Unterwerfung, sonst werden sie selbst die viere von sich strecken und starr sein anstatt stramm. Das ist beschlossen, seht die Muskelbündel um den Mund des Führers. Töten und getötet werden, eine Bartholomäusnacht ohne Ende soll das Reich des Führers sein, heil!

Da sie ihn eng umgaben und der Abstand ihm genommen war, entfiel dem vergessenen König sein ganzes Wissen, soviel er sonst spürte und nahen hörte. Er nahm einen der Jungen des Guise, der Herzog hatte Söhne, nicht unfruchtbar, nicht unfruchtbar – nahm ihn und zog ihn an sich, wie einen eigenen. So wohnte er der kirchlichen Handlung bei, und auch den Weg zurück in sein Schloß machte er inmitten seiner Mörder und der Mörder seines Landes – die ihn wenigstens diesmal noch schützten. Der Zug vermehrte sich um ihre Edelleute und Söldner, auf allen Plätzen stießen sie zu ihm. Was der Zug nachgerade vor Augen führte, war nicht mehr die Trauer um einen Valois, war schon die anbrechende Macht der Guise. Der letzte Valois hielt den Arm um eins ihrer Kinder, er ging im Takt der Trommel, die ihre Truppen schlugen – für sie, nicht für ihn. Sein war einzig, unter dem weiten, harten Himmel dieses Reiches, ein schrilles, armes Totenglöcklein: das schwang ferner und ferner.

Die Muse

Die Liga in ihrem Eifer für die römische Kirche, für Guise, mehr oder weniger wissentlich aber nur für die Auflösung des Königreiches und für Spanien – die heilige Liga hatte noch eine, wenn auch unbedeutende Sorge. Es war der König von Navarra, der sie zwar im Ernst nicht aufhalten konnte. Wenn eine so herrliche Bewegung durch ein erwachtes Volk geht, muß sie fraglos ans Ziel führen. Schlechthin alles spricht für sie, namentlich die Ehre der Nation, die eine anerkannte Schande, hier ist es die Ketzerei, nun einmal nicht länger tragen will. In solchen Fällen ergibt sich auch, daß die «Schande» wenig Geld, die «Ehre» dagegen viel hat. Ebenso steht es infolgedessen mit den Soldaten. Sie sind fast alle auf seiten der «Ehre»; anders kennt man es gar nicht.

Man darf nichts versäumen, und der König von Navarra machte mehr von sich reden, als gut war. Die Liga beschloß, es sollte aufhören. Sie ließ den König von Navarra beobachten und erhielt Nachricht, daß er sich unausgesetzt zu der Gräfin Diana Gramont begab, in eines der Schlösser dieser reichen Dame. Die lagen aber in der Guyenne; der König von Navarra war dort leichter zu fangen. Die Liga verteilte Reiterei allerorten, wo er hätte vorbeikommen können. Leider zeigte er sich niemals gerade dort, denn er wußte, daß er sollte geschnappt werden, und vermied die Schnapphähne. Er wurde mit Nachrichten noch besser versehen als die Liga, und zwar von der Gräfin Gramont selbst. Durch die Umstände, weil ihr Freund es schwer hatte, sie zu besuchen, entstand bei ihr der Mittelpunkt seines Kundschafterdienstes. Wenn sie ihm abraten mußte zu kommen, dann schrieb er – und bekam seinen stärkern Stil zu derselben Zeit, da er aufbrach nach seinem größeren Ziel. Eines Tages, da sie in Bordeaux war, schrieb er an seine Muse.

«Meine Seele!» schrieb er. «Der Diener, den sie statt meiner fingen bei der Mühle, war gestern wieder bei mir. Sie haben ihn gefragt, ob er nicht Briefe bei sich hätte, und er sagte ihnen: ‹Ja, einen.› Den gab er ihnen, und sie öffneten ihn und reichten ihn zurück. Es war ein Brief von Ihnen, mein Herz.»

Hierbei lachte der Stilist in sich hinein. Er bedachte, wie gut es sein kann, Liebesbriefe zu schreiben, darin schlägt der Puls der Natur. Sie schämen sich wohl gar ihres groben Verdachtes, während sie dem Diener das Papier zurückgeben und ihn entlassen. Infolgedessen entgeht ihnen noch immer, daß meine Seele mir für ihr Geld Gascogner Soldaten ausrüstet: bis jetzt zwölftausend, aber das ist nicht alles. Sie schuldet mir das Doppelte, und von ihr erreich ich's. Die Frau ist ehrgeizig. Sie liebt einen König ohne Geld, ohne Land und ohne Soldaten. Sie ist die erste Geliebte, die mich nichts kostet, sondern draufzahlt. Es soll sie nicht reuen. Hierbei wallte sein Blut, im Augenblick vergaß er die Soldaten, das Geld, schnell schrieb er noch: «Morgen mittag wird aufgebrochen – ich auch, und will Ihre Hände verzehren mit Küssen. Guten Tag, Du mein höchster Besitz. Behalte lieb Deinen Kleinen!»

So war es. Ihr Kleiner schrieb der Beschützerin und Muse. Nur ihre Hände nannte er, sonst nichts von ihrem Körper, während ihm das Blut wallte. Sie hatte ihn Achtung gelehrt und eine früher unbekannte Veredelung des Ausdrucks von Gefühlen – die im übrigen sich gleich blieben. Nächsten Mittag ritt er nach Bordeaux wie vorgesehn: gespannt, was sie sagen würde zu dem lächerlichen Gefecht, das er grade geliefert hatte gegen einige Leute des Königs von Frankreich. Zwei Tote sind der Verlust, die Beute besteht in fünf Pferden: sie wird schelten, weil das seiner unwürdig ist. Dennoch geht es auch dabei um das Leben, nie um weniger. Behalte lieb deinen Kleinen!

Da reißt er am Zügel. Blauer Wald hinter weiten Wiesen, der Fluß Garonne umspült sie. Vor dem Rand des Gehölzes erscheint eine Reiterin. Sitzt quer auf dem geräumigen Pferderücken, ihr weißes Kleid hängt tief herab, die Sonne macht es glitzern. Sie neigt sich in der Hüfte vor, sie senkt ein wenig die Stirn, um Henri zu erkennen. Die Bewegung ist ohne Schwere, die Erscheinung überirdisch, vom Himmel hernieder steigt sie mit Versprechungen vom Ruhm und Größe. «Eine Fee!» ruft er, gleitet vom Sattel und läßt sich auf das Knie. Sie winkt ihm aber mit ihrer Hand, das Licht macht die Steine blitzen. Alsbald eilt er; schon deutet sie ein Ausbreiten der Arme an. Ganz wenig knickt sie ein zu seinem Empfang, wendet selig das Gesicht nach oben. Er verzehrt ihre Hand mit Küssen, sie drückte auf seinen Scheitel ihre Lippen.

Die Szene war ihrer würdig, und beide schwelgten darin – Henri hauptsächlich aus frommem Entgegenkommen für die Frau und ihren Namen Corisande. Dieser verpflichtete zur Darstellung der gehobenen Gefühle. Am Ufer des Flusses unter Pappeln ließen sie sich nieder. Er war nicht ohne Sorgen wegen der beiden Pferde, die aber ruhig weideten. «Meine große Freundin», schwärmte er. Sie sagte bittend und dennoch huldvoll: «Sire!» Ihre weiten Augen voll eines ungläubigen Glückes gingen über die stille Landschaft hin, die Bäume, die nur wisperten, das murmelnde Gewässer. «Sie und ich allein!

Wir wissen nichts vom Krieg, die Schrecken der Pest sind uns nie zu Ohren gekommen. Das muß wohl in der Welt sein, hierher dringt es nicht. Die verräterischen Anschläge suchen uns vergebens, so fern von allen Menschen.»

Er rückte ein wenig die Schulter – nach dem Busch, hinter dem er seine Begleiter gelassen hatte. Die ihren warteten in dem Wäldchen, er unterschied mehrere. Alle sollten hervorkommen, wenn hier das Idyll zu Ende genossen war. Henri wurde beredt, er beschrieb der Geliebten die Insel, wo sie leben wollten. Kürzlich hatte er sie entdeckt. Ein Kanal umschlang das liebliche Eiland von Gärten, durch die man auf Kähnen glitt, und Vögel sangen von allen Arten. «Hier, meine Seele, nimm ihre Federn. Fische hätte ich dir noch lieber mitgebracht. Schauerlich, was es dort Fische gibt, und geschenkt, ein großer Karpfen drei Groschen, fünf für einen Hecht.» Unwillkürlich geriet er aus den Gefühlen in die Tatsachen. Daher sagte auch sie, daß er ihr eine ausgezeichnete Pastete geschickt habe. Was die zahmen Eber betraf, waren sie aufbewahrt im Park ihres Schlosses Hagetmau, und sie konnte sich nichts Hübscheres denken als ein reißendes Tier mit so vielen Stacheln. «Sire, Sie treffen unfehlbar den Geschmack Ihrer Dienerin. Ich werde Ihnen danken müssen bis an mein Lebensende.» Das sagte die Dame einerseits wohl mit Ironie, und diese war mütterlich. Wie denn auch. Ihm gleichaltrig, in Wahrheit reifer als er, sah die Zweiunddreißigjährige überlegen zu, wie seine Hände sich an ihrem Körper verirrten. Als wäre sie es nicht selbst, blieben die Flächen ihres Gesichtes völlig weiß, die Augen gelassen zärtlich. Sie wußte, was sie wollte und glaubte ihn zu lenken. In diesem Augenblick schonte sie seine königliche Eigenliebe, daher erwähnte sie seine Geschenke und ihre Dankbarkeit, wenn auch mit spöttischer Nachsicht. Dann erst ging sie zu ihren eigenen Wohltaten über: die waren viel größer und versetzten ihn in ihre Schuld – für immer, wie sie hoffte.

Die Dame klatschte in die Hände, aus dem Gehölz hervor sprengten zwei Reiter: fremde Offiziere. Erst als sie absaßen, erkannte Henri, daß sie an ihren Schärpen seine Farben trugen. Sie schwenkten ihre Federhüte über den Boden hin und baten die Gräfin Gramont um die Erlaubnis, ihr neues Regiment dem König von Navarra vorzuführen. Sie winkte gewährend. Nochmals die Hüte über den Boden und ab im Galopp: kaum hatte Henri sich gefaßt. Niemand war begabt, ihn zu überraschen und in ein Reich der Wunder zu versetzen, wie Corisande.

«Sire! Ich bin selbstsüchtig», sagte sie, um jeden Dank abzuschneiden. «Ich will Sie groß sehen.»

Er sagte: «Vielleicht verlieren Sie an mir Ihr Geld. Nicht einmal als König von Frankreich hätte ich genug, um Ihnen gebührend zu lohnen, was Sie jetzt tun.»

Die Begeisterung für seine «große Freundin» ergriff ihn. In seine Augen schossen die Tränen; er mochte wollen oder nicht, er mußte huldigen. Die Frauen sind der Maßstab: ob sie ihn begeistern oder er sie mißachtet. Sie sind das Leben selbst und wechseln mit ihm an Wert. Gräfin Diana erreichte heute den allerhöchsten, und sie begriff es. Verdienstvoll war es, daß sie ihn nicht aussprechen lassen wollte, was er nachher bereuen mußte, und sehr klug, daß sie ihn aufhielt.

«Sprechen Sie nicht, Sire! Wenn Sie einst in die Hauptstadt Ihres Königreiches einziehen, werden Sie zu einem Balkon hinaufblicken. Das ist alles und ist genug.»

«Sie sollen mit mir einziehen, Madame.»

«Wie wäre das möglich?» fragte sie in angstvoller Erwartung – und leider ist die Klugheit vergessen, wenn das Herz klopft.

«Denn Sie werden meine Königin sein.» Hierbei erhob er sich feierlich und blickte umher wie nach Zeugen, so viele in der Nähe wären. Wirklich traten aus dem Busch seine Leute, ihre aber zeigten sich drüben. Nun geschah es, daß er sich plötzlich verdüsterte, mit dem Fuß aufstampfte und eine schneidende Stimme annahm, um zu sagen: «Wer verriet mich wohl, damit meine Feinde mich finden, haben aber nur den Diener geschnappt? Ich weiß es. Die selige Königin von Navarra!»

So sehr haßte er Margot, daß er sie tot sagte. Sie hatte ihn verlassen, befestigte sich in der Stadt Agen und arbeitete für seinen Untergang. Er wünschte den ihren. Die Frau ihm gegenüber erschrak: ein Element stand vor ihr auf. Was bin ich daneben? Eine Fremde. Was soll von mir bleiben? Seine Briefe, lauter Worte, und die richtet er an sich selbst. Nur wer allein ist, spricht zu einer Muse. Diesen Atemzug lang war es ihr bewußt. Sie nahm voraus die unendlichen Bitternisse vieler Jahre, immer betrogen, niemals geheiratet, schließlich schämt er sich auch noch, da ihre Figur nachläßt und ihre Haut nicht mehr fleckenlos ist. Der Atemzug war getan, da wußte sie nichts mehr. Statt dessen Trommelwirbel, und das Regiment zog auf.

Im Eilschritt, leicht und munter, streifte es das Gehölz zu beiden Seiten, auf der weiten Wiese vereinigte es sich und schloß die Reihen. Die beiden Offiziere meldeten der Gräfin Gramont, daß ihr Regiment zur Stelle wäre. Sie, zum Zeichen einer Aufforderung, senkte vor dem König von Navarra ein wenig das Knie, wobei sie ihr langes Kleid raffte. Er nahm ihre Fingerspitzen, erhob sie und führte die Dame bis vor die Front der Truppe. Hier verneigte sie sich wieder und diesmal tief; dann rief sie tragend und schwingend über zweitausend Köpfe hinweg: «Ihr gehört dem König von Navarra.»

Der König von Navarra küßte der Gräfin Gramont die Hand. Er befahl dem Fahnenträger vorzutreten und bat sie, die Fahne zu weihen. Das tat sie und legte das schwere bestickte Tuch gegen ihr schönes Gesicht. Hierauf schritt der König von Navarra allein die Front ab, faßte diesen und jenen Soldaten vorn beim Wams, weil er ihn kannte, und plötzlich umarmte er einen, denn der hatte ihm schon gedient. Jeder hätte hören wollen, was er dem einzelnen sagte: zuletzt aber kam seine Ansprache an alle.

«Ich und ihr», verkündete er, «jetzt sind wir blitzblank und wie neu geboren, werden es aber nicht lange bleiben. Unser Stand will, daß wir ganz Blut und Pulver sind. Mit heiler Haut kommt davon, wer mir gut dient und nicht von mir weicht, wär's um die Länge einer Hellebarde. Bin jedesmal fertig geworden mit den Faulpelzen drüben. Eng ist der rechte Weg zum Heil, uns aber führt Gott bei der Hand.»

Dies sprach der König von Navarra für seine zweitausend frischen Soldaten, die ihm jedes Wort glaubten. Sogleich fiel Trommelwirbel ein, die Fahne wurde geschwungen, und der König von Navarra stieg zu Pferd. Ihm blieb keine Zeit mehr, der Gräfin Gramont die Hand unter den Fuß zu halten, damit sie in ihren Sattel gelangte. Sie hatte sich von selbst hinaufgeschwungen, ihren Damen und Herren voran, sprengte sie von dannen.

Henri sah ihr nicht nach; er hatte sein Regiment.

Mit verhängten Zügeln

Kaum erreichte er mit seinem Regiment die Landstraße, da wälzte sich über ihr entferntes Ende ein gewaltiger Staub, was konnte er mitbringen, wenn nicht einen Feind. Auch war schon Hufschlag zu hören. Henri legte seine Truppe in den Graben und versteckte sie im Wald, bis sich herausstellte, wen er angreifen sollte. Währenddessen schnellen die ersten Reiter hervor aus den gelben Wolken; gleich werden sie hier sein. Drauf und dran! Henri selbst und seine Edelleute stellen ihre Tiere quer und greifen den Jagenden in die Zügel. Einer fällt vom Pferd bei dem Anprall, aber noch zwischen den Hufen ruft er herauf, entsetzt klingt es vor großer Dringlichkeit: «Der König von Frankreich!»

In diesem Augenblick enthüllt der Staub, was er verborgen hat, die sechsspännige Kutsche, die Vorreiter, Begleiter und das Gefolge – alles jagend mit verhängten Zügeln. Henri hat nicht mehr Zeit, die Straße zu räumen; auf einmal hält und wankt der Wagen. Die zurückgerissenen Tiere zittern, ihr Lenker flucht, die Reiter stehen in den Bügeln auf, einige schwingen die Waffe.

«Gut Freund, ihr Herren», rief Henri. Er zeigte ihnen Graben und Wald. «Ich habe ein Regiment Soldaten mitgebracht, um den König zu schützen.»

«Der Teufelskerl, er hat uns erwartet!» Sie sahen betroffen einander an und machten ihm Platz. «Wir reiten in einem Zuge von Paris, niemand kann uns überholt haben, außer er wäre durch die Luft gekommen.»

Henri saß ab, ging vor das Fenster der Kutsche und entblößte den Kopf. Die Scheibe war blind vom Staub, wurde auch nicht geöffnet. Keiner der Diener, die umherstanden, ließ es sich einfallen, dem König von Navarra den Schlag aufzumachen. Weil aber ein Staunen eintrat, wurde es still ringsum. Henri hielt selbst den Atem an. Als einziger in dem vollkommenen Schweigen vernahm er, was hinter der blinden Scheibe geschah. Er hörte den Weinkrampf des Königs.

Sehr vieles schoß ihm dabei durch den Sinn, sehr vieles. Er verzog aber keine Miene, stieg zu Pferd und hob die Hand. Alles setzte sich in Bewegung, die Kutsche mit ihrem Sechsgespann, die Vorreiter, Begleiter, der Nachtrab – und auch das Regiment von Navarra im Eilschritt, leicht und munter. Es kam zu Fuß mit, denn der königliche Aufzug jagte nicht mehr. Er hatte nach Flucht ausgesehen

– als wäre der König von Frankreich aus seiner Hauptstadt geflüchtet ohne Aufenthalt bis in seine entfernteste Provinz. Nicht anders hatte es sich zugetragen: Henri begriff es, so überrascht er war. ‹Ist er zu mir gekommen? So weit wäre es schon, daß er sich rettet zu mir? Ich aber will machen, daß es dich nie gereuen soll, Henri Valois› – dachte Henri Navarra, denn er hatte auf diesem Weg ein hohes und gerührtes Herz.

Es war Abend, als sie die Stadt erreichten. Die Torwache erfuhr nicht, wer in der Kutsche saß, und Einwohner, die aus den Fenstern blickten, erkannten nur wenig im Dunkeln. Der Zug und Aufmarsch bewegte sich ohne Licht; wenn aber eine Laterne über der Straße hing, schickte der König von Navarra jemand vor, sie auszulöschen. Das Zeichen anzuhalten gab er beim Rathaus. Als er vom Pferd stieg, öffnete sich schon der Wagenschlag. Der König kam hervor: sogleich umarmte er seinen Vetter und Schwager wortlos, sagte auch nachher nichts. Er hatte sich, mehr als er selbst wußte, gesehnt, einen Menschen seines Stammes, wenn auch im einundzwanzigsten Grade, zwischen seinen Armen zu halten.

Hierbei störte den König, was um ihn her war, das Gebäude sowie die Truppe, die den Platz und die Straße bedeckte. Aus dem Hause wurde eine Lampe gebracht, daher bemerkte Henri im Gesicht des Königs das Erschrecken und hereinbrechende Mißtrauen. «Ich will zu dem Marschall de Matignon», sagte der König. Er erinnerte sich wieder, daß er gegen den Gouverneur seinen Stellvertreter ausspielen mußte. Kein Abweichen von der Übung!

«Sire! Er ist nicht in Bordeaux, und die Besatzung seiner Festung läßt uns sicher nicht ohne Umstände ein. Dagegen bin ich im Rathaus wohlgelitten. Eure Majestät wird hier gut aufgenommen und sicher sein.»

Auf diese leichtfertigen Worte des Schwagers und Vetters verdüsterte der König sich noch mehr. Er witterte Absicht und Vorbedacht und hatte sogar Recht damit; denn auf dem Herwege war Henri auch durch sein hohes und gerührtes Herz nicht verhindert worden zu überlegen, wie und wo er den Valois am besten in seine Macht bekäme. Das war im Rathaus, dort regierte sein Freund Montaigne. Er folgte dem Blick des Königs und sagte: «Mein Regiment hat einzig im Sinn, wie es Eure Majestät schützt.»

Der König erwiderte hochmütig: «Ich habe selbst Regimenter.»

«Ihre Reiter, Sire, sind mit dem Marschall de Matignon über Berg und Tal, um sich gegen die meinen zu schlagen.»

Der König zuckte zusammen. In diesem Augenblick stand es bei ihm fest, daß er sich in eine Falle begeben hatte. Henri wurde vom Mitleid erfaßt bei dem Anblick; schnell neigte er sich zu dem Ohr des Königs und flüsterte dringlich: «Henri Valois, wozu bist du gekommen? Trau mir doch!»

Wirklich zeigte sich etwas Erleichterung auf dem armen Gesicht. «Laß deine Truppen abziehen!» verlangte der König ebenso leise. Sogleich befahl Henri dies; für seine Offiziere allein aber setzte er hinzu, das Regiment sollte innerhalb der Mauern bleiben, es sollte die Festung abschneiden und gegen Anschläge wachsam sein. Valois, wir sind einer vor dem anderen nicht sicher. Glücklicherweise konnte er ankündigen:

«Sire! der Bürgermeister mit mehreren Herren vom Rat!»

Vier Männer in Schwarz, sie knieten vor den König hin. Der mit der goldenen Kette begrüßte ihn in einem Lateinisch, dessen besondere Reinheit der König wohl erkannte, und hierauf französisch: das schien noch verdienstvoller, weil klassischer Ausdruck schwerfällt in der gewöhnlichen Sprache, besonders einem Mund aus dem Süden. Der König empfand Vergnügen, zeitweilig vergaß er beinahe die Gefahr. Er ließ die Männer aufstehen, und endlich betrat er das Rathaus. Einige sagten nachher, daß nur die Kunst des Herrn Michel de Montaigne ihn dazu vermocht habe.

Erbe der Krone

Zuerst führte der Bürgermeister den König in den größten Saal. Dieser hatte seit der überraschenden Ankunft der Majestät nicht schnell genug beleuchtet werden können. Die entfernten Schatten beunruhigten den König, er verlangte ein kleines helles Zimmer, daher öffneten sie ihm die Bibliothek des Bürgermeisters. Der König von Navarra befahl seinen Edelleuten, sich mit denen des Königs von Frankreich in die Bewachung zu teilen. Dieser wendete sich unter der Tür um und verlangte laut: «Hier vor der Tür nur meine!» Henri sagte in gleicher Stärke: «Meine besetzen den Ausgang!»

So gesichert überschritten die beiden diese Schwelle. Montaigne wollte zurückbleiben wie alle anderen; der König indessen hieß ihn mitkommen. Er setzte ein düsteres Lächeln auf, um zu sagen: «Herr de Montaigne, Sie sind ein Edelmann meiner Kammer. Hier ist es eng. Wenn Mörder eindringen, fallen wir in dem Getümmel alle drei. Wollen Sie mich noch rechtzeitig warnen vor einer Gefahr?»

Auch Montaigne verzog die Miene, vielleicht verlieh er ihr Ironie, gewiß Ergebenheit. Er versetzte: «Omnium rerum voluptas – Vergnügen machen alle Dinge gerade durch die Gefahr, die sie uns verleiden soll.»

«Sie haben viele Bücher», erwiderte hierauf der König, sah die Wände hinan und seufzte. Er dachte an seine Schreibereien, den bequemen Pelzrock, die Mönchskutte, mit der er sich vortäuschte, er hätte abgeschlossen. Hier mußte gekämpft sein.

«Werden wir hier etwas Rechtes schaffen?» fragte er; es klang nicht hoffnungsvoll. Sein Vetter und Schwager antwortete ihm: «An mir soll es nicht fehlen», wobei er anfing, das Knie zu beugen. Der König griff zu, zog ihn hinauf und sagte: «Lassen wir das Getue: die Zeremonien, mein ich. Sag, was du willst.»

«Sire! Ich bitte nichts als Ihre Befehle.»

«Ach was, fang an.»

Der König hatte mit den Augen die Wände abgesucht, ob eines der Büchergestelle in den Angeln bewegt werden konnte. Da er die geheime Tür, die er fürchtete, nicht fand, rückte er sich eigenhändig einen Sessel genau in die Mitte. Niemand wäre schnell genug herzugesprungen: er hatte manche Bewegungen eines Knaben.

«Sire, sollten nicht vielmehr Sie etwas von mir erwarten?» fragte Henri. «Ich werde alles gern besprechen mit meinen Freunden.»

«Das ist oft besprochen. Nur Sie haben sich zu entscheiden», erklärte der König, auf einmal förmlich, feierlich sogar. Henri wußte längst, was gemeint war: sein Übertritt zur katholischen Kirche. Er ging diesmal darüber hin, vielmehr erhitzte er sich künstlich, um heftig zu klagen gegen seinen Stellvertreter in der Guyenne. Ihm zufolge war Marschall Matignon nicht besser als früher Biron. Henri zog sogar den König selbst hinein. «Sie, der an mir wie ein Vater handeln sollten, führen Krieg gegen mich wie ein Wolf.» Der König hielt ihm vor, daß er nicht gehorchte. Henri entgegnete: «Meinetwegen können Sie ruhig schlafen. Dank Ihren Verfolgungen aber komm ich seit achtzehn Monaten nicht in mein Bett.»

«Was haben Sie durch Ihre Diplomaten nach England berichten lassen?» fragte der König: da mußte Henri wegsehen. Auf ihn würfen alle guten Franzosen die Augen, so hatte sein Mornay allerdings geschrieben; denn unter der gegenwärtigen Regierung fühlten sie sich übel, und von dem Herzog d'Anjou erwarteten sie künftig nichts, er hat schon Proben abgelegt. Ja, und jetzt ist er tot und war der letzte Bruder des armen Königs.

«Ich bitte Eure Majestät um Verzeihung», sagte Henri und begann nochmals das Knie zu senken. Da er aber nicht aufgehalten wurde, ließ er es von selbst. Der König glaubte streng bleiben zu dürfen nach dem erlangten Vorteil.

«Wollen Sie wirklich fortfahren, Ursache alles Elends zu sein, und das Königreich ins Verderben stürzen?»

«Hier, wo ich befehle, ist nichts verdorben», erwiderte Henri einfach. Der König kam zurück auf die Hauptsache.

«Sie kennen meine Bedingung und Ihre Pflicht. Fürchten Sie meinen Zorn nicht?»

Der Übertritt, nur der Übertritt: Henri verstand den König aufs Wort. Sonst mochte es drunter und drüber gehen im Königreich, wenn der Erbe der Krone nur katholisch wurde.

«Sire!» sagte Henri fest. «Darin äußert sich nicht Ihr eigener Sinn. Sie sind weiser als Ihre Worte.»

«Es ist nicht auszuhalten», klagte der König gereizt, «daß Sie einmal auf der Tischkante sitzen und gleich darauf am Ende des Zimmers ein Buch aus der Reihe ziehen. Ich hasse die Bewegung, sie stört die Linien.»

Henri antwortete mit einem Vers des Horaz: «Vitam que subdio – Kein Dach soll er haben als nur den Himmel, und soll in ewiger Unruhe leben!» Wobei er Herrn de Montaigne ansah, und der verneigte sich vor beiden Königen ohne Unterschied. Dann stand er wieder bei der Tür, wie eine Wache.

Der König von Frankreich begann von neuem. «Wegen eines solchen schönen Lebens Ihre ganze Hartnäckigkeit?»

«Sind Sie in Ihrem Schloß Louvre denn glücklicher?» fragte Henri dagegen.

«Sire!» betonte er mit Nachdruck. «Ich will aussprechen, was Ihnen schon bewußt sein muß, daß ich ungeachtet vieles erlittenen Unrechtes Sie doch nicht hasse, denn Sie waren in den Händen anderer wie Wachs. Ich hasse die anderen, Sie aber sind mein Herr und Gebieter. Ihr Thron hat von jeher den berechtigten Erben getragen, kein Ungeweihter hat ihn eingenommen, und dies durch siebenhundertfünfzig Jahre, seit Karl dem Großen.»

Die Rede hielt Henri absichtlich, inzwischen sollte der König sich durchringen zu der Erklärung, um derentwillen er herbeigejagt war. Er will den Guise zum Trotz seinen Vetter Henri als Erben der Krone einsetzen. Was kann er anderes vorhaben nach dem Tod seines Bruders und seit dem furchtbaren Verlauf des Begräbnisses, wie der Reitende ihn mir gemeldet hat. ‹Valois, ob ich katholisch bin oder türkisch, du mußt!› So dachte Vetter Henri, während er den König das Gesicht wechseln sah und darin verfolgte die künstliche Starrheit, das unfreiwillige Zucken, endlich aber den unaufhaltsamen Ausbruch. Entschieden wurde dieser in auffallender Weise durch die Erwähnung Karls des Großen. Der König, noch soeben grau, lief plötzlich violett an, wie Karl der Neunte in der Zeit seiner Breite und Lautheit. Er fuhr aus dem Sessel, stand und rang mit seiner Stimme. Endlich gehorchte sie ihm.

«Die Schurken!» Er brachte nochmals und verständlicher hervor: «Der Schurke Guise! Jetzt behauptet er abzustammen von Karl dem Großen. Das fehlte noch, das war noch übrig. Das läßt er schreiben und verbreiten unter meinem Volk. Er soll der einzige echte Nachkomme sein, alle Kapetinger auf diesem Thron waren nur falsche Nachkommen. So viel ist nicht zu ertragen, Navarra! Ein Betrüger von jenseits der Grenze und ganz geringer Herkunft verglichen mit unserer, wagt es, nennt uns Bastarde, sich selbst aber den wahren Erben der Krone Frankreich!»

«Dahin ist es gekommen, weil Sie zu lange gefügig waren», warf Henri ein und gebrauchte den Ton dessen, der jemand zur Besinnung ruft. Der König war von ihr allzuweit entfernt. Seine Zunge hastete wütend, er verschluckte Worte.

«Ich habe mich seinem Zugriff entzogen und bin gejagt mit verhängten Zügeln. Aber dort gelassen hab ich meine Marschälle Joyeuse und Epernon.» – ‹Fünfundzwanzigjährige Marschälle›, dachte Henri, ‹und wie sind sie es geworden.›

«Die werden tun, was sie für gut finden, um mich von dem Guise zu erretten. Wenn ich zurückkomme, vielleicht lebt er schon nicht mehr.»

Hier bemerkte der unglückliche Valois dennoch, daß er zuviel sagte – vor Vetter Navarra und im Beisein eines anderen, mit den zu klugen Augen: ein Verräter. Wo ist mein Dolch! Dieser Gedanke ist dem armen König vom Gesicht zu lesen: es wird so häßlich, so schwarz. Die Furcht mitsamt der Eile zu töten, nur damit einer fort ist – das Blut seiner Mutter, die lange Erziehung im Louvre, alles zusammen verwandelt das Gesicht des letzten Valois diesmal bis auf die niederste Stufe. Herr Michel de Montaigne, obwohl nicht ohne Bangen vor dem Dolch, bedauert den König tief, da nichts einen Mann so wehrlos macht wie das Aussetzen der Vernunft. Sonst nur ein bescheidener Edelmann der königlichen Kammer, hier tritt seine Überlegenheit ein, sogar gegen den König: denn er selbst verliert das Denken keinesfalls, auch nicht im Schlaf. Er erlaubte sich, einen Schritt vorzutreten und zu sprechen.

«Sire! Nie sollten wir die Hand gegen unsere Diener erheben, solange wir zornig sind. Das war ein Grundsatz Platons. Demzufolge sagte ein Lakedämonier namens Charillos zu einem Heloten, der frech wurde: ‹Bei den Göttern, wenn ich jetzt nicht Wut hätte, ich brächte dich um.›»

Herr Michel de Montaigne wußte genau, warum er grade dieses Beispiel anzog. Er erinnerte den König an den ungeheuren Abstand zwischen ihm und allen Menschen, ob ein einfacher Edelmann oder der Herzog von Guise. Herr und Knecht: der eine kann den anderen nicht beleidigen, und dieser sich nicht rächen. Wenn das erwähnte Beispiel schmeichelhaft war, es verletzte doch die Wahrheit kaum und unterstützte die Mäßigung; darum wurde es gebracht. Übrigens hatte es mehr Erfolg, als der Humanist sich wünschte. Der König wendete den Rumpf zur Seite, gegen die hohe Lehne seines Sessels drückte er die Stirn, und seinen Schultern war anzusehen, daß er weinte. Seine Trauer war lautlos diesmal – war nicht nur Schmerz, sondern schon seine Auflösung, war Ergebung und Erleichterung. Daher geschah es, daß er den beiden, die ihn doch töten konnten, den Rücken wendete, um stumm seine Tränen zu vergießen. Er fürchtete niemand.

Als er zurückkehrte aus der Haltung der Einsamkeit, hatte er gerötete Augen und den Ausdruck eines begierigen Kindes. «Vetter Navarra, weißt du wohl? Es sind zehn Jahre, daß wir uns nicht mehr gesehen hatten.»

«Seit ich euch aus den Fingern gerutscht bin? Wahrhaftig zehn Jahre?» fragte Henri schnell, und hatte es zurück wie sein Vetter, das Gesicht der Unschuld.

«Zehn Jahre wie ein Tag», sagte Vetter Valois. «Ich weiß nicht mehr, womit sie mir vergangen sind. Und dir?»

«Mit den Mühen des Lebens?» war die Antwort und stieg an in der Art des Zweifels. Henri schüttelte dabei den Kopf.

Vetter Valois griff nach seiner Hand, drückte sie dringlich, raunte ihm zu: «War alles nur Irrtum. Du verstehst doch? Irrtum, Verblendung, unglücklicher Zufall.» Denn so entschuldigt man ein verfehltes Leben, und dies ist der Augenblick des Erstaunens.

«Vetter Navarra! Hat es denn sein müssen? Denke nur das eine: ihr – ihr wäre die Bartholomäusnacht nicht eingefallen.»

Henri, auch mit Staunen, erinnerte sich: «Sie selbst hat gewußt, daß die Guise erst nach der Bartholomäusnacht könnten gefährlich werden. Sie werden das Königreich an Spanien verkaufen: so hat sie mir's vorhergesagt. Aber sie mußte gegen ihr besseres Wissen handeln.» Was erst die richtige Dummheit ist, setzte er im stillen hinzu. «Ich gestehe dir», sagte er am Ohr des Vetters, «daß ich sie außerordentlich gehaßt habe, und zwar für mein eigenes Unglück wie auch für die großen und unnützen Hindernisse, die sie aufzurichten pflegte gegen das Glück dieses Landes.»

«Was hatte sie aus mir gemacht!» raunte Vetter Valois. «Ich verachtete sie dafür sehr.»

Hier hielten sie beide an, weil sie gewahr wurden, daß sie von Madame Catherine wie von einer Toten sprachen. Indessen ging das Unheil, das diese falsche Lebende aufgerichtet hatte, mit eigenen Füßen weiter. Die Vettern stießen wieder auf die Tatsache, daß sie Gegner waren und in feindlicher Weise beraten wurden. Gleich nach ihrem einträchtigen Geflüster warfen sie es einander vor.

«Ich will nichts weiter als deinen Übertritt, Navarra, damit ich dich zum Erben der Krone erklären kann.»

«Ich meinerseits böte dir ein Bündnis an, wenn ich nur wüßte, daß du fest bleibst, Henri Valois.»

«Du aber, woher nimmst du deine große Festigkeit, Henri Navarra? Nicht aus deinem Glauben: woher dann, das will ich wissen.» So drängte Valois, aus großer Besorgnis, wie in aller Welt es zu machen wäre, daß man widerstand und einen geraden Weg ging.

«Sire!» begann Henri und änderte den Ton. «Ich will dafür eintreten, daß der geschuldete Gehorsam Ihnen erwiesen wird; will herfahren über alle, die sich gegen Sie verschwören, und was ich bin und habe, soll dienen, zu tun nach Ihrem Befehl. Nichts liegt mir so sehr am Herzen wie die Erhaltung der Krone. Nach Ihnen, Sire, steh ich ihr am nächsten.»

So spricht nur die Wahrheit. Als Henri sich auf das Knie ließ, wurde er weder aufgehalten noch tat er es zum bloßen Schein. Er kam empor, als der König sich erhob. Er fühlte voraus, daß jetzt das große Wort würde gesprochen werden: das mußte er stehend anhören. Der König sprach wie für eine Versammlung:

«Heut erkenne ich den König von Navarra an als meinen alleinigen, einzigen Erben.»

Hiermit zu Ende, griff er sich an das Herz und wich um einen Schritt, beinahe war es Taumeln. Er hatte zu seinem Nachfolger über dieses katholische Königreich einen Protestanten ernannt. Er hatte den Haß der Liga gegen seine Person herausgefordert bis zum Mord. Er hatte die tapferste Handlung seines Lebens getan.

Der König richtete dann das Wort an den Bürgermeister von Bordeaux, um ihm anzuempfehlen, er sollte das Gehörte wohl aufbewahren für den Fall, daß ihm selbst ein Unglück zustieße, bevor er seinen Entschluß wiederholen konnte zu seinem Hof und seinem Parlament.

Herr Michel de Montaigne sagte: «Ja. Ich verspreche es» – und führte diesmal keine Alten an. Er hatte sie ganz vergessen über allem, was diese Stunde mit dem König und seinem Erben ihn neu gelehrt hatte. Vielmehr war ihm sein schon besessenes Wissen bestätigt worden auf eine Weise, daß es neu wurde.

In Paris, einige Tage später, saß der König vor seinem Feuer, sah hinein und schien nicht zu hören, was die Herren redeten. Seine Lieblinge Joyeuse und Epernon waren nicht zugegen. Anstatt den Guise zu töten, hatten sie sich mit ihm verständigt, solange der König umherreiste. Zugegen war der dicke Mayenne, genannt Herzog Du Maine, der Bruder des Herzogs von Guise. Schon seit dem Morgen rang der König um die Kraft, vor einem Lothringen laut auszusprechen, was er in Bordeaux beschlossen und verkündet hatte. Die letzte Frist war vorbei; nur noch eine Stunde, und ihre eigenen Boten konnten den Guise die Nachricht bringen. Die Edelleute im Zimmer nannten den Namen des königlichen Bruders, sie beschrieben seine Krankheit und die sonderbare Art zu sterben, die jetzt schon das drittemal bemerkt worden war, an diesem wie auch an seinen beiden vorangegangenen Brüdern. Die Herren verhielten sich so, obwohl sie vermuten konnten, daß dem König selbst das gleiche Ende bevorstände. Aber für die einen war er schon nicht mehr da, trotz sichtbarer Gegenwart. Die anderen führten absichtlich dies Gespräch, wegen ihres Bedürfnisses, dem Herzog Du Maine den Hof zu machen. Auf einmal wendete der König den Kopf aus dem Feuerschein. Er wagte eine seiner knabenhaften Bewegungen, was aus Furcht geschah, und mit einer Leichtigkeit, die ihn entschuldigen sollte, sagte er: «Ihr beschäftigt euch mit den Toten.»

Er musterte alle, nur den Dicken vermied er, so vordringlich sein Bauch war. «Ich denke an die Lebenden. Heute erkenne ich den König von Navarra an als meinen alleinigen, einzigen Erben. Er ist ein gut veranlagter Fürst, den ich von Natur –» Alles in demselben Atemzug, und hörte auch gar nicht auf: damit der eine gefährliche Satz, der von dem Erben, womöglich abgeschwächt oder sogar überhört würde. So kam es durchaus nicht. Es wurde gemurrt. Ein seidenglänzender Bauch schob sich gegen den König. Dieser schwatzte um so beiläufiger. «Von Natur hab ich ihn immer gern gehabt, weiß auch, daß er mich mag. Er ist leicht eingeschnappt. Witze reißt er gern, im Grunde aber taugt er etwas. Ich habe mich vergewissert, daß wir von verwandtem Temperament sind und miteinander auskommen werden.»

«Er ist ein Protestant», äußerte Mayenne mit hoher Stimme.

«Ich wünsche mich in mein Arbeitszimmer zu begeben», sagte der König und erhob sich. Sie machten ihm Platz. Die Tür, durch die er hinausging, blieb offen, man sah fortwährend seinen Rücken, da wurde Mayenne ganz laut. «Einen Hugenotten als Erben, das soll dir schlecht bekommen, Valois. Hat einer nichts mehr zu verlieren und will noch K nen verschenken!»

Der König hörte alles, indes er durch das nächste Zimmer langsam wandelte, um nicht sichtbar zu flüchten. Grade darum schlossen sie die Tür nicht. Manche beugten sich hinaus, damit sie vor den anderen erführen, was er etwa Gefährliches tat. Die Vorsichtigsten liefen ihm nach. Mayenne tobte: «Der Papst muß ran!»

«Wir lassen den Valois exkommunizieren!» pfiff er in der Fistel. Im Gegensatz hierzu pfiff er: «Eine Tonsur schneiden wir ihm und sperren ihn ins Kloster.»

Sie verneigten sich vor dem Dicken tiefer als sonst und nannten ihn «Herrn des Glaubens», welchen Titel der Dicke sich beigelegt hatte, um beim Volk und den ehrbaren Leuten etwas vorauszuhaben vor seinem Bruder Guise. Die Herren von Lothringen hielten allerdings zusammen, solange sie noch nicht gesiegt hatten. Nachher hoffte jeder, den anderen um die Früchte zu bringen. Mayenne beriet sich nicht mit seinem Bruder, der übrigens nicht in der Stadt war, sondern mit der Herzogin von Montpensier, ihrer Schwester, und alsbald schickte die Liga das Volk auf die Straße. Dort wurde es von Rednern bearbeitet, las Plakate, schrieb selbst seine aufgeregten Eindrücke an die Wände der Häuser. Der Valois hat verspielt, ganz gleich, was er tut. Läßt er sich von Navarra nicht helfen, ist er verloren. Nimmt er die Hilfe an, erst recht: denn wir sagen, daß er selbst ein Hugenott ist. Mönch soll er werden, war von jeher nichts weiter. Das schrieben sie an die Wände und schrien es einander in den Mund hinein.

Alles ging vor sich, solange der Herzog von Guise auf der Jagd war. Er hatte absichtlich die Stadt verlassen. Während seines Rückweges erfuhr er das erste, konnte aber so schnell nicht reiten, um zu verhindern, daß seine Schwester vom Balkon ihres Palastes herab Ansprachen hielt und die Studenten aufreizte. Als er ankam, hatte sie den einen ihrer leidenschaftlichen Auftritte hinter sich und war mitten in dem nächsten, dieser mit dem König.

Die Herzogin von Montpensier in ihrer Sänfte, mit ihren langen starken Gliedmaßen, kam in den Louvre gefahren, als bräche ihr Reich schon an. Die Wachen stoben auseinander, so sah sie aus, die Haare bis über die herrische Nase, grausame Augen und eine Hetzpeitsche – aber überall Edelsteine, auch auf der Peitsche. Sie rief nach dem König, und da seine Diener vor ihr geflüchtet waren, trat er endlich allein aus seinem Zimmer. «Madame, ich könnte Sie in die Bastille werfen lassen.» Bevor sie es erwartet hatte, entriß er ihr die Peitsche, diese flog in den Winkel.

«Ich habe noch die Schere», kreischte die Furie und zeigte sie ihm. Die Schere war aus Gold und hing an ihrem Gürtel. «Die hat ihre Bestimmung!» sagte sie ihm mit Mordblicken.

Er wußte, welche Bestimmung: ihm die Tonsur zu schneiden. Er sagte: «Frau Liga ist eine noch bösere Dame als Sie, Madame. Auch sie wird mir die Tonsur nicht schneiden.»

Sie lachte wahnsinnig. «Sire! Sie können keine Frau zufriedenstellen. Frankreich hat Ihnen nie gehört, Madame Liga nicht und ich ebensowenig.» Da sie ihm hierbei vor der Nase umherfuchtelte mit ihrer Schere, griff er plötzlich zu, und ebenso schnell hielt er zwischen seinen Fingern eine abgeschnittene Locke ihres schönen, wilden Kopfes. Während sie vor Schrecken still war, sagte er: «Madame, Ihre Locke behalte ich zum Andenken an Ihren Besuch.»

«Woher nehmen Sie den Mut?» fragte die Herzogin, fing an zur Besinnung zu kommen und den König zu erblicken. Bisher hatte sie trotz seiner leiblichen Gegenwart wüst von ihm geträumt. «Was ist Ihnen begegnet?» fragte sie.

Der König antwortete ihr nicht. Er zuckte schon die Schulter, zur Umkehr nach seinem Zimmer. Da aber alle Türen offengeblieben waren, sah er durch die entferntesten herbeistürzen den Herzog von Guise. Den König wurde unwohl; dennoch floh er nicht, sondern stampfte auf und rief nach der Wache, so männlich stark er konnte. Von allen Seiten drangen Leute, endlich zeigte sich auch Marschall Joyeuse. Was Guise betrifft, war er außer Atem und versuchte sich in Beteuerungen seiner Treue. Er hatte seine Soldaten auf das Volk einhauen lassen, dies behauptete er kühn. Er gab sich als den großen Diener. Der König warf dazwischen:

«Auffallend viele Fässer kommen auf dem Fluß an. Das Volk soll wohl immer lustig gemacht werden wie heute? Und mit leeren Fässern baut man Barrikaden!» Valois sprach drohend, niemand kannte den Schwächling wieder. Die Fässer konnten allerdings für den Bau von Barrikaden dienen; Guise wußte es am besten, aber weniger als je schien die Zeit ihm günstig, wenn er Valois ansah. Natürlich war der Herzog beherrschter als seine Schwester, auch klüger als der Kardinal von Lothringen, der das Vorrecht, den König abzuscheren, für sich als einen Kirchenfürsten beanspruchte. Seine Schwester, die infolge der Erwähnung der Fässer schon wieder ihre Schere schwenkte, wurde von dem Herzog streng angelassen. Übrigens begann ihre zu oft wiederholte Gebärde einfach lächerlich zu werden, besonders angesichts der Haltung des Königs, die nachgerade majestätisch war.

«Madame», rief der Herzog. «Ihr Eifer für die heilige Kirche verwirrt Sie. Wir sind Diener des Königs, der gegen die Protestanten ins Feld ziehen wird: die Steuern erhebt er schon, das ist das erste. Nun droht uns der Einfall der Deutschen in das Königreich, die Hugenotten haben sie wieder einmal gerufen.» Zum König gewendet: «Sire! Ich biete Ihnen mein Schwert an und bürge für den Untergang aller Ihrer Feinde.»

Das letzte betonte er, wiederholte besonders: aller. «Aller Ihrer Feinde, Sire!» Damit nötigte Guise seinen Valois, endlich zu hören, wessen Untergang er ihm zuschwor. «Des Königs von Navarra», sagte er ausdrücklich und verfolgte auf dem verhaßten Gesicht die Wirkung. Diese war ein Aufleuchten der Stirn und ein fest geschlossener Mund. Hier wußte Guise Bescheid. Er nahm Abschied und führte seine Schwester bei der Hand hinaus. «Mach nicht die Furie!» pfiff er ihr bös in den Nacken.

Henri Valois träumte ihnen nach. ‹Henri Guise, wie war ich doch einst gespannt auf dich. Ich, dein Gefangener, du trätest mit der Hetzpeitsche bei mir ein. Eine etwas ungesunde Versuchung, wie ich zugebe, aber sie liegt weit hinter mir. Hüte dich vor mir, Henri Guise! Ich hab einen Freund.› Er blickte dem Rücken des abgehenden Feindes nach und dachte an seinen Freund mit Bewunderung, ähnlich wie eine Frau ihn sich zurückgerufen hätte. ‹Navarra, war ich in diesem Auftritt fest genug? Hatte ich deine Festigkeit?›

Noch immer ging der Rücken des Feindes ab. Der arme König schlug auf einmal in seine eigene Natur um, nachdem er so lange versucht hatte, die des neuen Freundes nachzuahmen. «Joyeuse!» zischte er. «Befrei mich von dem da!»

Worauf der junge Marschall erbleichte und sich stumm nach der Wand kehrte. Noch hatte der König keinen Beweis gekannt für den Verrat des Günstlings: halber Verrat, widerwärtiger als der ganze, jetzt enthüllte er sich. Der König ging fort, und in seinem Zimmer brach er zusammen, weil er viel und stürmisch gefühlt hatte: zu stürmisch für seine Natur, für eine Abendstunde zuviel.

Da sie hörten, der Tyrann wäre krank, sagten alle ihn tot, und auf den Straßen wurde getanzt vor Freude. Bald sollte es ein Ende haben mit den Kometen, der Pest und den anderen Übeln, die ein schlechter Herrscher verschuldet, vor allem die Steuern. Das Volk und die ehrbaren Leute mußten entsetzlich zahlen, damit die heilige Liga ein für alle Male fertig würde mit den Hugenotten. Die Unbeliebtheit infolge der Kriegskosten überließ sie dem Valois. Der Arme wehrte sich, wie er konnte. Erstens verhandelte er nochmals mit Navarra wegen seines Übertritts, worauf sie gemeinsam fertig geworden wären mit der Furie Liga. Hierbei hätte auch Navarra einigen Schaden genommen, und einziger Herr im Königreich wäre endlich der König gewesen.

Valois begriff im Grunde nicht, warum sein Freund sich sperrte gegen die leichte Gefälligkeit, den Glauben zu wechseln. Da er eine Sache innig wünschte, entging ihm, was sie den anderen gekostet hätte: seine Selbstachtung, das Vertrauen seiner treuen Anhänger. Dem Verräter an seiner Partei hätte die andere, der er zulief, nicht geglaubt, schlecht gedient; ja, Valois selbst hätte ihn alsbald behandelt wie einen Herabgesunkenen. Schon jetzt bot er ihm für seinen Übertritt hauptsächlich Geld an, was nichts Ungewöhnliches ist, da die Gesinnungen ihren Preis haben. Nicht käuflich bleibt dagegen die Tugend, deren Sitz das Wissen ist. Diese nun überwog im Rat zu Nérac. «Rüsten wir uns, wird der König uns achten. Achtet er uns, wird er uns rufen. Vereint mit ihm verden wir unseren Feinden die Köpfe einschlagen.»

«Ich bin dabei!» rief Henri.

Ein letztes Mal schickte Valois ihm seinen zweiten Günstling, Epernon, von dem er noch erwartete, bedient, sogar geliebt zu werden. Joyeuse war ihm schon damals nichts mehr, er, den er sein Kind genannt und dem er ein Herzogtum zugewendet hatte samt einer Schwester der Königin. Es gibt schwache Personen, die sich nicht anklammern: im Gegenteil, schnell und unwiderruflich ziehen sie sich zurück. Wenn er selbst wollte, der Sünder kann sein Vergehen nicht gutmachen. Sie haben ihn schon geopfert, während er noch nichts ahnt. Joyeuse geht heiter und glänzend umher, voll Stolz auf die prachtvolle Armee, die täglich anschwillt, mehr edle Namen, berühmte Wappen, teure Pferde und Panzer aus echtem Silber als jemals in einem königlichen Heer, aber führen soll es der Fünfundzwanzigjährige, ein Auserwählter des Glückes.

Der König lächelte ihm zu und denkt: ‹Blähe dich – noch diese Weile. Navarra ist stärker als ihr: ich weiß es aus erster Hand, denn seine gute Frau, meine Schwester, verrät ihn mir bereitwillig. Ich muß ihr helfen mit Geld und Soldaten gegen ihren lieben Herrn, den sie haßt mit einem Haß, nur ich kann ihn verstehen. Wir sind von demselben Blut. Ich tue gut daran, Navarra in Atem zu halten – aber auch die Liga. Abwechselnd gegen beide schicke ich meine Truppen, dieselben Marschälle sogar, einmal Matignon, einmal Mayenne. Am liebsten schickte ich Guise, damit er sich von Navarra schlagen läßt; aber der ist leider schlau. Er geht lieber und vertreibt die Deutschen, ihn soll der Teufel holen. Wenigstens kann er Navarra nicht an den Leib: ich will nicht, daß meinem Freund Navarra etwas zustößt. Aber ich will ebensowenig, daß er mein Heer vernichtet. Die Dinge verwirren sich mir: das ist ihre Schuld, nicht meine.›

So dachte der arme König und schickte seine Marschälle abwechselnd gegen die Liga und gegen Vetter Navarra. Diesem wäre er lieber beigestanden als entgegengetreten, aber grade in dieser verwirrten Lage mußte er zulassen, daß Navarra exkommuniziert wurde. Seltsame Begebenheit für einen Protestanten; Henri antwortete auf Maueranschlägen in Rom, der Stadt des Papstes, der ihn dafür bewunderte, und die Christenheit sprach von ihm. Dagegen hätte der arme König die Liga eher schwächen als stärken gewollt, aber mit ihr, er wußte selbst nicht wie, schloß er einen neuen Vertrag. Als Henri in seinem Nérac davon hörte, saß er ganz allein die Nacht auf.

Er bedachte tief, was jetzt nahe war und so sicher bevorstand wie der Morgen. Es war der Krieg, der wirkliche Krieg um das Dasein, keine munteren, vorläufigen Handlungen mehr, sondern die letzte im vollen Ernst. Den Kopf in die Hand gestützt, bei den herabbrennenden Kerzen erblickte er das Ganze nochmals, ließ vorbeiziehen seine fröhlichen kleinen Siege, bald vergessenen Niederlagen, die langen Ritte, bösen Städtchen, widerstrebenden Menschen und was ihn oftmals müde und mager gemacht hatte, zehn Jahre der Arbeiten und Mühen.

Das war gewesen und sank ab: Henri gewahrte die Entscheidung vor sich in Gestalt eines Heerwurmes, der bedeckt die Erde. Erschlag ihn oder glaube selbst daran! Du allein, auf dich haben sie es abgesehen, sonst könnten sie untereinander ihre Geschäfte besorgen, nur du störst sie. Du sollst die Krone nicht in Frieden erben, zuerst müssen zehntausend Leichen daliegen: ich selber überhäufe mit ihnen mein eigenes Königreich!

‹Vetter Valois hat nicht Wort gehalten, was erwartete ich denn auch. Er ergibt sich der Liga, bevor sie ihn umbringt. Nach ihrem Siege täte sie es um so sicherer. Vetter Valois, du verläßt dich darauf, daß ich dich und die Liga schlage. Das ist deine Rettung, wie es meine ist. Deine Untreue befestigt unser Bündnis, ich wollte wohl, ich könnte den Herrn, meinen Gott, bitten, daß er die Prüfung von mir nimmt, oder sie wäre vorbei und ich selbst deckte mit meinem Leib den Boden des Königreiches.›

Diese Versuchung widerfuhr dem Vierunddreißigjährigen gegen das Ende einer Spätsommernacht, zu der Stunde der größten Ermattung durch ein solches Wachen. Alle Kerzen waren erloschen. Gleich darauf dämmerte es im Fenster, und er konnte sehen, daß eine Hälfte seines Schnurrbartes weiß geworden war.

Man ist keine tragische Gestalt, steht daher nicht, für alle erkennbar, im Mittelpunkt des Geschehens. Andere handeln und nehmen sich wenigstens, so wichtig. Da ist Guise, er will Sieger sein über eine deutsche Armee, die aus der Schweiz den Hugenotten zu Hilfe kommt; gewonnene Schlachten fehlen ihm bis jetzt an seinem Ruhm. Auch freut Joyeuse, der junge Marschall, sich wie ein Kind darauf, den König von Navarra zu schlagen mit seiner ausgewählten Ritterschaft. Er sitzt nur noch etwas in einer der Städte, die er unterwegs einnimmt, und nach dem fetten Leben bei Hof macht er eine Kur zur Reinigung seines Innern. Abgeführt und leicht soll der Feldherr in die Schlacht reiten.

Nicht allein dieser neue Gegenspieler erwartet Henri: sein alter Biron, derselbe, den er als bitterbösen Feind gehabt hatte während seines kleinen Gefechtes im eigenen Land, auch hier draußen fand er sich pünktlich ein. Henri hatte die Provinz Guyenne damals vertauscht mit der Provinz Saintonge, denn sein Heil bestand im Angriff: den Krieg hinaustragen, ihn nach dem Norden verlegen, Paris bedrohen – Fama immer vorausfliegend und blasend. Sein alter Biron ließ es sich einfallen, eine gewisse Insel anzugreifen: Marans, nahe dem Ozean; Henri hatte sie seiner Freundin Corisande höchst reizend im voraus beschrieben. Das Wasserband, das dieses liebliche Eiland von Gärten umschlang, war nur leider Sümpfen abgewonnen, und in ihnen verkam das Heer des Feindes. Er mußte die Belagerung aufheben, war selbst verwundet, auch das Geld vom Hof ging aus. Wie denn, ein König, der die Abgaben seines Volkes nur immer an seine Günstlinge verschwendet hatte, soviel nicht Diebe oder die heilige Liga für sich nahmen: derselbe Fürst sollte auf einmal drei bis vier Armeen bezahlen? Das Geld für Biron blieb zuerst fort. Einiges erbeutete Henri: nur wenige tausend Taler, aber das entschied den Zusammenbruch des Marschalls, seine Truppen liefen ihm weg.

Hiermit hatte Henri sich nicht nur Birons entledigt, sondern auch seines Vetters Condé, infolge des auffallenden Gegensatzes zu den Fehlschlägen, die dieser Mitbewerber um die gleiche Zeit erlitt. Der Sieg Henris auf der Insel gewann ihm die harten Protestanten von La Rochelle, die andernfalls den guten Parteimann und mittelmäßigen Führer Condé gern vorgezogen hätten. Jetzt gelangten die zahlreichen Ungeschicklichkeiten des Glaubensgenossen erst recht zur Geltung. Nachträglich wurde in den strengsten Häusern über ihn der Kopf geschüttelt. Zuerst war im Schloß zu Nérac auf seine Kosten gelacht worden, der Vetter verzieh es nicht.

Kam die Reihe an Joyeuse, als er endlich erleichtert war und ins Feld ritt. Da wird Henri allerdings die tragische Gestalt: beim Treffen mit der größten und reichsten der königlichen Armeen, auf offenem Feld, am Tag der Entscheidung. Noch mehr wird Henri hier: Glaubensheld nach dem Vorbild der Bibel. Die Zweifel an ihm ersterben. Der streitet nicht mehr um Geld und Gut, noch um die Krone: vielmehr zur Ehre Gottes bringt er sie dar. Nimmt die Partei der Schwachen, Verfolgten, unwandelbar fest, gesegnet vom Herrn der Himmel.

Der hat die reinen Augen wie ein Kämpfer für die Religion. Es ist nicht wahr, was so lange umging von seinen Liebschaften, tollen Streichen und seiner Lauheit. Unser Held und Streiter, unser höchst Gesegneter, wir eilen dir zu.

So stießen sie zu ihm von vielen Seiten – und im voraus erhoben von seinem Ruf, wurden alle diese Menschen beseligt, als sie mit Augen sahen, wie er war: einfach und gut. Eigenhändig grub er Erde aus den Laufgräben, aß im Stehen, schlief in Waffen – und lachte. Wegen seines Lachens blieb man bei ihm, ob es Geld gab oder keins, ob gegessen wurde oder gefastet. Er machte sogar seine Pastoren fröhlich, des Nachts aber weckte er seinen Hauptmann Turenne, seinen Hauptmann Roquelaure, und es wurde aufgepaßt bei fertig daliegenden Lunten.

«Sire! Was hilft es indessen, daß wir wachen und uns vom Feind nicht überraschen lassen. Bei Tag setzen Sie Ihre Person aus, als hinge an ihr nicht alles: waten durch offene Sümpfe, von den ringsum einschlagenden Kugeln spritzt das Wasser Sie an.»

«Und falle vielleicht morgen», antwortete Henri ihnen. «Deswegen bleibt doch aufrecht meine Sache, da sie die Sache Gottes ist.»

Dies sprach er unter den Sternen, glaubte es auch – recht, wie man glauben soll, denn seine Zuversicht war völlig grundlos, und in Wirklichkeit wäre mit ihm sofort auch die Sache gefallen. Wollte aber Gott dies Königreich retten, dann mußte er, ob gern oder ungern, Henri erhalten.

Unvermeidlich treten Zeiten der Ermüdung ein. Vierzehn Tage nicht im Bett gewesen, all die Sorge um die eigene Mannschaft – und um den Feind, der hingelockt werden soll, wo man ihn braucht. Als sie endlich aufeinanderstießen, der Herzog von Joyeuse, der König von Navarra, da fand sich dieser eingeschlossen zwischen zwei Flüssen und von seiner Artillerie getrennt. Womit er sich instand setzte, das waren seine Schnelligkeit, Beweglichkeit und sein gutes Glück. Dieses fügte es, daß der Feind um so schwerfälliger und langsamer war. Die Hugenotten hatten vor ihren Zelten die Psalmen gesungen noch bei dämmerndem Morgen, und der Feind stellte sich erst umständlich auf. Alsbald verlegten sie sich darauf, ihn auszuhöhnen und zu beschimpfen: die weichlichen Herren vom Hof, die Fresser, die Diebe an Steuergeldern und Schweiß der Armen.

«Genug abgeführt, Herr Herzog? Sonst sind wir da, und Angst tut mehr als Latwergen. Keiner von euch Herren kann verdauen, was er hat geschluckt an Pfründen und Pensionen, daher kommt ihr nicht von der Stelle. Aber das ganze Schlachtfeld stinkt von ihren Duftwässern. Nach getaner Arbeit sollt ihr anders riechen!»

Unheilvolle Drohungen werden weit hinübergetragen auf hellen Stimmen. Drüben ließ das heraufsteigende Gestirn schimmern und blitzen das silberne Heer. Das war das Heer der Reichen: viel edles Metall, goldene Dolche, goldene Helme, Edelsteine sind eingelassen in die Waffen, die Taschen sind voll Geld, die Stirnen voll Rechnung und Besitz; unter jedem silbernen Panzer klopft nicht allein das Herz: die Macht, die Macht klopft in euch und ist Macht von Zöllnern und Einnehmern, die sich bereichern an Witwen und Waisen. «Hundsfott!»

Ein rauher alter Mann, der aber scharfe Augen hatte, rief weit hinüber: «Dreh dich nur her, dich hab ich erkannt, du warst es, der mein Schloß angezündet hat mit deinen Landsknechten. Du bist einer von der Liga.»

Dieser Name erhöhte die Wut des protestantischen Heeres. Der verhaßte Feind wären nicht die Königlichen gewesen: die Mordbanden der heiligen Liga, auch sie standen drüben. Die hatten Bethäuser zerstört, Pastoren geröstet, die weibliche Natur mit Pulver gefüllt. Das seid ihr, die uns die Heimat verbieten mitsamt dem Glauben, und sollen nicht sein und denken, wofür wir gemacht sind von unserem Schöpfer. Aber er will, daß ihr heute sterbt! So beteuerten ihnen die Pastoren, die zwischen ihren Reihen umhergingen auch im Wams und Koller, damit das wahre Wort zuletzt noch gehört würde. Bevor der Pastor fertig war, stellte der Hauptmann seine Kompanie in Schlachtordnung auf.

Der König von Navarra war überall sichtbar, obwohl selbst nur im grauen Leder und Eisen; ihm selbst entging nichts, besonders keine Bewegung des Herzogs von Joyeuse. Die beiden ließen einander Zeit, bevor es vollends ernst wurde. Am Ende soll einer von beiden vor Gott treten, indes der andere das Feld behauptet. Jedes der Geschicke ist groß; deswegen achten sie einander und gewähren einander den Vorteil, der noch zu gewinnen ist, bevor es vollends ernst wird. Joyeuse vollführt schwierige Manöver mit seiner allzu glänzenden Reiterei, ohne daß jemand ihn stört. Währenddessen kann Navarra schnell seine letzten Feldschlangen über den Fluß holen. Auch sprach er seine beiden Vettern an, um sie an ihr gleiches Blut zu erinnern. Es waren Condé und Bourbon Soissons, der Geliebte seiner Schwester Catherine.

Als Henri schon glaubte, er wäre bereit, trat vor ihn hin Philipp Mornay mit zwei Pastoren. Ohne Umschweife, da die Schlacht und vielleicht das Opfer des Lebens warteten, warf Mornay seinem Herrn vor, daß er noch wieder in La Rochelle eine Liebschaft gehabt hatte, und diese lastete im letzten Augenblick auf der Tugend der Hugenotten. Henri gab seinen Fehler den Pastoren zu. Er sagte: «Vor Gott kann man sich nicht genug demütigen, und Menschen nie genug trotzen.» Worauf er davonsprengte, denn er erblickte einen Überläufer – ein Anführer, der sich mit seinem Trupp unentschlossen zwischen Hügeln bewegte, in einem vorläufigen Abstand von beiden Armeen. «Fervaques!» rief Henri schon von weitem. «Wenn wir siegen, kommen Sie zu uns!»

Sofort wendete er, ohne sich erst zu überzeugen, was auf seinen Anruf geschähe. Die Leute des graden und schlichten Soldaten nötigten ihn aber, sich zu entschließen, denn sie folgten dem König von Navarra. Henri sah am Stand der Sonne, daß es neun Uhr war, und seit zwei Stunden manövrierten die beiden Heere, jedes vor den Augen des andern. Im Oktober ist dies keine vorgeschrittene Zeit; das Licht fiel schräg aus Wolken, die niedrig, langsam hinzogen über die Ebene, so daß anschaulich zu bemerken war: auch große Heere mitsamt den Feldherrn werden klein, sie werden sehr gering unter den sehr großen Wolken; und hinter diesen ist ein Himmel – kann sein, er will uns gar nicht kennen.

Henri reckte sich auf seinem Tier, er rief in die tiefen Reihen der Seinen hin, den Augenblick, bevor er mit ihnen den Feind angreifen wollte: «Gefährten, es geht um den Ruhm Gottes!» So rief er grade wegen des niederen Himmels. «Unsere Ehre will, daß wir siegen, oder wenigstens müssen wir das ewige Leben retten. Vor uns liegt der Weg. Los im Namen Gottes, für den wir kämpfen.» Während er dies in die Reihen rief, besann er für sich die Befehle, die sogleich folgen sollten. Es kam anders, und das protestantische Heer, ohne Geheiß noch Verständigung, kniete hin und betete: das ganze Heer. Es betete laut wie Getöse, Donnerschlag, oder Glocken, an denen man reißt, Psalm 118: «Danket dem Herrn, denn er ist freundlich, und seine Güte währet ewiglich.»

Da wurde das Herz Henris erhoben vom freudigen Erschrecken, und er erkannte wieder, was ihm einst am Meeresstrande voraus verkündet worden war: Ein ganzes Heer kniet hin, und anstatt anzugreifen betet es. So überzeugt ist es von seiner Bestimmung, zu siegen. Auch er, die Stirn erhoben, die Hände auf der Brust gefaltet, sprach mit: «Alle Heiden umgeben mich; aber im Namen des Herrn will ich sie zerhauen. Dies ist der Tag, den der Herr macht; lasset uns freuen und fröhlich darinnen sein!»

Wahrhaftig war Henri fröhlich, er war fröhlich wie nie. Der Tag, den der Herr macht, ist der, an dem wir reiten und dreinschlagen, ohne Sorg und Zweifel. Der halbe Schnurrbart wird heute nicht weiß durch Verrat, Ungewißheit, Trauer. Der Tag, den der Herr macht, ist ohne Zweifel, denn dort steht der Feind. Heute sind wir stark im Glauben, denn wir haben nicht die Wahl und müssen siegen. Das ist der fröhliche Tag.

Der Herzog von Joyeuse sah, was drüben Merkwürdiges vorging, er rief: «Der König von Navarra hat Furcht!» Ihm antwortete Jean de Montalembert: «Herr, Sie und Ihre Höflinge haben sich noch nicht die Knie gerieben an den Hugenotten. Wenn die dort solche Gesichter aufsetzen, dann soll was kommen.» Worauf manche reichen Leute in silbernen Rüstungen sich erst recht belustigten. Denn sie hatten nichts erforscht, nichts begriffen.

Das da drüben ist das Heer der Armen. Das drüben ist das Heer der Verfolgten um der Gerechtigkeit willen. Es ist das Heer, bei dem zuweilen die Tugend vorkommt und einige Male das Wissen. Ihr König hat hohle Wangen seit diesem Feldzug, trägt auch nur den grauen Helm und Brustpanzer wie alle, und sein einziges Hemd ist an seinem Leibe noch feucht von der Wäsche. Er hatte alles, was er und sein kleines Land besaß, auf dieses Heer gewendet; so ist auch jeder der Seinen herbeigezogen mit dem, was ihm geblieben und seinem ganzen Glück. Diese Schlacht verloren, und alles wäre aus für sie, es muß fortgewandert werden in die Fremde. Da liegen sie, diesen Augenblick noch mit den Knien auf ihrem Heimatboden, rufen hinan, reißen an Tauen, die von Glocken aus den Wolken hängen: «Im Namen des Herrn will ich die Heiden zerhauen. Dies ist sein fröhlicher Tag.»

Nun geschah es, daß beim ersten Zusammenstoß die Ritter tief einbrachen in die Reihen der hugenottischen Arkebusiere. Sie jagten sogar einen Teil der Reiterei von Navarra vor sich her, bis in die Stadt Coutras, man fing schon an, das Gepäck zu plündern. «Sieg!» wurde gerufen, und Joyeuse fand es nicht zu früh, auch sein Fußvolk vorzuschicken. Da erfolgte die Überraschung. Die Protestanten beschossen mörderisch aus gedeckten Stellungen die Flanken des königlichen Heeres, das selbst nur schlecht zielte, seine Kanonen standen zu niedrig. Das Fußvolk flüchtet, die Reiterei wird eingedrückt. Handgemenge, der König von Navarra umarmt inmitten einen feindlichen Edelmann. «Ergib dich, Philister!» Dann ist er selbst wohl Simson – hätte den Philister aber lieber vom Pferd schießen sollen, denn fast verliert er für seinen Edelmut sein Leben.

Als der Herzog von Joyeuse seine Sache verloren sah, ritt er mit seinem jungen Bruder, Herrn de Saint-Sauveur, in das dichte Gewühl und kam darin um, wie er auch gewollt hatte. Er war nur ein Günstling gewesen, und angefangen hatte er wohl nicht ehrenhaft. Sein Stolz, als er so groß geworden war, lehrte ihn, in Ehren unterzugehen.

Kaum hatte er ausgeatmet, schon lief sein Heer auseinander. Die Hugenotten verfolgten es zwei oder drei Meilen weit: jeder seinen schönen Ritter, dem er die Taschen umdrehen wollte, ihn gefangennehmen und nur herausgeben für gutes Lösegeld. Auf dem Schlachtfeld zurück blieben zweitausend Tote, fast lauter Katholiken: sonst war es leer. Die Toten lagen zwischen ihren Pferden und Waffen, alles aufgeworfen zu Hügeln von selbst, ohne menschliches Vorbedenken, und so auch die anderen Hügel, die aus Sand und Gras sind. Zwischen Sand, Gras und den Toten bewegte sich eine einzelne gebückte Gestalt: späht in die Gesichter, taumelt vom Schmerz des Findens und Erkennens, späht gebückt im fallenden Abend, unter den niedrigen Wolken.

Im «Weißen Roß» zu Coutras wurde getafelt oben, aber unten trug der Tisch die Leichen des Herzogs von Joyeuse und seines Bruders. Der König von Navarra kehrte zurück, man wußte nicht, woher; in der Verwirrung des Sieges hatte noch niemand ihn vermißt. Seine eigene Wohnung fand er voll verwundeter Gefangener, ging in das Gasthaus: hier bemerkten einige, daß seine Augen gerötet waren. Zuerst beugte er noch das Knie vor den beiden Besiegten; dann verwandelte er sich durch eigenen Entschluß und eilte hinauf, um mit den Lachenden und Tafelnden den großen Sieg zu feiern. Einen so großen hatten die von der Religion nie vorher errungen, gewiß nicht zu den Zeiten des Herrn Admirals, wie seine alten Kampfgenossen auch zugaben. Da der König von Navarra eintrat, sprangen alle von den Bänken, stampften einmal stark auf und hielten dann den Atem an, damit es völlig still wurde.

Henri sprang lachend unter sie, rief: «Noch nicht das ewige Leben, das haben wir noch nicht gewonnen, aber dieses.» Faßte den größten Humpen und stieß ihn gegen alle anderen, die seine tapferen Hauptleute ihm entgegenhielten. Sie verschlangen, womit die riesigen Schüsseln beladen waren; Henri so viel wie einer. Ihre lauten Stimmen erzählten ihre Taten in dieser Schlacht, und Henri die seinen, hell wie eine Trompete. In dem langen Saal war die Luft verdichtet vom Rauch der Fackeln, Qualmen des Bratherdes, und von den heißen Ausdünstungen der Soldaten. All ihre lederne Tracht hat dunkle Flecken; welche sind von ihrem Blut, und welche vom Blut getöteter Feinde? ‹Ich seh euch, aber ihr seht nicht, daß ich geweint habe.

Genug getrauert um meine Landsleute, die ich selbst hab hinschlachten müssen, und hätten mir doch später treu gedient. Dort hängen von der Decke ihre Banner, die von ihnen übrig sind. Gut und recht – aber das Banner des Königs von Frankreich will ich mir nicht holen, und er selbst soll nicht drunten auf dem Tisch liegen, indes ich oben tafle. Das nicht, ich schwör es› – sprach er zu sich selbst, tat aber den Tischgenossen munter Bescheid.

Valois steht längs der Loire mit seinem letzten Heer und deckt sein Königreich. ‹Ich tu dir nichts, Valois, und für dein Königreich schlag ich meine Schlachten. Wir müssen noch fertig werden mit Guise, das wissen wir beide. Jetzt mag er die deutschen Landsknechte zurücktreiben nach der Schweiz, du aber ziehst statt seiner siegreich in deine Hauptstadt ein, mein Valois. Denn ich tu dir nichts, wir verstehen uns.›

Gedacht, getan, und tags darauf stieg Henri zu Pferd, um durch die ganze Guyenne bis nach Béarn zu reiten; hatte bei sich einen berittenen Trupp und zweiundzwanzig eroberte Fahnen, die brachte er der Gräfin Gramont. Er handelte romantisch, wie alle sahen. Anstatt seinen Sieg zu verfolgen und den König zu schlagen, schwelgte er im Gefühl und trug eroberte bunte Fahnen bis vor die Füße seiner Freundin. Darüber große Enttäuschung bei den Siegern von gestern; ja, des Verrats wird Henri beschuldigt von fremden Protestanten, die leicht reden haben, je weiter fort sie sind von diesem Königreich.

Er kam an, da stand auf der Treppe ihres Schlosses, in Weiß und überflutet von Perlen, die Fee Corisande, so himmlisch er sie nur träumte. Alle Fahnen wurden vor ihr geschwungen und gesenkt; dann, als wäre er hiernach würdig genug, schritt Henri zu ihr hinan und führte sie hinein an der erhobenen Hand. Sie konnte nicht sagen, wie glücklich sie war. So glücklich war seine Muse, daß sie alles vergaß, was nicht sein Sieg und großer Weg war. Kein Gedanke an Bitterkeit oder eigenen Anspruch: sie vertraute ihm sanftmütig. Mütterlich bedauerte sie seine Mühen, freute sich, daß sie belohnt worden waren; hätte sich in Wahrheit aber wünschen müssen, daß sie lange währten, wie es dann auch kam. Solange das Glück in der Schwebe bleibt, ist noch die Zeit der Muse: dies aber ist ihr fröhlicher Tag.

Moralité

Imperceptiblement il avance. Tout le sert, et ses efforts, et les efforts des autres pour le refouler, ou le tuer. Un jour on s'aperçoit, qu'il est fameux et que la chance le désigne. Or, sa vraie chance c'est sa fermeté naturelle. Il sait ce qu'il veut: par cela il se distingue des indécis. Il sait surtout ce qui est bien et sera admis par la conscience des hommes ses pareils. Cela le met franchement à part. Personne, parmi ceux qui s'agitent dans cette ambiance trouble, n'est aussi sûr que lui des lois morales. Qu'on ne cherche pas plus loin les origines de sa renommée qui ne sera plus jamais obscurcie. Les contemporains, d'alors et de quelques autres époques, ont pour habitude de s'incliner devant tout succès, même infâme, quitte à se récuser aussitôt traversé ce passage où soufflait un vent de folie. Par contre, les succès d'Henri n'étaient pas pour humilier les hommes, ce que n'évitent guère la plupart des chefs heureux. Ils devaient plutôt les rehausser dans leur propre estime. On ne voit pas d'habitude l'héritier d'une couronne, que le parti dominant répudie voilemment, gagner à sa cause, par des procédés d'une honnêteté pathétique, le roi même que force lui est de combattre. Combien il voudrait aider ce roi, au lieu de devoir le diminuer, lui et son royaume. Il a eu ses heures de faiblesse et la tentation d'en finir ne lui est pas restée inconnue. Cela le regarde. A mesure qu'il approchait du trône il a fait comprendre au monde qu'on peut être fort tout en restant humain, et qu'on défend les royaumes tout en défendant la saine raison.

Die Toten am Wege

Wer wagt es?

Am neunten Mai 1588 schleicht der Herzog von Guise sich heimlich mit wenig Begleitung in Paris ein. Der König hat ihn bitten, ängstlich bitten lassen, er möge nicht kommen. Valois weiß, daß die bloße Gegenwart des anderen sein Ende einleitet, oder sie entscheidet das Ende des anderen. Wer von beiden wagt, und wagt es früher? Guise hat damals die fremde Armee der Hugenotten vernichtet, das königliche Heer unter Joyeuse ist im Gegenteil geschlagen worden von Navarra. Trotzdem hat der arme König versucht, sich als den Sieger aufzuspielen; das Volk und die ehrbaren Leute verachten ihn einmütig. Seine Parlamentarier, die großen Richter des Landes, sind fast als einzige noch königlich gesinnt: sie sind im Denken erfahren. In dieser unübersichtlichen Lage darf man nicht vom Gesetz abweichen, aber das Gesetz ist der König. Wem können sie es sagen und begreiflich machen? Weder den Reichen, denen Guise, nicht der absterbende Valois, für ihr Geld bürgt, noch den aufgeregten Leuten auf der Straße, die «Hungersnot» schreien. Es ist schon oft gehungert worden: kein Grund zur Annahme, daß man das gewohnte Maß des Fastens nächstens würde überschreiten müssen. Eine Volksmenge indessen, die einmal falsch gewählt hat, begeht auch weiterhin nur Unsinn. Sie sind für Guise, einen Abenteurer und Massenbetrüger im feindlichen Sold. Ihre widernatürliche Parteinahme erzeugt bei ihnen Wut und Angst – es ist der Widerstand ihres Gewissens, aber das verstehen sie nicht. Wegen zerrütteten Gemütes ergibt Paris sich seiner eingebildeten Hungersnot.

Guise mit seinen fünf oder sechs Reitern gelangt bis in eine volkreiche Straße, noch immer unerkannt, das Gesicht unter dem Hut und dem Mantel. Die Stadt, besonders die zahlreichen Klöster, sind von seinen Truppen voll, er kann sie rufen, wo immer er sich befindet. Aber er spielt den Furchtlosen und den Geheimen, der überraschenden Wirkungen wegen. Bald ein Vierziger und Vater vieler Söhne, behält er noch immer die schaustellerische Wucht der Mittel, mit denen solch ein Unberufener sich in Szene setzt. Sein eigener junger Mann, der dafür abgerichtet ist, zieht dem geheimnisvollen Reiter den Hut und den Mantel weg, der kleine Schalk, und ruft hell: «Edler Herr, geben Sie sich zu erkennen!»

Vor dem König in seinem Schloß Louvre sagte währenddessen die alte, sehr alte Königin Madame Catherine: «Guise ist der Stab meines Alters.» Ihr Sohn blickte mit schweren Augen auf die Erfinderin der Bartholomäusnacht, deren letzte Folgen jetzt auf ihn niederfielen, und das wußte er sogar ohne besondere Meldung. Diese traf aber alsbald ein, und mit der Ankunft des Herzogs von Guise erfuhr man auch gleich seinen Erfolg. «Wir sind gerettet!» hatte als erste eine feine Dame dem Herzog zugerufen, wobei sie ihre Maske von den Augen herabzog. «Guter Fürst, wir sind gerettet!» Darauf geriet die ganze Straße in ein Wogen der Begeisterung. Keine Hungersnot mehr, Führer verjagt Hungersgespenst! Tränen der Freude flossen. Stiefel, die vom Pferd hängen, kann man einfach küssen. Rosenkränze wurden an ihm gerieben, damit er sie heiligte, und natürlich wurden Menschen erdrückt.

Solange der korsische Oberst Ornano dies berichtete, sah der König nicht ihn an, er hielt den Blick auf seiner Mutter, die ihn fühlte, denn er war schwer. Sie murmelte dumpf vor sich hin: «Guise ist der Stab meines Alters» – dies aber, um sich in all ihrer Dummheit zu behaupten und diese zu schützen sogar gegen sich selbst: weil sie einen lichten Augenblick hätte haben können. Ihr Geist war völlig erdfarben geworden, Erde vom Friedhof, und dorthin schien sie zurückkehren zu wollen, als sie abging, ungleich mit dem Stock aufklopfte, schlurrte, tappte, zickzack machte, immer tiefer in sich selbst verfiel; der Kopf saß zuletzt nur noch in Höhe der Knie.

Der korsische Oberst erklärte seine Meinung, weil er versichert war, der König dächte nicht anders. Der Herzog müßte erdolcht werden. Ein Geistlicher, der auch zugegen war, rechtfertigte die Meinung mit dem passenden Bibelwort. Mehrere entschlossene Männer äußerten sich, und der König widersprach nicht: sein Schweigen schien ihnen so gut wie Zustimmung. Untereinander beredeten sie, was man noch in der Hand hätte von der bewaffneten Macht des Königs, und ob nach vollbrachter Tat der Schrecken der Gegenseite anhalten würde, bis man Verstärkungen bekäme. Da erschien schon wieder die Mutter des Königs: mit ihr wahrhaftig Guise. Kein schöner Guise, kein stolzer Held. Auf dem Weg zum Zimmer des Königs waren seine gnädigen Anreden nicht erwidert worden, und der Feldmeister der Garde, Crillon, hatte sich den Hut um so fester aufgesetzt. Daran erkannte der Herzog, was ihm bevorstand. Bleich und fassungslos langte er an. Aber ihn begleitete die alte Frau: der König unterließ, das Zeichen zu geben für die Dolche, weil die alte Frau dabei war. In Schloß Louvre hatte er von seinem ganzen Hause, das tot oder gegen ihn empört war, nur sie allein, die ihn bis hierhin gebracht hatte. Darum fürchtete er sie wie das Schicksal. Kein Gedanke, in ihrem Beisein, gegen ihren Willen, den rettenden Dolchen zu winken. Er fuhr den Herzog kurz an und drehte ihm den Rücken.

Guise ließ sich auf eine Truhe fallen. Ein Auge tränte wegen der Nähe der großen Narbe, er schien zu weinen. Er hatte alles gesehen, die Furcht des Königs. ‹Ebensoviel Furcht wie ich›, dachte Guise. Aber die verzerrten Züge des Königs hatte er richtig verstanden. Der Entschluß zu töten versagte nur für diesmal. In dem entferntesten Winkel war die alte Königin bemüht, ihren Sohn zu beruhigen: Guise machte, daß er fortkam. ‹Heil, ich lebe noch, und da ist auch gleich mein Volk, ist bis in den Hof des Louvre gedrungen, mich herauszuholen. Wieder der Held. Heil, und jetzt wird durchgegriffen.›

Das denkt man, nachdem man sich hat überraschen lassen. Im Ernst wollte ein Lothringen nicht Barrikaden errichten und dem König eine Schlacht liefern in seiner Hauptstadt: er hatte nur gearbeitet derart, daß es dahin kommen mußte. Als er vor dem Ziel zurückschrak und sich lieber schlafen gelegt hätte, besuchte ihn Mendoza, der Gesandte Don Philipps, und sprach zu ihm im Ton des Befehls. Sein wahrer Herr konnte den Herzog von Guise nötigen. Innerhalb von drei Tagen sollte Frankreich vom offenen Bürgerkrieg erfaßt sein, dies der Wille des Weltbeherrschers. Guise wurde nicht gewürdigt, den Grund zu erfahren, er war indessen mit Nachrichten bedient worden. Die Armada lag endlich fertig, um auszufahren gegen England. Diese Flotte wurde seit Jahren gerüstet, war auch ausgestattet mit jedem Bedarf für ganze Jahre, obwohl nicht mehr als vierzehn Tage zu berechnen gewesen wären für die Überfahrt. Unterwegs sollte sie die französischen Häfen in aller Sicherheit anlaufen können. Der Weltbeherrscher wollte niemandem begegnen von seinen französischen Feinden: er war von Natur genau und vorsichtig. Darum mußten innerhalb von drei Tagen in Paris die Fässer mit Sand aufgeschichtet werden. Aus seinem Louvre hatte der König sie schon längst den Fluß heraufschwimmen gesehen. Da er in seiner äußersten Not einige Schweizer und Deutsche zur Stadt einrücken ließ, hatte der Aufstand seinen letzten Vorwand. Die Fremden wurden hingemacht von der großen Überzahl, knieten und erhoben ihre Rosenkränze. Der König mußte bitten für seine Soldaten, so viele noch am Leben waren. Er bat den Herzog von Guise, wodurch dieser vollends den Mut verlor, den König zu töten; das hatte Mendoza von ihm verlangt.

Da nun keiner wagte, den anderen zu töten, weder Valois noch Guise, trat Schwanken ein, und überlassen blieben die Straßen tagelang den Mönchen, die beim Sturmgeläut ein Gemetzel predigten. Auch die Schwester des Guise, Furie der heiligen Liga, tat das ihre: zum Mord hetzte sie von ihrem Balkon herab die stürmische Schar der hochgesinnten Jugend. Sie sagte: «Jugend, meine Jugend, du bist immer hochgesinnt», was die künftigen Advokaten, Prediger oder Anstreicher ihr ohne weiteres glaubten. Dünnflüssiges Blut wird gern mit Gesinnung verwechselt. In Zeiten der allgemeinen Übereiltheit genießt junges Blut große Achtung. Die Herzogin von Montpensier verstand sich in ihrer wütenden Ausgelassenheit noch immer auf Gesichter; dort unten in dem Schwarm ihrer Verehrer bemerkte sie eins, dasselbe nicht zum erstenmal. Wer so aussah, war zu gebrauchen. Sie ließ den jungen Klosterschüler heraufholen.

Sie tat ein übriges und bereitete sich vor, legte ein Gewand aus Schleiern an ihren hochgewachsenen Körper, besprengte ihr Schlafzimmer mit Duftwasser. Rabenhaar, das schon gefärbt ist, hervorquellende Brüste, silberne Sterne über und über: sie prüfte sich und entschied, daß es genug war, trotz allen Verwüstungen des Gesichts durch Leidenschaften. ‹Sechsunddreißig Jahre – bei einem anderen könnte es leicht zu spät sein›, so dachte die große Dame. ‹Nicht aber bei einem bäuerischen Mönch von zwanzig Jahren, der das erstemal in seinem Leben das Bett einer Herzogin erblickt.› Sie fragte auch: ‹Was tun, und wie weit geh ich?› Gleichviel, antworteten ihre starken und vollen Schultern, die sich hoben und wieder senkten.

‹Ich will etwas und will es bis ans Ende. Das fehlt den Männern, sogar meinem angebeteten Guise, der nächstens den Thron von Frankreich besteigen soll. Ein einziger Streich ist nötig, vor dem aber erschrickt er. Seine Schwester nicht. Die würde zuletzt mit eigener Hand zustoßen. Meine Hand ist kräftig, meine Glieder nicht schwächer als die meines Bruders, die Schultern sind breit, ich könnte selbst der Held der Familie sein, bis auf die Kleinigkeiten, die mich zur Frau machen; und damit will ich's schaffen.›

Sie winkte, ihre Dienerschaft lief herbei, führte den Mönch herzu, schob ihn in die Tür, die gleich wieder geschlossen wurde. Eine Göttin blieb im Gemach allein mit einem braunen Wesen von dort unten, das gewaltig stank. Das Duftwasser half nichts gegen den Geruch von Ungewaschenheit, und dieser verbreitete sich sofort: Aber die Dame hielt ihm stand. Sie sprach das Mönchlein an, das glupte mit Äuglein, schmatzte mit dicken Lippen, und in den zusammengesteckten Ärmel rückte der Bauernkerl die Hände: hätte sie gern hervorgeholt und Fleisch betastet. Keine Spur von Scheu, heute ist alles durcheinander, alle gelten gleichviel in der heiligen Liga. Man sehe nur auf der Straße hinter die Sandfässer: liegen übereinander Obersten und Ritter, die haben wir hinmachen dürfen. Ihre Weiber stehn uns frei. Hei. Hochherzige Jugend, sagt sie.

«Wie heißt du?» fragte die Herzogin in einem Ton, daß der Junge erschrak. «Wissen Sie doch», brummte er. «Haben mich selbst bei Namen genannt von oben. ‹Jakob, wo bist du?› riefen Sie. Na hier. Was soll's jetzt sein.»

«Knie hin!» befahl die Herzogin stark. «Bete den Rosenkranz.» Ihre Herrschaft und Macht über ihn waren unbeschränkt, das erkannte sie an seinen irrsinnigen Worten. Sie ging in seinen Träumen um, schon seit den vorigen Malen, als sie vom Balkon herab geredet hatte. Kniend mußte er ihr beichten, sein gemeines und liederliches Schicksal: die Fleischessünde, derentwegen er aus dem Kloster nach Paris geschickt worden war, um eine Tat zu vollführen. Sein Vorsteher hier prägte ihm ein: Fleischessünde – nur gut zu machen durch eine Tat. «Durch welche?» fragte die Herzogin. Das wußte er nicht. Die Mönche, die ihn erzogen, ließen die Sache selbst noch im Dunkeln. Die Mönchen richten immerfort Königsmörder ab, zuletzt aber verwenden sie keinen. Dieser ist meiner. «Du gehörst mir», befahl sie. «Ich stell mit dir an, was ich will. Ich kann dich unsichtbar machen. Steh auf, dreh dich zur Wand.» Sie ging an das Ende des Zimmers und suchte. «Jakob, wo bist du?» Er hörte sie mehrmals fragen, ohne daß er sich meldete. ‹Da bin ich nun richtig unsichtbar, hei›, sprach er bei sich; sonst dachte er nichts. Sein Herz ging deshalb nicht schneller.

«Jakob komm und berühre meinen Saum, davon wirst du wieder sichtbar.»

«Will gar nicht sichtbar werden», maulte er, «außer, wenn ich mehr anfassen darf als nur den Saum.»

Dennoch schlappte er heran auf seinen Sandalen; aber noch bevor er nach ihrem durchsichtigen Gewand hatte greifen können, sagte sie dies halblaut, dabei fürchterlich: «Jakob! Du sollst den König töten.»

So stumpf das Wesen war, es taumelte, das Gesicht verfiel, lange kam nichts, endlich aber nur Angstgestöhn. Während seines Schweigens gingen die Schrekken der Verdammnis, sichtbar wie Flammen, hervor aus dem Munde der höllischen Dame. Unter ihrem Schleier bemerkte er auf einmal den Pferdefuß, und wie deutlich!

«Gehorche mir, Jakob, dann ist dein Glück gemacht. Wenn du den König tötest, hast du drei Wünsche frei. Du kannst den Kardinalshut verlangen. Reich sollst du sein. Das dritte gewähr ich dir selbst» – wobei sie auf flacher Hand ihre Reize darbot. Gleichzeitig ging sie mit ihrer Stimme zum Girren über, berückte ihn ganz unmäßig, sah ihn zittern wie Espenlaub, seinen Speichel triefen, und in diesem Zustand erfuhr der Bölde von ihr, daß ein König so gut wie ein Mensch ist. Stirbt auch nur einmal und ist dann immer tot. «Dich aber können sie suchen, du bist unsichtbar. Jakob, wo bist du?»

«Hei, bei dir!» antwortete er glucksend vor Zufriedenheit, dann jetzt hatte er begriffen und machte sich keine Sorgen mehr.

«Wenn du den König getötet hast und Kardinal bist. Zu mir darf nur ein Kardinal kommen.» Dies im Gegenteil kühl und herablassend, während sie eine schnelle Musterung über ihn hielt. ‹Viel zu fett ist der Trampel, um behend den Valois abzustechen. Muß fasten, und seiner Erleuchtung wegen soll er Pulver in das Essen bekommen, obwohl er auch so schon alles sieht und hört, was man will. In seinem Kloster werden sie ihm feurige Teufel vormachen, für den Fall, daß der Esel jemals die Hinterfüße versteift. Aber das tut er nicht, ich hab ihn.› Dabei zog sie an der Klingel. «Fort mit dem Stänker, und auslüften!» Da sie zum Fenster trat, halbnackt wie sie war, stürmte drunten nach ihrem Anblick zusammen viel hochgesinnte Jugend. Sie ließ sich in Ruhe bewundern, das Fenster reichte bis auf den Boden. Übergroß durch die Leidenschaft ihres Stolzes sah sie dem Himmel in sein Sonnenauge, und es blendete sie nicht.

«Ich – wag es.»

Nacht mit dem Mörder

Als der letzte Valois aus seinem Schloß Louvre flüchtete, dachte er an seinen Vetter Navarra und wünschte ihn herbei. ‹Wenn ich ihn hier hätte, sollte Paris wohl etwas kleiner werden, so viele würden wir köpfen. Diese Stadt ist zu groß, man muß ihr Blut abzapfen. Ich, der einzige König, der sie immer bewohnt und mit seinem Hof bereichert hat. Die öffentliche Hinrichtung des Guise soll ein Volksfest werden.›

Heiß und erbittert, konnte der arme König dennoch in Muße seine Gedanken verfolgen. Guise hatte ihm einen Ausgang heimlich offengelassen, er flüchtete mit Zustimmung seines Feindes, der ihn los war und in der Hauptstadt das Regiment ergriff. Vor der Karosse des Königs gingen seine Garden, im Schritt fuhr er nach seinem nächsten Aufenthalt, seine Gedanken aber verließen niemals ganz den Vetter Navarra. ‹Hätte ich ihm Joyeuse und meine schönste Armee entgegengeschickt, nicht, damit er sie schlug, sondern vereint hätten sie gegen Paris ziehen müssen, mich zu befreien!›

Bei einiger Vertiefung in den Gedanken erkannte er die Unmöglichkeit. ‹Seine katholische Armee hätte dem Befehl nicht gehorcht. Gelangte andererseits der protestantische Vetter bis nach Paris – dann wär's um meinen Thron geschehen›, entschied Valois, obwohl er zweifelte. Er war nur zu unglücklich, um grade jetzt sein Mißtrauen aufzugeben. Er hielt daran fest, als an seiner einzigen Stärke. ‹Auch um mein Leben wär's geschehen›, behauptete er aus Trotz.

Henri hatte selbst die größte Furcht vor Gift, und dies schon zwei Monate, seit dem Tode seines Vetters Condé. Der Prinz von Condé war vergiftet worden: von seiner eigenen Frau, wie Henri glaubte. Sofort hielt er auch seine arme Margot dazu fähig, aus dem Gleichgewicht wie sie war, eine Beute ihres unsinnigen Hasses. Der eßlustige Henri, überall im Lande hatte er sich unbesorgt zu Gast geladen, plötzlich wurde bei ihm gekocht in der verschlossenen Küche, unter Aufsicht. Vetter Condé hatte eine ganze Nacht erbrochen. Am zweiten Morgen danach frühstückt er stehend, will Schach spielen, wieder ist ihm sehr übel, und er stirbt: schon wird die Haut schwarz. ‹Ich trauere um ihn wegen dessen, was er mir hätte sein sollen. Wie er war, das betrauere ich nicht.›

Vierundzwanzig Mörder wurden in dieser Zeit ausgeschickt gegen den König von Navarra. Was der arme Valois sich heimlich wünschte: sein Vetter möchte ihm zu Hilfe kommen, andere befürchteten es und wollten es abwenden. Man sagte ihn tot, wie gewöhnlich die tun, deren Vorteil es wäre, und einige sind sogar in der Lage, Genaues darüber zu wissen. Der Herzog von Guise hat sich bei dem König von Frankreich dringend erkundigt, ob es wahr ist. Der König konnte nur hoffen, daß sein Vetter Navarra lebte; nach dem Tode des Prinzen von Condé hatte er ihm Gesandte geschickt, besonders Herrn des Montmorency. Dies war wirklich der letzte seiner Versuche, den Übertritt zur katholischen Kirche zu erreichen bei dem einzigen überlebenden Haupt der Protestanten. Nachher war Henri der unanfechtbare Erbe der Krone. Niemand glaubte, daß seine Protestanten noch von ihm abfallen könnten seit dem Verschwinden des Mitbewerbers um ihre Führung. Doch: Henri kennt sie. Er weiß auch, daß er auf gradem Wege bleiben muß, solange das Abweichen nach Schwäche aussähe. Seine innere Festigkeit kann Untreue nicht brauchen und verwirft ein vorzeitiges Gelüst. Wenn das Königreich kämpfend erworben und zusammengebracht ist nach allen weiter bevorstehenden Mühen des Lebens, ergraut, von erprobter Macht und Gewalt: um ihretwillen wäre es durchaus nicht mehr nötig, dann, aus freien Stücken wird er zur Messe gehen. Vorher nicht. Um nur geduldet zu werden, niemals.

Der tapfere Henri aber fürchtete Gift und Messer, weil diese nicht erlauben, daß man sich wehrt, wie ein Soldat und wie das Gewissen sich wehren. ‹Das Messer ist noch schrecklicher als das Gift, es droht nicht nur beim Essen. Überall unter Menschen kann mir über den Rücken Kälte laufen, weil ich nicht sehe, was hinter mir einer aus dem Ärmel zieht. Ein kleines Messer ist bald versteckt, sehr leicht im weiten Ärmel eines Mönches. Zu mir kam aber ein feiner Edelmann, kannte die Sprache nicht, sogar Lateinisch nicht, und hatte sein Anliegen auf einem gerollten Pergament, das er aus dem Futteral zog: der Dolch glitt ihm dabei von selbst in die Hand. Ich mußte erstaunlich schnell zufassen und ihm das Gelenk umdrehn! Den Hauptmann Sacremore dagegen haben meine Leute abgefangen. Beweise sind da, es stimmt, er ist mir auf die Spur gesetzt. Sonst hätte ich es nicht geglaubt von einem so mutigen Offizier. Mörder sind feige – ich aber soll sie immerfort fürchten? Endlich will ich mit einem von ihnen Wein trinken und mich an seine Art und Anblick gewöhnen.›

Das war im Schloß zu Nérac. Am Abend schickte er alle fort, ließ den Gefangenen hereinbringen, ihm die Fesseln abnehmen, und blieb mit seinem Mörder allein, zwischen beiden nur der Tisch.

«Hauptmann Sacremore, ich will von Ihnen wissen, wie das Töten ist. Getötet werden – auch das soll ich vielleicht erfahren, aber nicht durch Sie. Von dem feigen Mord sprechen Sie mir, als Soldat und brav. Nun?»

Der Mann hatte böse Augen, sonst war er schön in der Art von verwüsteten Einzelgängern. Saß in gefälliger Haltung, ein Edelmann aus italienischem Haus: die tiefe Ironie der Züge hätte ihn allein schon kenntlich gemacht. Er antwortete nicht. Henri schob ihm Wein hin, dafür dankte er wohlerzogen und trank das Glas leer. «Sie könnten vergiftet sein, Hauptmann Sacremore.»

Hierüber wunderte der Mörder sich höflich. «Sire! An Todesarten für mich fehlt es Ihnen nicht.»

«Welche, glauben Sie, werde ich wählen?»

«Sire, die ehrenhafteste, den Zweikampf», sagte der Mörder und gab seine List für Leichtsinn aus.

«Herr Charles de Birague, ich scherze nicht. Sie sind ins Land gekommen mit dem früheren Kanzler, der unsere Grundbesitzer im Gefängnis erdrosselte, damit die alte Königin erben konnte. Ihnen sind versprochen, wenn Sie mich töten, viele goldene Pistolen spanischer Prägung. Sie haben im Feld als Glückssoldat den Namen Sacremore erworben, bleiben aber ein Birague.»

«Sire, Sie wollen mich beschimpfen. Ich dagegen biete Ihnen an, daß wir uns ehrlich schlagen. Ich als Ihr Mörder bin Ihnen gleich geworden, darum sitzen Sie mit mir auf, hier in totenstiller Nacht.»

«Das weiß ich», sagte Henri. «Für diese Stunde sind Sie mir gleich. Was hätten Sie übrigens getan, wenn es Ihnen gelungen wäre?»

«Ich wäre in Diensten des Königs von Frankreich geblieben, und der hat mich auch abgeschickt.»

«Sie lügen – würden lügen, selbst wenn das Gold in Ihren Taschen nicht spanisch gewesen wäre.»

«Gut», gab Birague zu. «Aber in diesem Königreich wäre ich wirklich geblieben, denn es ist das schwächste, das beste für meinesgleichen. Es müssen die Einwohner mit aller Welt und unter sich zerfallen sein, dann sind sie meine

Volksgenossen und machen mein Geschäft. Sire, ich weiß, daß Sie das ändern werden, wenn Sie am Leben bleiben. Darum hab ich mich an Ihnen versucht, hätte es sogar ohne Lohn getan.» Da sah Henri in der Schurkerei den graden Weg und die Festigkeit; er hätte es nicht geglaubt. «Sacremore, Ihr Kriegsname ist verdient oder fast.» Hiermit legte er seinen Dolch mitten auf den Tisch. «Wer schneller zufaßt, Sacremore!»

Kaum ausgesprochen, schon schnellte die Hand des Mörders ab, stieß aber auf die andere. Beide feindlichen Hände zogen sich zurück bis hinter den Tischrand. Nur die Augen hielten einander fest, sie bewachten einander sprungbereit, schaudernd und mit Hochgenuß. Henri indessen erdachte eine Überraschung. «Sacremore, erwarten Sie kein Geld mehr aus Spanien. Ich habe dort wissen lassen, daß Sie verraten haben und arbeiten künftig für mich.»

Dies hören, und der Mörder fletschte die Zähne, er war in seinem Haß kein schöner Mann mehr. Seine glühende Fratze erregte unbedingt Schrecken, vielleicht hieß er grade ihretwegen, wie er hieß; und so bekam er Zeit, um den Dolch an sich zu reißen. Henri konnte einzig noch den Tisch umstoßen, das tat er. Der Tisch war schwer; damit er nicht erschlagen wurde, gebrauchte der Mörder seine beiden Hände, dabei verlor er den Dolch. Als er vom Boden aufgekommen war, entsprang er durch die Tür, und den offenen Wandelgang dahin flüchtete er, leicht wie ein Mädchen.

«Sacremore! Bleiben Sie. Für Sie ist Geld bei mir zu verdienen.»

Piff paff, und ein Sturz von der Treppe. Der Wachtposten im Hof hat geschossen: kein Sacremore mehr.

Schade. Tapferer Kerl, und ich hätt ihn ehrlich gemacht. Durch Zufall umzukommen – nach einer solchen Nacht! Henri vergaß ganz, daß er selbst die Nacht und die Probe bestanden hatte. Man muß auch vor dem Mörder nicht zittern.

Der Ruf

Valois schlug sich gleicherweise umher mit den Mördern seines Königreiches und seinen eigenen: saß mit ihnen am Tisch und lebte im Grausen. Damals hielt er die Ständeversammlung zu Blois. Der König hatte sich dorthin geflüchtet; alsbald folgte Guise ihm, auch die Häupter der Liga machten sich auf die Strümpfe, die sechzehn, die jeder ein Pariser Stadtviertel befehligten. Ja, gemeines Volk aus der Hauptstadt wird hingeschafft, als Drohung für die vernünftigen Abgeordneten der Provinzen, auf die Valois allenfalls zählen dürfte. Vernunft ist anrüchig und wird abgeschreckt. Eine Bande von Geißelbrüdern überfällt den König; die muß er wohl empfangen, er hat ihre Aufführungen selbst schon mitgemacht aus Neigung, sich zu verkleiden. Ein Bruder seines toten Lieblings Joyeuse stellt den Gekreuzigten dar, eine ganze verwilderte Passion bricht in die Zuflucht des armen Königs ein, Christus blutet leibhaftig, die römischen Soldaten rasseln mit rostigen Waffen, unvermutet springen sie unter die aufgeregte Menge. Die heiligen Frauen sind eigentlich Kapuziner, um so besser können sie heulen, klagen und sich hinwerfen. Da bricht, unter den Hieben der Geißeln, auch der Menschensohn nieder. Heb ihn auf, Valois! Wenn du dich weigerst, verrätst du die Religion. Wo nicht, haben wir dich im Gewühl, und nur ein einziges Messer wäre nötig. Indessen fürchteten sie im Grunde sich selbst und ihren lästerlichen Rausch.

Was sollte ein gelehrter Jurist und Mitglied des Königlichen Parlamentes davon denken, denn auch diese Herren wurden mit gepreßt zu dem Unfug. Gelehrsamkeit wird schwer vergessen, und ein klarer Geist verwirrt sich nicht auf Befehl. In dem Fall erleichtert es den Umschwung, daß jemand der Massenbewegung beitritt: darin versinkt er bis über den Kopf; und wer sonst zuviel gedacht hätte, lernt es, aus massenhafter Gerührtheit und Volksverbundenheit zu heulen «wie ein Kalb». Der Präsident de Neuilly brachte es hierin weit genug, daß sogar der Tyrann Valois bewegt war, und gerade gegen ihn sollte er das gekränkte Volk doch aufbringen mit seinen Tränen, während ein Prediger Boucher dasselbe erreicht, wenn er schäumt. Jeder in seiner Art, der Herzog von Guise seinerseits machte es mit dem Drücken vieler schmutziger Hände, was ihm sehr zum Ekel war.

Dem Herzog von Guise begann alles zum Ekel zu werden, seine Rolle als Volksheld, sein Eifer in der Freundschaft für Spanien, sein Verkehr. Umringt von spanischen Galgenvögeln, die ihn beaufsichtigen, mußte er dem hochmögenden Gesandten Don Philipps seinen eigenen Fürsten schamlos preisgeben. Er mußte sprechen: «Der König, Ihr Herr, wird uns zu Hilfe kommen, wenn unser Fürst sich der Hugenotten bedient.» Guise wäre lieber selbst Hugenott geworden, als dies noch oft zu wiederholen.

Eitelkeit und seine Nachgiebigkeit gegen die Verehrung, die ihm unverdient entgegengebracht wurde, lauter Schwächen im Grunde, hatten ihn in seine falsche Laufbahn geworfen. Er war von zu guter Herkunft, um es nicht zu wissen. Nur ganz kleine Leute halten sich für große Männer, wenn eine verlogene und irrsinnige Massenbewegung sie auf Gipfel trägt, wohin sie nicht gehören. Heil mein Führer! hört ein Herzog von Guise und möchte sich verkriechen oder lieber noch die ganze Gesellschaft zurückjagen in ihre Kramläden. Sich mit dem König versöhnen, ist sein innigster Wunsch. Der König sollte ihn zu seinem Stellvertreter ernennen für das ganze Königreich, dies aber, bevor die Armada siegreich aus England zurück ist und die Spanier die Höhe der Unverschämtheit erreicht haben. Guise will ihnen noch vorher entgegentreten. Dafür ist eins nötig, auch die Ständeversammlung in Blois tagt nur zu dem einen Zweck.

Der König hat ihr versprechen müssen, die Ketzer auszurotten; jetzt soll er den König von Navarra verlustig erklären seiner Rechte als Erbe der Krone. Der König versucht Ausflüchte. Navarra selbst richtet an die Versammlung eine Denkschrift – feierlich erklärt sie gleichwohl seine Anwartschaft für verfallen. Abgesprochen werden ihm die Rechte eines ersten Prinzen von Geblüt.

Dies kaum erfahren, vergaß Henri seine Mörder, seine Muse, und mit der Romantik die Angst. Er zog in den Krieg. Wie? König und Liga, alle entfesselt gegen ihn allein, und treiben mit Umzügen und Geheul eine Unzucht des Geistes, die er seiner Natur nach verachtete wie keinen Sacremore. Unrecht tun und töten will das Leben; aber es will nicht, daß man deshalb heuchelt und die Vernunft abtut. Er zog in den Krieg nach der Bretagne, weit hinauf durch das Königreich, dessen Vertreter ihn inzwischen feierlich absetzten und verstießen. Er schlug sich mit königlichen Truppen und mit denen der Liga, was ihm diesmal für gleich galt, denn er war erbittert. Auf gradem Weg zum Thron – und mußte nochmals untertauchen, wie am Anfang, als Unbekannter. Der große Sieg von Coutras – jetzt wieder Sümpfe, kleine Städte und Hinterhalte, ein armer Edelmann fällt, hundert Feinde lassen sich fangen, Hagel, Sturm, wir nehmen ein Seeschloß. Wär unsere Kanone früher angekommen! Dumme Sache, zu tun haben gegen Meer und Winde!

Im Eifer des Gefechtes vergaß er dennoch seinen Überdruß und Zorn; freute sich, da zu sein, zu atmen, obwohl sie es ihm nicht gönnten, und Boden zu gewinnen, wenn auch unmerklich. Eines Mittags unter einem Baum allein, außer Atem von der heftigen Bewegung, grade dem Tode entronnen, macht er sich an sein Mahl; etwas verloren sieht er umher. Das Land ist weit, entweicht bis in den Himmel, schweigt und läßt sich überbrüllen vom Meer. Es will ihn nicht, es kennt ihn nicht einmal, und wäre nicht sein tiefinnerer guter Mut, er könnte fürchten, daß für ihn immer aufs neue alles von vorn beginnt wie hier. Dieselben Bilder kehren wieder unendlich: Sümpfe und Hinterhalte, hundert Gefangene, vornüber fällt ein armer Edelmann, es stürmt, hagelt, und das Seeschloß muß ich haben, wär unsere Kanone nur schon zur Stelle! Auf seiner Hand, die schwarz vom Pulver ist, liegt seine Mahlzeit, eine Brotkruste und ein Apfel.

Er hat Hunger und läßt sich gar nichts verdrießen. Er ist hergelangt auf der Lebensreise – einst war das Gebirge besonnt, er lachte und ging durch glückliche Bäche. Noch jung kam er in die Schule des Unglücks, lernte denken, bis vor den Wendungen des Geistes sein Mund anfing sich zu krümmen, oder doch manchmal. Heimgekehrt unternahm er alle gewöhnlichen Mühen des Lebens, wie jeder mit hungrigen Organen und einer Haut, die leicht zu durchlöchern ist. Von kleiner Art waren zuerst die Mühen: setz dich nur ganz daran, ihre Art wird größer. Jetzt ist er berühmt, wird gehaßt, ersehnt, gefürchtet – erfährt auch, wie die Mühen des Lebens zurückfallen können auf vorige Stufen; und unter einem Baum, im Stehen, verzehrt er seine Mahlzeit.

Zu derselben Stunde empfing der König von Frankreich den Gesandten Mendoza. Dieser hatte Nachricht vom Sieg der Armada und ließ sie sofort im Druck verbreiten. Dann fuhr er von Paris nach Chartres; sein erstes war, in der ehrwürdigen Kathedrale der Heiligen Jungfrau zu danken. Nachher begab er sich zum König, der damals gerade den bischöflichen Palast bewohnte! «Victoria!» sagte der Gesandte erhaben, sobald er jemanden erblickte – trat ein beim König und zeigte ihm seinen Brief. Da hielt ihm der König einen neueren entgegen: die Engländer hatten die Armada beschossen, hatten fünfzehn der Schiffe versenkt und fünftausend Mann getötet. An eine Landung in England war nicht mehr zu denken.

Mendoza versuchte alles abzuleugnen, und was dennoch wahr wäre, sollte ihn nicht hindern, erhaben zu bleiben. Fünfzehn Schiffe untergegangen – aber die Armada zählte hundertundfünfzig, lauter Riesen, lauter Türme aus Holz. Fünftausend Tote – darum war die Landungsarmee kaum merklich schwächer geworden, nicht zu reden von den nahenden Verstärkungen.

Nur daß diese in Wirklichkeit nicht nahten, sondern in Holland blockiert waren. Der König von Frankreich bewunderte höflich die schwimmenden Türme, die Don Philipp mit größter Umsicht hatte erbauen lassen. Leider brachte ihre Höhe den Nachteil mit, daß ihre Kanonen nur in die Ferne zielen konnten, und noch bedauerlicher hatte Admiral Drake den wunden Punkt der prächtigen Flotte schnell erfaßt. War aus dem Hafen von Plymouth vorgeschossen mit seinen Kähnen bis unter die Leiber der Riesen und hatte sie durchlöchert. Wie unrecht, der Himmel selbst ergriff die falsche Partei, Stürme treiben noch jetzt, während wir sprechen, die spanischen Schiffe auseinander, manche bis ins Eismeer, dort zerschellen sie.

Ein Spanier lachte nicht, sonst hätte der Gesandte lachen müssen über die kindischen Angriffe der Stürme oder Englands gegen die Weltmacht. Er schwieg und verachtete. Der König unterbrach ihn darin nicht; sie standen voreinander in dem steinernen Saal, jeder seinen Hut auf dem Kopf. Dreist wurden zuerst ein paar Herren vom Hof. «Die Königin von England triumphiert!» sagte Crillon laut genug. Ein anderer setzte hinzu: «Elisabeth hat sich ihrem Volk gezeigt auf weißem Pferd.»

«Ein großes Volk», sagte Oberst Ornano fest.

«Ein glückliches Volk, ist gerettet, ist frei, und liebt seine strahlende Königin. Fünfundvierzig Jahre vermögen nichts gegen die Schönheit einer Königin, die gesiegt hat.»

Biron, der alte Feind Henris von Navarra, sagte an dieser Stelle: «Ein einiges Volk. Wir sollten einig sein.» Sogleich ging durch die Versammlung eine Bewegung, und weitergegeben wurde ein Name, zuerst noch heimlich.

Der König verließ den Saal, hinter ihm der Gesandte. Der König durchschritt die gewölbten Gänge: sein Auftreten war majestätisch, wie Valois es vermochte. Bei einem rückwärtigen Fenster blieb er stehen und zeigte hinunter in den Hof. Der Gesandte erkannte ungefähr dreihundert türkische Sträflinge, wie spanische Schiffe sie mitführten als Rudersklaven. Er fragte, woher sie wären. «Von einem gestrandeten Schiff der Armada», erwiderte der König. Der Gesandte verlangte ihre Auslieferung. Anstatt einer Antwort stellte der König sich unter das Fenster in ganzer Gestalt. Die Sklaven fielen auf die Knie und riefen hinauf: «Misericordia!» Der König betrachtete sie und wandte sich ab. «Darüber muß beraten werden.»

Herren seines Hofes erlaubten sich, auszusprechen: «Beraten ist schon. In Frankreich gibt es keine Sklaverei. Wer französischen Boden betritt, ist frei. Unser König wird seinem Verbündeten, dem Sultan, die Leute zurückgeben.»

Der König tat, als hörte er dies nicht, mit besonderer Auszeichnung geleitete er den Gesandten zur Treppe; dieser indessen mußte in all seinem Stolz noch mehreres hinunterschlucken. Vor und hinter ihm erwähnte man die Gefangenen aus vielen Nationen, die Spanien gezwungen hatte, auf seiner Flotte z rudern: auch Franzosen waren dem allgemeinen Joch verfallen. «Soldaten un unsere Landsleute! Wir alle, was will denn Spanien aus uns machen? Dasselb wie aus den Völkern der Erde: Sklaven.» Das erstemal, daß solche Worte ver nehmlich wurden am Hof von Frankreich, war der Tag, an dem die Nachrich bekannt wurde vom Untergang der Armada.

Der Gesandte war schon fortgefahren, aber der König zog sich nicht zu rück; er schien zu warten, niemand wußte worauf, viele glaubten ihn in sein frühere Leere versunken. Daher ließen sie sich noch freieren Lauf und wieder holten heftiger, daß alle in diesem Königreich einmütig ihre Freiheit verteidi gen müßten nach dem Vorbild Englands. Dieses Land war dem furchtbarste Schicksal entgangen: alle Folterwerkzeuge der Inquisition fuhren auf den spa nischen Schiffen mit. Der katholische Hof von Frankreich hatte auch Prote stanten, sowohl erklärte als versteckte, und wer weiß, welcher von ihnen sich einfallen ließ zu sagen: «Gedankenfreiheit, an ihr liegt alles: sie verbürgt un ser Recht und unsere Einheit.» Anstatt ihn zum Schweigen zu bringen, gaben sie einander einen Namen weiter, denselben wie vorher, nur jetzt schon kühner und Biron, nochmals Biron, richtete das Wort an den König.

«Sire! Der König von Navarra: er ist besser, als ich dachte. Ganz selten sieht ein Mensch sein Unrecht ein. Für meinen Teil erkenn ich es.»

In diesem Augenblick kam Guise an: Mendoza schickte ihn, damit er den König zur Unterwerfung zwänge. Er war auch bereit, er drohte sofort mit den dreißigtausend Spaniern, die in Flandern ständen. Eine Stimme: «Und wo steht der König von Navarra?» Guise erwartete vergebens, daß Valois einschritt. Wenigstens hätte er selbst es tun müssen, aber Entmutigung folgt dem ange sammelten Überdruß, und man gibt nach. Eine Stimme: «Sire! Rufen Sie den König von Navarra!»

Kein Widerspruch, keine Bestrafung. Guise und seine Liga werden nächstens eine Festung an der flandrischen Grenze den Spaniern ausliefern, sie werden weiter dem Feinde dienen und ihren König bedrängen. Heute ist für den Herzog von Guise der Tag, da die Niederlage der Armada ihn über sich selbst in Kenntnis setzt. Eine Stimme: «Der König von Navarra!»

Abseits von seinem Heer steht Henri unter dem Baum. Das Land ist weit, entweicht bis in den Himmel, schweigt, wird überbrüllt vom Meer. Henri hört seinen Namen rufen.

Totentanz

Er ist geistesabwesend und ist hellhörig. Sein tägliches Geschäft geht weiter, aber ein viel größerer Auftrag soll sogleich ausgesprochen werden. Er versieht das Geschäft, die Füße in der gewohnten schweren Erde. Zugleich erwartet er den Auftrag, innerlich aufgehoben und hingetragen. In dieser doppelsinnigen Zwischenzeit befand sich Henri dort, wo er Krieg führte, aber auch schon anderwärts: ja, Gott näher. Ich sage wie David: Gott, der mir bis jetzt Sieg geschenkt hat über meine Feinde, hilft weiter. So sprach er, und dies sogar: Ich bin besser, als ihr glaubt – neue Worte bei ihm.

In La Rochelle befaßte eine Kirchenversammlung sich mit seinen Sünden; er übte Geduld, hörte die Pastoren reumütig an und antwortete keineswegs, wie er gekonnt hätte: Gute Leute, kleine Seelen, wer hat denn standgehalten in der Schule des Unglücks, den Mühlen des Lebens, und hat überdauert die geistigen Versuchungen, allesamt. Allein eure Enthüllungen über meine liebe Mutter hätten genügen können, ihrem Sohn den Mut zu entziehen, ich aber habe mir bewahrt die angeborene Farbe der Entschließung! Dies sagte er weder in La Rochelle den Pastoren, noch rühmte er sich dessen vor seiner Freundin, der Gräfin Gramont. Was er ihr berichtete, waren fertige Tatsachen, seine Siege über die Armee des Königs von Frankreich – und dann, daß der König den Herzog von Guise getötet, endlich dennoch getötet hatte.

Henri hatte längst damit gerechnet; seine Nachrichten vom Hof waren genau, und noch deutlicher seine Vorstellung der Menschen. Er sah Valois in seiner Ständeversammlung: fast nur Anhänger der Liga infolge des ungeheuersten Terrors bei den Wahlen; alle besessen von einem frechen und liederlichen Haß, und wissen nicht mehr, wohin damit. Heben schlanker Hand alle Steuern auf, so viele dieser König in den vierzehn Jahren seiner Regierung verordnet hat; sie nehmen ihm den Rest der Macht, damit aber dem Königreich und sich selbst. Das ist das Ergebnis der vierzehnjährigen Hetze und einer falschen Volksbewegung. Zuletzt kommt alles ans Ziel, es muß nur fest genug in die Köpfe gerammt sein: dann fügt sich die Wirklichkeit, sie verwandelt sich in den leibhaftigen Unsinn, und die lange genug gepredigte Lüge vergießt wirkliches Blut. Dabei sind dies Spießbürger, starren von Unwissenheit über die Religion, über den Staat, über alles Menschliche. Für sie ist der gutwillige Valois ein Tyrann, sein gesitteter Staat soll schändlich sein. Ihr Bund zur Ausplünderung und Auslieferung des Königreiches, sie schwören darauf, daß er die «Freiheit» bringt und bedeutet. Die Steuern abzuschaffen, fehlt ihnen noch, damit das Programm durchgeführt wird, wie es vierzehn Jahre lang gebrüllt worden ist über das Land.

Die Weiber dieser erwählten und erwachten Drogisten und Blechschmiede tanzen unbekleidet durch die Pariser Straßen. Der Einfall gehört der Herzogin von Montpensier, Schwester der Guise, Furie der Liga, deren Prozessionen an Reiz gewinnen sollen durch den nackten Irrsinn. Das geht zu weit; Kleinbürger sind zahlreich, sämtlich wollen sie nicht mit loderndem Kopf in ihr Verderben rennen, auch ihre Weiber nicht verwildert hineinschlüpfen lassen. Sie wollen hauptsächlich nicht zahlen; sonst sind sie voll täglicher Widersprüche. Daher ein flüchtiger Aufstand gegen die Bande gieriger Abenteurer, der Paris seinen Zustand verdankt. Hierauf notgedrungene Besinnung Guises: er muß handeln derart, daß niemand zurück kann, das Endgültige muß geschehen, der König sterben.

Der König war damals so arm, wie sogar Henri von Navarra noch nicht gewesen war. Sein Hof hatte sich aufgelöst, seine letzten fünfundvierzig Edelleute sahen sich nach zahlenden Herren um. Valois hatte nichts zu essen, erfährt Henri. In seiner Küche ist das Feuer ausgegangen. ‹Habe ich selbst es nicht ausgeblasen, als ich sein bestes Heer zerstörte bei Coutras? Ich muß ihm zu Hilfe kommen. Jetzt bittet er Guise. Der bettelt für ihn bei der Liga. Nichts zu machen mit den Spießbürgern, sie sind die Dümmsten im Lande, auf sie ist Verlaß für einen Führer ohne Gewissen. Er soll es nur nicht zu weit treiben. Er glaubt, der König wäre kein Mann mehr; Guise aber ist kein König, er kennt uns nicht. Wenn die Gesandten berichten, wir wären am Ende, dann fließt uns aus den Jahrhunderten noch alte Kraft zu. Ich will Valois helfen.›

Guise wird vollends dreist, so erfährt Henri. Er fängt an, die Vorsicht zu vergessen – wohnt selbst im Schloß des Königs, zu Blois, damit er ihn sicher in Händen hält. Und warum nicht Valois ihn? Guise hat alle Schlüssel; gleichwohl erfährt er nichts mehr, denn spät genug mißtraut der König seiner Mutter, er hat ihre Vertrauten abgesetzt, sie kann nicht, was doch ihr Leben war, kundschaften und verraten. Viel Glück, mein Valois, bei deinen heimlichen Vorkehrungen. Du bist nur sehr allein für so besondere Entschlüsse. Guise will nichts wissen; trotz allen Warnungen, fünf an einem Tage, beugt er nicht vor: es hat mehrere Gründe, Henri erkennt sie. Erstens ist Guise hochmütig. Er umgibt sich, wie immer, mit großartigem Gefolge; weigert sich indessen, an eine Gefahr zu denken. Folglich kommen Augenblicke, in denen er ungedeckt ist, und ein Augenblick genügt. Sein Hochmut wird ihn zu Fall bringen – nicht nur, weil er ihn unvorsichtig macht. Er hält sich auch zu gut für die Rolle, die er spielt: Henri weiß Bescheid über seinen alten Spielgefährten. ‹Meinem Guise ist nachgerade übel vor Hochmut, er verträgt nicht länger den Atem seiner eigenen Leute. Ich, wenn ich Guise und ein Schurke wäre, ich wär auch der Mann, sie zu riechen: Knoblauch, Wein und ihre Füße. Aber ich kann Spanien nicht riechen, daher ginge es nicht. Guise ist außerdem komisch.›

In seinen Betrachtungen, beim nächtlichen Lagerfeuer oder unter einem Baume mit sich allein, gelangte Henri an die heitere Stelle. Guise zahlt drauf. Er will sich nicht langweilen, hat den Hof zurückgeholt, speist und unterhält die ganze schöne Gesellschaft, den Valois mit – anstatt ihn zu ermorden. Hat Frauen, mehr als ihm guttut, und wir kennen das Vergnügen, haben selbst erfahren, daß es den Zweifel begünstigt und den Überdruß vervielfacht. Davon wird man müde, besonders so ein Goliath, grade die werden es. Wer weiß übrigens, vielleicht will er nicht anders als müde werden. Hochmut, Überdruß, Vergnügen, alles zusammen wäre am Ende der Vorwand, die Augen zu schließen und den Streich zu erwarten. Wir selbst entgingen erst unlängst der Versuchung. Der halbe Schnurrbart wird weiß dabei.

Als der Reitende ankam: der Herzog von Guise ist getötet worden im Zimmer des Königs, der König hat zugesehen hinter dem Vorhang seines Bettes – Henri wunderte sich nicht und war es zufrieden. Die Einzelheiten des Vorganges, jeder Dolchstoß von einem anderen Mörder geführt, alle wütend und so kopflos, als glaubten sie sich selbst nicht ihre Tat: Henri hörte davon mit Ruhe. Er weinte auf Schlachtfeldern: hier nicht. Sie hatten sich an die Beine des Sterbenden gehängt, dennoch hatte er sie durch das Zimmer geschleift bis vor das Bett des Valois, der zitterte, tobte, schaurig frohlockte – und dem Gefallenen hatte er wahrhaftig ins Gesicht getreten, wie Guise einst dem toten Admiral Coligny. Gott vergißt ihnen nichts, dies sah Henri. Wären alle Gesetze gebrochen, das seine bleibt in Kraft.

Die letzte Nacht hatte Guise mit Sauves verbracht: und so hat Henri selbst bei derselben Frau gelegen nahe vor seiner Flucht. Ihn, den sie nicht liebte, hat sie damals nur erleichtert um seine große Einsamkeit. Ihren einzigen Herrn und Gebieter mußte sie als letzte schwächen, so daß ihn in seiner grauen Seide noch fror am Morgen, bis andere ihn vollends kaltmachten. Leb wohl, Guise, und Gruß an Sauves. Der König triumphiert. Den Kardinal von Lothringen hat er im Gefängnis erdrosseln lassen; den dritten Bruder, Mayenne, sucht er noch, möge er ihn finden! Totentanz, dies ganze Jahr achtundachtzig, und die Vornehmsten kommen dran noch einen Tag vor Weihnacht. Häng sie in Paris, mein Valois! Seit vierundzwanzig Stunden hängen der Präsident de Neuilly, der heulen konnte «wie ein Kalb», und der Vorsteher der Kaufmannschaft. Ein Edelmann, den Guise beschützte, hat mit Menschenfleisch gehandelt. Aufhängen, Valois! Der Totentanz hat angefangen mit unserem vergifteten Vetter Condé, und auch uns beiden stellen Töter nach, mir wie dir. Nicht wir haben mit Menschenfleisch gehandelt. Aufhängen, Valois!

Dies sagt einer, der viele seiner eigenen «Töter» hat laufen lassen und sich sogar gewöhnen wollte, die Nacht mit ihnen aufzusitzen. Einmal endet auch die Ergebung in das Böse der Menschennatur. Sie hat ihre Güte und weiß selbst darum: das macht ihre Bosheit unentschuldbar. Von Anbeginn des Geschlechts haben seine gutgearteten Beispiele für die Vernunft und den Frieden ihren unbedankten Kampf geführt. Eauze oder Menschlichkeit – war höchst lächerlich; ein Wort wie Geisteskämpfer klingt belustigend, wenn sie denn roh und dumm sind und es bleiben wollen. Hier ist aber ein König, Henri mit Namen, der kann rädern und hängen, soviel ihr mögt; auch habt ihr ihn in Laune versetzt durch allzu üblen Hohn auf seine gesunde Vernunft. Untaten des Wahnwitzes war eigentlich alles, was ihm von euch geboren wurde für seinen guten Willen, sein Leben lang. Totentanz geh weiter! Das Jahr hat noch die Woche. Ich erwarte nur die Stunde, bis ich sagen höre, daß man die selige Königin von Navarra hat erdrosseln lassen. Das, und dazu der Tod ihrer Mutter, dann stimm ich an das Danklied Simeons: «Herr, nun lässest Du Deinen Diener in Frieden fahren.»

So sprach und schrieb er, derart war er gesonnen nach der Töterei von Blois. Er hoffte, daß Valois überdies umbrächte seine gute Schwester Margot und noch besser Mutter Madame Catherine. Diese starb inzwischen wirklich – ohne fremdes Zutun, nur aus Erschütterung ihres zarten Wesens durch das Hinscheiden Guises, und weil niemand ihr glaubte, daß nicht sie dahinterstak, wo gemordet wurde. Beschuldigt werden dessen, was sie nicht mehr kann, ist hart für eine alte Mörderin. Ihr blieb nur übrig, die Erde zu verlassen. Wirklich tot? Von der Nachricht wurde Henri aus seiner Stimmung gerissen. Er hatte zu gut prophezeit und liebte doch nicht zu töten. Ihm wurde bange um seine Margot von einst. Totentanz, steh still!

Zueinander streben

Der ist schon längst nicht aufzuhalten. Henri in seinem Kleinkrieg reitet bei starkem Frost, erstarrt in seinem Panzer; muß absitzen und sich heftig bewegen, seiner Erwärmung wegen. Wenig später, nach dem Essen, ergriff ihn eine außerordentliche, sonderbare Kälte. Er bemerkte deutlich, daß an ihm die Reihe war, mit hineingezogen zu werden in den Tanz. Wirklich fand man eine Lungenentzündung. Das geschah in einem kleinen Dorf, und so heftig war die Krankheit, daß sie ihn dort im Gutshaus mußten liegen lassen. An den Scheiben klirrte der Frost, sein Fieber stieg, bis keine Hoffnung auf Leben mehr übrig schien: nur er selbst behielt sie. Er sprach zu sich: «Ich will's vollbringen. Soll nicht alles vergebens gewesen sein.» Er meinte laut zu reden, flüsterte aber nur: «Dein Wille geschehe!» Der Wille des Herrn war zuversichtlich, daß Henri kämpfte und daß er's vollbrachte – mochte er heute nur gewendet werden mit seinem Leinentuch wie Lazarus; und die Krise, die ihn noch retten konnte, war eine Frage von Stunden.

Indes er mehrmals den Himmel offen sah, ging es in dem Königreich wahrhaftig zu, als wiederholten sie, vor dem Anbruch reinerer Jahrhunderte, noch einmal im Abriß eine ganze gräßliche Vorzeit: Totentanz, Veitstanz und Kinderkreuzzug, Pest, tausendjähriges Reich samt weiß verdrehten Augen, die auch zeitweilig erblindeten aus bloßer Einbildung. Da ging es zu. Hei, sagte die hochherzige Jugend nach der Art des Jakob, wo bist du? Endlich läßt sich mit Menschen umspringen. Zu lachen gibt es nichts hierorts. Wer vergnügt gewesen ist am Faschingsdienstag, dem soll das Lachen vergehen. Hütet euch, aus der Kirche fortzubleiben. Aber vom Prediger mit Namen genannt zu werden, bedeutet: du kommst nicht mehr lebend nach Haus. Anzeigen, angeben, ausliefern, an den Galgen bringen, hei. Als Belohnung für die Belastung eines anderen tritt man in sein Amt oder Geschäft: so hat man jetzt üblicherweise zu sein. Darum sind die ehrbaren Leute für diesmal Schurken. Zu anders eingerichteter Zeit werden sie höchst wohlanständig sein, an ihnen soll es nicht liegen. Sie sind, was man grade zu sein hat, diesmal verwahrloste Schurken. Beileibe haben sie es nicht aus sich selbst und ihrem eigenen Mittelpunkt. Fragt sich, wo der liegt.

Überaus verhaßt bei einer Masse mit weiß verdrehten Augen ist das geordnete Denken. Ein unpromovierter Student, der aber die geforderten Meinungen hat, dringt in den Hörsaal des Professors, tritt ihn auf beide Füße, läßt ihn einsperren und wird statt seiner ernannt. Der junge Arzt beseitigt den älteren, der ihm im Weg ist: hat nicht richtig gegrüßt, der Professor die Waschfrau. Desgleichen verfährt ein Unterbeamter: erfrecht sich, je demütiger er sonst war, gegen die hohen Richter des Königlichen Parlaments. Sie müssen mit ihm kommen und das Recht im Namen des totalen Volkes sprechen, da ein Volk erst nach der Abschaffung des Denkens wirklich total werden kann. Wie denn vorher. Dementsprechend tanzen ihre Weiber im Hemd durch die Straßen.

Der Gerichtspräsident in Toulouse wurde vom Volk getötet. Zuerst Barrikaden, nachher ein Galgen für den toten Richter, droben hing schon die Puppe des Königs. Der Richter hatte der Absetzung des Königs widerstanden, dafür hängten sie einen zum anderen. Der letzte Valois war ein armer, schwacher Mensch gewesen, auch in Verbrechen hineingezogen. Dennoch widerfuhr ihm am Ende seiner Tage die hohe Ehre, gehaßt zu werden nicht wegen des Schlechten, sondern aus der Feindschaft verwilderter Massen gegen Vernunft und Menschenwürde – als ihr Sinnbild, so unzulänglich es auch war.

Er geisterte in seinem violetten Rock, die Farbe der Trauer, er trug sie um seines Bruders und seiner Mutter willen. Aber er schien sie in Wahrheit zu tragen für Guise, den er selbst getötet hatte. Dem Toten war er nicht gewachsen. Erst seine Tat, seine einzige, hatte ihn recht entwaffnet. Einen anderen als den letzten hätte sie auf alle Fälle vorwärts gestoßen. ‹Jetzt das äußerste, jetzt Schrecken verbreiten, damit er nicht über mich kommt. Was Mut, was Überlegung, ich hab die Wahl nicht. Soldaten herzu, und bevor die erste Betäubung meiner Feinde vorbei ist, müssen sie niedergeschlagen sein. Herbei Navarra!›

Valois in seinem violetten Rock, bleich und schweigsam, dachte keinen Namen so häufig. Er geisterte durch sein Schloß in Blois, allein und verlassen, abgesetzt vom Thron durch die Kirche selbst, kein Treueid, der sein Volk noch band. Die Abgeordneten der Ständeversammlung reisten nach den Städten des Königreiches. Ihn hätte seine Hauptstadt nicht eingelassen, eher hätten sie ihn dort gefangen und getötet – dies aber, wie er sehr wohl wußte, infolge eines Zustandes der Menschen, der eigentlich Schwäche war. Wütende Schwäche. Valois verstand sich aus eigener Natur darauf, sie zu unterscheiden von gesunder Tatkraft. Die war in einem anderen Lager. ‹Navarra›, dachte er hinter dem verschlossenen Gesicht; rief nicht, wagte nicht zu rufen. Den Hugenotten, gegen seine katholische Hauptstadt, er selbst der Mann der Bartholomäusnacht! Navarra hätte ihn wohl in den Louvre zurückgeführt, dafür bekäme er Krieg mit der Weltmacht, die furchtbar blieb wie je.

Als die Armada untergegangen war, hatte nur ein Blitz den dunklen Himmel des letzten Valois zerrissen. Er wird nicht mehr Zeit haben, zu erkennen, daß die Weltmacht selbst tödlich getroffen ist. Das geht seinen Erben an. Der Erbe seiner Krone wird am Anfang seines Reiches ohne Land, ohne Geld, beinahe ohne Heer sein; aber er braucht nur zu siegen in einer einzigen unbedeutenden Schlacht über die Söldner und Knechte Spaniens: was geschieht? Ein Aufatmen rauscht durch alle Völker.

Für Valois bleibt es dunkel, jeder Laut erstickt. Um ihn niemand mehr, der Navarra ruft. Draußen niemand, der vor der Ankunft Navarras zittert: wie hätten sie sich sonst erdreistet, dem armen König die letzten Einkünfte zu streichen, und das nach seiner ungeheuren, einzigen Tat. Im Zimmer war es kalt, der König kroch ins Bett. Er hatte Schmerzen, lächerliche Schmerzen, von Hämorrhoiden; seine übrigen paar Edelleute lachten ihn aus, weil er weinte.

‹Navarra! Komm! Nein, komm nicht. Ich wein nicht wegen meines Hintern, sondern meine einzige Tat war zwecklos. Jetzt wärest du daran, zu zeigen, was du kannst. Wird auch nicht mehr sein. Doch. Ich weiß, du bist der Mann, dir will ich mich ergeben. Dich anerkenn ich als Erben der Krone, und hätt ich zehnmal abgeschworen. Das Königreich hat nur noch dich: ich habe bezahlt dafür, daß ich es weiß. Sieh mich, Navarra, in meinem Elend. So groß und tief war es nie, wie seit meinem vergeblichen Versuch, mich zu befreien. Nach meiner Tat rief ich: Der König von Paris ist tot, endlich bin ich König von Frankreich! Nenne mich nicht so, ich bin's nicht. Ruf mich Lazare, wenn du anrückst, Navarra. Nein, komm nicht. Doch. Komm.›

Beide, durch den größten Teil des Königreiches getrennt, waren übel dran. Henri indessen überstand die Krise und war alsbald gesund – verlor sich auch niemals wieder an die mörderischen Vorstellungen, die seine schwere Krankheit angekündigt hatten. Mit Zurückhaltung sprach er von dem Ende der Herren von Guise: «Ich hatte gleich vorausgesehen, ein solches Unternehmen würden die Herren von Guise nicht wälzen können, noch damit zu Rande kommen ohne Fährnis ihres Lebens.» Das war sein Nachruf, und zu ihm stimmte sein Verhalten: es wurde noch umsichtiger, manchem erschien es zu bescheiden. Will er denn gar nicht mehr den großen Zug tun und Valois heraushauen unter seinen Feinden, die allerdings zwischen ihnen beiden liegen die ganze Strecke hindurch? Seine Freunde hatten ihn als den Halsbrecher gekannt, und das in kleinen Dingen. So gemessen, Sire, bei diesem großen?

Er erriet die Mißbilligung seiner alten Freunde. Die ältesten Hugenotten, vom Vater auf den Sohn gewohnt, für die Religion zu sterben: dieselben, die bei Coutras zum Gebet hingekniet waren, und grade deshalb fiel nachher Joyeuse, sie murrten jetzt, selbst wußten sie noch nicht genau, weshalb. Dem katholischen König zu Hilfe kommen, das wollten sie, obwohl sie es schwerlich geglaubt und zugestanden hätten. Henri hielt dafür, die Menschen müßten ganz reif werden, dann wär es auch die Gelegenheit. Bei Valois stand es nicht anders, wie ihm zugebracht wurde. Der traurige letzte hatte seine vorige Zuflucht verlassen und war aufgenommen von der Stadt Tours, die zwischen Getreidefeldern auf beiden Ufern der Loire liegt, der besonders maßvolle Mittelpunkt seines stürmischen Königreiches. Valois hoffte dort auszuharren, bis genug seiner Edelleute sich wieder auf ihn besonnen hätten. Sein überlebender Günstling, Epernon, sammelte ihm inzwischen Fußvolk. Es könnte gleichwohl so ausgehen, daß seine Feinde ihn noch vorher überraschen und fangen. Sicher wäre allein Navarra: wo bleibt er? ‹Ich, der katholische König› – denkt Valois, dem man mühselig eine Truppe anwirbt; ‹liefe mir nicht doch mein Heer auseinander, wenn ich den Hugenotten riefe?›

Henri dachte: ‹Er wird mich rufen, wenn seine Leute dessen gesonnen sind, und vorher wär's zu früh. Mich drängt es zu dir aus tiefstem Innern, Valois.› Das hielt er geheim, ließ aber nur deswegen an diesem ersten Märztag zu sich seinen Mornay kommen. Es war in einer kleinen Stadt, die er nicht hatte erobern müssen, sondern aufgetan hatte sie sich ihm. Sie bewegten sich hin und her durch einen offenen Gang in der Frühlingssonne, und niemals hatte diese sie so neu und hoffnungsvoll beschienen.

Henri sagte: «Etwas hat sich verändert, jetzt rufen sie mich von allen Seiten. Die Städte streiten sich um mich, welche sich mir früher ausliefern darf. Sind die guten Leute verrückt geworden, oder macht es der Frühling?»

«Sire, es könnte auch sein, daß man will, Sie sollen Ihre Zeit verlieren.»

«Wofür brauche ich sie so eilig?» fragte Henri, und ihm schlug das Herz schneller: dies aber, weil er wohl wußte, welche Sache dringend zu tun war, und im letzten Augenblick scheute er. Sehr lange hat er gearbeitet, hat sich Schritt für Schritt und im Schweiße seines Angesichts herangearbeitet an das Ziel. Es ist in Sicht, er könnte zuspringen: da schwankt er, seine letzte Bewegung bleibt aus, er findet plötzlich nicht die Sicherheit aller früheren. Das Glück wird weniger selbstverständlich, als man gemeint hat, da es noch weit war und man tief verwickelt war in Mühen. Prinz von Geblüt, aber die Füße sind von Erde schwer. Soll ein anderer sprechen, entscheide doch Herr Du Plessis-Mornay, wozu wäre er tugendhaft und klug.

«Sire, Sie haben nicht mehr zwei Monate zu verlieren mit hübschen Einzelheiten. Jetzt retten Sie Frankreich, sonst geht es unter. Sie müssen mit allem, was Sie aufbringen an Kräften, nach der Loire vorrücken.»

«Dort steht der König», sagte Henri, sein Herz sprang hoch.

«Grade darum.»

«Ich soll ihn angreifen, Mornay?»

«Sire, Sie sind sein Freund, er wird der Ihre sein, nachdem zehn seiner Heere Sie nicht haben vernichten können.»

«Waren es zehn, Mornay? So viel Müh und Arbeit? Wahrhaftig, und jetzt hat Valois kein einziges mehr, die Liga wird ihn lebendig verschlingen. Sie sagen, Herr Du Plessis, daß ich ihm soll zu Hilfe kommen? Es könnte mir gefallen. Will's doch überlegen.»

Die Folge des Gespräches war, daß er eine Stadt am Wege kaufen wollte, um mit etwas weniger Kampf durch das Königreich zu gelangen: er, der hundertmal sein Leben ausgesetzt hatte, als unmerklich Geringes dabei zu gewinnen war. Jetzt war das Königreich zu gewinnen. Indessen: Mauern berennen, Häuser einäschern und Leichen auf den Straßen lassen, der König, der er sein will, hat davon zu viel hinter sich, zu gern sähe er davon ab. Statt dessen kauft er die Städte, die sich nicht von selbst ergeben, wird später sogar die Provinzen kaufen, muß aber zuerst noch mehr Schlachten gewinnen und alt werden in der Rüstung, ob er will oder nicht. Sonst läßt sein Königreich sich nicht einmal für Geld vernünftig, wohlhabend und stark machen.

Solche traurigen Wahrheiten bewegte der lustige Henri Navarra in sich, wären sie ihm bewußt gewesen oder ahnte er sie nur. War wohl reichlich jung für sie, doch gründlich auf sie vorbereitet. Welch ein Glück, neben sich hatte er Mornay, einen heiligen Mann. Dies ist im vollen Ernst ein Mann, der gläubig bleibt in aller eigenen Klugheit und trotz der Bosheit vieler Begegnenden. Er glaubt an die Macht des Wortes, das von Gott ist. Wir müssen es nur erhalten, wie es zuerst aus ihm hervorging, klar und wahr: dann wird es unfehlbar sein. Daher verfaßte Mornay im Namen seines Fürsten einen Aufruf an alle im Königreich. Die Franzosen sollten einträchtig und einig sein.

Er fragte: Was ist wohl erreicht worden mit all den erbärmlichen Kriegen, den Gewalttaten, der Million Menschen, die um ihr Leben kamen, und mit so viel verschwendetem Gold, wie ein ganzes Bergwerk nicht hergibt? Er antwortete, ließ aber eigentlich seinen Leser antworten: Die Verarmung des Volkes ist erreicht worden. Daß der Staat todkrank im Fieber liegt. Unheil ohne Ende. Er fragte: Und wie wird es aussehen, wenn es so weitergeht? Er fragte zuerst den Adel und die Bürger, gab auch gleich die Antworten, die ihr eigener Vorteil ihnen vorschrieb. Dann erhob sich sein Ton, er sprach zum Volk, nannte es die Kornkammer des Königreiches, des Staates Fruchtfeld, seine Arbeit nährt die Fürsten, sein Schweiß stillt ihren Durst. Zu wem wirst du deine Zuflucht nehmen, Volk, wenn der Adel dich mit Füßen tritt?

Mornay sagte, und Henri durch ihn: Mit Füßen tritt. Von den Bürgern der Städte behauptete er, daß sie das Volk aussaugen würden. Auf diese beiden Stände ist kein Verlaß: das Volk hat nur den König, Ruhe und Sicherheit sind allein im König – herauszuhören war, in welchem. Der König der Verfolgten und der Armen, der Sieger über silberne Ritter und Steuerpächter. Da aber gerade in seinem Namen der Aufruf erging, versäumte Mornay nicht, ihn dem König von Frankreich geloben zu lassen, er werde treu sein. Hätte Henri von Navarra dereinst unter dem Segen Gottes seinen Plan zu Ende geführt, dann wollte er Gehorsam erweisen dem König. Sein eigener Lohn sollte sein gutes Gewissen sein. Er wollte sich zufriedengeben mit der Freiheit der Wohlgesinnten.

So der Aufruf, der mit Vorsicht hinwegging über die einzige Klasse der Bevölkerung, bestrebt, sie nicht zu reizen, aber ohne viel Hoffnung, sie zu versöhnen. Mit der Geistlichkeit war nichts anzufangen, und die blinde Kraft des Hasses, hier Liga genannt, kann nicht auf einmal aufgehalten werden, auch durch die Wahrheit nicht. Dennoch, weithin erkannte man diese in den Worten Navarras. Der Glaube seines Mornay wurde vollauf gerechtfertigt. Die Wahrheit verbreitete ein unverhofftes Leuchten: man glaubte es kaum. Dann dürfen wir einträchtig und einig sein? Das war sonst noch nie erlaubt. Was ist geschehn? Auch die beiden Könige staunten, so sehr sie doch zueinander strebten. Die Hindernisse sind nicht fortgeräumt; Navarra denkt an keinen Wechsel der Religion, nur um ein Königreich zu erben. Valois steht, wie immer, in Verhandlungen mit der Liga. Dennoch ließ er Mornay wissen, daß er bereit wäre, und zu Navarra schickte er seine natürliche Schwester, Madame Diana.

Ein einjähriger Waffenstillstand wurde abgeschlossen zwischen den beiden Königen, beide aber waren gesonnen, daß er für alle Zeiten wäre. Inzwischen hatte Henri sich aufgemacht mit seinem Heer, und da die Städte unterwegs ihn willig einließen, rückte er schnell gegen Tours. Der König hatte dort sein Parlament versammelt. Diese Juristen waren vernünftig, und je näher Navarra kam, um so mutiger wurden sie auch: zuletzt trugen sie den Vertrag unter die Gesetze des Königreiches ein. Das geschah am neunundzwanzigsten April. Am dreißigsten erschien Navarra mit seinem Heer.

Es war ein Sonntag hell und klar. Dem armen Valois schien es, er stände von den Toten auf. Zum erstenmal verließ ihn die Furcht, daß die Liga ihn fing und mitnahm. Von der anderen Seite nahte sein Bruder Navarra. Der König war in der Messe, als beide Heere aufeinander trafen am Ufer eines Baches drei Meilen vor der Stadt: die Edelleute des Königs von Frankreich, mit ihren Truppen, und drüben die alten Hugenotten. Sie hielten nicht an, das wäre nicht gut gewesen, sondern vermischten sogleich ihre Reihen, zäumten gemeinsam ihre Tiere ab und tränkten sie in demselben Gewässer. Diese Beschäftigungen verhüteten, daß sie unnütz sprachen und einander müßig ins Gesicht sahen. Erblickt hätten sie gealterte Gesichter, Leiber voller Narben; hätten vielerlei Elend erkannt bei dem anderen wie bei sich selbst, und wären erinnert worden an ihre verbrannten Häuser, getöteten Familien, an zwanzig Jahre Bürgerkrieg. Unmöglich konnten sie während ihres ersten friedlichen Wiedersehens der Bartholomäusnacht vergessen, das konnten weder die Täter noch die Opfer. Geraten war es, Halfter zu lösen und Pferde in den Bach zu reiten. Der König von Navarra wartete dort hinten und ließ sie machen; nach vorn schickte er den Generalobersten seines Fußvolkes.

Vorn am Wasser sagten sie: «Herr de Châtillon», und wollten es nicht glauben. Dennoch war ein Sonntag hell und klar, der Sohn des Admirals Coligny ging allein auf den Marschall d'Aumont zu und umarmte ihn. Ein freier Raum entstand um diese Herren, und Köpfe wurden entblößt. Dies einmal geschehen und im Herzen aufgefaßt, verbrüderten sich beide Heere.

Die Könige folgten ihrem Beispiel. Es wäre nicht gut gewesen, den Heeren die Versöhnung vorzumachen. Die Heere vielmehr mußten vorangehen und noch erstaunt sein, was sie sich erlaubten. In Schloß Du Plessis, jenseits des Flusses, erwartete der König von Frankreich den von Navarra, er ließ ihn bitten, hinüberzusetzen. Aus dieser Zumutung war zu ersehen, daß Valois vom Unglück noch nicht genug gelernt hatte, man hätte denn böse Absichten bei ihm vermutet. Bei Schloß Du Plessis fließen Loire und Cher zusammen. Wer hier übersetzt, ist ungedeckt, von allen Seiten kann der verräterische Schuß fallen, auf der Landzunge aber wird er schutzlos in der Gewalt des Valois sein. Mehrere der Seinen rieten Henri dringend ab; er ließ sich nicht beirren, stieg ins Boot mit einigen Edelleuten und Leibwachen, ja behielt auch seinen weißen Federbusch und sein rotes Mäntelchen. Jeder sah von weitem, wer er war.

Er kam glücklich an, weil Gott es wollte, und auch wegen der Sehnsucht, die Valois nach ihm fühlte; er erkannte sie an seiner eigenen, war ihrer darum versichert. Drüben führten Herren des Königs ihn nach dem Schloß, der König indessen erwartete ihn im Park – war eine Stunde früher angekommen, war unruhig im Innern, nach außen wie ein Schlafender und wagte nicht zu fragen:

Wo bleibt er? Ihn hat doch kein Unfall betroffen? Von zurückgekehrten Höflingen umringt, fragte er keinen das, was ihn bewegte. Er hörte aber sagen, Navarra wäre im Schloß; da vergaß er sich und lief. Einige Schritte lief Valois, bevor er sich seiner Majestät entsann und sie öffentlich darstellte. Der Park war voll von Menschen, Hof und eingedrungenes Volk. Der König von Frankreich machte den halben Weg, den anderen halben machte der von Navarra.

Er stieg die Stufen hinunter vom Schloß in den Park. Man sah ihn gekleidet als Soldat, das Wams stark abgenützt vom Panzer auf den Schultern und an den Seiten. Die anliegenden Hosen waren aus Samt, in der Farbe welken Laubes, der Mantel scharlachrot, am grauen Hut der große weiße Busch und eine sehr schöne Medaille. Das alles sahen Hof und Volk genau. Außerdem bemerkten mehrere, wenn auch weniger eifrig, daß sein Bart schon ergraute. Ob in Henri Tränen aufstiegen, blieb unbeachtet, so leicht es bei ihm vorkam, wie alte Bekannte noch wissen konnten. Aber auch für sie kaum wiederzuerkennen war das abgemagerte Gesicht, schmaler als alle gewohnten. Um so größer erscheint die tief herabgedrückte Nase; in ihre Wurzel schneidet eine runde Falte; die Brauen sind angestrengt erhoben. Das Gesicht war nicht einfach: nur seine Entschlossenheit machte aus ihm das Soldatengesicht. An den angekränkelten Gefangenen des Louvre durfte niemand denken. Dieser Navarra ging fest in den Hüften dem König entgegen.

Halbwegs werden beide getrennt durch einen Schub Menschen. Die beiden stehen, suchen einander in den Lücken der Menge, sie grüßen, sie strecken nacheinander die Arme aus. Sie sind blaß und tiefernst. Diesen Augenblick streben sie noch zueinander: im nächsten soll alles neu sein. Fried! Fried! – und endlich der feierliche Augenblick des Rechten und Guten.

«Platz! Der König!» riefen die Wachen, die Menge teilte sich, und da nun der König von Navarra hintrat vor Seine Majestät, verneigte er sich, und der König umarmte ihn.

Zweites Buch Samuelis, Kapitel I, Vers 19 und 25

Eines schönen Morgens kam Mayenne, der überlebende Bruder Guises, mit Reiterei und wollte den König fangen. Natürlich führten die Verräter, an denen es um ihn her nie fehlte, den König genau dorthin, wo er verloren gewesen wäre. Ein Müller erkannte den violetten Rock und sagte: «Sire! Wohin? Da sind ja die Frontisten!» Schon griff Mayenne an. Der tapfere Crillon konnte den Vorort nicht halten und kehrte in die Stadt zurück mit so wenig Mannschaft, daß er eigenhändig das Tor schloß. Der König von Navarra war abgezogen, aber noch nicht weit: man schickte nach ihm. Fünfzehnhundert hugenottische Arkebusiere retteten den König. Die von der Liga dachten mit List den Angriff zum Stehen zu bringen; sie riefen: «Tapfere Hugenotten, gegen euch haben wir nichts, nur gegen den König, und der verrät euch.» Die Antwort war eine Salve.

Diese wenigen Krieger mußten sich endlich zurückziehen: das taten sie langsam, mit kleinen Schritten, feuerten weiter, und ein Drittel von ihnen fiel. Crillon, der Soldat des Königs, gestand seitdem seine «Leidenschaft für die Hugenotten». Ein neuer freier Mut und Unentwegtheit verbreiteten sich angesichts der Freunde, die dem König zugewachsen waren – dergestalt, daß Valois selbst ins Feuer ging. Die Liga aber räumte den Platz, ohne anderen Grund als nur die Furcht. Sehr glücklich war Henri, daß er nicht mehr kämpfen mußte gegen den König, nur noch gegen die Feinde des Königs. Es befriedigte seinen Geist, und das ist mehr als manche eingenommene Festung. Dem König führte er seine Truppen vor, zog über eine Brücke mit zwölfhundert Reitern, viertausend Arkebusieren, und als sie bei ihm anlangten, fragte der König: «Alle sind frisch und fröhlich, ist denn nicht Krieg?» Henri erwiderte: «Sire! Obwohl wir Tag und Nacht zu Pferd sind, ist dies ein milder Krieg.» Valois verstand ihn; er lachte zum erstenmal aus dem Innern, wie Henri.

Der König, mit seinem neuen Mut, versammelte bis zum Sommer fünfzehntausend Schweizer, und das ohne Geld. Mit seinen eigenen und den Truppen Navarras hatte er fünfundvierzigtausend Soldaten, ein starkes Heer: es sollte ihm zurückerobern die Hauptstadt seines Königreiches – hätte es auch gekonnt. Mayenne inzwischen schmolz ein, endlich blieben ihm fünftausend Mann, und keine Spanier, keine Deutschen zeigten sich: weil eine falsche und schimpfliche Massenbewegung zusammenfällt vor jedem frischen Windstoß neuen Mutes, und hat plötzlich keine Massen mehr. In dem eingeschlossenen Paris sogar wurde auf einmal offen geredet. Die braunen Kutten konnten sich nur noch bewaffnet zeigen. Wo ist jetzt die Liga? Wo die herrschende Partei? Das totale Ungeheuer besteht, ganz im Grunde, aus höchstens einem Zehntel Wütender und einem Zehntel Feiglinge. Zwischen diesen beiden Menschenarten – nichts.

Die alten Truppenführer des Königs wußten nicht recht, ob die Belagerung von Paris wirklich unternommen werden sollte. Sie konnte lange währen; das Heer der Liga schwoll gewiß wieder an, wenn die Belagerung zu nichts führte. Auf ihr aber bestand der König von Navarra mit dem Aufgebot seines ganzen Ansehens. «Es geht um das Königreich. Wir müssen nur wissen, daß wir gekommen sind, diese schöne Stadt zu küssen, nicht aber handgreiflich gegen sie zu werden.» Er sagte noch mehr, was das Unternehmen ruhmvoller erscheinen ließ als jedes andere. Dem Kühnen wird geglaubt, und das machte seine Kraft. Darum nahm das königliche Heer am dreißigsten Juli Saint-Cloud, Stadt und Brücke. Der König blieb an diesem Punkt der Umgebung, indessen Navarra einen anderen besetzte.

Zwei Tage später saß er grade zu Pferd, er und seine gute Truppe. Kommt im Galopp entgegen ein Edelmann, sagt ihm ganz wenige Worte ins Ohr: sofort wendet Navarra. Fünfundzwanzig Edelleute nimmt er mit sich nach Saint-Cloud. «Sire, warum zum König?»

«Freunde, weil er einen Messerstich in den Bauch bekommen hat.» Darauf schwiegen sie bestürzt, begannen auch später nur untereinander und leise.

An der Sache wäre die ganze Liga zu erkennen, so meinten sie. Diese Partei und Bewegung wären nun einmal nicht gemacht für den Kampf, sondern für den Mord. Die Mönche in Paris hatten ein Wunder gepredigt, und wußten wohl, welches. Das Wunder war allerdings geschehen, in Gestalt eines Mordes. Auch zu unserem Herren sind drei junge Leute gekommen, hatten geschworen, es wie Judith zu machen, und nur von ihrer Hand sollte der neue Holofernes sterben. Ja: aber der versteht mit seinen Mördern fertig zu werden. Der arme Valois nicht. Wer hat ihn wohl gestochen?

Sieh da, ein Mönchlein, zwanzig Jahre, dicke Lippen, vor kurzem gewiß ein rechter Ausbund hochherziger Jugend, jetzt fanden die eintreffenden Edelleute des Königs von Navarra seine Überreste als zerdrücktes braunes Bündel im Hof liegen. Nach der Tat war er merkwürdigerweise nicht geflüchtet: er hatte sich mit dem Gesicht gegen die Wand gestellt, hatte auch geflüstert: «Jakob, wo bist du?» So hieß er selbst, Jacques Clément.

Der Erbe der Krone war im Zimmer bei dem Sterbenden, der aber zuerst noch nicht tödlich getroffen schien. Dennoch erlag Valois, da befand sein Erbe sich anderswo. Als er, noch unberichtet, zurückkehrte, warf als erste die schottische Garde des verstorbenen Königs sich ihm zu Füßen. Rief: «Ha! Sire, jetzt sind Sie unser König und Herr.»

Im ersten Augenblick begriff Henri sie nicht – er, mit allem Glauben an seine Sendung. Tief erschrak er; sein Gefühl war: so lange bestand ich meinen eigenen Kampf, trete aber jetzt an die Stelle eines Besiegten, der droben liegt hingemordet, und wie werde ich liegen? Die Stirn gesenkt, ging er über diese Treppe, betrat das Sterbezimmer und betrachtete den Toten. Nun betrachten wir, während wir noch da sind, viele Tote – mit den Augen des Geistes unvergleichlich mehr Tote als Lebende; und wer dessen bewußt wird, glaubt mit ihnen dieselbe Welt zu bewohnen, er redet sie an. Henri Navarra sprach zu dem verewigten Henri Valois: «Die Edelsten in Israel sind auf deiner Höhe erschlagen. Wie sind die Helden gefallen! Wie sind die Helden so gefallen im Streit! Jonathan ist auf deinen Höhen erschlagen.»

Inzwischen beteten bei der Leiche zwei Mönche, ein Herr d'Etrangues hielt ihr das Kinn. Der neue König sollte noch viel zu tun bekommen mit diesem Herrn: so auch mit allen anderen, die plötzlich in das Zimmer drängten wie auf Verabredung. Sie setzten ihre Hüte fester auf, anstatt sie abzunehmen vor dem neuen König, oder warfen sie zu Boden und verschworen sich laut: Lieber tausend Tode sterben, lieber uns jedem Feind ergeben, als einen hugenottischen König erdulden! Das sollte nach Glauben und Gesinnung klingen, klang aber falsch, besonders da einige derselben Herren gleich nach der Mordtat dem Erben ihre Treue gelobt hatten. Damals waren sie in Sorge gewesen, was aus ihnen werden würde; sie hatten sich noch nicht verabredet, das Königreich zu verraten und mit der Liga zu gehen. Das schien ihnen nach gemeinsamer Überlegung das Sicherste. Philipp von Spanien besaß immer noch das meiste Gold der Erde.

Um nicht durchschaut zu werden, hätten sie einen anderen suchen müssen:

Henri hielt sie keinen Augenblick für eifrig im Glauben. Er ließ sich sein Trauerkleid schneiden aus dem violetten Rock des Verstorbenen; er hatte Eile und kein Geld für Stoff. Der violette Rock war kleiner gemacht, dennoch erkannte man ihn, und sie stießen einander an, aus Verachtung für die Armut des Königs, bei dem nichts zu holen war. Ohne Zeit zu verlieren entsandten sie in die Wohnung des Königs eine Abordnung, er müßte sich bekehren und zwar gleich. Kennzeichen der Könige von Frankreich wären die Salbung aus der heiligen Ampulle und die Krönung durch die Hand der Kirche. Er wurde bleich vor Zorn. Sie durften sich einbilden: vor Furcht; denn in diesem Augenblick war er scheinbar in ihrer Hand, und sie konnten nicht wissen, daß er sich wohl geübt hatte, Mördern zu begegnen.

Mit einer Majestät, die sie nicht vorausgesehen hatten, widersetzte er sich ihrer Zumutung, er sollte sich der Seele und des Herzens entblößen am Eingang zum Königtum. Hierauf ging er ihren Verein mit den Blicken durch. Große Herren waren dabei: wen aber schickten sie vor und ließen ihn das Wort führen? D'O, nichts als O, und sah auch so aus, ein Junge mit Bauch, durch die Gunst des vorigen Königs zum Faulpelz und Dieb geworden: einer derer, die das Land und seine Einkünfte unter sich aufgeteilt hatten, wozu daher noch ein König. Dieser Ehrlose wagte einem Mann, der gekämpft hatte, die richtige Gesinnung anzuempfehlen und ihm mit der Volksgemeinschaft zu kommen, wie es die Gewohnheit der Ehrlosen ist. Henri faßte ihn ins Auge, was der Junge nicht ertrug, und sprach besonders deutlich: «Unter den Katholiken habe ich für mich alle wahren Volksgenossen und jeden Mann von Ehre.» Bei dieser offenen Beleidigung blieb es still, erstens, weil das feste Gesicht sie aussprach und auch wegen ihrer Wahrheit.

Leute wie diese aber werden noch besser überzeugt, wenn hinter der Tür die Waffen klirren. Sie wird aufgestoßen, ein Soldat, Givry, stampft herein, er ruft: «Sire! Sie sind der König, wenn man Schneid hat. Nur wer feig ist, drückt sich.» Worauf alle, die er meinte, sich drückten. Dann kam Biron, um Henri zu versichern, daß wenigstens die Schweizer ihm treu bleiben würden. Die Schweizer allein, es war nicht viel und hätte nicht gereicht. ‹Hier aber ist Biron, ein knochiger, harter Mann, kann, schon bei Jahren, auf seinen Daumen um den Tisch gehn, war mein Feind, ist groß genug, den Irrtum zu gestehn. Kommt zu mir, da es bei mir am schlimmsten aussieht.› – «Biron! An mein Herz. Mit Ihresgleichen muß ich siegen.»

Auf Erden und am Himmel

Die nächsten fünf Tage sah der neue König sein Heer zusammenschmelzen, wie vorher die Liga das ihre. Marschall Epernon, vor kurzem eine Stütze des Königreiches, stritt sich absichtlich mit Biron, damit er sagen konnte, ein Mann wie er werde nicht Krieg wie ein Strauchdieb führen unter einem solchen König. Sprach es und zog ab nach seinem Königreich, der Provence. Jeder hatte sein kleines Königreich, das er sich aus den Provinzen des großen herausgeschnitten hatte: dahin zog er ab, mit sich nahm er seine Edelleute und alle Truppen. Der neue König hatte kein Mittel, sie aufzuhalten. Sich bekehren? Dieselben Menschen hätten ihn um so sicherer verlassen. Erworben hätte er nur die Verachtung seiner eigenen Gefährten, Glaubensgenossen und seiner fremden Freunde. Kein Geld und keine Soldaten mehr aus England oder Deutschland.

Mit seinem Mornay verfaßte er während dieser verzweifelten Tage eine Erklärung, darin wurde jeder der beiden Religionen ihr bisheriger Bestand zugesichert. Sich selbst behielt er vor, überzutreten zu dem Bekenntnis, das nun einmal die Mehrheit seiner Landsleute teilte. Er sagte nicht ganz deutlich: wann; aber er wußte es. Wenn das Königreich mitsamt der ungefügigen Hauptstadt fest in seiner Hand wäre, nur dann und nur aus seinem freien Willen. Als unbestrittener Herr des Königreiches wollte er seinen alten Glaubensgenossen ihre volle Gewissensfreiheit geben, so war sein Vorsatz: ob er ihn faßte um ihretwillen oder aus Selbstachtung, damit er nicht selbst ins Gesicht schlüge allem, was er gewesen. Er ist der König, der das Edikt von Nantes erlassen und die Freiheit verteidigen wird mit seiner ganzen Macht. Dies beschließt er und sieht es voraus während der fünf Tage, in denen die meisten ihm fortlaufen, und ein anderer wäre ihnen nachgelaufen.

Die Hauptstadt inzwischen, die er immer noch belagerte, ließ sich dem äußersten Zustand ihrer gestörten Vernunft. Es ging so weit, daß die wenigen Nüchternen sich den abgegangenen Führer zurückwünschten. Seine Hinterlassenschaft übertraf alles, was er bei seinen Lebzeiten fertiggebracht hatte. Verglichen mit seiner Schwester Montpensier war Guise ein Weiser gewesen. Sie raste im Jubel, dem Boten mit der Nachricht vom Tode des «Tyrannen» sprang sie an den Hals. Ihr Schmerz war nur, daß der sterbende Valois vielleicht nicht mehr erfahren hatte, von wem der Braune geschickt war. Guise hat aus dem Grab seine Hand gestreckt und dich getroffen!

Die Herzogin ließ ihre Mutter, die Mutter der beiden ermordeten Guise, von einem Altar herab zum Volk sprechen, und diese brachte es wirklich außer sich mit ihrem Geschrei. Denn aus der Greisin schrie das ganze Haus Lothringen, seine Ruchlosigkeit, Grenzenlosigkeit und der versteckte Irrsinn, der es antrieb zu allen seinen Taten. Die Herzogin wollte unverweilt ihren Bruder Mayenne zum König ausrufen lassen, da bekam sie es aber mit dem Gesandten Spaniens zu tun. Sein Herr, Don Philipp, sah Frankreich endgültig für eine spanische Provinz an; seine Truppen besetzten Paris. Den Gebieter im Rükken, durfte die Liga sich ihren Ausschweifungen ergeben. Die Mutter des Jakob-wo-bist-Du wurde aus ihrem Dorf geholt und als heilige Jungfrau verehrt. Der braune Junge in Nachbildung wurde auf einem Altar, zusammen mit den beiden Guise, der öffentlichen Inbrunst dargeboten. Selten in ihrer Geschichte hatten Volk, ehrbare Leute und besonders die hochherzige Jugend solche Tage genossen, da ihnen ganz herrlich der Kopf durchgehen durfte. Nur gut, daß sie, bei allem Mißbrauch der Religion, keinen ernsten redlichen Glauben hatten: dann geht das alles nicht, weder Tollheit noch Rausch – so wenig als diese statthaft sind, wenn man nachdenkt.

Es waren dieselben Tage, als vor den verschlossenen Toren Henri, dem alle fortliefen, dennoch fest blieb in seinem Entschluß, die Vernunft zu retten und die Freiheit zu verteidigen. Zuerst soll das Königreich befreit werden von dem Griff des Weltbeherrschers. Henri wird weder bis in die Gascogne zurückweichen noch über die Grenze Deutschlands flüchten. Er kennt Stimmen, die ihm das eine oder andere raten; sie hören sich an wie die des gesunden Menschenverstandes, in einer Lage, die ohne Ausweg erscheint. Er allein weiß einen, der heißt: fest bleiben. Kühnheit erwirbt Vertrauen, Vertrauen gibt Kraft, diese ist die Mutter der Siege, mit ihnen sichern wir unser Reich und Leben.

Am achten August brach er sein Lager ab. Die Hülle des verstorbenen Königs geleitete er nur ein Stück Weges: die Umstände erlaubten noch nicht, sie feierlich beizusetzen. Hierauf teilte er sein Heer. Von fünfundvierzigtausend Soldaten waren übrig zehn- oder elftausend. Mit je drei- bis viertausend Mann schickte er den Marschall d'Aumont und seinen Protestanten La Noue an verschiedene Abschnitte der Ostgrenze, damit sie das Königreich deckten gegen einen neuen Einbruch spanischer Truppen. Er selbst mit seinen dreiundeinemhalben Tausend Arkebusieren, siebenhundert Reitern, beschloß, die ganze Macht des Feindes, soviel von ihr schon im Land stand, auf sich zu ziehen – dorthin, wo er bestimmte.

Er nahm aber den Weg nach Norden, dem Kanal entgegen, in der Hoffnung auf die Königin, die als erste den Weltbeherrscher getroffen hatte. Wäre nicht die Hilfe Elisabeths immer möglich gewesen, Henri hätte nicht damit rechnen dürfen, daß die Stadt Dieppe sich ihm ergäbe. Am sechsundzwanzigsten war er vor Dieppe, das ihm auch sogleich sein Tor aufmachte. Diese Schnelligkeit war ein Kind der Sorge. Hier zeigt sich, herverschlagen aus verdächtiger Ferne, der Hauptmann einer Räuberbande, was ist er denn mehr. Nennt sich König und hat kein Land; Feldherr und keine Soldaten. Sogar seine Frau ist ihm entlaufen. Indessen weiß niemand, wann die ordentliche Heeresmacht des prächtigen Mayenne zur Stelle sein wird und was noch geschehen kann. Von der See werden vielleicht englische Schiffe die arme Stadt beschießen, auf der Landseite setzen schon jetzt die Hugenotten ihr zu. Sie ergibt sich in ein Unheil, das hoffentlich das kleinere ist, und öffnet. Die großen Schlüssel in den Händen kniender Ratsherren, auch Salz und Brot, nebst dem Pokal, der zur Not vergiftet sein könnte: nichts fehlt. Der Räuberkönig hebt aber einen dicken alten Mann vom Pflaster auf, als wög er wie eine Feder, und zu allen spricht er: «Liebe Freunde, nur kein Getue! Mir langt's, wenn wir nett sind. Gutes Brot, guter Wein und freundliche Gesichter!»

Den Becher trank er nicht, was sie übersahen in ihrer Verwunderung, ihn unbesorgt und leicht zu finden. Sie waren Normannen mit schwererem Blut als das seine. Ihre Stadt lag gefährlich, diese Bürger begegneten häufigen Verhängnissen mit hartem Mut. Aber auch noch gut gelaunt sein? Einem jungen Mädchen die Rose aus der Hand nehmen, scherzen und jedem etwas versprechen?

Was hat er denn ernstlich zu verschenken? Sie zählen doch seine geringe Schar, die paar Ritter, das arme Fußvolk. Sie denken und fragen einander: «Nicht möglich, damit will er das Herzogtum Normandie erobern?» Es stand nun derart, daß er «damit» das Königreich ganz und gar erobern wollte. Das hörten die Leute nicht einmal, wenn er es laut verkündete: der Gegensatz war zu augenscheinlich für Köpfe ohne Phantasie.

Wie die Leute von Dieppe verhielt sich die große Mehrzahl im Königreich – insofern sie nichts voraussahen, nicht einmal die nächste Stunde Wirklichkeit, dessen ungeachtet alle für Menschen der Wirklichkeit gelten wollten. Sie bemerkten bis zuletzt nicht, daß ihr geistiges Gefüge ein wüster Traum war anstatt Wahrheit. Die Liga, so großmächtig sie umging, tat es doch nur wie ein Nachtgespenst, der Sonne gegenwärtig, um sich aufzulösen. Merkwürdig, das entging ihnen; vielmehr begegneten sie der aufgehenden Wahrheit, die ihr neuer König war, mit Sorgenfalten. Sicher ist, daß sie viel mehr Mißtrauen als Haß fühlten, nicht allein die von Dieppe, sondern alle Leute. Angst meldete sich wohl auch bei ihnen, eine heimlich wühlende Ahnung: diese könnte das Gewissen selbst sein. Wie? «Damit» will er das Herzogtum Normandie erobern? Nicht möglich. Als er dann gesiegt hat – nur eine einzige gewonnene Schlacht, und plötzlich wissen sie: er wird das Königreich haben. Wissen bis an das andere Ende des Königreiches, daß erschienen ist ein langerwarteter Tag.

«Was Dieppe!» rief Agrippa d'Aubigné und war nicht weit davon, ein Gedicht zu machen. «Wir sind keineswegs nur vor Dieppe, auf dieser nebligen Ebene zwischen Waldhügeln und dem Fluß Béthune, wo wir Verschanzungen aufwerfen, und ich habe die Schuhe ausgezogen bei der heißen Arbeit. Dies ist zwar unsere leibliche Gegenwart. Wir Erdenwürmer, nackt wühlen wir uns durch Lehm, werfen zwei Schanzen auf, eine hinter der anderen, damit wir standhalten, wenn von vorn über die Ebene der böse Feind heranfährt. Gedenken uns nach aller menschlichen Kunst zu decken und anzuklammern an diesen Erdenfleck. Im Rücken haben wir das Dorf Arques und über ihm die Burg. Noch weiter hinten soll die Stadt Dieppe uns bergen, wenn wir zurückgehen müßten, und sogar auf die englischen Schiffe hoffen wir.»

«Wo denkst du hin, Agrippa», sagte Rosny. «Wir gehen nicht zurück.»

Du Bartas warf ein: «Vielleicht werden wir es nicht mehr können, weil unsere Füße still auf diesem Felde liegen.»

«Meine Herren!» Es war Roquelaure, der sie ermahnte. Agrippa indesssen blieb bei seinen Gedanken oder bei seinem Gedicht. «Unsere leibliche Gegenwart ist allerdings auf diesem Feld von Arques, links der Fluß, rechts buschige Hügel, grau vom Nebel, und darin eingesenkt der Weiler Martinglise.»

«Mit einer Schenke und gutem Wein. Ich habe Durst», verkündete Roquelaure.

«Weil unsere Füße still auf diesem Felde liegen», wiederholte Du Bartas für sich allein und zählte die Silben.

Agrippa: «Wo aber sind wir im Geist? Weder in einer Schenke noch tot zwischen anderen Toten. Wir sind im Geiste schon nach der Schlacht, nach dem Sieg. Wer weiß denn nicht, daß wir siegen sollen! Sogar der Feind hat davon Kunde. Mayenne und seine Überzahl sind im Anzug, rücken eilends vor und wollen nicht anders, als von uns geschlagen werden.»

«Das wäre!» meinte Rosny, kühl und verständig. «Mit solchem Vorhaben bemüht Mayenne sich nicht her zu uns, sondern um den König zu fangen: er hat es selbst gesagt; meint auch, er habe groß Macht und viel List.»

Agrippa: «Dennoch wünscht er in einer Falte seines Herzens dasselbe, was die ganze Welt ersehnt, nicht nur Dieppe und das verwirrte Königreich. Wir sollen sie erretten vor Spanien und vor ihnen selbst. Wir sind das Heilmittel gegen den Weltbeherrscher. Wir bekämpfen nicht sie.»

«Sondern ihre Blindheit und Schlechtigkeit», ergänzte Du Bartas.

Agrippa, im gehobenen Ton: «Freunde! Auf unseren Sieg wartet die Menschenwelt, bis in die fernsten Länder blicken auf uns alle, die Verfolgung leiden. Unser sind die Gebete der Bedrängten, Mißachteten, und auch das Gewissen der Denkenden spricht für uns.»

Gerade Rosny bestätigte dies. «Wir sind im Einverständnis mit den Humanisten des ganzen Erdteils. Das wäre noch nichts, gesetzt, die Humanisten hätten nur denken gelernt, nicht aber auch reiten und zuschlagen.»

«Sie können es», versicherten Roquelaure und Du Bartas.

Weiter berichtete Rosny: «Mornay hat in allen Königreichen und Republiken bekanntgemacht, daß wir es sind, die den Weltbeherrscher zu Fall bringen sollen. Er läßt Fama dahinfliegen und blasen über die Lande, daß wir kämpfen für Recht und Freiheit: diese sind unsere Heiligen. Daß wir auftreten anstatt der Tugend, Vernunft und Mäßigung, die unsere Engel sind.»

Roquelaure fragte herausfordernd: «Glauben Sie es nicht, Herr de Rosny?» Der antwortete: «Glauben will ich dies und noch mehr. Haben möchte ich nur einige tausend Pfund aus dem Gepäck des dicken Mayenne.»

Du Bartas begann kraft sicherer Erkenntnis zu sprechen – in einem merkwürdigen Tonfall: ein Gast, der von anderswo Nachricht bringt und früh wieder dorthin aufbrechen soll. «Noch nicht auf diesem Felde werden meine Füße still liegen. Es ist verbürgt. Wir alle sollen aus diesem irdischen Nebel in einen Ausschnitt des Himmels blicken. Besiegt von uns die zehnfache Übermacht, da hör ich aufatmen die Völker, und die Gesandten der Republiken setzen sich in Bewegung, zu huldigen unserem König und mit ihm Bündnisse zu schließen.»

Rosny hätte eingewendet: das ist zu weit gegangen. Ein kleiner Sieg, viertausend Soldaten, die sich gerade noch halten am äußersten Rande des Festlandes und dieses Königreiches: nach menschlichem Ermessen könnten sie nichts entscheiden. ‹Mein König wäre darum mehr als ein König ohne Land? Die Gesandten brächen zu ihm auf? Was denn wohl. Aber Fama!› dachte er dagegen selbst. ‹Aber die bereitwillige Erwartung der Welt! Aber dieser König!› Sein Blick traf den des Herrn de Roquelaure, der ihm zunickte, wortlos, der Sache gewiß. Für diese alle, Erdenwürmer, wie sie sich genannt hatten, Arbeiter an Erdwerken, in denen sie hafteten mit nackten Füßen, war die Wahrheit sichtbar geworden, so undurchsichtig um sie her die Luft hing. Als erste und als große Ausnahme kannten sie die nächste Stunde der Wirklichkeit.

Agrippa brauchte nur noch zu sprechen, was sich ihm inzwischen gefügt hatte: sie waren vorbereitet.

«Erscheine! Zwischen uns und Gottes Angesicht
Schiebt sich die Wolke fort. Sein Panzer ist das Licht.
Der neue Himmel hallt vom Wogen der Gesänge,
Die Luft strahlt weiß: das ist von Engeln ein Gedränge.»

Hier angelangt, brach der Sprecher ab, denn wahrhaftig, der Nebel zerteilte sich ihnen zu Häupten, ein Ausschnitt des Himmels ging eiförmig auf, quoll über vom Licht, und mit ihren Augen sahen sie – niemand gestand nachher, was. Es waren aber die Heiligen und Engel, deren Namen sie vorher erwähnt hatten. Standen all in dem Ei aus Licht. Von Angesicht, Kleidung, Bewaffnung glichen diese den schönsten und tapfersten Gottheiten der Alten. Aus ihnen hervor aber trat hüllenlos Herr Jesus Christus als der Mensch selbst.

Psalm LXVIII

Vor Arques im Laufgraben hält Henri seinem Marschall Biron vor, daß sie auf den Angriff des Feindes schon eine Woche warten. Mayenne steht drüben hinter dem Wald, kein Geplänkel lockt ihn hervor: in diesem Nebel will er nicht kämpfen. Aber der Nebel wäre von Vorteil für das kleinere Heer. Henri möchte die Schlacht erzwingen. Der Alte rät ab. «Sire! Sie haben auf mich gehört und sich in den Platz Dieppe nicht eingeschlossen. Es ist ein schlechter kleiner Platz.» – «Und wimmelt von Verrätern», sagte Henri. Der Marschall: «Sie kennen die Menschen, wie ich an mir selbst erfahren habe. Dafür weiß ich länger als Sie auf den Schlachtfeldern Bescheid. Verlassen Sie um keines Nebels willen dies weite, überall gedeckte Viereck. Hier sind Sie sicher, zu widerstehen. Sie haben für sich alle natürlichen Umstände, die Burg in Ihrem Rücken, zu Ihrer Linken den Fluß mit seinem sumpfigen Ufer, unzugänglich für die Reiterei des Feindes, noch mehr für seine Kanonen. Von weitem kann er im Nebel nicht zielen mit Kanonen.»

«Die unseren aber» – murmelte Henri. «Wo sind sie? Das ist das Geheimnis. Das wird die Überraschung sein.»

Biron sah sich um, einen Augenblick sprachen sie nicht. Dann zuckte der Marschall die Achseln. «Auch rechts kann Mayenne nicht angreifen, die Hügel sind buschig und enge gewunden. Bleibt ihm nur übrig, vom Wald her durch das nackte Feld zu kommen. Sire! Sie erwarten ihn zwischen Ihren beiden guten Verschanzungen: auf der vorderen stehen fünfhundert Ihrer alten Hugenotten, an ihnen hab ich mir früher die Knie gerieben. Ist aber auch Raum gelassen, daß Sie fünfzig Pferde in einer Front können vorschicken.»

«Sie haben alles bedacht, Biron, das wissen auch die Truppen. Meine Truppen sind grade mäßig genug an Zahl, daß jeder einzelne Soldat sieht und urteilt. Sein Kampfeseifer ist voll Verständigkeit. Darin liegt unser Vorteil, daß wir nicht zu viele sind.»

«Sire! Ein dichter Nebelreif, der über Ihr Gesicht zieht, verbirgt mir, ob Sie lachen.»

Ihm ins Ohr sagte Henri: «Der Nebel wird dem Feind verbergen, wie wenige wir sind. Und wie gut wir verteilt sind», schloß er – rückte die ausgestreckte Hand von einem Punkt der weiten Landschaft zum anderen: sechs Punkte, er kannte jeden und fand im Nebel hin.

Weder Henri noch Biron hatten erwähnt, was sich von selbst verstand: der Nebel schützte, aber er gefährdete auch, die einen wie die anderen. Den ganzen Tag schlichen Kundschafter unsichtbar hin und her. In dem riesengroßen Heer der Liga brach öfter ein grundloser Schrecken aus. Bei den Königlichen legte man das Ohr auf den Boden und horchte. Am Morgen darauf gab Mayenne es auf zu warten, bis die Luft klar würde: er griff an. Mayenne war geschickt, er tat etwas Überraschendes, konnte wenigstens meinen, es wäre unerwartet. Er kam zuerst nicht über die Ebene, sondern schickte einiges Fußvolk, nur dreihundert deutsche Landsknechte, seitwärts durch das Hügelland. War er recht berichtet, stand der König in Person rechts von der zweiten Verschanzung. Hinter den Büschen, im Nebel, seine Stellung umgehen und ihn fangen, damit dachte Mayenne sogleich zu gewinnen. Der König gefangen, alsbald sprängen die Deutschen auf die zweite Schanze, stürmten von rückwärts die erste, dort fänden sie die Reiterei der Liga schon eingedrungen. Genommen alle Befestigungen, und was übrigbliebe von den Königlichen, wären auf nacktem Feld zwei, drei verzagte Haufen. So die Schlacht, die der Feind zu schlagen dachte. Beschert wurde ihm eine ganz andere.

Neben der ersten Schanze stand Biron, wie Henri neben der zweiten. Er stützte sich auf eine Kapelle, die wollte er halten mit seinem ganzen Eigensinn. Der Alte hatte nur sechzig Reiter, aber Augen, die erkannten durch den Nebel, wie ein Landsknecht unter Büschen schlich. Er schickte einen Reiter zum König. Als die dreihundert Deutschen, schnaufend nach dem heimlichen Schleichen, bei der Stellung anlangten, wurden sie erwartet, und taten wohl daran, mit frommen Gesichtern sogleich die Hände zu erheben. Sie behaupteten, sie wären eigentlich königlich gesinnt, weshalb man ihnen noch über den Graben half, auch die Waffen ließ und der König berührte ihre Hände. Indessen meinten sie es nicht so genau. Das zeigte sich, da Reiterei und Fußvolk der Liga mit Übermacht einstürmten auf die Verteidiger der ersten Linie. Das waren aber die fünfhundert Arkebusiere der Religion, die ließen nicht leicht jemand ein, der sich an ihnen die Knie reiben wollte. Leichte Reiterei des Feindes setzte wohl hinüber in das geschlossene Feld zwischen den beiden Schanzen. Da waren es sechsundzwanzig berittene Edelleute des Königs, die sie anfielen aus dem Nebel, waren nicht zu zählen im Nebel und jagten die feindlichen Reiter vor sich her nach der Kapelle: dort stießen sie auch noch auf Biron und seine sechzig.

Die Landsknechte auf der zweiten Schanze waren mit jeder Minute weniger königlich gesinnt. Sie merkten wohl, die Truppen der Liga waren eingedrungen in das geschlossene Feld. Was weiter geschah, entging ihnen, oder sie begriffen es etwas zu spät: jedenfalls verwandelten sie sich plötzlich in Feinde zurück. Dadurch riefen sie zwar große Wirrnis hervor. Biron, der herbeieilte, wurde vom Pferd geworfen. Derselbe Deutsche, der den Marschall zu Fall gebracht hatte, hielt dem König selbst seinen Spieß vor die Brust und sagte, der Herr sollte sich ergeben. Das wäre soviel wie eine lebenslange Versorgung gewesen für den Guten. Nur leider kam er zu spät, seine Partei war im geschlossenen Feld schon niedergeworfen: er hatte nicht achtgegeben vor Eifer. Plötzlich sieht er sich umstellt von Reitern, die drauf und dran sind, ihn hinzumachen. Sein Gesicht wird dumm wie je, der König lacht und befiehlt, ihn laufenzulassen.

Hier wurde Biron zornig. Steif von dem Sturz, kletterte er auf sein Pferd: noch nie hatte jemand ihn herunterfallen gesehen. Nun war Zeuge der König selbst, machte sich aber nichts daraus, sondern lachte. Seine Sache, wenn er den Spieß des Deutschen auf seiner Brust haben wollte.

«Sire! Ich rühme mich weder meiner Sanftmut noch Seelenkraft. Geben Sie mir den Mann!»

Er war knochig wie sein Klepper, hatte auch seinen eisernen Blick zurück, mit dem Blick kannte Henri ihn aus der Zeit ihrer Feindschaft. Der alte Feind schwankte dort oben lang und dürr; alles Lärmen und Gewühl der Schlacht entriß ihn seinem Sinnen nicht auf Recht und Rache. «Biron, so sind Sie. Nun, und so ist der Landsknecht. Ich aber muß mit vielen Menschen leben.» Der König sprach es ruhig, schon halb fortgewendet. Er war zu Fuß im Graben unter der Schanze; der Reiter aus seiner Höhe sah ihn klein, die ganze graue Rüstung, der große weiße Helmbusch. Um so stärker fühlte er plötzlich den Abstand, ja, mehr als nur einen Abstand des Ranges. Wesen und Macht der Tiefe wollten ihn anrühren unheimlich von dort unten – ihn, den sie den berittenen Tod nannten. Ein Spaßmacher, der dort? Spieler um jeden Einsatz und tränenreiches Kind? Respekt, Biron, das ist der König, so sehr wußten wir es noch nicht. Vor ihm gelte ich, Marschall Biron, dem deutschen Landsknecht gleich. Man sagt: «Er ist gut.»

Man sieht: er ist lustig. Kann sein. So fliegen helle Vögel über dunklen Grund. Ist alles richtig, Sanftmut, Seelenkraft – und besonders, daß wir's uns nur gesagt sein lassen, die gerechte Verachtung der Menschen.

Damit wendete Biron und sprengte nach seiner Kapelle; um diese drehte sich die Schlacht, sie wollte er halten eigensinniger als je – für einen solchen König.

Das große Heer der Liga hatte nichts ausgerichtet gegen das verschanzte Lager inmitten. Durch die Hügel rechts ließ es sich jagen bis nach dem Weiler. Biron hielt die Kapelle, und so lange mußte die Schlacht sich drehen, der Feind geriet von selbst auf das sumpfige Gelände links. Dort drangen mehr Königliche in seine Abteilungen ein, als er jemals dachte, kennenzulernen. Fiel auch niemandem bei, es könnten immer dieselben sein. Eine Truppe des Königs, herangeführt im Galopp von ihm selbst über die ganze Breite des Schlachtfeldes, sie vernichtete Kompanien mitsamt dem Anführer – alsbald aber verging sie im Nebel. Der nachrückende Feind verlor die Richtung. Wohin? Gegen wen? Er suchte den König; der war längst anderswohin zu Hilfe geflogen. Über den Feind kamen neue Truppen her, blieben aber in Wirklichkeit dieselben wie vorher. Seine großen Haufen wurden einzeln ermüdet, bevor sie sich recht erinnerten, daß sie ein übermächtiges Heer waren. Dann allerdings trat von diesem ein Hauptteil zugleich auf den weichen Boden, so daß er wich unter der Wucht. Umkehr, Verwirrung, viele staken im Sumpf. Die Vordersten gerieten an die Schweizer.

Im Hohlweg hinter Hecken standen den Fluß entlang die Schweizer des Königs, sperrten Dorf Arques ab, hätten auch ins Gras gebissen Mann für Mann, bevor nur einer hindurchgelangt wäre von den Feinden des Königs. Es waren, allein und abgeschlossen an einer Stelle fremden Landes, Männer aus Solothurn und Glarus mit ihrem eigenen Obersten, Gallaty. Sie streckten ihre Spieße vor, dies war ihr Platz, auf den sie ihre breiten Füße stemmten; wichen keinem Druck der Übermacht, wären alle geblieben. Einmal sahen sie im Nebel einen weißen Helmbusch, den trug nur der König. Er sagte zu ihnen: «Meine Schweizer! Diesmal deckt ihr mich. Das nächstemal hau ich euch heraus.» Sie verstanden ihn, obwohl er anders sprach als sie, auch kein Französisch, das sie kannten. Er nannte sie Souisses. Er war ihr Freund und hatte ihrem Obersten Gallaty versprochen, daß er, einmal Herr seines Königreiches, der freien Schweiz Hilfe schuldete gegen ihre Bedränger. Das war ein Wort für ihn und sie. Er wollte nachher immer nur der Verbündete freier Völker sein. Sie waren von der Art der Eidgenossen, die am Todestage des Admirals Coligny noch seine Treppe gehalten hatten, solange von ihnen einer lebte.

Die Schweizer hielten den Hohlweg. Die Reiter des Königs, fünfzig in der Front, brachen immer wieder aus den Schanzen, sein Fußvolk wehrte sich des Lebens an sechs Stellen, Biron klammerte sich an die Kapelle – und alle diese blieben durchaus dieselben, indes ihre Gegner Atem schöpften und einander ablösten. Handgemenge, Pistolen nah ins Gesicht abgeschossen, nicht früher, als man die Farbe der Schärpe unterscheidet. Die Lanze unter den Sitz des Reiters geschoben, aus dem Sattel mit ihm, zu Boden mit ihm. Ein großer Herr der Liga beschimpfte noch vom Erdboden herauf den jungen Protestanten, seinen Besieger: «Wichse kriegen, Junge!» – und hatte sich schon den Hals gebrochen. Bei der Kapelle aber fiel ein La Rochefoucauld, Josias mit seinem biblischen Namen. Ihr Pferd verloren Rosny und Biron. Der Pferde waren leider mehr als genug, da ihre Reiter zwischen den Hufen lagen mit einem Ächzen, das nahm nur noch die Erde auf. Über die Sterbenden hin toste wie je das Leben und hörte sich an wie eine Schlacht.

Der König und sein Helmbusch wurden gesehen bei der Kapelle, im Hohlweg neben dem Fluß, auf den Schanzen, dem nackten Feld, überall, von jedem einzelnen und allen zugleich. Er rief sie an, im Nebel und in der Not, damit sie aushielten und es gut machten. Er rief die großen Namen, deren Träger sich zu seinen Geschicken geschlagen hatten, und war ein Name bis jetzt nicht groß, dann wurde er es durch ihn. Er ritt vorbei an dem jungen Generalobersten seiner leichten Reiterei, Sohn Karls des Neunten und einer Mutter aus dem Volk. ‹Valois! Dich kenn ich und vergeß ich nicht, dich und dein Haus. Ihr seid bei mir auf ewig. War schon vorbei. Montgomery, Richelieu! Ich hab eine Überraschung. Rosny, La Force! Wenn die Not am größten, ist Gott am nächsten. Biron! Siehst du nicht den Nebel steigen? Wird steigen, muß steigen, so wahr Gott hilft und wir siegen sollen. La Rochefoucauld, für dich ist meine Überraschung, bald sollst du sie hören hereinbrechen mit Donnerschlag.›

Vom Pferd herab faßte er diese Schulter, da fällt der Mann um, nicht wie ein Lebender fällt. Einen Toten in seiner Rüstung hatten sie aufrecht an die Kapelle gelehnt.

«Josias? Du?» fragt Henri für sich allein und will nicht glauben, was er fragt. Es wird geschehen ein Donnerschlag, aber dieser hört keinen mehr. Retten sollen uns die Kanonen von Burg Arques, sobald der Nebel steigt und sie zielen können. Hab hinter der Schanze einen normannischen Seeräuber, der sagt mir auf die Minute, wann der Nebel steigt. Vernimm dies als letztes, mein Josias!›

La Rochefoucauld liegt entseelt am Wege, wie einst ein anderer seines Namens, in Schloß Louvre, am Ende der Mordnacht. So liegen die Toten am Wege. Der König ist fort und weiter.

Er ist bei den Schweizern. Bleibt fest dies letztemal! Unmöglich, sie werden überrannt. Der Hohlweg am Fluß, jetzt dennoch aufgegeben, und so auch endlich die Kapelle. Die Reste des königlichen Heeres halten einzig den Brückenkopf, schon bedacht auf den Rückzug nach Arques und Dieppe. «Gevatter», nennt der König den Schweizer Obersten. «Gevatter, hier bin ich, will mit euch sterben oder Ehr gewinnen mit euch.» Spricht, und sieht dabei, wie alle Zuschauer es gewärtig sind, die tiefen Reihen des Feindes einander vorschieben mit schwerer Wucht, sich zu legen und zu schließen als ein Grabesdeckel über ihn und sein Königreich. Ihn hat geschaudert. ‹Vorbei, weiter, zuletzt ist nicht zuletzt: meine Hugenotten!› Da holt er sie sich, die festgebliebenen Verteidiger der ersten Verschanzung, seine Alten von Jarnac und Montcontour, Gefährten des Herrn Admirals, Überlebende aus zwei Jahrzehnten der Kämpfe um das Gewissen. Die von der Religion! Sie hören seinen Ruf, erblicken seinen Helmbusch und verlassen die Schanze, die vordere, die behaupten sie eisern seit dem Morgen. Sie waren fünfhundert und treten auf, als wären sie es noch. Bei ihnen marschieren die Toten mit. Ihnen voran geht ihr Pastor Damours. Er heißt Damours.

«Herr Pastor, stimmen Sie den Psalm an», sagt der König, und sie singen. Den Feind anfallen, wenn er am höchsten glänzt und prahlt, so war es in den alten Schlachten, und auch bei Coutras. Ist keinem Feinde gut bekommen: sogar dieser großmächtige erschrickt, als er den Psalm hört; kommt zum Stehen, verwickelt sich.

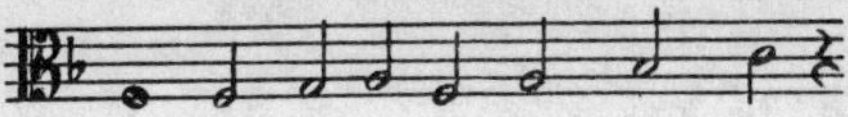

O Gott, so zei-ge Dich doch nur,
Und plötzlich wird sich keine Spur
Vom Feind mehr blicken lassen.
Wenn er denn ab sein Lager bricht,
Vergehn vor Deinem Angesicht
Sie alle, die uns hassen.

Befiehl, o Gott, daß alle fliehn,
Du läßt ja auch den Rauch verziehn,
Der auf dem Feld gekrochen.
Das Wachs hält nicht dem Feuer stand,
Den Bösen wird von Gottes Hand
All ihre Kraft gebrochen.

Hier hebt sich der Nebel: sofort donnern von der Burg Arques die Schläge der Kanonen. Die Kugeln zerreißen und zerrütten den Feind, je näher er sich herangewagt hatte. Das ist der Sieg und er verbürgt das Königreich. Nun gibt Gott gar nicht, oder gibt mit vollen Händen von dem, was sein ist, das Reich, die Kraft und die Herrlichkeit. Auch dies erfährt Henri heute, ergriffen von Gottesfurcht. Coligny, der Sohn des Admirals, trifft bei ihm ein, aus Dieppe, für das nichts mehr zu fürchten ist, siebenhundert heran, zu den vorigen alten Arkebusieren der Religion wieder siebenhundert.

«Dich schickt Gott, Coligny!»

Henri hat nicht geklagt noch gebetet, solange es schlecht und eigentlich verzweifelt stand. Er ruft zu Gott im Glück, und um im Glück sich zu neigen. Lange, gefahrenvolle Stunden hat er mit den Hufen dies Schlachtfeld umgeackert, hat eingegriffen überall, jede seiner kleinen Truppen glaubte ihn immer zugegen. Hier hält er an. Er hat in Nebel und Ungewißheit hinein Namen gerufen und hat die Namen größer gemacht. Er hat seine kleinen Truppen, wo immer sein Helmbusch erschien, befestigt in Mut und Vertrauen. Den Schweizern hat er seine Treue gebracht für die ihre. Er hat mit den Toten am Wege gesprochen. Er hat Marschall Biron gelehrt, wer er ist. Er hat Glück gehabt. Sein Tag ist schon lang, aber nach dem Verwehen des Nebels geht auch sein Tag erst glänzend auf. Er wird nächstens sechsunddreißig Jahre alt, dies war nun erst die Jugend. Über sein Gesicht, das verklärt ist noch eher durch gehabten Kampf und bestandenes Leid als aus Freude, rinnen mit dem Schweiß die Tränen.

Von beiden Seiten drücken seine alten Krieger, Freiheitskrieger, Gewissenskrieger, den Feind ein: alle Kraft des Feindes ist gebrochen, sie aber singen. Rauher Jubel, Sturmglocken des Himmels, an deren unsichtbaren Stricken gerissen wird von der frommen Schar.

In-des-sen bringt die fromme Schar
Dem Herrn ihr Preis und Singen dar,
Sie dürfen Lust sich gönnen:
Vor großer Freude, wie sie sehn
Die Bösen stracks von dannen gehn,
Springen sie, was sie können.

So singt dem Herrn zur hohen Ehr
Und psalmodiert, lobt ihn noch mehr,
Des Ruhm kein Ende kennet!
Da er auf einer Wolke steht
Und Namens großer Majestät
Den Ewigen sich nennet.

Moralité

Le triomphe final ne sera pas seulement acheté par ses propres sacrifices: Henri assiste à l'immolation d'êtres qu'il aurait voulu conserver. Déjà il avait dû faire ses adieux à sa compagne des années difficiles. Il faut encore que le Valois, son prédécesseur, s'en aille, et pourtant Henri, l'ayant sauvé de la main de ses ennemis, l'affectionnait d'une manière très personnelle. *Son esprit y était plus content,* préférant se mettre d'accord avec le passé, que de le renier. Avec les sens de la vie, on se plie à bien des nécessités. La moins acceptable, pour un esprit bien fait, est celle de voir s'accumuler les désastres. Trop de personnages ayant été mêlés à son existence viennent d'être emportés par les catastrophes, et la mort a voulu trop bien lui déblayer le chemin. Sur le champ de bataille d'Arques le roi Henri, en nage d'avoir tant combattu, pleure pendant que résonne le chant de la victoire. Ses larmes, c'est la joie qui en cause quelques-unes. D'autres, il les verse sur ses morts, et sur tout ce qui finit avec eux. C'est sa jeunesse qui, ce jour là, prit fin.

INHALT

Die Pyrenäen

Jeanne

Der Louvre

Margot

Die Schule des Unglücks

Die Blässe des Gedankens

Die Mühlen des Lebens

Der Weg zum Thron

Die Toten am Wege

1048/6

Robert Musil

Gesammelte Werke
Herausgegeben von Adolf Frisé

Der Mann ohne Eigenschaften
Roman
2180 Seiten. Zweibändige Sonderausgabe
Gebunden.

Prosa und Stücke, Kleine Prosa, Aphorismen, Autobiographisches Essays und Reden, Kritik
1968 Seiten. Zweibändige Sonderausgabe

Taschenbuchausgabe in 9 Bänden:

Bände 1–5:
Der Mann ohne Eigenschaften
(Anhang: Anmerkungen/Abkürzungen/Register). 2160 Seiten

Band 6:
Prosa und Stücke

Band 7:
Kleine Prosa – Aphorismen, Autobiographisches

Band 8:
Essays und Reden

Band 9:
Kritik

(Anmerkungen/Abkürzungen/Register zu den Bänden 6–9/Nachwort des Herausgebers), Bde. 6–9 zus. 1694 Seiten.

Tagebücher
Herausgegeben von Adolf Frisè

In Band 2: Anmerkungen/Anhang/Register.

Mit 21 Zeichnungen und Skizzen Musils, 24 Handschrift-Faksimiles sowie Lageskizzen und Dokumenten.

Band 1 und 2 zusammen 2504 Seiten.

Beide Bände gebunden im Schuber

Briefe 1901–1942
Herausgegeben von Adolf Frisé
Mit Briefen von Martha Musil, Alfred Döblin, Efraim Frisch, Hugo von Hofmannsthal, Robert Lejeune, Thomas Mann, Dorothy Norman, Viktor Zuckerkandl und anderen.

Band 1:
1487 Seiten. Gebunden

Band 2:
Kommentar, Register.
848 Seiten. Gebunden

Briefe nach Prag
Herausgegeben von Barbara Köpplová und Kurt Krolopp
136 Seiten. Broschiert

Beitrag zur Beurteilung der Lehren Machs
und Studien zur Technik und Psychotechnik.
Mit einer Vorbemerkung von Adolf Frisé
200 Seiten. Kartoniert

Die Verwirrungen des Zöglings Törleß
140 Seiten. Gebunden
und als rororo Band 300

Drei Frauen
Novellen-Sonderausgabe
126 Seiten. Gebunden
und als rororo Band 64

Frühe Prosa und Aus dem Nachlaß zu Lebzeiten
380 Seiten. Sonderausgabe. Gebunden

Nachlaß zu Lebzeiten
155 Seiten. rororo Band 500

Über Robert Musil:

Adolf Frisé
Plädoyer für Robert Musil
Hinweise und Essays 1931 bis 1980
200 Seiten. das neue buch Band 147

Robert Musil
Mit Selbstzeugnissen und Bilddokumenten dargestellt von Wilfried Berghahn
Mit Zeittafel, Bibliographie und Namenregister
187 Seiten.
rowohlts monographien
Band 81

ro ro ro

Rowohlt

P 2094/1